松原　朗　著

晩唐詩の揺籃

張籍・姚合・賈島 論

専修大学出版局

晩唐詩の揺籃

張籍・姚合・賈島論

目次

Ⅳ

凡例

一、作品の本文については、『全唐詩』『全唐文』を基本にしたが、一部、別集に據って校合した手稿本を用いた箇所もある。
一、漢字は、すべて舊字體を用いた。
一、假名遣いは、訓讀文などの文語體の場合のみ舊假名遣いを用い、その他はすべて新假名遣いとした。
一、文中での漢字と假名との書き分けは、視覺的な讀みやすさを考慮して、必ずしも統一していない。
一、傍點は、特に注記しない場合は、すべて筆者が加えたものである。

晩唐詩の揺籃

張籍・姚合・賈島論

序論

一

本書は、張籍・姚合・賈島の三人の詩人についてここ數年間書き進めてきた論考をまとめたものである。そしてその全體を「晩唐詩の搖籃」の名の下に一括したのは、この三人の詩人によってやがて來たる晩唐詩への道筋が示されたと考えるためである。

太和九年（八三五）に起こった甘露の變を境に、中唐と晩唐を分けるのが文學史の通説となっている。しかしこの一つの宮廷內部で起こった密室的事件が文學史に對して擔う意味は、實のところそれ程大きなものではないだろう。この事件を跨いで文學活動を繼續した白居易を取り上げてみても、その前後で文學の様相が一變したという事實を認めることは容易ではない。安史の亂の勃發が、社會の全てを、そして文學の姿を一朝にして覆したのとは異なり、甘露の變は、その暗黑の政治的事件がたまたま時代區分上の象徵的な意味を持ったに過ぎない。中唐から晩唐への文學の變質は、その以前から徐々に潛行していたのである。

文學の變化は、それを擔い手の變化として捉えうる場合もある。巨視的に見れば、門閥貴族を主體とする魏晉から唐代前期までと、科擧官僚を主體とする唐代後期以降というように。そして盛唐から中唐への文學の變化は、確かにこうした擔い手の交替によって説明することができる。しかしながら中唐から晩唐への變化においては、こうした擔い手の、目に見えるような明らかな交替はなかった。晩唐詩を代表する詩人の杜牧が、科擧出身のエリート官僚である例を取り上げるまでもなく、中唐にせよ晩唐にせよ、科擧官僚とその豫備軍を中心とする人々が文學の擔い手であるという事情に變化はなかった。

では中唐から晩唐への變化は、全ての文學の關與者が隊伍を組んで前進するような事態だったのか。すなわち、韓愈も白居易も張籍も、皆が手を携え足並みを揃えて晩唐詩の道へと一歩を踏み出したのだろうか。恐らくはそういうことでもない。

今たまたまここに掲げた三人の元和の詩人たちは、いずれも進士科出身のエリートであり(1)、また同じように父祖の時代までは地方勤めの下級官僚を出す程度の家柄の出自でもあり、要するに出發點においては均質な者たちであった。そして彼らが生きたのは「元和の中興」と稱されることになる社會の高揚期であり、科擧官僚たちはこぞって官界の中樞に進出を果した。韓愈も白居易もその中の代表的な人物である。しかしながら張籍は、活躍の場面に出會うこともなく、陋巷に逼塞して不遇者の文學を作ることになる。

同じ時代に同じような階層に生まれながら、同じ制度が、異なった境遇の人閒を創り出す。科擧による選別があり、また吏部銓試の選別も加わって、人閒の意識を勝者と敗者に二分してゆく。こうした差別化は、そもそもが比較的均質な人閒の集團をあえて人爲的に選別した結果であるという點で、中唐に出現した全く新しい社會現象と見るべきものである。そしてこの選別の人爲性が、中唐以降の士人(また詩人)の意識に複雜な葛藤をもたらすことになる。

＊　＊　＊　＊　＊

安史の亂によって傾いた唐朝は、晏嬰や楊炎らの財務官僚の活躍によって危機を脱し(2)、財政國家として再出發することになる。こうして始まる德宗の治世は、政治的にも文化的にも目立った事件に乏しい地味な時期なのだが、國家の財政再建は、この德宗の二五年の長い治世を通じて進められることになる。憲宗による「元和の中興」(3)は、この下地があって初めて可能となった。そしてこの德宗二五年、憲宗一五年の合わせて四〇年間は、いわゆる科擧官僚が政治の中樞に進出する時期に當たっていた。それまでは權力と文化の中樞から疎外されていた下級士人が、科擧及第を突破口として社會の上層に進出する道が開かれたのである。

韓愈や白居易は、その代表例としてしばしば引かれる。しかし今は孟郊に注目してみよう。彼のような自分の境遇に不平を鳴らし續けた人物も、この時代の恩惠を受けたと言えなくもない。孟郊の近い一族の中では、科擧に及第して高官に至ったのは從叔の孟簡だけである。父の孟玢は崑山縣尉に終わり、祖父に至っては名も傳えられないような寒族だった。(4)こうした家柄の孟郊が、科擧の進士科に及第し、一應は出世の入口まで漕ぎ着けたのは、科擧制度が十分に機能したこの時代の開放性のお蔭である。孟郊は上向きの時代の空氣を呼吸していた時代の人間の一人なのであり、自らの出世を實現できなかったのは、時代や社會の問題であるよりも、彼自身に特有の性癖の問題と理解すべきであろう。(5)

下級士人層が科擧官僚として華々しく官界の中樞に進出していくこの元和という「上昇期」にあっては、選別によって敗者の側に立たされた者は目立たない存在だった。時代は、勝者の目覺ましい活躍をなぞって描かれるものだからである。しかし元和も後半、さらには長慶と改まる頃になると、官界の科擧官僚を收容する力もやがて飽和點に達する。こうして、もはや努力の甲斐がないというもう一つの「飽和」の感覺が、社會全體を覆うようになり始める。

この「飽和」の感覺は、必ずしも社會全體が困難に直面したことと同値ではない。謂われる所の晩唐の三重苦も、元和一〇年ないしは一五年の時期を取って見れば、まだ深刻な問題ではなかった。宦官の專横も黨爭の軋轢も、まだ表面化してはいない。科擧官僚を主體とした若い官僚組織はまだ柔軟であり、十分に時局に對應する能力を保持していた。また藩鎭問題について言えば、元和一二年一〇月には吴元濟の淮西鎭が平定され、最後の不順藩鎭である李師道の淄靑鎭も元和一四年二月に平定される。安史の亂の餘孽であった獨立・半獨立の藩鎭勢力はほぼ一掃されて、唐朝はここに「中興」の局面を迎えるのである。

從ってこの時代を生きた科擧官僚たちの目に、國家や社會が下り坂にあると映ることはなかった。何としても「元和の中興」は、裴度による元和一二年の吴元濟の淮西鎭平定という大功を念頭に置いて稱えられたものであり（注3參照）、それは當時の人々に共有された認識だった(6)。元和は、當時の人々によって肯定的に評價された時期なのである。

しかしながらこの「元和の中興」と稱される盛時の內側で、一種の「飽和」の感覺が瀰漫することになる。そしてこの「飽和」の感覺の中で、晚唐の文學は萌芽するのである。

二

飽和の感覺、あるいは精神の老化と言っても良いこの種の感覺は、「もうこれで良い」と思った時に始まっている。この「元和の中興」という盛時の中に起こった時代精神の急速な老化の原因は何であるのか、その正體を言い當てるのは決して容易なことではない。繰り返せば「元和の中興」とは、國家財政の再建と不順藩鎭の討伐によって、安史の亂後の混迷から唐朝が暫時回復したことを意味するものであり、この局面において、政權の中樞に國家の前途に悲觀的な觀測を持つ者などいなかったに違いない。

時代の空氣を一氣に老化させたのは、これまで社會を牽引してきた科擧官僚たちの內面に積もり溜まった「安堵の疲れ」としか言いようのないものである。時代の雰圍氣を作るのは、政治體制や社會情況という目に見える外在の要素ばかりではなく、より直接的には、その時代を牽引する知的選良たちのエートスが決定的な意味を持つ。政治と文化の二つの世界を制覇したという彼らの達成感は、次なる目標を見失って、惘然たる思いと化す。その時に彼らが向かうのは、自分が生涯をかけて達成した功績の追憶であり、またその功績の成果を自らの五體を通して確認することである。第宅の中に營まれる滿ち足りた豊かな暮らし、そして同類の者が集って繰り廣げる文雅の遊び、彼らはその中に自らを投げ込むことで、安堵の思いに浸ろうとしたのである。——こうしたエートスの變化は、老人の誰もが陥りがちな生理的退嬰と言うよりも、この特殊な時代を生き拔いたものだけが共有できる、ある特定の心境なのであろう。

元和を頂點とするこの唐代後半の「活潑な時代」を作ったのが、科擧官僚たちの精神の中にひしめき沸き立つ意欲であったとすれば、それを終らせたのも、彼らの精神の中に起こった意欲の減退である。それを最も鮮やかに指し示すのが、韓愈や白居易の文學に現れた變化であろう。それは持てる者となった彼らの精神の墮落でもなく、また困難に突き當たった末の轉向でもなく、もはや目標を高く掲げることが出來なくなってしまった者の疲れである。しかし恐らく彼らは、それが疲れであることも知らずに自分の世界に「安堵」したのであるが。

元和一〇年あたりが、科擧官僚―知的選良たちの見えない曲がり角であった可能性がある。彼らの精神情況は、端的に詩の世界に反映されることになる。それまでは精力的に古體詩を制作して、韓門の險怪で詰屈聱牙な詩風を先導してきた韓愈も、この頃から日常詠を中心とする近體詩の制作に轉じてゆく。白居易が江州司馬に左遷された後、諷諭詩の制作から遠ざかり、閑適の思いを短篇の近體詩を中心に詠ずるようになるのも、この頃である(7)。そもそも古體詩は、主張する詩型なのである。平仄律も押韻律も、また對偶の約束もない、それでいて一般に長篇であることを要求される古體詩は、作品ごとにゼロからの設計が求められる。それは近體詩が、平仄律・押韻律・對偶によって固められて、型に從って作ることができるのと對蹠的なのである。韓愈が古體詩を愛用したのは、あえて近體の安定した型を遠退け、型のない古體詩の難しさを逆手にとることで、險怪とも稱される言語實驗の場に活用しようとしたためである。そして白居易はこの古體詩を、長恨歌や新樂府諸篇の自在な物語を可能にする方法として活用した。要するに古體詩の制作には、旺盛な意力の不斷の裏付けが必要だった。この元和一〇年を前後する時期に、韓愈や白居易が古體詩から離れただけではなく、柳宗元や元稹といった當時の有力な詩人たちもこぞって古體詩を去って近體詩へと向かったとなれば（注7參照）、それはもはや偶然などではなく、知的選良たちのエートスの變化と見なければならない。

彼ら科擧官僚たちのエートスの變化は、古體から近體への文學樣式の變化に現れただけではない。生活の具體的樣相も變化を見せることになる。

彼らは平均して五品の高官に上った時期に、自邸を購入し自らの生活の場を美しく整え始めた（二八七頁參照）。代表的なのは韓愈の場合である。韓愈が靖安坊に宅を購入したのは、元和一三年、五〇歲で刑部侍郎（正四品下）になった時、もしくはその直前の考功郎中（從五品上）か中書舍人（正五品上）の時期である。韓愈がその頃に作った「示兒」は、ようやく「自分の城」を手に入れた滿足感を、わが子に得々と語って聞かせる詩である。「始我來京師、止攜一束書。辛勤三十年、以有此屋廬。此屋豈爲華、於我自有餘」（自分が初めて長安に上った時、持ち物と言えば、一束の書物以外には何もなかった。それから辛勤三十年、この家を持つことができた。この家は決して立派と言えるものではないが、自分にとって十分である）と詠じ、さらに續けて、「中堂は土臺も高く新築したもので、先祖の祭りに際してはここで四季折々の料理を薦める。南向きの廣間では客人をもてなすが、そこは冠婚の儀式を行えるほどの構えである。庭には、これと言ったものはないが、喬木が八、九本。枝には藤の蔓が絡まり、春には花咲き、夏には木陰が廣がる。東の部屋に坐って南山を眺めやるとき、風に流れる雲が山にかかるのが見える」(8)と、自邸の立派な造作を自慢する。韓愈の自慢はさらに續き、自邸に出入りする客人たちが高い社會的地位を占めることを得意げに語るのである。「門を開いて誰が入って來るかと言えば、皆な卿大夫。官位の高卑は分からぬが、玉帶に金の魚袋を下げた五品官以上の方々だ。……

この座中の人は、殆どが朝政に參與するお歴々なのだ」[9]――「示兒」詩がこのように今の己れの榮達した姿を憚ることなく物語るとき、韓愈は、應試のために初めて長安に上った時の所在のない孤獨感と、高門顯貴に對する一方的な敵愾心からようやく卒業できたことになる。

振り返ってみれば、「長安交遊者贈孟郊」詩は、韓愈が應試のために長安に上ってきたばかりの、初期の時期の作とされる。[10]「長安交遊者、貧富各有徒。親朋相過時、亦各有以娯。陋室有文史、高門有笙竽。何能辨榮悴、且欲分賢愚」（長安の付き合いは、貧しい者同士、金持ち同士で仲間を作る。友人同士も、その仲間うちで仲良く付き合うのだ。貧乏人の部屋には、本がある。金持ちの屋敷には女樂の笛がある。何が榮達で不遇なのかを見分けるのは難しいので、さしあたり賢人と愚者を區別することにしよう）。韓愈の眼に映るのは、長安に集まる二種類の人間である。一つは、金を持つ愚者、もう一つは、金のない賢者。その二種類の人間の對立を前提として、自己を「金のない賢者」の中に位置づけるのである。

韓愈のこうした高門顯貴に對する敵愾心は、それから十數年の後にも基本的に變わることはなかった。すなわち韓愈は、監察御史という出世の緒口を摑むところまでいきながら、陽山縣令に左遷され、元和元年（三九歳）にようやく國子博士として長安に召還される。韓愈はこの時期に至っても、なお不遇の思いから逃れられなかった。この年に作られた「醉贈張祕書」詩には、「長安衆富兒、盤饌羅羶葷。不解文字飮、惟能醉紅裙。雖得一餉樂、有如聚飛蚊。今我及數子、固無蕕與薰」（長安の金持ちたちは、豪勢な肉料理を大皿に並べる。文學を語りつつ酒を飲む滋味など分からず、妓女を相手に飲んだくれるだけだ。一席の快樂を得た積もりだろうが、まるでそれは羣がる蚊と同じだ。ここに集う自分と君たちは、そもそもが、彼らのような蕕や薰などの臭い雜草とは違うのだ）と述べて、「長安の富兒」の貪欲と無教養を侮蔑しつつ、己れの貧賤を嘆いて見せるのである。

不平の思いを鳴らす「長安交遊者贈孟郊」「醉贈張祕書」の二篇の詩と、自足の思いを綴る「示兒」詩との間を隔てるのは、韓愈の官界における榮達である。韓愈は「辛勤三十年」の末に終に手に入れた靖安坊宅の豐かな生活の中で、身も心も安らぐことができた。

ここで見逃し得ないのは、こうした生活のあり方の變化が、文學の變化と連動していたことである。すなわち「長安交遊者贈孟郊」「醉贈張祕書」も「示兒」も、韓愈を代表する詩篇である。韓愈の文學は、生活とは無關係の、純粋に修辭的な產物なのではなく、彼自身の生活感情の表白である。それがどれほど純粋な言語實驗的作品に見えたとしても、韓愈をそこへと突き動かしたのは、他ならぬ「不平」を核心とする生活感情である。(11) 生活と文學の密着という傾向は、何も韓愈において突出していたのではなく、白居易にも張籍にも共通していたのであり、あえて言えばそれが中國古典詩の作法なのである。韓愈の「示兒」詩が放つ逞しい俗臭(12)とは趣味を異にするように見えるが、長安の新昌坊に宅を構え、やがては洛陽の履道里宅を經營して、そこから優雅な文人趣味に滿たされた閑適の文學を世に送り出すことになる白居易の場合も、官途の榮達と富貴の獲得を秘かに誇る點で事情は同様であった。元和一〇年あたりを目に見えない境界として、彼ら科擧官僚＝知的選良の生活に起こった安堵の追求は、同時に彼らの文學の變化と連動するものであり、兩者は手を携えて進行していたのである。

三

彼らはこの時、成すべきと思ったことをほぼ成し遂げて「元和の中興」と稱される盛時を實現した。この唐朝の再生と科擧官僚を主體とした政治の運營方法の樹立が彼らの主要な功績なのであり、官位の榮達や自邸の購入は、いわばその功績に對する餘祿に過ぎない。なるほど功成り名遂げた者はいつの時代にもいたが、この元和の時代の科擧官僚たちが創り出したのは、そのような個人の名利ではなく、新しい政治のあり方であり、また文化のあり方だった。元和という時代を包むのは、そのような創造の熱氣だったと言って良い。その熱氣が共有されるところでは、「不遇の思いすら熱氣を帶びる」。中年以前の韓愈の文學は、不遇の思いを創作力に轉化したものであった。また孟郊のもっぱら自らの不平を鳴らす文學ですらも、その不平の正體が出口を失った「社會創造の熱氣」の噴出に他ならなかったという點で、正眞正銘、元和の文學なのである。

しかしやがて「元和の中興」という國家の盛事が達成されつつあるという意識の中で、その異樣な熱氣も冷め始める。榮達を遂げた科擧官僚たちが、今までとは異なる生活態度に轉じるのも、その文學が外部に向かって主張を繰り出すのをやめて、自らが手に入れた世界の中に安堵するのも、「その中」においてである。

文學における變化は、韓白のような功成り名遂げた者たちの閒に起こっただけではない。榮達に見放された人々の閒において、晩唐へと連なる新種の文學が萌芽していた。

「不遇の思いすら熱氣を帶びる」時代が過ぎ去る時、そこに新たな「意識」と新たな「文學」が出現することは必定だった。

中下層士人を中心とする科擧官僚の官界中樞への進出は、元和を頂點とする中唐の特徵だった。科擧の充實は、榮達者を輩出する一方で、榮達の道から外れた不遇者をも量產し續けていた。しかし熱氣の時代は、そのような彼らの不遇を社會の一角に閉じ込めるか、さもなければ孟郊の場合のように、不遇の感覺をも乾性で刺戟的なものにした。なぜならば不遇な彼らも、陰に籠って不遇の思いを募らせることが、熱氣の時代に相應しくないことを十分承知していたからである。

しかし時代の熱氣が過ぎ去る時、そこに見えるのは、自らが築いた世界の中に引き籠もって安堵を決め込む榮達者たちと、科擧及第を通して彼らと同じ道を辿ることもできたはずの不遇者たちであり、その兩者を一つに包容する共感の基盤はもはや無くなっていた。「自分たちも彼らと一緒だ」というこの共同のモラルが無くなった時、不遇者は、不遇者である現實から逃れることはできなくなる。そしてやがて現れる姚合のように、不遇でもない者までが、自分たちは所詮無力であるという、この冷めた思いに捉われ始めることになる。

晩唐の文學は、この「冷めてしまった熱氣」の中から生まれることになる。最も興味深いのは、時に魏博節度使田弘正の幕僚であった姚合の場合である。田弘正は朝廷の命を承け、元和一三年一一月から翌年二月にかけて最後の不順藩鎭である淄靑節度留後李師道を討伐し、その功績によって、憲宗より檢校司徒・同中書門下平章事を授けられる(『新唐書』巻一四八「田弘正傳」)。司徒は、大尉・司空とならぶ三公であり、正一品の最高官銜、加えて宰相職である同門下平章事の檢校をも許された。田弘正の幕府は、「元和の中興」の最後の里程標となるこの戰勝に沸き立っていたに相違ない。その年の初秋に姚合が田弘正に呈上した詩が、左記のものである。(詳細は二三七頁參照)

假日書事呈院中司徒

十日公府靜　巾櫛起清晨
寒蟬近衰柳　古木似高人
學佛寧憂老　爲儒自喜貧
海山歸未得　芝朮夢中春

假日　事を書して院中の司徒に呈す　　姚合

十日　公府靜かなり　　巾櫛　清晨に起く
寒蟬　衰柳に近づき　　古木　高人に似たり
佛を學べば寧ぞ老を憂へん　　儒と爲らば自ら貧を喜ぶ
海山　歸るを未だ得ず　　芝朮　夢中に春なり

この詩を滿たすのは、何としたことか、倦怠の思いなのである。「佛を學ぶ我が身であれば、老いを憂えることもないし、儒者である以上、貧を厭うこともない」と己れの老病と貧賤を姚合は訴えるのだが、彼は主人の田弘正よりも三一歳も年少であり、しかも田弘正からは高額の俸給を受けていた。その姚合が「老」と「貧」を理由に辭職して歸隱を願うところには、元和の時代を覆っていた共同のモラルの影も形もない。姚合は、この李師道討伐に從軍した一人であり(姚合「從軍行」「寄狄拾遺時爲魏州從事」)、幕府の興奮を彼自身も共有できる立場にあった。しかしながらそこには、國家の大義に獻身しようとする新進官僚の高揚した意氣を微塵も認めることができないのである。

一方、これに一年ばかり先立つ時期に淮西の呉元濟討伐に自ら從軍し、「平淮西碑」（元和一三年）を著して戰勝を祝賀したのは韓愈である。韓愈は、この淮西の役の勝利を、憲宗卽位の翌年より始められた不順藩鎭平定の系譜の中に置くことで、[13]いわば「元和の中興」の輝かしい總決算として位置づけようとしたのである。韓愈はこのとき刑部侍郎（正四品下）ともなってすでに十分に老成していたのだが、かつては元和文壇の驍將であった頃の旺盛な氣概をまだ思い出すことができた。——相い前後する時期に、同じく不順藩鎭の平定という國家的盛事に際會しながら、この姚合と韓愈が示す相違は鮮やかである。姚合は、明らかに韓愈とは異なる時代に屬する詩人となっていた。そして姚合はこの「假日書事呈院中司徒」を作って一年餘りの後、武功縣主簿に赴任して世に「武功體」と稱される新しい文學の樣式を創り上げることになる。中唐の文學から晩唐の文學へと、この時その足取りはすでに確かなものであった。

＊　＊　＊　＊　＊

いったい晩唐詩の濫觴はどの邊りにあるのだろうか。この問いに對する答えは、晩唐詩の特徴を何處に求めるかによって樣々にあり得るだろう。しかし本書では、元和の中興を現出した科擧官僚たちの中から、共に時代を作ろうとする共同のモラルが後退してゆく、その閒に晩唐詩の萌芽があったと考える立場にある。その文學における標識は、古體詩中心から近體詩中心への變化であり、自らが築いた世界の中に引き籠ろうとする安堵の詩情の擡頭である。元和一〇年邊りを境として、この時代の文學を牽引してきた科擧官僚たちに確實に變化が起こりつつあった。榮達を遂げた者たちに進行するこうした變化は、榮達から見放された者たちにも投影されることになる。不遇者は、いつの時代も、何處にでもいる。しかしこの時代の不遇者の置かれた情況は特殊だった。何となれば、それまでの時代は一概に「貴族の時代」と言われるように、兩者を分けるのは出自の違いだった。杜甫が不遇であったのは、科擧に登第しなかったという個別的な事情にも增して、父の杜閑が奉天縣の縣令という小官に終ったように、その家が寒素だったことが本質的な意味を持つ。[14]一方、元和の情況はこれと異なっていた。貴族たちはまだ隱然たる勢力を保持していたとしても、少なくとも科擧の登第者にとって、寒素の出自であることはもはや致命的な惡條件とはならなかった。そして科擧に應じたことのある者たちは、榮達者も不遇者も元を正せば「仲間」だったのであり、その相違は、偶然の科擧の及落、また偶然の官途の巡り合わせによるものに過ぎないと信じられていた。このような幻想が、「元和の中興」という新秩序構築の願望と相俟って、兩者の閒に共同のモラルとも言うべき一種の同志的連帶感を育んでいたのである。

少なくとも元和の前半までは、科擧は、中下層の士人の希望の制度であった。それまで貴族に抑制されて、官僚組織の中樞に進出することが困難だった彼らにすれば、科擧こそがそれを可能にする制度だったのである。韓愈が、監察御史となって直言し、そのために陽山縣令に左遷されたことも、また白居易が左拾遺（翰林學士）だった時に新樂府を制作し、その時の風刺が遠因となって江州司馬に左遷されたことも、しばしば社會の守舊派による挫折と說明されるが、その理解は餘り正しいものではない。むしろ寒素出身の彼らが、年少にして監察御史や左拾遺という淸官に拔擢されたこと、(15)また出世コースに乘った彼らが保身を謀らずに直言の擧に出たこと、しかも彼らがその後に中央官に復歸して榮進できるほどに官僚組織そのものが柔軟性を保持していたこと、これらの事實の總體が、科擧官僚たちの平均的な志操の高さと、彼らが參畫する官僚組織の健全性とを證している。そしてこのことが確信される限りにおいて、榮達者と不遇者は同志的結合に結ばれて、同じ夢を見ることができたのである。しかし今や、その確信は失われる。

榮達した者が「もうこれで良い」と思い、不遇にある者が、自分の努力ではどうにもならないと思った時、「不遇の思いすら熱氣を帶びる」時代は過ぎ去って、兩者は分かれて二つのものとなる。不遇にある者にすれば、意欲を持つことはもはや美德ではない。不平を鳴らすことさえ、愚かなこととなる。なぜならそれは、意欲の裏返しに過ぎないのだから。しかし彼らは、科擧を目指して勉學し、あるいは科擧にも及第した知的選良であるに違いなく、だから自らを卑下することもできなかった。彼らはその不遇の思いを、自らを社會から切斷し、自らを審美的に高踏化することによって代償しようとした。晩唐詩は、元和後期のこうした時代の氣分の中に萌芽するのである。

四

晩唐詩は、張籍の閒居詩の中に濫觴する。しかし張籍にすれば、まさか自分が晩唐詩の先驅になったとは思いも寄らぬことであろう。なるほど張籍の文學は、韓愈や孟郊とは異なっている。しかしそれは詩人の一人びとりが持つ個性の差に過ぎないと、周圍の誰もが、また彼自身も考えていたに相違ない。

張籍には、元和の中興にも參畫すべき氣鋭の科擧官僚となる資格があった。彼が進士科に登第したのは貞元一五年（七九九）で、それは元和に先立つことなお七年の時である。しかも彼には、韓愈という心強い知己もいた。しかし進士登第の翌年から足掛け三年、家鄉の和州で喪に服して、起身の出鼻を挫かれることになる。その後數年にして長安に上り、元和元年（八〇六）に太常寺太祝に任官する。しかしこの時期、張籍はしばしば健康を損なって昇進の機會を逃し、この末官に異樣に長い一〇年間も留まった。しかも元和八年に發症した眼疾は、それから三年、失明の恐怖とともに彼の生活を苛むことになる。進士登第から數えれば一七年間、太常寺太祝に任官してからでも一〇年間、張籍の官途は開けることがなかった。

太常寺太祝に在任中、彼は官途の不遇と病苦といういわば二重の逆境の中で「閒居詩」を成熟させる。張籍は自己の置かれた境遇を官の論理（權力と富貴）からの疎外と理解した。その疎外の情況が、傳統的な用語で言うところの「閒」であり、張籍はその「閒」の中にあって精神の均衡を求める閒居詩という新しい文學の世界を創り出したのである。張籍は、元和一一年に國子助教に就任した後は、前半生の遲れを取り戻すかのように順調に昇進する。しかしそうした順境にあっても張籍は閒居詩の世界を離れることなく、不遇の生活と一體のものとして形成された閒居詩を、いわば生活自體から切り離すことで、「尙儉と懶惰」を美學とする自律した文學様式として確立する。敢えて言うならば、人閒の負の境遇の中で作られるべき閒居詩が、張籍によってその理念的原形へと純化されたのである。

姚合は、張籍が創り出した「尙儉と懶惰」を美學とする閒居詩を繼承し、その美學を「武功體」としてさらに先鋭化させることになる。

＊　＊　＊　＊　＊

姚合において重要な觀點となるのは、彼自身の官途は如何なる意味においても不遇ではなかったが、それなのに不遇者の體驗を裝う武功體の文學を創り出したということである。姚合の初期の官職である武功縣主簿は、『唐才子傳』卷六「姚合」に「蓋多歷下邑、官況蕭條、山縣荒涼、風景凋弊之閒、最工模寫也」と述べられたように、邊鄙な小縣の末端の小官とされ、武功體とは、その不遇な地方官の境遇を反映した文學と理解されてきた。それは他ならぬ姚合自身が、武功縣主簿の境遇をそのようなものとして武功體の文學（「武功縣中作三十首」など）に描き出していたためでもある。しかし長安近傍の武功縣（畿縣）の主簿は、いわば高級官僚への登龍門であり、衆人羨望の官職だった。かくして姚合の武功體の文學は、當初からこうした虛構を含んで作られることになる。

姚合は、武功縣主簿に任官する以前に、魏博節度使田弘正の幕僚となった。それは正しく、田弘正が最後の不順藩鎭である淄靑節度留後の李師道を討伐して、憲宗による「元和の中興」の總仕上げを果たした時期に當たっていた。それなのに姚合は、「元和の中興」という國家の盛事に感激することもなかった。元和の科擧官僚に暗默の前提としてあった共同のモラルは、もはや姚合の意識を縛るものではなくなっていたのである。それどころか姚合は、職務と俸給に不滿を訴え、老病の苦痛を訴えて、辭職し歸隱したいと願うのである。しかもその幕僚の待遇は、田弘正の格別の配慮の下に、初任官としては十分すぎるものであった。こう考えるならば、姚合の訴える不滿も苦痛も、極度の誇張を含んでいたと見るべきだろう。

武功縣主簿の時期に確立する「武功體」の様式、またその前段階としての魏博節度使田弘正の幕僚時期の文學、ここに見られるのは、官の論理である「權力と富貴」から疎外された不遇な自己の演出であり、そこから導かれる意欲喪失の宣言である。こうして武功體の文學は、あえて官の論理に背いた小宇宙を建立することによって、自らを社會から切斷し、自らを審美的に高踏化するのである。

武功體のこうした「尙儉と懶惰」の美學は、張籍の閒居詩から繼承したものであるが、張籍の閒居詩が彼の不遇な體驗の中で成熟したものだったのと異なり、姚合は、張籍の閒居詩の中にあった「尙儉と怠惰」の美學を、美學として學び取った。姚合が不遇の中にいなかったにもかかわらず「裝われた不遇の文學」を作ったことはその事情を物語るものである。こう考えても良いだろう。「尙儉と怠惰」の美學は、姚合が文學に參入した時代になると、もはや體驗の裏付けが求められる特殊なものではなく、すでに誰もが納得する普遍的な美意識へと昇華しつつあったのである。

*　*　*　*　*

賈島は姚合と年齡も近く、交遊も親密だった。さらには文學の性格も、姚合と相い似ていた。「姚賈」の併稱には、十分の必然性があった。

その文學の類似は、元和という熱を帶びた時代が過ぎ去ろうとする氣分を反映した結果であり、しかもその氣分を張籍の文學の中に察知したという點でも、姚合と賈島は共通している。賈島は、文學活動の當初に韓愈や孟郊の薫陶を得て、韓門の詩人として出發している。その賈島がもっとも私淑したのが張籍であり、元和七年の秋に應試のために長安に上ってきた時、賈島はわざわざ張籍宅の近所に自らの寓居を選んだほどであった（賈島「延康吟」）。賈島はこの時、自分が進むべき方向を張籍の文學の中に見出したに相違ない。賈島も姚合も、この二人の文學は、張籍の文學のいわば嫡流なのである。しかしながらそれぞれ異なる意味において。

姚合は、張籍の閒居詩の「尙儉と怠惰」という出來上がった美學を、美學として繼承した。しかし賈島が繼承したのはそのような美學ではなく、張籍の不遇とその中で作られた閒居詩を自らの生を通じて追體驗することだった。賈島は、科擧に登第しなかった。張籍が進士に初回で見事に登第できたのも、姚合が進士登第の後に、武功縣主簿を跳躍臺として榮達を果たしたことも、賈島には無緣のことである。張籍が官途の途中で陷った不幸な境遇は、賈島にすれば當初のものであり、それが最期の日まで永遠に續いたのである。

賈島の文學には、「尙儉と怠惰」の美學などと言うものはなかった。それが美學となり、作品制作のいわば「鑄型」となった時、作られる詩には「あまさ」が付きまとうことになる。文學が「浮く」のである。姚合の文學が、常にある氣分を帶び、ある氣分に沿うように作られているのを見る時、そこに美學が働いていることに氣付くのである。しかし賈島の文學には、そのような美學の氣配はない。

そもそも賈島には、「尙儉」は無意味な概念だった。賈島はいつも貧困の中にいたので、儉約は生活の必要であり、趣味ではなかった。それに「怠惰」も、賈島に相應しくはなかった。彼は、書寫の賃働き（傭書）でようやく口を糊していたらしく、(16)また時閒があれば野邊に生える蔬菜やキノコを採り、薪を集めて回った。それに何より、彼は有力者による提拔を期待して「勤勉な自分」を賣り込まなければならなかった。賈島が晩年になって遂州長江縣主簿に任官されたのは令狐楚の推挽によるものに違いないが、それは賈島が令狐楚に對して十年ばかり辛抱強く干謁を續けてきた成果なのである。(17)

姚合は、自分と賈島の文學の相違を誰よりも承知していたものと思われる。自分にとっては美學であり趣味であるものが、賈島には、その文學も含めて、そこに在るただ一つの事實なのである。姚合はゆたかな詩的天分の持ち主であり、だからこそ自分のものが、賈島の文學の影繪のようなものであることを自覺せずにはおれなかっただろう。しかしながら、姚合には姚合の役割がある。賈島は、最後まで賈島でしかなかったが、姚合は「尙儉と怠惰」の美學の結晶である武功體を、習うべき範型として時代に提示することができた。「晩唐は賈島の時代」（聞一多「賈島」）と言われ、そのことには間違いはないだろう。また南宋の永嘉四靈や江湖詩派においても姚賈の祖述が復活する。しかし賈島を目標に掲げながらも、實際にはより多くの場合に姚合の指南に從っていたのが實態ではなかったのか。(18)

＊　＊　＊　＊　＊　＊

本書は、張籍から姚合・賈島へと繫がる流れの中に晩唐詩の萌芽を認めようとするものである。

從來の平均的な見方によれば、晩唐詩は、中唐という名の國家の相對的安定が破れた時に出現したと思われてきた。從って晩唐詩の成立は、八三五年の甘露の變、また八四一年に卽位した武宗の時期の會昌の排佛、あるいは李德裕の宰相拔擢によって熾烈化する牛李の黨爭という社會の混亂が目安とされたのである。

しかしながら、「晩唐は賈島の時代」である。杜牧や李商隱が晩唐詩の花であるとしても、晩唐詩の地色を作っていたのは、賈島の文學を模倣する多くは名も現れない詩人たちである。その事實から考えるならば、晩唐詩の萌芽は、どうしても甘露の變や武宗の卽位よりも遡るさらに早い時期になければならない。その中で浮かび上がるのが、張籍によって創り出され、姚合や賈島に繼承される「閒居詩」の系譜である。それはまだ元號が長慶と改まる前、すなわち人々が「元和の中興」を信じて國家の盛時を稱えていた時に、すでに晩唐詩は準備されていたのである。

なお附言すれば、張籍が「晩唐體」の先驅的詩人であるとの認識そのものは、古いといえば確かに古い由來を持っている。(19)しかしながらそれは印象的・斷片的な指摘に止まり、しかも晩唐の文學の本質が何にあるのか、また如何なる契機が晩唐の文學を萌芽させたのかという問題意識を必ずしも含むものではなかった。こうした問題意識を含まない研究は、二つの困難に突き當たりかねない。困難の第一は、姚合や賈島との詩句の類似性から先達としての張籍を捜し當てることができたとしても、中唐文學そのものであった韓門文學の中樞に位置する張籍が、なにゆえに同時に晩唐詩の先驅でもあったのか。またその社會的風刺を含む樂府を制作して、白居易の新樂府との關連を指摘される張籍が、なにゆえに晩唐の先驅でもあったのか。こうした疑問に辿り着くことも困難となるだろう。また困難の第二は、張籍から姚賈へと繼承される晩唐の文學を、これもまた目に見える詩句の類似を手掛かりとするために、安易に大暦の文學へと接續させようとする論調を生むことであり、(20)結果として晩唐詩に固有の本質を考察する契機を失いかねないのである。

本書は、張籍や姚合や賈島の閲歴を述べることにやや多くの筆を費やすことになった。晩唐の文學の本質が何にあるのか、また如何なる契機が晩唐の文學を萌芽させたのかを考えるためには、晩唐詩がまだ搖籃の中にあって呱々の聲を上げようとしていたこの時期の情況を少しでも具體的に理解することが肝要だと考えたためである。

〔注〕

（1）韓愈・白居易・張籍の進士登第年と年齢は、それぞれ七九二年（二五歳）、八〇〇年（二九歳）、七九九年（三四歳）である。

（2）徳宗即位の建中元年に、宰相楊炎によって施行された兩税法など。唐朝の税制は均田制を基盤とする租庸調制だったが、玄宗朝には逃戸と客戸が増大し、安史の亂によってその制度は最終的に崩壞する。しかも藩鎭は獨自の徴税を行い、中央政府の管轄下にある租税收入は激減する。兩税法はこれに對する解決策であり、藩鎭による恣意的徴税を禁じ、税額・期限・運搬を中央政府が主管し、本籍地以外の土地所有を認めて、客戸と土戸の區別を排し、土地の面積や生産力に應じて夏・秋の二回に納税させた。

（3）『舊唐書』卷一七〇「裴度傳」に「史臣曰、徳宗懲建中之難、姑息藩臣、貞元季年、威令衰削。章武皇帝志攄宿憤、廷訪嘉猷。……夫人臣事君、唯忠與義、大則以訏謨排禍難、小則以讜正匡過失、内不慮身計、外不恤人言、古之所難也。晉公（裴度）能之、誠社稷之良臣、股肱之賢相。元和中興之力、公胡讓焉」。不順藩鎭の討伐という點では、元和の中興は、その治世の末年に近い元和一四年（八一九）春の、魏博節度使の田弘正らによる淄青節度留後李師道の討伐まで繼續される。

（4）韓愈が就職活動として孟郊を徐州の張建封に推薦した「孟生」詩に「諒非軒冕族」（諒に軒冕で身を飾る盛族ではない）

と、孟郊が寒素の出自であることを述べる。

（5）孟郊の進士及第は四六歳だが、應試を始めたのが四二歳なので、浪人が長かったわけではない。五〇歳で溧陽縣尉として任官したが、詩作に耽って職務怠慢で半俸に減額されたのは、孟郊自身の責任である。陸龜蒙「書李賀小傳後」に「孟東野、貞元中以前秀才家貧、受溧陽尉。……坐於積水之傍、苦吟到日西而還。爾後袞袞去、曹務多弛廢。令季操卞急、不佳東野之爲、立白上府、請以假尉代東野。分其俸以給之」。

（6）杜牧が宣宗の敕命を承けて大中三年（八四九）に作った韋丹の遺愛碑「唐故江西觀察使武陽公韋公遺愛碑」に「皇帝召丞相延英便殿講議政事、及於循吏、且稱元和中興之盛、言理人者誰居第一。丞相（周）墀言……」とある。すなわち晩くとも宣宗の大中年閒（八四七～八五九）には、憲宗の治世を「元和の中興」とする評價はすでに皇帝にも宰相たちにも共有されていたことが確認でき、その評價の始まりはさらに遡りうる。

（7）下定雅弘「柳宗元における詩體の問題―元和一〇年を境とする古體から近體への變化について―」（『日本中國學會報』三六集、一九八四年）、同「韓愈の詩作―その古體の優勢から近體の優勢への變化について―」『日本中國學會報』（四〇集、一九八八年）に詳論される。後者には「韓愈の詩作に見える變化と類似の現象は、柳宗元にも見える。まる九年の永州の流謫生活を終えて、元和十年正月に長安に歸るときから、柳宗元の詩作も近體詩が優勢となった。白居易もまた……。それぞれの詩體の變化にはそれぞれの理由がある。しかし、朝臣としての Identitiy を獲得しようとする激しい熱情の時代が過ぎ去るとともに近體の時代が訪れているのは、みな同じである」（九一頁）。

（8）「中堂高且新、四時登牢蔬。前榮饌賓親、冠婚之所於。庭內無所有、高樹八九株。有藤婁絡之、春華夏陰敷。東堂坐見山、雲風相吹噓」。

（9）「開門問誰來、無非卿大夫。不知官高卑、玉帶懸金魚。……凡此座中人、十九持鈞樞」。

（10）錢仲聯『韓昌黎詩繫年集釋』（上海古籍出版社、一九八四年）には、貞元九年（七九三、韓愈二六歳）、進士に及第するも吏部銓試に落第していた時期の作とする。

（11）注7所揭の下定雅弘「韓愈の詩作―その古體の優勢から近體の優勢への變化について―」によれば、韓愈の「古」の價値觀を突出させる古體詩は自分の不遇感の表出と不離一體の關係にあり、その韓愈が古體詩を中心とした制作活動から近體詩に轉ずる境目は、元和七年に比部員外郎兼史館修撰となり、政治の實務に加えて、史官として「順宗實錄」の編纂に参加することで、韓愈の年來の不遇感が癒された以降と見る。

(12) 一例として胡仔『苕溪漁隱叢話前集』卷一六「韓吏部上」に「東坡云、退之「示兒」云「主婦治北堂、膳服適戚疎。恩封髙平君、子孫從朝裾。開門問誰來、無非卿大夫。不知官高卑、玉帶懸金魚」、又云「凡此坐中人、十九持鈞樞」、所示皆利祿事也。至老杜則不然。「示宗武」云「試吟靑玉案、莫羨紫香囊。應須飽經術、已似愛文章。十五男兒志、三千弟子行、曾參與游夏、達者得升堂」、所示皆聖賢事也」。

(13) 「平淮西碑」に「(卽位) 明年平夏、又明年平蜀、又明年平江東、又明年平澤潞、遂定易定。致魏博貝衞澶相、無不從志。……」。なお「夏」「蜀」「江東」「澤潞」については、それぞれ「鹽夏綏銀節度使留後の楊惠琳」「劍南西川節度使留後を自稱する劉闢」「浙西節度使の李錡」「彰義節度使の盧從史」の不順藩鎭の平定を指し、「易定」「致魏博貝衞澶相」は、それぞれ「義武軍節度使・張茂昭」が易州・定州を以て歸順し、「魏博節度使・田弘正」が所轄の魏州・博州・貝州・衞州・澶州・相州を以て歸順したことを指す。

(14) 杜甫は杜預の一三世の孫に當たる舊族の出自であるが、近い過去において家運が陵夷していたことは、玄宗に特別の拔擢を願って奉上した「進鵰賦表」の以下の記述に明らかである。「臣之近代陵夷、公侯之貴磨滅、鼎銘之勳不復炤燿於明時」(近い世代は沒落して、かつて公侯であった尊貴の地位も摩滅し、鼎に刻まれた功勳が陛下の御代に輝きを取り戻すこともありません)。

(15) 六品以下の官職が吏部の任命(銓選)による中で、監察御史(正八品上)や左拾遺(從八品下)が皇帝自らの任命(敕授)の形式を取るところから、この二つは官位こそ低いが特別に重視された官職であったと判明する。『舊唐書』卷四三「職官二」に「可擢爲拾遺・補闕・監察御史者、亦以名送中書門下、聽敕授」。

(16) 姚合「別賈島」詩に「懶作住山人、貧家日賃身。書多筆漸重、睡少枕長新。……」。

(17) 賈島が令狐楚に投刺したのは、令狐楚が宣武軍節度使(兼汴州刺史)在任の長慶四年(八二四)九月から太和二年(八二八)一〇月の閒であり、長江縣主簿の赴任は開成二年(八三七)、賈島五九歳の時である。

(18) 陳斐「試論《衆妙集》《二妙集》的編選傾向」(『信陽師範學院學報(哲學社會科學版)』第三〇卷第一期、二〇一〇年)の調査によれば、趙師秀『二妙集』に收める姚賈の詩の比率は、姚合一三〇首に對して賈島八二首であり、姚合の詩が明らかに親しまれた。ちなみに姚合詩は約五〇〇首、賈島詩は約四〇〇首で、總詩數に大差はない。

(19)　張洎「項斯詩集序」（陸心源『唐文拾遺』巻四七）に「吳中張水部爲律格詩。尤工於匠物、字淸意遠、不涉舊體、天下莫能窺其奧。唯朱慶餘一人親授其旨。沿流而下、則有任蕃・陳標・章孝標・倪勝・司空圖等、咸及門焉」と述べて、晩唐における「張籍詩派」の存在を提示。また方回『瀛奎律髓』巻二〇「朱慶餘・早梅」條に「張洎序項斯詩謂『元和中、張水部律格不涉舊體、惟朱慶餘一人親授其旨。沿而下、則有任藩・陳標・章孝標・司空圖等及門』。項斯、於寶曆開成之際、尤爲水部所賞。然則韓門諸人詩派分異、此張籍之派也。姚合・李洞・方干而下賈島之派也」と述べて、晩唐の「張籍之派」「賈島之派」の存在に言及する。なお「張籍における閒居詩の成熟」章の注29も參照。

(20)　李嘉言「賈島詩之淵源及其影響」（同『長江集新校』所收、上海古籍出版社、一九八三年）に「島旣長於五言、且以意爲主、則與盛唐王維・孟浩然派相近、故王孟頗有近似賈島之句、……杜甫之後、大曆十才子與賈島之關係亦甚密接。……」。また袁曉薇「從王維到賈島―元和後期詩學趣旨的轉變和淸淡詩風的發展」（『中國韻文學刊』第二一巻第二期、二〇〇七年）の第一節では、姚合の『極玄集』が王維に始まってもっぱら大曆十才子の詩を收める事實を手掛かりに、姚賈の文學との繼承關係を論ずる。

I

張籍における閒居詩の成熟
――太常寺太祝在任時を中心に――

緒言

元和一一年の初秋、韓愈は眼疾のために官を辭して閒居していた張籍を見舞い、「題張十八所居」詩を作った。「名秩後千品、詩文齊六經。端來問奇字、爲我講聲形」（君の官品は最低だが、詩文は六經と肩を並べるほどに完璧だ。書物を取り出して見慣れぬ文字を質問すると、君は懇切に字音と字形を教えてくれる）。韓愈はここで自ら遜り、さりげなく張籍の奥深い學識を吹聽しているのだが、この詩句は、その後閒もなく張籍が國子助教に拔擢され、最後には國子司業という學官で終ることを豫告するものとなる。

しかし國子助教に至るまでの張籍の官途は、不遇であった。貞元一五年（七九九）、初めての應試で見事に進士科に登第した。しかしその直後に家鄉の和州で服喪することとなり、元和元年（八〇六）にようやく太常寺太祝に就任する。太常寺太祝は、大廟の神主を管理する末端の禮官であるが、この官に十年も留まることになる。しかもこの官途不如意の時期は、張籍が病氣に惱み續ける時期でもあった。張籍はこの不幸な十年の中から、「閒居詩」とも稱すべき新しい文學の形を作りあげることになる。

この閒居詩は、張籍自身の文學の中で、必ずしも最も大きな位置を占めるものではなかった。また當時の文學情況の中で、注目されるものでもなかった。しかしその影響は、姚合や賈島を通して確實に晩唐へと傳えられることになる。晩唐の文學は、張籍の閒居詩の中に胚胎していたのである。

一　太常寺太祝在任時の健康狀態・前期

張籍は、元和元年から元和一〇年頃までの約十年間、正九品上の太常寺太祝に在任していた。韓愈が「名秩後千品」(「題張十八所居」)と言うような、流內官すべて九品三十等級の、下から數えて五番目の末官である。何故このような末官に十年も在任することになったのかは、大きな疑問である。唐代では一つの官職の任期(官滿)は原則として三年である。この事態は異樣であり、當時から人の注目するところであった。白居易が元和一〇年に作った「重到城七絕句　張十八」に「獨有詠詩張太祝、十年不改舊官銜」と述べるのは、短期閒に官職を代える者が多い中で、ひとり張籍の事態が特筆に値したことを言うものである。

張籍が官僚として無能かつ不適格な人物であったと見ることはできない。時に率直に過ぎるような發言があったとしても、(1)それが人物評價において致命傷になるほどであったとは考えにくい。事實、彼は元和一一年以降になると、國子助教・廣文館博士・祕書郎・國子博士・水部員外郎・水部郎中・主客郎中と累遷して、最終官は從四品下の國子司業となっている。國子博士以降の官職は、日ごとに朝參に與かる常參官、(2)つまり高級官僚である。官僚に必要な一定の資質を持ち合わせていた張籍であるならば、太常寺太祝という末官に十年も留まっていたことはいよいよ不可解な事態と言わざるを得ない。

恐らくその點を理解する大きな鍵は、彼の健康問題にある。

張籍は、元和元年の秋冬に太常寺太祝に就任したようである。韓愈はこの年の六月、江陵法曹參軍から國子博士として長安に召還された。たまたま長安には孟郊・張籍・張徹が集まっており、彼ら三人と「會合聯句」が作られることになるが、この時點では、まだ張籍は任官していないらしい。(3) その一方で、白居易が元和一〇年に作った「重到城七絕句　張十八」には「獨有詠詩張太祝、十年不改舊官銜」とあることから、元和元年秋冬には太常寺太祝に就任したと考えて良かろう。

韓愈は、翌元和二年六月から元和六年夏まで、國子博士分司東都また河南令として、四年閒長安を離れており、張籍との親交は閒遠になる。韓愈の詩から、張籍の動向を窺うことはできない。

この閒、元和四年から翌年にかけて、張籍は白居易と交友を持つことになる。白居易は、元和二年に翰林學士となって氣鋭の官僚として頭角を露し、多忙な生活を送っていた。一方、張籍は太常寺太祝の官にあったが、この頃には身體の不調に惱まされていた。このため、兩者の閒には詩の應酬こそあったが、直接の往來は限られたものであったらしい。(4) ともあれこの時期の白居易との應酬詩は、當時の張籍の生活を窺う貴重な資料となっている。

①病中寄白學士拾遺

秋亭病客眠　庭樹滿枝蟬
涼風繞砌起　斜影入床前
梨晚漸紅墜　菊寒無黃鮮
倦遊寂寞日　感歎蹉跎年
塵歡久消委　華念獨迎延
自寓城闕下　識君弟事焉

病中　白學士拾遺に寄す　張籍

秋亭　病客眠り　庭樹　枝に滿つるの蟬あり
涼風　砌を繞りて起こり　斜影　床前に入る
梨　晚にして漸く紅に墜ち　菊　寒くして黃鮮無し
倦遊　寂寞たる日　感歎　蹉跎たる年
塵歡　久しく消委し　華念　獨り迎延す
自ら城闕の下に寓し　君を識りて焉《ここ》に弟事す

君爲天子識　我方沉病纏　　君は天子に識られ　我は方《まさ》に沉病に纏《まと》はる
無因會同語　悄悄中懷煎　　會して同に語るに因し無し　悄悄として中懷煎る

〔大意〕秋の家に、病人が眠るとき、家の庭には、蟬の鳴き聲が滿ちる。涼風は、階前のあたりを吹いて、夕日が寢床にまで差し込んでくる。梨は、日暮れに赤く色づいて落ち、菊は、冷え込む中で黃色い花も殆ど咲かない。役人の生活に疲れて寂寞の思いをかこち、下積みの暮らしにため息を漏らす。世の歡樂からは久しく遠ざかっていたが、いま君の芳情をかたじけなくする。長安に寓居しているために、君と知り合って、ここに謹んでお付き合い願うことにしよう。君は天子の覺えもめでたいが、私は病にまとわりつかれる。君に會って語り合う機會もないので、胸の中に寂しい思いが込み上げるのだ。

この詩は、改まった言い回しが目立つことから、兩者が交流を始めた頃の作と推定される。「自寓城闕下、識君弟事焉」とは、自分がたまたま長安に寓居していたために、君を識ることができた、その立派な君に、謹んで悌事したいと述べるもので、いわば初對面の挨拶に近い。これに唱和するのが、白居易の次の詩である。

②酬張太祝晩秋臥病見寄　　張太祝の晩秋病に臥して寄せらるに酬ゆ　　白居易

高才淹禮寺　短羽翔禁林　　きみが高才　禮寺に淹《とどこほ》り　わが短羽　禁林に翔る
西街居處遠　北闕官曹深　　きみは西街に居處遠く　われは北闕に官曹深し
君病不來訪　我忙難往尋　　君病めば來りて訪はず　我忙しければ往きて尋ね難し
差池終日別　寥落經年心　　差《し》池《ち》として終日別れ　寥落たり年を經るの心
露濕綠蕪地　月寒紅樹陰　　露は濕ふ綠蕪の地　月は寒し紅樹の陰
況茲獨愁夕　聞彼相思吟　　況や茲の獨り愁ふるの夕に　彼の相思の吟を聞くをや

上歎言笑阻　下嗟時歳侵　　上は言笑の阻まるるを歎じ　下は時歳に侵さるるを嗟す
容衰曉窗鏡　思苦秋弦琴　　容衰　曉窗の鏡　思苦　秋弦の琴
一章錦繡段　八韻瓊瑤音　　一章　錦繡の段　八韻　瓊瑤の音
何以報珍重　慚無雙南金　　何を以てか珍重に報いん　慚づらくは雙の南金無きことを

〔大意〕君は英才を懷きながらも太常寺の官に滯り、私は無能なのに禁中に出入りしている。君は西街の遠い所に住んでいるのに、私は宮殿の奧の部局に勤めている。君は病氣なので、私を訪ねることはできず、私は多忙のゆえに、君を訪ねることが難しい。ちぐはぐなままに、いつまでも離ればなれで、寂しい思いが募るばかりだ。見れば、綠の草はらを露が沾し、赤く色づいた木々を月がさやかに照らす。まして孤獨な夜に、君の友を求める歌を聞かされたのだから。會って談笑できないことを嘆き、また歳月の過ぎゆくことを悲しむ。曉の鏡に映った衰老の姿。秋の琴の音に託した寂寥の思い。そんな思いを詠んだ君の詩篇は、錦の織物のように美しく、その一六句は玉が觸れ合う調べを奏でる。この妙なる詩にどう答えたらよいものか、私には、あの二袋の南方の金のような詩章が作れないのだ（西晉・張載「擬四愁詩」に「佳人遺我綠綺琴、何以贈之雙南金」）。

詩の末尾に「一章錦繡段、八韻瓊瑤音」と讚美するのは、八韻一六句の張籍の原詩を指す。白居易の詩も、張籍詩と同じように畏まった言い回しが目立つ。冒頭「高才淹禮寺、短羽翔禁林」、抜群の才能である君が太常寺の末官に沈淪し、菲才の自分が禁中に出入りしていると述べ、末尾「何以報珍重、慚無雙南金」、何を以て卓れた君の詩篇に報いることができようか、南方で産する良質な金（才能）が自分には不足しているのだ、というのがそれである。張籍の詩題には「白學士拾遺」とあり、當時の白居易の官職が翰林學士・左拾遺であったことが分かる。白居易が翰林學士となったのは、元和二年、翰林學士のまま左拾遺となったのは元和三年四月。そしてこの詩は秋の作である。と

すれば、張籍と白居易との交遊は、早ければ元和三年の秋、晩くとも翌年の秋に始まったと推定される。(5)

張白には、さらに一組の七絶による唱和詩がある。二人の交遊は親密さを加えており、上記の唱和よりも後の作であろう。季節は、まだ肌寒さが殘るような早春の候である（④「憐君馬痩衣裘薄……今日正閒天又暖」）。假に①②が元和三年秋の作とすれば、次に讀む③④は翌年、もしくは翌々年春の作。かりに前者が元和四年の作とすれば、後者は元和五年春の作に限定される。

③寄白學士　　白學士に寄す　張籍

自掌天書見客稀　　きみの天書を掌《つかさど》りしより客を見ること稀なり
縱因休沐鎖雙扉　　縱《たと》ひ休沐に因るとも雙扉を鎖さん
幾回扶病欲相訪　　幾回か病を扶けて相ひ訪はんと欲するも
知向禁中歸未歸　　知んぬ　禁中より歸るや未だ歸らざるや

〔大意〕君が翰林學士として詔書の制作を掌ることになってから、人と會う時間の餘裕もなくなって、かりに休暇が取れても、お宅に籠って休むだけだろう。何度も、病を押してお訪ねしようと思ったが、はたして禁中からお歸りかどうか。

④答張籍因以代書　　張籍に答へ因りて以て書に代ふ　白居易

憐君馬痩衣裘薄　　憐む　君が馬の痩せて衣裘の薄きを
許到街東訪鄙夫(6)　　街東に到りて鄙夫を訪ふを許さんや
今日正閒天又暖　　今日　正に閒にして天も又た暖かなり
可能扶病暫來無　　可《あ》に能く病を扶けて暫し來るや無や

〔大意〕　君の馬は痩せて、君の服も薄くて寒さが辛いかも知れない。私の街東の宅まで、お訪ね頂けるものでしょうか。今日は私には時閒もあるし、それに暖かい。病を押して、ここまでやって來られますか？

以上の二組四首の唱和詩に共通して見られるのは、一つは、白居易の公務多忙である。②「我忙難往尋」、③「自掌天書見客稀」。翰林學士として詔敕の起草に當たり、また左拾遺を兼ねているこの時期に、一方では「新樂府」の制作にも沒頭していた。いわば白居易の官歷において、最も意欲的に活躍していた時期である。

そして二つには、張籍の體調不良である。①「秋亭病客眠」、「倦遊寂寞日、感歎蹉跎年」、「我方沉病纏」、②「君病不來訪」、③「幾回扶病欲相訪」、④「可能扶病暫來無」。張籍はその體調の惡さのために、新昌坊の白居易宅を訪ねることもままならない狀態であり（②「君病不來訪」）、また白居易の④「答張籍因以代書」においても、「今日正閒天又暖、可能扶病暫來無」とその病狀を氣遣わなければならなかった。張白の交遊を妨げていたのは、白居易の多忙であるとともに、張籍の病氣であった。

この時の張籍の病氣は、その後に彼を惱ませることになる眼疾ではない。元和九年頃から張籍は重い眼疾を患い、詩にも頻りに目の不調を訴えているが、これらの張白の唱和詩には眼疾が明言されていない。恐らくは眼疾とは別の病氣に罹っていたのであろう(7)。

この時期の張白の唱和詩は、以上の二組である。前の唱和は秋、後の唱和は、翌年ないしは翌々年の春であり、兩者の閒隔は最大で一年半、最小で半年である。半年以上、場合によっては一年半も快癒しないのは、容易な病氣ではない。恐らく張籍は太常寺太祝に就任して丁度三年目になる頃から患ったこの病氣のために、第一回目の異動の機會を失ったものと思われる。當時の多くの官職は、三年を任期（官滿）とする。太常寺太祝は、太廟の神主（位牌）を管理するいわば閒職であり、張籍の健康狀態を考えればそうした閒職が適當という判斷もあり得たのであろう。

二　太常寺太祝在任時の健康狀態・後期

白居易は、元和六年の夏に母陳氏を亡くして、下邽で足掛け三年（二五箇月）の喪に服するために長安を離れる。入れ替わるように秋には、洛陽で河南令を勤めていた韓愈が、職方員外郎として長安に歸ってくる。

元和六年の秋以降、韓愈の詩文に再び張籍が登場することになる。「石鼓歌」は、「張生手持石鼓文、勸我試作石鼓歌。少陵無人謫仙死、才薄將奈石鼓何」と始まる七言古體詩。石鼓の拓本を張生が韓愈に見せながら石鼓の詩を作らせたというものである(8)。

そしてもう一首は、この年の冬に作られた「贈張籍」詩であり、このとき一三歳になっていた韓愈の子息である韓昶に、張籍が毛詩を教えることを詠じた詩である。張籍は古典・文字學に詳しかった。この詩から二つの消息を讀み出すことができる。一つは、張籍の太常寺太祝の勤務には餘裕があったこと、もう一つは、この時期それなりに健康を回復していたことである。韓愈が一日の用事を終えて歸宅すると、張籍はにこにこ笑って彼を出迎えた（「薄暮歸見君、迎我笑而莞」）。朝から張籍は韓愈の家に留まって、韓愈の子の勉強を見ていた。元和四年前後には外出が困難なほどに衰弱していた張籍だが、この頃には、韓愈宅に泊まりに來るほどに元氣になっていたのである。

ちなみに元和七年の秋には、賈島が應試のために上京して、張籍の家から遠くないところに寓居を求めている(9)。この前後の賈島の詩にも、張籍の病狀を示唆する言辭はない。元和六年から翌年にかけて、張籍はそれなりに元氣になっていたらしい。

しかし元和八年の一〇月に作った韓愈の詩には、張籍の眼疾が特記されることになる。この詩の宛先は、藍田縣丞の任にあった崔斯立であり、この人物は韓門の一員に數えられる。詩に孟郊と張籍の二人が讀み込まれるのは、そのよしみである。

雪後寄崔二十六丞公　　韓愈

藍田十月雪塞關、我興南望愁群山。……
詩翁憔悴斸荒棘、清玉刻佩聯玦環。腦脂遮眼臥壯士、大弨挂壁無由彎。……

〔大意〕君がいる藍田に、まだ初冬の一〇月だというのに雪が降って藍田關を塞いでしまった。私は起き出して南を眺めやると、山々は愁わしげに雪を戴いている。……孟郊は不遇の中で憔悴し、棘を切り拓くような苦難の生活だが、その詩は美玉を連ねて腰に帯びる環珮をこしらえるかのようだ。かたや張籍は目やにに瞼をふさがれてしまい、立派な弓も壁に掛けたまま矢をつがえることもできない無念の有様だ。……

その孟郊の詩にも、張籍の眼疾が述べられることになる。次の詩が作られたのは、先の韓愈の詩よりも後の、恐らくは孟郊が八月に急死するその元和九年の前半のことであろう。この時點になると、張籍の眼病は失明を危惧する程に重くなっていた。

寄張籍

未見天子面　不如雙盲人
賈生對文帝　終日猶悲辛
夫子亦如盲　所以空泣麟
有時獨齋心　髣髴夢稱臣
夢中稱臣言　覺後眞埃塵」

張籍に寄す　孟郊

未だ天子の面を見ざること　雙盲の人にも如かず
賈生　文帝に對すること　終日なるも猶ほ悲辛す
夫子も亦た盲の如く　所以《ゆえ》に空しく麟に泣く
きみは時有りて獨り齋心し　髣髴として夢に臣を稱す
夢中に臣を稱して言ふも　覺めて後　眞に埃塵。」

東京有眼富不如
西京無眼貧西京
無眼猶有耳隔牆
時聞天子車轔轔
轔轔車聲輾冰玉
南郊壇上禮百神
西明寺後窮瞎張太祝
縱爾有眼誰爾珍
天子咫尺不得見
不如閉眼且養眞

東京（孟郊自身）は眼有るも　富は如かず
西京（張籍）は眼無くして　西京に貧し
きみは眼無きも猶ほ耳有り　牆を隔てて
時に天子の車の轔轔たるを聞かん
轔轔たる車聲　冰玉を輾《しだ》き
南郊の壇上に百神を禮《まつ》る
西明寺後　窮して瞎《めしひ》なる張太祝
縱《たと》ひ爾に眼有るも誰をか爾は珍とせん
天子の咫尺なるも見るを得ず
眼を閉じて且く眞を養ふに如かず

〔大意〕　張籍よ、君は天子に拜謁したことがない點で、兩眼ともめしいた人にも及ばないのだ。賈誼は文帝に一日中向かい合うことができたが、それでも最後は悲慘な運命が待っていた。孔子もまるで盲人のようで、だから獲麟の消息を知って涙を流した。君は、時に心を澄ませて、夢の中で天子と對坐して臣を稱する。夢の中で天子に向かって臣を稱したところで、夢から覺めてみれば、無慘な現實があるだけだ。」洛陽の男（孟郊自身）は眼こそ見えるが、金はない。長安の男（張籍）は、眼も見えず、長安で貧乏暮らし。しかし眼は見えずとも耳があって、塀の向こうを、天子の車がガラガラと音を立てて通りかかるのが聞こえるのだ。ガラガラと音を立てて氷雪を踏みしだき、南郊の壇上で百神を祭る。西明寺の裏に住む、貧乏でめしいの太常寺太祝の張籍は、かりに眼が有ったとしても、その見えない眼でいったい誰に挨拶できるのか。天子が間近にいたとしても、どうせ見ることはできないのだから、いっそ目をつぶって眞を養うに越したことはないのだよ、君は。

この詩で張籍は、「窮瞎張太祝」すなわち貧乏でめしいの張太祝と稱されている。「未見天子面」あるいは「天子咫尺不得見」という言葉が繰り返されるところを見ると、恐らく張籍は天子に知られることもなく埋もれる官途の不遇を、孟郊に訴えていたものと思われる。孟郊はそれを逆手に取って、どうせ君は眼が見えないのだから、昇進して天子に拜謁が叶っても意味が無かろう、その位ならば眼をつぶって、眞を養うに越したことはないと慰めるのである。詩中に「南郊壇上禮百神」を話題にするのは、太祝が太廟の神主（位牌）を管理する役人だからである。

＊　＊　＊　＊　＊

張籍の眼疾は、元和八年の冬を過ぎて深刻化した。韓愈は、この貧乏な友人のために治療費の工面に當たることになる。次の「代張籍與李浙東書」は、張籍の代筆を務めるという形式で、浙東觀察使の李遜に張籍の治療費を工面し、幷せて張籍の幕僚採用を願う書簡である。李遜は、浙東觀察使の大官として十分な經濟力を持ち、また幕僚を辟召する權限も持っていた。このとき韓愈の手紙を言付かった李翺は、早い時期からの韓愈の門人で、張籍とは舊知の間柄だった。浙東觀察使の幕僚となっており、このときたまたま用事で長安に上って來たのである。

確認すべきは、この書簡の制作時期である。李翺は、元和五年から元和九年までの足かけ四年、浙東觀察使李遜の幕僚となっている。その間、元和九年正月に叔父の李術の改葬を執り行うために長安に上っている。[10] 韓愈・張籍と會ったのは、正しくその時であろう。書簡の、張籍の眼疾に關わる部分を掲げておこう。

> 月日　前某官某、謹東向再拜寓書浙東觀察使中丞李公閤下。……近者閤下從事李協律翺到京師。籍與李君友也。不見六七年、聞其至、馳往省之。問無恙外、不暇出一言、且先賀其得賢主人。……退而自悲、不幸兩目不見物、無用於天下。胸中雖有知識、家無錢財、寸步不能自致。今去李中丞五千里、何由致其身於其人之側、開口一吐出胸中之奇乎。……使籍誠不以畜妻子憂饑寒亂心、有錢財以濟醫藥、其盲未甚、庶幾其復見天地日月。

目得不廢、則自今至死之年、皆閤下之賜也。……籍頓再拜。

〔大意〕　某月某日、前某官の某、つつしんで東に向かい恭しく書簡を浙東觀察使、御史中丞の李遜閤下にお届け申しあげます。……近ごろ、閣下の部下李翺協律郎が上京いたしました。わたくしは李翺君と友人であります。六、七年あわなかったので、到着したことを聞いて訪問にかけつけました。安否のあいさつのほか、一言をいうひまもなく、まず第一に賢明な主人を得たことを慶賀いたしました……ひきさがって自分を悲しく思いますには、不幸にも兩眼はものが見えず、天下の役に立たず、胸の中に知識があっても家には金銭財産がなく、わずかの歩行も自分で行くことができない、いま、李遜閣下から五千里も離れていて、どうして自分の身をその人のそばにやり、口を開いて思いきり胸中の奇策を吐き出すことができましょうか。……わたくしにもしも妻子を養い、飢えこごえの心配から心を亂すことなく、醫薬をととのえる金銭財産がございましたら、盲目の程度はまだそうひどくはありませんので、もう一度天地日月を見ることがあろうかと思います。おかげですてられることもなくなれば、今から死ぬまでの年は、みな閣下の下されたものでございます。……籍、恐縮ながらこれまで。（日譯は、清水茂『韓愈・I』筑摩書房、世界古典文學全集、一九八六年）

なお賈晉華『韓愈大傳』所収「張籍傳」四六六頁では、冒頭の「前某官某」を捉えて、この時點ですでに太常寺太祝を辭していると推定する。官僚が病氣を理由に辭官する場合、長告（療養休暇申請）し、滿百日の期限を經過すると自動的に免官となる。從って、この時點ですでに百日が經過して免官されているとすれば、張籍の長告は、元和八年の冬であった可能性が高い。また免官狀態だったとすると、この書簡で、張籍について治療費の工面と共に、浙東觀察使李遜の幕僚として採用を希望するのと辻褄が合う。張籍の太常寺太祝の免官については、次節で論ずることにしたい。

三　免官

元和九年から一〇年にかけては、韓愈との目立った詩の應酬がない。韓愈も長安にいて順調に出世し[11]、兩者の關係も安定していたことを示すものであろう。元和九年八月に孟郊が急死した時には、韓愈は長安でその知らせを受け、祭壇を設け、張籍を呼んで哭禮を執り行っている。また一〇月の埋葬時には、張籍は、孟郊に貞曜先生の謚を定め、韓愈は「貞曜先生墓誌銘」を作るなど[12]、兩者の閒には親密な行き來が保持されていた。

一方、元和九年の冬には、母陳氏の喪が明けて白居易が長安に歸り、白居易との詩の應酬が再開される。

酬張十八訪宿見贈　白居易

昔我爲近臣　君常稀到門　今我官職冷　唯君來往頻
我受狷介性　立爲頑拙身　平生雖寡合　合卽無緇磷
況君秉高義　富貴視如雲　五侯三相家　眼冷不見君
問其所與游　獨言韓舍人　其次卽及我　我愧非其倫
胡爲謬相愛　歲晚逾勤勤　落然頽檐下　一話夜達晨
牀單食味薄　亦不嫌我貧　日高上馬去　相顧猶逡巡
長安久無雨　日赤風昏昏　憐君將病眼　爲我犯埃塵
遠從延康里　來訪曲江濱　所重君子道　不獨愧相親

〔大意〕むかし私が翰林學士のような近臣であった時、君は殆ど私の家に來ることはなかったが、いま私が人に見向きもされない冷官になると、ただ君だけが訪ねてくれる。私は狷介な性格で、世渡り下手だ。普段から付き合いは少ないが、付き合えば途中で投げ出すことはない。まして君は理想家肌で、富貴を見ること浮雲の如しだ。そのためお偉方は、君のことを冷たくあしらおうとする。誰と付き合いがあるかと問えば、中書舎人の韓愈だけだと言う。その次は、私なのだそうだが、私が韓愈殿と竝ぶなど畏れ多いことだ。どうしたわけか君に大事にされて、歳も暮れだというのにますます交際は懇ろになる。傾いた簷の下に寛ろいで、一晩中語り明かす。寢臺も粗末で、食事も質素なのに、君は私の貧乏暮らしを嫌いもしない。日も高くなって君は馬に乗って歸って行くが、それでも名殘惜しそうに振り返ってくれる。長安は久しく雨も降らず、風が吹くと太陽も赤くくすんで見える。君は眼が惡いというのに、この土埃を冒して訪ねてくれた。君が住む延康里から、曲江のほとりの新昌里まで訪ねてくれたのだ。君が重んずるのは、君子の道。こうして自分に友情を示してくれるだけではないのだ。

この元和九年の年末に作られた詩には、四つの興味深い消息がある。一つは、喪明けに就任した東宮官の太子左贊善大夫を「官職冷」として、白居易は不滿を懷いていたこと。二つは、張籍が、今は冷官となった白居易を見捨てない、篤實な人物として描かれること。三つは、張籍の口から、彼の最たる親友は韓愈であり、次が白居易であると語られたこと。四つは、張籍がこの時期、重い眼疾を患っていたこと。特にここでは第四點に注目しておきたい。延康里から新昌里までの馬での移動が、馭者の介助があっても、目が不自由な張籍には容易なことではなかった。それ故に、病を押してわざわざ訪ねてきた張籍の友情の深さに、白居易は感じ入るのである。

次に見るべきは、「讀張籍古樂府」である[13]。この詩では、張籍の生活狀態を窺う點で、末尾の四句が重要である。「如何欲五十、官小身賤貧。病眼街西住、無人行到門」（どうして五十歳にもなろうとするのに、末官の貧賤の境遇に埋もれているのか。眼を患いながら、街西に住しており、誰もその家を訪ねようともしない）。張籍の生年については、大曆元年

（七六六）說、大曆四年（七六九）說、大曆七年（七七二）說など様々あるが、本稿では大曆元年說を採る。この詩が元和一〇年の作とすれば、張籍は五〇歲。九年の作とすれば、四九歲である。

※　次に掲げる二首は、前者は元和一〇年春。後者はこの年の六月、武元衡暗殺事件について上書したが、却ってその越權を批判され、その處分を待つ初秋の候に作られたと推定される。張籍の官況や住居について貴重な情報を含むものであるが、眼疾を明示しての言及はない。

重到城七絕句其三「張十八」　白居易

諫垣幾見遷遺補　憲府頻聞轉殿監　諫垣　幾たびか見る　遺・補の遷るを　憲府　頻りに聞く　殿・監の轉ずるを

獨有詠詩張太祝　十年不改舊官銜　獨だ詩を詠む張太祝の　十年　舊《もと》の官銜を改めざる有り

〔大意〕　長安の官界に復歸してみれば、下邽に服喪していた三年の閒に、諫垣では拾遺や補闕の人は樣變わりし、憲府でも殿中侍御史や監察御史は入れ替わっていた。しかし詩も作る太常寺太祝の張籍だけは、十年閒も元のままの官職なのだ。――諫垣を問題にしたのは、白居易自身がかつて左拾遺であったため、また憲臺を取り上げたのは、白居易の親友である元稹がかつて監察御史であったためでもあろうが、要するにこの二つの部署は氣鋭の官僚が通るべきエリートコースに位置していた。

寄張十八　白居易

飢止一簞食　渴止一壺漿　出入止一馬　寢興止一床　此外無長物　於我有若亡　胡然不知足　名利心遑遑

念茲彌懶放　積習遂爲常　經旬不出門　竟日不下堂　同病者張生　貧僻住延康　慵中每相憶　此意未能忘

迢迢靑槐街　相去八九坊　秋來未相見　應有新詩章　早晚來同宿　天氣轉淸涼

以上の張白の交往詩から判明することは、白居易が服除の後、江州左遷の前の半年餘りの時間に、張籍との關係が親密化したこと、そして張籍については元和八年の末から深刻化した眼病が、この時期に至ってもまだ平癒していないことである。

＊　＊　＊　＊　＊　＊

白居易が元和一〇年八月に江州司馬に左遷されて長安を去ったその後の張籍については、韓愈の詩を通して知ることができる。次に掲げる張韓の唱和詩は、元和一一年秋の作である。當時、張籍は延康坊に寓居していた。そこは長安城内の朱雀大街の西側の、西街と呼ばれる地區にあった。

題張十八所居　　張十八の居る所に題す　　韓愈

君居泥溝上　溝濁萍靑靑　　君は泥溝の上に居り　溝　濁りて萍は靑靑
蛙讙橋未掃　蟬嘒門長扃　　蛙　讙《かまび》すしくして橋　未だ掃かず　蟬　嘒《な》きて門　長《つね》に扃《と》ざす
名秩後千品　詩文齊六經　　名秩　千品に後れたるも　詩文　六經に齊し
端來問奇字　爲我講聲形　　端《も》ち來たりて奇字を問へば　我が爲に聲形を講ぜり

〔大意〕　君はドブの傍に住んでおり、ドブは淀んで水草が綠に浮かぶ。蛙がやかましく鳴いて、橋は汚れたまま。蟬が鳴いて、門は閉ざしたまま。官品は最低だが、詩文は六經と肩を竝べるほどに完璧だ。書物を取り出して見慣れぬ文字を質問すると、君は懇切に字音と字形を教えてくれる。

これに唱和したのが、次の張籍の詩である。

酬韓庶子　　韓庶子に酬ゆ　　張籍

西街幽僻處　正與嬾相宜
尋寺獨行遠　借書常送遲
家貧無易事　身病足閒時
寂寞誰相問　祇應君自知

西街　幽僻なる處　正に嬾と相ひ宜し
寺を尋ねて獨り行くこと遠く　書を借るも常に送ること遲し
家貧しければ易事無きも　身病めば閒時足る
寂寞　誰か相ひ問ふ　祇だ應に君のみ自《おのづか》ら知るべし

〔大意〕西街の奥まった所、そこは懶惰な生活にぴったりだ。寺を訪ねて、一人で遠くまで出掛けて行き、書物を借りても、返すのはいつも遲れ氣味だ。家が貧しいので、何をやるのも大變だが、身が病んでいるので、暇な時間だけはある。この侘びしい自分を、いったい誰が訪ねてくれるのか、そのことを但だ君だけが分かってくれるのだ。

唐代の唱和なので、宋代以降に一般化する和韻ではない。とはいえ同じ五言律詩で、韓愈の詩が直かに張籍宅を訪れて「題」した作であり、また張籍詩が「酬」と題して唱和を明示し、しかも舞臺の自宅を「西街幽僻處」と述べることから、兩詩が唱和の關係にあることは明らかである。

制作時期は、韓愈の官名「庶子」から知られる。韓愈が中書舍人から太子右庶子に降格されたのは元和一一年五月。翌年七月に裴度に隨って淮西の吳元濟討伐に從軍、一二月に歸京して刑部侍郎となる。太子右庶子として長安におり、蟬が鳴く時（蟬嘒門長扃）にゆっくり張籍宅を訪れることができたのは、元和一一年の秋である。

韓愈の「名秩後千品、詩文齊六經」から、この時の張籍の官況が推測できる。張籍は、太常寺太祝の後に、國子助教になった。しかし國子助教は從六品上であり、「名秩後千品」の末官ではない。つまりこの時期、張籍はまだ國子助教に任命されておらず、太常寺太祝（正九品上）の微官に沈淪していたことが示唆されている。また「詩文齊六經」は、張籍がその持てる詩文の學識を發揮できないでいることを遺憾としつつ、しかるべき學官への就任を期待するように讀むこともできる。

一方、張籍の詩の「家貧無易事、身病足閒時」を見ると、このとき張籍は、公務を離れて官俸を失い、専ら眼疾療養のために家居していた。恐らくは長告の後、既定の百日の療養期間が經過して自動的に免官となっていたのである。自宅療養のために友人との交遊もおのずと疏遠になっていたので、わざわざ遠方まで訪ねて來てくれた韓愈に對して「寂寞誰相問、祇應君自知」の感謝の言葉が出たのである。

＊　＊　＊　＊　＊

張籍は、眼疾のために一時期官を辭している。先の張韓の應酬詩からもそれを窺うことができるが、さらにその時期を確認しておきたい。

同韋員外開元觀尋時道士　　韋員外の開元觀に時道士を尋ぬに同ず　　張籍

觀裏初晴竹樹涼　　觀裏　初めて晴れて　竹樹　涼し
閒行共到最高房　　閒《おもむ》ろに行《あゆ》み共に到る最高の房
昨來官罷無生計　　昨來　官罷めて生計無し
欲就師求斷穀方　　師に就きて穀を斷つの方を求めんと欲す

〔大意〕　道觀の中は、雨も上がって、竹が涼しげだ。君とゆっくり歩いて、一番高い房まで登ってゆく。私は、先ごろ官を辭したので、收入がない。かくなる上は食費を削るために、道士に師事して、辟穀の術でも身につけたいと思うのだ。

先の韓愈に應酬した張籍詩では「家貧無易事、身病足閒時」として辭官が暗示されていたが、この詩では「昨來官罷無生計」の句があるように、辭官して官俸を失っていることが明言される。詩題に「韋員外」とある韋處厚は、元和一一年九月に考功員外郎から三峽にも程近い開州（重慶市開縣。萬縣の北五〇キロ）刺史に左遷され、その後は戸部郎中となって京官に復歸している。従って「韋員外」を稱するこの詩は、彼が開州に左遷される以前の作となる。作詩の上限は、韋處厚が禮部員外郎になった元和九年前後である。(14)
張籍の免官狀態は、次の韋處厚に答えた詩によって、元和一一年冬にも繼續していたことが判明する。

答開州韋使君寄車前子　　開州の韋使君の車前子を寄せらるに答ふ　　張籍

開州午日車前子　　開州　午日の車前子
作藥人皆道有神　　藥を作るの人は皆な神有りと道ふ
慚愧使君憐病眼　　慚愧す　使君の病眼を憐れみて
三千餘里寄閒人　　三千餘里　閒人に寄するに

〔大意〕開州で端午の日に苗を植え變えた、藥草の車前子。(15) その土地の藥を作る人は、口を揃えて、眼病には神妙の效果があると語るのだそうだ。かたじけなくも、刺史となった韋處厚は、私の眼病を氣遣ってくれて、三千里の彼方から、車前子をこの無官の浪人に送り届けてくれた。

長安を發った韋處厚が、任地の開州に到着したのは冬である。「開州……去西京一千七百二十七里」（『通典』巻一七五「州郡五」）とある。長安と洛陽の沿道の最も良く整備された八五〇里の道程（『通典』巻一七七「州郡七」）に約二週間を必要としたことから推測すれば、開州までは少なくとも一箇月を必要とする。九月に辭令が下り、出立の用意も必要となるので、韋處厚が開州に着いたのは一〇月の下旬以降。その韋處厚から送られた車前子の目藥を張籍が受け取ったのは、最も早くて一一月の下旬であろう。その時點で張籍はまだ免官の狀態にあったことを、この詩は傳えている。

韓愈の「題張十八所居」と張籍の「酬韓庶子」の應酬詩、また「同韋員外開元觀尋時道士」と「答開州韋使君寄車前子」の四篇の詩を總合すると、張籍は元和一一年初秋には太常寺太祝をすでに免官となっており、その狀態は同年一一月末までは續いていた(16)。

では太常寺太祝を長告したのはいつ頃であろうか？　最も晩ければ、長告は元和一一年の春である。その場合は元和一〇年にはまだ太常寺太祝には在任していたことになり、白居易が元和一〇年春に作った「重到城七絶句　張十八」の「獨有詠詩張太祝、十年不改舊官銜」、あるいは同年冬に江州で作った「與元九書」の「張籍五十、未離一太祝」の記事と整合する。一方、最も早い時期を考えれば、元和九年春頃となる。韓愈が張籍に代わって代作した「代張籍與李浙東書」の冒頭に「月日。前某官某」すなわち「前太常寺太祝張籍」とあり、この時點で張籍は同官を辭していることになる。あるいは、元和九年から一一年にかけて、免官と再任官を繰り返していた可能性もある。

四　眼疾平癒と國子助教任官

張籍はその後、國子助教に就任している。筆者は、その時期は元和一一年一二月初頭と推定する。

前述したように、張籍は同年一一月末の時點でまだ守選の狀態にあった（張籍「答開州韋使君寄車前子」）。一方、張籍の國子助教就任を記す最も早い史料は、以下に掲げる一連の韓愈の詩である。なお韓愈詩の繫年は歴代の注釋者・研究者によって進められているが、微妙な問題を殘すものがある。その場合、「張籍は元和一一年一一月末の時點で守選の狀態」という前節の確認點を踏まえて繫年を再検討する必要が生ずることになる。

一例となるのは、次の詩である。

遊城南十六首(17)　贈張十八助教　　遊城南十六首　張十八助教に贈る　　韓愈

喜君眸子重清朗　　喜ぶ　君が眸子《ぼうし》の重ねて清朗なるを
攜手城南歴舊遊　　手を城南に攜へて舊遊を歴たり
忽見孟生題竹處　　忽ち見る　孟生の竹に題せし處
相看涙落不能收　　相ひ看て涙落ち　收むる能はず

〔大意〕　君の瞳が視力を取り戻したことが嬉しい。長安城の南に共に手を携えて、舊遊の地を訪ね回る。思いがけず孟郊が竹を詠じた場所に行き當たり、われら顔を見合わせて、涙が流れて仕方ない。

この張籍の國子助教在任を記した詩について、錢仲聯『韓昌黎詩繫年集釋』八一六頁、張清華「韓愈年譜滙證」三二八頁（同『韓愈研究』江蘇教育出版社、一九九八年）ともに元和一一年晩春の作とする。しかし同年一一月の時點で張籍が守選の狀態にあったことが明らかな以上、この說は成り立たない。早くとも、元和一二年春の作としなければならない。またこの詩が作られた時點で、すでに張籍は助教に就任している。その就任は、早ければ元和一一年一二月から翌年春のことである。

助教就任の上限は、元和一一年一二月で閒違いなかろう。では下限はいつであろうか。それを考える材料の一つは、張籍自身が下揭の詩において、眼疾の期閒を三年と述べていることである。

患眼　　眼を患ふ　　張籍

三年患眼今年校　　三年　眼を患ひて今年　校《い》ゆ
免與風光便隔生　　風光と便ち生を隔つるを免る

昨日韓家後園裏　　昨日　韓家　後園の裏《うち》

看花猶似未分明　　花を看るも猶ほ未だ分明ならざるに似たり

〔大意〕三年間、眼を病んでいたが、今年になって治ってきた。これで何とか風光とおさらばしないで濟んだのだ。昨日、韓愈の家の奥の庭で集まりがあったが、花を見てもまだ幾分かすんでいたように思う。

眼疾發症が明記されるのは元和八年一〇月の韓愈「雪後寄崔二十六丞公」詩であり、翌元和九年春の韓愈の「代張籍與李浙東書」には、眼疾の重篤化が記されていた。また同九年八月に急死した孟郊の「寄張籍」にも「西明寺後窮瞎張太祝」と、失明に瀕していることが記されていた。かりに元和八年一〇月に發症したとすれば、三年後は元和一一年の冬である。この推測の通りであるとすれば、この「患眼」詩は、元和一二年春として良いであろう。症状は輕快して、失明は免れた（「免與風光便隔生」）、しかしまだ本來の視力を回復するには至っていない、それが「看花猶似未分明」の意味するところである。

眼疾が輕快する頃に、張籍は國子助教に就任したものと思われる。次の張籍の助教就任を傳える韓愈の詩について、制作時期を確認しておきたい。

晩寄張十八助教周郎博士（原注：張籍・周況也、況愈之從壻）　韓愈

晩に張十八助教　周郎博士に寄す（原注に、張籍・周況なり、況は愈の從壻なり）

日薄風景曠　出歸偃前簷　　日薄くして風景曠《むな》し　出でて歸れば前簷に偃《ふ》す

晴雲如擘絮　新月似磨鎌　　晴雲　絮《わた》を擘《さ》くが如く　新月　鎌を磨ぐに似たり

田野興偶動　衣冠情久厭　　田野　興　偶たま動き　衣冠　情　久しく厭ふ

吾生可攜手　歎息歲將淹　　吾生 手を攜ふ可きも　歎息 歲 將に淹《く》れんとす

〔大意〕日の光も弱く、風景は淋しげに見える。外出から歸って、居閒に寢そべっている。晴れた空には、絮を裂いたように白い雲が浮かび、やがて三日月が、鎌を研いだように細く鋭く、天に現れる。田園に歸りたいとの思いがふと心に萌し、役人暮らしを厭う思いが込み上げる。君たちと一緒にいたいと思うにつけて、年がまもなく暮れようとするのに溜め息が出るばかりだ。

錢仲聯は元和一〇年もしくは一一年の冬とする。張清華はこの詩を元和一一年に繫年し、さらに「新月似磨鎌」「歎息歲將淹」の二句から一二月初めとする。しかし前節に述べたように、元和一一年一一月末の時點ではまだ守選の狀態にあるので、元和一〇年の可能性はない。消去法で、元和一一年一二月初めの作となる。以上の幾つかの情況證據を總合的に勘案するならば、張籍の助教就任は元和一一年一二月初めと見るのが、唯一の穩當な判斷となる。そしてこの詩は、張籍の助教就任を直後に記す資料となる。

なおこれは一つの推測であるが、前年（元和一一年）の秋に韓愈が街西の張籍宅を訪れたのも、張籍を助教に推薦する含みで、眼疾の豫後を見に行った可能性が高い。韓愈詩が「名秩後千品、詩文齊六經。端來問奇字、爲我講聲形」と官途の不遇と豐かな學識を特筆するのは、張籍を學官に推薦しようとする文脈の中に置くと理解しやすい。當時の詩は、個人の閒の應酬詩であったものでも公開を前提とするので、博學の韓愈に向かって文字學を講ずる張籍の姿は、この詩によって朝廷の人士たちの閒に知れ渡ったであろう。(18)

五　太常寺太祝期の閒居詩

張籍は、太常寺太祝という太廟の神主を管理する末官に元和元年から十年閒在任した。唐代では通常、任期（官滿）は三年である。つまり張籍は、その通常の三倍以上の時閒、人事異動がなかったことになる。

官僚に對しては一年ごとの考課（業務評定）があり、それを三回積み重ねることで次期の昇降を定める。前述の白居易との應酬詩に明らかなように、張籍はちょうど任官三年目の前後（元和三、四年）に病身であった。恐らくは第一回目の異動の機會を、張籍は失った。その後の二、三年閒は張籍の病氣を傳える記事がないので、それなりに健康を回復したものと思われる。しかし元和八年の冬からは重い眼疾を患い、その後の三年閒は失明の危機に瀕していた。張籍は、恐らく轉任の潮時がめぐるごとに、不運にも體調を崩していたのである。

張籍は、この閒に不遇の思いを募らせることになった。張籍は、科擧進士科の出身であり、中唐後期という科擧官僚が政界の中心に進出を果たした情況の中では、彼自身にもエリート官僚となる十分の可能性が開かれていた。その張籍にすれば、自己の置かれた境遇を官（權力・富貴）からの疎外と感得したに相違なかろう。その疎外の情況が、傳統的な用語で言うところの「閒」であった。

＊　＊　＊　＊　＊

以下に太常寺太祝在任時の作と判斷される閒居詩を、讀むことにしたい。閒居詩とは何かについては後に改めて考えることにしたいが、さしあたり、公務を離れた狀態にあると意識する場で作られた詩としておく。先ず讀むのは、まだ眼疾になる前の作。

早春病中

羸病及年初　心情不自如
多申請假牒　祇送賀官書
幽徑獨行步　白頭長懶梳
更憐晴日色　漸漸暖貧居

早春の病中　　張籍

羸《るい》病　年初に及び　心情　自如ならず
多く申す假を請ふの牒　祇だ送る官を賀するの書
幽徑　獨り步を行《や》り　白頭　長《つね》に梳づるに懶し
更に憐れむ晴日の色　漸漸として貧居を暖む

〔大意〕 病氣は、正月になっても治らず、思いは塞いで樂しまない。たびたび休暇の申請書を出し、ただただ友人の昇官に祝賀の手紙を送る。人も通わぬ道をひとり步き、白髮頭は、梳るのも億劫だ。何とも嬉しいのは、太陽の光。だんだんと貧しい我が家を暖めてくれる。

病氣のために、たびたび療養休暇を申請する自分を尻目に、友人たちは昇進してゆく。氣が付けば、その昇進を祝賀する手紙ばかりを書いている。このような焦燥を、張籍は綴ることがあった。しかし他人の出世を羨望するような詩は、張籍にはこれ以外には見あたらない。その理由の一つは、他ならぬ自分自身の健康狀態が昇進を妨げているという自覺である。責任は外部にではなく、自分の中にあるという自己抑制の諦念が働いている。

もう一つより重要な理由は、焦燥と窮乏の生活の中にもあるささやかな幸福を、張籍は見付けようとしていたためである。誰も通らない「幽徑」を一人で步くことの滋味、またようやく春めいてくる日差しに身を暖める喜びを、張籍はこの詩の中に書き留めている。この結果、張籍の閒居詩は、己れの不遇を鳴らす偏激の詩となることは無かった。

なおこの詩には「羸病」が讀み込まれているが、それは眼疾ではなく、恐らくは元和三、四年前後の體調不良を述べるものであろう（三三頁參照）。それが詩的修辭であるとしても、「白頭」「日色」のような色彩を示す用語があること、その病氣については早期の回復が期待されていたこと（だからこそ年を越しても平癒しないことを哀しんでいる）、また眼疾に對する直接的な言及がないこと、さらに逆說的ではあるが、自分に昇進がないことに焦燥する「若々しい情熱」が見られること、などがそのように考える理由である。

太常寺太祝時期の閒居詩では、官途の不遇感にも增して、病氣に纏わられることへの不安が抒情の基調をなしている。それは上記の詩にも詩題「早春病中」や、詩句「羸病及年初……多申請假牒」において明言されている通りである。以下に取り上げる閒居詩は、いずれも自己の病氣と向かい合う中で作られたものである。（前掲の「病中寄白學士拾遺」「酬韓庶子」については二九頁・四二頁を參照）

早春閒遊

年長身多病　獨宜作冷官
從來閒坐慣　漸覺出門難
樹影新猶薄　池光晚尚寒
遙聞有花發　騎馬暫行看

早春の閒遊　張籍

年長《た》けて身に病多く　獨り宜しく冷官と作《な》るべし
從來　閒坐慣れ　漸く覺ゆ 門を出づるの難きを
樹影 新たなるも猶ほ薄く　池光 晚くして尚ほ寒し
遙かに聞く花有りて發《ひら》くと　馬に騎りて暫く行きて看ん

〔大意〕　年を取って、病氣がちになった。ひっそりと末官に連なるのがほど良い所だ。この頃は、何もせずに坐るのになれて、段々と外出するのも辛くなった。樹木は新芽を出し始めたが、まだまばらだ。池は、日もかげると寒々と見える。あちらで花が咲いたと話すのを聞いた。馬に乘ってしばし見に行くことにしよう。

夜懷

窮居積遠念　轉轉迷所歸
幽蕙零落色　暗螢參差飛

夜懷　張籍

窮居　遠念積もり　轉轉　歸する所に迷ふ
幽蕙　零落の色　暗螢　參差《しんし》として飛ぶ

病生秋風簟　淚墮月明衣　病は生ず秋風の簟《むしろ》　淚は墮つ月明の衣
無愁坐寂寞　重使奏清徽　愁ひ無くして坐《そぞ》ろに寂寞　重ねて清徽《き》を奏せしめん

〔大意〕　貧乏暮らしの中で、遠くに行ってしまいたいとの思いが募る。しかし思案を重ねたところで、どこに身を落ち着けるべきか分からない。もの陰に咲く蕙草は、花辨を落とし、暗がりの螢は、疎らに飛ぶ。秋風に擴げたゴザに、病身を横たえ、名月を眺めながら、衣に涙を落とす。愁いも悲しみもないのに、いたずらに侘びしい思いが込み上げる。だからもう一度、淸らかな琴の音を聞かせてもらいたいものだ。

＊　＊　＊　＊　＊

以下に讀むのは、眼疾期の作である。

臥疾　　疾に臥す　　張籍

身病多思慮　亦讀神農經　身病みて思慮多く　亦た讀む神農經
空堂留燈燭　四壁靑熒熒　空堂　燈燭を留め　四壁　靑くして熒熒《けい》たり
羈旅隨人歡　貧賤還自輕　羈旅　人に隨ひて歡び　貧賤　還た自ら輕んず
今來問良醫　乃知病所生　今來　良醫に問ひ　乃ち病の生ずる所を知る
僮僕各憂愁　杵臼無停聲　僮僕と各おの憂愁し　杵臼《しょきゅう》　聲を停むる無し
見我形憔悴　歡樂語丁寧　我が形の憔悴せるを見て　歡樂　語　丁寧なり
春雨枕席冷　窗前新禽鳴　春雨　枕席冷やかに　窗前　新禽鳴く
開門起無力　遙愛雞犬行　門を開くも起《た》つに力無く　遙かに雞犬を愛して行く
服藥察耳目　漸如醉者醒　藥を服すれば耳目　察《あきら》かなり　漸く醉者の醒むるが如し

顧非達性命　猶爲憂患生　　顧《すなは》ち性命に達するに非ざるも　猶ほ憂患の爲に生ずるがごとし

〔大意〕病氣になって、思うことばかりが多い。『神農經』を讀んで、本草學のやり直しだ。がらんとした部屋に燈火をともしていると、四壁は仄暗く光に浮かぶ。寄る邊ない旅人となって、他人の顔色を窺いながら卑屈に過ごし、富みも地位もないので、自分で自分に嫌氣がさしている。最近、名醫に診てもらったところ、病氣の理由が分かった。下男も一緒になって心配し、藥を臼づく音がいつまでも續く。自分がやつれた姿を見て、家族はことさらに樂しい話で元氣づけようとする。春の雨が降って、布團は冷たく感じられ、窓邊には、小鳥が囀り始める。門を開けようとしたが、力が入らず、それでも近所の鷄犬の鳴き聲を樂しみながらおもてを歩く。藥を飲んだお蔭か、耳や目が少しは利くようになった。醉っぱらいの意識がようやく戻ってきたかのようだ。決して生きることの意味を悟ったわけでもないのだが、孟子の說くように、知恵は苦難の中から生ずるとだけは言えそうである。

夏日閒居　　夏日の閒居　張籍

多病逢迎少　閒居又一年　　多病　逢迎少なく　閒居　又た一年
藥看辰日合　茶過卯時煎　　藥は辰日を看て合わせ　茶は卯《ぼう》時を過ぎて煎《に》る
草長晴來地　蟲飛晩後天　　草は長ず　晴來の地　蟲は飛ぶ　晩後の天
此時幽夢遠　不覺到山邊　　此の時　幽夢遠く　覺えず山邊に到る

〔大意〕病氣がちなので、付き合いは少なく、閒居して、また一年が過ぎた。藥は、辰の日を待って調合し、茶は、朝が過ぎてから煎る。日の當たる場所には草が茂り、日も暮れた空には蟲が飛ぶ。この時、かそけき夢は遠くまで馳せ、ふと山の邊にやって來た。

答劉明府　　　　劉明府に答ふ　　張籍
身病多時又客居　　身の病むこと多時にして又た客居
滿城親舊盡相疏　　滿城の親舊　盡く相ひ疏んず
可憐絳縣劉明府　　憐れむ可し　絳《こう》縣の劉明府
猶解頻頻寄遠書　　猶ほ解《よ》く頻頻として遠書を寄す

〔大意〕長いこと病氣になって、また故郷を離れて長安に假住まいしている。長安の親戚や舊知は、誰からも音沙汰がない。何とも有難いのは絳縣の劉長官だ。遠方から何度も私のところに手紙をくれる。

病中酬元宗簡　　病中　元宗簡に酬ゆ　　張籍
東風漸暖滿城春　　東風　漸く暖かなり　滿城の春
獨占幽居養病身　　獨り幽居を占めて病身を養ふ
莫說櫻桃花已發　　說く莫かれ櫻桃　花　已に發くと
今年不作看花人　　今年は花を看るの人と作《な》らず

〔大意〕東風は次第に暖かくなり、長安中に春が滿ちる。しかし自分だけは、侘び住まいして、病身を養うのだ。櫻桃の花がもう開いたなどと言わないで欲しい。今年ばかりは花見のできる人閒ではないのだ。

この詩は、眼疾のために春の花も見られないことを述べるので、元和九年から一一年までのいずれかの春の作となる（一二年の春は韓愈宅で花を見ている）。なお元宗簡とは、白居易が下邽の服喪から長安に歸ってきた後の元和九年冬以降に、白居易を通して親交が深められたと推定されるので、この詩の制作時期として可能性が高いのは元和一〇年

（もしくは翌年）の春である。

＊　＊　＊　＊　＊　＊

張籍の眼疾は、元和八年の冬から一一年の冬まで、約三年間續いた。その眼疾がようやく平癒する元和一一年の一二月初め頃に、張籍は國子助教に任官した。この時期は、健康狀態においても官歴においても、張籍の人生の重要な節目の時期となった。張籍は五二歳を控えていよいよ老境に向かうのだが、かえって文學に病氣が取り上げられることは少なくなる。それなりに健康を取り戻したのである。また官職も、國子助教（從六品上）→廣文館博士（正六品上）→祕書郞（從六品上）→國子博士（正五品上）→水部員外郞（從六品上）→水部郞中（從五品上）→主客郞中（從五品上）→國子司業（從四品下）と昇進する。張籍の人生は、後半生に至ってようやく順調になったと言えそうである。

太常寺太祝時期の閒居詩は、官途の不遇と病苦といういわば二重の逆境の中で作られたものである。そのような逆境と共にある閒居詩は、その後の張籍の環境の變化とともに變化し、あるいは消失したのであろうか。

この點について結論的に言えば、いったん作られた張籍の閒居詩の樣式は、その後も大きな變更もなく作られ續けることになる。あるいはこう言い換えても良かろう。太常寺太祝時期の閒居詩において形成された美學は、中唐から晩唐へと時代の雰圍氣が變化する中で、より自覺化され確立されることになったと。

雨中寄元宗簡

秋堂羸病起　盥漱風雨朝
竹影冷疏澀　楡葉暗飄蕭
街徑多墜果　牆隅有蛻蜩
延瞻游步阻　獨坐閒思饒

雨中　元宗簡に寄す　張籍

秋堂　羸《るい》病より起ち　盥漱《くわんそう》す風雨の朝
竹影　冷かにして疏澀　楡葉　暗くして飄蕭
街徑　墜果多く　牆隅　蛻蜩《ぜいてう》有り
延《とほ》く瞻《み》るも游步阻まれ　獨り坐して閒思饒《おほ》し

君居應如此　恨言相去遙　　君が居も應に此の如かるべし　恨むらくは言《ここ》に相ひ去ること遙かなるを

〔大意〕秋の日の部屋で、病より起き出し、風雨の朝に、洗面して髮を結う。竹の姿は、冷たく嚴かに、楡の葉は、こんもりと茂って風にそよぐ。道端には、木の實が落ち、土塀の隅には、蟬の抜け殻が轉がっている。遠くを眺めやっても、歩いてゆくのは億劫で、獨り坐して、靜かな物思いに耽る。君の暮らしも、同じようなものだろう。ただ殘念なのは、互いに遠くに住んでいることだ。

この詩は、嚴密には制作時期を確定することができない。しかし、張籍と元宗簡との交遊が深まるのは、元和九年に白居易が下邽の服喪を終えて長安に歸ってきた時期以降であり、特に元和一一年末に張籍が國子助教に就任してからである。(19)しかもこの詩には色彩や物象の微細な描寫が鏤められていることからすれば、眼疾も平癒した後のことであろう。元和一二年（八一七）以降の作と考えられる。なお元宗簡の住居は、樂遊原の中央を占める昇平坊。この時張籍は、まだ延康坊に寓居していた。なお張籍が延康坊から昇平坊にも程近い靜安坊に轉居したのは、長慶元年（八二一）に國子博士に就任した頃と推定されるので、それ以前の作であろう。

＊　＊　＊　＊　＊

以下に掲げる詩は、長慶元年（八二一）に國子博士に就任した以後のものである。この就任に伴って、張籍は毎日朝會に參加する常參官となった。いわば正式にエリート官僚と認定されたのである。しかしこれらの詩には富貴を享受する者の餘裕の趣はなく、むしろ己れの貧賤と、吏務への無意欲を綴る言辭に滿たされることになる。

夏日閒居　　夏日の閒居　　張籍

無事門多閉　偏知夏日長　　事無くして門は閉づること多く　偏へに知る夏日の長きを

早蟬聲寂寞　新竹氣清涼　　早蟬 聲 寂寞　新竹 氣 清涼
閒對臨書案　看移曬藥床　　閒《しづ》かに臨書の案《つくゑ》に對《む》かひ　看みす曬藥の床を移す
自憐歸未得　猶寄在班行　　自ら憐れむ 歸ること未だ得ずして　猶ほ寄りて班行に在ることを

〔大意〕 することも無くて、門は閉ざしっぱなし。かくて夏の日が長いことを、つくづくと知るのだ。鳴き出したばかりの蟬は、聲もひっそりと途絶え氣味で、綠鮮やかな竹は、涼しげな氣配を送る。靜かに讀書の机に向かい、心して藥草を竝べた棚を移す。殘念なのは、隱遁することもできず、まだこうして役人の行列に竝んでいることだ。

「班行」は、朝會における部署ごとの官吏の行列のこと。天子の朝會に參加できるのはエリート官僚の特權であるが、張籍がこの資格を持つ常參官となったのは、長慶元年（八二一）に國子博士（正五品上）に就任した時である。從って、詩はこれ以後の作となる。張籍は、一方では常參官の列に加わったことを喜ぶ詩も作っている。[20] 從って、「自憐歸未得、猶寄在班行」と述べて辭官・歸隱の願望を述べるのを正面から受け止める必要はない。一種の文學的修辭と理解すべきものであろう。

詠懷　　　　詠懷　張籍

老去多悲事　非唯見二毛　　老去りて悲事多し　唯だに二毛を見るのみに非ず
眼昏書字大　耳重覺聲高　　眼昏《くら》くして字を書くこと大に　耳重くして聲の高きを覺ゆ
望月偏增思　尋山易發勞　　月を望めば偏へに思ひを增し　山を尋ぬれば勞を發し易し
都無作官意　賴得在閒曹　　都《すべ》て官と作るの意無し　賴《さひは》ひに閒曹に在るを得たり

〔大意〕 年を取って、悲しいことが多くなった。白髮が生えたことだけではない。目がかすんで來たので、字を書いても大きくなり、耳が遠くなってからは、知らぬまに聲を張り上げているのに氣付いた。月を見ると、ひとえに物思いが増し、山に行けば、すぐに疲れやすくなった。まるで役人となる氣持ちが無いので、閒《ひま》な職場にいるのがうってつけなのだ。——これは國子博士、あるいは國子司業という學官に身を置くことを言うものであろう。

酬孫洛陽　　孫洛陽に酬ゆ　張籍

家貧相遠住　齋館入時稀　　家貧しくして相ひ遠く住み　齋館　入るの時は稀なり
獨坐看書卷　閒行著褐衣　　獨り坐して書卷を看　閒《しづ》かに行《あゆ》みて褐衣を著《き》る
早蟬庭筍老　新雨徑莎肥　　早蟬　庭筍老い　新雨　徑莎肥ゆ
各離爭名地　無人見是非　　各おの爭名の地を離るれば　人に是非せらるること無し

〔大意〕貧しい暮らしをしながら、洛陽の君とは遠く離れて住んでいる。齋館（寺院？）に出向くことも殆ど無い。獨り坐して書物を讀み、普段着を着て、ゆっくり散歩する。蟬が鳴き始めると、庭の竹の子は立派に育ち、雨が降ると、道の莎《ス》草《ゲ》もびっしりと茂る。お互い、出世競爭の場を離れているので、人にとやかく評判を立てられることもない。

『全唐詩』では、題下に「一本此下有革字」と注する。この詩は、孫革が洛陽令となった長慶年間の末（八二四）頃の作となる。[21] この時張籍は、水部郎中もしくは主客郎中（共に從五品上）に在任していた。高級官僚の一員にして「家貧相遠住」「各離爭名地」の句があることに、注目しておきたい。張籍の後期の閒居詩には、このように自分を恰も富貴に關わることのない微官を装う風がある。次の詩も、その傾向を典型的に示すものである。

寒食夜寄姚侍御[22]　　寒食の夜　姚侍御に寄す　張籍

貧官多寂寞　不異野人居　　貧官　寂寞なること多く　野人の居に異ならず

作酒和山藥　教兒寫道書　酒を作りて山藥を和《くは》へ　兒を教へて道書を寫さしむ
五湖歸去遠　百事病來疏　五湖　歸り去ること遠く　百事　病み來たりて疏なり
況憶同懷者　寒庭月上初　況や同懷の者を憶ふをや　寒庭　月上るの初め

〔大意〕　貧官にあると、何かと暮らし向きが侘びしくて、野人の住居と變わるところがない。酒を造る時は、藥草を加え、子供を教えるには、道教の書物を選んで寫させている。隱遁の世界は、はるばると遠く、世事百般は、身を病んでからどうでも良くなった。ましてや今、思いを同じくする君のことを懷かしむ。がらんとした庭に、月が昇りはじめた。

姚合が殿中侍御史であったのは、大和二年（八二八）一〇月から四年正月までであり、詩はこの時期の作となる。張籍は最終官となる國子司業（從四品下）に在任していた。

※　ここで注目すべきは、「貧官多寂寞、不異野人居」の一聯である。張籍は、昔の太常寺太祝という正九品上の末官ではない。それにもかかわらず野人（無官の浪人）と同様だと稱するのは、尋常ではない。また體調の不良を訴え、藥酒を造り、道書に親しむこと、そして歸隱を願うこと、これらも事實の記述としてではなく、一つの傾向に從って連ねられた文學的修辭と理解すべきものであろう。これらの特徵は總じて姚合に引き繼がれることになる。姚合の作り上げた文學樣式である武功體については、松原「姚合の官歷と武功體」章の結論に、「武功體の文學とは、自己の境遇が貧窮・邊鄙・老年・疾病の員の狀態にあることを訴えて、職務への倦怠と、歸隱への願望を述べることを特徵としている」と概括する。

張籍は國子助教就任以降になると、健康狀態においても官歷においても、いわば順調な安定期を迎えることになる。無論、加齡による老化はやむを得ないこととしても、四十代後半の張籍を苦しめた眼疾のような特定の疾患が、その後の張籍の詩に見られなくなることは、確認しても良さそうである。また長慶元年に國子博士に就任した後は、常參官の身分を手に入れることになる。張籍は、率直にそのことに滿足を示していた。

しかしながらこの後期の閒居詩に至っても、張籍は貧賤を述べ、吏務への無意欲を訴え、時には歸隱の希望を表明し續けたのである。いわば張籍は、前期においてその實生活の中から形成した閒居詩の手法を、生活自體から切り離して審美化し、文學の様式として確立するのである。そしてその様式を張籍から受け取って晩唐に傳えるのが、姚合となるであろう。

六　韋應物と白居易の閒居詩

本稿では、張籍の、公務を離れた狀態にあると意識する場で作られた詩を「閒居詩」と稱してきた。しかしそれを文學史のより通常の用語である閒適詩で呼ばなかったのは、白居易のいわゆる閒適詩とは區別されるべきものと考えたためである。

白居易が「與元九書」において諷諭・閒適・感傷の三分類を考えたことはよく知られている。[23] その閒適詩についてでは、すでに多くの研究が積み上げられてきており、ここに新しい見解を加える用意はない。そこで從來の議論の中からいくつか要點を整理することにしたい。

第一は、「閒適」が「閒」と「適」の複合概念であると言うこと。そして「閒」は公務から解放された自由な時間、「適」は心身共に快適な狀態を指すことである。

第二は、白居易において「閒適」は、『孟子』の「兼濟・獨善」におけるいわゆる獨善の、文學における實踐と考えられた。つまり「兼濟・獨善」は、白居易の文學的營爲において「諷諭・閒適」に置き換えられたのである。

第三に、川合康三氏の所説を引けば、「しかし白樂天が「閒適詩」を「獨善」に結びつけることには、『孟子』の意味を曲解する無理がありはしないか。『孟子』の「獨善」は世閒で活動できない狀況に置かれたら自分一人の修養に努めるという意味であったはずだ。ところが白樂天の「獨善」の中身、「閒適」の中身は、世閒と關わらないところで自分一人の私的生活を樂しみ味わうということである。「獨善」の意味が明らかにずれている。『孟子』の「兼濟」と「獨善」は二者擇一のそれぞれの場合であって兩立はできないが、白樂天の「諷諭詩」と「閒適詩」は公私の別であるから、兩方を同時に使い分けることができる。現に官に身を置きながら、「閒適詩」も作っているのである。このような曲解をしてまで『孟子』を援用したのは、閒適詩の意義を說くことがいかにむずかしいかを示している」。(川合康三『白樂天』一四六頁、岩波新書、二〇一〇年)

白居易の閒適詩の先驅と目される韋應物の幽居詩について、以下に白居易・張籍との異同を念頭に置きつつ簡單に論じてゆくことにしたいが、考論の便宜上、あらかじめ孟子・韋應物・白居易について上記の第二・第三の論點に即して圖式的に整理すれば、次のようになるだろう。(併せて「姚合「武功體」の系譜」の章の四節、五節を參照)

【孟子】　順境　↓　仕官　↓　兼濟
　　　　逆境　↓　辭官　↓　獨善

【韋應物】　仕官　↓　富貴・損性
　　　　　辭官(幽居)　↓　貧賤・全性

*韋應物では、仕官における順境・逆境は自己の外部の問題として二義的な位置づけに後退する。

＊仕官・辭官は、人生において共存を許さない對立關係にあり、二者擇一の決斷を迫られる。
＊後期の韋應物（滁州刺史以後）では、仕官・辭官の對立が後退し、仕官しつつ幽居の實（全性）を採る「吏隱」が追求される。

【白居易】　順境　→　仕官　→　諷諭（兼濟）・閒適（獨善）
＊白居易は順境のみで、逆境は例外的な一時期（下邽服喪時期・江州司馬左遷時期）に限られる。
＊諷諭と閒適は、日常の中に共存し、時間の公私の切り分けの中で、棲み分けできる。
＊後期の白居易（杭州刺史以後）では、右圖から「諷諭」そのものが消滅する。

韋應物の幽居（官の論理の外にある隱者の生活）の情を述べた詩、いわば「幽居詩」は、滁州刺史となるまでの前期と、滁州・江州・蘇州と刺史を歷任した後期とに分けることができる。（幽居・閒居・閒適の異同については二七〇頁を參照）前期の幽居詩は、仕官か辭官かという二者擇一の中で、官を辭した時に作られるものであった。すなわち「仕官と辭官」の關係は、一人の士人の内部における尖鋭な對立的關係である。仕官の狀態を「人性を損なう」忌避すべきものと考え、富貴（官俸と尊位）を失うことを引き替えにしても、辭官し幽居するのが望ましいと考えるのである。

韋應物における仕官と辭官の對立は、まだ早年の洛陽丞の時期にすでに萌芽している。

任洛陽丞請告一首　　　　韋應物
方鑿不受圓　直木不爲輪
揆材各有用　反性生苦辛

洛陽丞に任ぜらるるも請告す一首
方鑿　圓を受けず　直木　輪《わ》と爲らず
材を揆《はか》れば各おの用有り　性に反すれば苦辛を生ず

折腰非吾事　飲水非吾貧　　腰を折るは吾が事に非ず　水を飲むは吾が貧に非ず
休告臥空館　養病絶囂塵　　休告して空館に臥し　病を養ひて囂《がう》塵を絶つ
遊魚自成族　野鳥亦有羣　　遊魚　自ら族を成し　野鳥も亦た羣有り
家園杜陵下　千歳心氛氳　　家園　杜陵の下　千歳　心　氛氳《ふんうん》たり
天晴嵩山高　雪後河洛春　　天晴れて　嵩山高く　雪後　河洛　春なり
喬木猶未芳　百草日已新　　喬木　猶ほ未だ芳ならざるも　百草　日に已《もつ》て新たなり
著書復何爲　當去東皋耘　　書を著すも復た何をか爲さん　當に東皋に去りて耘《くさぎ》るべし

〔大意〕　四角の鑿《のみ》は、圓い穴を受け付けない。眞っ直ぐな木は、わがねた車輪とはならない。素材には、それぞれの用途があり、それに反すれば、苦痛になるだけだ。役人の世界で腰を折るのは、自分のやることではない。その結果、缺食して水を飲むはめとなっても、それは自分にとって厭うべき貧ではない。休暇を願い出て、がらんとした部屋に寝そべり、病の身を養いつつ、世俗の塵雜を斷ち切るのだ。川を泳ぐ魚は、仲間と羣れをなし、野を飛ぶ鳥も仲間と羣れをなす。一族の園田はかねてより長安の南の杜陵にあり、それを思うと、無性に懐かしさが込み上げる。見れば、空は晴れて嵩山は高く聳え、雪も止んで、洛陽に春がやって來た。木立はまだ芽吹かないが、草は日に日に綠に萌える。書物を著したところで何としよう。東の畑に、いざ野良仕事に出掛けることにしよう。

ここでは明確に、自己の本性に反して仕官するのは苦痛であり、仕官して不自由な境遇に身を置くことは、自分のなすべきことではないと宣言される（「反性生苦辛……折腰非吾事」）。かくして、韋應物は病氣を理由に洛陽丞を退いて（「休告」）、空館に臥して幽居するのである。韋應物においては、仕官と幽居は對立する關係にあり、それぞれの利點を一人の人間の生活の中で共存させることは不可能な排他的な關係にある。幽居の自由を取ろうとすれば、官に期待する富貴を斷念するしかない。

韋應物は官を辭することを念願したが、しかし注意すべきは、官僚の職務を蔑視したわけではなかったことである。むしろ彼はその職務を重視する故に、その任務に堪えられない自己の本性を認識するのである。

韋應物に、官職をあるべきように遂行できずに「曠職」「素餐」する自分について、慚愧の思いを述べる一羣の詩があることは、(24)注目に値する。

①移疾會詩客元生與釋子法朗因貽諸祠曹　　韋應物（京兆府功曹參軍時期）
對此嘉樹林、獨有戚戚顏。抱瘵知曠職、淹旬非樂閒。……（この美しい林を眺めながら、自分一人は悲しみに沈む。病氣のために職務を怠って十日餘りを經たが、何も餘暇を樂しんでいるわけではないのだ）

②假中對雨呈縣中僚友　　韋應物（高陵令時期）
卻足甘爲笑、閒居夢杜陵。殘鶯知夏淺、社雨報年登。流麥非關忘、收書獨不能。自然憂曠職、緘此謝良朋。（脚が惡いので、人に笑われても仕方ない。閒居して、杜陵の園田を懷かしむ。時期遲れの鶯の鳴き聲に、まだ夏の淺いことを知り、春耕の祭祀の雨に、豐作を期待する。迂闊にも收穫した麥が大雨に流される羽目になったのは、麥のことを忘れていたためではない。それでいて後漢の高鳳のように學問に沒頭できるわけでもない。こうして職務を怠っていることを、この詩を寄せて諸君にお知らせよう）

③冬至夜寄京師諸弟兼懷崔都水　　韋應物（滁州刺史時期）
理郡無異政、所憂在素餐。……（滁州を治めることになっても、立派な治績もなく、これでは月給泥棒ではないかと、

不安になる）

④寄李儋元錫　韋應物（滁州刺史時期）

……身多疾病思田里、邑有流亡愧俸錢。（病氣がちで、郷里の園田を懐かしむ。村には土地を失った農民がいるというのに、俸銭を受け取る自分が恥ずかしい）

韋應物の場合、仕官し吏務に務めることと、辭官して幽居（また閒居）することは對立の關係にあり、仕官しながら吏務から離れることは、曠職（職を曠しく）であり、それにもかかわらず官に留まって俸祿を受けることは、素餐に他ならなかった。つまり韋應物の場合は、幽居を得ようとすれば、官を辭することが必要だったのである。韋應物の幽居は、このような餘裕のない二者擇一の關頭において、官の富貴を斷念した時に初めて手に入れられる境地だった。

＊　＊　＊　＊　＊

しかしこのような韋應物にも、刺史として地方に出る時期からようやく轉機が訪れ、仕官（吏務）と幽居とを自分の生活の中に共存させる方法を摸索することになる。

建中三年（七八二）夏に、韋應物は比部員外郎から滁州刺史となった。生年を開元二四年（七三六）とすれば、三七歳である。滁州時期になると、己れの「素餐」を慚愧する詩も見られる一方で、刺史の職に在るまま、私的時間を自分のために樂しむことを詠ずる詩が現れることになる。いわば過渡期に當たる時期である。そしてこの試行錯誤の中から、韋應物の後期の文學を特徵づける「吏隱」の思想も成熟することになる。

答楊奉禮　楊奉禮に答ふ　韋應物

多病守山郡　自得接嘉賓
不見三四日　曠若十餘旬
臨觴獨無味　對榻已生塵
一詠舟中作　灑雪忽驚新
煙波見棲旅　景物具昭陳
秋塘唯落葉　野寺不逢人
白事廷吏簡　閒居文墨親
高天池閣靜　寒菊霜露頻
應當整孤棹　歸來展殷勤

多病 山郡に守たり　自から嘉賓に接するを得たり
見ざること三四日なれば、曠として十餘旬の若し
觴に臨むも獨り味無く　榻に對へば已に塵を生ぜり
一たび詠ず 舟中の作　灑雪 忽ち新たなるに驚く
煙波 棲旅を見　景物 具《つぶ》さに昭らかに陳べらる
秋塘 唯だ落葉　野寺 人に逢はず
白事 廷吏に簡し　閒居 文墨に親しむ
高天 池閣靜かに　寒菊 霜露頻りなり
應當《まさ》に孤棹を整へて　歸來 殷勤を展《の》ぶべし

〔大意〕病氣を押して、山の中の滁州の太守に就任した。それが立派な人物に出會う機會となったのだ。君に數日會わないだけで、百日餘りも過ぎたような寂しい心地になる。酒を飲んでも旨くなく、客用の椅子を見れば、すでに塵が積もっている。君の作った「舟中作」の詩を吟ずると、あたかも清らかな雪が舞い落ちるかのようだ。川もやの中を旅する様子が、腦裏に浮かび、景物は、つぶさに細やかに描かれる。自分はと言えば、目に見えるのは秋の土手に積もった落ち葉。寺に行っても、人に會うこともない。報告書は、朝廷の役人のために送り屆け、餘暇は、自分のために文墨に親しむのだ。空は晴れ上がって、池畔の閣は靜かに佇み、菊が咲く頃、霜露も繁く置くようになる。きっと舟を用意して隱遁し、殷勤の思いを君に向かって語りたいと思う。

注目すべきは「白事廷吏簡、閒居文墨親」の一聯である。「白事」は、中央への報告である。朝廷に提出する報告書を作る、それは刺史としての吏務である。その吏務から解放された時間が幽居（閒居）であり、そこで韋應物は思

う存分に詩文に親しむのである。一人の人間の時間が、公私の別によって切り分けられ、結果としてあえて辭官しなくとも、自分の本性を損なわずに全うする可能性を手に入れるのである。仕官か辭官かの二者擇一ではなく、官にあって官の入り込まない世界を確保する。こうした吏隱の考え方が、後期の韋應物の文學を、あれかこれかの二者擇一の緊張から、あれもこれもの寛ろいだ包容へと變えることになる。——なお末尾に歸隱の願望が書き添えられているが、これは前期の韋應物の詩を特徴づけていた切羽詰まった辭官・隱遁の決斷を含むものではなく、穩やかな心の搖らぎと見るべきものである。何としてもこの時の韋應物は、官に在りながら、「秋塘唯落葉、野寺不逢人。……高天池閣靜、寒菊霜露頻」という閒寂な風景をすでに心ゆくまで樂しんでいるのである。

郡内閒居

棲息絕塵侶　孱鈍得自怡
腰懸竹使符　心與廬山緇
永日一酣寢　起坐兀無思
長廊獨看雨　衆藥發幽姿
今夕已云罷　明晨復如斯
何事能爲累　寵辱豈要辭

郡内閒居　韋應物

棲息して塵侶を絕ち　孱《せん》鈍なるも自ら怡《よろこ》ぶを得たり
腰には懸く竹の使符　心は與にす廬山の緇《し》
永日　一たび酣寢し　起坐すれば兀として思ひ無し
長廊に獨り雨を看れば　衆藥　幽姿を發《ひら》く
今夕　已に云《ここ》に罷む　明晨　復た斯《かく》の如からん
何事か能く累を爲さん　寵辱　豈に辭するを要《ま》たん

〔大意〕　幽居して、俗物たちと交わりを絕ち、魯鈍の質だが、自分が生きる喜びを知った。腰には、竹製の刺史の印をぶら下げているが、心は、廬山の僧侶と通い合う。まる一日、醉いつぶれて眠り、起き出すと、呆然として無念無想。渡り廊下で雨を眺めていると、芍藥が、物靜かに咲いている。今晩は、こうして終る。明日の朝も、また同じようなものだろう。何が、自分の心を惱ますことができるというのだ。役人の世界の浮き沈みなど、氣に掛けるまでもない。

この「郡内閒居」詩は、滁州に次いで赴任した江州刺史の時期の作であるが、そこでは更に一歩を進めて、「腰懸竹使符、心與廬山緇」という一聯がある。刺史の身分であっても、心は廬山の僧侶と通い合っているというのであれば、殊更の遁世は、最早必要なくなっている。とりわけ注目したいのは「何事能爲累、寵辱豈要辭」である。役人の世界の寵辱浮沈は、もう私の心を悩ませない。だから役人を辭める必要も無い――ここからは、韋應物が刺史の職務（また廣く官職）と安定した共存關係を築いている様子が窺われる。

白居易の閒適詩は、この刺史時代の韋應物の吏隱詩の延長上に誕生する。そして韋應物では郡齋（刺史の官舍）や近隣の寺院が吏隱の場であったものを、白居易は、生活の場である自邸へとさらに手繰り寄せることになる。その手始めとして、左遷された江州で草堂を築き、そこを吏隱の場とした（「草堂記」）。その後長安に歸ってくると、新昌坊に自邸を購入し、そこを努めて自らの趣味に叶うように造作した（「竹窗」詩・「新昌新居書事四十韻因寄元郎中張博士」詩）。最後には、終老の地となった洛陽の履道里宅の造營である（「洛下卜居」詩・「池上篇」）。韋應物の初期の幽居詩が、仕官か辭官か、富貴にいて性を損なうか、幽居して性を全うするかという二者擇一のせめぎ合いの中から後者を選び取る、というもの狂おしい決斷の產物であったことを振り返るならば、そこには大きな變貌があったと言わなければなるまい。

結語

そもそも閒居は、「隱居不仕」の狀態を指すものである。つまり官の世界から疎外されて、幽居を餘儀なくされた境遇のことである。それは仕官して公事を行うことを使命とする士人にすれば、不本意な狀態であり、また不遇の狀態である。「孔子閒居、子夏侍」（『禮記』孔子閒居）との意味も、孔子がゆっくりと寛ろいでいた時間とするのは、いわば白居易以降、どんなに早くとも陶淵明以降の「閒居」の語感を踏まえた解釋である。原義は一つであり、孔子が不遇で仕官の聲も掛からなかった時期、と解釋しなければなるまい。

司馬相如について「復召爲郎。相如口吃而善著書。常有消渴疾。與卓氏婚、饒於財。其進仕宦、未嘗肯與公卿國家之事、稱病閒居、不慕官爵」（『史記』巻一一七「司馬相如傳」）と語られる時、――司馬相如には口吃があり、糖尿を病んでいて、幸いに卓文君の家の財産があったので、不正常ではあるが「閒居」した――という文脈で解釋されなければならない。自由な餘暇の時間を求めて、好きこのんで閒居したのではないのである。

「閒居」が肯定的な意味で用いられるようになるのは、後漢も末になって隱遁の風が尊重されるようになってからであろう。しかしその場合でも、仕官の富貴を斷念して、あえて貧賤を引き受けるという「苦しみの決斷」と引き替えに手に入れるものという建前が生きていた。だからこそ陶淵明が「歸去來之辭」において、その閒居の前に立ちはだかる決斷そのものを「歡びの決斷」として高らかに宣言したことが、文學思想史的に畫期的な意味を持つのである。

とは言え陶淵明の振る舞いが餘りにも突飛であったために、「辭官と一體となった陶淵明の閒居」は餘人の安易な追隨を許すものではなく、また大方の共感を得るものでもなく、毀譽褒貶も含めて久しく陶淵明ひとりの獨占物とならざるをえなかった。六朝後期から初盛唐にかけて、陶淵明に高い評價が與えられなかったことは(25)、「辭官と一體となった閒居」が、理念的には士人としての社會的使命そのものに反するために、また現實的には、富貴の斷念が人情として容易ではないために一般化できなかったことと、表裏の關係にあると理解しなければなるまい。

こうした陶淵明評價に變化が見えるのが韋應物であるとの指摘は、ことのほか重要な意味を持つ(26)。その後の韋應物から白居易への「閒居」の觀念の變化については、本稿に論じた通りである。すなわち、韋應物の初期においては、閒居は仕官と對立する關係にあり、閒居は辭官の決斷によって手に入れるものだった。それは陶淵明的な閒居觀を引き繼ぐものと言って良い。しかし後期になると、仕官と閒居との融和が圖られ、公務の餘暇に過ごす自由な時間を

「閒居」に見立てることで、官に在る閒居、すなわち吏隱を肯定するようになる。あるいは吏隱という哲學の發見と言っても良い。白居易は、その韋應物の吏隱の哲學を繼承し、それを自宅という日常の眞ん中に引き寄せるのである。白居易が閒適の世界として構築した長安の新昌里邸、またその後の洛陽の履道里宅は、朝廷の高級官僚に相應しく、立地と、廣さと、贅をこらした造作を誇るものとなる。陋巷に不遇の思いを懷きつつ閒居するという暗い傳統的なイメージは、ここに完全に拂拭されることになる。(27)

韋應物の吏隱は、官を辭し、富貴を拒否し、貧賤に甘んずるという「閒居の毒」を拔く作業であった。そして毒を拔かれた白居易の閒居には、もはや苦痛とすべき要素が無くなり、かくして「閒でありながらしかし適」なものとなるのである。(28)韋應物から白居易へと繋がる閒居の理念的系譜は、このように理解すべきものであろう。

＊　＊　＊　＊　＊

張籍の閒居詩は、この韋應物から白居易への大きな流れから孤立するものである。張籍にあったのは、陋巷に住まって、簞瓢もて過ごすような貧窮の生活である。そして掛け値無しに、病氣のために昇進だけではなく最後には仕官さえも斷念せざるを得ない境遇に置かれていた。張籍の閒居詩が作られたのは、そのような情況の中である。敢えて言うならば、人閒の貧の境遇の中で作られるべき閒居詩が、張籍によってその理念的原形へと純化されたのである。

張籍の閒居詩は、官僚組織の底邊に位置する太常寺太祝という末官に在任した時期、そして恰も張籍が重い疾病に苦しめられた時期に、その特殊な情況と一體のものとして形成されたものである。從ってその特殊な情況の消失と共に、その閒居詩も消失して良いはずのものであった。しかしながら、後期の張籍においても、この閒居詩は繼承され成熟することになる。いわば普遍的な美學的樣式として、特殊な情況への依存から自立を遂げるのである。

この樣式を、普遍的な美學的價値へと昇華させたのは、恐らくは張籍の時代を生きた人々のエートスの力であろう。十分な教養を積みながらも、官途において不遇を餘儀なくされ、都市の陋巷に逼塞しなければならないような一羣の知識人たちがこの頃から蓄積され始めた。その人々に、閒居詩の様式が引き渡されることになる。韋應物から白居易へと連なる中唐文學の主流の中では孤立していたはずの張籍の閒居詩が、續く晩唐には、かえって時代を代表する大きな潮流となっていく。中唐から晩唐へ、張籍を挾んで時代の文學は入れ替わろうとしていたのである。(29)

〔注〕

(1)『舊唐書』卷六〇「張籍傳」に「張籍者、貞元中登進士第。性詭激、能爲古體詩、有警策之句、傳於時」。前言中に紹介した白居易との會話（白居易の「酬張十八訪宿見贈」詩に「問其所與游、獨言韓舍人。其次卽及我、我愧非其倫」）、あるいは韓愈としばしば繰り返された議論の應酬。

(2)『新唐書』卷四八「志第三八・百官三・御史臺」一五六三頁に「文官五品以上及兩省供奉官、監察御史、員外郎、太常博士、日參、號常參官」。

(3) 賈晉華の「張籍傳」（同『韓愈大傳』所収 四五六頁）には、張籍の「會合聯句」中の「升朝高轡逸、振物羣聽悚。徒言濯幽泌、誰與薙荒茸」の四句について、上聯は韓愈が昇進して歸京したことを讃え、下聯は自分が雜草の中にいることを言うことから、この時點ではまだ任官していないと推測。

(4) 白居易の喪が明けて太子左贊善大夫に復歸した直後の元和九年（八一四）冬の「酬張十八訪宿見贈（自此後詩爲贊善大夫時作）」に「昔我爲近臣、君常稀到門。今我官職冷、唯君來往頻」とある。「昔我爲近臣、云々」とはかつて翰林學士・左拾遺の激職にあって、張籍との往來が叶わなかったことを言う。

(5) 白居易は元和五年五月に、翰林學士はそのまま、左拾遺から京兆府戶曹參軍に遷っているので、この應酬詩の制作は元和五年の秋には下らない。

(6) 諸本は「江東」に作る。その場合、曲江の東の新昌坊の意となる。今、金澤本が「街東」に作るのに從う。

(7) 張籍詩に「梨晩漸紅墜、菊寒無黃鮮」のような鮮やかな色彩表現があることも、視力を失っていない情況證據となる。

(8) この張生については、張徹であり、制作場所は洛陽とする說もある。しかし筆者は、張籍であると考える。張籍は文字學に詳しく、石鼓の古代文字（八分）を話題にするに相應しい人物である。韓愈「題張十八所居」詩に「端來問奇字、爲我講聲形」。

（9）賈島「延康吟」に「寄居延壽里、爲與延康鄰。不愛延康里、愛此里中人」、自分が延壽坊を選んで住むのは、張籍の延康坊に程近いからだと述べる。

（10）李翺「叔氏墓誌銘」（『全唐文』巻六三九）に「元和九年歳直甲午正月十九日丁卯、浙東道觀察判官將仕郎試大理評事攝監察御史李翺、奉其叔氏之喪葬於茲。叔氏諱術。生子曰王老。遠在京師。翺實主其事。銘曰……」。なお舊説の元和六年では、この書簡中にある「籍與李君友也、不見六七年」（私張籍と李翺とは友人であるが、六七年會えずにいた）の内容と符合しない。すなわち李翺は、嶺南節度使の幕僚となるべく元和四年正月に長安を出發し、その後、浙東節度使幕僚に轉任したまま南方に留まっており、元和六年ではまだ三年しか經過していない。また卞孝萱・賈晉華の元和八年上京説は、李遜が浙東觀察使を辭する元和九年九月以前に李翺の上京を推定した結果であるが、裏付けとなる資料がないので、ここでは採らない。

（11）韓愈は、元和六年秋に長安に歸ってから、一四年正月に「論佛骨表」を奏上して潮州刺史に左遷されるまで、職方員外郎・國子博士・比部郎中史館修撰・考功郎中史館修撰・中書舍人・太子右庶子・行軍司馬・刑部侍郎と、若干の浮沈はあるものの高級官僚として順調に出世してゆく。

（12）韓愈「貞曜先生墓誌銘」に「唐元和九年、歳在甲午八月己亥、貞曜先生孟氏卒。無子。其配鄭氏以告。愈走位哭、且召張籍會哭。明日、使以錢如東都、供喪事。……十月庚申、樊子合凡贈賻、而葬之洛陽東其先人墓左。以餘財附其家而供祀。將葬、張籍曰、先生揭德振華、於古有光、賢者故事有易名、況士哉。如曰貞曜先生、則姓名字行有載、不待講説而明。皆曰然、遂用之。……」。

（13）この詩は、元白らの元和四年前後を頂點とする新樂府制作が、張籍（また王建）の樂府の影響を受けているのかどうかを考える重要な資料であり、制作時期をめぐって元和初期説と、元和一〇年前後説とがある。元和初期説を採る立場では文集の配列に注目するが、ここで決定的な意味を持つのは「如何欲五十、官小身賤貧」と記された張籍の年齢と官歴である。元和初年に太常寺太祝に就任した直後にこのような言い方は成り立ちがたい。本稿では、比較的多くの論者が主張するようにこの詩を元和一〇年前後の作とする。專論には徐禮節「白居易「讀張籍古樂府」作年考辯」（『安徽農業大學學報・社會科學版』二〇〇二年）。

（14）参照：『中國文學家大辭典・唐五代卷』中華書局、一九九二年、韋處厚の項目執筆は吳汝煜。また劉禹錫「唐故中書侍郎平章事韋公集」（『劉夢得文集』卷二三）。
（15）『佩文齋廣群芳譜』卷九六に「車前……處處有之、開州者勝。春初生苗……五月採苗、八九月採實」。
（16）姚合の「贈張籍太祝」詩に據れば、元和一一年一月五日以降のある時點で、張籍はまだ「張太祝」と稱される狀態にあった。この詩に「甘貧辭聘幣、依選受官資」。「辭聘幣」は淄靑節度留後・李師道からの招聘を指すだろう。この招聘の事件を記す張籍の「節婦吟」の原注に、「寄東平李司空師道」。李師道に檢校司空が加えられたのは、『資治通鑑』に據れば元和一一年一一月丙寅（五日）である。この姚合詩が作られた時點で、張籍は前官の張太祝で呼ばれており、「依選受官資」すなわち守選の狀態にあった。
（17）十六首は一時の作ではなく、後に一つに纏められたとされる。
（18）韓愈は折々に張籍を引き立てた。貞元一四年（七九八）秋の汴州の豫備試において韓愈が考官を勤め、張籍を第一等として推薦して、翌年の進士科登第への道を開いたことが、その始まりである。韓愈の死後に作られた「祭退之」に「我官麟臺中、公爲大司成。念此委末秩、不能力自揚。特狀爲博士、始獲升朝行。未幾享其資、遂忝南宮郎」と特記されている。すなわち、祕書省（麟臺）祕書郎の張籍を國子博士に推薦したのも、そこからさらに尙書省（南宮）の水部員外郎に推薦したのも韓愈である。張籍の助教就任の背後に韓愈の推薦があったことは、十分な可能性がある。
（19）張籍「哭元八少尹」に「初作學官常共宿、晚登朝列暫同時」。
（20）祕書丞王建に唱和した「酬祕書王丞見寄」に、共に常參官となったことを「常參官裏每同班」と喜び合い、中書舍人白居易らに寄せた「早朝寄白舍人嚴郎中」に、早朝してまだ人が疎らな光景を「常參班裏人猶少」と詠ずる。
（21）『增訂注釋全唐詩』（文化藝術出版社、二〇〇一年）第三冊・卷四六二の「孫革小傳」に「長慶二年（八二二）任刑部員外郎、後遷洛陽令。太和四年（八三〇）爲左庶子」（執筆：湯華泉・毛水淸）。
（22）『全唐詩』は「侍郎」に作り、「一作御」。ここでは『張司業集』卷二に「侍御」に作るのに從う。姚侍御は、殿中侍御史の姚合を指す。
（23）雜律は、近體詩型を用いた詩のことを指し、分類の基準が前三者と異なる。雜律は內容上、さらに諷諭・閒適・感傷に分かれると理解すればよいが、實態としては諷諭の要素が含まれることは少い。。

(24)「曠職」は「移疾會詩客元生與釋子法朗因貽諸祠曹」詩・「假中對雨呈縣中僚友」詩。素餐は「冬至夜寄京師諸弟兼懷崔都水」詩・「郡齋贈王卿」詩。また類語の「愧俸錢」は「寄李儋元錫」詩。なお韋應物の閒居の詩を繼承したとされる白居易は、韋應物の六倍の量の詩を殘しているにもかかわらず、「素餐」の用例はわずかに三首（「遊悟眞寺詩」「西掖早秋直夜書意」「初罷中書舍人」）、「曠職」の用例に至っては皆無である。このことは、白居易において吏務と閒居（閒適）が對立的ではなく、互いに折り合いをつけて同居できるものとして捉えられており、閒なる時間を得るために吏務を離れることに疚しさを覺える必要がなかったことを示唆している。ちなみに張籍は、「曠職」「素餐」とも用例無し。

(25) 杜甫「遣興五首」其三に「陶潛避俗翁、未必能達道。觀其著詩集、頗亦恨枯槁」。

(26) 赤井益久「閒適詩考―「閒居」から見た閒適の理念」（同『中唐詩壇の研究』創文社、二〇〇四年）に「さきに一瞥したごとく初盛唐期の陶淵明への言及は……むしろその依怙地なそして頑なさを嘲笑するようなものが多い。だが、韋應物はあきらかに違う。生涯の重大な岐路に際會したおり、陶淵明の境遇と處世とに思いを致している。そして、何よりも留意すべきは生涯を通じて意識的な官位の放擲が認められることだろう」一六三頁。

(27) 白居易「閒居貧活計」詩に「冠蓋閒居少、簞瓢陋巷深」（冠蓋の高官には閒居する者はおらず、簞瓢の貧乏人は場末の路地裏に住む）とあるのが、「簞瓢・陋巷と一體となった閒居」の基本義を模範的に傳える用法であるが、その閒居の實體は、當のこの詩の作者によって完全に作り變えられた。

(28)「閒にしてかつ適」（竝列）、あるいは「閒であるがゆえに適」（前提）と理解するのは、「閒」そのものに初めから肯定的なニュアンスを與えている點で、歴史的理解とは齟齬があるだろう。

(29) 張籍を晩唐詩の先驅者として位置づける論法は、清末・李懷民『重訂中晩唐詩主客圖』を代表としてすでに系統的に存在している。また最近の專論にも、安易「論晩唐體與張籍」（『唐山高等專科學校學報』第一二巻第三期、一九九九年）、張金桐・劉雪梅「論「晩唐體」與張籍詩的共通性」（『寧夏社會科學』第四期、二〇〇四年）、王蠟梅「從李懷民看「中晩唐以張籍賈島兩派爲主」說的始末」（『圖書館雜誌』第二期、二〇〇九年）等がある。しかし張籍の中に、晩唐的なものがどのような具體的情況の中で形成されたのか、またそれが誰を介して、どのように晩唐に影響を與えることになったのか、について必ずしも論點が明確ではない。本稿を用意した所以である。

張籍の「和左司元郎中秋居十首」

――晩唐詩の搖籃――

緒言

張籍の「和左司元郎中秋居十首」、および同座の唱和である姚合の「和元八郎中秋居」は、ある秋の日に、當時左司郎中の官にあった元宗簡（排行：八）の宅を訪ねて作ったものである。そこには、秋の宅にゆったりとくつろぐ元宗簡の姿が、様々な角度から描き出され、趣味に生きる文人の日常の一つの典型が、ここに具體化されている。ところでこの唱和詩に注目するのは、この唱和の場を通して、晩唐詩の萌芽が張籍から姚合に引き渡され、姚合の手の中で晩唐詩が成熟に向かったと考えられるからである。張籍は、後世の詩人たちの眼中において晩唐詩の一方の源流と目される人物でもある。(1) また姚合は、その後に彼が作り上げた武功體の文學によって、晩唐文學を切り拓く詩人となった。すなわちその二人が出會った決定的な場面が、この詩の唱和であった、というのが本稿の提出する見通しである。

なお本章は、前章「張籍における閒居詩の成熟―太常寺太祝在任時を中心に」を直接に承けるものである。

一　制作時期

この唱和詩は、いつ作られたものであろうか。制作時期の檢討は、とりわけ姚合との關係で重要となる。第一に、姚合・張籍・元宗簡の三者が會合する機會が、特に姚合の場合に限られていたためである。姚合が應試のために上京したのは、元和七年（八一二）の秋。その後長安で三年間の浪人生活を送り、元和一一年春に進士に及第。そして翌元和一二年冬には、魏博節度使從事として魏州（河北省大名縣北）に赴任している。ここに至るまでの約四年間の在京時期に、姚合が、張籍と共に元宗簡宅を訪れて詩を唱和した可能性はないと見られる。その姚合が魏博から長安に歸ってくるのは、元和一五年の夏であり（後述）、翌長慶元年の春までには武功縣主簿に赴任している。この閒の半年足らずの在京期閒が、詩の唱和の機會となった可能性が高い。ちなみに姚合が武功縣主簿の任期を終えて歸京するのは長慶三年（八二三）の春であり、この時にはすでに元宗簡は逝去している。

第二に、姚合は武功縣主簿の時期に「武功體」と稱される獨自の樣式を確立するが、その武功體の形成と、これらの唱和詩との閒には關係があると推定されるためである。姚合の武功體の成立を考察する上で、この詩の制作時期と武功縣主簿の在任期閒との前後關係が明らかにされなければならない。

そこで張籍の「和左司元郎中秋居十首」詩の作品分析に入る前に、その制作時期の檢討から始めることにしたい。手掛かりとなるのは、元宗簡については「郎中」の官にあったこと、姚合については長安にいたこと、そして季節は秋だったことである。なお張籍については、元和から長慶年閒を通して（八〇六～八二四）、太常寺太祝・國子助教・弘文館博士・祕書郎・國子博士・水部員外郎という京官の任にあって、長安を離れることはなかった。いずれの年の秋でも長安で詩を作ることができたと言う點で、張籍に關する條件は緩やかである。

まず元宗簡の事情について整理しておきたい。元宗簡の經歴について、知りうることは少ない。元宗簡の詩文集は、彼が生前に息子の元途に遺言した通り、白居易によって「格詩一百八十五、律詩五百九、賦述名記書碣讃序七十五、總七百六十九章、合三十卷」として編集された。その經緯は、白居易「故京兆元少尹文集序」に述べられている。しかしその文集は完全に散佚し、一篇の詩文も殘されていない。そのため元宗簡の事迹には、不明な部分が多い。『中國文學家大辭典・唐五代卷』（中華書局、一九九二年）の元宗簡條（陳尚君執筆）に以下のように記すのが、彼の經歴についで知りうるほぼ全てである。

生年不明～八二二年沒。字は居敬。排行は八。河南洛陽の人。進仕の第に登る。元和一一年（八一六）、金部員外郎に遷る。のち倉部郎中となる。長慶元年（八二一）、京兆少尹を授けられ、二年春に卒す。元宗簡は貞元の末より白居易と交わりを結び、その後も交際は親密で、應酬詩は數十首に達する。卒後、子の元途は彼の詩七百首近く、文七十五篇を三十卷の文集に編み、白居易が序文を撰した。集は現存せず、『全唐詩』『全唐文』もその作品を収めていない。事迹は『白氏長慶集』卷六八「故京兆元少尹文集序」に據り、また朱金城「白氏交遊考」を參照した。

元宗簡の事迹は、かろうじて親交を結んだ白居易らの文章によって一斑を窺い知るだけである。以下に判明する限りで、元宗簡の官歴を書き出してみたい。(2)

①侍御使（從六品下）

白居易は、元和九年冬に母陳氏の喪が明けて太子左贊善大夫となり、翌年八月に、武元衡襲擊事件に關する發言が批判されて江州司馬に貶される。この半年餘りの期間に、白居易は元宗簡との交際を深めている。

李十一舎人松園飲小酎酒　得元八侍御詩　敘云　在臺中推院有鞫獄之苦　卽事書懷因酬四韻　　白居易

愛酒舎人開小酌　能文御史寄新詩　亂松園裏醉相憶　古柏廳前忙不知
早夏我當逃暑日　晩衙君是慮囚時　唯應清夜無公事　新草亭中好一期

元和一〇年の初夏に、中書舎人李建の宅の松の庭園で暑氣拂いの酒宴に連なった時の作である。詩題に據れば、元宗簡は激職の侍御史の任にあって囚人の尋問に當り、宴會には參加できなかった。また作品末尾に添えられた自注「元於升平宅新立草亭」によって、このとき元宗簡が昇平坊に宅を購入したことが判明する。

②金部員外郎（從六品上）
元宗簡は、元和一一年に侍御史（從六品下）から金部員外郎（從六品上）に昇進した。白居易は江州司馬の官にあってこの消息を知ることになる。

夜宿江浦聞元八改官因寄此什　　白居易

君遊丹陛已三遷　我汎滄浪欲二年　劍佩曉趨雙鳳闕　煙波夜宿一漁船
交親盡在青雲上　鄕國遙拋白日邊　若報生涯應笑殺　結茅栽芋種畬田

この詩には官名は明示されていないが、元宗簡が金部員外郎となったことは『郎官石柱題名』[3]に明らかである。

③郎中（左司郎中・倉部郎中、從五品上）元和一二年（八一七）冬
金部員外郎になってから一年餘りで、同じく尚書省に屬する郎中に順調に昇進している。白居易が元和一二年（八一七）の歳晩に江州で作った「潯陽歲晩、寄元八郎中庾三十二員外」には、詩題に「元八郎中」と明記されている。

なおこの詩では、郎中の所屬が不明である。『郎官石柱題名』(4)には元宗簡が倉部郎中であったことが記されている。一方、張籍の「和左司元郎中秋居十首」詩には、左司郎中の官名が記されている。元宗簡は恐らく、前後は不明だが、その兩方を歷任したものと思われる。元宗簡の郎中昇進は、白居易のこの詩が作られた元和一二年冬、もしくはその直前であったと推定される。

④京兆少尹（從四品下）

元宗簡は、長慶元年（八二一）春に京兆少尹、つまり長安を含んだ京兆府の副長官に昇進している。これが彼の最終官となった。敍任の制は、そのとき祠部郎中・知制誥であった友人の元稹が作り、また白居易も、詩を作って賀している。(5)

白居易は、元和一五年の夏に忠州刺史から長安に召還されて（長安到着は冬）、元宗簡との交遊も復活する。しかし交遊は長くは續かず、元宗簡はその年の秋に病臥し、(6)翌長慶二年の春に逝去している。

以上、元宗簡の經歷については不明の點が多いので、あえて煩を厭わずに官歷について明らかなものを列記した。ここから確認されるように、元宗簡が「郎中」に在任していた「秋」は、元和一三年・元和一四年・元和一五年である。

＊　＊　＊　＊　＊

次に姚合について、經歷を確認したい。(7)唱和詩の制作時期を探る上で最も基礎的な條件となるのは、「姚合がそのとき長安にいた」ことである。

姚合は、元和七年（八一二）秋に應試のために上京し、元和一一年に進士に登第している。恐らくはその翌年の冬に魏博節度使田弘正の幕僚として魏州に赴任。歸京したのは元和一五年夏と考證されている。(8)その後、姚合が武功縣主簿（正九品上）となるのは、郭文鎬によれば長慶元年春、陶敏によれば元和一五年冬である（注7參照）。どちらの説を採るにしても、姚合は元和一五年秋には長安にいたことになる。

なお姚合が武功縣主簿を辭して長安に歸るのは、郭文鎬によれば長慶三年（八二三）の春、陶敏も同說である。この時すでに元宗簡は逝去しており、詩の唱和はあり得ない。

この結果、張籍が姚合を伴って左司郎中元宗簡の宅を訪問し、元宗簡の詩に唱和して張籍が「和左司元郎中秋居十首」を作り、姚合が「和元八郎中秋居」詩を作ったのは、元和一五年秋と確認されたことになる。なお張籍詩其五の「稱是早秋天」「竹院就涼眠」の二句を見ると、まだ暑氣も殘っている早秋の時期のものである。元宗簡の原唱は殘っていない。

＊　＊　＊　＊　＊

この唱和詩羣が元和一五年秋の作であることの意味を、張籍と姚合について簡單に確認しておこう。張籍は、元和元年（八〇六）から十年間、太常寺太祝という正九品上の太廟の神主を管理する末官に在職した。唐代の官職の任期は多くは三年であり、末官のこの十年に及ぶ在任は、友人の目にも奇異に映るほどであった。(9) しかもその間、元和八年冬から一一年冬までの三年間、張籍は重い眼疾に罹っていた（張籍「患眼」詩に「三年患眼今年校」）。その意味でこの十年間餘りは、張籍の不遇時期と言って良かろう。この不遇の生活の中から、張籍に獨自の閒居詩が成熟したことについては、前章「張籍における閒居詩の成熟」に述べた通りである。眼疾が平癒に向かう元和一一年冬に、張籍は國子助教（從六品上）に昇進する。その後は、元和一三年に廣文館博士（正六品上）、元和一五年に祕書省祕書郎（從六品上）、長慶元年（八二一）には國子博士（正五品上）と累進する。唱和詩が作られた元和一五年の秋、張籍は祕書省祕書郎に在任していた。

一方、姚合は、魏博節度從事を辭して長安に戻り、次なる任官を待っていた。そしてその年の冬、ないしは翌年の春に武功縣主簿に任命され赴任する。姚合がその時期に武功體と稱される獨自の樣式を確立することは文學史の重要な事件となるが、この唱和詩の制作が、武功體成立の重要な契機になると見るのが、本稿の立場である。

二　張籍と元宗簡との交遊

張籍と元宗簡との交遊について、一通り述べておきたい。兩者の交遊を示す最も初期の詩と推定されるのが次の元和五年（八一〇）の詩である。

送元宗簡　　　　元宗簡を送る　　張籍

貂帽垂肩窄皂裘　　貂《てう》帽は肩に垂れて皂《さう》裘は窄《せま》く
雪深騎馬向西州　　雪深きとき馬に騎して西州に向かふ
暫時相見還相送　　暫時　相ひ見て還た相ひ送るも
卻閉閒門依舊愁　　卻りて閒門を閉さば舊に依りて愁へん

〔大意〕貂皮の帽子は肩まで覆い、黒い皮衣をぴったりと身にまとう。君はこの雪の深い中を、馬に跨って西州に向かうのだ。しばし君と會って、そして旅立ちを見送る。家に歸って門を閉ざすと、きっといつまでも悲しい思いになるのだろう。

白居易の元和五年の作とされる詩に、「送元八歸鳳翔」がある。

莫道岐州三日程　其如風雪一身行　與君況是經年別　暫到城來又出城

元宗簡が、雪の中を鳳翔に歸任するのを送別する詩である。同じく七言絶句、しかも描かれた情況も似ており、同時の唱和の可能性が高い。白居易と張籍との交遊は元和四年前後に始まっている。恐らくは白居易を介して、張籍は元宗簡と結識したのであろう。

＊　＊　＊　＊　＊

前記の詩も含めて、張籍が元宗簡に寄贈した詩を全て列記する。括弧の中は、推定制作時期である。

①送元宗簡　張籍（元和五年）
貂帽垂肩窄皂裘　雪深騎馬向西州　暫時相見還相送　卻閉閑門依舊愁

②送元八　張籍（元和五年、①の直前？）
百神齋祭相隨遍　尋竹看山亦共行　明日城西送君去　舊遊重到獨題名

③病中酬元宗簡　張籍（元和一四年または翌年）
東風漸暖滿城春　獨佔幽居養病身　莫說櫻桃花已發　今年不作看花人

④寄元員外　張籍（元和一二年頃、元宗簡は金部員外郎）
外郎直罷無餘事　掃灑書堂試藥爐　門巷不教當要鬧　詩篇轉覺足工夫
月明臺上唯僧到　夜靜坊中有酒沽　朝省入頻閑日少　可能同作舊遊無

⑤書懷寄元郎中　張籍（元和一三年頃、張籍は廣文館博士）
轉覺人間無氣味　常因身外省因緣　經過獨愛遊山客　計校唯求買藥錢
重作學官閑盡日　一離江塢病多年　吟君釣客詞中語　便欲南歸榜小船

⑥雨中寄元宗簡　張籍（長慶元年以前？　張籍はなお延康坊に居住）
秋堂羸病起　盥漱風雨朝　竹影冷疏澀　榆葉暗飄蕭　街徑多墜果　牆隅有蜿蜩

延瞻游歩阻　獨坐閒思饒　君居應如此　恨言相去遙

⑦移居靜安坊答元八郎中　張籍（長慶元年？ 張籍は國子博士となって靜安坊移居）

長安寺裏多時住　雖守卑官不苦貧　作活每常嫌費力　移居祇是貴容身

初開井淺偏宜樹　漸覺街閒省踏塵　更喜往還相去近　門前減卻送書人

⑧答元八遺紗帽　張籍（長慶元年の靜安坊移居以降？ 南山の眺望がある住居での制作）

黑紗方帽君邊得　稱對山前坐竹床　唯恐被人偸剪樣　不曾閒戴出書堂

⑨哭元八少尹　張籍（長慶二年。なお『全唐詩』に「哭元九少府」に作るのは元稹と混亂した誤り）

平生志業獨相知　早結雲山老去期　初作學官常共宿　晚登朝列暫同時

閒來各數經過地　醉後齊吟唱和詩　今日春風花滿宅　入門行哭見靈帷

＊　＊　＊　＊　＊　＊

以下、兩者の交遊がどの様なものであったのかを簡單に記しておく。

張籍は、元和元年から一〇年まで、太常寺太祝という末官に在任している。この閒に張籍はしばしば體調を崩しており、特に元和八年の冬からの三年閒は重い眼疾を患い、一時期そのために辭官を餘儀なくされている。その眼疾がようやく平癒するのが元和一一年冬であり、その頃、國子助教に任命されている（張籍の眼疾については前章參照）。次に讀むのは、張籍がまだ眼疾を患っていた時期の詩である。

③病中酬元宗簡　　　　病中　元宗簡に酬ゆ　　　　張籍

東風漸暖滿城春　　東風　漸く暖かなり　滿城の春

獨占幽居養病身　　獨り幽居を占めて病身を養ふ

莫說櫻桃花已發　　說く莫かれ櫻桃　花　已に發くと
今年不作看花人　　今年は花を看るの人と作らず

〔大意〕　東風は次第に暖かくなり、長安中に春が滿ちる。しかし自分だけは、侘び住まいして病身を養うのだ。櫻桃の花がもう開いたなどと言わないで欲しい。今年ばかりは花見ができる人間ではないのだ。

元宗簡に、花見に誘われたのであろう。その詩に答えて、花見ができないことを嘆くこの詩は、元和九年もしくは翌年の春の作である。

張籍が元和一一年冬に國子監助敎に就任した後、兩者は職場での付き合いも手傳って親密の度を加えている。④「寄元員外」は、その頃の作である（元宗簡は金部員外郎）。

元和一二年に元宗簡は左司もしくは倉部の郎中に昇進し、翌年には張籍も四門博士に昇進した。⑤「書懷寄元郎中」は、その頃の作である。

長慶元年（八二一）早春に、張籍は太學博士となった。張籍は、この正五品上の高官になったのを機に、十餘年に亘って住んだ延康坊の寓居から、靖安坊に移居している。その移居の直後の作が、⑦「移居靜安坊答元八郎中」である。この時、元宗簡はまだ郎中の官にあったが、同じ年の春の内に、彼も京兆少尹に昇進した。元宗簡は、この年の秋に病を得て、翌長慶二年春に亡くなっている。次に掲げるのは、張籍が元宗簡の死を悼んで作った詩である。

⑨哭元八少尹　　元八少尹を哭す　　張籍(10)

平生志業獨相知　　平生の志業　獨り相ひ知り
早結雲山老去期　　早《つと》に結ぶ　雲山　老去の期

初作學官常共宿　　初めて學官と作《な》りて常に共に宿し
晩登朝列暫同時　　晩に朝列に登りて暫く時を同じくす
閒來各數經過地　　閒來　各おの數しば經過するの地
醉後齊吟唱和詩　　醉後　齊しく吟ず唱和の詩
今日春風花滿宅　　今日　春風　花　宅に滿つるとき
入門行哭見靈帷　　門に入り哭を行ひて靈帷を見る

〔大意〕　あなたの日頃の思いと仕事は、私がよく知っている。そしてかねてより共に隱遁したいと願っていた。學官になった時には、一緒に宿直することがあったし、晩年に朝會に參ずる身分になってからは、しばし共に時間を過ごすこともあった。暇な時は、一緒に何度も出掛けたし、酒に醉っては詩を唱和しあったものだ。今日、春風が吹いて花が宅に咲き滿ちる時、門に入って哭禮を行いながら君の棺を見ることになった。

三　原詩

次に、「和左司元郎中秋居十首」を通觀しておきたい。

和左司元郎中秋居十首　　左司元郎中の秋居に和す　十首　　張籍

選得閒坊住　秋來草樹肥　　閒坊を選び得て住まい　秋來　草樹　肥えたり
風前卷筒簟　雨裏脱荷衣　　風前　筒簟を卷き　雨裏　荷衣を脱す
野客留方去　山童取藥歸　　野客　方を留めて去り　山童　藥を取りて歸る

非因入朝省　過此出門稀　　入りて朝省するに因るに非ざれば　　此を過ぎて門を出づること稀なり（其一）

〔大意〕昇平坊というひっそりとした坊里を選んで住んでいるが、そこは夏を過ぎて草木が茂っている。風の通り道では、竹のゴザを巻いて片付け、雨が降る中、荷衣（簑？）を脱ぐ。野客は、薬方を書き殘して歸り、山童は、藥草を採って戻ってきた。朝廷の役所に出勤するのでもなければ、ここからわざわざ外出することはない。

有地唯栽竹　無池亦養鵝　　地有れば唯だ竹を栽ゑ　　池無くも亦た鵝を養ふ
學書求墨跡　釀酒愛朝和　　書を學ぶも墨跡を求めず　　酒を釀して朝和（乾和）を愛す
古鏡銘文淺　神方謎語多　　古鏡　銘文淺く　　神方　謎語多し
居貧閒自樂　豪客莫相過　　貧に居るも閒にして自ら樂しむ　　豪客　相ひ過《よ》ぎること莫かれ（其二）

〔大意〕空いた土地が有れば、（王徽之が愛した）竹を植え、池が無くとも、（王羲之が愛した）鵝鳥を飼う。書を學ぶが、名家の墨跡に執着はなく、酒を釀すには、水を足さない作り方が好きだ。鏡の骨董を集めてはいるが、銘文は摩滅して讀みにくく、仙藥の作り方も、謎めいていて讀み解くのも大變だ。主人は貧乏暮らしだが、自由な時間を樂しんでいる。金持ちよ、こんな所を訪ねて來るではないぞ。

閒來松菊地　未省有埃塵　　閒來　松菊の地　　未だ埃塵有るを省《し》らず
直去多將藥　朝迴不訪人　　直に去きて多く藥を將《もた》らし　　朝より迴るも人を訪はず
見僧收酒器　迎客換紗巾　　僧に見《あ》へば酒器を收め　　客を迎ふれば紗巾を換ふ
更恐登清要　難成自在身　　更に恐る清要に登らんことを　　自在の身を成し難し（其三）

〔大意〕　松と菊が植えられたこの場所にくつろいでいると、世俗の塵埃などは、まるで無縁だ。主人は、宿直に向かう時は、たくさん薬を携えて行き、朝廷の仕事が引けると、それから人を訪ねることはない。僧侶に會う時は、目障りな酒器を片付け、客人を迎える時は、氣楽な紗の頭巾を着ける。もう出世の道を昇りたくはないのだ、どうしても自由な身ではいられなくなるから。

自知清靜好　不要問時豪　　自ら知る清靜の好きを　　時豪に問ふを要《ま》たず
就石安琴枕　穿松壓酒槽　　石に就きて琴枕に安んじ　　松を穿ちて酒槽を壓す
山晴因月甚　詩語入秋高　　山晴は月に因りて甚しく　　詩語は秋に入りて高し
身外無餘事　唯應筆硯勞　　身外　餘事無く　　唯だ應に筆硯に勞《つか》るなるべし（其四）

〔大意〕　主人は、清淨な世界の大切さが分かっているので、權力者の顔色を伺うこともない。琴の形の石を枕にして氣儘に眠り、松を刳り貫いた槽で酒を濾す。山は、月光を浴びて一層くっきりと輪郭を現し、詩は、秋になっていよいよ言葉が高雅になる。身の回りに餘計な仕事はなく、ただ詩文に精を出すだけだ。

閒堂新掃灑　稱是早秋天　　閒堂　新たに掃灑す　　是れ早秋の天に稱へり
書客多呈帖　琴僧與合弦　　書客　多く帖を呈し　　琴僧　與に弦を合はす
莎臺乘晩上　竹院就涼眠　　莎臺　晩に乘じて上り　　竹院　涼に就きて眠る
終日無忙事　還應似得仙　　終日　忙事無く　　還た應に仙を得たるに似るべし（其五）

〔大意〕　靜かな廣閒を、今しがた掃き清めた。もう秋の氣配を感ずる候になったようだ。能書の客人たちは作品を持ち寄り、琴が得意な僧侶は、音曲を奏でる。スゲが生えたきざはしに、日暮れになると立ち、竹に蔽われた中庭に、涼を求めて眠る。一日中、忙しい仕事とは無縁で、さながら仙人にでもなったようだ。

醉倚斑藤杖　閒眠瘦木床　　醉ひては倚る斑藤の杖　閒には眠る瘦木の床
案頭行氣訣　爐裏降眞香　　案頭 氣を行ふの訣あり　爐裏 眞を降すの香あり
尙儉經營少　居閒意思長　　儉を尙びて經營少く　閒に居れば意思長し
秋茶莫夜飲　新自作松漿　　秋茶 夜に飲む莫く　新たに自ら松漿を作る（其六）

〔大意〕酒に醉っては、斑藤の杖にもたれ、やることがなければ楠木の根の瘤でしつらえた寢臺に眠る。机上には、氣功の口訣を記した書物が置かれ、香爐には、神を降すと言われる降眞香を焚く。質素を旨として、贅を凝らしたりはせず、寛いだ時間の中に身を置いて、興趣は盡きない。秋摘みの茶は、夜に飲むものではない。そこで近頃、松の實の飲料を拵えたのだ。

毎憶舊山居　新敎上墨圖　　毎に舊山の居を憶ひ　新たに墨圖を上《ゑが》かしむ
晩花迴地種　好酒問人沽　　晩花 地を迴りて種ゑ　好酒 人に問ひて沽《か》ふ
夜後開朝簿　申前發省符　　夜後 朝簿を開き　申前 省符を發《ひら》く
爲郎凡幾歲　已見白髭鬚　　郎と爲りて凡そ幾歲　已に白き髭鬚を見る（其七）

〔大意〕主人は、いつも故郷の家が懷かしく思い出されるので、近頃、水墨畫に描かせたところだ。菊を、あたり一面に植え、旨い酒は何かと尋ねて、買いに行かせる。（菊酒を飲むつもりなのだ）。夜になってから、朝廷の書類を開き、夕方には、役所の通達を書く。左司郎中となって、何年が經ったのだろう。鬚にはもう白いものが目立っている。

菊地纔通履　茶房不壘階
憑醫看蜀藥　寄信覓呉鞋
盡得仙家法　多隨道客齋
本無榮辱意　不是學安排

菊地は纔かに履《くつ》を通じ　茶房は階を壘《きづ》かず
醫に憑りて蜀藥を看　信を寄せて呉鞋《あい》を覓《もと》む
盡く仙家の法を得て　多く道客の齋に隨ふ
本より榮辱の意ひ無し　是れ安排を學ぶにあらず（其八）

〔大意〕菊の植わっているところは、なるべく踏み荒らさないように避けて歩く。茶室は、わざわざ階を設けたりしない。醫者に頼んで、蜀の藥草を處方してもらい、手紙を出して、呉の履物を送り届けてもらう。仙人の方術をすっかり會得し、さらに道士の蔬食を見習っている。そもそも世閒の榮辱には關心がないので、いまさら世渡りの道を學ぶ氣持ちにもならないのだ。

林下無拘束　閒行放性靈
好時開藥灶　高處置琴亭
更撰居山記　唯尋相鶴經
初當授衣假　無吏挽門鈴

林下　拘束無く　閒行　性靈を放《ほしいまま》にす
好時　藥灶を開き　高處　琴亭を置く
更に居山の記を撰し　唯だ相鶴の經を尋ぬ
初め授衣の假に當たれば　吏の門鈴を挽く無し（其九）

〔大意〕世俗を離れた世界には何の束縛もなく、のんびりと散歩して、思いをくつろがせる。天氣の良い時には、藥を作る竈に火を入れ、小高い所に、琴を彈ずる亭を置く。謝靈運の「居名山考」に倣って文章をものし、浮丘公の鶴を鑑定する「相鶴經」を捜し求める。今は授衣の休暇（陰暦九月の休暇）なので、門鈴を鳴らす無粋な役人もいないのだ。

客散高齋晩　東園景象偏
晴明猶有蝶　涼冷漸無蟬

客散じて高齋晩れ　東園　景象偏《ふか》し
晴明なれば猶ほ蝶有るも　涼冷なれば漸く蟬無し

藤折霜來子　蝸行雨後涎
新詩纔上卷　已得滿城傳

藤は折る霜來の子　蝸は行く雨後の涎
新詩　纔かに卷に上れば　已に滿城に傳はるを得たり（其十）

〔大意〕來客が歸るころには書齋も日が翳って、東の庭は、いっそう風情が增す。晴れた時にはまだ蝶も來るが、涼しさの中で、蟬の聲も少なくなった。霜の氣配に、藤の木は枝もすがれ、雨上がりには、蝸牛が跡を殘して這いまわる。主人の新しい詩が、詩卷に書き足されるや、それがたちまちに街中に傳えられるのだ。

この「和左司元郎中秋居十首」は、元宗簡の「秋居」詩に唱和した作である。しかし元宗簡の原唱は殘っていないため、本來それが一〇首の連作であったのか否かは、不明とせざるをえない。しかし同時の唱和として傳わる姚合の「和元八郎中秋居」が單篇の作であることから、恐らくは原唱も一首だったと推定される。またこの推定の通りであるとすれば、張籍は、その場で姚合と共に一首を唱和し、後日、それを連章一〇首からなる組詩へと擴大したのであろう。其五にある「早秋天」が元宗簡宅を訪問した時であろうが、其七には「授衣假」（晩秋九月の休暇）が讀み込まれていて、一時の作ではないと考えられるのがその推測の根據である。本稿では、さしあたりこのような理解に立つことにしたい。

なお一〇首の配列については、第一首が訪問を記し、第一〇首が辭去を記しているのを除けば、他はことさらに時系列や內容に從って竝べられているようには見えない。

＊　＊　＊　＊　＊

ここで問題となるのは、詩に描かれた元宗簡の生活が、果たしてそれ自體の記述であるのか、それともそれとは別の何かの投影であるのかを吟味することである。原理的な言い方をすれば、見られるものと、見るものとの相對的な關係を考えなければならない。

元宗簡の宅とそこでの生活が、この詩に描かれた通りに「簡素」なものであるのかどうか。元宗簡の詩文集は完全に失われており、從って彼自身の作品を通してその生活を窺い知ることはできない。張籍以外にも、白居易などの第三者によってそれがどのように書き記されているかを調べてみる必要があるだろう。また何よりも、元宗簡宅が置かれた昇平坊という坊里が、當時どのように評價されていたのかを確認することも必要になるだろう。

四　元宗簡の昇平坊宅

元宗簡は、元和一〇年春に昇平坊に新宅を購入した。その昇平坊とは、そもそも如何なる坊里であったのか。

昇道坊は、長安の最高地點である樂遊原の高地を占めて、長安城内を見渡す眺望を誇っていた。このため佳節ごとに長安の人々が集まる、絶好の行樂地となっていた。またそればかりではなく、その一帶は、王侯や高官たちの邸宅が櫛比する、高級邸宅街となっていた[11]。清・徐松の『唐兩京城坊考』巻三「昇平坊」條には、ここに居を構えた人々の名が記されている。それによれば、早くは武則天の長安年間（七〇一～七〇四）、太平公主がここに邸宅を營み、その後は、寧王・申王・岐王・薛王にその地を賜ったと言うから、すでに初唐後期から、王侯の別邸が軒を連ねていたことになる。要するに、長安城内最高點の樂遊原という景勝を占める昇道坊は、顯貴が爭って邸宅を構える特別の坊里だったのであり、從ってここに築かれた元宗簡宅は、この昇平坊に相應しい規模と品位を誇る第宅だったと推定するのが自然であろう。

＊　＊　＊　＊　＊

この判斷は、次に讀む白居易の詩によっても裏付けることができる。

元宗簡が昇平坊に新宅を購入したのを喜びつつ、白居易は次の詩で、自分も東隣に引っ越したいとの希望を述べている。表面では、元宗簡との友情を子孫の代まで傳えるためとは言うものの、もとよりその環境が白居易にも魅力的に見えたために相違ない。

欲與元八卜鄰先有是贈　元八と鄰を卜せんと欲して先づ是の贈有り　白居易

平生心跡最相親　平生の心跡 最も相ひ親しむ
欲隱牆東不爲身　牆東に隱れんと欲するは身の爲ならず
明月好同三徑夜　明月 好しく三徑の夜を同じくすべく
綠楊宜作兩家春　綠楊 宜しく兩家の春と作るべし
每因暫出猶思伴　每に暫く出づるに因りて猶ほ伴を思ふ
豈得安居不擇鄰　豈に居を安《お》くに鄰を擇ばざるを得ん
何獨終身數相見　何ぞ獨り終身 數しば相ひ見るのみならんや
子孫長作隔牆人　子孫 長《とこし》へに牆を隔つるの人と作《な》らん

〔大意〕君とは、普段の付き合いで最も親密なのだ。君の宅の東に隱居しようとするのは、決して身の損得を考えてのことではない。明月の夜には、君とともに庭の三徑をそぞろ歩きたい。綠の柳は、隣り合わせの二軒の春を美しく色どるのだ。暫時の外出でも、君が側に居てくれたらばと思う。どうして家を構えるのに、隣を選ばずにいられようか。一生の間、君と何度も會うだけではもの足りない。いっそ子孫も、いつまでも隣同士でいて欲しいのだ。

白居易が「牆東―東隣り」にこだわるのは、「牆東に隱れる」故事を踏まえたためである。(12) 詩題にも「欲與元八卜鄰、先有是贈」とあるように、白居易はそれなりに本氣で、昇平坊の元宗簡宅の東隣に自宅を構えることを願望したようでもある。元宗簡宅の東隣に移居するという設定は、後に讀む「高亭」「松樹」の二詩にも繰り返し現れており、とすれば東隣に、具體的な購入對象物件があった可能性もある。

白居易はこの詩を作った直後に江州司馬に左遷されたため、結局、この希望は實現されなかった。五年間の左遷が終って長安に歸ってきたのが元和一五年。その翌年、禮部主客郎中であった長慶元年の春に、それまでの借屋暮らしに代わって長安の地に滿を持して購入したのは、この昇道坊ならぬ、新昌坊の住宅だった。

新昌坊は、樂遊原から東に延びる丘陵の北よりの斜面に位置して、名刹の青龍寺があり、また北は大明宮に向かって雄大な眺望を有していた。そこは安史の亂以降、高級官僚向けの住宅地として開發された地域である。[13] 白居易はその新宅購入に際して「題新居寄元八」詩を作り、元宗簡に寄せている。そこでは、約束に反して昇平坊ではなく新昌坊に宅を構えたことを、「莫羨昇平元八宅、自思買用幾多錢」（昇平坊にある元宗簡の宅を羨むのは止めよう。それを買うのにどのぐらいの大金を使ったのか、考えれば分かることだ）と言い譯している。[14] 高級住宅街の新昌坊に宅を買った白居易にして、昇平坊の不動産は高價にすぎると述べていることが、ここでは重要な意味を持つであろう。

＊　＊　＊　＊　＊

白居易は元和一五年の春に、元宗簡が購入した昇平坊の新宅を訪ねて以下の四首の絶句を作っている。宅の有樣を知る有力な材料である。

和元八侍御升平新居四絶句（原注：時方與元八卜鄰）　看花屋　白居易

元八侍御の升平の新居四絶句に和す（原注に、時に方に元八と鄰を卜せんとす）　花を看るの屋

忽驚映樹新開屋　忽ち驚く　樹に映《おほ》はれて新たに屋を開くに

卻似當檐故種花　卻つて似たり　檐に當たりて故《ことさ》らに花を種うるに

可惜年年紅似火　　惜しむ可し 年年 紅の火に似たるを
今春始得屬元家　　今春 始めて元家に屬するを得たり

〔大意〕 何と、木陰に新たに家屋を造ったのだ。軒先まじかに、わざわざ花木を植えたかのようだ。毎年炎のように赤く咲く花が勿體ないと思っていたが、今年になってようやく花は、元宗簡の家に寄り添うことができた。

和元八侍御升平新居四絶句　累土山　　白居易

堆土漸高山意出　　土を堆《も》ること漸く高くして山意出づ
終南移入戶庭閒　　終南 移りて戶庭の閒に入る
玉峰藍水應惆悵　　玉峰 藍水 應に惆悵すべし
恐見新山望舊山　　恐らくは新山より舊山を望むを見ん

〔大意〕 盛り土してだんだん高くなり、山の趣が出てきた。終南山が、庭の中に出現したようだ。玉山や藍水は、きっと落膽していることとだろう。元宗簡はこれからは、この新しい築山から、かつて住んだ玉山を眺めることになるのだ。（原注に「元の舊居は藍田山に在り」）

和元八侍御升平新居四絶句　高亭　　白居易

亭脊太高君莫拆　　亭 脊せて太だ高ければ 君 拆ること莫れ
東家留取當西山　　東家 留め取りて西山に當てん
好看落日斜銜處　　好しく落日の斜めに銜まるる處
一片春嵐映半環　　一片の春嵐 半環を映《かく》すを看るべし

〔大意〕　亭は細みでとても背が高いので、へし折ったりしないように注意して欲しい。東隣の人（白居易）は、この亭を、西の山に見立てるつもりなのだ。夕日が西に傾いて沈む時に、一面の春山の霞（亭）が、夕日の半分を隠すのを見ることができるだろう。

和元八侍御升平新居四絶句　松樹　　白居易

白金換得青松樹　　白金もて換へ得たり 青松樹
君既先栽我不栽　　君 既に先づ栽うるも 我なお栽ゑず
幸有西風易憑仗　　幸ひに西風の憑仗し易き有りて
夜深偸送好聲來　　夜深 偸かに好聲を送りて來たれり

〔大意〕　白金（銀）をはたいて、青い松の木を買ってきた。君は眞っ先に植えたが、私はまだこれからだ。幸いに頼もしい西風が吹いて、夜更けにこっそりと松風のすがすがしい調べを送ってきた。

元宗簡は、長安城内の一等地を占める昇平坊の邸宅に相應しく、自らの新しい住居に文人としての工夫を凝らして、「花を看るための屋（看花屋）」を特別に設え、「築山（累土山）」を盛り、「高亭」を建て、「松樹」を植えた。その一つ一つの邸内の見所を、白居易は羨望の思いを込めて詩に詠じた。またその出來榮えに自信があればこそ、元宗簡はその新宅を開放して、白居易や元稹ら文人の集いの場としたのである（注2參照）。

＊　＊　＊　＊　＊

「看花屋」「土山」「高亭」「松樹」は、いわば白居易が選んだ元宗簡宅の見所である。その同じ所が「和左司元郎中秋居十首」にどう描かれるのかを見れば、張籍詩の全體的な調子を知りうるに違いない。しかしながら張籍の詩には、その四者は一つとして正面から取り上げられていない。張籍は、元宗簡の苦心や、白居易の稱贊とは關わりの無いところで、獨自の視點から元宗簡宅の庭園を描いたことになる。

そもそも張籍が、元宗簡宅の庭園を簡素なものとして描こうとしていたことは、元宗簡自身の性向を「尙儉經營少」（其六）と概括していることと表裏の關係にある。元宗簡が「尙儉經營少」であれば、彼の庭園も、その簡素の美學に從って造作されるはずである。また無論のこと、張籍が元宗簡の庭園を詠じた「和左司元郎中秋居十首」詩からも、その美學から外れる事物は意識的に排除されることになるだろう。――もっともここでは、元宗簡自身の性向を「尙儉經營少」と認定したのが、當の本人ではなく張籍だということを忘れてはならないのだが。

五　官僚としての元宗簡像

「和左司元郎中秋居十首」では、元宗簡が高官であることが隱蔽され、さながら隱者同然の暮らしを送る者として描き出されている。元宗簡はこの時、左司郎中（從五品上）の高官に在任していた。前任職は、檢察を擔當する侍御使（從六品下）の繁劇の職であり、それに比べれば勤務に餘裕があるとしても、(15) 閒職であるはずもない。

またその宅が、その地位に相應しく昇平坊という長安城内の高級邸宅街にあることも、隱蔽されている。通常の應酬詩であれば、相手の高位や勳功、贅澤な邸宅・園林に對する稱贊が不可缺であることを考えるならば、この張籍詩の手法は獨特である。

この詩の中で元宗簡の官職に觸れる箇所は、多く見積もっても下記に止まる。

其一：非因入朝省　過此出門稀

其三：直去多将藥　朝迴不訪人
其四：身外無餘事　唯應筆硯勞
其七：夜後開朝簿　中前發省符　爲郎凡幾歲　已見白髭鬚
其八：本無榮辱意　不是學安排
其九：初當授衣假　無吏挽門鈴

この中で左司郎中の具體的な職務を示すものはない。ややそれに近いものは、其七「夜になってから、朝廷の書類を開き、夕方に、役所の通達を書く。左司郎中となって、何年が經ったのだろう。鬚にはもう白いものが目立っている」。しかし其七の趣旨は、元宗簡の職務精勵を述べることにはない。この詩の前半に「毎憶舊山居、新教上墨圖。晩花迴地種、好酒問人沽」とあり、日中の時間は、故郷を懐かしんだり、旨い菊酒を飲むべく算段をめぐらすのに使っている。役所の仕事を夕方以降にようやく始めるというのは、仕方なく重い腰を上げることを言うのであろう。郎中の官に就いて時間も經ち、年も取って、職務への意欲も減退したと言いたいのであろうか。

これ以外の詩句は、職務への倦怠を漠然と綴るものである。そもそも元宗簡は、役所に出勤する以外は、この宅から出ることはない（其一「非因入朝省、過此出門稀」）。また役所の宿直から歸ってきても、その足で人を訪ねることはない（其三「直去多将藥、朝迴不訪人」）。言うまでもなく官僚としての活動は、役所の内に限られるものではない。官僚同士の私的と見える交際であっても、政治的・實利的な取引きの延長上にある。元宗簡がそのような交際に全く關心を示さないことは、それ自體が一種の意思表示なのである。

其四「身外無餘事、唯應筆硯勞」、自分のこと以外には關心事はなく、ただ文學に苦心している。「身外無餘事」とは、官界の榮達には意欲がないことを暗示する。それをもう少し直接的に言いかえれば、其八「本無榮辱意、不是學安排」となるのであろう。「榮辱」とは、「官界の浮沈」であり、そのことに關心がないから、「安排」上手く立ち回ろうと思案することも無いのである。

このように官僚としての榮達に無欲であるが故に、元宗簡の關心は自分一身のことに向かう。宿直に向かう時も、體調を氣遣ってたくさんの藥を携えてゆくのである（其三「直去多將藥」）。

元宗簡がただ願うのは、役所から距離を置き、その方面との關係を少なくすることである。そのような思いを、其九「初當授衣假、無吏挽門鈴」（今は九月の授衣の休暇なので、門鈴を鳴らす無粋な役人もいないのだ）という詩句から讀み出すことができるだろう。

六　元宗簡のこだわり

ここに描かれる元宗簡は、官僚としての榮達に思いを斷ち、職務には意欲を持たない人物である。しかし元宗簡は、なべて無氣力なわけでもない。元宗簡は、自分の周圍、日常卑近の中のある種の「些事」には情熱的なこだわりを持っている。張籍は、その些事に對するこだわりを述べることで、元宗簡の人と爲りを浮かび上がらせようとするのである。

「和左司元郎中秋居十首」は、天下國家とは關わりのない元宗簡の宅における日常を描くものであり、いうなれば全てが些事に過ぎない。その中から元宗簡のこだわりを示すものを、いくつか書き拔いておきたい。

元宗簡は、「尚儉經營少」（其六）を旨とする人物として登場している。しかし彼は、儉約のための儉約家ではなかった。正確に言えば、簡素を重んずる「尚儉」という生き方を、[16]元宗簡の美意識が選び取ったのである。

元宗簡は、貴族的風雅を理解していた。其二「有地唯栽竹、無池亦養鵝」は、東晉の王徽之（王羲之の第三子）が竹を此君と呼んで愛したこと、また王羲之が鵞鳥が欲しいために持ち主に代價として書を與えたことを言い、いずれもが南朝貴族の有名な風流韻事である。もっとも張籍の說明によれば、元宗簡宅は（つましい造りなので）、狹い所にも竹を植え、池が無くとも鵞鳥を飼うしかなかったのだが。これは、主人の趣味と、實生活の條件との不釣り合いを述べるかに見えて、實は、元宗簡の文人としての高雅なこだわりを際立たせようとする高等修辭である。

ちなみに、貴族の庭園はしばしば池苑・池館とも稱せられるように、池を中心に布置されるのを定石としていたこと[17]を考え合わせれば、「無池」の語は、その質素な趣を强調するもののようにも讀める。また確かにその詩の尾聯「居貧閒自樂、豪客莫相過」には、元宗簡の暮らし向きが質素を旨としていることが主張されている。つまり張籍の意圖は、元宗簡の宅とそこに營まれる生活の全體を、殊更に簡素なものとして描こうとすることにあった。

書畫骨董：其二「學書求墨跡、釀酒愛朝和。古鏡銘文淺、神方謎語多」、其七「每憶舊山居、新教上墨圖」
藥餌：其三「直去多將藥」、其六「秋茶莫夜飲、新自作松漿」、其八「憑醫看蜀藥」
道術・導引：其二「神方謎語多」、其六「案頭行氣訣、爐裏降眞香」、其八「盡得仙家法、多隨道客齋」
飲酒：其二「釀酒愛朝和」、其七「好酒問人沽」
花木：其二「有地唯栽竹」、其七「晚花迴地種」

元宗簡は文人であるから、書畫[18]・骨董・花木に興味を持つのは自然なことであろう。墨跡や古鏡を搜し求め（其二「學書求墨跡……古鏡銘文淺」）、自分の故鄕の景色を水墨に畫かせ（其七「每憶舊山居、新教上墨圖」）、竹や菊を植えた（其二「有地唯栽竹」・其七「晚花迴地種」）。

また健康についての關心も高かった。本草學は文人に不可缺の教養であったとしても、一〇首の中の三首に、「藥」

についての尋常ならざるこだわりを見せている。すなわち其一「野客留方去、山童取藥歸」（野客は藥方を書き殘して歸り、山童は藥草を採って戻ってきた）、其三「直去多將藥」（宿直に向かう時は、たくさん藥を携えて行く）、また其八「憑醫看蜀藥」（醫者に賴んで、蜀の藥草を處方してもらう）である。蜀は、特殊な藥草を産する地域として知られていた。これ以外では、當時は藥とも考えられていた「茶」だが、元宗簡は秋摘みの茶は寢る前に飲むと刺激が強すぎると考えて、[19]松の實を加えた藥酒を自ら造った（其六「秋茶莫夜飲、新自作松漿」）。これも元宗簡の健康志向を窺わせるものである。

さらに健康志向の延長上に、氣功などの導引、また仙藥についての關心が加わることになる。其二「神方謎語多」、其六「案頭行氣訣、爐裏降眞香」、其八「盡得仙家法、多隨道客齋」（仙人の方術をすっかり會得し、さらに道士の蔬食を見習っている）などがそれである。また其九「好時開藥竈」（天氣の良い時には藥を作る竈に火を入れる）は、いわゆる丹藥を作ろうとするものであろうか。

＊　＊　＊　＊　＊

成り行き任せに見える行爲にも、周到な用意がある。そこらに轉がっている石に、琴を載せる。それは何氣ない動作に見えても、その石は自然に轉がっていたものではなく、庭院の布置の一部として思案されたものであったに違いない。また莎草《スゲ》の生えたきざはしに夕涼みに立つのも、竹の植わった中庭の涼しいところにごろ寢をするのも、あらかじめ用意された快適な空間に、元宗簡は豫定通りに入ってゆくのである。「斑藤杖」にしても「癭木床」にしても、それ自體は金碧輝煌の高價な贅澤品ではないのかも知れないが、元宗簡の審美眼によって選び取られたこだわりの一品である。つまり何氣ない振る舞いも、隅々まで審美的に配慮されたものなのである。

ここには、天下國家という大義の世界とは別の、細部まで磨き上げられていながらも、あくまでも自然でさりげない美的生活の世界が描き出されている。それは大規模な財力や心力を投入しての「經營」を待つようなものではなく、むしろ「居貧」「尚儉」を信條にし、「清要に登」る意欲を棄て、「榮辱の意を無」みし、「豪客」との交わりを斷つことを前提とするものであった。簡素の美學。張籍が、元宗簡の秋居の世界を通して描き出そうとしたのは、そのようなものなのである。

七　「閒」という境遇

この「和左司元郎中秋居十首」の鍵語は「閒」である。全一〇首の中、實に六首にこの語が用いられており、しかも其六には二箇所現れている。この組詩は、いわば元宗簡の秋の住居の姿を、閒なるものとして描き出そうとする作品なのである。すでに述べた「官という名の富貴」に對する無欲、また「日常の些事」に對する審美的執着、それらは「閒」を場にして初めて可能となるものなのである。

閒の具體的な内容を吟味する前に、張籍が元宗簡宅をどのようなものとして描こうとしているのか、其一に卽して確認しておきたい。

其一：選得閒坊住　秋來草樹肥　風前卷筒簟　雨裏脱荷衣　野客留方去　山童取藥歸　非因入朝省　過此出門稀

「選得閒坊住」が、まず注目の句である。樂遊原という高臺を占める昇平坊は、前述のように、佳節には長安の人々がこぞって訪れる行樂の名所であり、また王公顯貴が屋敷を連ねる高級邸宅街である。さびれた坊里などではない。「閒」は、今日の日中の語感で言うような閒靜とは異なり、うち棄てられてさびれるという負の語感を持つ。だからこそ閒坊には、秋になると草樹ばかりが目立って肥《しげ》るのである。こうした閒坊のイメージは、人家もまばらで墓地や田地が廣がる、賈島が逼塞していたうらぶれた昇道坊[20]にこそ相應しいが、この昇平坊に限っては全く似つかわしくない。

張籍は、昇平坊をまず閒坊と規定した上で、そこに出入りする人々と、主人の姿を描き出す。まず「野客」である。野客は、ぶらりと元宗簡宅に立ち寄っては、藥の處方箋を書き殘して歸って行く。その野客とは、官職とは無緣の野人のことである。そして「山童」が、恐らくは野客の處方箋に從って採取した藥草を屆けに戻ってきた。その山童とは、山に入って藥草を採っては賣りに來る、農民か樵夫の子であろう。つまり出入りするのは、政府の高官の邸宅には必ずしも似つかわしくない、いわば下賤の者たちである。そして主人はと言えば、朝廷に出勤する以外はこの家の門から滅多に出ることはなく、宅の中に引き籠もっている。榮達に對する無欲を、全身で表現していると言って良い。其三に「更恐登清要、難成自在身」（清要の高官に登るのを警戒している、そうすれば自由の身でなくなるから）とあるのを、ここでは脚注にできるだろう。

組詩の其一は、全體を總括する位置付けにあるが、提示されているのは「宅は閒散とした坊里にあり、野客と山童が訪れる以外には人の出入りは殆ど無く、主人は役所勤めを除けば外出などしない」という、いかにもくつろいだ世界である。そこに見當たらないのは、生氣と意欲であり、また富貴への野心である。

＊　＊　＊　＊　＊

ところで「閒」は、この時期には白居易の閒適詩を代表例として、多くの文人が共通して關心を寄せる對象でもある。從って問われるべきは、張籍がこれらの詩に用いた「閒」がどのような含意を持つのかを、作品に即して正確に理解することであろう。

閒の含意を考えるとは、具體的には、閒がどのような題材と共起し共存するのかを檢討することである。そこで其一（上述）以外で「閒」の字が用いられた六篇の詩について、讀むことにしよう。

其二：有地唯栽竹　無池亦養鵝　學書求墨跡　釀酒愛朝和　古鏡銘文淺　神方謎語多　居貧閒自樂　豪客莫相過

尾聯「居貧閒自樂、豪客莫相過」。「主人は貧乏暮らしだが、自由な時間を楽しんでいる。金持ちよ、こんな所を訪ねてくるではないぞ」。ここでは「閒」が「貧」と共に用いられている。「貧・閒」の境遇の中で「自樂―自分で自分の生活を樂しんでいる」のだから、「豪客」が闖入してその幸福な關係をかき亂すことが無いようにと、希望するのである。――ここでは「豪＝富豪」が、「貧・閒」の望ましい狀態を侵害する、貧の要素として認識される。張籍においては「貧」も肯定的に評價されている。「豪」と直接對應する概念は、「貧・閒」の中の「貧」である。つまり「豪」の侵入によって直接的に脅かされるのは「貧」である。このように考えるならば「貧・閒」の關係は、「貧であるがしかし閒」の逆說的關係ではなく、「貧であるがゆえに閒」の順接的關係として理解するのが適當なのである。

張籍において、閒は、貧と不可分のものとして、しかも相互依存的な關係として捉えられている。閒を欲するならば、貧を前提としなければならない。すなわちこの限りでは、貧は望ましい條件であった。

其三：閒來松菊地　未省有埃塵　直去多將藥　朝迴不訪人　見僧收酒器　迎客換紗巾　更恐登清要　難成自在身

首聯「閒來松菊地、未省有埃塵」。「松と菊が植えられたこの場所にくつろいでいると、世俗の塵埃などは、まるで無緣だ」。「閒」は、ここでは世俗の塵埃をよそに生きる隱者の境地を言うものである。

閒は、職務から疎外された狀態をいうものであり、それを苦痛と見るか、快適と見るかは、別の問題である。平均的には、古い時代においては閒は、士人が職務（政事）から疎外された不遇の狀態と考えられ、中唐以降になると次第に、職務から解放された自由な好ましい狀態と考えられるようになる、但しその場合には、望ましい官職に在任したうえでという欲張りな條件付きとなるのだが（吏隱）。

主人の元宗簡は、宿直に出掛ける時は藥をたくさん携えて行き、朝廷から歸るとそれ以上人を訪ねることはない。つまり、自分の身をいたわることを大切にして、官界での人間關係を作ることには恬澹としている。僧侶が訪ねてくると、酒器を見えないところに隠し、客人が來ると紗巾をかぶる。紗巾は、白居易の「香山避暑二絕」其二に「紗巾草履竹疏衣」とあるように、くつろいだ時につける頭巾である。そして尾聯「更恐登清要、難成自在身」は、これ以上は清要の官職（高官）に登りたくない、なぜならば自由の身でなくなるから、と述べる。ここに描かれているのは、役人としての公務はそこそこにして、出世は願わず、我が身を大事にして、もっぱら餘暇の時間をくつろいで過ごそうとする元宗簡の姿である。

ところでこの時の元宗簡の官職は、左司郎中。從五品上の清要官であり（一般に五品以上が朝會に參加する常參官、いわば殿上人である）、次は正五品上の、給事中（門下省）、諫議大夫（門下省左散騎）、中書舍人（中書省）、御史中丞（御史臺）(21)、さらにその上は各省の次官（侍郎、正四品下など）や長官（尚書など、正三品）等への榮達をねらう位置に付ける、エリート官僚である。こうした元宗簡の地位を考えると、張籍が描く元宗簡像は、著しく特定方向にデフォルメされていると考えざるを得ない。

其五：閒堂新掃灑　稱是早秋天　書客多呈帖　琴僧與合弦　莎臺乘晚上　竹院就涼眠　終日無忙事　還應似得仙

首聯「閒堂新掃灑、稱是早秋天」。ここでは「閒」が、人物ではなく事物（場所）の形容に用いられていることに注目しておきたい。元宗簡の閒なる境地は、彼の住まう空間をも閒なるものに變えるのである。

元宗簡の付き合う人物、それは其一に見える「野客」「山童」に加えて、「書客」「琴僧」である。書を善くする人、そして琴を善くする僧侶が元宗簡の客人であり、要するにそこには「豪客」に代表されるような名利を逐い求める者の姿は無かった。清客たちと文雅を以て交わり、掃灑された堂、莎草の蔽うきざはし、竹が植わった庭院で、忙事を忘れて時を過ごす主人は、さながらに俗世と交わりを斷った仙人として形象化されるのである。閒は、書客・琴僧・仙人と親和的な屬性であり、それは世俗の名利を逐い求める「忙」と對極のものとして提示されている。

其六：醉倚斑藤杖　閒眠癭木床　案頭行氣訣　爐裏降眞香　尚儉經營少　居閒意思長　秋茶莫夜飲　新自作松漿

首聯「醉倚斑藤杖、閒眠癭木床」、および頸聯「尚儉經營少、居閒意思長」と、「閒」の字が二箇所も現れている。いわば、閒そのものを描いた作品である。主人は酒に醉い、閒に眠るのを愛しているが、その際のささやかなこだわりが愛用の「斑藤の杖」と「癭木の床」である。また氣功の奥義書と、神降しの降眞香に關心を寄せている。秋摘みの茶は睡眠の妨げになるので、松の實を加えて釀した酒を手ずから拵えている。主人は儉約を旨としているので、お金や手間をかけた造作を屋敷に施すことはしない。しかしそのような簡素を旨とする「閒」の暮らしの中に居て、情趣豐かな生活を送っている。

元宗簡の閒は、「尚儉」「經營少」、もう一つ加えれば養生と、不離一體のものとして捉えられている。

其九：林下無拘束　閒行放性靈　好時開藥竈　高處置琴亭　更撰居山記　唯尋相鶴經　初當授衣假　無吏挽門鈴

首聯「林下無拘束、閒行放性靈」。「林下」は、單に林の中を指すのではなく、「林下人」「林下士」が隱遁者を意味するように、また「林居」が隱遁生活を意味するように、隱遁の世界を指し示す語である。ここもその用例である。(元宗簡の宅地に、文字通りの森林があるわけではなかろう)。「閒」は「放性靈—心情をありのままに發露させる」ための條件である。「性靈」を閉塞させるのは、「豪」「官」などの世俗的要素であるが、具體的には、末句の「吏挽門鈴」(役人が門鈴を鳴らす)が、その一つの姿である。今の時節は授衣假、すなわち九月に與えられる一五日間の休暇であり[22]、だから元宗簡は世俗の闖入を恐れることもなく、「林下」の世界で、「閒」の境遇を樂しむことができるのである。

＊　＊　＊　＊　＊

「閒」は、「官」から、また従って富貴から疎外された境遇を指す。この原義的な意味では、閒居は、野に置かれた不遇者の生活のことである。しかし後期の韋應物が「吏隱」という概念を發明し[23]、それを白居易が「閒適」の方法として定着させて以降、「閒」は、官にあって富貴を確保しながら、公務から解放された自由な時間を意味するように變化する。このような「閒」は、富貴を兼ねることによって、心身の苦痛を伴うことなく「適」と結びつくことができる。つまり「閒適」という概念の成立である。（前章「張籍における閒居詩の成熟」の特に結語を參照）

「閒」の含意にこのように搖れが生ずることによって、中唐以降の文學に現れる「閒居」については、二つの極を考えることが必要となる。一つは、官におり富貴を確保したところにある「閒」であり、もう一つは、より原義を留めた、「官におらず」「富貴を手にせず」にいる「閒」である。前者は、白居易によって「閒適詩」として成熟する。後者は、これに對してさしあたり「閒居詩」と稱して區別するのが適當であろう。

なお後者の場合には、無官に限らず、「微官に沈淪」している狀態を含んで廣義に考えるのが實態に叶っている。張籍が、太常寺太祝という正九品上の微官に十年も沈淪し、しかもその時期に重い眼疾を患って家居を餘儀なくされたのは、後者の「閒」の典型となっている。張籍がこの不遇者の「閒」の中から獨自の「閒居詩」を成熟させたことは、すでに前章に述べた通りである。こうして中唐以降は、この二つを兩極として、中閒に樣々な姿の閒居が派生することになる。

張籍は「和左司元郎中秋居十首」において、「閒」を主題に、元宗簡の「閒居」を描いた。その閒居の性格を、最後に確認しておく必要があるだろう。——元宗簡は、左司郎中という從五品上の高官にあり、しかも昇平坊という高級邸宅街に居を構えていた。客觀的に見れば、紛れもなく富貴の境遇にあった。しかしながら張籍の筆下に描かれた元宗簡と元宗簡宅は、それとは異なるものとなっている。昇平坊にある宅は、ことさらに閒坊の宅と見なされ、元宗簡は職務に意欲もなく、榮達にも意欲がない人物として造形されている。「居貧閒自樂」（其二）とあるのが、ここでは象徴的かつ決定的な意味を持っているのである。

八　姚合の唱和詩

では姚合によって作られた唱和詩はどの様なものであったのだろうか。

和元八郎中秋居　　　　元八郎中の秋居に和す　姚合

聖代無爲化　郎中似散仙　　聖代　無爲にして化し　郎中　散仙に似たり
晩眠隨客醉　夜坐學僧禪　　晩眠　客に隨ひて醉い　夜坐　僧に學びて禪す
酒用林花釀　茶將野水煎　　酒は林花を用ひて釀し　茶は野水を將《もちひ》て煎る
人生知此味　獨恨少因緣　　人生　此の味を知る　獨り因緣の少なきを恨む

〔大意〕聖の御代は、無爲の治を行い、郎中は、あたかも無官の仙人のようだ。(24)夜に眠る時は、醉客と一緒。夜の坐禪は、僧侶について學ぶ。酒は、林に咲く花を加えて釀し、茶は、野面の水を汲んで煎る。自分は人と生まれて、このような生活の味を知ってしまった。ただ殘念なのは、同じように生きたくとも前世の因緣が無くて、それを實現できないことだ。

姚合詩は一讀して明らかなように、張籍詩と趣きを一にしている。「郎中似散仙」は、元宗簡を仙人に見立てるものであり、世閒の約束に拘われない飄逸のイメージを特筆するものである。

その散仙にも似た元宗簡の風貌は、續く「晩眠隨客醉、夜坐學僧禪。酒用林花釀、茶將野水煎」において具體的に說明される。

この姚合の詩句は、以下からも確認できるように、張籍詩と緊密に對應している。(△は、對應が限定的なもの)

「郎中似散仙」→其五「還應似得仙」、其八「盡得仙家法、多隨道客齋」
「晩眠隨客醉」→其五「△竹院就涼眠」、其六「△閒眠癭木床」
「夜坐學僧禪」→其三「△見僧收酒器」、其五「△琴僧與合弦」
「酒用林花釀」→其二「釀酒愛朝和」、其六「新自作松漿」
「茶將野水煎」→其六「△秋茶莫夜飮」、其八「茶房不壘階」

姚合は、元和七年秋に應試のために上京し、一一年春に進士に及第している。姚合はこの閒に、投刺の作「贈張籍太祝」を張籍に贈って面會を求めている。この詩には「甘貧辭聘幣」の句があり、これが假に淄靑節度使李師道による張籍招聘を指すとすれば、元和一一年冬の作となる(七四頁の注16參照)。また「貧須君子救、病合國家醫」ともあり、この時點では、張籍の三年越しの眼疾はまだ癒えていなかった。眼疾がほぼ癒えるのは、元和一一年の末である。

張籍は太常寺太祝という微官にあり(嚴密には、元和一一年にはすでに病氣のためにこの官を辭していた)、科擧や吏部銓試の合否に影響力を持ちうる立場にはなかった。從ってこの投刺は、應試のための事前運動であるよりも、張籍の詩名を敬慕してのものであろう。もっともいずれにしても、張籍との交遊はこの時期に始まり、張籍の文學の影響も、同時に姚合に及びつつあったと考えてよい。姚合が魏博節度從事として魏博に赴任するのは元和一二年冬、それは二人の結識よりも後のことである。

姚合は、武功縣主簿に赴任した時期に、武功體と稱される樣式を確立する。しかしこれに先立つ魏博節度從事の時期に、職務への倦怠と、自己の身體的不調と、歸隱への願望とを綴る獨自の詩風を形成しつつあって、武功體は、この中にすでに胚胎していた（「姚合の官歴と武功體」章を參照）。この姚合の魏博節度從事の時期のいわば原「武功體」の形成に、すでに張籍の影響が及んでいた可能性を考えなければならない。

その上で、この姚合の「和元八郎中秋居」詩の制作時期が意味するところを、確認しておきたい。魏博節度從事を辭した後、また次の武功縣主簿に赴任する前の、正しく中間點（元和一五年秋）で制作されたものである。姚合はこの唱和詩を作った年の冬、もしくは翌年の春に武功縣に赴いている。この時機に、恰も張籍と居合わせ、張籍が尙儉の美學の集大成とも言うべき「和左司元郎中秋居十首」を制作する場に立ち會ったという事實は、その後の武功體の形成を考える上で、限りなく重要な意味を持つものである。

九　唱和詩以前の張籍

唱和詩に描かれる元宗簡の世界は、簡素な生活の追求、官職への無關心、遁世への願望、藥餌による養生、身邊の些事への注視などの志向性を示しているが、總じて言えば簡素と無欲の價値觀によって貫かれるものである。

ところでこの志向性・價値觀は、そもそも何處に存在するものなのか。この邊は、微妙で複雜な問題を含んでいる。とはいえ事實として元宗簡の生活がそのような「簡素」「無欲」を特徴とするものであった、その可能性を排除することは難しいだろう。少なくとも、それに反する價値觀を標榜し、成金趣味をひけらかすものではなかったことは確言しても良い。もしそうであるならば、張籍はあえて元宗簡宅を選んで、このような唱和詩を作ることも無かったであろう。しかしながら、元宗簡宅は、決して陋巷の貧屋ではなかったし、元宗簡自身も、野人でもなければ微官でもなかった。要するに彼は、富貴には不足しない人物だった。從って詩に描かれる元宗簡の世界は、少なくとも幾分か、張籍の價値觀を強く反映していると考えなければなるまい。

＊　＊　＊　＊　＊　＊

このことを考える手掛かりは、この唱和詩に先立って作られた兩者の交往詩の中にあるだろう。元宗簡の作品は全く失われているので、もっぱら張籍詩を辿ることになる。上述のように、張籍は元和五年に元宗簡と結識している。しかし兩者の交遊が親密で持續的なものに深められたのは、張籍の眼疾も治り、官職（國子助教）に復歸した元和一一年の冬以降であり、詩の應酬もこの頃から活發になる。

先ず注目されるのは、次の詩である。詩題「寄元員外」から、このとき元宗簡が金部員外郎に在任していることが分かる。元宗簡が金部員外郎（從六品上）になったのは元和一一年であり、一三年には郎中に昇進している（この閒、張籍は國子助敎）。詩の制作時期も、この期閒に限定される。

寄元員外

外郎直罷無餘事
掃灑書堂試藥爐
門巷不教當要鬧
詩篇轉覺足工夫
月明臺上唯僧到
夜靜坊中有酒沽
朝省入頻閒日少
可能同作舊遊無

元員外に寄す　張籍

外郎 直《を》罷はりて餘事無く
書堂を掃灑して藥爐を試む
門巷 要鬧《だう》に當たらしめず
詩篇 轉た工夫に足るを覺ゆ
月明るくして臺上 唯だ僧のみ到り
夜靜かにして坊中 酒有りて沽る
朝省 入ること頻にして閒日少なし
可《よ》能く同《とも》に舊遊を作《な》すや無《いな》や

〔大意〕　金部員外郎の君は、宿直が終ってやることもなく、書堂を灑掃して藥爐に火を入れる。家は、繁華なところを避けて建て、詩は、いよいよ工夫が進んだことが分かる。明月に照らされたきざはしには、僧だけがやって來る。夜は靜かに更けたが、坊里の中ではまだ酒を賣るところがある。ところで役所にはしょっちゅう出勤で、そう暇な日もないでしょうが、かつて出掛けたところをもう一度一緒に訪ねてみませんか。

元宗簡は昇平坊宅を、金部員外郎になる以前の元和一〇年に購入しているので、「門巷不教當要鬧」は、その昇平坊宅を指して言う。張籍はこの詩においても、昇道坊をやはり「要鬧ならざる」ひっそりとした坊里として描いている。

この一事を含めて、この詩が二、三年後に作られる「和左司元郎中秋居十首」と多くを共有していることは明らかである。宿直が終って退勤すると、後は何もしない。書齋をこざっぱりと片付けることに餘念が無く、丹藥を錬る爐の世話も缺かさない。晩のきざはしに佇むことや、僧侶を迎えて閒談するのを好む。——どちらの詩も、元宗簡のこのような振る舞いを通して、彼の閒雅を愛する人と爲りを浮かび上がらせるのである。對應表を作れば、以下のようになるだろう。

A「外郎直罷無餘事」：其三「直去多將藥、朝迴不訪人」、其四「身外無餘事」
B「掃灑書堂試藥爐」：其五「閒堂新掃灑」、其九「好時開藥竈」
C「門巷不教當要鬧」：其一「選得閒坊住」
D「詩篇轉覺足工夫」：其四「詩語入秋高…唯應筆硯勞」、其十「新詩纔上卷、已得滿城傳」
E「月明臺上唯僧到」：其三「見僧收酒器」、其五「莎臺乘晚上」
F「夜靜坊中有酒沽」：其七「好酒問人沽」

Cは、七言句を五言句に言い換えたものに過ぎない。Aは、宿直・餘事などの素材の組み合わせである。Bも同様に、灑掃・薬爐の組み合わせである。Eは少し分かりにくいが、「僧の來訪」「夜のきざはし（臺）」が變容しながら組み合わされている。

このように見ると、「和左司元郎中秋居十首」は、この「寄元員外」詩の中にあらかじめ用意されていた元宗簡の閒居のイメージを、組詩の形で擴大したものと言えそうである。

＊　＊　＊　＊　＊

ではこのような元宗簡の閒居のイメージは、どのように形成されたものであろうか？　常識的には、元宗簡の生活の中にそれは存在し、そこから看取されたイメージということになろう。しかし事情はそれほど單純ではない。イメージを形成する、より本質的な素因は、張籍自身の「閒居」觀の中にあらかじめ用意されていたと考えるべきであろう。

書懷寄元郎中　　懷を書して元郎中に寄す　　張籍

轉覺人閒無氣味　　轉た覺ゆ人閒　氣味無きを
常因身外省因緣　　常に身外に因りて因緣を省《さと》る
經過獨愛遊山客　　經過　獨り愛す遊山の客
計校唯求買藥錢　　計校　唯だ求む買藥の錢
重作學官閒盡日　　重ねて學官と作りて閒に日を盡くし
一離江塢病多年　　一たび江塢を離れて病みて年を多《ま》す
吟君釣客詞中語　　君が釣客詞中の語を吟じて

便欲南歸榜小船　　便ち南に歸りて小船に榜《さを》さんと欲す

〔大意〕　この頃次第に、世間の味氣なさを感じ、いつも身の回りの出來事から、佛法の説く因縁を悟るようになった。立ち寄るのは、世閒を忘れて山に遊ぶ友（元宗簡）のところだけ。思案するのは、藥を買うお金のことだけ。再び學官（助教→廣文館博士）となって、安閒として日を過ごしているが、思えば一たび故鄕の村（安徽省和縣）を離れて、病氣の中に長い年月を過ごしてしまった。君の「釣客詞」の詩句を吟ずる時、無性に、南に歸って小舟に棹さしてみたくなるのだ。

この詩は、元和一三年に張籍が國子助教から廣文館博士に昇進した折に作られたものである。詩題に「書懷」とあるように、この詩はもっぱら張籍自身の胸中の思いを抒べたものである。張籍は、世閒（人閒）に興味を失っている。そして身の周りで起こる事件に觸れて、つくづくと佛法の説く因縁に思いを致すようになっている。世閒に興味を失った結果、張籍の關心は、ほぼ三つに限られている。一つには、世閒の外に游ぶ者（遊山客）との親交であり、二つには、我が身の養生であり、三つには歸隱願望であり、それぞれが「經過獨愛遊山客」、「計校唯求買藥錢」、「便欲南歸榜小船」という句に詠み込まれている。

こうした思いを基底において支えているのが、「閒」の境遇である。學官という忙しくない官職に身を置くために、張籍は好むと好まざるとに關わらず「閒」の境遇にある。しかしながらその實、これら三つの思いは、學官就任の後に張籍の中に萌芽したものではない。學官就任以前の、太常寺太祝という太廟の神主を管理する末官に在任した十年の時間の中で、張籍の心に刻み込まれた思いである。この時期、張籍は微官に長く沈淪する焦燥の思いと、さらには眼疾による失明の恐怖と、やむなき辭官という無念の思いの中で、「閒」という富貴から疎外された境遇に堪えて生きる方法を編み出すことになる。そのような閒居の生活の中から作られたのが張籍の「閒居詩」である。この閒居詩の中で形成された價値觀・美意識は、その後の眼疾の平癒、官職への復歸（國子助教）の後も繼承されたと考えられる（前章「張籍における閒居詩の成熟」參照）。

さらに一首、張籍が元宗簡に寄せた詩を讀んでおきたい。制作時期は確定できないが、元和一五年以前である可能性が高い。詩中には昇道坊の元宗簡宅から遠いことが述べられており（「恨言相去遙」）、まだ延康坊に住んでいた時期のものと判斷される。張籍は、長慶元年（八二一）の國子博士就任の後に、元宗簡の住む昇平坊に程近い靖安坊に移居している。季節は秋であり、從って元和一二年から一五年にかけての秋の作であろう。

雨中寄元宗簡

秋堂羸病起　盥漱風雨朝
竹影冷疏澀　楡葉暗飄蕭
街徑多墜果　牆隅有蛻蜩
延瞻游步阻　獨坐閒思饒
君居應如此　恨言相去遙

雨中元宗簡に寄す　張籍

秋堂　羸《るい》病より起ち　盥《くわん》漱す風雨の朝
竹影　冷かにして疏澀　楡葉　暗くして飄蕭
街徑　墜果多く　牆隅　蛻蜩《ぜいてう》有り
延《とほ》く瞻《み》て游步阻まれ　獨り坐して閒思饒《おほ》し
君が居も應に此の如かるべし　恨むらくは言《ここ》に相ひ去ること遙かなるを

〔大意〕秋の日の部屋で、病より起き出し、風雨の朝に、洗面して髮を結う。竹の姿は、冷たく嚴かに、楡の葉は、こんもりと茂って風にそよぐ。道端には、木の實が落ち、土塀の隅には、蟬の拔け殼が轉がっている。遠くを眺めやっても、歩いてゆくのは億劫で、獨り坐して、靜かな物思いに耽る。君の暮らしも、同じようなものだろう。ただ殘念なのは、互いに遠くに住んでいるということだ。

「和左司元郎中秋居十首」詩との關連を考える上で、この詩には二つの注目點がある。第一に、自らの「秋堂」における生活を述べた作品であること。題材として、そのまま元宗簡の「秋居」の生活を描いた「秋居詩」と繫がるものである。第二に、自らの「秋堂」における生活が、元宗簡の「秋居」の生活と似通っているはずだ（「君居應如此」）、と述べられていることである。二人の生活の同調が豫想され、その上で、二人の思いが通い合うことが期待されているのである。――なお「君居應如此」はあくまでも推測を述べる語であり、この時點で張籍は秋の元宗簡宅をまだ訪れていない。思うに、「君居應如此、悵言相去遙」の二句は、元宗簡宅訪問の希望を婉曲に傳えたものである可能性が高い。とすれば「秋居詩」とこの詩は、實に一連の作となるであろう。

先に擧げた第一點について。ここに描かれているのは、くつろいだ閒居というよりも、暗い陰翳に包まれた幽居の語感に近い。(25) その暗い情調には、「羸病から起き出す」という情況設定も、幾分か影響しているだろう。しかしそのことだけに理由を求めることもできない。「風雨の朝に、洗面して髪を結う」という何氣ないような行爲が、世閒（とその價値觀）に依存しない、彫りの深いひとりの人閒の姿を浮かび上がらせている。風雨を過ごして暗く冷やかにたたずむ竹や楡の氣配も、その世界に住まう人閒の、孤獨に堪える心を暗示するかのようである。道端に落ちた木の實、土塀の隅にころがった蟬の抜け殼、それらも世閒の營利に呑みこまれて生きる人閒には氣付かない、眞實が現在する姿である。こうした描寫を通して、この詩は世閒から疎外される孤獨な人閒の姿を描き出すことに成功している。世閒から疎外されるとは、つまり世閒（官の世界）を支配する富貴と權力の價値觀からはみ出していることである。

張籍は、詩に自らの秋堂における孤獨な生活を描いた上で、「君の暮らしも同じようなものだろう」と述べる。それは單に住居の有樣や日常の振る舞いが自分と似ていることを豫想するものではなく、閒居の價値觀を元宗簡も共有していることを信頼し、期待するものと理解すべきであろう。（客觀的には富貴の立場に身を置く元宗簡であるが、閒居に對する感覺においては張籍の同調者だったことになる）

十　組詩の意味

「和左司元郎中秋居十首」が、一〇首という大規模な組詩となっていることに注目しておきたい。張籍のこれ以外の組詩を掲げれば、「莊陵挽歌詞三首」「寒食書事二首」「寒食內宴二首」「和韋開州盛山十二首」「同嚴給事聞唐昌觀玉蕊近有仙過因成絕句二首」「涼州詞三首」があるに過ぎない。二首～三首は、組詩としての存在を主張するようなものではない。要するに張籍は、組詩を多く作る詩人ではなかった。このうち規模の大きなものは「和韋開州盛山十二首」であるが、これには韋處厚の「盛山十二詩」に唱和するという他律的な理由がある。しかも韋處厚のこの「盛山十二詩」は、韓愈の「韋侍講盛山十二詩序」に「於時應而和者凡十人」と記されるように、當時多くの唱和者を持った有名な詩であり、張籍の詩もその唱和の輪の中に組み込まれたものである。これと對比するならば、「和左司元郎中秋居十首」が張籍詩の中に占める特異な位置も了解されるであろう。附言すれば、元宗簡の原唱は殘っていないが、姚合の唱和詩は單篇であり、原唱も單篇であった可能性が高い。とすれば一〇首の組詩にまで擴大されたこの唱和詩は、張籍の竝々ならぬ意欲の產物だったと考えて良かろう。

ところで張籍のこの詩は、歷史的に見れば、庭園の見所を複數の詩によって描き分ける、いわば「庭園組詩」の系譜に屬するものである。[26] その中でも、自宅ではなく、訪問先の庭園を描くという點では、杜甫の「陪鄭廣文遊何將軍山林十首」「重過何氏五首」などを直接の先蹤とするものであろう。しかし張籍のこの詩の場合、主題として扱われているのは、庭園あるいは第宅そのものではなく、そこに營まれる主人の生活であり、またその主人の人格であるという點で、從來の庭園組詩の手法から大きく逸脫するものである。この相違は、杜甫が友人鄭虔に連れられて何將軍の別業を訪ねたときの作「陪鄭廣文遊何將軍山林十首」と比較するときに明らかになる。

陪鄭廣文遊何將軍山林十首其九　　鄭廣文に陪して何將軍の山林に遊ぶ十首　其九　　杜甫

床上書連屋　階前樹拂雲　　床上　書は屋に連なり　階前　樹は雲を拂ふ
將軍不好武　稚子總能文　　將軍　武を好まず　稚子　總て文を能くす
醒酒微風入　聽詩靜夜分　　酒より醒めて　微風入り　詩を聽きて　靜夜分かる
絺衣挂蘿薜　涼月白紛紛　　絺衣　蘿薜に挂くれば　涼月　白く紛紛たり

〔大意〕長椅子には、屋根に届くほどに書物が積まれ、きざはしには、雲を拂うばかりに木立が聳える。主人は將軍だが、武を好まず、子等もみな學藝に秀でている。微風が吹く中で、醉いから醒め、淸らかな夜が更ける頃に、主人の吟詠に耳を傾ける。夏着を脫いで薜羅に挂けようと外に出ると、そこには月がさやかに輝いている。

この詩には、主人の姿が鮮やかに描き出されている。主人は將軍ではあるが、しかし武を好まずに書物を愛し、子等もみな父親に似て文をたしなむ。宴席には酒がある。しかし最後は、詩を交換して賞でる中で、淸夜が更けてゆく。このように主人の文雅なる人と爲りを描く詩は、單に庭園の美しさを描く當時ありきたりの庭園詩を超えて、杜甫の個性を示すものとなっている。――しかしこの詩は連作の第九であり、他の九首は、依然として庭園の美しさを描く詩となっている。其一は、長安城の南に位置する別業を訪ねる道のり、其二は、庭園の眼目となる林に圍まれた池水の有樣を詠じ、三首以降はその細部の描寫に筆を移してゆく。其一と其二を、左に揭げておこう。

其一：不識南塘路　今知第五橋　名園依綠水　野竹上靑霄　谷口舊相得　濠梁同見招　平生爲幽興　未惜馬蹄遙
其二：百頃風潭上　千重夏木淸　卑枝低結子　接葉暗巢鶯　鮮鯽銀絲膾　香芹碧澗羹　翻疑柁樓底　晚飯越中行

こうした先行作品との對比において、庭園の景觀的描寫に重きを置かず、主人の生活に關心を向ける張籍の詩は、明らかに新しい試みの產物である。なお王維の輞川莊や何將軍の別業が長安の郊外にあって、庭園としての規模造作が城內の元宗簡邸とは異なることが張籍詩との相違を生んだと考えるのは、問題の本質を正しく理解するものではない。白居易が昇平坊の元宗簡宅を四首の詩（前揭）に詠じた時に、やはり第宅・庭園の造作に關心を示したことを思い出さなければならない。

＊　＊　＊　＊　＊　＊

張籍の「和左司元郎中秋居十首」は、庭園組詩の系譜に屬しながら、そこから一步を進み出した作品である。そしてこのことが、姚合との關係において決定的に重要な意味を持つことになる。姚合は、「和左司元郎中秋居十首」を庭園組詩としてではなく、全く新しい閒居詩の形式として受け止めたのである。こうして生まれたのが「武功縣中作三十首」「遊春十二首」「閒居遺懷十首」などの、姚合の武功體を代表する作品群である。(27) これらの組詩では、もはや第宅・庭園そのものを主題とすることはない。そもそも詩の舞臺は、富貴の高官が所有する宏壯な池苑でもなく、さりとて規模こそ愼ましくとも趣味を凝らした文人の私邸でもない。要するに、小縣（武功縣）の縣齋であり、また貧者の寒舍に過ぎない。主題はあくまでも、富貴の原理から疎外され、微官や野人の境遇に沈淪する、そのような孤獨者の閒居の姿を描き出すことに置かれている。

次に甚だ便宜的ではあるが、上記三組からそれぞれ最後の詩を揭げて、一斑を窺うことにしよう。

武功縣中作三十首其三十

作吏無能事　爲文舊致功
詩標八病外　心落百憂中
拜別登朝客　歸依鍊藥翁

武功縣中作三十首　其三十　　姚合

吏と作《な》れば能事無きも　文を爲れば舊《もと》より功を致す
詩は標《あが》る八病《はっぺい》の外　心は落つ百憂の中
拜しては別る登朝の客　歸しては依る鍊藥の翁

不知還往內　誰與此心同　　知らず還往の內　誰とか此心同じきを

〔大意〕　自分は、役人としては無能であるが、文學を作る點ではかねてより一生懸命やってきた。詩は、八病の詩病とは無縁の出來榮えと自負してはいるが、心はいつも憂鬱の中にある。朝廷に出仕する役人には、鄭重にご挨拶しておさらばだ。仙藥を錬る老師にこそ、我が身を寄せたいと思う。それにしても道行く人の中で、いったい誰と、我がこの思いを共にすることができるものか。

遊春十二首其十二　　遊春十二首　其十二　姚合

曉脫青衫出　閒行氣味長　　曉に青衫を脫して出で　閒《しづ》かに行《あゆ》めば氣味長し

一瓶春酒色　數頃野花香　　一瓶　春酒の色　數頃　野花の香

朝客聞應羨　山僧見亦狂　　朝客　聞けば應に羨むべし　山僧　見れば亦た狂とせん

不將僮僕去　恐爲損風光　　僮僕を將ゐて去《ゆ》かざらん　恐らくは爲に風光を損ぜん

〔大意〕　朝まだき、青衫の官服を脫いで、のんびりと步けば心に喜びが込み上げる。瓶に入れた春の酒、あたり一面の野の花の香り。朝廷の役人は、これを聞いてきっと羨ましがるだろう。山僧は私の姿を見て、氣が變になったかと思うに違いない。下男を連れて行くのは止めた、そんなことではせっかくの景色が臺無しになるから。

閒居遣懷十首其十　　閒居して懷ひを遣る十首　其十　姚合

拙直難和洽　從人笑掩關　　拙直　和洽し難く　人の關を掩ふを笑ふに從《まか》す

不能行戶外　寧解走塵閒　　戶外を行《あゆ》む能はず　寧ぞ解く塵閒を走らんや

被酒長酣思　無愁可上顏　　酒を被りて長く思ひを酣《たの》しませ　愁ひ無ければ顏に上る可し

何言歸去事　著處是青山　　何ぞ歸去の事を言はん　著處 是れ青山

〔大意〕愚直の性格なので、人付き合いが上手くできない。そこで門を閉ざして蟄居となるが、他人が嗤っても氣にはすまい。家の外を歩くのは憚られる、まして名利の巷を走り回るのはまっぴら御免だ。酒をあおって、いつまでも樂しい氣分に浸る。愁いも無いので、醉いが顔に出ているだろう。何であえて隱遁を口にするまでもあろう、今いるところが、身を落ち着ける場所なのだ。

姚合のこれら武功體による閒居詩は、張籍の「和左司元郎中秋居十首」と比較すれば、自己の無能や貧賤、朝客（朝廷の高官）への反感などの表現がそれぞれに先鋭化している。その第一の理由は、張籍（また姚合自身）の唱和詩では、描かれるのは元宗簡であり、主人たる元宗簡への敬意が前提となるためである。かりに公務への倦怠を詠ずる場合でも、元宗簡を無能者として描くことはできない。また富貴の朝客に對してもあからさまな敵愾心を、主人の口から語らせるわけにはいかない。全ては、節度ある表現に收められることになる。姚合の武功體の閒居詩のもつ尖銳な性格は、そうした對人的な制約から解放された一つの結果と考えられよう。

もっとも姚合の武功體の閒居詩は、こうした「元宗簡宅の張籍の唱和詩」に對して過激であったばかりではなく、母胎でもあった「張籍の閒適詩一般」との比較においても過激な性格を示している。この張籍の閒適詩を乘り越えて先銳化し、極端化した部分こそ、いわば武功體の特質となるのである。

姚合は、武功體という閒居詩の一樣式を、富貴から疎外された自らの閒居の生活の中から汲み上げたのではない。張籍から樣式理念として受け取って、それをさらに純化し徹底させたのである。張籍の閒居詩の原形が、みずからの太常寺太祝に在任の一〇年の不遇な生活の中で成熟したことは、前章「張籍における閒居詩の成熟」で述べたとおりである。一方の姚合には、客觀的には官途に不遇と見られる時期は無かった。姚合の武功體の文學が描く不遇な下級官吏としての自畫像は、言ってみれば虛構であり、頭の中で閒居の文學に相應しく作り出されたものである。姚合は、武功縣主簿や萬年縣尉という末縣の下僚に沈淪していた時期に、その不遇な生活の中から武功體の文學を作り出したと、多くの文學史では說明されている。しかし、この二つの官職が、實はエリートコースの出發點に位置する羨望の美職として評價されていたこと、從ってこれを姚合の不遇の時期と考えるのが閒違いであることは、筆者が以前論じたところである。(28)

姚合が、閒居詩の方法を張籍から受け取ったと見ることに、誤りはあるまい。なぜならば閒適詩と區別された樣式としての閒居詩を創造したのが張籍その人であり、張籍以前には、閒居詩というものは、まだ明確な形で存在したことはなかったからである。しかし張籍と姚合の作る閒居詩には、微妙なところにおいて決定的な違いがあった。單純化して言えば、張籍の閒居詩は、ここにある閒居という貧の境遇に堪えながら精神の均衡を取り戾す經緯を描く文學であった。しかし姚合の武功體においては、閒居とはこういうものだという典型を設定し、その中で、ことさらに富貴と努力を敵愾視して自墮落な自分を演出する。蔣寅氏が武功體の新しさとして「正統的な觀念としては許容しがたい懶吏の自畫像を付け加えた」と概括するのは、この部分を指して言うものである。(29)

結語

姚合が、自らの閒居詩の樣式である武功體を準備するには、二つの段階があった。第一は、魏博節度從事として魏州に赴任していた時期、そして第二に、節度從事を終えて長安に歸り、武功縣主簿の任命を待つ守選の時期である。第一の時期にも、すでに己れの老病を哀しみ、職務不適應を訴え、歸隱の思いを滲ませるような、その後の武功體の萌芽となるべき閒居詩があった（「姚合の官歷と武功體」章を參照）。姚合が魏博節度從事に赴任する以前に、すでに兩者の交流が確認されているので、この魏博時期の姚合の文學に對しても、張籍からの一定の影響があった可能性を考えてみなければなるまい（姚合「武功體」の系譜」章の第七節參照）。

そして第二段階が、この唱和詩の制作である。この唱和詩の制作が姚合に與えた意味は、さらに二つの側面に分けて整理できるだろう。一つは、閒居詩を構成する諸要素（尚儉の美學・富貴の回避、等々の主題的價値觀、および松・菊・酒・茶・藥・琴・僧・蝸、等々の閒居の空閒を埋める素材）を「和左司元郎中秋居十首」から包括的に吸收したことである。

もう一つは、張籍の組詩の形式を學んだことである。姚合の武功體を代表する作品は、「武功縣中作三十首」「遊春十二首」「閒居遺懷十首」という大規模な組詩の形をとって成就されている。こうした閒居組詩の形式は、突然に姚合の閒居詩の中に出現したものではなく、由って來たる所があると考える方が自然である。張籍の「和左司元郎中秋居十首」が、正しく姚合の前に、そのモデルを提供していた。

しかも組詩という形式は、そこに集められる作品の主題・手法の、つまり様式の均質性を前提として成り立つものである。均質の様式を踏まえて大規模な組詩を構成する作業は、一方において、その様式への認識を不斷に深めるという相互作用を伴うものである。要するに、武功體の文學は、大規模な閒居組詩の形で成就されたのだが、その組詩を作る過程そのものが、武功體という閒居詩の様式に反省と洗練を加える契機ともなったのである。

閒居詩は、張籍が中國古典詩に付け加えた新しい文學の様式であるが、「和左司元郎中秋居十首」は、その張籍の閒居詩の一つの終着點となる作品である。そして姚合は、この詩が作られたその場に、たまたま居合わせていた。姚合はその後まもなく武功縣主簿に赴任し、武功體という晩唐一時代を風靡する文學を作りあげる。こうして見ると、元宗簡宅に會して二人が閒居詩を唱和した場は、正しく、晩唐詩の搖籃と呼ぶにも相應しい場であったと言えそうなのである。

〔注〕

（1）古くは、南宋・劉克莊「韓隱君詩序」（『後村大全集』卷九六）に「古詩出於情性、發必善。今詩出於記問博而已。自杜子美、未免此病。于是、張籍・王建輩稍束起書袋、剗去繁縟、趨於切近。世喜其簡便、競起效顰、遂爲晩唐體」。

（2）元宗簡の交友關係とそこから浮かび上がる元宗簡像の研究は、丸山茂『唐代の文化と詩人の心』（汲古書院、二〇一〇年）の三二〇頁以下に詳しい。

（3）岑仲勉『郎官石柱題名新校訂』（上海古籍出版社、一九八四年）「金部員外郎」一〇九頁に記載がある。

（4）岑仲勉『郎官石柱題名新校訂』「倉部郎中」一一七頁に「此又憲宗末任」と記載。

（5）元稹「元宗簡授京兆少尹制」（『元氏長慶集』卷四六）。白居易「和元少尹新授官」詩に「官穩身應泰、春風信馬行。縱忙無苦事、雖病有心情。厚祿兒孫飽、前趨道路榮。花時八入直、無暇賀元兄」。

（6）白居易の長慶元年秋の「慈恩寺有感（時杓直初逝、居敬方病）」詩（居敬は元宗簡の字）に「自問有何惆悵事、寺門臨入卻遲迴。李家哭泣元家病、柿葉紅時獨自來」。

（7）姚合の傳記的研究としては、以下の四篇の論文が重要である。郭文鎬「姚合佐魏博幕及賈島東遊魏博考」（『浙江學刊』一九八七年第四期）、同「姚合仕履考畧（以下郭文鎬年譜と略稱）」（『浙江學刊』一九八八年第三期）、陶敏「姚合年譜（以下陶敏年譜と略稱）」（『文史』二〇〇八年第二輯）、朱關田「姚合盧綺夫婦墓誌題記」（『書法叢刊』二〇〇九年第一期）。なお最後の朱關田は、新出土の「姚合墓誌」（全稱「唐故朝請大夫守祕書監贈禮部尚書吳興姚府君墓銘并序」）の解題である。郭文鎬の二篇は古い論文だが、考證が精密で、信賴性が高い。また本書の「姚合の官歴と武功體」章も參照。

（8）郭文鎬「姚合仕履考畧」（注7所揭）に以下の考證がある。姚合は、補闕の李紳と共に長安の曲江を訪れて「和李補闕曲江看蓮花」詩を作っている。李紳が（右）補闕の官にあるのは、元和一五年二月から翌長慶元年三月までであり、しかも詩中の「日浮秋轉麗」の句が秋を描くことから、制作時期は元和一五年の初秋となる。この時、姚合はすでに魏博節度從事を辭して長安にいた。

（9）白居易が元和一〇年に作った「重到城七絶句　張十八」に「獨有詠詩張太祝、十年不改舊官銜」と述べ、また同年冬に左遷地の江州で作った「與元九書」にも「張籍五十、未離一太祝」と述べていることは、それが異常な事態であることを物語る。

(10) 『全唐詩』に「哭元九少府」に作るのは、元稹と混亂したもの。『張司業詩集』巻四に從って改める。

(11) 唐代の樂遊原のイメージについては下記を參照：植木久行「唐都長安樂遊原詩考——樂遊原の位置とそのイメージ」(『中國詩文論叢』第六集、一九八九年)、また本書の「賈島の原東居—詩的世界の現場—」章。

(12) 『後漢書』巻八三、逸民傳「逢萌」に王君公の隱遁を述べて「(王)君公遭亂獨不去、儈牛自隱。時人謂之論曰、避世牆東王君公。」(王君公は、王莽の新末の暴亂に遭遇しても元の居場所を離れず、牛の賣買をしながら隱遁した。時人は彼を評して「王君公は牆壁の東に隱遁した」と言った)。

(13) 妹尾達彦『長安の都市計畫』(講談社選書メチエ、二〇〇一年)、二〇五頁に、以下のように新昌坊を中心とする一帶について説明する。「街東中部の邸宅開發は、安史の亂後に本格化したので、大明宮前の一等地に次ぐ住環境の良さを誇る土地であるにもかかわらず、九世紀前半でも、なお廣壯な邸宅建築の餘地が殘されていた。自然環境のうえでは、街東中部の、樂遊原北麓の諸坊は、小高い高臺の北斜面に當たるので、北方に大明宮を仰ぐ眺望を有し、排水もよく、唐後期に頻發する城内の水害を逃れることができた。さらに幾筋もの丘陵が連なる明るい街東中部は、『易經』や風水にもとづく土地鑑定からいっても、邸宅建設に適していると觀念されていた。交通地理の點からいえば、この地區は、長安の消費文化を代表する、東市及びその周邊諸坊の高級商店街・娯樂施設に近いと同時に、東側城壁の諸門(春明門・延興門)を通じて城東の街道につながり、城南の別莊との往來や勝蹟巡りにも便利である。官僚の集住の結果、友人・知人宅が徒歩圏内に居住しており、訪問や來客に便利という、社會生活上の重要な利點も有している」。

(14) 丸山茂『唐代の文化と詩人の心』(汲古書院、二〇一〇年)三三三頁に「一緒に轉居して隣人となろうにも、當時の白居易には經濟的制約があって斷念せざるを得なかったからであろう。藍田の舊宅を賣却して昇平坊宅を買い、大金を投じて庭園を整備したと思しき元宗簡ほどの財力が、當時の白居易にはなかった」。

(15) 白居易が元和一〇年(八一五)に作った「朝歸書寄元八」詩に「臺中元侍御、早晩作郎官。未作郎官際、無人相伴閒」。現任の侍御使との比較では、將來の就任が期待される尚書省の員外郎・郎中は安閒だと記される。

(16) 文人の價値觀において尚儉の意味するところを、思い付くままに書き出しておく。①贅澤な持ち物(臺榭・池・橋・舟)

を持ちたがらない。②富貴の人物との交遊をひけらかさない。③富貴を讃美しない。④出世に對する意欲を示さない。⑤職務に對する責任感を示さない。⑥老病の身體をいたわる。⑦藥餌に關心を示す。⑧天下國家を論じない⑨身邊の些細なモノに關心を向ける。⑩拵えたモノではなく、自然にあるモノを慈しむ。等々。

(17) 白居易が自らの洛陽履道里宅を描いた作品に「池上篇」と名付けている。邸宅が、池を中心に布置されているという意識を示す。

(18) 白居易が元和一四年に忠州で作った「畫木蓮花圖寄元郎中」詩に、「花房膩似紅蓮朶、豔色鮮如紫牡丹。唯有詩人能解愛、丹青寫出與君看」。繪畫が分かる元宗簡だから、木蓮の花の畫圖を寄せると述べる。

(19) 白居易が元和一五年に作った「吟元郎中白鬚詩、兼飮雪水茶因題壁上」に「吟詠霜毛句、閒嘗雪水茶。城中展眉處、只是有元家」とある。雪解け水で淹れた茶を飲んだというもので、元宗簡の茶愛好が窺われる。

(20) 本書の「賈島の原東居―詩的世界の現場―」章を參照。

(21) 地方官の場合は、從四品下の三府（京兆・河南・太原）の少尹などがある。ちなみに元宗簡は、郎中の後に京兆少尹（從四品下）となり、それが最終官となっている。

(22) 『唐會要』巻八二に「其年（天寶五）正月、內外官五月給遊假、九月給授衣假、分爲兩番、各十五日」。

(23) 「吏隱」の語そのものは、『佩文韻府』が宋之問の「宦遊非吏隱、心事好幽偏」（「藍田山莊」詩）を擧げるように、以前からあった。しかし士人の生き方を示す概念として成熟させたのは、韋應物である。

(24) 散仙は、天界の神仙で仙官に就いていない者のこと。『中華道教大辭典』（項目執筆：田誠陽）中國社會科學出版社、一九九五年。

(25) 「張籍における閒居詩の成熟」章を參照。「閒」は、士人が官（富貴・權力）の世界から疎外された狀態である。それが公務から解放された自由な狀態という積極的な價値を持つことになるのは、中唐以降であると考えて良い。從って、中唐以前における閒居は、一義的には、野にうち捨てられた不遇者の生活であり、幽居あるいは家居と同義であった。

(26) 庭園組詩の作例には、王維「輞川集」・杜甫「陪鄭廣文遊何將軍山林十首」「重過何氏五首」・皎然「南池雜詠五首」・韓愈「盆池五首」「遊城南十六首」・李紳「新樓詩二十首」・韋處厚「盛山十二詩」など。また張籍以後では王建「原上新居十三首」・姚合「題金州西園九首」「杏溪十首」「陝下厲玄侍御宅五題」・朱慶餘「和劉補闕秋園寓興之什十首」・雍陶「和劉補闕秋園寓興六首」・李德裕「思山居一十首」「重憶山居六首」「春暮思平泉雜詠二十首」「思平泉樹石雜詠一十首」など。

(27) 三つの組詩の中、前二者は、武功縣における作、最後のものは、寶曆元年（八二五）の春夏に武功縣主簿の任期が終わって、長安で半年餘りの守選の狀態にあった時の作と推定される。姚合はその後、萬年縣の縣尉となる。なお武功體とは、姚合が武功縣主簿に在任中に完成した文學の樣式であり、「貧・邊・老・病・束・倦・隱」の諸契機を通じて、「中央・權力・富貴」を屬性とする「官」の要素を削ぎ落とす、つまり舞臺の脫「官」化を實現する樣式である。眼の届くあらゆる光景を、世界の邊鄙な片隅に布置すること、これが姚合の文學の美學であり、「武功體」の特徵である。詳しくは、「姚合の官歷と武功體」章の第四節を參照。

(28) 本書の「姚合の官歷と武功體」章を參照。

(29) 蔣寅「「武功體」與「吏隱」主題的發展」（『揚州大學學報・人文科學版』第四卷第三期、二〇〇〇年）第四節。

張籍の「無記名」詩

──徒詩と樂府をつなぐもの──

一　無記名詩の存在

張籍には、近體五律を中心に、獨特の性格を持つ一羣の詩が存在している。それらは、作者である張籍の置かれた具體的な情況を生のまま反映しないように見える。あるいは、張籍によって作られたという痕跡を殘さないように仕立てられたものであるように見える。そのような作法を、本稿では「無記名的」と稱することにしよう。

中國の古典詩の陷穽、それは作詩の制度化であり、日常化であり、その結果、そもそも詩的靈感が漲らない凡作の夥しい堆積を作ることになる。そうした詩の制度化・日常化は、作詩行爲が一般化し、作詩人口が飛躍的に擴大する中唐以降において顯著になる。とりわけ送別の宴席で、また詩會における唱和で、あるいは近況報告を兼ねた手紙の代わりに取り交わされる詩で、その傾向は突出していた。

そのような儀禮的な應酬の詩は、社交の場でいわば名刺のように取り交わされるものである。從って、如何なる作者が、如何なる場でその詩を作ったのかという記名性は、最も肝要な前提條件となっていた。張籍が新たに試みた無記名詩は、こうした記名性のゆえに自由な抒情が抑制され、硬直化が見えつつあった當時の詩界に對する一つの提案となったのである。

すなわち非樂府系の徒詩の領域で試みられたこうした「無記名的」な手法は、その一方にある樂府系作品との境界線を溶解させ、記名的な徒詩系作品と無記名的な樂府系作品との境界線上に、新しい詩的空間を創出することになった。

まず、張籍の典型的な無記名詩と思われるものを掲げて、通常の記名的作品と比較することから始めよう。

送遠客　　　　遠客を送る　　張籍

南原相送處　秋水草還生　　南原　相ひ送るの處　秋水　草還た生ず
同作憶鄉客　如今分路行　　同《とも》に鄉を憶ふの客と作り　如今　路を分かちて行く
因誰寄歸信　漸遠問前程　　誰に因りてか歸信を寄せん　漸く遠からんとして前程を問ふ
明日重陽節　無人上古城　　明日　重陽の節　人の古城に上る無からん

〔大意〕　南の原野で君の旅立ちを送る時、秋の川邊に草がまた生える。君とは同じく故鄉を懷かしむ旅人であったが、今、別の道を歩き始める。誰に、故鄉への手紙を託せばよいのか。いよいよ分かれる時に、君の行く手を尋ねる。明日は重陽節、しかし君が去った後、共に連れ立って古い塞に登る人はいないのだ。

詩題の「送遠客」には、記名的な送別詩の外形的表徵となるべき被送者の名や、送別の地點、また旅の目的地などの具體的情報が記されていない。李白の「黃鶴樓送孟浩然之廣陵」詩ならば、すでにこの詩題において「作者である李白が黃鶴樓で催された送別會に參加し、そこで揚州に旅立つ孟浩然を送別する」という具體的な情報を知りうるのと、大いに趣を異にしている。しかも作品の本體においても、この送別詩が作られた場や、張籍自身の情況について說明されることもない。結果として、作品からは、この詩の作者である張籍の姿が見えにくくなっている。

なるほどそこには、送別の場としての「南原」と、時節としての「重陽の前日」が記されてはいる。しかしそれらは古典に來歴を持つ語であり、必ずしもその場の具體的情況を提示するものとは思えない。そもそも「南原」は、ある町の南の原野を意味しているに過ぎない。しかも離別の文學の古典である江淹の「別賦」に「春草碧色、春水淥波、送君南浦、傷如之何」（『六臣注文選』巻一六）とされてより離別の定位置となった「南浦」を意識しつつ、その「水邊」の光景を「陸地」に轉倒したものと見られる。また第二句の「秋水草還生」も、春の川邊に草が萌えるという「別賦」の「春草碧色、春水淥波」の時節を春秋轉倒して、秋の川邊に生える草を點じたものであるに違いない。つまり、「南原」も「秋水草還生」も、それだけでは別れの場面を特定するものではなく、むしろ過去の作品（江淹「別賦」）を下敷きにした出來合いの場面である可能性が高いのである。

加えて、重陽節の登高は、親しい者と共にする行事であり、だからこそ親しい者の不在を嘆く場ともなる。王維の「九月九日憶山東兄弟」詩の「獨在異郷爲異客、毎逢佳節倍思親。遙知兄弟登高處、遍插茱萸少一人」は、その代表的な作例となるであろう。この詩が、重陽節に當たって望郷の念を述べるのは、この傳統的な發想を繼承するものである。

こう考えてみると、この「送遠客」詩の「南原」の場と「秋水草還生」という情景、および「重陽」の時は、送別の場面を具體的に特定するものではなく、むしろ送別の場としての典型を描く舞臺装置の樣に見える。分かりやすく言えば、送別の場面として出來過ぎているのである。作者の特殊で具體的な體驗を反映しようとしない詩。また見方を變えれば、作者の置かれた特殊な情況に縛られることのない、離別の感情一般を、典型的な場面の中に表現しようとする詩。この詩が無記名的な性格を帯びるというのは、こういう意味である。

「送遠客」が無記名的であるのに對して、次に掲げる詩は具體的な場面を踏まえた「普通の送別詩」となっている。そして張籍は、その送別の場面において、被送者である「鄭秀才」とみずから向かい合う。「記名的」というのは、その詩の中に作者である張籍自身が場所を占めている、ということである。

送鄭秀才歸寧　　鄭秀才の歸寧するを送る　　張籍

桂楫彩爲衣　行當令節歸　　桂楫　彩もて衣と爲す　行ゆく當に令節に歸るべし
夕潮迷浦遠　晝雨見人稀　　夕潮　浦に迷ふこと遠く　晝雨　人を見ること稀なり
野芰到時熟　江鷗泊處飛　　野芰　到る時に熟し　江鷗　泊る處に飛ばん
離琴一奏罷　山雨靄餘暉　　離琴　一たび奏し罷《をは》るとき　山雨　餘暉　靄たり

〔大意〕君はこれから立派な舟に乗り、両親を喜ばせようと綺麗なおべべを着る。きっと春の良い季節に故郷に帰れるだろう。夜の潮が満ちるとき、入江の奥深くに船を進ませ、晝間に雨が降れば、人の姿を見かけることも少ない。蓮は、家に着く時分には實り、鷗は、船着き場のあたりを舞う。いま別れの宴に琴が鳴りやむとき、山に降る雨に、夕日がうるんで見える。

詩題にある「鄭秀才歸寧」とは、鄭秀才が親元にご機嫌伺いに歸ること。しかし實態は、鄭秀才（秀才は科擧の受驗者）が科擧に落第して、失意の中に歸郷することを言うものであり、あえて落第を言わないのは、こうした送別詩の作法である。

この詩は、通常の送別詩が備える條件を満たしている。送別詩は、送別の宴席で、餞別の品として手渡される。相手の旅立ちに祝福の言葉を贈るのは、不可欠の儀禮的配慮である。そして目的地へと續く沿路の敍景を作品の中央に据えるのを、修辭の常套とする。この詩の作詩の場は、送別の宴席に相違ない（尾聯「離琴一奏罷、山雨靄餘暉」）。そして首句に見える「彩衣」とは、子供の綺麗な晴れ着のことであり、送別の詩にこれが詠まれるときには、故郷に待つ兩親をこれを着て喜ばせ、孝養を盡くすことの慣用的な表現となる。また沿路の敍景は、中閒の二聯に模範的に展開されている。

張籍は、送別の宴席に出席してこの送別の詩を作った。社交の場面でこのような約束事に從った儀禮的な詩を作ることは、官僚として過ごす社會生活の大事な部分であった。この詩は、張籍がそうした社會生活に參加したことの證據品（自身の名を記した名刺もしくは出席カード）であり、そこでは詩が記名性を帶びるのは當然の要請だった。このような記名的作品との比較の中で、前掲の「送遠客」詩が無記名的であることの意味が確認されよう。

ここで考えてみたいのは、こうした無記名的作品が、同時代の詩人においては張籍の場合に特徴的に、しかもその五言律詩に限って顯著に見られることである。

張籍は、五言律詩を全部で一三二首（一〇四題）作っている。版本によって配列には若干の異同があるが、概ねその前部の三分の一を占めるのが、この無記名的手法を取る作品である。これに對して後の三分の二は、記名的な作品である。こうして兩者が前後にほぼ判然と仕切られていることは、詩集の原編輯者（五代・張洎？）において、五言律詩の中に二つの異質な作品羣が存在していると認識されていたことを推測させるものである(1)。

以下、いくつかのパターンに分けて、無記名的手法を取る五律の實態を觀察することにしたい。

二　樂府との連續

張籍詩集の五言律詩の卷の前三分の一を占める無記名的作品の中には、樂府も含まれている。樂府は、無記名性を模範的に示すジャンルである。

出塞　　張籍

秋塞雪初下　將軍遠出師　分營長記火　放馬不收旗
月冷邊帳濕　沙昏夜探遲　征人皆白首　誰見滅胡時

樂府（擬古樂府）の當然の作法として、この詩では、作者である張籍自身の記名的要素、すなわち張籍個人の體驗や感情に直接由來するものは、作品の前面から遠退けられて、いわば作者から獨立した第三人稱的な視點から詩は詠出されている。※樂府が、特定の作者を記名する創作詩ではなく、民衆の中の歌謠として成立した樣式であることを、このような文人の擬古樂府も踏襲するのである。

※　古樂府（擬古樂府）の表現機能として、松浦友久『中國詩歌原論』（大修館書店、一九八六年）には、①樂曲への連想、②視點の三人稱化・場面の客體化、③表現意圖の未完結化、として整理する。その中、②③については本稿との關わりが大きいので、該書より引用する。

②について：古樂府系の作品では、一般に、作者の一人稱的な個別的視線は捨象され、共有化された第三人稱的な視點から一首全體が描寫される。そして、そのことによって、作品の場面は、作者個人の主體的な體驗の場としてではなく、いわば舞臺上の場面のように、客體化されて提示されるのが普通である。これは基本的には漢代以來の樂府詩の傳統的發想・手法と見なしうるものであるが、唐代の諸作品にあっては、古樂府の長い歷史における擬古的手法の傳統も加わって、いっそうこの表現機能を强めていると言うことができよう。（二二六頁）

③について：詩歌によって時の政治を美め刺り、諷し、諫めるというこの理念は、漢代前期の「毛詩大序」を主要な源泉として後世に繼承される。……とりわけ樂府類は、漢の武帝の樂府設立自體がこのような詩歌觀を理念としていた點に象徵されるごとく、少なくとも理念的には、つねにこうした比興的解釋をジャンルとして可能にしていたと言ってよい。しかし

すでに「李白樂府論考」で述べたごとく、個々の樂府詩の實態としては、このような要素を作品として常に含んでいたというわけではない。むしろ、含んでいるか否かは未決定・未確定のまま讀者に提示し、讀者の主體的・主觀的判斷によって、その表現意圖を完結させるというところにこそ、樂府詩が魅力あるジャンルとして發展してきた要因の一つがあると考えられるわけである。とすれば、それは、當該作品における本事なり美刺諷諫なりの表現意圖が、樂府詩であることによって未完結化され、讀者の判斷にゆだねられる、という表現上の機能・作用だと見なすのが、最も實態に即しているであろう。（三二七頁）

松浦氏の所說を簡潔に言い換えれば、②の「視點の三人稱化・場面の客體化」とは、作者に固有の體驗や感情を、作者自身のものとして作品に明示的に持ち込まないことであり、本稿に言う「無記名性」とほぼ同じ意味である。③の「表現意圖の未完結化」とは、特に美刺諷諫についてその意圖を曖昧なまま提示して、最終的な解釋を讀者にゆだねることである。③の點について言えば、美刺諷諫の意圖を明確な提示を標榜する元白らのいわゆる新樂府は、この古樂府（擬古樂府）の手法と背離する。

五律卷の前部の無記名詩を集める部分には、嚴密には擬古樂府でこそないが、これに類似した作品も收められている。次に掲げる「思遠人」詩は、郭茂倩の『樂府詩集』卷九三に「新題樂府」として收錄する。古樂府題は用いないが、古樂府の手法（無記名性・閨怨的主題）を忠實に模倣した作品であるために、新題による樂府と認定されたのであろう。

思遠人　　遠人を思ふ　　張籍

野橋春水清　橋上送君行　　野橋　春水清し　橋上　君の行くを送る

去去人應老　年年草自生　　去去　人　應に老ゆべし　年年　草　自から生ず

出門看遠道　無信向邊城　　門を出でて遠道を看るも　きみは信無くして邊城に向かふ
楊柳別離處　秋蟬今復鳴　　楊柳 別離の處　秋蟬 今 復た鳴く

〔大意〕橋が、澄んだ春の川に架かっている。その橋のたもとで、君の旅立ちを見送った。君が何處までも遠く去るうちに、私は年老いてしまうだろう。それなのに、毎年毎年、草は萌えて伸びるのだ。門を出て、君が去った道を眺めやるが、君は邊城に去ったまま便りは途絶えた。別れの場の柳の木、今そこで秋の蟬が鳴く。

この詩は、「邊城」に赴いた「君」を思慕する思いを述べる。第四句「年年草自生」は、『楚辭』「招隱士」の「王孫遊兮不歸、春草生兮萋萋」、すなわち隱士となった王孫を思慕して招き返そうとするという詩句を踏まえる。その限りでは思慕する主體は、女性ではなく男性である。――この詩で、邊城に君を送り出したのち、君の歸りを待ちながら、自らの老いへの恐れを物語る主體は、中國古典詩の作法（邊塞詩と閨怨詩の結合型）に照らせば女性であるに違いない。しかしこの詩の場合、その主體の女性的性格を突出させるのではなく、むしろそれを抑制し中性化している點が注目されるであろう。

『樂府詩集』は、この詩をあっさりと新題樂府に分類するが、しかし果たして張籍自身がそう意識して作ったものかどうか、一考を要する。張籍において樂府（含む新題樂府）と非樂府の識別が容易ではないのは、兩者の境界領域に、少なからぬ作品が分布しているためである。樂府を、非樂府と區別されたものとして作るのではなく、むしろ樂府的すなわち無記名的手法を、從來の基準では明らかに非樂府的な作品にまで浸透させる。こうした作品の意圖的な制作が、張籍に特徴的と判斷されるのである。その點で、この張籍の「思遠人」を『樂府詩集』に從って新題樂府に分類して事足りると考えるのは不十分なのであり、むしろ王建の同題の作が樂府に傳統的な閨怨の特徴を明らかに有すること[2]と對比する中で、この閨怨的性格を抑制する詩を、樂府と非樂府の境界において作られた獨自の主張を持つ作品として位置づけることが重要なのである。

次の「送遠客」(再掲) は上述しており、ここでは簡單に説明を補足するに止める。この詩は無記名的な作品であるが、『樂府詩集』に收錄されてはいない、その理由は、樂府らしさを演出する閨怨的要素がないためであろう。加えてまた、張籍の體驗を踏まえた作品としても解釋できる、多義性を持つためでもあろう。

南原相送處　秋水草還生　同作憶鄕客　如今分路行　因誰寄歸信　漸遠問前程　明日重陽節　無人上古城

この詩は、上述のように無記名的な手法を採るものである。しかしそれでいながら、この作品には作者張籍の見えない影が寄り添っているようにも見える。それは友人の旅立ちを見送る「送者」の視點の、懇切なる介入である。無記名的作品にも一人稱の人物が登場することは、しばしばあり得る。その場合は、作者から區別された「作中の一人稱 (語り手)」として位置づけられる。しかしこの詩の場合、「作者から區別された作中の一人稱」と解釋するだけでは濟まない部分が殘る。頷聯「同作憶鄕客、如今分路行」では、送者が、被送者と共に望鄕の念に驅られる境遇にあることを表明する。要するに、作中の一人稱である送者は、被送者を外から眺めるだけの冷靜な觀察者ではなく、同じ舞臺に登り、同じ思いを共有する「生きて思う者」として立ち現れている。さらに頸聯「因誰寄歸信、漸遠問前程」では、作中の一人稱は、被送者に追い縋ってでも故鄕への己れの手紙を託したいと願う「情熱的な悲哀の持ち主」として描かれる。こうした感情を備えて介入する作中の一人稱は、作品を進行させるために便宜的に措定された冷靜な觀察者ではなく、その背後に作者自身が寄り添っていることを強く思わせるものである。この結果、この詩は無記名的であることを基本とするにもかかわらず、あえてその埒外に踏み出ることを印象づける。——張籍は、通常の體驗的記名詩と無記名詩との閒にある微妙な境界領域に向かって、この詩を投げ込んでいるのである。

次の詩は、故鄕に歸る人を送る詩である。

送友人歸山　　　友人の山に歸るを送る　　張籍

出山成北首　重去結茅廬　　山を出でて北首を成し　重ねて去りて茅廬を結ぶ
移石修廢井　掃龕盛舊書　　石を移して廢井を修め　龕《がん》を掃きて舊書を盛る
開田留杏樹　分洞與僧居　　田を開くも杏樹を留め　洞を分かちて僧と與に居る
長在幽峰裏　樵人見亦疏　　長く幽峰の裏《うち》に在れば　樵人も見るも亦た疏なり

〔大意〕　君は故郷を去って、他郷に骨を埋める覺悟だったのが、今度は故郷に歸って茅屋を營むのだ。石を動かして、古い井戸を修繕し、小部屋を片付けて古い書物を積み上げる。田畑を墾くときも、杏の木を大切に殘し、洞には僧侶と一緒に寢起きする。いつまでも深い山の中に籠っているうちに、山中の木こりでさえも、きっと君の顏を忘れてしまうだろう。

前詩と同樣に、この詩にも離別の場面を特定する情報はない。被送者である「友人」も無記名であり、詩中の一人稱である送者についても、それを作者自身と同定する情報は含まれていない。また友人は故郷（「山」）に歸るのだが、その故郷が何處にあるかも全く記されていない。その點では、無記名的作品の特徵を備えるものである。しかしこの詩の場合にも、作者自身（張籍）の視點の介入を察することができる。そもそも「友人」は、歸隱を願う人物としては、必ずしもすっきりと典型化されていない。「友人」は、恐らくは仕進の道を探して、一度は鄕里を決然と捨てて世間の波に身を投じたのである（「出山成北首」）。しかし今はその希望も潰えて、世間を去って再び鄕里に歸ろうとしている。そうした心理の曲折は、特定の人物の具體的な經歷が背後にあることを暗示する。その結果、作者張籍の直接の介入こそないものの、作品に底流するその人物への深い共感が、共感の主體となる作者自身の視線を想定させることになる。——王維の「送友人」詩の「下馬飲君酒、問君何所之。君言不得意、歸臥南山陲。但去莫復問、白雲無盡時」が、被送者（「君」）と作中の送者についての具體的な情報を示さないにもかかわらず、歸隱者に對する深い共感の故に、そこに作者である王維自身の視線が感得されるのと、事情は似ている。

上記の三首の詩「思遠人」「送遠客」「送友人歸山」は、その順序に無記名的なものからより記名的なものへと性格を移している。無記名的な作品から記名的な作品へと、大きな斷絶を含まずになだらかに續いていること、このことが張籍詩の特徴として重要な意味を持つ。すなわち、無記名と記名、またほぼ同じことになるが樂府と非樂府との間に明確な境界線を引いて、互いを分け隔てるのではなく、むしろその境界領域においてこれまでにはない新しい形の詩を作ろうとしている。この點を、張籍詩の特徴として評價することが必要であろう。

三　典型的人物像を描く詩

以下に取り上げる無記名的五律は、それぞれの方面の「典型的人物」を描いた詩羣である。作者張籍は作中の人物と交遊關係がないか、假にあったとしても隱蔽されている、もしくはそもそもその人物は虚構されたものである。特定人物の個別的情況から解放されることで、より一般的・典型的な人物造形が可能になるのである。

まず讀むのは、邊塞に出陣する將軍を見送る詩である。(3)

征西將

黄沙北風起　半夜又翻營
戰馬雪中宿　探人冰上行
深山旗未展　陰磧鼓無聲
幾道征西將　同收碎葉城

征西の將　　張籍

黄沙　北風に起こり　　半夜　又た營を翻へす
戰馬　雪中に宿り　　探人　冰上に行く
深山　旗未だ展びず　　陰磧　鼓聲無し
幾道か征西の將　　同じく收む碎葉城

〔大意〕 北風に黄沙が舞い上がり、夜中に、陣營に吹きつのる。戰馬は、雪の中に繫がれ、斥候は冰の上を歩む。深い山並みに分け入って、軍旗は巻かれたまま、陰山の北の沙漠には軍鼓が勢いよく響くこともない。かつて西征の將軍は、違う道から軍を進めることはあったが、最後は皆な碎葉の町（今のキルギス共和國トクマク南郊）を攻め取ったのだ。

この將軍が特定の人物であるならば、その名を記し、またその人が事とする遠征の內容を具體的に記すことで、詩は一層のリアリティを持ちそうなものである。しかしそれにも拘わらず、張籍は將軍の名を記そうとしない。

要するにこの詩は、邊塞樂府詩の派生型と見るべきものである。そもそも邊塞詩は、邊塞體驗を踏まえずに作られることが平均値であり、邊塞の風土について培われた一般的イメージを修辭的に典型化して表現しようとするジャンルである。(4) この詩でも初めの六句は、「黃沙」「北風」「雪中」「冰上」「深山」「陰磧」などの漠北の風土を指す常套語を竝べ連ね、結果として、繪に描いたような邊塞のイメージを描き出している。邊塞樂府に描かれる出征の兵士が名を持たず、一般化・典型化されているように、この詩における將軍も、名をもって呼ぶことはない。ただ異なるのは、多くの邊塞樂府では一介の兵士に焦點を合わせ、いわば下からの視線で邊塞の風土を描くのに對して、この詩では全軍の指揮官である將軍に焦點を合わせることで新味を求めた點である。

以下三首も、邊塞に遠征する將軍を送るものであり、張籍のお氣に入りの題材だったらしい。いずれも、特定の將軍に取材した作品ではないだろう。

送防秋將　　張籍

白首征西將　猶能射戟支　元戎選部曲　軍吏換旌旗

逐虜招降遠　開邊舊壘移　重收隴外地　應似漢家時

送安西將　　張籍

萬里海西路　茫茫邊草秋　計程沙塞口　望伴驛峰頭
雪暗非時宿　沙深獨去愁　塞鄉人易老　莫住近蕃州

老將　　張籍

鬢衰頭似雪　行步急如風　不怕騎生馬　猶能挽硬弓
兵書封錦字　手詔滿香筒　今日身憔悴　猶誇定遠功

※　上記の外征將軍に取材した詩と表裏の關係にあるのが、以下に示す、邊塞（月支）に遠征してその地に戰死した兵士を弔う詩である。詩題に「故人」と言い、詩中に「君」と稱しているが、もとより虛構の詩である。將軍を詠じた詩も、この詩も、事件（戰役）ではなく、人物に焦點を合わせることで、傳統的な邊塞樂府に變化を求めたものであろう。(5)

沒蕃故人　　　　　蕃に沒せし故人　　張籍

前年伐月支　城上沒全師　　前年　月支を伐ち　　城上　全師沒す
蕃漢斷消息　死生長別離　　蕃漢　消息を斷ち　　死生　長く別離
無人收廢帳　歸馬識殘旗　　人の廢帳を收むる無きも　　歸馬　殘旗を識る
欲祭疑君在　天涯哭此時　　祭らんと欲す　疑ふらくは君いきて在らん　　天涯　此の時に哭す

＊　＊　＊　＊　＊　＊

次に讀む二首は、流罪の苦難を背負う者を見送る詩である。

送流人　　　　　流人を送る　　張籍

獨向長城北　黄雲暗塞天
流名屬邊將　舊業作公田
擁雪添軍壘　收冰當井泉
知君住應老　須記別郷年

獨り長城の北に向かへば　黄雲 暗く天を塞がん
流名 邊將に屬し　舊業 公田と作る
雪を擁《も》りて軍壘を添へ　冰を収めて井泉に當つ
知る君 住して應に老ゆなるべし　須らく郷に別れし年を記すべし

〔大意〕一人長城の北に旅する時、きっと黄沙が空を暗く覆うのを見るだろう。戸籍は抜かれて、邊境の武將の下に編入され、元の田畑は、召し上げられて官田となる。雪を盛って防壘を造り、氷を取って井戸水の代わりとする。君は、北の邊境で年老いるだろう。だから故郷を後にした年を、しっかり憶えておくがよい。

罪を犯して家産を沒收され、落籍して、邊境防衛の軍隊に編入される者を悲しんで送別する詩である。一見、邊塞詩の系譜に連なるもののように見える。しかし通常の邊塞樂府では、兵士は、封侯を夢みて軍功を上げようと勵むか、さもなければ從軍の困苦の中で歸郷の願いも叶わず、邊境に打ち棄てられて生命を消耗する者として描かれる。一方この詩の場合、從軍の苦難は豫想されてはいるが（「擁雪添軍壘、收冰當井泉」）、主題は、流人に落とされ、家産も戸籍も全てを失しなって轉落した者の運命の苦難を述べることにある。この點で、この詩は從來からある邊塞詩とは別の枠組みで作られたものである。

なお「流人」は、張籍が自ら交際を持った知人ではあるまい。恐らくは落籍・流謫という最惡の運命を引き受けた者を想定して制作したものである。

類似の作品に、嶺南に流される罪人を送る詩がある。唐代の觀念では、嶺南は貶謫の地である。

送南遷客　　南遷の客を送る　　張籍

去去遠遷客　瘴中衰病身
青山無限路　白首不歸人
海國戰騎象　蠻州市用銀
一家分幾處　誰見日南春

去れ去れ遠遷の客　瘴中 衰病の身
青山 無限の路　白首 歸らざるの人
海國 戰《いくさ》には象に騎し　蠻州 市《か》ふには銀を用ふ
一家 幾く處にか分かる　誰か日南の春を見ん

〔大意〕 はるばると遠くの僻地に流される旅人よ、おまえはきっと、瘴癘の地で身はむしばまれて病氣になるのだ。綠の山の合間を傳う道は何處までも續いていて、おまえは白髮頭になっても、故鄕に歸ることはできないのだ。南海の國では、戰では象に跨って鬪い、南蠻の州では、買い物に銀を使う。そんなところで家族も散り散りになって、いったい誰が穩やかな氣持ちで日南の春を見られるものか。

この詩では、家族までも嶺南に追い立てられている。しかも散り散りになって、同じ場所に集まることも許されない。「南遷の客」は、餘程の大罪を犯したのであろう。彼には、生還の見込みはない。これからは瘴癘の風土の中で身體をむしばまれ、一生、北に歸る希望は絕たれている。(6)

張籍は、先の「送流人」とこの「送南遷客」の二首によって、北と南の邊境でそれぞれに過酷な運命を引き受ける罪人を描き分ける。張籍の趣旨は、悲慘な運命の典型を描くことにある。嚴寒の邊塞と、苦熱の嶺南という兩極端の風土を取り上げたのも、それぞれが典型を描くのにふさわしかったからである。詩中の人物について、張籍と交友關係の有無を詮索することには、意味がない。こうした詩は、自分の直接的な體驗と切り離された無記名的な空間の中で、作られるものなのである。

＊　＊　＊　＊　＊

以上に取り上げたものは、勇ましい出陣と、悲しい流罪という相違はあるにしても、また前者が邊塞樂府との關連を多分に有し、後者は張籍が獨自に開拓した題材という相違があるとしても、非日常的な情況におかれた人物に取材するという點では共通している。そうした事件は、張籍の直接的な體驗世界に屬するものではないので、無記名的手法との親和性は高いのである。

これに對して以下に掲げる一羣の詩は、日常的な世界にある宗教的人物を描いたもの。その人物を固有名で呼ばず、また作者張籍との交遊も述べない。特定の人物を念頭に置いた作品ではあるまい。またかりに制作の背後に特定人物がいたとしても、作品はその具體性を捨象することで、人物の一般化・典型化を實現したものと考えられる。

もっともここに言う人物像の典型化は、必ずしも理想化ではない。これらの詩に描かれる人物は、いわば世間の豫想値を模範的に體現することによって、かえってその世俗性が暴露されることになる。

贈辟穀者　　　穀を辟くるの者に贈る　　　張籍

學得餐霞法　逢人與小還　　　餐霞の法を學び得て　　人に逢へば小還を與ふ
身輕會試鶴　力弱未離山　　　身輕ければ會《かなら》ず鶴を試み　　力弱ければ未だ山を離れず
無食犬猶在　不耕牛自閒　　　食無きも犬猶ほ在り　　耕さずして牛自から閒なり
朝朝空漱水　叩齒草堂閒　　　朝朝　空しく漱水し　　叩齒す草堂の閒

〔大意〕すでに餐霞の術を修得し、人に出會えば丹藥を與える。身體が輕くなったので、いつも鶴に乘るが、まだ力が足りないので、山から離れて飛び去ることはない。食べるものはないのに、犬はまだ側にいる。畑を耕すこともないので、牛はのんびりしている。毎朝、何も食せずに唾を飲み込む修行をし、草堂にこもって叩齒の術を行うのだ。

辟穀して身體を淨化すれば、このようになれる。その修行と進歩のイメージを「大眞面目」に一つ一つ律儀に積み上げてゆく。しかしその結果として描き出されるのは、滑稽な姿でしかない。「人に逢へば小還を與ふ」という善良なる親切心。修行が足りないために、鶴には乘れるものの遠くまで飛翔できないという能力の具體的な評價。こうした描寫の全てが、この人物から神秘性を剥奪してゆく。

不食姑（『全唐詩』に「一作贈山中女道士」）　　不食の姑　　張籍
幾年山裏住　已作緑毛身　　幾年か山裏に住せる　已に作《な》る緑毛の身
護氣常稀語　存思自見神　　護氣して常に語ること稀に　存思して自ら神を見る
養龜同不食　留藥任生塵　　龜を養ふも同に食せず　藥を留むるも塵の生ずるに任す
要問西王母　仙中第幾人　　西王母に問はんと要《ほっ》す　仙中　第幾人なるかと

〔大意〕　何年も山中に住まい、すでに緑の苔が體じゅうに生えている。氣が漏れないようにと、いつも言葉數は少なく、冥想して、神人の姿を見る。龜を飼っているが、共に何も口に入れることはなく、仙藥が殘っているが、飲まずに塵が生ずるのに任せている。西王母に尋ねたい、この人は仙人の中で序列はどの位ですかと。

この詩は、前掲「贈辟穀者」のいわば女性版である。作者による懇切な描き方が、皮肉な口吻へと轉化してゆく。道士が山中に籠って修行していると、全身に緑の苔が生えてくるという。張籍はこの俗説を詩中に活用する。とは言うものの、全身に緑の苔が生えた姿は、異様でしかない。この緑の苔が生えた女道士は、人の前ではこれ見よがしに、氣が漏れることがないようにと沈默を裝う。この人物のそうした作爲性は、修行者としての未熟さを表すことになる。さらに西王母に向かってこの人物はいったいどのランクかと問う、この芝居じみた發問も、この女道士を滑稽化するものでしかない。(7)

次の詩は、市井の隱者を描く。

隱者

先生已得道　市井亦容身
救病自行藥　得錢多與人
問年長不定　傳法又非眞
每見鄰翁說　時時使鬼神

隱者　　張籍

先生已に得道なれば　市井にも亦た身を容る
病を救ひて自ら藥を行《や》り　錢を得れば多く人に與ふ
年を問ふも長《つね》に定まらず　法を傳ふるも又た眞に非ず
每に鄰翁を見るに說く　時時　鬼神を使ふと

〔大意〕　先生はすでに得道（道士の境地の一つ）となっているので、市井に平氣で身を置いている。病氣を治そうと藥を飮んでは、藥效を引き出すために歩き回り、金を手に入れれば、他人に惜しみなく施す。年を尋ねても、いつも言うことが違い、方術を傳授する時も、怪しげだ。この道士、隣の翁に會うたびに自慢げに語るのだ。「自分はしょっちゅう鬼神を組み伏しているのだ」と。

前半は、市井にあって修行する道士を淡々と描く。しかし後半四句になると、その人物がまやかしであることを暴露する。人に會うと、そのたびに自分の年齢を僞って語り、法を授ける時にも、眞實を傳えていない。そればかりか、自分は鬼神をも支配できる超能力者であると、隣人には吹聽する有様である。張籍は、道士の振りをして人をたぶらかすこうした人物を、一つの類型として描いて揶揄する。――「贈辟穀者」「不食姑」「隱者」とも道教の修行者を装う者であるが、張籍の彼らに對する視線は冷やかである。それは當時の道教の周圍には、奇矯をてらい、まやかしの呪術を誇るような手合いが集まっていたことと關係しているのだろう。

道士に對する揶揄と比較すると、「律僧」を詠じた次の詩には、そうした皮肉な口吻は感じられない。

律僧
苦行長不出　清羸最少年
持齋唯一食　講律豈曾眠
避草每移徑　濾蟲還入泉
從來天竺法　到此幾人傳

律僧　張籍
苦行して長《つね》に出でず　清羸《るい》最も少年
齋を持して唯だ一食　律を講じて豈に曾て眠らんや
草を避けて每に徑を移し　蟲を濾《こ》して還た泉に入る
從來　天竺の法　此に到りて幾人か傳ふる

〔大意〕苦行して、寺の外に出ることもない。清らに痩せて、うら若い。戒律を持して、食事はただ一度。律を守って、居眠りもしない。草を踏みつぶさないように、いつも違う道を歩き、井戸水に住む蟲は掬い取って、元の水に戻してあげる（殺生は禁物だ）。天竺から傳わった佛法、それを今は、いったい何人が正しく傳えているのだろうか。

この律僧が戒律を嚴格に守って修行に勤しんでいることに共感を示すことで、その一方で、佛法の本來を忘れて墮落した佛僧が目に付くことを揶揄する（「從來天竺法、到此幾人傳」）。

これらの詩では、個性ではなく、典型化された人物像を描くことに趣旨がある。宗教者の場合、所定の修行と一體となって典型的な人物像を結びやすかったためであろうし、特に巷閒の俗人にはそうした「聖者」に對する固定的なイメージが強くあったのだろう。張籍はそれを逆手にとって、こうした一連の宗教者を描いた詩を制作したものと考えられる。

以上の詩羣は、外征の將軍、流罪者、また宗教的人物など、その趣向は少しく異なるが、いずれの場合も作者と直接の對應關係を持たない人物を措定し、それを典型化して描くという點で共通した特徵を持つものである。

無記名的手法は、そもそも樂府に特徵的なものである。從って、邊塞樂府の延長にある將軍を扱った諸篇が、無記名的手法を踏襲することは自然な運びであろう。これに對して、後二者は、樂府の傳統的な題材から少しく逸脫するものであり、これらを無記名的手法によって描くのは、張籍の新しい工夫なのである。

四　記名と無記名の混淆

張籍の無記名的作品の興味深い點は、視點の三人稱化・對象の典型化を徹底した作品があり、しかもその一方において、作者の具體的な體驗を踏まえる記名的作品へとなだらかに連續していることである。

次の二篇は、旅先のどこにでもあるような平凡な川邊の世界が、詩の舞臺である。特定の地名が記されることもなく、また作者の身に起こった特定の事件が付着しているようでもない。この限りでは無記名的性格を帶びるものである。しかしながら何故かそこには、作者自身の視線が貼り付いているように見える。

夜到漁家（『全唐詩』一作宿漁家）　　夜　漁家に到る　　張籍

漁家在江口　潮水入柴扉　　漁家　江口に在れば　　潮水　柴扉に入る

行客欲投宿　主人猶未歸　　行客　宿に投ぜんと欲するも　　主人　猶ほ未だ歸らず

竹深村路遠　月出釣船稀　　竹　深くして村路遠く　　月　出でて釣船稀なり

遙見尋沙岸　春風動草衣　　遙かに見て沙岸を尋ぬれば　　春風　草衣を動かす

〔大意〕　漁師の家は川の畔りにあるので、潮が滿ちると水が柴の門の中まで入ってくる。旅人がその家に宿を借りようと訪ねると、家の主人はまだ漁に出掛けていた。深い竹林の中へと村の道は續き、月が出る頃、釣船の數も少なくなった。遠くまで岸邊を訪ねて歩いてみると、春風が、私の粗末な衣を吹き返す。

宿江店

野店臨西浦　門前有橘花

停燈待賈客　賣酒與漁家

夜靜江水白　路迴山月斜

閒尋泊船處　潮落見平沙

江店に宿す　　張籍

野店　西浦に臨みて　門前　橘花有り

燈を停めて賈客を待ち　酒を賣りて漁家に與ふ

夜靜かにして江水白く　路迴りて山月斜めなり

閒かに船を泊する處を尋ぬれば　潮落ちて平沙を見る

〔大意〕村の宿屋は、西の入江に臨んでいて、門前には橘が花を咲かせている。燈を掲げて行商人を迎え、酒を漁師に賣る。夜は靜かに更けて、長江の水は白く光り、道はめぐって山の月は斜めに傾く。そっと舟を泊めてあるところを尋ねると、潮は落ちて、江邊の沙が廣がっている。

この二つの詩は、共通した特徴がある。詩題については、「夜到漁家」詩は『全唐詩』では一本に「宿漁家」に作ると注す。（四部叢刊本『張司業詩集』にはこの注記なし）。これであれば、「宿江店」詩との詩題の類似（對偶性）は明らかになる。また二篇の首句「漁家在江口」「野店臨西浦」も、やはり同一の對偶構造となっている。そもそもこの二篇は、雙子の作品として制作された可能性も推定できるだろう。

二篇の詩が描くのは、繪になるような、典型化された水邊の場面である。川の水が柴扉の中まで入ってくるほどに、川の傍に作られた漁師の家。あるいは、行商人（賈客）を泊め、また近くの漁師には酒を賣るような鄙びた旅籠。それらは、完結した庶民の世界である。士人（教養層）によって第三者的に傍観されることはあっても、彼らがその一員となってみずから入り込むような世界ではない。そこで張籍は「一應は第三者的な視點」から、その世界を描き始める。それは例えば、邊塞詩が内地では決して見られないような、繪になるような、荒涼とした沙漠の光景を描き、また宮怨詩が庶民が見ることも叶わぬ豪華な宮殿において、繪になるような、悲しみに沈む宮女を描くのと同じように。

しかし邊塞や宮怨は、所詮は樂府の傳統的な題材であり、しかも餘りにも非日常的な題材である。これに對して張籍がこの二篇の詩に描くのは、典型的な世界ではあっても、どこにでもある日常的な生活である。このような當たり前の世界を、當たり前のものとして描くことは、樂府にはなかった。張籍は、それを無記名的な「徒詩」を用いて描き取ろうと試みたのである。

この二篇の詩には作者自身の記名性が稀薄である。作中の主人公（一人稱）は、そもそも何者なのか、またどうしてこの場に現れたのか、一切明らかではない（無記名性）。しかしそれにもかかわらず、無記名性を指摘するだけでは濟まない氣配が、これらの詩にはある。その主人公は、「夜到漁家」詩においては、自ら「漁家に到」り、そこに宿を借りようとする（「行客欲投宿」）。しかも夕暮れには、漁に出掛けたまま歸らぬ主人を待ちかねて、遠くの入江にまで足を伸ばすのである（「遙見尋沙岸」）。單に漁家の光景を描くのであれば、視點は俯瞰的な第三者の位置に固定すれば良く、このように自らの意志を持って動き回る必要はない。このような「作中の視點が、自らの意志を持って移動する」ことの背後には、作者である張籍自身の視線が想定されるのである。

同樣のことは、「宿江店」でも指摘できる。作中の主人公は、ここでもやはり意志を持って行動する。彼は、詩題「宿江店」にあるように川邊の旅籠に宿を借りる。そして夜には、そぞろに船着き場まで出掛けて、水が落ちて廣がった水際を眺めるのである（「閒尋泊船處、潮落見平沙」）。この作中の主人公も、限りなく作者である張籍自身を思わせるものである。

張籍は、川邊の村の世界に闖入したりはしない。しかしそれでいながら自らが目に見、肌に感じたように、その世界を描き取る「詩」を作ろうとしたのである。それではなぜ張籍は、その世界にみずから足を印して、そこの世界の人々と交わり語ろうとしなかったのか。しかしそれでは、その中に完結する世界＝庶民の日常が、張籍という異質な部外者が加わることで、容易に元の姿を變えてしまうのである。張籍は、いわば人からは見えない透明な人間となって、「手付かずのまま」の村の中を見て回るのである。足音を立てることもなく空中を漂うような獨特の「浮遊感」ともいうべき感覺。無記名的手法は、そのような描寫のための方法となった。

＊　＊　＊　＊　＊

以上の「夜到漁家」「宿江店」は、そこに作者張籍の視線らしきものが感得されるという意味で、無記名を基本とする作品への、記名的手法の浸透が推測される作品であった。これに對して以下に取り上げるのは、張籍の體驗（經歷）と具體的な對應關係が確認される點で、さらに張籍自身に接近した作品となっている。換言すれば、記名的手法が、より密接に無記名的手法と手を結んでいるのである。

薊北旅思（『全唐詩』一作送遠人）

日日望鄉國　空歌白苧詞
長因送人處　憶得別家時
失意還獨語　多愁祇自知
客亭門外柳　折盡向南枝

薊北旅思　張籍

日日　鄉國を望み　空しく歌ふ白苧の詞
長《つね》に人を送るの處に因りて　憶ひ得たり家に別れし時を
失意　還た獨り語り　多愁　祇《た》だ自ら知る
客亭　門外の柳　折り盡す南に向かふの枝を

〔大意〕　日ごと故鄉の方を眺めやり、空しく白苧の詞を口ずさむ。人の旅立ちを送るたびに、故鄉に別れを告げた時のことを思い出す。志を得ないまま、自分に向かって獨り言をいい、悲しいことばかりが多かったことを、自ら嚙みしめる。旅館の門の外の柳の木、その南に張り出した枝は、南に旅立つ者を見送るうちに、すっかり折り取ってしまったのだ。

この詩は、詩題にある「薊州」を主な根據に、張籍の薊州體驗を踏まえた記名的作品として解釋されている。張籍にはこの他にも「薊北春懷」詩があり、張籍が薊州體驗を持つこと自體は確かなことであろう。[8]

また方回は、詩中に言う「白苧詞」と蘇州との關係に注目している。『瀛奎律髓』卷二九に「此張司業集中第一首詩。三四眞佳句。司業、姑蘇人、故云空歌白苧詞」と述べる。張籍が「白苧詞」で知られる蘇州の出身（張籍の生地は蘇州で、成人以後に和州に移居）であることを前提に、この詩における張籍の記名性を確認しようとする。この詩が張籍自身の體驗を踏まえた記名的作品であることは、疑う餘地が無いように思われる。

しかしながらこの詩が無記名性を帶びていることも、また一方の事實である。詩題は、全唐詩の一本に「送遠人」に作ると注記されている。この異文の存在は、詩題中の「薊北」という情況設定がこの詩の抒情に殆ど反映されず、從って省略可能だったことを示唆している。この詩は、制作の地點や、その場における情況を特定しない無記名的な送別詩として「解釋しうる」のであり、この點では、前述の「思遠人」「送遠客」のような無記名的な送別詩の延長上に位置するものである。

なるほど「作中の一人稱」は、日ごとに故郷を懷かしんで、蘇州なる白苧詞を歌う境遇にある（「日日望鄉國、空歌白苧詞」）。またその人は、孤獨な失意の境遇にある（「失意還獨語、多愁祇自知」）。しかしこれだけでは、遊子が流離の嘆きを詠ずる古來一般的な主題であるに止まり、詩には依然として、張籍その人の體驗と重ね合わせる積極的な根據は示されていないのである。――そもそもこの詩に記名性を持たせたければ、作者張籍は、いつ、何をしにここに來たのかといった作者に固有の情報をほんの少し加味すれば良い。しかも尾聯「客亭門外柳、折盡向南枝」では、南に旅立つ友人を何人も見送ったことが暗示されているのだから、薊北の地で誰と別れたかを書き加えることはいくらでも可能であった。記名的に作られる詩が多い中で、[9] あえてその道を避けようとしたこの詩の工夫を、見過ごすわけにはいかない。

しかもこの詩には、制作の場についての情報不足という消極的條件ばかりではなく、積極的に無記名性を演出する工夫が凝らされてもいる。一つは、樂府「白苧詞」を歌うという設定。樂府は、特殊な人物（詩人）に屬するものではなく、普通の人々の中にある歌謠である。張籍がその歌謠を歌うという行爲自體が、制作者としての特權性と距離を取って、つまり自分の個性をまるめることで、普通の人々と感覺を共有しようとする態度表明となる。また尾聯の柳の枝を手折って旅人に贈るという行爲も、民閒習俗に屬するものであり、これも同樣の效果を持つ。こうした民習に寄り添う行爲を詩中に點ずることで、この詩から張籍という特殊者の記名性が稀薄になって、その代わりに、岢立ちのない、穩やかな歌謠性が附加されるのである。

同じ時期の作であろう次の「薊北春懷」についても、同樣のことが言えるだろう。この歌謠的な氣分を持った詩に、かりに「薊北」（詩題と第七句）という具體的地名がなかったならば、この詩を張籍自身の體驗的作品と見ることは難しくなる。

薊北春懷

渺渺水雲外　別來音信稀
因逢過江使　卻寄在家衣
問路更愁遠　逢人空說歸
今朝薊城北　又見塞鴻飛

薊北春懷　　張籍

渺渺たり水雲の外　別來　音信稀なり
江を過ぐるの使に逢ふに因りて　卻つて家に在りしときの衣を寄す
路を問はるれば更に遠きを愁へ　人に逢へば空しく歸るを說く
今朝　薊城の北　又た塞鴻の飛ぶを見る

〔大意〕故鄉は、はるばると遠い川と雲の彼方。別れてから、音信も途絶えがちだ。長江の南に行く使者に出會ったので、かつて家で着ていた衣服を託して送る。故鄉への道のりを尋ねられると、その遠いことに悲しい思いが込み上げ、旅人に會えば、當てもなく歸鄉の思いを口にする。今朝、薊州城の北に、朔方へと飛び行く雁を見た。（故鄉の便りはやはり屆かなかった）

この詩を包む歌謠的氣分が何によって作られるのか。說明は容易ではないが、しかし一つ言えることは、そこに作者自身の重苦しく切實な體驗を持ち込まず、また讀者に押しつけもしないということである。

傳記的研究の成果に據れば、この時の張籍の薊州行は、仕進の道を求めての干謁を目的とするものであったらしい。干謁の結果は不首尾に終わり、失意のうちに邢州にいた同學の王建のもとを訪ね、それから故鄕の和州に歸っている。(10) 薊州で望鄕の念に驅られてこの詩を作ったころの張籍は、挫折と絕望の中にあったことになる。(11)

第四句「卻寄在家衣」に注目しよう。「寄衣」は詩歌の世界では、遠地にいる夫（特に出征兵）に妻が衣服（特に冬着）を送る行爲であり、要するにそれは、女性の細やかな愛情を表すものである。このことは、張籍自身の樂府「寄衣曲」によっても知ることができる。(12) 張籍はこの語を詩中の要所に活用することによって、そこに柔らかな望鄕の思いを託したのであり、またこうすることで張籍は自己の男性を抑制して、もう一つの「作中の一人稱」を作り出したのである。この詩から作者張籍に直かに密着する憤懣が遠退けられ、不思議に透明な悲哀が作品を滿たすことになるのは、このためであろう。

このような詩を、單に作者の體驗の中から生まれた記名的作品と理解するだけでは、この詩に込められた張籍の工夫を見過ごすことになりかねない。

五　張籍の無記名性の特徴——李白との比較

張籍の詩における無記名性の特徵を、李白との比較で考えることは有效であろう。

李白の文學は、一般化・典型化を特徵としている。杜甫の文學が特殊化・個別化を特徵とするのと、對蹠的な性格を持つのである。その李白が、擬古樂府を得意として多くの卓れた無記名的作品を殘したのに對して、杜甫は「前出塞」「後出塞」等の少數の例外を除けば殆ど擬古樂府を作らず、その代わりに、自身が見聞した時事と直接對應する「兵車行」「麗人行」「三吏三別」などの新樂府の先驅的作品を作ったことは、兩者の相違を際立てるものとなる。※

※　松浦友久「李白樂府論考」（同『李白研究』三省堂、一九七六年）に、李白の「戰城南」と杜甫の「兵車行」を比較して次のように述べる。「「兵車行」が「戰城南」と異なるもう一つの手法は、そこにうたわれた戰役の内容が、かなり具體的に特定の史實と對應する、と考えられる點である。……少なくとも讀者は、そうした現實の戰役を、「兵車行」の行間により直接に意識している。李白の「戰城南」が、部分的には詳細な戰役描寫を試みながら、全體としては何れとも定めがたい一般的戰役描寫で統一されていることとは、きわめて對照的である。李白におけるこうした一般化や集約化、さらに古典化や客體化の傾向は、實際には、樂府詩以外の作品にも、ある程度、共通して認められる。主題や素材の面から見れば、この傾向は、離別詩や閨怨詩の分野においてとくに著しい」（二九四頁）

李白論また李杜比較論の詳細は他に讓るとして、本稿では李白の數篇の無記名的性格の作品を讀むことで、その特徵の大概を理解することにしたい。

早發白帝城　　早に白帝城を發す　　李白

朝辭白帝彩雲閒　　朝に辭す白帝　彩雲の閒
千里江陵一日還　　千里の江陵　一日にして還る
兩岸猿聲啼不住　　兩岸の猿聲　啼きて住まらざるに
輕舟已過萬重山　　輕舟　已に過ぐ萬重の山

旅夜書懷　　旅夜　懷を書す　　杜甫

細草微風岸　危檣獨夜舟
星垂平野闊　月湧大江流
名豈文章著　官應老病休
飄飄何所似　天地一沙鷗

細草　微風の岸　　危檣　獨夜の舟
星垂れて平野　闊く　　月湧きて大江　流る
名は豈に文章にて著れんや　　官は應に老病にて休むべし
飄飄　何の似たる所ぞ　　天地の一沙鷗

李白の詩は、白帝城から舟を放って三峡を下るときの作、杜甫の詩は、三峡を抜けて江陵に向かうときの作である。言うまでもなくどちらも、詩人それぞれの詩風を代表する名作である。ごく簡單に整理してみよう。李白の詩には、李白自身に關する情報が殆ど含まれていない。早年、二四歳の出蜀時の作か、晩年、五九歳の夜郎貶謫を赦免されて江南に歸る時の作か、それすらも明證がないために久しく議論されてきた。作品に含まれる具體的情況が、限られているためである。近年は「千里江陵一日還」の「還」に注目して、後者の解釋が定説化しているが、そうであったとしても、この詩の制作の背後にある夜郎貶謫・赦免という李白晩年の一大事件が作中に痕跡も留めていないことは、この詩の重要な特徴とならざるを得ない。要するにこの詩は、當時の李白の具體的情況を反映することなく作られた、無記名的性格の作品なのである。またその結果、讀者は、李白の生活の細部に思いを致すこともなく、「三峡を下る」そのことを、作品から讀み出して滿喫するのである。

これに對して杜甫の詩には、杜甫の具體的情況が刻み込まれている。「細草微風岸」からは、時節が春であることが、「星垂平野闊」から、場所が三峡を抜けた平野を流れる長江の一段であることが、「名豈文章著」から、文官としての榮達の希望が挫折したことが、「官應老病休」からは、老病によって任官を斷念せざるを得ないことが、そして「飄飄何所似、天地一沙鷗」からは、この時の杜甫が放浪の境遇にあったことが、克明に分かる。總じてこの詩は、大暦三年春、杜甫五七歳、病身を押して夔州から三峡を下り、江陵の手前に達したときの作と確定できるのである。(13)

――そこにあるのは李白と杜甫の詩風の相違である。讀者は、李白の詩では、三峽の舟下りを思い、杜甫の詩では、杜甫の境涯を思うのである。李白の場合は、李白個人に由來する細部を捨象することによって、誰もが共有しうる典型化された世界を手に入れているのだが、一方の杜甫の場合は、むしろ杜甫自身に密着することで、個別を普遍の高みに揚げることに成功している。兩者の相違は、記名性の濃淡にある。

以下、李白の代表作をいくつか揭げよう。

山中問答

問余何意栖碧山
笑而不答心自閒
桃花流水窅然去
別有天地非人間

山中問答　李白

余に問ふ 何の意か碧山に栖むと
笑ひて答へず心 自から閒なり
桃花 流水 窅然として去り
別に天地の人間に非ざる有り

秋浦歌十七首（其十五）

白髮三千丈　緣愁似箇長
不知明鏡裏　何處得秋霜

秋浦の歌 十七首（其十五）　李白

白髮 三千丈　愁ひに緣りて箇《かく》の似《ごと》く長し
知らず明鏡の裏《うち》　何れの處にか秋霜を得たるを

靜夜思

床前看月光　疑是地上霜
擧頭望山月　低頭思故鄉

靜夜思　李白

床前 月光を看る　疑ふらくは是れ地上の霜かと
頭を擧げて山月を望み　頭を低れて故鄉を思ふ

李白のこれら三篇も、記名性は稀薄である。それぞれに、山中に隱遁する思い、老いの思い、望鄉の思いを綴るものであるが、その時の李白がどのような境遇にあったのかは詮索する術がない。

この中、「靜夜思」は『樂府詩集』巻九〇に「新樂府辭」として収められるが、同題の作は、李白のこの詩以外にはない。「××思」が樂府系の命題法でもあることが新樂府辭と認定した一つの根據でもあろうが、それにもまして、この詩が作者李白の個別的體驗を直接に反映しない無記名的手法を取ることも重要な前提となっていたに違いない。しかしいずれにしても「靜夜思」を樂府（新題樂府）と認定したのは後世の郭茂倩なのであり、李白はこの詩に限って、新題の樂府として作ろうと意圖したことはなかったと考えて良かろう。李白の詩の地色は、「靜夜思」に限らず、およそこのように無記名的であることを確認することの方が重要である。

このような李白の詩は、言ってみれば、舞臺の上で歌われるためのものなのである。そして李白は、舞臺に上って大向こうを前に詩を讀み上げる役者か、または朗々と歌聲を響かせる名歌手である。李白は舞臺に上って、餘計な自分の説明をするほど野暮ではない。それは舞臺を下りてから、仲間内で語ればよいことである。あくまでも見せる自分を見せて、見せない自分と區別している。李白は、「靜夜思」のように聲も低く一人でつぶやいているときでも、己れの姿は舞臺上にあって、人が注視していることを意識しているのである。

李白の詩が一般に示す記名性の低さは、彼の文學が、見せるものと見せないものの截斷の上に成り立つことを意味している。「山中問答」であれば、それがどの山なのか、どのようないきさつで山に入ったのか、今その山の中でどのように暮らしているか、などは見せるべきものではない。餘分なことを説明すれば、卻ってこの詩の描きたいものが見えなくなるのを、李白は知っているのである。このようにして、李白は舞臺に上って照明の光を浴び、李白の詩は、輝くように鮮明な輪郭を見せるのである。

＊　＊　＊　＊　＊

張籍の一羣の詩は、無記名性を特徴としている。しかしそれは、李白の場合と恰も方向を逆にしているように見える。李白のそれが、餘分なものを切り落とすことで鮮明で彫りの深い輪郭を求めるものであるとすれば、張籍のものは、自分が舞臺から下りることで、それまで見えなかったものを見えるようにする手法である。李白が、見せたいものを自ら高く掲げるものとすれば、張籍のものは、低いところにあって目立たぬものを、自分が脇に身を寄せることで見えるようにするのである。

張籍の詩に描かれる對象は、「彫りが深く輪郭が鮮明なもの」などではない。英雄的なものでも、劇場的なものでもない。何かを特別のものとして强調するのではなく、そこにある平凡なものをそのままに描こうとする。人目を惹くことはなかったが、よく見れば何時でも何處にでもあるようなものが、張籍の無記名詩に描き取られるのである。少しく斷定的な言い方が許されるとすれば、張籍の文學は、まだ個性というものに疲れる前の、歌謠の優しさと豊かさに憧れているのである。張籍の趣向は、明確である。

結語に代えて
――無記名化の意味

本稿では、張籍の無記名的作品に注目し、考察を加えてきた。なぜこの無記名的な作品が注目されるかといえば、張籍に限って特徴的に、しかもほぼ五言律詩に集中して出現するため、つまり張籍が意圖的にこの種の詩を作っていると推測されるためである。從って、本稿は最後に、張籍が無記名的作品を作った制作の意圖について考察しなければならないだろう。

張籍の無記名的手法の實態を、個々の作品に卽して具體的に考察した結果として、次のことが確認された。すなわち、無記名的手法は、單一の目的のために用いられるのではなく、その用いられ方によって多樣な作品を生み出している。かりに便宜的に分類するならば、①擬古樂府に近似した樣式を持つもの（新題樂府）、②擬古樂府の派生型と位置づけられるもの（出征將軍）、③市井の典型的人物としての宗教者を詠じたもの、④作者張籍の視線の存在を窺わせるもの、⑤作者張籍自身の體驗を無記名的手法によって詠じたもの、等の多樣性となって表れている。そして①から⑤への變化は、より純粹な無記名的手法から、より記名的手法に寄り添った無記名的手法への、漸層的な變化として理解することができる。張籍においては、記名的手法と無記名的手法は、兩極ではあったが、しかし必ずしも排他的な關係ではなかった。その結果、兩極の閒には、兩者の混淆の程度に應じて、ニュアンスを異にする多くの樣態が現れることになる。

＊　＊　＊　＊　＊　＊

その上で、題材と張籍の生活との距離を目安として、この五種を二つのグループに統合することができるだろう。第一類は、張籍の生活圈に入らないものであり、いわば生活體驗と直接の關係を持たない題材について「題詠」したもの。ここには、①②、さらには③が分類されるだろう。

第二類は、張籍の生活體驗の中にある「出來事」を題材として取り上げたもの。ここには、④⑤が分類される。④の水邊の世界は、蘇州で育ち、和州で暮らした張籍には、もともと身近な世界だった。しかも江陵～嶺南の歷遊は、外部の旅人としてこうした世界に接する機會ともなった。⑤の作品については、他ならぬ張籍自身の薊州體驗が背景にある。

この二類については、無記名的手法は異なった働きをすることになる。第一類については、そもそも張籍の生活と觸れ合うことがない「客觀的な對象」であるために、おのずと無記名的手法を取ることになる。この場合は、樂府が無記名的手法を取るのをモデルとして、張籍が從來の樂府にはない題材まで領域を擴大したものと考えることができる。出征將軍を扱った詩が、邊塞樂府の一變種と見られることは、その經緯を示すものであり、また邊境への流謫者を題材としたものは、さらにその外延に位置している。その全體としての方向は、ある職能や運命を典型的に引き受けた人物を描くという形で延伸したと考えて良かろう。

一方、第二類は、「客觀的な對象」ではなく、「主觀的な體驗」が題材となっている。それゆえここでは、なぜ體驗的な題材であるにもかかわらず、無記名的手法が用いられたのかが問われなければなるまい。無記名的手法は、ここでは第一類のような選擇の餘地のない必然ではなく、張籍の裁量において選擇的に活用されたものである。そしてこの「作者の裁量において選擇的に活用された」という點こそ、張籍における無記名的手法の意味を考える上で大きな手掛かりとなる。

＊　＊　＊　＊　＊　＊

假說的に考えるならば、「張籍は、記名性を加減する方法を手に入れた」のである。徒詩の無記名化については、以上に詳しく論じた通りであり、繰り返すことはしない。ここでは最後に觀點を變えて、張籍における樂府の記名化について、少しく見てみることにしたい。

張籍は、「送遠客」のような徒詩（非樂府）に、樂府に特徵的な無記名的手法を注入した。このようにして、樂府とも非樂府とも付かない兩者の境界領域に、新しい詩的空間を開拓した。また他方、一部の作品ではあるが、樂府に記名的手法を持ち込むこともあった。記名と無記名とを仕切る境界線の突破の試みは、樂府と徒詩の雙方向から進められたと見るのが適當であろう。

下記の二篇の「送遠曲」は、『樂府詩集』巻二〇「鼓吹曲辭」に分類される、正眞正銘の擬古樂府である。

送遠曲　　張籍

戯馬臺南山簇簇　山邊飲酒歌別曲　行人醉後起登車　席上回尊勸僮僕
青天漫漫覆長路　遠遊無家安得住　願君到處自題名　他日知君從此去

〔大意〕 戲馬臺の南には、山が折り重なる。山の邊で酒を飲んで、別れの曲を歌う。旅人は、酒に酔って車に乘り込み、座上から德利の酒を、僮僕に勧める。空は、君が行く手の道を覆うように、どこまでも廣がる。君は遠く旅に出て、安らぐ家もないのだ。君よ願わくは、行く先々で君が名を書き付けておくれ、そうすれば私が他日旅に出た時、君がそこを通ったことが分かるだろうから。

送遠曲　　張籍

吳門向西流水長　水長柳暗煙茫茫　行人送客各惆悵　話離敘別傾清觴
吟絲竹　鳴笙簧　酒酣性逸歌猖狂　行人告我挂帆去　此去何時返故鄉
殷勤振衣兩相囑　世事近來還淺促　願君看取吳門山　帶雪經春依舊綠
行人行處求知親　送君去去徒酸辛

〔大意〕 吳門から西に向かって、長江の流れは涯しなく延びる。川は長く、柳は茂り、春霞がどこまでも廣がっている。旅人も、見送る者も、みな悲しんで、別れを口にしながら、杯を傾ける。絲竹管絃が調べを奏で、酒に酔い興に乘って、歌聲にも力が入る。旅人は私に告げる、いよいよ帆を上げて出發だ、ここを發ったらば、いつこの故鄉に歸ってこられるものか分からないと。懇ろに袖を振って別れる時、お互いに約束の言葉を交わす。世間のことは、いよいよ世知辛くなっている。君よ願わくは、しっかりと蘇州なる吳門の山を見收めて欲しい。雪が降った山も、今は春となっていつものように綠になった。旅人よ、行く先々で知り合いを頼るのだ。君が遠ざかるのを見送る時、いたずらに悲しい思いが込み上げてくる。

二篇のどちらにも、「作中の一人稱」が登場して、友人の旅立ちを見送る設定となっている。

ここで記名性の有無を判斷する客觀的な材料として注目したいのは、詩中の地名である。前者にある「戲馬臺」は徐州彭城（江蘇省徐州市）の古跡である。この徐州は、張籍が家郷の蘇州（また和州）から北上するときの經路に當たる。また貞元一五年（七九九）に進士に及第の後、徐州の張建封の僚佐であった韓愈を訪ねた地でもある。つまり戯馬臺（徐州）における友との別れを描くこの樂府は、張籍の體驗と重なりうる。後者の「呉門」は、言うまでもなく張籍の家郷・蘇州にある。このことから、この二篇とも、張籍の記名的作品となりうる條件を滿たすものである。

詩中の表現に注目しよう。前者では、これから旅立つ被送者を「行客」「君」として提示することで、その反面に、おのずと一人稱の存在が暗示される。後者においては、被送者を「行人」「君」として提示するだけではなく、作中の一人稱である「我」をも明示する。このように暗示と明示との相違はあるが、ともに作中の一人稱が登場している。しかもその作中の一人稱は、單なる敍述の方便としての視點ではなく、みずから感情を持って被送者に働きかける能動的な主體となっている。

前者では「願君到處自題名、他日知君從此去」（君よ願わくは、行く先々で君が名を書き付けておくれ、そうすれば私が他日旅に出た時、君がそこを通ったことが分かるだろうから）と、惜別の思いをこめて語りかける。また後者では、「行人告我挂帆去、此去何時返故鄉」（旅人は私に告げる、いよいよ帆を上げて出發だ、ここを發ったらば、いつこの故鄉に歸ってこれるものか分からない）と旅人は「我」に話しかけ、また「我」も旅人に向かって「願君看取呉門山、帶雪經春依舊綠。行人行處求知親、送君去去徒酸辛」（君よ願わくは、しっかりと蘇州なる呉門の山を見收めて欲しい。雪が降った山も、今は春となっていつものように綠になった。旅人よ、行く先々で知り合いを賴るのだ。君が遠ざかるのを見送る時、いたずらに悲しい思いが込み上げてくる）と、切々と語りかける。このように感情を持った主體として動く「作中の一人稱」は、その背後に、作者の張籍自身の見えない影が寄り添っていることを窺わせている。——この樂府として無記名的手法を裝った詩は、實は、張籍自身が體驗したある特定の離別の事件を下敷きにしているのではないか。そのように解釋したくなるのである。

※　その一：記名的手法の活用が見られる樂府を、参考までに追記する。前掲二篇の「送遠曲」も含めて、羈旅、離別を主題とするもので占められることが注目される。いずれも張籍の登第以前の遊歴時代の作である可能性が高いだろう。

車遙遙（『樂府詩集』巻六九「雜曲歌辭」）

征人遙遙出古城　雙輪齊動駟馬鳴　山川無處不歸路　念君長作萬里行
野田人稀秋草綠　日暮放馬車中宿　驚麏游兔在我傍　獨唱鄉歌對僮僕
君家大宅鳳城隅　年年道上隨行車　願爲玉鑾繫華軾　終日有聲在君側
門前舊轍久已平　無由復得君消息

憶遠曲（『樂府詩集』巻九三「新樂府辭」）

水上山沈沈　征途復繞林　途荒人行少　馬跡猶可尋
雪中獨立樹　海口失侶禽　離憂如長線　千里縈我心

各東西（『樂府詩集』巻九五「新樂府辭」）

遊人別　一東復一西　出門向背兩不返　惟信車輪與馬蹄
道路悠悠不知處　山高海闊誰辛苦　遠遊不定難寄書　日日空尋別時語
浮雲上天雨墮地　暫時會合終離異　我今與子非一身　安得死生不相棄

羈旅行（『樂府詩集』巻九五「新樂府辭」）

遠客出門行路難　停車斂策在門端　荒城無人霜滿路　野火燒橋不得度
寒蟲入窟鳥歸巢　僮僕問我誰家去　行尋田頭暝未息　雙轂長轅礙荊棘

緣岡入澗投田家　主人舂米爲夜食　晨雞喔喔茅屋傍　行人起掃車上霜
舊山已別行已遠　身計未成難復返　長安陌上相識稀　遙望天山白日晩
誰能聽我辛苦行　爲向君前歌一聲

※　その二：以下に掲げるのは、羈旅・離別を主題とする、徒詩系の五言古體詩である。いずれも作者自身の體驗を踏まえた作と思われるが、個別的な情況の説明は限られており、無記名的用法の積極的活用を見て取ることができる。上記の、記名的手法を導入した樂府と、相い接近していることを確認したい。徒詩の無記名化と、樂府の記名化は、結果としてこのように共通した詩的世界を作ることになる。

懷別

僕人驅行軒　低昂出我門　離堂無留客　席上唯琴樽
古道隨水曲　悠悠繞荒村　遠程未奄息　別念在朝昏
端居愁歳永　獨此留清景　豈無經過人　尋歎門巷靜
君如天上雨　我如屋下井　無因同波流　願作形與影

懷友

人生有行役　誰能如草木　別離感中懷　乃爲我桎梏
百年受命短　光景良不足　念我別離者　願懷日月促
平地施道路　車馬往不復　空知爲良田　秋望禾黍熟
端居無儔侶　日夜禱耳目　立身難自覺　常恐憂與辱

窮賤無閒暇　疾痛多嗜欲　我思攜手人　逍遙任心腹

寄別者

寒天正飛雪　行人心切切　同爲萬里客　中路忽離別
別君汾水東　望君汾水西　積雪無平岡　空山無人蹊
羸馬時倚轅　行行未遑食　下車勸僮僕　相顧莫歎息
詎知嘉期隔　離念終無極

なぜ記名的手法を、無記名的手法を身上とすべき樂府にあえて移植するのか。それよりもなぜ、記名的手法にふさわしい徒詩（非樂府）を用いなかったのか。樂府における記名的手法の意味は、このような問いに對する答えとして、說明されなければならないだろう。

記名的手法の樂府への移植は、徒詩系の作品には求めることが難しいイメージの典型化・古典化を可能なものにする。上記の詩であれば、羈旅にあり、離別にある者＝張籍自身は、唐代の衣裝を脫ぎ捨てて、いわば魏晉の時代の人物の風貌をもって立ち現れる。そして羈旅とは離別とは、古來こうしたものである、と物語るのである。――物語り手は、作者である張籍自身なのである（記名的）。しかし「唐代の衣裝を脫ぎ捨て」て、張籍が自身の姿をくらますためには、樂府に本來備わった無記名性がどうしても欲しかったのである。

作者自身の體驗や感情を直に持ち込むことのない、無記名性を特徵とする擬古樂府。しかしこのような作例を見ると、張籍においては、一部の擬古樂府に記名的手法が持ち込まれているのは確かなことである。張籍においては、樂府の側でも、徒詩（非樂府）の側でも、その境界線の溶解が起こっている。

徒詩の中に進行する無記名化と、樂府の中に進行する記名化。この二つを別個のものと考えては、張籍の文學を總體として理解することは難しい。この二つの事態を統合的に理解するためには、「記名性の加減」という、より一般的な觀點を導入することが必要となるだろう。

張籍の樂府は、比較的研究が進んでいる領域であるが、その關心は、主に元白らの新樂府との關連、あるいは諷諭性という觀點に限定されてきたように思われる。しかしこの觀點によるのみでは、張籍の樂府に大きな比率を占める古題による樂府、また諷諭性を持たない樂府について、研究の空白を作りかねない。張籍の樂府については、「記名性の加減」という觀點から、その樂府の總體を統一的に論ずる場が必要となるように思われる。また張籍の徒詩については、樂府との關連を論じられることもなく、別個の文學的世界として位置づけられている。しかしこれとても、「記名性の加減」の觀點から、徒詩と樂府を統一的に論ずる場を作ることが可能であり、また必要となるだろう。

張籍は、記名性を自在に加減することで、樂府と徒詩との境界領域に新しい詩的世界を開拓しようとした。またこのことを梃子に、從來の樂府と徒詩の固定的なあり方を變えようと試みていた。本稿は、このような見通しの中で、張籍の無記名的五律を中心に考察を加えた文字通りの試論である。

〔注〕

（1）張籍詩集は、五言古詩・七言古詩・五言律詩・五言排律・七言律詩・五言絶句・七言絶句という詩型分類を採用し、「樂府」という部立を立てていない。ちなみに張籍の樂府（古題・新題）は、七言古體詩（歌行體）が大部分を占めているために、結果として七言古體詩の部分が、大部分の樂府を集めることになった。しかし少數ではあるが七言古體詩以外の樂府は、それぞれの詩型に分類される。例えば五言律詩の中には、「出塞」「望行人」「思遠人」（『樂府詩集』ではそれぞれ巻二一「横吹曲辭」二、巻二三「横吹曲辭」三、巻九三「新樂府辭」に收錄）などの樂府も收められる。三種の版本について、概要を記す。四部叢刊本『張司業詩集』は八巻構成で、それぞれ巻一は五言古詩・七言古詩、巻二は五言律詩、巻三は五言排律、巻四は七言律詩、巻五は五言絶句、巻六は七言絶句、巻七は補遺。四庫全書本『張司業集』は詩は七巻で、巻一は五言古詩、巻二は七言古詩、巻三は五言律詩、巻四は五言排律、巻五は七言律詩、巻六は五言絶句、巻七は七言絶句。『全唐詩』本は五巻構成（巻三八二～三八六）で、それぞれ七言古體詩・五言古體詩・五言律詩・七言律詩・五七言絶句。

（2） 王建の同題の作（張籍詩と同じく『樂府詩集』巻第九十三新樂府辭四所收）は、出征した兵士を待つ女性を描くという、樂府に傳統的な閨怨の手法を踏襲するもので、『樂府詩集』が新題の樂府と認定するのは穩當であろう。王建「思遠人」：「妾思常懸懸、君行復綿綿。征途向何處、碧海與青天。歲久自有念、誰令長在邊。少年若不歸、蘭室如黃泉」。王建詩では、首句「妾思常懸懸」に始まって、末句「蘭室如黃泉」（蘭室は婦女の豪華な居室）に至るまで、邊地にいる「君」を思慕する主體が女性であることを明示する典型的な閨怨詩である。王建詩との比較で、張籍詩が閨怨的手法とあえて距離を置いた作り方をしていることが判明する。

（3） 特定の知人である將軍に贈られる詩は、張籍を含めて從來から作られている。張籍「贈趙將軍」詩に「當年膽略已縱橫、每見妖星氣不平。身貴早登龍尾道、功高自破鹿頭城。尋常得對論邊事、委曲承恩掌內兵。會取安西將報國、凌煙閣上大書名」。

（4） 邊塞體驗を踏まえた邊塞詩を作って成功を收めたのは岑參であるが、邊塞詩の歷史において、彼は殆ど例外的な存在である。

（5） 七言絶句による同趣の詩を掲げる。「鄰婦哭征夫」に「雙鬟初合便分離、萬里征夫不得隨。今日軍回身獨歿、去時鞍馬別人騎」。

（6） 張籍には、これ以外にも嶺南に不遇な人を送る無記名的作品が二首ある。「送蠻客」：「借問炎州客、天南幾日行。江連惡谿路、山遶夜郎城。柳葉瘴雲濕、桂叢蠻鳥聲。知君卻迴日、記得海花名」。「送南客」：「行路雨脩脩、青山盡海頭。天涯人去遠、嶺北水空流。夜市連銅柱、巢居屬象州。來時舊相識、誰向日南遊」。

（7） 張籍には別に五律「不食仙姑山房」があって、この詩と姉妹作の關係にあるだろう。「寂寂花枝裏、草堂唯素琴。因山曾改姓、見客不言心。月出溪路靜、鶴鳴雲樹深。丹砂如可學、便欲住幽林」。恐らくは當時、山中に籠ってものも食べずに修行する女冠「不食仙姑」に世間の好奇心が集まっていて、その話題に取材して張籍が作ったのがこれらの詩だったと考えられる。

（8）潘竟翰「張籍繋年考證」（『安徽師大學報』一九八一年第二期）では、邢州における求學を終えた張籍は、貞元九年から一三年まで、長安など各地で干謁を行い、さらに河北の邯鄲・襄州・薊州にも足跡を印したとする。

（9）張籍自身の作例を掲げよう。「宿邯鄲館寄馬磁州」に「孤客到空館、夜寒愁臥遲。雖沽主人酒、不似在家時。幾宿得歡笑、如今成別離。明朝行更遠、回望隔山陂」。この詩も遊子の孤獨の思いを述べたものだが、詩を送る相手の名（馬磁州）も含めて、作詩の情況を具體的に書き込んだ記名的作品であり、この「薊北旅思」詩との相違は明らかである。

（10）張籍の長安出遊、各地の遍歴、そして失意の歸鄉の經緯は、同學である王建の「送張籍歸江東」詩に「……離我適咸陽。失意未還家、馬蹄盡四方。訪余詠新文、不倦道路長。……」と記される。

（11）この時に作られた張籍の「南歸」詩に「……豈知東與西、憔悴竟無成。人言苦夜長、窮者不念明。懼離其寢寐、百憂傷性靈……」とあり、失意の苦惱から逃れるためにいつまでも目覺めぬ眠りを願う思いが述べられる。

（12）張籍「寄衣曲」に「纖素裁衣獨苦辛、遠因回使寄征人。官家亦自寄衣去、貴從妾手著君身。高堂姑老無侍子、不得自到邊城裏。慇懃爲看初著時、征夫身上宜不宜」。寄衣の主體が、邊城に夫を送った女性であることは、明白である。

（13）參照：松原「杜甫「旅夜書懷」詩の制作時期について」（早稲田大學中國文學會『中國文學研究』第一六期、一九九〇年一二月）

II

友を招く姚合

——姚合詩集團の形成——

緒論

聞一多の「賈島」（一九四一年、後『唐詩雜論』所收）は四千字にも滿たない短い文章であるが、すぐれた洞察に富み、その後の賈島研究の出發點となるほどに大きな影響を持った。

聞一多の「賈島」にはいくつもの創見が込められているが、その最たるものは、晩唐を賈島の詩風が風靡した時代として「賈島の時代」と認め、すでに賈島の生前においても彼の周圍には不遇な下級士族出身の詩人が集まっていたことを指摘するものである。文章の冒頭一段を引用しよう（著者譯）。

　これが元和長慶年間の詩壇における三つの有力な新傾向であった。すなわち、こちらでは年老いた孟郊が、あの苦味のきいた刺々しい五言古體詩を唸って、世道人心に向かって惡罵の言葉を浴びせかけ、その罵聲の中で、盧仝と劉叉がおどけた仕草で人を笑わせ、韓愈は朗々と響く大音聲で佛老を攻擊していた。あちらでは元稹と張籍と王建が、白居易の社會改良の旗印の下で、リズミカルな樂府の調子に乗せ、様々な階層の中に潛む病的な小さい悲劇を取り上げて、社會にむかって哀訴していた。そして同じ時に、遠く離れた古びた禪房や小さな縣の役場において、賈島や姚合が一羣の若者を引き連れて詩を作っていた。各人の出世のために、また嗜好を滿足させるために、暗い色調の五言律詩を作ったのである。〔暗いのは嗜好のせいで、五言律詩は出世のために〕

ここで聞一多が言う「遠く離れた古びた禪房や、小さな縣の役場において、賈島や姚合が一羣の若者を引き連れて詩を作っていた」とは、恐らくは、左記の二條に基づくものであろう。

（姚）合宰相崇曾孫。登元和進士第、調武功主簿、世號姚武功。……與馬戴・費冠卿・殷堯藩・張籍遊、李頻師之。（『唐詩紀事』「姚合」巻四九）

賈閬仙燕人。……同時、喩凫・顧非熊、繼此張喬・張蠙・李頻・劉得仁、凡唐晩諸子皆於紙上北面。隨其所得淺深、皆足以終其身而名後世。（方嶽「深雪偶談」賈島條（元・陶宗儀『説郛』巻二十下所收））

聞一多が古びた禪房と言ったのは、賈島の從弟で、賈島や姚合を取り卷く詩集團の一員である詩僧・無可の僧坊を念頭に置くものであろうし(1)、小さな縣の役場というのは、姚合が武功縣主簿や萬年縣尉を勤めていた時の縣の官舍（縣齋）を指すものであろう。そのような場所は、確かに賈島たちが頻りに集って詩會を催したところであった。

本稿が取り上げるのは、晩唐という「賈島の時代」が出現するために必要であった賈島の文學の翼賛者＝詩人羣が、初期にどのように形成されたかという問題である。またその詩人羣の紐帶となったのが、實は賈島その人ではなく、姚合だったことを、姚合の具體的な働きを通して考察するものである。

一　姚・賈の初期交遊

姚合は、嚴密には、賈島を取り巻く詩人たちの一人に位置づけることは不適當である。當時においても、また後世の詩壇に對する影響においても、兩者は相い拮抗する地位にあり、姚賈という竝稱は、こうした文學史的評價を反映したものである。南宋の永嘉の四靈や江湖派等が、姚賈に代表される晩唐體の文學を祖述する中で、四靈の一人である趙師秀が姚合と賈島のために『二妙集』を編んだのは、兩者の對等の關係を象徵している。もっとも、兩者は對等の關係に置かれながらも、その詩壇に果たした役割は異なっていた。兩者は惹き付け合いながら、互いに補完的に、自らの役割を果たしていたと言うべきなのである。

賈島は、元和七年秋の上京後ほどなく、姚合との交遊を始めている。

賈島が姚合を初めて識った時期については、現在、三說ある。傳統的な說は、李嘉言「賈島年譜」（一九四五年序刊。『長江集新校』所收、上海古籍出版社、一九八三年）の說で、賈島が鳳翔に旅行の途次、武功縣主簿に在任していた姚合に會ったとする。第二は、齊文榜『賈島研究』（人民文學出版社、二〇〇七年）の說で、第六章第三節「姚合」に、元和八年頃、長安において結識したとする。この前年の秋、兩者は應試のために上京し、その後閒もなく長安において出會ったと考えるのである。第三は、張震英『寒士的低吟―賈島詩歌藝術新探』（中國社會科學出版社、二〇〇六年）の說で、第九章「姚賈初識考」に、元和五年から七年の閒に范陽と洛陽・長安をたびたび往復していた賈島が、經路の途中にある相州臨河縣で、そこに家居していた姚合と結識したとする。

この中、李嘉言が唱える姚合の武功主簿在任時期說は、すでに否定されている。近年の姚合研究の成果として、姚合は武功縣主簿となる前に、魏博節度使從事となったことが明らかにされ、かつこの時期の兩者の交遊が確認されている。(2) 第二の齊文榜說と、第三の張震英說は、兩者が應試のために上京した元和七年の秋を基準に、その前後で見解は分かれるが、時間的には大きな隔たりはない。本稿では便宜的に、齊文榜の說に從う。なお本稿がこれ以上にこの點に強く拘らないのは、その後の姚賈の交遊を考える上で、この點が、決定的な分岐とはならないためである。

姚賈の交流が回想の文脈ではなく、當人たちの同時資料として初めて確認されるのは、姚合が元和一二年冬から一五年夏までの魏博鎭の從事（官銜は試祕書省校書郎）の時期に、賈島が姚合を魏博に訪問した時の作である。賈島と姚合は、元和八年春の科擧を共に受驗して落第。姚合はそれから三年間、長安で浪人生活を送っており、晩くともこの時期までに兩者は交際を結んだと推定される。その後姚合は、元和一一年に進士及第、翌一二年に吏部銓試に合格し、同年冬に釋褐して魏博節度使田弘正の僚佐となった。(3) その翌年（元和一三年）の春、賈島は、姚合の赴任先からの招待を受けて、この魏博の旅を思い立ったものと推定される。時系列に從って、三首を掲げる。初めの賈島の詩は、魏博に半年逗留した後、姚合と別れ、長安への歸路に黃河を南に渡った黎陽で作られたものである。

黎陽寄姚合
魏都城裏遊從熟
才子齋中止泊多
去日綠楊垂紫陌
歸時白草夾黃河
新詩不覺千迴詠
古鏡曾經幾番磨
惆悵心思滑臺北

黎陽にて姚合に寄す　賈島
魏都の城裏　遊び從ふこと熟し
才子の齋中　止泊すること多し
去《ゆ》くの日　綠楊　紫陌に垂れ
歸るの時　白草　黃河を夾む
新詩　覺えず千迴詠じ
古鏡　曾《かつ》て幾番か磨ける
惆悵たる心思　滑臺の北

満杯濃酒與愁和　　満杯の濃酒　愁ひと和す

〔大意〕三國魏の都である鄴に、連れ立って久しく游び、また君の官舎には幾晩も泊めてもらった。長安出發の時には、都大路に柳が枝を垂れていたが、長安に歸る今は、枯れた白草が黃河の兩岸を蔽っている。君の作り立ての詩を、思わず千回も口ずさみ、虚ろな自分の顔を覗こうと、古びた鏡を何度も磨きなおした。名殘を惜しむ悲しい思いが、君のいる滑臺の北（魏博）に惹かれてゆく。かくなる上は満杯の酒を、私の愁いと共に飲み下すしかあるまい。

次の詩は、賈島が魏博から長安への歸途についた後に、姚合が追って寄せた詩ではあるまいか。

喜賈島至　　賈島の至るを喜ぶ　　姚合

布囊懸蹇驢　千里到貧居　　布囊　蹇驢に懸け　　千里　貧居に到る
飲酒誰堪伴　留詩自與書　　酒を飲めば　誰か伴ふに堪へん　　詩を留めて自ら與に書す
愛眠知不醉　省語似相疏　　眠るを愛して醉はざるを知らんや　　語を省けば相ひ疏なるに似たり
軍吏衣裳窄　還應暗笑余　　軍吏　衣裳窄し　　還た應に暗かに余を笑ふべし

〔大意〕君は痩せた驢馬の背中に布囊を挂けて、千里はるばる魏博なる我が陋屋にやってきた。共に酒を飲むのに、誰が君の代わりが務まろうか。君は詩を紙に書き留めて、私のために殘してくれた。眠くなれば寝てしまうので、何時しらふでいたのか分からない。君と心が通じ合うので、言葉を交わすことなく、殆ど疎遠な仲に見えただろう。自分は、節度使に仕える武官ゆえ、窮屈な軍服を身にまとう。それを君は、きっと心ひそかに笑っていたのではあるまいか。――「還應暗笑余」の謙遜の語は、正規の流内官ではない幕職、しかも軍服を身にまとう節度使の僚佐であることを言うものであろう。

この詩に對する賈島の返事が、次の詩であろう。第七句「不覺入關晩」を見ると、姚合の「喜賈島至」詩が先に長安の賈島の留守先に屆き、賈島は歸京（入關）後にこの詩を讀んで、次の「酬姚校書」詩を返したものと推定される。

酬姚校書　　　　姚校書に酬ゆ　　賈島

因貧行遠道　得見舊交遊　　貧に因りて遠道を行き　舊き交遊を見るを得たり
美酒易傾盡　好詩難卒酬　　美酒　傾け盡くし易きも　好詩　卒《には》かには酬い難し
公堂朝共到　私第夜相留　　公堂　朝に共に到り　私第　夜に相ひ留まる
不覺入關晩　別來林木秋　　覺えず　關に入ること晩し　別來　林木　秋なり

〔大意〕　貧乏な自分は、仕方なく就職のために遠く旅して來たが、そこで舊友の溫かい持て成しを受けた。美酒は、飲み乾すのはたやすいが、君の好詩は、すぐに唱和できるような代物ではない。役所には、朝一緒に出かけ、寓居には、一緒に泊まり込んで、交歡の限りを盡くしたものだ。ぐずぐずしている内に、長安に歸り着くのが晩くなった。君と別れてから、木々にはもう黃葉が進んでいる。

この詩に即し、姚賈の初期交遊について、三つの確認をしておこう。第一に、「得見舊交遊」の句によって、賈島の魏博訪問の以前、すなわち長安で共に應試を目指して浪人生活を送っていた時期に遡る交遊關係が兩者にあったこと。第二に、「因貧行遠道」から、賈島の魏博訪問が幕職を得ようとする求官活動を兼ねていたと推定されること。科擧の合格が無くとも、節度使の幕職に就くことはできた。そして姚合は友人賈島のために、その就職の斡旋を買って出た可能性が高い。結果は不首尾に終わったわけだが。第三に、詩題の「酬姚校書」から、この時の姚合が試校書郎の中央官の官銜を帶びて、魏博節度使從事に在任していたこと。すなわち校書郎は、名義的職位であって、實際に祕書省校書郎の職務に就いたのではない（注3參照）。

二　武功縣主簿

姚合と賈島との交遊は、その後も繼續される。

姚合は、元和一五年夏に魏博節度使從事を辭任して、秋には歸京している。半年ばかり長安で次の任官を待った後、長慶元年（八二一）春には武功縣主簿（正從九品上）に任命され、二年後の長慶三年春まで在任している。この武功縣主簿の時代は、姚合が武功體とよばれる獨自の作風を確立した點で、重要な時代となった。姚合を、この初期の小官をもって姚武功と呼ぶことがあるのは、姚合文學の歷史的評價を象徵的に示すものである(4)。武功體の典型的作例として、次の詩を讀みたい。

武功縣中作三十首其一

縣去帝城遠　爲官與隱齊
馬隨山鹿放　雞雜野禽棲
遶舍惟藤架　侵階是藥畦
更師嵇叔夜　不擬作書題

武功縣中作三十首　其一　　姚合

縣は帝城を去ること遠く　官と爲るも隱と齊し
馬は山鹿に隨ひて放たれ　雞は野禽を雜《まぢ》へて棲む
舍を遶るは惟だ藤架　階を侵すは是れ藥畦
更に嵇叔夜を師とするも　書を作りて題するを擬せず

〔大意〕武功縣は、帝城長安から遠く、官となっても隱者と同じだ。馬は山鹿の羣れの中に放たれ、雞は、野鳥と一緒に飼われている。官舍の周りは、藤棚。階まで延びるのは、藥畦。嵇康先生に仕えてはいるが、かの「山巨源に與へて絶交するの書」のような俗物に絶交を申し渡す手紙を書くのは億劫なのだ。

武功體とは、自らの老病と貧賤を嘆き、任地の邊鄙さと職務の束縛を厭い、おのれ一人の小さな愉悦を求め、歸隱を願う文學である。それは「中央・權力・富貴」を屬性とする「官」の論理に抵抗し、舞臺の脱「官」化を實現する樣式と言っても良い。これが姚合の文學の美學であり、武功縣主簿の時代に彼が完成した「武功體」の特徴である。しかし言うまでもないことだが、姚合が事實それほどに身體病弱で、精神も退嬰的であったと考える必要はない。武功縣主簿となる直前に、彼は魏博節度使の僚佐であったが、その時期には憂國憂民の思いを吐露する威勢の良い從軍詩を作ることもできた[5]。また姚合が就いた畿縣である武功縣主簿は、人も鄙しむ小官であったわけではなく、それどころかエリートコースの入口にある衆人羨望の美職と評價されていた（詳細は「姚合の官歴と武功體」章を參照）。武功體の文學は、生活の直接的な反映なのではなく、姚合の美學の投影として理解すべきものである。

姚合が主簿となった武功縣は、長安から約八〇キロの西、渭水の北岸に沿って、馬嵬を經てさらに西に行ったところにある。姚合は、ここが長安から比較的近い縣であることも手傳って、朱慶餘・殷堯藩ら友人を招き、彼らはその武功の地で、姚合の顰みに倣って、武功體の風味を持つ詩を書き殘している[6]。

賈島には、武功縣で作られた詩が殘っていない。しかし次の詩を讀むと、姚合から頻りに武功縣來訪を促す連絡を受け取っていたらしいので、武功縣を訪ねたことはほぼ確實と思われる。

寄武功姚主簿　賈島

居枕江沱北　情懸渭曲西　數宵曾夢見　幾處得書披
「驛路穿荒阪　公田帶淤泥　靜棋功奧妙　閒作韻清淒
鋤草留叢藥　尋山上石梯　客迴河水漲　風起夕陽低
空地苔連井　孤村火隔溪　卷簾黃葉落　鎖印子規啼

隴色澄秋月　邊聲入戰鼙」會須過縣去　況是屢招攜

〔大意〕曲江の北なる原東居に住まいしてはいるが、心は君のいる渭水の西に向かっている。幾晩も、君を夢に見たし、何度も、君からの手紙をもらって讀んでいる。——（君のいる武功縣を思い浮かべる）。街道は荒野の丘を抜けて延び、官田は濕地に廣がっている。靜かに碁を圍むとき、その差し手は奥妙、ゆったりと詩を作るとき、その調べは悲しい程にも美しい。草を刈って、藥草を守り、山を尋ねて石段を登る。客人が歸途に就く頃に、渡る川は水かさを増し、風が吹き起こる頃に、夕日は沈もうとする。空き地では、苔が井戸まで廣がり、小さな村は、その燈が川の向こうに見える。すだれを巻こうと窓邊に出ると、モミジが落ちかかり、官印を仕舞おうとする時、ホトトギスが鳴く。隴山の景色に、秋の月が輝き、邊境の氣配の中に、陣太鼓が響く。——そんな君のいる武功縣を、きっと訪ねることにしたい。いわんやこう何度も招待を受けているのだから。

中間の大部分を占める第五句「驛路穿荒阪」から十八句「邊聲入戰鼙」までの十四句は、武功縣の光景を描くが、これは姚合が賈島に寄せた詩（前掲「武功縣中作三十首」等か？）を復唱しながら、そこの光景を心に思い浮かべたものである。姚合は、この賈島の場合に限らず、詩友を招く時には、恐らく任地の様子を努めて魅力的に詩に描いて誘うのを常としていた。

※　賈島の武功縣訪問は、朱慶餘と一緒だった可能性がある。左記の朱慶餘の詩が、それを推測させる。[7] 鳳翔は、岐山の麓、武功縣からは西約百キロにある。

鳳翔西池與賈島納涼　　朱慶餘

四面無炎氣　清池闊復深　蝶飛逢草住　魚戲見人沉

姚合は、友人を自分の任地に招くことを樂しみとする、社交的な人物だったようである。しかもそれは、韓愈の場合のような強い主張を掲げて自分の共鳴者を募る領袖の振る舞いとは異なっていた。姚合自身は年齡も官歷も尊位にある場合であっても、友人としての水平的な關係を作ろうとしていた。姚合の周りにやがて若い詩人たちが集まることになるのは、そのためでもあろう。それにしても詩友をはるばると任地まで招いて接待するに至っては、單なる社交好きの枠を越えて、姚合に特別な趣味と言うべきであろうか。

振り返れば、かつて姚合が賈島を任地の魏博に招いたのは、その後の姚合の振る舞いの原型を作ったという點で、重要な意味を持つものである。この時姚合は、自分の赴任先の官舍に友人を招いて文雅の交わりを結ぶことの喜びを知り、長安から餘り遠くない武功縣の主簿となった時に、早速それを實行に移したのである。——なお友人を、それを目的として自分の任地に招待することは、唐詩の中では必ずしも常見のことではない。多くは、旅行の途中で友人の任地を通りかかり、ついでに立ち寄る程度である(8)。

三　萬年縣少尉

長慶三年の春、姚合は武功縣主簿を退任した。半年の守選を經て、その年の秋には萬年縣尉(從八品下)に就任し、二年後の長慶五年の秋まで勤めている(9)。

萬年縣は、朱雀大街を以て二分される長安の東半分を管轄する縣で、政廳は、東市の西隣りの宣陽坊にある。言わば都心の勤務地を得たことによって、姚合は今まで以上に氣樂に、友人たちを呼び集めることになった。その官舍

（縣齋）は、賈島の「宿姚少府北齋」詩（後掲）の頷聯「鳥絶吏歸後、蛩鳴客臥時」によれば、役所の建物と隣接するものであった。

萬年縣の官舍に最も多くの參加者が集まったのは、次の朱慶餘の詩が記す、賈島・顧非熊・無可、それに朱慶餘と、主人の姚合を加えた五人が一堂に會したものである。この時、殷堯藩にも姚合から誘いが掛かっていたが、病氣で缺席となったらしい。なおこうした夜會は、一晩の宿泊が通例であったこと、詩中の「通宵坐」「漏聲殘」の語句から知ることができる。

與賈島顧非熊無可上人宿萬年姚少府宅　賈島 顧非熊 無可上人と萬年の姚少府宅に宿す　朱慶餘

莫厭通宵坐　貧中會聚難　厭ふ莫かれ宵を通じて坐するを　貧中 會聚すること難し
堂虛雪氣入　燈在漏聲殘　堂虛しくして雪氣入り　燈在るも漏聲殘《そこな》はる
役思殷生病　當禪豈覺寒　思を役《くるし》めて殷生（殷堯藩）病めり　禪に當たりて豈に寒きを覺えん
開門各有事　非不惜餘歡　門を開けば各おの事有り　餘歡を惜しまざるに非ざるなり

〔大意〕夜通しの坐禪を、覺悟しようではないか。貧乏暮らしの中、こうして時間を工面して顔を合わせることは、容易ではないのだ。客間はがらんとして、雪の寒さが忍び込み、燈火は燃え續けているが、水時計の音は夜が盡きるのを告げる。殷堯藩は、神經症を患って來られなかった。ここに集う我等は、せめて寒さを忘れて坐禪を組もう。明朝、門を出れば、おのおの勤めがある。名殘を惜しみたくとも、こればかりは致し方ないのだ。

次に、萬年縣の官舍に集會した彼らの筆下に、萬年縣の官舍が如何なるものとして描かれているかを見ることにしたい。注目は、武功體の詩人である姚合の美學が、彼らの間にも共有されていたかどうかである。まず姚合自身の作。

萬年縣中雨夜會宿寄皇甫甸　　姚合

縣齋還寂寞　夕雨洗蒼苔
清氣燈微潤　寒聲竹共來
蟲移上階近　客起到門迴
想得吟詩處　唯應對酒杯

萬年縣中　雨夜に會宿し皇甫甸に寄す

縣齋　還た寂寞　　夕雨　蒼苔を洗へり
清氣　燈　微《かす》かに潤ほい　　寒聲　竹と共に來たる
蟲移りて　階に上りて近づき　　客起ちて　門に到りて迴《かへ》る
想ひ得たり　きみの詩を吟ずる處　　唯だ應に酒杯に對すなるべし

〔大意〕萬年縣の官舎（縣齋）は、やはりひっそりとしていて、夜の雨が青い苔に降っている。すがすがしい氣配に、燈火も心なしか濕い、冷たい響きが、竹のそよぎと共に聞こえてくる。蟲は、きざはしを登って近寄ってきた。客は、人の訪れを氣遣って、庭先を門まで歩いて戻ってきた。皇甫甸よ、君のことを思い浮かべている。君が詩を吟ずる時、きっと酒と向かい合っているに違いないのだ。

ここで姚合は、長安城の中央にある萬年縣の官舎を、さながら邊鄙な村里の一角のように描き出す。「縣齋還寂寞」、「ここ萬年縣の縣齋も、やはり以前の縣齋と同じように、寂寞としている」のである。姚合の知っている縣齋は、武功縣以外にはない。その武功縣の縣齋のように寂寞としているのである。第二句から第六句までは、その縣齋の寂寞を描き出す。例えば、夜雨が蒼苔を濡らす。蒼苔とは、詩の中では決まって、人の訪れの絶えた寂しい世界の一角を塡める景物である。この詩を讀む者は、詩題の「萬年縣中」の説明がなければ、邊地の縣齋のうらぶれた様子を思うばかりで、舞臺が大明宮と東市を間近に控えた長安の街區の眞ん中にあるとは想像だにできない。

——讀者がそのようにこの詩を讀む時、姚合は、彼の目的を達したことになる。眼の届くあらゆる光景を、假にそれが長安の中心であったとしても、世界の邊鄙な片隅に布置すること、これが姚合の文學の美學であり、武功縣主簿の時代に彼が完成した「武功體」という様式の特徴なのである。

この姚合の詩と同座の作と推定されるのが、次の賈島の詩。姚合詩と同韻の五言律詩であり、詩友と集會同座の中で、秋の夜雨を詠じ、不在の友人を思って作られた詩である。この推測の通りであるとすれば、姚合・賈島以外に、厲玄も同席していた。なお皇甫荀については、賈島には別に「題皇甫荀藍田廳」詩もある。姚合詩の「皇甫甸」は、「皇甫荀」の誤りであろう。

雨夜同厲玄懷皇甫荀　賈島
桐竹遶庭匝　雨多風更吹
還如舊山夜　臥聽瀑泉時
磧雁來期近　秋鐘到夢遲
溝西吟苦客　中夕話兼思

雨夜に厲玄の皇甫荀を懷ふに同ず　賈島
桐竹　庭を遶りて匝《めぐ》り　雨多くして風も更に吹く
還た舊山の夜に　臥して瀑泉を聽く時の如し
磧雁　來期近く　秋鐘　夢に到ること遲し
溝西　吟苦の客を　中夕　話《かた》りて兼ねて思ふ

〔大意〕桐と竹は、庭の周りを取り圍み、雨が降りしきる中、風も吹きつのる。故郷の夜、臥して瀧の水おとを聞いたかつての時を思い出す。漠北の雁は、そろそろやって來るだろう。秋の鐘の音は、夢の中に遠くから響く。疎水の西に住む苦吟の詩人、君のことを、われらは夜の更けるまで語り合い、そして懷かしんでいる。

賈島から、萬年縣の縣齋で作られた詩をもう一首。

宿姚少府北齋　賈島
石溪同夜泛　復此北齋期
鳥絶吏歸後　蛩鳴客臥時

姚少府の北齋に宿す　賈島
石溪　同じく夜に泛び　復た此に北齋に期す
鳥は絶ゆ　吏の歸りし後　蛩は鳴く　客の臥せし時

鎖城涼雨細　開印曙鐘遲　　城を鎖せば涼雨細やかに　　印を開けば曙鐘遲し
憶此漳川岸　如今是別離　　憶ふ此の漳川の岸　　如今 是れ別離なるを

〔大意〕 韓愈の城南の別荘の南溪では一緒に舟に乗り、そしていまは君の萬年縣の官舍の北齋を約束通り訪ねる。役人が歸った後に、鳥は鳴き止み、客人が臥所に付く時に、秋の蟲は頻りに鳴く。夜に城門を閉める頃おい、涼しい雨がしっとりと降り、君が官印を取り出して勤務に就く頃おい、夜明けの鐘の音がゆっくりと聞こえてくる。思い出すのは、かつて漳川の岸邊で君と過ごした懷かしい時間。只今、君と別れるのだ。

「復此北齋期」とは、姚合から誘いがあって、その約束を違えずに官舍の北齋を訪ねたことを言う。「憶此漳川岸」とは、かつて魏博從事の姚合を訪ねた時、二人で魏都（鄴）を漫遊したことの回想。魏都の南を、漳川が流れている。なおこの一帶は、曹丕が、建安の文人たちと交遊したところでもあるのを意識する。[10]

この詩の舞臺となった萬年縣の政廳がある宣陽坊は、繁華な東市のすぐ西隣に位置し、大明宮にも近いために、あたりは顯貴の者たちが家敷を連ねる地域であった。しかしこの詩を讀む限り、それが繁華な長安都城の中央であることを思わせるものはなく、邊鄙な武功縣の縣齋を描いた詩句と區別が付かない。この様な描寫の趣向は、賈島自身のものと言うよりも、姚合の趣味に寄り添ったものと判斷すべきであろう。姚合の武功體文學の何たるかを確認する、好材料である。

四　金州刺史

以上述べたように、姚賈の初期交遊は、姚合が、賈島を自分の任地（魏博鎭・武功縣・萬年縣）の官舍に招く、という形で續けられた。

その後しばらく、姚合が京官として長安に勤務する時期には、互いに自宅に招くなど親密な關係が續くが、これについては、第六節に簡單に整理するので、ここでは割愛する。以下、姚合が金州刺史・杭州刺史として遠地に赴任した時に、(11) 賈島を任地に招待していたことを、重點的に紹介することにしたい。

姚合が戶部員外郎（從六品上）から金州刺史に轉じたのは、太和六年（八三二）秋。在任は翌年秋までの、實質一年間である。金州（陝西省安康市）は、漢中盆地の中心に位置する。刺史は、地方行政の大官であり、この時期の姚合はすでに十分に榮達していた。

姚合は、金州に着任すると、例によって詩を送り、詩友たちを任地に招待した。

金州書事寄山中舊友　　金州に事を書して山中の舊友に寄す　　姚合

安康雖好郡　刺史是憨翁　　安康（金州）好郡なりと雖も　刺史は是れ憨翁《かん》
買酒終朝飮　吟詩一室空　　酒を買ひて終朝飮み　詩を吟じて一室空し
自知爲政拙　衆亦覺心公　　自ら爲政の拙なきを知るも　衆も亦たわが心の公なるを覺る
親事星河在　憂人骨肉同　　事を親しくすること星河在り　人を憂ふること骨肉に同じ
簿書嵐色裏　鼓角水聲中　　簿書　嵐色の裏　鼓角　水聲の中

井邑神州接　帆檣海路通
野亭晴帶霧　竹寺夏多風
漑稻長川白　燒林遠岫紅
舊山期已失　芳草思何窮
林下無相笑　男兒五馬雄

井邑　神州に接し　　帆檣　海路に通ず
野亭　晴るるも霧を帶び　　竹寺　夏なるも風多し
稻に漑ぎて長川白く　　林を燒きて遠岫紅し
舊山　期　已に失へり　　芳草　思ひ何ぞ窮まらん
林下　相ひ笑ふもの無し　　男兒　五馬雄なり

〔大意〕金州は、立派な郡だが、刺史の自分は、無能な年寄りだ。酒を買って、日がな一日飲み續け、詩を作っては、部屋は空っぽで蓄えもない。自分でも政治が下手と承知だが、民は、自分に私欲がないのを分かってくれる。大事なことは人任せにせず、公明正大。人の苦難を心配するのは、骨肉の身内と同じこと。事務の文書は、山の氣配の中に積まれ、鼓角の軍樂は、川音の中に響く。村里は帝都に接し、帆柱は、漢水を下って海に通じる。野面の亭は、晴れた日でも穩やかに靄がかかり、竹林の中の寺は、夏なのに涼風が吹き抜ける。稻田に水を灌ぐのを見れば、川面は白く輝き、林を野燒きすれば、山の端が赤く見える。故鄕に歸ることは、期待できず、隱遁の思いは、募るばかりだ。園林の中にいても、共に談笑する友がいない。自分は、五頭の馬に馬車を牽かせる大官となったが、我が身の孤獨をかこつ有樣だ。

この詩の注目點は、第一に、ここでもやはり姚合は、自分の任地に友人たちを誘っていること。金州は、秦嶺山脈を隔てて長安と隣接し（「井邑神州接」）、賈島ら、詩の世界に住まう友人（「山中舊友」）たちに來訪を呼び掛けやすかった。姚合からの誘いを承けて、長安の詩友たちは、積極的に反應している（後述）。

第二に、武功體の文學をここでも作っていること。「安康雖好郡、刺史是憨翁。買酒終朝飲、吟詩一室空」の部分で、怠惰な無能者としての自畫像を描き出すことは、武功體の典型的な手法である。また「簿書嵐色裏、鼓角水聲中」は、爲政者の主要な任務である民政と軍政を、嵐色（山林の氣配）と水聲（川のせせらぎ）という隱者の世界の中に仕舞い込もうとするものである。「舊山期已失、芳草思何窮」に見られる歸隱の思いの吐露、「林下無相笑」の同好の文人たちへの思慕、そのいずれもが地方行政の責任者である刺史の職務に背を向けて、邊鄙な片隅の世界の住人であることを演出するものである。――無論この様な武功體の文學を作ることは、姚合が刺史の職務に怠慢だったことを意味してはいない。それは「自知爲政拙」との謙遜の言葉が、ただちに「眾亦覺心公」という爲政者としての自負を語る言葉によって引き受けられること、また「親事星河在、憂人骨肉同」が、爲政者としての心構えを述べることからも確認できる。武功體は、事實の卽物的な反映ではなく、それが美學の實現であることを理解することが肝要である。

＊　＊　＊　＊　＊

姚合の仲間は、姚合のこの詩による誘いに對して、例えば次のように武功體の手法をもって應答した。和韻でこそないが、共に五言二十句の整然とした排律であり、明らかに返詩と分かる。姚合が先の詩に描いた金州の風景や生活が、この詩の中に巧みに吸收されていることに注意したい。

寄金州姚使君員外　　馬戴

老懷清淨化　乞去守洵陽　廢井人應滿　空林虎自藏
迸泉疏石竇　殘雨發椒香　山缺通巴峽　江流帶楚檣
憂農生野思　囊繭結雲裝　覆局松移影　聽琴月墮光
鳥鳴開郡印　僧去置禪床　罷貢金休鑿　凌寒筍更長
退公披鶴氅　高步隔鵷行　相見朱門內　麾幢拂曙霜

〔大意〕　老いては清淨な生活を願い、請うて金州の太守となった。善政の結果、廢れた村には人が集まり、山林の奥に虎（惡人）は逃げ去った。迸る泉は、石を穿ち、雨上がりには山椒が香しい。山が途切れたところは巴峽に通じ、漢江には楚の舟が浮かぶ。野良仕事を見て回ると、のんびり寛いだ氣分になり、寺廟に參詣しては、僧衣をまとう。碁を打ち終える頃には、松の日影は移り、琴を聞く内に、月は沈む。鳥が鳴く朝には、郡の官印を取り出し、僧が去ると、名殘を惜しんで禪床を取り出す。金州は、いまは貢納のために金を掘ることもなくなり、寒さの中で竹の子は伸びる。公務を退くと、隱者の皮衣をまとい、役人の朝會を忘れて高踏の世界に游ぶ。——しかし長安の朱門の家敷で貴殿に出會おうものなら、夜明けの冷氣の中を、儀仗の旗を押し立てて朝參する大官なのだ。

この詩は、最後の二句を除けば、徹底して武功體の手法に則った作品であることが確認されよう。とりわけ「覆局松移影、聽琴月墮光。鳥鳴開郡印、僧去置禪床」に至っては、武功體美學の極致と言っても良い。

また興味深いのは、この詩の「迸泉疏石竇、殘雨發椒香」の二句が、喩鳧が、金州に旅立つ賈島を送別した左掲の詩の「溪瀝椒花氣、巖盤漆葉陰」と類似していることである。從って、次のような想像をめぐらすことが出來る。——姚合から「金州書事寄山中舊友」という金州來訪を催す詩が届く。それを承けて、長安の詩友たちは一所に集まって、詩會を開く。馬戴は「寄金州姚使君員外」という詩を作って、返事とした。そして誰が姚合の招きに應じて金州を訪ねるかが話し合われたとき、賈島が自分が行くと名乘りを上げた。その賈島に對して、喩鳧が送別の詩を作ったのである。

送賈島往金州謁姚員外　　賈島の金州に往きて姚員外に謁するを送る　　喩鳧

山光與水色　獨往此中深　　山光と水色と　獨往すれば此中《ここ》に深し
溪瀝椒花氣　巖盤漆葉陰　　溪は瀝《したた》る　椒花の氣　巖は盤《わだかま》る　漆葉の陰
瀟湘終共去　巫峽羨先尋　　瀟湘　終に共に去らん　巫峽　先づ尋ぬるを羨む
幾夕江樓月　玄暉伴靜吟　　幾夕か江樓の月　玄暉　靜吟に伴はん

〔大意〕　山の景色と、川の景色と。君はひとり旅して、この中に分け入ってゆく。渓流は、山椒の香りの中にしぶきを散らし、岩山は、漆の葉陰にむくむくと聳え立つ。瀟湘の地に、いつか一緒に行ってみたい。巫峡を、君が先に訪れるのが羨ましい。あと幾晩すれば、君は漢江の畔りの楼に登って月を愛で、宣城太守の謝朓（金州刺史の姚合）と連れ立って、静かに詩を吟ずることになるのだろうか？

なお漢中盆地の中央に位置する金州は、漢江の畔りにあるため、「瀟湘」「巫峡」といった長江沿岸のイメージと一體化している。姚合の金州赴任に際して方干が送別のために作った「送姚合員外赴金州」詩にも、「樹勢連巴沒、江聲入楚流」とある通りである。

五　杭州刺史

姚合は五四歳となった太和八年（八三四）の冬に、杭州刺史を拝命した。着任は、翌年の春、離任はその翌年（開成元年八三六）の春、實質わずか一年間の任期であった。出發に際しては、賈島と劉得仁が詩を作って送行している。[12]杭州刺史となった姚合は、例の如くに、友人たちに來訪を呼び掛けたものと思われる。武功縣や金州とは違い、杭州ともなると、一箇月以上を費やす長旅を覺悟しなければならない。それにもかかわらず、賈島は杭州を訪問している。

賈島が杭州に確かに赴いたことは、杭州の地で姚合と共に、殷堯藩を送別する「送殷侍御赴同州」詩を作っていることから判明する[13]（姚合詩は「送殷堯藩侍御赴同州」）。

賈島は、この杭州訪問に先立って二篇の詩を作っている。

早秋寄題天竺靈隱寺　　賈島
峰前峰後寺新秋　絶頂高窗見沃洲　人在定中聞蟋蟀　鶴曾棲處挂獮猴
山鐘夜渡空江水　汀月寒生古石樓　心憶懸帆身未遂　謝公此地昔年遊

寄毘陵徹公　　賈島
身依吳寺老　黃葉幾迴看　早講林霜在　孤禪隙月殘
井通潮浪遠　鐘與角聲寒　已有南遊約　誰言禮謁難

前詩は、周弼『三體詩』にも收められている。「寄題」とは詩を遠くに寄せて、題詩を依頼すること。從ってこの詩は、賈島が杭州旅行を計畫した折に（「心憶懸帆身未遂」）、杭州なる靈隱寺を訪れるに先立って作られたものである。後詩は、毘陵（江蘇常州市）の寺僧である清徹に寄せた詩である。(14) 注目すべきは尾聯「已有南遊約、誰言禮謁難――もう南方旅行の約束があるので、老師への禮謁も必ず實現できる」の部分である。その南方旅行の約束の相手が姚合であることは、疑う餘地がない。姚合はここにおいても、友人を自分の任地に招こうとしているのである。ちなみに太和九年（八三五）のこの時、賈島は五十七歳、當てのない長期の漫遊に出られるほどに若い年齢ではなかった。

姚合がこの時に賈島を招いた理由は、今迄通りに自分の任地に詩友を呼んで、雅會を開こうとする思いであろう。とりわけ賈島とは、共に元和八年正月の科擧を受け始めながら、片や杭州という大藩の刺史まで榮達し、片や科擧に落第を續けて長安の陋巷に逼塞した生涯を終えようとする老殘の詩人と、その境遇は隔てられた。その中で、せめて賈島を新しい世界の中に連れ出したいと願う姚合の思いがあったに違いない。旅費は當然、姚合が提供したに相違なかろう。

六　姚合詩集團の詩會

以上、姚合がどのように賈島（等々）を招いたかを、特に地方官赴任時を中心に整理した。地方官時期に絞ったのは、そこでは遠方への招待が、非日常的な特別の行爲であり、この點を通して、姚合の詩友に向ける特別の姿勢を浮き彫りにしたかったからである。

早年の魏博節度使從事・武功縣主簿・萬年縣尉の時期、また後年の金州刺史・杭州刺史のすべての時期に亘って、姚合は、賈島を自分の任地に招いている。また賈島も、そのすべての招きを受け入れて、はるばると遠方まで足を伸ばした。この事實は、姚合と賈島の關係に限定すれば、兩者が篤い友情に結ばれていたことの證據となるだろう。しかし姚合のこうした姿勢が賈島に對してだけ向けられていたと考えるならば、誤解である。姚合は、賈島だけではなく、多くの自分と趣味を同じくする詩友を仲間として招いていたのである。

武功縣には、賈島と共に、朱慶餘も殷堯藩も招かれた。萬年縣の縣齋の場合はさらに多く、賈島・朱慶餘・無可・顧非熊・厲玄が招かれ、殷堯藩と皇甫荀にも聲が掛けられていたと思しい。金州の場合は、方干が姚合を送別する詩「送姚合員外赴金州」を作った。また着任後、姚合は「金州書事寄山中舊友」詩を長安の詩友たちに投げかけて、これに對して馬戴が返詩を作り、金州を訪問する賈島に對しては、喩鳧が送別の詩を作った。實際に金州を訪問したのは、賈島以外に、僧無可と項斯がいた。[15] 杭州の場合は、賈島が「送姚杭州」、劉得仁が「送姚合郎中任杭州」の詩を作って、姚合の赴任を送別した。なお實際に杭州を訪ねたことが確認されるのは、賈島ひとりである。

以上に名を擧げた詩人を列記してみると、賈島、無可、朱慶餘、殷堯藩、顧非熊、厲玄、馬戴、喩鳧、項斯、方干らとなる。そしてこれらの詩人たちは、姚合の地方赴任の場面だけではなく、在京の日常的場面においても、頻りに姚合のもとに詩會を開いて集まり、詩を作って唱和し合う仲間たち、いわば姚合を取り巻く詩集團だったのである。

次に、姚合が加わった同座の唱和詩を取り上げて、そこに果たした姚合の役割と、參加者の範圍を確認することにしたい。

㋐長安時期（萬年縣尉）

姚合が萬年縣尉であった時期では、①李餘の送別、②韓湘の送別、③朱慶餘の送別について取り上げたい。

①【李餘送別】　李餘（生卒年不詳）[16]は、姚賈の詩集團の一員であり、少なからぬ應酬の詩が殘る。長慶三年（八二三）、科擧受驗十回目にしてようやく及第した。姚合は特に二二句の長篇五言古體詩を用い、委曲を盡くして、この苦勞の末に及第した後輩詩人を勞っている。送別の詩は、通常は短篇の律詩を用いるものであり、姚合の作詩は、常軌を逸して懇切と言わなければなるまい。

送李餘及第歸蜀　姚合

蜀山高岧嶢　蜀客無平才　日飮錦江水　文章盈其懷
十年作貢賓　九年多邅迴　春來登高科　升天得梯階
手持冬集書　還家獻庭闈　人生此爲榮　得如君者稀
李白蜀道難　羞爲無成歸　子今稱意行　所歷安覺危
與子久相從　今朝忽乖離　風飄海中船　會合難自期
長安米價高　伊我常渴飢　臨岐歌送子　無聲但陳詞

義交外不親　利交内相違　勉子愼其道　急若食與衣
苦熱道路赤　行人念前馳　一杯不可輕　遠別方自茲

姚合の詩に「十年作貢賓、九年多邅迴」と記される。李餘が毎年應試したとすると、逆算すれば、初めての應試は元和九年（八一四）となる。それは、姚合や賈島が應試を始めたその翌年のことである。姚合は三回の落第の後、元和一一年（八一六）に及第した（賈島は連續落第）。姚合と李餘は、共に科擧に落第を繰り返していた時期に、長安で知り合った可能性も十分にある（姚合と賈島とはそのような境遇で知り合ったと推定される）。また假にそうでないまでも、李餘の苦勞は、姚合の良く理解できる所であった。(17) 單なる紋切り型の儀禮的作品とせず、あえて異例とも言える長篇の詩型を擇んで自らの眞情を吐露した理由も、その邊にあるのだろう。——姚合が、周圍に詩人たちを惹き付け、求心力を保持し續けることが出來たのも、實は、この様な通り一遍ではない惻隱の情に富んでいたからである。

この時、賈島は五律「送李餘及第歸蜀」、朱慶餘は七律「送李餘及第歸蜀」。張籍は七律「送李餘及第後歸蜀」を作り、首聯に「十年人詠好詩章、今日成名出擧場」と辛苦十年の末の進士及第を言祝いでいる。張籍は、後輩に當たる姚合・賈島とも親交を持ち、しばしば詩會を共にしている。この時も同座において送別の詩を賦したものと思われる。注目すべきは、彼らの詩型が不揃いであること。恐らく、あえて異なる詩型を用いることで、唱和の場に緊張感を持たせようとしたのだろう。

②【韓湘送別】　韓湘（韓愈の姪孫）は、姚賈の詩集團の一員であり、相互に多くの詩の應酬がある。李餘と共に長慶三年の進士に及第した。李餘の時は、及第直後の春に歸郷を送別したが、韓湘の場合は、その年の冬に宣歙觀察使從事（試校書郎）として赴任する時に、姚合・賈島・朱慶餘・無可が、同じく六韻十二句の五言排律を作って壯行

した。[18] 姚合の「送韓湘赴江西從事」の第二聯に、「行裝有兵器、祖席盡詩人」とある。幕僚としての赴任だから、「兵器を身に帶びての出で立ち」とある。そして祖席を占めるのが姚合・賈島以下の詩人たちであることを特記する。以下、詩題は賈島「送韓湘」・無可「送韓校書赴江西」・朱慶餘「送韓校書赴江西幕」。

③【韋繇送別】 韋繇は、寶歷元年（八二五）に賢良方正能極言直諫科に合格し、秋に、浙東觀察使元稹に觀察使從事（試校書郎）として辟召された。この時、姚合は「送韋瑤（當作繇）校書赴越」、賈島は「送韋瓊（當作繇）校書」、朱慶餘は「送韋繇校書赴浙東幕」の五律を作って壯行した。姚合詩を掲げる。

送韋瑤校書赴越　姚合

寄家臨禹穴　乘傳出秦關　霜落橘滿地　潮來帆近山

相門賓益貴　水國事多閒　晨省高堂後　餘歡杯酒閒

觀察使などの使職は、僚佐の辟召權があり、元稹が盛んに優れた人材を募集したことは、「相門賓益貴」と記されるとおり。元稹は、以前宰相だったので「相門」と言う。なお姚合詩の「韋瑤」・賈島詩の「韋瓊」は、「韋繇」の誤り。

④【朱慶餘送別】 朱慶餘は、姚合が武功縣主簿であるのを訪問して以來の古い詩友であり、姚賈の詩集團の中心にいる一人。進士及第は、寶曆二年（八二六）。姚合「送朱慶餘及第後歸越」・賈島「送朱可久歸越中」・張籍「送朱慶餘及第歸越」は、いずれも五言律詩である。なお賈島詩については、張籍詩と同韻で、しかも越に歸るのを送ることから、詩題には明記されないが、朱慶餘の及第して歸鄉するのを送行した詩と判斷される。

以上、李餘・韓湘・韋繇の送別は、姚合が萬年縣尉の時期の作であり、朱慶餘の送別は、萬年縣尉を辭して間もなくの作である。姚合詩集團の活潑な詩會開催を確認できる。

＊　＊　＊　＊　＊　＊

㋑洛陽時期（監察御史分司東都）

姚合は、太和一年（八二七）の秋、監察御史分司東都として、以後一年ばかり洛陽に赴任する。

⑤【洛陽の馬戴との詩會】　馬戴は、姚合の詩集團の一員として、多くの應酬の詩を殘す。洛陽の姚合の私邸に馬戴を招いて、詩會が開かれた。現存する詩は、姚合「洛下夜會寄賈島」と馬戴「雒中寒夜姚侍御宅懷賈島」である。ここでは馬戴の詩を掲げる。

雒中寒夜姚侍御宅懷賈島　馬戴

夜木動寒色　雒陽城闕深　如何異鄉思　更抱故人心

微月關山遠　閒階霜霰侵　誰知石門路　待與子同尋

尾聯「誰か知らん石門の路、待ちて子と同に尋ねん」（石門は何處にあるのか分からない、君が來るのを待って一緒に尋ねたいものだ）によれば、この詩は、長安にいる賈島に對して、洛陽來訪を催す內容となっている。客人の馬戴が詩中にこう述べるのは、當然、主人姚合の意向が賈島の洛陽招待にあったからであろう。なおこの時に賈島が洛陽に行ったことを示す資料は、確認されない。

＊　＊　＊　＊　＊　＊

㋒再び長安時期（殿中侍御使・侍御使・戶部員外郎）

監察御史分司東都から歸り、次に金州刺史として外任するまで、姚合は殿中侍御使（侍御）・侍御使（端公）・戶部員外郎として順調に昇進してゆく。この閒、約四年閒（太和二年冬～太和六年秋）の姚合の詩會を概觀しよう。

⑥【長安の姚合私邸の詩會】　この詩會に參加した賈島・馬戴は、姚賈詩集團の中核。參加できなかった無可も、同樣である。姚合はこの時、殿中侍御使（在任：太和二年冬～太和四年初春）。姚合は「喜馬戴冬夜見過期無可上人不至」(19)、

賈島は「夜集姚合宅期可公不至」、馬戴は「集宿姚殿中宅期僧無可不至」の五律を作った。馬戴詩を掲げる。

殿中日相命　開尊話舊時　餘鐘催鳥絕　積雪阻僧期
林靜寒光遠　天陰曙色遲　今夕復何夕　人謁去難追

注目すべきは首聯「殿中侍御使の姚合は、毎日のように、杯を交わしながら昔話をしようと誘ってくれる」である。「日相命」（毎日來訪を要求する）の言辭を見ると、詩會の開催については、果たせるかな姚合が積極的だったことが判明する。

⑦【李廓送別】　李廓は、鄠《こ》縣の尉だった時期を中心に、頻繁に姚賈らと詩の應酬をした。姚賈詩集團の一員である。太和三年（八二九）冬に、南詔の入寇が始まり、成都が脅かされた時、監察御史であった李廓が現地に急遽派遣された。姚合（侍御＝殿中侍御使在任）は、李廓を私邸に招いて、送別の詩會を催した。姚合「送李廓侍御赴西川行營」・無可「冬夜姚侍御宅送李廓少府」・顧非熊「送李廓侍御赴劍南」らの三篇の五言律詩が殘る。姚合の詩を例示する。

送李廓侍御赴西川行營　姚合
不道弓箭字　罷官唯醉眠　何人薦籌策　走馬逐旌旃
陣變孤虛外　功成語笑前　從今巂州路　無復有烽煙

首聯「弓箭の字を道はず、官を罷めれば唯だ醉眠」は、姚合得意の武功體の手法に従って、李廓が吏事に無關心である様を描き出す。

⑧【姚合私邸の詩會】　姚合が侍御使（端公）在任中の太和四年（八三〇）九月の望月の頃、無可ら何人かの詩人が姚合の私邸に會した。姚合はじめ、他の詩人の詩は確認できない。無可の詩を掲げる。

秋暮與諸文士集宿姚端公所居　無可

宵清月復圓　共集侍臣筵　獨寡區中學　空論樹下禪
風多秋晩竹　雲盡夜深天　此會東西去　堪愁又隔年

⑨【姚合私邸の詩會で殷堯藩を思う】　⑧の集會からほどなく、侍御使姚合の私邸で詩會が催された。永樂縣令の殷堯藩の名が見える。殷堯藩は、姚合詩集團の一員である。無可「冬中與諸公會宿姚端公宅懷永樂殷侍御」、馬戴「集宿姚侍御宅懷永樂宰殷侍御」の五律がある。また姚合の五律「寄永樂長官殷堯藩」、雍陶の七律「寄永樂殷堯蕃明府」も永樂縣令の殷堯藩に言及し、この詩會における作と推定される。無可の詩を掲げる。詩中の「杜史」は、侍御使の雅名として用いられる。

杜史靜開筵　所思何地偏　故人爲縣吏　五老遠峰前
賓榻寒侵樹　公庭夜落泉　會當隨假務　一就白雲禪

⑩【姚合私邸の詩會で馬戴に寄詩】　太和八年（八三四）秋、華山に屛居した馬戴から「山中寄姚合員外」詩が屆いたので、姚合らは詩會を開いて馬戴に五律を寄せた。姚合「寄馬戴」、賈島「馬戴居華山因寄」、無可「寄華州馬戴（一作：秋中聞馬戴遊華山因寄）」。ちなみに顧非熊の五律「送馬戴入山（一本：山上有華字）」は、馬戴の華山に行くのを送別した詩である。ここでは姚合の詩を掲げる。詩中の「新詩」は、馬戴が姚合に寄せた「山中寄姚合員外」詩を指す。

天府鹿鳴客　幽山秋未歸　我知方甚愛　眾說以爲非
隔屋聞泉細　和雲見鶴微　新詩此處得　淸峭比應稀

⑪【雍陶送別】　雍陶は、姚賈との數篇の詩の應酬があり、姚賈詩集團の一角にいた詩人と言える。太和八年（八三四）に進士に及第して成都に歸郷するのを送別した詩が、姚合の五律「送雍陶及第歸覲」・賈島の八韻十六句の五排「送雍陶及第歸成都寧親覲」である。

＊　＊　＊　＊　＊　＊

以上、多くは友人の送別を場面とした詩會を取り上げて、參加者と作品を概觀した。參加者を整理すれば、左のようになる。なおＡＢは、第三節に取り上げた萬年縣齋の詩會、括弧の中はその詩會には不在で、詩中に言及された人物。

Ａ【萬年縣齋詩會】姚合・賈島・顧非熊・無可・朱慶餘・（殷堯藩）
Ｂ【萬年縣齋雨夜會宿】姚合・賈島・厲玄・（皇甫荀）
①【李餘送別】姚合・賈島・朱慶餘・張籍・李餘
②【韓湘送別】姚合・賈島・朱慶餘・無可・韓湘
③【韋繇送別】姚合・賈島・朱慶餘・韋繇
④【朱慶餘送別】姚合・賈島・張籍・朱慶餘
⑤【洛陽の馬戴との詩會】姚合・馬戴・（賈島）
⑥【長安の姚合私邸の詩會】姚合・賈島・馬戴・（無可）
⑦【李廓送別】姚合・無可・顧非熊・李廓
⑧【姚合私邸の詩會】姚合・馬戴
⑨【姚合私邸の詩會で殷堯藩を思う】無可・馬戴・姚合・雍陶・（殷堯藩）

⑩【姚合私邸の詩會で馬戴に寄詩】姚合・賈島・無可・（馬戴）・（顧非熊）
⑪【雍陶送別】姚合・賈島・雍陶

これを頻度の順に竝べると、姚合一三・賈島一〇・無可六・朱慶餘五・馬戴五・顧非熊三・張籍二・雍陶二・殷堯藩二・厲玄一・李餘一・韋谿一・李廓一・皇甫荀一となる。以上の數字は、姚合の詩會を條件にしたもので、當然、姚合不在の詩會(20)や、そもそも同座の情況にはない詩の應酬は數えられない(21)。また金州刺史赴任以前の姚合の前半期に限定しているため、それ以後に姚合との交際が活潑化する無可(22)・喩鳧・方干・劉得仁・周賀(23)は、數字として十分に表れてこない。この樣な制約のある數字だが、それでも姚合を取り卷く詩人羣のおおよその姿を窺う參考となる。これらの詩人の交遊をさらに精査すれば、姚合詩集團の具體相を研究することも可能であろう。

七　姚合詩集團の形成

姚合と賈島の周邊には、專ら詩歌を紐帶とした人閒關係、いうなれば詩集團が形成されていた。官界での閲歴や、年齢は、ここでは無意味であり、官僚としてのエリートコースをたどる姚合も、科擧に落第を續けた賈島も、また姚賈よりも二十歳は年少の佛僧無可も、その詩集團の成員であった。これの一方にある、例えば白居易が晩年に劉禹錫と「劉白」と竝稱される緊密な交友を結び、『劉白唱和集』の形で兩者の文學的交流を結實させたことも、所詮は、年齢と官僚としての榮達という二つの接點が兩者を互いに引き寄せたものである。そのような文學以外の要因に多くを負う文人の結合は、姚合詩人集團の場合と大いに逕庭があった。

姚合詩集團の核心になっているのは、明らかに姚合であり、賈島ではない。姚合には社交性があり、またその社交性を發揮する社會的地位も備わっていた。もし姚合が賈島と同様の貧士であったならば、詩會の場所を提供することも出來なかったであろう。姚合は、私邸を持たない時には、自らの官舎に友人を呼んだ。私邸を持った中年以降は、そこを開いて客人を待ったのである。また姚合が官界において昇進を重ねたことは、集團の成員にすれば頼もしい慶事である。科擧の應試を控えている者にすれば、姚合の高評という後ろ盾を得ることは、事態を有利にする材料となった。

しかし社會的地位は、畢竟、二次的な位置に止まると言うべきであろう。姚合の地位を得た詩人はいくらでもいた。しかし姚合のような特別な社交性を發揮した詩人は、唐代において、殆ど類を見ないのである。姚合は、詩友を善く招いた。自らがまだ十分な地位を得ていない時にあっても、魏博鎭には賈島を招き、武功縣には賈島や朱慶餘や殷堯藩を招いた。そして萬年縣尉となった時には、その縣齋に賈島・顧非熊・無可・朱慶餘・厲玄らを招いた。その後になっても姚合は、京官でいる時には、長安の私邸に、地方官となった時には、任地の郡齋に詩友を招いたのである。

姚合が詩友を招く時は、たまたまの成り行きでそうなったという代物のものではない。意志を明示して、詩友を自分の側に呼んだのである。姚合の詩篇に、それが明示されているものもあれば、姚合への返詩の中に、姚合の意志が復唱されたものもある。

＊　＊　＊　＊　＊

〔友を招く姚合〕

㋐　姚合が武功縣主簿の時期に賈島を招いたことは、賈島の「寄武功姚主簿」に「數宵曾夢見、幾處得書披。……會須過縣去、況是屢招攜」（幾晩も君を夢に見たし、何度も君からの手紙をもらって讀んでいる。……そんな君のいる武功縣をきっと訪ねることにしたい。いわんやこう何度も招待を受けているのだから）に明らかである。賈島は、武功縣を訪問したものと推測される。夢とは當時、先方が自分を思う結果、と理解されていた。

㋑　萬年縣の縣齋にも、賈島を招いた。姚合自身の「寄賈島」に「賴君時訪宿、不避北齋風」（君へのお願いだ、時々泊まりに來て欲しい、縣齋の北の部屋にすきま風が吹くのを嫌がったりしないで欲しいのだ）。

賈島の下記の「酬姚合」は作時不明だが、假にこの頃とする。「故人相憶僧來說、楊柳無風蟬滿枝」（君の友達が、君のことを思っているよ、と坊さんが傳えてくれた。柳に風は吹かず、秋蟬が枝という枝に鳴いている）。「僧」とは、無可のことかも知れない。

㋒　姚合が殿中侍御使の時期、自宅の詩會に詩友たちを招いた。馬戴の「集宿姚殿中宅期僧無可不至」詩に、「殿中日相命、開尊話舊時」（殿中侍御使からは、毎日のようにお召しが掛かる。杯を交わしながら昔話でもしようと）。この詩會で作った姚合の「喜馬戴冬夜見過期無可上人不至」詩に、「僧可還相捨、深居閉古松」（坊主の無可は、またお見捨てだ。きっと松の老木の奧にひっそりと籠っているのだろう）。無可に向かっても、姚合は誘いを挂けていたと考えて良い。

㋓　姚合が金州刺史に赴任した時に、「金州書事寄山中舊友」詩を長安の詩友に寄せたことは、前述したとおりである。末尾二聯の「舊山期已失、芳草思何窮。林下無相笑、男兒五馬雄」（故鄕に歸ることは、期待できず、隱遁の思いは、募るばかりだ。園林の中にいても、共に談笑する友がいない。自分は、五頭の馬に馬車を牽かせる大官となったが、我が身の孤獨をかこつ有樣だ）。この結果、賈島・無可・方干が、姚合の招きに答えて金州を訪ねている。

＊　＊　＊　＊　＊

〔後進を育む姚合〕

姚合は、すでに詩友として交友を結んだ者だけに門戸を開いたのではない。常に、自分と趣味を同じくする者たちを引き立てようとしていた。ここではいくつかの事例を、簡單に說明することにしよう。(24)

【韓湘】　韓湘（韓愈の姪孫）が姚合詩集團の一員であることは、すでに第六節に韓湘送別の詩を取り上げるところで言及した。左記の姚合の詩は、韓湘が進士に及第した直後に作ったものであり、ここに至る韓湘の投刺・行卷の經緯が記されていて、興味深い。

答韓湘　姚合

…　子獨訪我來　致詩過相飾　…

子在名場中　屢戰還屢北　我無數子明　端坐空歎息
昨聞過春關　名系吏部籍　三十登高科　前途浩難測
詩人多峭冷　如水在胸臆　豈隨尋常人　五藏爲酒食
期來作酬章　危坐吟到夕　難爲閒其辭　益貴我紙墨

〔大意〕……（自分は大した詩人でもないのに）君だけは訪ねてきて、詩を差し出しては、過分に自分のことを褒めてくれる。……君は科擧において何度も戰い、何度も敗れた。自分には、立派なお歴々のような見識もなく、端座して、溜息をつくばかりだった。先日春關（科擧及第者の登錄）も終わり、君の名前が、吏部の名簿に載ることになった。三十で難關に合格するとは、誠に前途洋々である。詩人（韓湘）というのは、心が狷介孤直で、澄んだ水が胸中を滿たすかのようだ。どうして世間一般の人が、五臟六腑に酒食を詰め込むような意地汚い眞似が出來ようか。返事の詩を作りたいと思い、正座して夜まで苦吟した。しかし君の詩に書き添えて、自分の文學（紙墨）の評判を高めたくとも、そのような詩を作ることは出來るものではない。

韓湘は、姚合に對して投刺・行卷した（「子獨訪我來、致詩過相飾」）。時期は、常識的に考えれば、應試の日程を控えた長慶二年の秋である。韓湘は、何度か落第を繰り返し、姚合はそれを知りながら韓湘を推挽できぬ自分の無力に嘆息していた。ところが今度、まだ三十歳の若さで及第した。その知らせを聞いて、この詩を作って言祝いだのである。――この詩は、姚合詩集團が形作られてゆく一つの經緯を物語る。この時、姚合は萬年縣尉、しかし詩人としての令名は聞こえつつあり、姚合の賞識を得ようと、韓湘のような若い詩人たちが周圍に集まり始めていたのである。姚合の場合に特徴的であるのは、韓湘のように投刺・行卷してきた後進の詩人を、自らの詩會の一員に迎え入れようとした點であろう。韓湘と姚合詩集團との交渉は、その後餘り活潑とはならなかったが、前記のように、宣歙觀察使從事として赴任の時は、姚合は周圍の詩人たち（姚合詩集團）を集めて送別の詩宴を開いた。また賈島はその後、韓愈の潮州貶謫に隨行した韓湘を思って、「寄韓湘」を作ることになる。

ここから類推すれば、韓湘と同年に進士及第し、姚合らによって送別された李餘、また寶曆二年（八二六）に進士及第の朱慶餘、太和八年（八三四）に進士及第の雍陶の場合なども、彼らが姚合詩集團に參加した契機は、韓湘の場合と同様に、こうした姚合への投刺・行卷であった可能性を想定して良いかも知れない。※

※　應試の準備としての投刺・行卷は、その對象となるのは座主（主考官）に影響力を持つ政府の權力者を想定しがちであるが、例外もありうる。賈島が應試のために長安に上京した時に、張籍に「投張太祝」詩をもって投刺した。當時の張籍は、太常寺太祝（正九品上）の小官に過ぎない。この事例から判明するように、投刺・行卷の對象は、必ずしも高位の大官とは限らず、場合によっては詩壇に聲望があり、その人（例えば張籍）による作品評價が受驗者の評判の形成に影響力を持つような人物が選ばれることもあった。

姚合は、萬年縣尉の時期（四十代前半）に、すでに投刺・行卷の對象となるほどに詩壇に聲望を持っていた。（聲望の源泉は、一半は、武功體という新しい美學の確立によって詩壇に注目の詩人となっていたこと、もう一半は、萬年縣尉に拔擢されるほどの官界の評價の高さによって）。姚合の場合には、これに後進の誘掖に熱心という評判が加わることによって、いわば後進詩人の登龍門として目されるようになったものと思われる。
以下に述べる數人は、姚合が榮達した後に、その知遇を得た詩人たちである。

【周賀】姚合が杭州刺史在任時（太和八年（八三四）冬～開成元年（八三六）春）に投刺して見いだされた人物には、周賀と鄭巣がいる。周賀は、法名を清塞という佛僧であったが、周賀の「哭僧」詩を見て贊嘆し、還俗して應試することを勸めた（註23參照）。「贈姚合郎中」を左に掲げる。詩題の「郎中」は、前任の京官・戸部郎中を以て稱したもの。重內輕外の觀念を窺うことができる。

望重來爲守土臣　清高還似武功貧　道從會解唯求靜　時造玄微不趁新
玉帛已知難撓思　雲泉終是得閒身　兩衙向後長無事　門館多逢請益人

二點に注目したい。第一は、「望重來爲守土臣、清高還似武功貧」（重い聲望を擔って刺史となったが、清廉高潔で武功縣主簿時代の貧乏生活のようだ）で、高官となりながらも、清貧を旨に生活することを贊美する。武功體の詩人＝姚合の評價が定着していたことが分かる。第二は、「門館多逢請益人」（お屋敷では教えを請う人々を應接する）の部分で、姚合が後進の誘掖に格別に熱心なことを記している。

【鄭巣】鄭巣は、錢塘（杭州）の人で、姚合の刺史在任時には、いつもその門館（屋敷）に出入りして登覽燕集にも加わった。姚合に對しては「門生の禮」を取ったという。(25)

【劉得仁】杭州刺史から歸京して、諫議大夫（正五品上）に就任。その歸京直後に劉得仁が投刺し、次の詩を獻じている。

上姚諫議　　劉得仁
高文與盛德、皆謂古無倫。聖代生才子、明庭有諫臣。
已瞻龍袞近、漸向鳳池新。卻憶波濤郡、來時島嶼春。
名因詩句大、家似布衣貧。曾暗投新軸、頻聞奬滯身。
照吟淸夕月、送藥紫霞人。終計依門館、何疑不化鱗。

詩中の「明庭有諫臣」は、姚合が諫議大夫であること、「卻憶波濤郡、來時島嶼春」は、直前杭州刺史だったことを言う。注目すべきは三點。第一は、「名因詩句大、家似布衣貧」（詩人としての名聲は高いのに、家は無官の布衣のように質素だ）の部分で、武功體の詩人と意識しての贊美である。第二は、「曾暗投新軸、頻聞奬滯身」（かって新作を獻呈したところ、頻りに不遇の私を吹聽して下さるとの噂を耳にする）という行卷と、それを承けての劉得仁吹聽の經緯が述べられることである。第三は、「終計依門館、何疑不化鱗」（いつまでもお屋敷に出入する積もりです。きっと龍となると信じております）の部分であり、諫議大夫として榮達した姚合には、彼の提拔を得て出世の緒口としたいと願う人士たちが、門前市を成す有様だったことを窺わせる。

【李頻】最後に、李頻を取り上げる。姚合が六十歳を超えて給事中（正五品上）に在任中（開成四年（八三九）〜會昌三年（八四三））、多くの人士が姚合の下に集まる中で、李頻も睦州から長安に上ってきて、姚合の賞識を求めた。姚合は、大いに評價して、女を嫁がせたと傳えられる。(26)

＊　＊　＊　＊　＊

以上、杭州刺史時期以降を中心に、姚合に投刺・行卷して、彼の詩集團に加わった詩人を取り上げた。彼らの詩に繰り返し述べられているのは、姚合の文名が知れ渡っていたこと、姚合が門館を開いて後進を待ったこと、多くの人士が姚合の賞識を得たいと願って集合したこと、(27)である。そしてもう一點付け加えれば、姚合は質素な生活を旨として、後進たちに傲り高ぶることなく接していたらしいことである。(28)

姚合の特別の社交性は、古い友人だけではなく、ここに述べたように、新知の詩友に對しても分け隔て無く向けられていた。姚合のこの人と爲りを除外して、姚合詩集團の形成を考えることは出來ないであろう。※

※　またもう一つ、姚合が詩集團の核となり得た理由を付け加えるとすれば、武功體という明確な詩學的主張を分かりやすく提示し、姚合の周圍に集まる詩人たちの共感を得たことがある。姚合は、自分の目の届くすべてを世界の片隅に布置し、自分を、その世界の片隅に生きる遁世者として造形する武功體の美學を、武功縣主簿の時代に確立した。姚合詩集團の詩人たちは、彼らの唱和應酬の場面で、擧ってこの手法を踏襲した。

この美學は、二重の意味で世人から歡迎されることになる。第一に、世界觀に關わる問題である。かつて世界の中央に輝いて見えた國家の威信も禮樂の莊嚴も、はては出將入相の榮達という幻想も、晩唐という閉塞した空氣の支配する時代を生きる詩人たちには、空々しいものとなった。武功體は、これに取って代わるもう一つの理想の姿、世俗的價値が入り込む餘地のない、無欲と脱俗を原理とする世界を提示したのである。

第二に、身邊卑近に關わる問題である。科擧という天網によって、詩人たちは絡め取られて不自由になっていた。盛唐以前であれば、自分の不遇を、自分の努力を超えた社會的不公正の責任に歸することが出來たであろう。しかし科擧が一般化した晩唐のこの時代、自分の不遇を、自分の責任とするしか無くなった時、詩人たちは自分の憤懣を向ける外部を失ったのである。精神の退嬰と、生理の不如意と、その身邊の逃れようもない負の價値としてある日常を、そのままに文學の中に正の價値として顛倒する手法を、武功體はもたらしたのである。

八　姚合詩集團と賈島の位置――結語に代えて

姚合の人と爲りが、姚合を中心とした詩人集團の形成に決定的な役割を果したことは、以上の資料分析から明白である。文學史研究は、作者の文學的個性を問題とする。またその個性を形成するに與かった時代情況も、またその一部でもある詩人同士の交流も、問題にする。しかし人閒の交流を問題にする場合、政治的勢力としての人閒集團、あるいは同じ文學的主張を共にする人閒集團の構造を分析することはあっても、そこに參加する人閒ひとりひとりの對人的個性を話題にすることは殆どなかった。それは文學論を構築する際の、最低限の學問的良心である。しかし姚合を取り卷く詩人たちの求心力の所在を考える場合、姚合という人物の特別な人と爲りを等閑に付することは、全體の理解を大きく誤ることに繫がりかねない。

姚賈を取り卷く詩人たちについて、本稿では、あえて姚合詩集團の名稱を用い、姚賈の竝稱を避けてきた。最後にこの點について、筆者の思うところを豫測的に述べて、結語に代えたい。

姚合と賈島が親密な交友關係を維持し、姚合の詩會の常連でもあったことは、第六節に紹介した詩會の大部分に賈島の名前が見えていることからも確認できる。姚合のいる所に、賈島はいたのである。しかしながら、その詩會は、やはり姚合の詩會であり、集まったのは賈島も含めて、姚合詩集團の詩人たちと見做すべきなのである。

姚合と賈島の關係は、ある一面を取り出せば、姚合とその他の詩人たちの關係に類似していた。姚合はいつもこの不遇な賈島のことを、その生活も、その應試に纏わるこもごものことも、氣に掛け、心配していた。そのことを最も良く物語るのが、次の賈島の詩である。姚合が萬年縣尉となった長慶三年（八二三）秋の作と推定される。詩には、姚合が賈島の舊作から詩百篇を選んで編定し、それを行卷として用いるように準備したことも克明に記されている

（「百篇見刪罷」[29]）。

重酬姚少府

隙月斜枕旁　諷詠夏貽什
如今何時節　蟲虺亦已蟄
答遲禮涉傲　抱疾思加澀」
僕本胡爲者　銜肩貢客集
茫然九州內　譬如一錐立
欺暗少此懷　自明曾灑泣
量無趫勇士　誠欲戈矛戢」
原閣期躋攀　潭舫偶俱入
深齋竹木合　畢夕風雨急」
俸利沐均分　價稱煩噓噏
百篇見刪罷　一命嗟未及
滄浪愚將還　知音激所習

重ねて姚少府に酬ゆ　賈島

隙月　枕旁に斜めなり　諷詠す　夏貽の什
如今　何の時節ぞ　蟲虺も亦た已に蟄る
答ふるの遲き　禮として傲に渉るは　疾を抱きて思ひ澀を加ふればなり
僕は本と胡爲る者ぞ　肩を銜みて貢客集ふ
茫然たり九州の內　譬へば一錐の立つるが如し
暗きに欺むくは此の懷ひ少し　自ら明りて曾て泣《なみだ》を灑《そそ》ぐ
量は趫勇の士ほど無く　誠に戈矛を戢めんと欲す
原閣　躋攀を期し　潭舫　偶たま倶に入る
深齋　竹木合し　畢夕　風雨急し
俸は利して　沐みて均分し　價は稱して　噓噏を煩はす
百篇　刪せられ罷るも　一命（任官）未だ及ばざるを嗟く
滄浪　愚　將に還らんとすれば　知音　習ふ所を激ます

〔大意〕　窓から差し込む月の光が枕元を照らす中で、君からこの夏に贈られた詩什を讀んでいる。今は、どんな季節なのだ。いつのまにか蟲も蛇も穴にこもった。御禮が遲れたのは、失禮の極みだが、それも病に罹って、氣が鬱いでいたからなのだ。」僕は、いったい何者なのだ。受驗生と肩觸れ合って、ひしめき合う。漠々たるこの世界の中にようやく一本の錐を立てるような、身の置き所もない侘しさだ。人を出し抜くような器用な眞似はできないが、自分の力量も高が知れていて、無念の涙をこぼすしかない。自分は、威勢の良い武人ではない。もう戰の矛は、仕舞うことにしたい。」樂遊原の東の樓閣に、氣儘に登ってみたい。曲江の舟に、君と一緒に乘ってみたい。人里離れた我が庵には、竹や木が茂り、そこに夜通し風雨が募る。」君は私のために、俸祿の半分を惠んでくれるし、私の評判を作るために、努めて吹聽してくださる。君は、私の百篇の詩を卷物に仕立ててくれたが（投卷）、科擧には落第して、仕官の夢は絕たれてしまった。滄浪の水邊に隱遁したい。それなのに君は、私の詩業を褒めて、もっともっと頑張れと勵ましてくれるのだ。

この詩には、當時の賈島の置かれた情況の樣々な消息が記されているが、姚合との關係だけに絞れば、①姚合は俸祿の一半を賈島の生活費として提供し、②ことあるごとに賈島のために吹聽して、側面から應試の應援をし、③行卷に用いる賈島詩集の編定もし、④ともすれば絕望しやすい賈島を、その文學を稱贊し、激勵したのである。

この賈島の詩に現れる姚合は、賈島の眞の知己である。しかしながら程度の差こそあれ、この優しい配慮は、同じ時期に姚合に投刺・行卷してきた、落第を續けていた韓湘に對しても發揮されていた（第七節參照）。そして姚合が杭州刺史のような大官に出世した後も、後進の詩人たちに對して程度の差こそあれ示されていた優しい配慮と、通底するものでもある。姚合が、多くの詩人たちを周りに集めることが出來た所以は、畢竟、この分け隔てることのない懇切な配慮の力にあったと考えられる。

しかし他方、姚合における賈島は、誰にも代りが務まらない無二唯一の存在だったことも、紛れもない事實なのである。姚合は、いつも賈島が側にいることを必要とした。それは友情のためばかりではなく、姚合自身の文學が據って立つためにである。

次の姚合の詩は、先の賈島の「重酬姚少府」に對する返詩と推定される。五言二十四句の、同じ韻目の古體詩。描かれた季節は晚秋。描く世界は、賈島の原東居（樂遊原の東の昇道坊の住居）である。この二篇の往復詩ほど、姚賈の友情を眞率に綴るものはない。

寄賈島浪仙

悄悄掩門扉　窮窘自維縶
世途已昧履　生計復乖緝
疏我非常性　端峭爾孤立」
往還縱云久　貧蹇豈自習
所居率荒野　寧似在京邑
院落夕彌空　蟲聲雁相及
衣巾半僧施　蔬藥常自拾
凜凜寢席單　翳翳灶煙濕
頹籬里人度　敗壁鄰燈入
曉思已暫舒　暮秋還更集
風凄林葉萎　苔糝行徑澀」
海嶠誓同歸　橡栗充朝給

賈島浪仙に寄す　姚合

悄悄として門扉を掩ひ　窮窘《きん》して自ら維縶《ちふ》す
世途 已に履むに昧く　生計 復た緝《をさ》むるに乖く
疏なるかな我が非常の性　端峭 爾は孤立す
往還 縱《たと》ひ久しと云ふも　貧蹇 豈に自ら習はんや
居る所 率ね荒野　寧ぞ京邑に在るに似んや
院落 夕に彌いよ空しく　蟲聲 雁も相ひ及ぶ
衣巾 半ばは僧が施し　蔬藥 常に自ら拾ふ
凜凜として寢席單なり　翳翳として灶煙濕ふ
頹籬 里人度り　敗壁 鄰燈入る
曉思 已《もっ》て暫く舒《の》びるも　暮秋 還た更に集る
風 凄《さむ》くして林葉萎え　苔 糝《ねば》りて行徑澀む
海嶠 誓ひて同じく歸り　橡栗 朝給に充てん

〔大意〕 君はひっそりと門扉を掩い、貧しさの餘り出歩くことも無い。世間は、足を踏み込むには物騒だし、生活も、遣り繰りするのが大變なのだ。つぶしがきかないのは、自分の偏頗な性格のせい。狷介な性のために、君は世間の中で孤立する。」君との付き合いは隨分と長いのだが、君の貧乏暮らしには、ついて行けそうもない。君の住居は、殆ど荒れ野原。長安の都の中とは到底思えない。庭先は、暗くなるとますます淋しく、蟲の音ばかりか、雁の鳴き聲も聞こえてくる。服や頭巾は、僧侶が惠んでくれ、野菜や藥草は、自分で採る。布團は一枚で、しんしんと冷え、煮炊きをしないので黒い煙も濕りがちだ。垣根の頽れたところを、村人が勝手に通り過ぎ、壁の破れた穴から隣家の燈火が見える。夜明けになれば、ふさいだ氣持ちも少しは晴れるが、わびしい秋の日暮れには、憂鬱が募るのだ。風が冷たく吹いて、林の葉は枯れ果て、苔は生して、道は歩きにくい。」遠い海邊の山に、きっと君と一緒に隱遁しよう、そして太古の有巣氏の民のように橡栗を拾って、朝食とするのだ。

この詩に描かれる賈島の生が營まれる世界――所居率荒野、寧似在京邑。院落夕彌空、蟲聲雁相及。衣巾半僧施、蔬藥常自拾。凜凜寢席單、翳翳灶煙濕。頽籬里人度、敗壁鄰燈入――は、正しく姚合が武功體の詩において追い求めた、世界の片隅の姿である。（武功體の作例として、第二節の姚合「武功縣中作三十首其一」および第三節の姚合「萬年縣中雨夜會宿寄皇甫甸」參照）

しかし賈島の世界と、姚合の武功體の世界は、決定的に異なっていた。賈島にとっては、己れの生活の貧苦・落第の憤懣も含めて、その樂遊原の東なる原東居によって象徵される世界は、唯だ一つの、逃れることも出來なければ、憧れる必要もない眼前の世界だった。要するに自分から切り離すことが出來ない、いわば身體のようなものだった。ところが姚合の描く武功體の世界は、姚合がかくなる所の住人になりたいと願う、アルカディアの世界なのである。姚合が「萬年縣中雨夜會宿寄皇甫甸」詩（第三節）で、長安の、東市に隣接し、大明宮にも程近い宣陽坊に位置する萬年縣の縣齋を、恰も鄙びた村里の片隅のように描き成したことは、期せずして、武功體の文學の本質を露呈したものなのである。

賈島の詩に在る世界と、姚合の詩が描く世界が似て非なるものであることを、誰よりもよく分かっていたのは、當の姚合自身であったに相違ない。それでいながら、姚合はその武功體の世界の放つ魅惑から逃れることが出來なかった。なぜなら、盛唐の詩の情熱的な世界が安史の亂の彼方に遠離り、元和の詩の原理を高らかに主張する世界が、唐朝の直面する社會の頽廢の中に沈没しようとしている時に、武功體の、情熱とも聲高な主張とも隔てられた「安らぎ！」の世界、いわば有巣氏の民と共に橡栗を拾って朝食に充てるような、貧しくて淸らかな世界こそ、詩人たちが追い求めるべき永遠の美の在りかに見えたからである。

姚合には、自分の文學がたんなる幻影ではなく、その中には眞實があることの保證が、必要だった。その保證となるのが、現にここにある賈島の生と、賈島の文學だったのである。姚合の武功體は、實體を缺いた影のようなものだったかも知れない。しかしその影は、中身の詰まった鋭角の輪郭を持った賈島の文學が、晩唐の光の中に落とす安らかな影だった。またその關係が存する限りにおいて、姚合の文學には、確かな眞實が宿ったのである。――賈島にとっては、それが安らぎではなく、苦しみであり、憧憬ではなく、憎惡の對象であったとしても。

晩唐は、聞一多の言うように「賈島の時代」であったとしても、時代をそのようなものとして演出した功勞者は、姚合である。姚合は、その人間の包容力によって、多くの詩人たちを引き寄せた。また學習に堪える範型として、目の届くところにある世界のすべてをその中に溶かし込む萬能の鑄型として、武功體の文學を、詩人たちの前に提示した。姚合がこの樣にして集め育てた姚合詩集團を介して、賈島の文學は傳播し、やがては一世を風靡することになる。要するに賈島は、姚合詩集團にあっては姚合の格別な客分であり、彼らの文學の中にあっては「奧の院」、すなわち究極の到達目標だったのである。

姚合と賈島の文學を取り上げる際、まず論ずべきは、彼らの詩集團の中で二人が果たした役割の內容であり、その相違である。その理解を通して、初めて兩者の文學の比較が意味を持つことになるであろう。本稿は、姚合の武功體を論ずるための、また賈島の文學の獨自性を考えるための、ささやかな出發點である。

〔注〕

（1）賈島の「就可公宿」詩、姚合の「過無可僧院」詩・「過無可上人院」詩などがあり、無可の僧坊は、しばしば賈島や姚合たちの立ち寄るところだった。なお無可は、長安城内の青龍寺や、終南山の一峰・白閣峰の佛寺と關係が深かったらしい。『金石萃編』「佛頂尊勝陀羅尼經石幢」に「白閣僧無可書」と題し、末に「太和六年四月十日建」と署している。

（2）郭文鎬「姚合佐魏博幕及賈島東遊魏博考」（『江海學刊』一九八七年第四期）、および同「姚合仕履考畧」（『浙江學刊』一九八八年第三期）。

（3）新出土の「姚合墓誌」（全稱「唐故朝請大夫祕書監禮部尙書吳興姚府君墓銘」）に「田令公鎭魏、辟爲節巡官、始命試祕省校書、轉節度參謀、改協律、爲觀察支使」。魏博節度使田弘正の僚佐として、節度巡官・節度參謀・觀察支使を歷任し、またその間、京銜として試祕書省校書郎ついで太常寺協律郎を帶びていたことが知られる。

（4）初期の例として、『新唐書・姚合傳』卷一二四に「（姚）合、元和中進士及第、調武功尉《ママ》、善詩、世號姚武功者」。また『四庫提要』卷一五一『姚少監詩集十卷』には「開成末、終於祕書少監。然詩家皆謂之姚武功、其詩派亦稱武功體。以其早作武功縣詩三十首爲世傳誦、故相習而不能改也」。

（5）張震英「詩句無人識、應須把劍看—論姚合反映幕府戎旅題材的作品」（『湖州師範學院學報』第二四卷第五期、二〇〇二年）を參照。一例として姚合「聞魏州破賊」詩：「生靈蘇息到元和、上將功成自執戈。煙霧掃開尊北嶽、蛟龍斬斷淨黃河。旗迴海眼軍容壯、兵合天心殺氣多。從此四方無一事、朝朝雨露是恩波」。

（6）朱慶餘「夏日題武功姚主簿」、殷堯藩「署中答武功姚合」。なお殷堯藩の詩については、陳貽焮ほか『增訂注釋全唐詩』（文化藝術出版社、二〇〇一年、第三冊、項目執筆は陶敏）では、現行の殷堯藩詩集に元明時期の詩篇が混入していることから、この詩についても僞託を疑っている。待考。

（7）賈島「岐下送友人歸襄陽」詩に「蹉跎隨汎梗、羈旅到西州。舉翮籠中鳥、知心海上鷗。山光分首暮、草色向家秋。若更登高峴、看碑定淚流」。首聯「蹉跎として汎梗に隨ひ、羈旅して西州に到る」から、賈島は長旅の末に「西州＝岐山の麓の鳳翔」に辿り着いたことが知られる。なおこの詩の季節は、第六句「草色向家秋—草色 家に向かふとき秋なり」から晩夏と推定され、朱慶餘の夏の「納涼」を詠ずる詩と一致する。

（8）有名な例として、王昌齡が開元二七年に嶺南に左遷され、翌年北歸の途中に、襄陽の孟浩然を訪問したこと。

（9）『冊府元龜』巻一三一・晁公武『郡齋讀書志』巻四中・辛文房『唐才子傳』巻六・計有功『唐詩紀事』巻四九などは萬年縣尉の前後に富平縣尉就任を記すが、本人や友人の同時資料には見えない。待考。
（10）漳川の濱に病臥する劉楨を、曹丕は見舞っている。劉楨「贈五官中郎將四首」其二に「餘嬰沈痼疾、竄身清漳濵」。
（11）姚合は、太和元年（八二七）の冬から、翌年秋まで、監察御史分司東都として洛陽に赴任し（郭文鎬「姚合仕履考畧」）、この閒にも、友人を集めて文會を催した。姚合「洛下夜會寄賈島」詩に、「洛下攻詩客、相逢祇是吟。夜觴歡稍靜、寒屋坐多深。烏府偶爲吏、滄江長在心。憶君難就寢、燭滅復星沈」。また同時の作として馬戴「雒中寒夜姚侍御宅懷賈島」詩に、「夜木動寒色、雒陽城闕深。如何異鄉思、更抱故人心。微月關山遠、閒階霜霰侵。誰知石門路、待與子同尋」。ここに集まった詩人は馬戴一人ではないはずだが、これ以外の同時の作があるか未詳。
（12）賈島「送姚杭州」・劉得仁「送姚合郎中任杭州」。二詩は、韻目が同じであり、同座同賦の作と推定される。
（13）殷堯藩は、大中七年から八年にかけて湖南觀察使李翺の辟召を受けて長沙に在任し、太和八年末に幕府を罷めて、江南（杭州）にいた。折しも太和九年に、姚合は刺史として杭州に着任し、賈島もこの地に來訪していた。姚・賈の殷堯藩を送別したこの二篇の詩を根據に、太和九年の賈島の杭州旅行を指摘したのは、李嘉言「賈島年譜」であり、『唐才子傳校箋』巻六「殷堯藩」（呉企明執筆）も、この説を、さらに根據を補充して追認する。
（14）『宋高僧傳』巻一八「唐鐘陵龍興寺清徹傳」に「釋清徹……初于呉苑開元寺北院、道恒律師親乎閫奥深該理致」。
（15）無可が金州で作った詩は、「陪姚合遊金州南池（一作：金州夏晩陪姚合員外遊南池）」「金州別姚合」「金州冬月陪太守遊池」「過杏溪寺寄姚員外」の四首。なお最後の詩は、「杏溪」が金州を流れる漢江の支流であり、詩題に記す官名「員外」は、金州刺史の姚合の前任の京官が戸部員外郎であったことから、この時期の詩と判明する。無可の金州滞在は、冬から夏までの實に半年に及んだ。項斯の詩は、「贈金州姚合使君」の一首。
（16）李餘は及第後、湖南觀察使從事となるも、一生小官に沈淪。樂府の作者として注目される。元稹「樂府古題序」に「昨梁州見進士劉猛李餘各賦古樂府詩數十首其中一二十章咸有新意豫因選而和之」（『元氏長慶集』巻二三）
（17）姚合が落第時に作った「下第」詩に「枉爲鄉里擧、射鵠藝渾疏。歸路羞人問、春城賃舍居。閉門辭雜客、開篋讀生書。以此投知己、還因勝自餘」、また「寄楊茂卿校書」詩に「到京就省試、落籍先有名。慚辱鄉薦書、忽欲自受刑。還家豈無路、羞爲路人輕。決心住城中、百敗望一成」など。また及第時の「及第後夜中書事」には、自制心を忘れて「夜睡常驚起、春

光屬野夫。新銜添一字、舊友遜前途。喜過還疑夢、狂來不似儒。愛花持燭看、憶酒犯街沽。天上名應定、人閒盛更無。報恩丞相閤、何啻殺微軀」と喜びを迸らせる。

(18) 沈亞之「送韓北渚赴江西序」(『全唐文』巻七三五)：「今年春、進士得第、冬則賓仕於江西府。且有行日、其友追詩以爲別」。この送序は、姚合らの集まる送別の宴に同席した沈亞之によって制作されたものであろう。

(19) 姚合詩の其二「內殿臣相命、開樽話舊時。夜鐘催鳥絕、積雪阻僧期。林靜寒聲遠、天陰曙色遲。今宵復何夕、鳴珮坐相隨」は、馬戴の唱和詩が譌って姚合詩に混入したもの。但し多少の文字の異同がある。

(20) 姚合不在の「姚合詩集團」の詩會もあった。一例として、姚合の「和厲玄侍御無可上人會宿見寄」詩からは、厲玄と無可が詩會を持ったことが判明する。しかし姚合不在の詩會は、回數も少なく、參加者も多くない。つまり彼らの中では、姚合が詩會の音頭取りの役割を勤めていたと理解して良い。

(21) 一例として李廓を取れば、姚合からは「寄鄠縣尉李廓少府」「送李侍御過夏州(一作：送李廓侍郎)」「新居秋夕寄李廓」「酬李廓精舍南臺望月見寄」、賈島からは「酬鄠縣李廓少府見寄」「淨業寺與前鄠縣李廓少府同宿」、雍陶からは「送前鄠縣李少府」の詩を送られており、姚賈集團の重要人物であったことが分かる。

(22) 無可が、金州刺史姚合を訪ねて冬から夏までの半年以上逗留したことは、注15に述べた。吳汝煜『唐五代人交往詩索引』(上海古籍出版社、一九九三年)に據れば、無可が姚合に寄贈などした詩は一二首、その逆は九首。姚合にとって、賈島に次いで詩の應酬が多いのは無可である。なお無可が賈島に寄贈などした詩は三首、その逆は四首。

(23) 周賀は、法名を清塞という佛僧だった。杭州刺史時代の姚合に投刺し、見出だされて還俗。以後、姚合との親交が始まった。『唐才子傳』巻八「清塞」の條に「清塞字南卿。居廬嶽爲浮屠。……寶歷中、姚合守錢塘、因攜書投刺、以丐品第。合延待甚異、……因加以冠巾、使復姓字」。注22の吳汝煜の前掲書に據れば、周賀が姚合に寄贈などした詩は五首、但しその逆は殘っていない。

(24) 姚合の後進誘掖については、白愛平「姚合賈島詩歌的常時接受」(『寧夏大學學報・人文社會科學版』第二八巻、二〇〇六年第三期)に初步的な研究がある。

(25) 『唐才子傳』巻六「鄭巢」に、「鄭巢、錢塘人。大中閒擧進士。時姚合號詩宗、爲杭州刺史。巢獻所業、日遊門館、累陪登覽燕集、大得獎重、如門生禮然」。いま姚合への獻詩が三篇殘る。

（26）『新唐書・李頻傳』巻二〇三に、「李頻字徳新、睦州壽昌人。少秀悟、逮長、廬西山、多所記覽。其屬辭、於詩尤長。與里人方干善。給事中姚合名爲詩、士多歸重、頻走千里丐其品、合大加奬挹、以女妻之」。文中の方干も、姚合詩集團の一員。

（27）前記の資料も含めて摘要すれば、周賀「贈姚合郎中」に「門館多逢請益人」、劉得仁「上姚諫議」に「終計依門館、何疑不化鱗」、方干「哭祕書姚少監」に「入室幾人成弟子」など。

（28）前述のように、周賀「贈姚合郎中」に「望重來爲守土臣、清高還似武功貧」、劉得仁「上姚諫議」に「名因詩句大、家似布衣貧」。

（29）この詩の前篇であり、先だって姚合に寄せられたのが賈島「酬姚少府」。そこにも、詩集編定の件が言及される。「刊文非不朽、君子自相於」（君は、私の不朽とは無縁の凡作について、かたじけなくも編定してくれる。君のような立派な人物が、私を思って大事にしてくれるのだ）。應試の準備として、秋までに作った詩篇を「秋巻」として編定し、それを有力者に行巻として投ずる習慣があった。姚合は、この秋巻を賈島のために編定した。

姚合の官歴と武功體

緒論

姚合（七七七～八四二）は、最終官名によってではなく、彼の最初期の官名である武功縣主簿によって、しばしば姚武功と呼ばれている。[1] この姚武功の呼稱は、早くは『新唐書』卷一二四「姚合傳」に記されている。

（姚）合、元和中進士及第、調武功尉《ママ》、善詩、世號姚武功者。遷監察御史、累轉給事中。……歷陝虢觀察使、終祕書監。

姚合が獨自に作り上げた樣式を、世に武功體と稱する。その名稱は、姚合が早年、武功縣主簿だった時期に形成されたことにちなむものである。姚合はこの時期に、「武功縣中作三十首」「遊春十二首」などの組詩を制作した。これらの作品によって代表される詩體が、武功體である。姚合は生前、すでに武功體の詩人として評價されていた。周賀「贈姚合郎中」詩に「望重來爲守土臣、清高還似武功貧」として、姚合の文學一般が見せる「清高」な風格が、武功縣主簿時期の「清貧」を特徴とするいわゆる武功體の文學の繼承であることを指摘する。またそもそも「武功縣中作三十首」は、武功體の精粋を示す一巻の詩集として單行していた可能性がある。[2] 姚合の名は、詩壇における武功體の成功によって記憶されたのである。

武功體形成の場所となった武功縣とは、一體いかなる場所であったのか、また姚合が在任した武功縣主簿とは、一體いかなる官職であったのか。後世の武功體についての論者は、このような問いの中から武功體の性格を考察しようとしてきた。そこで本章も、まずこうした問題から檢討を始めることにしたい。

論者たちは指摘する。主簿は、官僚組織の末端に近いところに位置する小官に過ぎない。また武功縣は、長安から遠く離れた邊鄙な小縣に過ぎない。姚合はこの武功縣主簿の官職に不滿を抱いていた。例えば曹方林「姚合詩初探」(『成都師專學報』一九八六年第一期、二七頁)には、次のように概括している。

姚合の詩歌の傳存するものは五百餘首。その中の相當部分が、末端卑小の官職に置かれた境遇に對する悲哀を述べたものである。このことと彼の早年の官歷とは、關連している。元和一一年、姚合は及第して武功縣主簿、富平・萬年の縣尉に任ぜられたが、前後十年は下積みであった。主簿は閑職であり、「勾稽省署鈔目」(『文獻通考』巻六三)の仕事をするだけだった。縣尉の官品はさらに低かった。どれも文士の初任官であったが、俗吏であり、尚書中の校書郎のような清官ではなかった。しかも唐代は重內輕外の風潮があり、武功は京城から遠く隔たっていた。地は荒涼としていて、姚合は主簿となって三年、失意の中にあった。こうした心情が、名作「武功縣中作三十首」に集約的に表現されている。……これらの詩句には、詩人の官況蕭條たる様を見て取ることができる。詩には率直に、また細やかに下級官僚の矛盾に滿ちた心理と苦痛が述べられている。このような上司の鼻息を窺う生活を過ごすことは、彼には甚だ苦痛だった。彼は、歸隱を願ったのである。

「武功體とは、武功縣主簿という、邊鄙な小縣の末端の卑官に置かれた不遇感を述べた文學のことである」。このような武功體の解釋は、唐代の官制に對する必ずしも正確ではない理解(3)のためばかりではなく、實は、當の姚合の武功體の詩篇の中から歸納されたものでもある。姚合は、武功縣主簿の官職について、それが卑官であること、また武功縣が邊鄙な片田舍にあることを、繰り返し述べている。連作の其一から、その一斑を窺っておこう。

武功縣中作三十首其一
縣去帝城遠　爲官與隱齊
馬隨山鹿放　雞雜野禽棲
遶舍惟藤架　侵階是藥畦
更師嵇叔夜　不擬作書題

武功縣中作三十首　其一　姚合
縣は帝城を去ること遠く　官と爲るも隱と齊《ひと》し
馬は山鹿に隨ひて放たれ　雞は野禽を雜《まじ》へて棲む
舍を遶るは惟だ藤架　階を侵すは是れ藥畦
更に嵇叔夜を師とするも　書を作りて題するを擬せず

〔大意〕武功縣は、帝城長安から遠く隔たり、官となっても隱者と同じだ。馬は山鹿の羣れの中に放たれ、雞は、野鳥と一緒に飼われている。官舍の周りは、藤棚。階まで延びるのは、藥畦。嵇康先生に師事してはいるが、かの「山巨源に與へて絶交するの書」のような俗物に絶交を申し渡す手紙を書くのは億劫なのだ。

「爲官與隱齊」は、職務に對する飽き足りなさを、「縣去帝城遠」は、武功縣が邊鄙な土地であることを、「侵階是藥畦」は、體調の不良を暗示し、總じて連作全體を包み込む「かったるい氣分」を先取りするものとなっている。

次に、「武功縣中作三十首」の中で姚合の述べる不滿を、かりに便宜のために、五項目「卑官」「貧窮」「職務困難」「束縛」「邊鄙」に整理してみよう（複數項目に跨る詩句あり）。

【卑官】

其三：微官如馬足、祇是在泥塵。

其十：微官長似客、遠縣豈勝村。
其十二：官卑食肉僭、才短事人非。
其二十二：養生宜縣僻、說品喜官微。

【貧窮】

其三：到處貧隨我、終年老趁人。
其四：簿書多不會、薄俸亦難銷。
其十二：官卑食肉僭、才短事人非。
其十七：每旬常乞假、隔月探支錢。
其二十四：久貧還易老、多病懶能醫。
其二十五：醉臥疑身病、貧居覺道寬。
其二十九：月俸尋常請、無妨乏斗儲。

【職務困難】

其三：簿書銷眼力、杯酒耗心神。
其四：簿書多不會、薄俸亦難銷。
其十七：簿籍誰能問、風寒趁早眠。
其二十七：主印三年坐、山居百事休。
其二十八：今朝知縣印、夢裏百憂生。
其二十九：自知狂僻性、吏事固相疏。

其三十：作吏無能事、爲文舊致功。

【束縛】

其六：三考千餘日、低腰不擬休。

其七：自嫌多檢束、不似舊來狂。

其十五：誰念東山客、棲棲守印床。……人間長檢束、與此豈相當。

其十六：朝朝眉不展、多病怕逢迎。

其二十六：靑衫迎驛使、白髮憶山居。

【邊鄙】

其一：縣去帝城遠、爲官與隱齊。

其十：微官長似客、遠縣豈勝村。

其十一：縣僻仍牢落、遊人到便迴。路當邊地去、村入郭門來。

其十三：岐路荒城少、煙霞遠岫多。

其十四：作吏荒城裏、窮愁欲不勝。

其二十二：養生宜縣僻、說品喜官微。

この中には、相互に矛盾するものもある。一例として、俸錢は、生活をまかなうのに十分だったのか？「簿書多不會、薄俸亦難銷」（其四）によれば、俸給は使い切れないほどである。その一方で、「毎旬常乞假、隔月探支錢」（其十七）・「月俸尋常請、無妨乏斗儲」（其二十九）では、俸給の不足を述べる。しかし表面は矛盾するように見えながら、氣の進まぬ文書業務をこなしながら薄俸に甘んずる境遇に不滿を持つという點で、通底している。「薄俸亦難銷」にしても俸錢の潤澤を言うものではなく、薄俸を使う餘裕もない程に慣れない吏務に忙殺されることに不滿を漏らす、一種の高等修辭と理解すべきであろう。

武功縣の邊鄙さについても、「養生宜縣僻、說品喜官微」（其二十二）という肯定的な表現が見られる。しかしこれとても、邊鄙な小縣に對する不滿を逆說的に述べたものである。

かくして武功體の詩は、武功縣主簿という、邊鄙な小縣の末端の卑官に置かれた不遇感を述べた文學として理解される。また武功體によって象徵される姚合の文學一般についても、晩唐という閉塞した政治・社會情況の中で、下層官僚の不遇感を代辨するもの、として說明される。先に曹方林の所說を掲げたが、以下に、こうした武功體理解の原形となった『唐才子傳』の記述も含めて、三人の論者の見解を紹介したい。

＊　＊　＊　＊　＊

①『唐才子傳』卷六「姚合」

蓋多歷下邑、官況蕭條、山縣荒涼、風景凋弊之閒、最工模寫也。性嗜酒、愛花、頽然自放、人事生理、略不介意、有達人之大觀。

②許總『唐詩體派論』第十五章「賈姚論」第一節「賈姚詩歌創作的人生背景」（臺灣・文津出版社、一九九四年、五九三頁）

賈島と比較すれば、姚合の人生經歷は餘程安定したものであった。彼の從曾祖である姚崇は開元の名宰相であり、父の姚閈はかつて相州臨河縣令であり、姚合自身の官歷も比較的順調であって、賈島のように生涯社會の底に沈淪していたわけではない。とは言うものの、衰退の道を辿る時代の雰圍氣と、民衆の置かれた容易ならざる社會情況の中で、姚合もまた貧寒の生活を知っていたのである。例えば「莊居野行」の詩に言う。

客行野田間　此屋皆閉戸　借問屋中人　盡去作商賈
官家不税商　税農服作苦　居人盡東西　道路侵壟畝
採玉上山顛　探珠入水府　邊兵索衣食　此物同泥土
古來一人耕　三人食猶飢　如今千萬家　無一把鋤犁
我倉常空虚　我田生蒺藜　上天不雨粟　何由活烝黎

この詩が暴露しているのは、農民が棄農して商業に走るという社會問題であるが、田地の荒廢についての客観的な描寫と、民衆の苦難の生活についての共感を交えた憂慮からは、彼自身の「我倉常空虚」という貧困な生活のあり様を見て取ることが出來る。姚合は、元和一一年に進士に及第した以後は官職から離れることこそなかったが、しかし「多歷下邑、官況蕭條、山縣荒涼、風景凋弊之間、最工模寫」（『唐才子傳』巻六）、あるいは張籍の「寒食夜寄姚侍御」詩が姚合について語る「貧官多寂寞、不異野人居」という詩句から、彼の生活の一斑を窺うことが出來る。

仕宦における失意と、世を憤る情熱の萎縮とによって、賈島と姚合は長年の貧寒生活の中で、次第に自らの境遇に安んずる退嬰的な態度を養い、人生の目的をひたすら詩歌の制作に求めることになった。

③張震英…「論「武功體」」（『蘭州大學學報（社會科學版）』第三一巻第三期、二〇〇三年五月、三三頁）

「武功體」の制作時期は、おおよそ、武功縣主簿になった時から、富平縣尉・萬年縣尉などの小官を歴任し、その間しばらく官職を去って閒居していた時期を含みつつ、洛陽で監察御史となって出世するまでの時期と限ることができるであろう。すなわち元和一五年（八二〇）から、寶暦二年（八二六）までの五、六年の時期である。

この時期は、詩人の一生において最も官途不如意の時期であるが、しかし作品は最も成果に富み、内容は「多歴下邑、官況蕭條、山縣荒涼、風景凋弊」の卑官の生活を描き、自己の内心の様々に複雑な思いを抒べたものである。

僻縣の小吏となった姚合は、この時いかにして凡俗を超越して、魏博從事の時期の壯志を保持することができたのであろうか。仕官を求めて故郷を出た後の辛酸の日々の末に、下僚に沈淪して、貧窮と疾病とがこもごも加わる境遇の中で、姚合は前途に對して希望を持つことができず、心には絶望感・虚無感ばかりが募った。「一官無限日、愁悶欲何如」（「武功縣中作三十首」其二十三）、「作吏荒城裏、窮愁欲不勝」（同其十四）等は、正しく當時の心理を表現したものである。この時の姚合は、境遇に安んじ、悠然と閑適することで苦痛を克服しようとしていた。「武功體」の描くものは、多くは目の届く範圍の身邊の景物であり、雄大・奇抜なものでもなければ、明澄・艷麗なものでもなく、ましてや餘韻・含蓄のあるものでもなく、多くは詩人が取り上げたくもならない日常の瑣末な情景であった。またいくつかの作品では、人々が疎ましく思う貧病・饑寒ないしは死亡などの事件について大きな關心を示して繰り返し描き、内心の苦痛を晴らすことができない抑壓感や、孤獨感を表現したのである。連作中には、賈島の貧病に對する嗟嘆にも似た落魄の思いを綴ることもあったし、また白居易の悠閑自若の態度にも通ずるような政治に疲れて獨善に生きる有様を描くこともあった。借金をして日を過ごす悲辛、身に病氣を患う痛苦、また詩を吟じて酒を飲み、風物を賞でながら、隱遁者の氣儘さを羨望する思いを述べるなど、それらが有機的に一體化して、この時代の下層文人官僚の境遇と心理を如實に反映したものとなっている。

＊　＊　＊　＊　＊

以上のような論調は、從來の姚合論や武功體論に共通した傾向であり、ここから逸脱するものは殆ど皆無と言って良かろう。

もっとも本稿のさしあたっての關心は、武功體の文學の特質そのものを詳細に讀み解くことではない。ここでなすべきは——武功縣主簿は卑官であり、しかも名譽の伴わない俗吏に過ぎない。加えて武功縣は、長安から遠く隔たった邊鄙でうらぶれた小縣に過ぎない。姚合は、この武功縣主簿の境遇に對する鬱屈した不遇感を表現するために、武功體という退嬰的な氣分に滿たされた詩體を作り出した——という論者たちの判斷が、客觀的で正確であるのか、またその判斷の裏付けとなる姚合自身の「武功縣中作三十首」の文學をどのように讀み解くべきなのか、その點を檢討することである。

一　姚合の官歴

本論に具體的に入る前に、姚合の官歴のあらましを掲げておくのが便宜であろう。筆者が主に參考にしたのは、郭文鎬「姚合仕履考略（以下郭文鎬年譜と略稱）」（『浙江學刊』一九八八年第三期）、陶敏「姚合年譜（以下陶敏年譜と略稱）」（『文史』二〇〇八年第二輯）、朱關田「姚合盧綺夫婦墓誌題記」（『書法叢刊』二〇〇九年第一期）の三篇の論考である。最後の朱關田は、新出土の「姚合墓誌」（全稱「唐故朝請大夫守祕書監贈禮部尚書吳興姚府君墓銘幷序」）の解題である。

新出土の「姚合墓誌」によって、從來不明だった生年と卒年が明らかになった。墓誌には「會昌二年壬戌夏五月、辭以目視不明、歸攝私第。冬十二月寢疾、旬餘、是月廿有五日乙酉、啓手足於靖恭里第、享年六十有六」と明記されており、これによって生年が大曆一二年（七七七）、卒年が會昌二年（八四二）と確定される。※

官歴についての新しい情報としては、從來は「魏博節度從事・祕書郎」としか分からなかった起家官の細部の情況が判明したことがある。墓誌の「田令公鎭魏、辟爲節度巡官。始命試祕省校書、轉節度參謀、改協律、爲觀察支使」によって、節度從事が具體的に、①節度巡官（試祕書省校書郎）、②節度參謀（試太常寺協律郎？）、③觀察支使（試太常寺協律郎）と昇進したこと、また「祕書郎」（正九品上）が實職ではなく、幕職官に添えられる京銜であり、しかも祕書省のそれであること、その後に京銜も昇進して「試太常寺協律郎」（正八品上）となったことが明らかになった。また從來懸案とされていた最終官についても、祕書監（從三品）であることが、最終的に確認された（注1參照）。

※ しかし「姚合墓誌」の出現によって、一方で不可解な問題が浮かび上がった。最大の問題は、會昌二年というその卒年である。姚合の詩集には「哭賈島二首」（『姚少監詩集』卷一〇）が收められるが、賈島の沒年は翌會昌三年である。[4] また姚合の「太尉李德裕自城外拜辭後歸弊居、瞻望音徽、卽書一絕寄上」（『姚少監詩集』卷一〇）は、會昌六年（八四六）三月末に武宗に代わって宣宗が卽位し、四月に聽政すると、ただちに武宗朝の宰相李德裕を荊南節度使に貶したことを詠じた作品と解釋されている（郭文鎬年譜・陶敏年譜とも）。「姚合墓誌」にかりに眞贋問題が持ち上がるとすれば、この點が最大の爭點になるだろう。

また小さな問題となるが、墓誌の「復判餘杭、歲餘、入爲戶部郎中、遷諫議大夫」によれば、姚合は杭州刺史から歸京して戶部郎中に就任したことになる。しかし賈島の「喜姚郎中自杭州迴」詩には「東省期司諫」の句があり、これによれば、門下省（東省）の左諫議大夫の就任が豫定されたことになる。[5] このような問題を含む「姚合墓誌」を無批判に金科玉條とすることには、愼重でなければならない。

姚合の傳記的研究は、新出土の「姚合墓誌」の批判的研究を踏まえて深められるであろう。なお本稿では、さしあたり墓誌によって生卒年と年齡を定め、その他の部分については、基本的に郭文鎬年譜に從うことにする。なおより新しい成果である陶敏年譜（但し「姚合墓誌」は未反映）については、私見では、郭文鎬の所說により多く妥當性があるように思われる。いずれにしても、以下に掲げる姚合の官歷は、折衷的で暫定的なものに過ぎない。

【姚合の官歷】

大曆一二年（七七七）　姚合生まれる。

元和七年（八一二）　三六歳　應試のために上京。

元和一一年（八一六）　四〇歳　進士及第。

元和一二年（八一七）　四一歳　冬、魏博節度使從事（節度巡官・節度參謀・觀察支使）。

長慶元年（八二一）　四五歳　春、武功縣主簿（正九品上）。

長慶三年（八二三）　四七歳　春、武功縣主簿退任　秋、萬年縣尉（從八品下）。

寶歷元年（八二五）　四九歳　秋、萬年縣尉退任。

寶曆二年（八二六）　五〇歳　四月、監察御史（正八品上）。

太和元年（八二七）　五一歳　八月、監察御史東都分司。

太和二年（八二八）　五二歳　一〇月、殿中侍御使（正七品上）。

太和四年（八三〇）　五四歳　初春、侍御使（從六品下）。

太和五年（八三一）　五五歳　初春、戶部員外郞（從六品上）。

太和六年（八三二）　五六歳　秋、金州刺史（從三品）。

太和七年（八三三）　五七歳　七月、刑部郞中（從五品上）。

太和八年（八三四）　五八歳　戶部郞中（從五品上）　冬、杭州刺史（從三品、着任翌年春）。

開成元年（八三六）　六〇歳　春、杭州刺史退任。　夏、入京し、左諫議大夫（正五品上）。

開成四年（八三九）　六三歳　八月、陝虢觀察使（兼御史中丞、正五品上）。

開成五年（八四〇）　六四歳　冬、給事中（正五品上）。その後、右諫議大夫（正四品下）・祕書監（從三品）。

會昌二年（八四二）　六六歳　一二月、卒す。

二　武功縣主簿

武功縣は、「畿縣」である。縣は『新唐書』巻三七「地理志」によれば、赤縣（京縣）・次赤縣（次京縣）・畿縣・次畿縣・望縣・緊縣・上縣・中縣・中下縣・下縣の、一〇等級に分けられる。また杜佑の『通典』では、上記の一〇等級を「赤縣・次赤縣」を赤縣、「畿縣・次畿縣」を畿縣、「中下縣・下縣」を下縣にまとめて、七等級とする。[6] そのいずれの分類でも、武功縣は畿縣となる。問題は、この武功縣主簿という官職の評價である。その際、いわゆる官品が、必ずしも當時の人々の評價と一致しないことに注意しなければならない。第一に、重内輕外の觀念が働く。姚合に即して言えば、太和六年（八三二）、五二歳の時に、戸部員外郎（從六品上）から金州刺史（從三品）となり、翌年、刑部郎中（從五品上）として京官に復歸している。また太和八年には、戸部郎中（從五品上）から杭州刺史（從三品）となり、翌々年に諫議大夫（正五品上）として京官に復歸している。この二度の京官への復歸は、官品だけを見れば降格人事に見えるが、事實は榮進である。もっとも武功縣主簿については、任地が長安近邊とは言っても、地方官であることには違いない。

第二に、そしてここで重要な意味を持つのは、清濁の觀念である。いわゆるエリートコースと見なされる官職は「清」であり、ここから足を踏み外さないように昇進することが期待された。この清濁の觀念は、單に士人の主觀的判斷の中にあったのではなく、正史『舊唐書』巻四二「職官」にも「清望官」「清官」として明記される、至って客觀的なものであった。

職事官資、則清濁區分、以次補授。又以三品已上官、及門下中書侍郎、尚書左右丞、諸司侍郎、太常少卿、太子少詹事、左右庶子、祕書少監、國子司業爲清望官。太子左右諭德、左右衞左右千牛衞中郎將、太子左右率府左右內率府率及副、太子左右衞率府中郎將（已上四品）。諫議大夫、御史中丞、給事中、中書舍人、太子中允、中舍人、左右贊善大夫、洗馬、國子博士、尚書諸司郎中、祕書丞、著作郎、太常丞、左右衞郎將、左右衞率府郎將（已上五品）。起居郎、起居舍人、太子司議郎、尚書諸司員外郎、太子舍人、侍御史、祕書郎、著作佐郎、太學博士、詹事丞、太子文學、國子助教（已上六品）。左右補闕、殿中侍御史、太常博士、四門博士、詹事司直、太學助教（已上七品）。左右拾遺、監察御史、四門助教（已上八品）。爲清官。

なおこの中には、八品未滿の官職は言及されておらず、畿縣主簿（正九品上）の清濁について知ることはできない。手掛かりとなるのは、この官に在任した者の、その前後の官歷である。孫國棟の『唐代中央重要文官遷轉途徑研究』（香港・龍門書店一九七八年、七頁および二五七〜二五九頁の注釋）には、校書郎は任期滿了後に「京畿（赤縣や畿縣）の簿尉（主簿・縣尉）」に遷官することが多いと述べる。また賴瑞和は赤縣尉の特別な地位を説明する文脈の中で、畿縣については次のように言及する。「畿縣尉・畿縣主簿或畿縣丞遷官時、可遷入萬年・長安兩赤縣任縣尉」（賴瑞和『唐代基層文官』第三章「縣尉」）。以上の孫著・賴著を併せるならば、校書郎から始まる文官のエリートコースは、

校書郎（祕書省校書郎正九品下など）──→畿縣の尉（正九品下）・主簿（正九品上）──→赤縣尉（從八品下）

というコースを辿るのが典型的と言うことになる。赤縣は、唐代には京兆府（長安）に二つ（萬年縣・長安縣）、河南府（洛陽）に二つ、太原府に二つの計六縣があったが、言うまでもなく長安の二縣が別格であり、とりわけ大明宮や興慶宮を擁する朱雀大街の東を管轄する萬年縣の地位が高かった。その萬年縣の縣尉は、次に監察御史をねらう、高級官僚の登龍門だったのである。[7]

武功縣主簿に至るまでの姚合の官歴（節度使從事）は、不遇ではないものの、エリートコースを約束されるものでもなかった。武功縣主簿への拔擢には、魏博節度使田弘正の中央政府への強い推薦があったものと推定される。「姚合墓誌」（「中令入覲、公隨之、授武功主簿」）に、節度使田弘正の入覲に從って上京し、その繫がりの中で武功縣主簿を與えられたと特記するのは、這般の經緯を裏付けるであろう。姚合はこの武功縣主簿に任官することによって、正式にエリートコースの緒に就いた。このことは、次に萬年縣尉へと着實に榮進していることからも明白である。武功縣主簿は、客觀的な事實として「卑官・微官」として貶められるべきものではなかった。

姚合は、武功縣の邊鄙な小縣であることを悲しんでいる。賴瑞和の『唐代基層文官』「第三章 縣尉」には次のように述べる。「畿縣約八十多當中(8)、幷非個個同等、而以臨近長安城的約十個畿縣最爲緊要、計有藍田・渭南・咸陽・鄠縣・醴泉・美原・盩厔等。這幾個畿縣的縣尉、常是校書郎・正字和州參軍等遷官的美職」。長安に近接する畿縣の縣尉は、校書郎らが榮進するときの官職である。武功縣は、賴瑞和がここに揭げた最重要の七縣には含まれていないが、盩厔（白居易は祕書省校書郎の後に盩厔縣尉に任官）とは渭水を挾んで北岸に位置し、また鳳翔・秦州に延びる渭水北岸の驛道に當たる。また距離を見れば、長安から七〇キロ足らずにあり(9)、長安からであれば三日ばかりの近い位置にある。武功縣の條件は、畿縣の中にあっても決して惡くはなかった。

＊　＊　＊　＊　＊

武功縣主簿はエリートコースの入り口にある羨望の職である。それにもかかわらず姚合がその卑官を嘆き、その薄給を嘆いているのは、如何なる料簡であろう。ここでは念のために、俸錢についても確認しておきたい。『新唐書』卷五五「食貨志」によれば、武功縣（畿縣）の主簿・尉の月俸は「二萬」（單位：文）である。次の賴瑞和の指摘は、重要である。

基層官僚について氣になるのは、彼らの俸錢が當時の生活水準において十分であったか否かである。……第一章の「校書郎」の中で触れたように、白居易が校書郎に在任していた時に「俸錢萬六千、月給亦有餘」と述べて、満足している。また第四章「參軍と判司」で触れたように、彼が京兆府戸曹參軍として翰林學士に任ぜられていた時、「俸錢四五萬、月可奉晨昏。廩祿二百石、歳可盈倉囷」（「初除戸曹喜而言志」）と詩に述べており、州判司の俸錢と「廩祿」は共に十分であったことが分かる。また第五章「巡官・推官と掌書記」においては、韓愈が汴州の董晉の幕府で觀察推官に在任して三年後、友人の衞中行に手紙を書いて「始相識時、方甚貧、衣食於人。其後相見於汴徐二州。僕皆爲之從事。日月有所入、比之前時、豐約百倍」（「與衞中行書」）と述べたことを紹介した。彼の觀察推官の月俸は約三萬文であり、以前の官職も收入もない時に比べれば、確かに「豐約百倍」であろう。しかも、三年の推官を務めた後に徐州の張建封の幕府に轉ずるが、まだ就任していない時に、「篋中有餘衣、盎中有餘糧。閉門讀書史、窗戸忽已涼」（「此日足可惜贈張籍」詩）と述べている。この「餘衣」「餘糧」の蓄えは、彼が董晉の推官であった時の俸錢に由來するものであるに相違ない。これがあってこそ、生活には餘裕があり、韓愈は「閉門讀書史、窗戸忽已涼」のような讀書生活を追求することも可能となったのである。（賴瑞和『唐代基層文官』「第六章　文官俸錢及其他」）

ここでは三つの官職の俸錢と、それに對する評價（本人滿足度）が紹介されている。校書郎（正九品上）の月俸錢（單位は文）は「萬六千」、物價の高い長安でも[10]、開口が四五間の茅屋を借り、僕夫二人を雇って官僚として一應の體面を保った生活をするには、この收入でも餘裕があったと白居易は述べる。[11]無論、その後に就任した京兆府戸曹參軍（從七品上）の月俸錢「四萬」をもってすればさらに餘裕の生活ができた。一方、韓愈の事例は、董晉の汴州幕府の觀察推官時期のことである。觀察推官の月俸錢は「三萬」、韓愈はその收入がかつての無官の時期の百倍であったことを喜んでいる。またその收入の餘分を蓄えられたことで、職を失ってからもしばらくは「篋中有餘衣、盎中有餘糧」の餘裕があった。白居易が、高物價の長安でも祕書郎の「萬六千」の收入で「月給亦有餘」と述べていることから見れば、姚合の武功縣主簿の月俸錢「二萬」をもってすれば、武功縣における生活は確實に餘裕があったと推定される。

武功縣主簿の官職については、その美職としての評價において、また客觀的な俸錢において、姚合が「武功縣中作三十首」で不滿を訴えるような「卑官」「貧窮」の事態は、存在しなかったことになる。つまり張震英が述べるような「この時期は、詩人の一生において最も官途不如意の時期である」という判斷も、また曹方林が述べる「武功縣主簿、富平・萬年の縣尉に任ぜられたが、前後十年は下積みであった」という判斷も、いずれも姚合が「武功縣中作三十首」に記すことをそのまま事實として鵜呑みにしたことによる、非客觀的な判斷と言わざるを得ない。

三　武功縣主簿以前

武功體が描く世界、また特定すれば「武功縣中作三十首」の描く「卑官」と「貧窮」の世界は、客觀的な事實ではなかった。武功縣主簿は、當時の士人が羨望する淸官であり、しかもその收入は、武功縣における生活を十分に支えることができる額である。

では姚合が作り上げたこの武功體の文學は、實態のない虛構に過ぎないのか？しかし單なる底の割れた虛構であれば、武功體の文學は成功を得ることはできなかった。事實はその逆であり、武功體の文學は當時においても、また後世においても、多くの信奉者を得ることになった。南宋の永嘉の四靈の一人である趙師秀が姚合と賈島のために『二妙集』を編み、これに續く江湖派の閒で姚合の文學が規範性を持っていたことは、文學史の常識である。姚合の三百年後において、なおも信奉者の心を惹き付けることができたという事實は、武功體を眞成の文學たらしめる「眞實」がそこには宿っていたことの證據であろう。武功體については、文學と姚合の生活を短絡させるのではなく、その文學を、文學として正當に理解する視點が必要である。

ここで確認すべきは、「卑官」「貧窮」を述べる「武功體趣味」とも言うべきものが、實は武功縣主簿という特定の環境に由來するものではなく、それ以前からすでに姚合の中に兆し、またそれ以後の生涯においても保持された、いわば姚合の體質に由來する趣味であった可能性である。

姚合は、元和一一年春に進士に及第し、恐らくはその翌年に魏博節度使田弘正の幕僚として魏州（河北省大名縣の北）に赴任している。當時、正規の官職（流內官＝九品三十階內の官）を得ようとすれば、科擧及第後に吏部銓試に應じ、吏部による任官を待たなければならない。しかも官職の數に對して官僚有資格者が多すぎたために、守選という長ければ數年以上にもわたる任官待機が行われていた。このため、使職（節度使・觀察使など）の幕僚として起家することが、有力な選擇肢となっていた。使職には、吏部の任官を通さずに幕僚を雇用できる辟召權があった。またしばしば使職は、辟召した幕僚について、京銜を中央政府に奏請した。姚合が帶びていた試校書郎および試太常寺協律郎は、田弘正が朝廷に奏請して與えられた京銜である。

姚合が魏博節度使田弘正の下で就任した幕職は、「姚合墓誌」によれば當初は節度巡官であり、節度參謀を經て、最終的には觀察支使に昇進している。ちなみに巡官の月俸錢は三萬文、觀察支使は五萬文である。(12) その額は、それぞれ姚合が後年就任する監察御史（正八品上）・刑部郎中（從五品上）に匹敵する。五品以上がいわゆる高官であることを、念頭に置くべきであろう。唐代後期には、幕職官の俸給は十分に高額であった。

＊　＊　＊　＊

姚合の初期の幕僚時代の文學についての研究は殆ど未開拓であるが、數少ない成果の一つとして張震英「詩句無人識、應須把劍看―論姚合反映幕府戎旅題材的作品」（『湖州師範學院學報』第二四卷第五期、二〇〇二年）があり、この初期の姚合の文學には、後年とは異なって經世濟民の情熱を讀み取ることができる、と以下のように指摘する。

姚合の幕府における從軍を題材とする作品は、藩鎭の反亂を平定し國家の統一を維持するための戰爭の贊美と、國家に身命を獻げようとするますらおの氣魄として表現される。元和一二年一〇月、數十年の久しきに亘って獨立割據していた淮西鎭は平定され、專横を恣まにした淄靑鎭も元和一四年二月に平定された。かねて跋扈して獨立・半獨立の狀態にあった藩鎭勢力は、ここに手嚴しい打擊を蒙り、國家は暫時の「中興」の局面を迎えることになった。「濫得進士名、才用苦不長。……將軍俯招引、遣脫儒衣裳」(「從軍行」)。元和一一年冬、進士に及第したばかりの意欲に燃える姚合は、魏州從事に辟召されたが、時あたかも憲宗が藩鎭平定の作戰を遂行し、大きな成果を收めた段階に當たっていた。姚合のこの時期の多くの作品には、藩鎭平定戰爭についての關心と贊美が現されている。

聞魏州破賊　　魏州の賊を破るを聞く　　姚合

生靈蘇息到元和　　生靈　蘇息して元和に到る
上將功成自執戈　　上將　功成りて自ら戈を執る
煙霧掃開尊北嶽　　煙霧　掃き開かれて北嶽尊く
蛟龍斬斷淨黃河　　蛟龍　斬り斷たれて黃河淨し
旗迴海眼軍容壯　　旗は海眼に迴りて軍容壯んに
兵合天心殺氣多　　兵は天心に合して殺氣多し
從此四方無一事　　此より四方　一事も無く
朝朝雨露是恩波　　朝朝　雨露　是れ恩波

詩が描くのは、元和一四年正月（八一九）に田弘正が李師道（淄靑節度留後）の軍を陽穀に破り、二月、李師道が部將の劉悟に殺されて、反亂を起こした十二州が平定された事件である。唐の國勢がこうして元和の時期に回復したこと、また武將たちが先陣を切って敵を殺し、ついに烟霧を吹き拂って蛟龍を斬り殺すように、藩鎭平定の戰いに勝利したことを贊美している。頸聯は、軍容の盛んなることと戰いの正當性を述べ、尾聯は藩鎭平定後の太平を贊美して、反亂平定の喜びと社會の安定に對する願いを述べて、詩人の高揚した思いが發露されている。

田弘正は、元和一四年に淄靑節度使李師道を平定した。右の引用文中の姚合の「聞魏州破賊」詩は、その功績を頌讚する作である。田弘正はその功績によって、憲宗より檢校司徒・同中書門下平章事を授けられている（『新唐書』卷一四八「田弘正傳」）。司徒は、大尉・司空とならぶ三公であり（『通典』職官一）、正一品の最高官銜である。また同門下平章事は宰相職である。田弘正は、魏博節度使の實職にありながら、赫赫たる武勳によってこうした中央高官の肩書を名乘る（檢校）ことを許された。

＊　＊　＊　＊　＊

ところで注目したいのは、姚合のその直後の作となる「假日書事呈院中司徒」詩である。詩題に見える「司徒」は、「檢校司徒」の田弘正を指す。「聞魏州破賊」詩においては勝利の凱歌を歌ったはずの姚合が、この詩では一轉して退嬰的な氣分を詠じている。假日（十日に一度の休日）に、恐らくは幕府の院中に設けられた宴席における作と推定される。

假日書事呈院中司徒　　　　姚合
十日公府靜　巾櫛起清晨

假日　事を書して院中の司徒に呈す
十日　公府靜かなり　　巾櫛　清晨に起く

寒蟬近衰柳　古木似高人
學佛寧憂老　爲儒自喜貧
海山歸未得　芝朮夢中春

寒蟬　衰柳に近づき　古木　高人に似たり
佛を學べば寧ぞ老を憂へん　儒と爲らば自ら貧を喜ぶ
海山　歸るを未だ得ず　芝朮《しじゅつ》　夢中に春なり

〔大意〕十日目の休日は、役所も静かで、沐浴のために朝早くから起き出す。寒蟬は、夏も過ぎてやつれた柳に止まり、古木は、俗世を避ける高人の姿を思わせる。佛を學ぶ我が身であれば、老いを憂えることもないし、儒者である以上、貧を厭うこともない。なのに今は、故鄉に隱遁することもままならない。夢の中では、芝朮（仙草）が春に芽ぐんでいるというのに。

この詩には、清謐で退嬰的な氣分が滿ちている。しかし畢竟ここは、節度使の軍府なのである。元和一四年（八一九）、田弘正は淄靑節度留後の李師道を討伐して、武勳を樹てた。しかしその二年後の長慶元年、田弘正は魏博節度使から成德節度使に轉任し、そこで兵亂に卷き込まれて、配下の幕僚三百人と諸共に慘殺されている。姚合がその中の一人であったとしても不思議はない情況であった。ことほど左樣に、田弘正の幕府は、不順の藩鎭に對峙する最前線に位置しており、そこには殺伐とした緊迫感が漂っていたことを確認しなければならない(13)。

第二に注意すべきは、この詩を贈る相手が、當の田弘正だったことである。姚合の節度從事は、吏部銓選による任官ではなく、節度使田弘正の辟召による。こうした辟召においては、主人と幕僚との間は、恩顧ないしは主從關係の要素を帶びるものである。しかし姚合はその辟召の恩人に對して、職務への精勵を誓うのではなく、却って「學佛寧憂老、爲儒自喜貧。海山歸未得、芝朮夢中春」と、職務を抛擲して歸隱する願望を述べている。常識に反する發言としなければならない。なお詩中の「老」は、魏博從事を罷める元和一五年に姚合は四四歲であり、老いを意識してもよい年齢になってはいた。しかし自分よりも三一歲も高齢の田弘正（七四六〜八二一）に對して自己の老いを訴えるのも、また常識的ではない。しかも「貧」については、俸銭は幕主である田弘正を通して支給されるものであり、しかも姚合の月俸銭は上述のように、物價低廉の地方都市の生活には十分すぎる三萬文（節度巡官）から五萬文（觀察支使）の高額だった。

こうした自己の「老」「貧」を語る頸聯を承けて、歸隱の思いを語る「海山歸未得、芝朮夢中春」の尾聯が置かれる。この詩を作った時、田弘正が如何なる思いでこの詩を讀むことを、姚合は期待したのであろうか。

要するに、この詩は辟召の恩人である田弘正への恩義を述べようとはしない反「儀禮的」な作品であり、また逆説的ではあるが、この詩には儀禮性を超えたある種の眞情が宿っているに違いないのである。穩やかでも清謐でもない節度使の軍府を、却ってそのような世界として描き、それなりに惠まれた境遇にある自己を、あえて「老」「貧」を擧げつらって否定的に描き出す。後日に成熟する武功體の美學は、このような手法の延長上にあると考えることができるであろう。

結論を急ぐ前に、田弘正の幕府で作られた詩をいくつか追加して讀んでみたい。

從軍樂二首其一

每日尋兵籍　經年別酒徒
眼疼長不校　肺病且還無
僮僕驚衣窄　親情覺語粗
幾時得歸去　依舊作山夫

從軍樂二首　其一　　姚合

每日　兵籍を尋ね　　年を經て酒徒に別る
眼の疼むは長く校《い》えず　　肺の病むは且く還た無し
僮僕　衣の窄なるに驚き　　親情　語の粗なるを覺ゆ
幾時か歸り去り　　舊に依りて山夫と作《な》るを得ん

〔大意〕每日、兵隊の名簿を點檢するだけで、もう何年も酒飲み友達に會っていない。目は痛くて、いつまでも癒えないが、肺の具合が惡いのは、ここしばらく落ち着いている。僮僕は、窮屈な戎衣を着ることになったのに驚き、友人は、言葉遣いがぞんざいになったのを氣にしている。一體いつになったらば、役人を辭めて、昔のように氣樂な人間に戻ることができるだろうか。

其二

朝朝十指痛　唯署點兵符
貧賤依前在　顛狂一半無
身慚山友棄　膽頼酒杯扶
誰道從軍樂　年來鑷白鬚

其二　　姚合

朝朝　十指痛み　唯だ署して兵符を點ず
貧賤　前に依りて在り　顛狂　一半も無し
身は山友の棄つるを慚ぢ　膽《こころ》は酒杯の扶くるに頼る
誰か道ふ從軍は樂しと　年來　白鬚を鑷《ぬ》く

〔大意〕毎朝のように、兩手の指が痛くてならない。ただ出勤して、兵隊の名簿を點検するのがやっとだ。貧乏と下積みの生活は、前と變わらないが、氣儘な暮らしは、殆どできなくなった。故郷の友人に見捨てられたのを殘念に思いながら、酒に助けられて憂さ晴らしをする。從軍は樂しいなどと、一體誰が言ったものか。近頃は、老いぼれて白くなった鬚を毛抜きで抜く始末だ。

「從軍」とは、姚合が節度使の軍府に勤務することを言う。その職務の内實が「毎日尋兵籍」（其一）と「唯署點兵符」（其二）、つまり兵籍の管理であったことが分かる。この詩は「從軍樂」と題しながら、「誰道從軍樂」（其二）と白状する通り、詠じている内容はいわば從軍苦である。

姚合はなぜ、節度從事の職務を苦痛とするのだろうか。軍府とはいえ、姚合の職務は兵籍の管理であり、文官としての文書業務である。では節度使の幕僚という、中央政府の官僚（流内官）ではない身分に不滿を覺えたのであろうか。しかし中唐以降、節度使や觀察使の幕僚となるのは文官の有力な昇進經路となっていた。韓愈が宣武軍節度使

（汴州）である董晉の、また杜牧が江西觀察使（洪州）である沈傳師の幕僚として官途に入ったことは、代表的な事例である。姚合の魏博軍節度從事についても、當時の文官の昇進經路の實態に鑑みるならば遜色のない初任官とすべきであろう。しかも試校書郎・試太常寺協律郎という中央官廳の京銜を帶びてもいる。またそれ故に、これを踏み臺として次の武功縣主簿の榮進も可能となっている。客觀的に見れば、使職の幕僚という身分も、また俸給においても、加えて京銜を確保している點でも、この時の姚合の待遇は良好だった。——そのような良好な待遇であったにもかかわらず、姚合は詩に不滿を漏らしている。姚合の文學が持つこうした構造を、我々は確認しておく必要がある。

詩の內容を吟味しよう。第一に、老病を訴えること。「眼疼長不校、肺病且還無」（其一）、「朝朝十指痛」（其二）、「年來鑷白鬚」（其二）。當時、姚合は四十代の前半であり、しかも科擧及第後の初任官である。その時點ですでに自らの老病を氣遣わねばならぬ情況だったとは思えない。

第二に、貧賤を訴えること。「貧賤依前在」（其二）。しかし上述のように高額の俸給を得ていたのであるから、「貧賤依前在」は實態のない不滿である。姚合は、元和八年（八一三）から科擧を受驗して三回落第し、四回目にして及第した。その時の喜びを「及第後夜中書事」詩に「喜過還疑夢、狂來不似儒。……報恩丞相閤、何啻殺微軀」と素直に綴っている。それにもかかわらず、しかるべき待遇を得ている今を「貧賤依前在」と自虐的に述べるのは、詩的修辭以外のものではない。

第三に、役所勤めの束縛の多さを訴えること。「經年別酒徒」（其一）、「顚狂一半無」（其二）。第四に、歸隱への願望を述べること。「幾時得歸去、依舊作山夫」（其一）、「身慚山友棄」（其二）。これら「老・病・貧・賤・束」を綜合すれば、後日の武功體を構成する要素がほぼ備わっていることが判明しよう。

もう一首、魏博節度使從事の時期の作品を讀んでおきたい。

寄絳州李使君

絳州の李使君に寄す　　姚合

獨施淸靜化　千里管橫汾
黎庶應深感　朝庭亦細聞
心期在黃老　家事是功勳
物外須仙侶　人間要使君
花多匀地落　山近滿廳雲
戎客無因去　西看白日曛

獨り淸靜の化を施して　千里　橫汾を管す
黎庶　應に深く感ずるなるべく　朝庭も亦た細かに聞かん
心に期するは黃老に在り　家事は是れ功勳
物外　仙侶を須ち　人間　使君を要《ま》つ
花多くして地に匀《ひと》く落ち　山近くして廳を滿して雲あり
戎客　去るに因し無く　西に看れば白日曛《く》る

〔大意〕　政治では、無私無欲の德化を施して、汾河の周りの千里の土地を治める。庶民は、德治に靡き、朝廷も、立派な治績を聞きたいと願うのだ。先生の思いは、黃老の道に志すことだが、家の敎えは、國家に對して功勳を樹てることにある。先生は、世閒を離れて仙侶との交わりを願うのだが、世閒では、先生が刺史として政事を執ることを求めている。咲き亂れる花は、花辨を一面に散り敷き、山から溢れ出す雲氣は、政廳の中まで漲る。自分はその情景に心惹かれて、先生を訪ねたく思うのだが、節度從事の任務があるために願いは叶わず、夕日が燒ける絳州のある西の方を空しく望むばかりだ。

絳州李使君とは、元和一〇年に絳州刺史となった李憲を指す。李憲は、德宗の時に朱泚《せい》の亂を平定して大功を建てた李晟の子であり、「家事是功勳」は、李晟以來の一族の功業を言う。この詩が姚合の魏博幕僚時期の作であることは、「戎客」の自稱から明らかである。

詩は、李憲が絳州の地で無爲にして化す善政を施すことを贊美する。李憲は、黃老の敎えに心を寄せ、仙侶（風雅の人士）を大事にする人物であり、また政務においては、父親李晟の功勳を繼いで手腕を示し、この刺史なくして政治は執れないという高い評判を得たと、姚合は讃えている。

特に注目したいのは、最後の四句である。ここに姚合が理想とする世界が描き出される。咲き亂れる花は、花辨を一面に散り敷き、山から溢れ出す雲氣は、政廳の中まで流れ込む（「花多匀地落、山近滿廳雲」）。それは要するに、隱者の住まう山居の情景である。その隱者の世界と一體の、さながらに無爲にして治まる太古淳樸の世界に、姚合の心は惹かれゆくのである。――無論姚合は、李憲の治める絳州を實際に見たわけではなく、從ってこれは彼の心の中で理想化された世界の光景に過ぎない。しかし眼前の現實世界は、この理想化された世界を基準にして「評價」されるのである。政治の直接の責任者（地方であれば縣令・刺史など）がどのようにあるべきか、この時の官僚として驅け出しの姚合には、無論その實感を持ちようもなかった。しかしやがて姚合が金州刺史となった時、その思いは、自らの姿を描く「金州書事寄山中舊友」という詩に結實する。この詩については後に檢討するが、概略、姚合は金州刺史となった自己を、この詩に描かれた絳州刺史李憲のように振舞わせているのである。

＊　＊　＊　＊　＊

魏博節度使幕僚時期の作品を四篇紹介したが、そこから分かるのは、姚合が武功縣主簿に任官する以前にあって、すでに武功體の諸要素が出揃っていることである。自己の貧賤と老病を嘆き、職務には無能を裝い、歸隱を願望する。こうして四篇の詩に表明されるものこそ、やがては「武功縣中作三十首」において成熟する武功體の美學的特徴を先取りするものである。

とすれば、武功縣主簿の時期に姚合が頻りに訴える所の「貧・邊・老・病・束・倦・隱」をそのまま實態と見る理解が、いかに危險な道であるかが分かるだろう。要するに、武功體の文學は、實際にそこにある生活を寫實するのではなく、いわば「官」に對する心情的抵抗の様式なのである。それ故に、そこに訴えられる「貧・邊・老・病・束・倦・隱」は、事實ではなく、そのような武功體を成立させるための修辭と理解すべきものなのである。

魏博鎭の幕職は、姚合が進士及第の後に最初に就任した起家官である。受験に失敗して三年の浪人生活を送ったことは、當時としてはごく尋常の事態である。また四〇歳の及第も、三十代の終わりになって應擧したことを考慮すれば、格別に遲すぎることでもない。いわば、姚合は順調に官途に入ったのである。幕職官としての報酬も、十分であった。しかも田弘正の優遇もあって、試校書郎・試太常寺協律郎という中央官の京銜を帶びることもできた。この上に附け加えれば、任地の魏州（河北省大名縣北）は、姚合が育った相州（河南省安陽市）からも程近かった（約八〇キロ）。――考え得るだけの好條件に惠まれ、進取の希望に燃えて官途に乗り出すべき時に當たって、姚合は、何故かくも退嬰的な文學を作ることをおぼえたのであろうか。この問題こそ、姚合の文學を考える上での最大の課題であり、また恐らくこの問題を考える中から、いわゆる晩唐文學の誕生の祕密を探し當てることができるのであろう。

四　萬年縣尉――武功縣主簿の後

話を戻そう。姚合は、武功縣主簿を長慶三年（八二三）春に罷めた後、その年の秋に萬年縣尉に就任している。[14] 萬年縣尉は、すでに述べたようにエリートコースの眞ん中に位置する官職である。姚合はこの萬年縣尉という衆人羨望の職を跳躍臺として、さらに監察御史へと榮進することになる。監察御史が高級官僚への登龍門であることは周知の通りであり（注7參照）、以後の姚合の官歷は理想型に從うものであった。

姚合は、萬年縣の官舍に詩友たちを呼び集めて何度も詩會を催した。その時の作を紹介しよう（大意は一八四頁參照）。

萬年縣中雨夜會宿寄皇甫甸　　姚合

縣齋還寂寞　夕雨洗蒼苔
清氣燈微潤　寒聲竹共來

萬年縣中 雨夜に會宿し皇甫甸に寄す

縣齋 還た寂寞　夕雨 蒼苔を洗へり
清氣 燈 微《かす》かに潤ほい　寒聲 竹と共に來たる

蟲移上階近　客起到門迴　　蟲移りて 階に上りて近づき　　客起ちて 門に到りて迴る
想得吟詩處　唯應對酒杯　　想ひ得たり きみの詩を吟ずる處　　唯だ應に酒杯に對すなるべし

ここで姚合は、萬年縣の官舍を、さながら邊鄙な村里の一角のように描き出す。「ここ萬年縣の縣齋も、やはり以前（武功縣）の縣齋と同じように、寂寞としている」のである。第二句から第六句までは、その縣齋の寂寞を描き出す。例えば、夜雨が蒼苔を濡らす。蒼苔とは、詩の中では決まって、人の訪れの絶えた寂しい世界の一角を塡める景物である。

肝心なことは、この詩が描く場面の所在である。この詩の讀者は、詩題に「萬年縣中」の説明がなければ、それは片田舍の縣の官舍だと思うだろう。しかし萬年縣は、朱雀大街によって二分される長安の東半分を管轄する縣であり、大明宮や興慶宮の一帶もその管轄下にある、唐代に全國一千五百餘りあった縣の中のまぎれもなく最重要縣である。またその政廳が置かれた宣陽坊は、東市に隣接し、北隣の平康坊は、北里と呼ばれる有名な歡樂街である。そして興慶宮にも皇城にも程近い立地を占めていた。要するに長安の街區の眞ん中にあり、當時にあってこれ以上に繁華な地域はなかった。萬年縣の官舍は、その宣陽坊にあることを認識しなければならない。しかしそれにもかかわらず、姚合は萬年縣の縣齋を、恰も武功縣と變わらぬように描いている。

では「貧・邊・老・病・束・倦・隱」によって性格付けられる武功體に對して、この詩はどの程度の距離にあるのだろうか。

この詩は、自分が主人になって催した集會の詩という性格もあり、わが身の「貧」「老病」などの不遇・不調を話題にすることは抑制されている。しかしその中でとりわけ際立つのは、その場所が都城の中央であることの隱蔽であり、結果としての「鄙」の要素の强調である。またこのことによって、姚合が長安主要部を管轄する萬年縣尉という衆人羨望の美職にあることも、隱蔽される。かくして姚合は、自分が特別の官職にある事實を一切撥棄して、あたかも一隱者が、寒舍において詩友たちと布衣の交わりを繰り廣げるかのように詩を作るのである。

武功體とは、「貧・邊・老・病・束・倦・隱」の諸契機を通じて、「中央・權力・富貴」を屬性とする「官」の論理を削ぎ落とす、つまり舞臺の脱「官」化を實現する樣式である。眼の届くあらゆる光景を、世界の邊鄙な片隅に布置すること、これが姚合の文學の美學であり、武功縣主簿の時代に彼が完成した「武功體」の特徴である。姚合は、その武功體を用いて、長安の中心にある萬年縣の官舍の情景を描いたのである。

*　*　*　*　*

次に萬年縣尉を退任した時期（寶曆元年の秋？）の詩も讀んでおきたい。姚合と唱和した張籍の詩も、ここでは參考になる。

寄主客張郎中

年長方慕道　金丹事參差
故園歸未得　秋風思難持
蹇拙公府棄　朴靜高人知
以我齊杖屨　昏旭詎相離
吟詩紅葉寺　對酒黄菊籬
所賞未及畢　後遊良有期
粲粲華省步　屑屑旅客姿
未同山中去　固當殊路岐

主客の張郎中に寄す　姚合

年長《た》けて方に道を慕ふも　金丹 事 參差たり
故園 歸ること未だ得ず　秋風 思ひ持《た》へ難し
蹇拙なれば公府に棄てられ　朴靜なれば高人に知らる
我の杖屨《くつ》（老人＝張籍）に齊しきを以て　昏旭 詎《なん》ぞ相ひ離れん
詩を吟ず 紅葉の寺　酒に對す 黄菊の籬
賞する所 未だ畢《を》ふるに及ばず　後遊 良《まこと》に期有らん
粲粲 きみは華省に歩まん　屑屑 われは旅客の姿なり
未だ同《とも》に山中に去らず　固より當に路岐を殊にすべし

〔大意〕　老年になって道を慕うようになったが、金丹は、思うように作れない。故郷に歸ることは叶わず、秋風が吹く時、思いは堪えられなくなる。仕事が愚圖で、役所からは追い出されたが、醇朴を愛するので、高人（張籍）には相手にしてもらえる。自分は、先生とは思いが同じなので、朝夕、どうして離れておられようか。一緒に紅葉の寺で詩を吟じ、黄菊の籬のあたりで酒杯を酌み交わした。樂しみを盡くすことはできないので、後日の樂しみに取っておくことにしよう。先生は威儀を正して尚書省の高官（主客郎中）としてお勤めであるが、私は今はあたふたと旅人の姿に身を包む。先生と一緒に隱遁したくとも、それはできる相談ではない。かくなる上は、先生とは違う道を歩くしかないのだろうか。

答姚合少府　　姚合少府に答ふ　　張籍

病來辭赤縣　案上有丹經　　病み來たって赤縣を辭す　案上に丹經有り
爲客焼茶灶　教兒掃竹亭　　客の爲に茶灶を焼き　兒をして竹亭を掃かしむ
詩成添舊巻　酒盡臥空缾　　詩成りて舊巻に添へ　酒盡きて空缾を臥《よこ》たう
閣下今遺逸　誰瞻隱士星　　閣下　今　遺逸　誰か隱士星を瞻《み》んや

〔大意〕　君は病を得て赤縣である萬年縣の尉を辭任した。机の上には、丹經の道書が開かれている。お宅をお訪ねした時には、お茶を點てていただいた。そしてお子には、竹亭を掃除させていた。君は詩を作っては、舊巻に書き添え、酒を盡くしては、空缾を横たえる。君は今、閑居の身。その隱士星のような君のことを、私以外に、いったい誰が見ていることだろう。

姚合は、寶歷元年（八二五）の晩秋に萬年縣尉を退任した。半年餘りの守選（任官待機）の後、翌年四月に次の監察御史に就任している。[15] 姚合の退任は、彼自身の語るところを信ずれば、任期途中での體調不良による辭任である。この萬年縣尉退任の經緯について、郭文鎬年譜を見ておきたい。

寶曆元年晩秋、姚合は「寄主客張郎中」を作るが、中で「蹇拙公府棄」とあるのは、萬年縣尉を去ったことを言う。またそこに「年長方慕道、金丹事參差」とあるのは、張籍の「贈姚合少府」に「病來辭赤縣、案上有丹經」とあるのと契合するので、二詩は同時の作と分かる。「贈姚合少府」の「贈」は、『全唐詩』の校語に「一作答」とあり、「答」とすべきである。姚合は寶曆元年晩秋に萬年縣尉を辭しており、逆算すると、病氣を理由に長告（長期休暇申請）したのは、夏であろう。

姚合の詩中の一句「蹇拙公府棄」が、萬年縣尉の退任を指すのは間違いあるまい。問題は、その退任の經緯であろう。郭文鎬は、張籍の「病來辭赤縣」を根據に、病氣で辭任したと考えた。但し、任期途中で辭任したのではなく、病氣を理由に長期休暇を願い出て、その期限の百日に達した時點で規則によって自動的に退任になった、と推定した。それが、寶曆元年夏の長告、晩秋の退任、という郭文鎬の解釋である。

しかしここで別の可能性を考えてみる必要がある。郭文鎬は、姚合と、姚合に唱和した張籍の詩句の内容をそのまま信じすぎたのではないか。もし「蹇拙公府棄」（仕事が愚圖で役所から追い出された）のが眞實であるならば、どうして次に監察御史という人も羨む清貴の官に昇進できたのであろうか。しかもそこに病氣まで加わって「病來辭赤縣」（病氣で赤縣の要職を辭した）のであれば、監察御史という繁劇の職に姚合を任命することがあり得たのであろうか。

考えてみれば、姚合は初任官の魏博節度從事の時期から、すでに老病の不調を訴えていた。また武功縣主簿の時期には、その老病哀訴を基調とした「武功縣中作三十首」に代表される武功體の文學を確立した。姚合が身體の不調を訴えるときには、それが彼一流の「文學表現」であることを念頭に置かなければならない。また張籍の唱和詩についても、姚合の「文學表現」を理解しつつ「病來辭赤縣」と呼應したものと理解するのが筋であろう。

姚合は、萬年縣尉を辭任した後、監察御史・殿中侍御史・侍御史という憲臺の要職を歴任する。それらは美職でもあるが、劇職でもある。しかし姚合はこれらの職を勤め上げた。また金州刺史・杭州刺史・陝虢觀察使という地方の大官を歴任して、六六歳の長壽を全うしている。姚合は、必ずしも蒲柳の質ではなかったと見なければなるまい。恐らく姚合は、寶曆元年秋までの萬年縣尉の任期を、怠惰に流れるでもなく、病氣になるでもなく、無事に勤め上げたものと思われる。また假に、姚合が體調を崩してこの時長告していたとしても、それは誰にもある體調變動の範圍内と見て差支え無かろう。

要するに姚合の「寄主客張郎中」詩は、それを武功體の作品として解釋するのが適當なのである。「蹇拙公府棄」とは、「武功縣中作三十首」に縷々述べられた職務倦怠の情緒を、さらに被虐的な形をとって擴充したものと考えれば良い。何としてもこの句の直前に置かれた作品冒頭の「年長方慕道、金丹事參差。故園歸未得、秋風思難持」の歸隱の思いを綴る四句を見れば、そこには職務中途で無念にも罷免された者が懷く憤懣や慚愧の思いはなく、むしろ淡々と趣味に生きる者の心の餘裕を示している。またそれゆえに「蹇拙公府棄」の後には、「朴靜高人知」（自分の澹泊な性格を、高人＝張籍は理解してくれる）という自己肯定の句も現れるのである。

なおこの四句が綴る歸隱への希望は、突如この時期に現れたものではない。數年以前の魏博從事期の「學佛寧憂老、爲儒自喜貧。海山歸未得、芝朮夢中春」（「假日書事呈院中司徒」）や、「幾時得歸去、依舊作山夫」（「從軍樂二首」其一）と同工異曲であることを思い出すべきであろう。この詩が、老病を訴え、職務への倦怠を綴り、歸隱への願望を述べるのは、何も萬年縣尉を特別の事情（例えば職務怠慢や病臥による罷免）で辭任したためではなく、それこそが姚合の文學の地色であると理解することの方が重要である。つまりそれが、姚合の武功體文學の特徵なのである。

五　萬年縣尉以降

以下、驅け足で、その後の姚合の文學においても武功體趣味が保持されることを確認しておきたい。萬年縣尉の後、姚合は監察御史・殿中侍御使・侍御使と憲臺の官職を歴任する。いずれもエリートが經由する「淸官」である（第二節所揭の『舊唐書』卷四二「職官」參照）。

殿中侍御使（正七品上・月俸錢：四萬文）に在任中の作品を讀んでみよう。

喜馬戴冬夜見過期無可上人不至　　姚合

馬戴の冬夜に過《よ》ぎらるを喜ぶ　無可上人を期するも至らず

客來初夜裏　藥酒自開封
客は來たる初夜（初更）の裏《うち》　藥酒　自ら封を開く

老漸多歸思　貧惟長病容
老いては漸く歸思多く　貧にして惟だ病容長し

苦寒燈焰細　近曉鼓聲重
寒に苦しみて燈焰細く　曉に近くして鼓聲重し

僧可還相捨　深居閉古松
僧可は還《ま》た相ひ捨て　深居　古松に閉ざす

〔大意〕　晩に、馬戴がやって來た。藥酒の甕の封を開いて、飲むことにしよう。年を取って、故郷に歸りたい思いが募り、貧乏暮らしのためか、いつまでも病氣が治らない。寒さのせいで、ろうそくの焰も弱々しげで、やがて夜明けという時に、太鼓の音が重く空氣を振るわせる。無可上人は、またも我らをお見捨てだ。きっと、松の老木の陰に籠っているのだろう。

この詩が殿中侍御使に在任時の作であることは、馬戴のこれに唱和した「集宿姚殿中宅、期僧無可、不至」詩があることから明らかである。殿中侍御使は、封演が「八儁」の中に數えるエリートコースの官職だが、それにもかかわらず「老漸多歸思、貧惟長病容」の詩句があることに注目したい。姚合はこの地位に至っても「貧」を訴え、「老・病」を訴えて歸隱を願望している。

次は、尚書省の郎官（員外郎・郎中）に在任中の作である。

書懷寄友人　　懷《おもひ》を書して友人に寄す　　姚合

精心奉北宗　微宦在南宮　　精心　北宗を奉ずるも　微宦　南宮に在り
擧世勞爲適　開門事不窮　　世を擧げて勞を適と爲し　門を開けば事　窮まらず
年來復幾日　蟬去又鳴鴻　　年來　復た幾日ぞ　蟬去りて又た鳴鴻
衰疾誰人問　閒情與酒通　　衰疾　誰れ人か問はん　閒情　酒と通ぜり
四鄰寒稍靜　九陌夜方空　　四鄰　寒くして稍や靜かに　九陌　夜にして方に空し
知老何山是　思歸愚谷中　　老を知る　何れの山か是《これ》なる　歸るを思ふ　愚谷の中

〔大意〕誠心誠意、北宗禪を信奉しているのだが、微官となって心ならずも尚書省に役所勤めだ。世間では、職務精勵を「望むところ」と心得て、それで家を出れば、仕事がはてしもなく押し寄せる。新しい年まで、あと何日だろうか。蟬が鳴き止んだと思う間に、雁が鳴きながら渡ってきた。我が身の衰えを、一體誰が心配してくれようか。閑な時は、酒と心を通わせる。隣近所は、寒くなったせいか靜かになった。都大路も、夜になったのでひと氣が絕えた。年を取ったと思うにつけて、何處が良いかと思いあぐねる。いっそ愚公の谷にでも隱遁することにしようか。

「貧・邊・老・病・束・倦・隱」の基準に照らせば、このうち言及されていないのは「貧鄙」の一事だけである。

詩中の「南宮」は、北面の中書省・門下省に對して、尙書省のことを言う。姚合が尙書省に勤務したのは太和五年（八三〇）に戸部員外郎（從六品上）に就任してから、太和八年に戸部郎中（從五品上）として杭州刺史に轉出するまでの四年間であり、姚合五五歳から五八歳の時期に當たる。この間、太和六年秋から翌年秋までの金州刺史赴任が挾まっている。郎官と稱される郎中や員外郎は、正五品以上の高官（中書舍人・給事中・諫議大夫・御史中丞また正四品の侍郎）に升るための重要な階梯であり、またそれ自體が「八儁」に數えられる美職である。それにもかかわらず姚合が自分の官職を「微宦」と稱するのは、尋常ではない。しかもそれだけの重職にありながら、官僚の生態に對しては傍觀者のように「舉世勞爲適、開門事不窮」と冷やかな視線を投げかける。それは「精心奉北宗」「閒情與酒通」「思歸愚谷中」という句に述べられた「怠・隱」の趣向に、自己を重ねるためであろう。

＊　＊　＊　＊　＊

姚合は郎官在任中の五六歳の時（太和六年）、刺史となって金州（漢中盆地の要衝＝安康）に赴任する。その赴任先で、長安の詩友たちに寄せた詩を讀んでみよう（大意は一八八頁參照）。

金州書事寄山中舊友

安康雖好郡　刺史是憨翁
買酒終朝飮　吟詩一室空
自知爲政拙　衆亦覺心公
親事星河在　憂人骨肉同
簿書嵐色裏　鼓角水聲中
井邑神州接　帆檣海路通

金州に事を書して山中の舊友に寄す　姚合

安康（金州）好郡なりと雖も　刺史は是れ憨《かん》翁
酒を買ひて終朝飮み　詩を吟じて一室空し
自ら爲政の拙なきを知るも　衆も亦たわが心の公なるを覺《さと》る
事を親しくすること星河在り　人を憂ふること骨肉に同じ
簿書　嵐色の裏　鼓角　水聲の中
井邑　神州に接し　帆檣　海路に通ず

野亭晴帶霧　竹寺夏多風　　野亭　晴るるも霧を帶び　　竹寺　夏なるも風多し
漑稻長川白　燒林遠岫紅　　稻に漑ぎて長川白く　　林を燒きて遠岫紅し
舊山期已失　芳草思何窮　　舊山　期　已に失へり　　芳草　思ひ何ぞ窮まらん
林下無相笑　男兒五馬雄　　林下　相ひ笑ふもの無し　　男兒　五馬雄なり

上州の刺史（從三品、月俸錢八萬文）の待遇を得ているので、さすがに貧苦を訴えることもなく、また州の長官であるので、上司に向かって腰を折る卑屈さを嘆く字句もない。それにもかかわらず、この詩には武功體の趣味が息づいている。第一に、自分を無能者（愍翁）と見なすこと、またその結果として、第二に、職務を忘れて飲酒・吟詩に耽溺すること、第三に、歸隱の思いを綴り、歸隱の思いを共有する同好の士を求めること、である。武功體の特徴は、總じて官の價値觀（中央・權力・富貴）に對する消極的抵抗であり、老と病と怠と隱を語ることによって、官の價値觀が入ることのできない、簡素と閑雅を價値とする小さな別乾坤を建立することにある。この詩は、金州刺史となった姚合にして作り得た「武功體」の詩と理解することができるだろう。

姚合は自らが地方政治の責任者となるに當たって、「自知爲政拙、衆亦覺心公—政事の執り方は稚拙であるが、それでも民衆は、自分には私心が無いことを理解してくれる」と述べる。姚合が理想とする無爲の治の實踐を表明するものであろう。

この姚合の詩に對して、詩友の馬戴が以下の唱和詩を返した（大意は一八九頁參照）。

寄金州姚使君員外　　馬戴

老懷清淨化　乞去守洵陽　廢井人應滿　空林虎自藏
迸泉疏石竇　殘雨發椒香　山缺通巴峽　江流帶楚檣

憂農生野思　禱廟結雲裝　覆局松移影　聽琴月墮光
鳥鳴開郡印　僧去置禪床　罷貢金休鑿　凌寒筍更長
退公披鶴氅　高歩隔鵷行　相見朱門内　麾幢拂曙霜

馬戴は、姚合の詩中にある武功體的要素を巧みに返詩の中に取り入れている。「覆局松移影、聽琴月墮光。鳥鳴開郡印、僧去置禪床」などは、そのまま姚合の「武功縣中作三十首」の中においても違和感のない詩句となっている。なお第一聯「老懷清淨化、乞去守洵陽」は、無爲の政治を語る。姚合の無爲の治に對する願望は、魏博節度從事の時期の「寄絳州李使君」（二四二頁參照）に始まり、この「金州書事寄山中舊友」にも繼承される。ところでこの馬戴詩の第一句「老懷清淨化」が、姚合のその早年の作「寄絳州李使君」の第一句「獨施清靜化」を意識して踏襲することには、特に注意すべきであろう。姚合が早年に懷いた無爲の治「清靜化」の願望を、金州刺史となる老年に至るまで懷き續けて來たことを、馬戴は姚合のために代辯するかのようである。

＊　＊　＊　＊　＊

姚合は開成元年（八三六、六〇歳）の春、杭州刺史を罷めて、門下省の左諫議大夫として長安に歸任し、その後給事中に轉ずる[16]。

暮春書事　　　暮春に事を書す　　姚合

窮巷少芳菲　蒼苔一徑微　　窮巷　芳菲少く　　蒼苔　一徑微かなり
酒醒聞客到　年長送春歸　　酒醒めて客の到るを聞き　　年長けて春の歸るを送る
宿願眠雲嶠　浮名繫鎖闈　　宿願　雲嶠に眠らん　　浮名　鎖闈に繫がる
未因丞相庇　難得脱朝衣　　未だ丞相の庇《たす》けに因らざれば　　朝衣を脱するを得ること難し

〔大意〕　貧家には、春なのに花も少ない。ただ苔生した小徑だけが通じている。來客があって、ようやく酒の眠りから覺め、年を取ったので、春が過ぎ去っていくのを呆然と見送るだけだ。宿願は、雲がたなびく山に隱遁することなのに、浮名は、心ならずも役所にとらわれている。まだ丞相のお許しがないために、官服を脱ぎ捨てることができないでいるのだ。

この詩は、左諫議大夫という正五品上の高官の作であることを知って讀む必要がある。姚合が任官した左諫議大夫・給事中は、次に正四品官である侍郎（六部の長官）を狙う十分に高官の地位にまで昇っていた。[17]韓愈が、吏部侍郎（正四品上）を最終官としていること、また白居易の最終の京官が刑部侍郎（正四品下）であることを考慮すれば、この時點で、すでに姚合は相當に榮達していた。

しかしこの詩を讀む限り、政府の高官の作には似つかわしくない、くつろいだ倦怠感が漲っている。春なのに花もない貧家、ただ苔生した小徑だけが庭に通じている。來客が無ければ、酒によって眠り續け、いつの間にか春が去ってゆく。こうして詩の前半は、無氣力な己れが住まう侘び寂びた世界を描き出す。詩の後半は、例によって歸隱の願いの吐露となる。とはいえ高らかに「歸去來兮」を歌う氣概はなく、丞相が退休を認めてくれたらば有難いと、他人任せの態度に終始する。作品全體を支配するのは、無氣力な倦怠感である。また良く言えば、意欲を放棄したところにある心の安らぎである。

姚合は、初任官の魏博節度使從事の時期から、榮達したこの時期に至るまで、「貧・邊・老・病・束・倦・隱」を基調にした、自己を世界の片隅に生きる者として描く文學を作り續けたのである。

結語

「姚合の官歴と武功體」という小論の題目に立ち返って、結論を述べることにしたい。

姚合の文學は、彼が早年に武功縣主簿に任官していた時期に確立した「武功體」とよばれる様式によって代表される。武功體の文學とは、自己の境遇が貧窮・邊鄙・老年・疾病の貟の状態にあることを訴えて、職務への倦怠と、歸隱への願望を述べることを特徴としている。

これまで多くの武功體についての論者たちは、姚合が訴える貧窮・邊鄙・老年・疾病をそのまま事實として受け入れ、下級官僚に沈淪する者の悲哀を述べる文學として理解してきた。また晩唐という閉塞した情況の中で、姚合と境遇を共にする寒士たちを代辯する文學として理解してきた。しかし姚合自身がどのように説明するかはともかく、事實として、京兆府の畿縣である武功縣の主簿は、エリートコースの入り口に當たる官職である。またその俸錢も、地方の主簿の生活を十分に支えるに足る額である。この客觀的な事實を無視して、姚合の武功體を論ずることは、空しい仕業と言うほかあるまい。

なおしばしば論者たちは、武功縣主簿だけではなく、姚合が次に任官した萬年縣尉(從八品下)についても、それが卑官であることを述べようとする。しかし萬年縣は、大明宮を含む長安の朱雀大街以東の地區を管轄する最重要の赤縣であり、その政廳も、東市に隣接する宣陽坊にあった。その萬年縣の縣尉は、次に監察御史への昇任を狙いうる衆人羨望の美職であった。これら武功縣主簿・萬年縣尉については、表面に見える官品ではなく、それが士人の間でどのように評價されていたかを正確に知る必要がある。この方面の研究として、礪波護『唐代政治社會史研究』(同朋社、一九九〇年)に収める「唐代使院の僚佐と辟召制」「唐代の縣尉」、また頼瑞和『唐代基層文官』『唐代中層文官』

（臺灣・聯經出版、二〇〇五年、二〇〇八年。前者は北京・中華書局より二〇〇八年に改版發行）は、大いに啓發的な業績と言わねばなるまい。

＊　＊　＊　＊　＊　＊

姚合については、その文學と官歴について、それぞれ以下のことが確認できる。まず文學については、いわゆる武功體の作風は、武功縣主簿に就任する以前の、初任官である魏博節度從事の時期からすでに萌芽していた。またそれ以後、晩年に至るまで、その作風は維持されていた。武功體は、武功縣主簿という特定一時期の環境を反映したものではなく、姚合の體質と一體化した文學として理解することが必要である。

次に官歴については、姚合は殆ど模範的なエリートコースを辿って榮達している。姚合の官歴を改めて書き出せば（第一節參照）、①節度巡官（試祕書省校書郎・正九品上）、②節度參謀（試太常寺協律郎・正八品上？）、③觀察支使（試太常寺協律郎・正八品上）、④武功縣主簿（正九品上）、⑤萬年縣尉（從八品下）、⑥監察御史（正八品上）、⑦殿中侍御史（正七品上）、⑧侍御使（從六品下）、⑨戸部員外郎（正六品上）、⑩金州刺史（從三品）、⑪刑部郎中（從五品上）、⑫戸部郎中（從五品上）、⑬杭州刺史（從三品）、⑭左諫議大夫（正五品上）、⑮陝虢觀察使（兼御史中丞、正五品上）、⑯給事中（正五品上）、⑰右諫議大夫（正四品下）、⑱祕書監（從三品）、となる。このうち、⑥〜⑰（但し地方官の⑩⑬を除く）は、『舊唐書』卷四二「職官」において「清官」、また⑱は「清望官」に分類される公然たるエリート官僚である（第二節參照）。また④⑤は、そのエリートコースの入り口に位置する衆人羨望の官職であった。

エリートコースについては、封演『封氏聞見記』卷三に「八儁」として記すもの、及び白居易の「策林」三十一「大官乏人、由不愼選小官也」に記すものが代表的である。

・宦途之士、自進士而歷清貫有八儁者。一曰進士出身、制策不入。二曰校書、正字不入。三曰畿尉、〔畿丞〕

不入。四日監察御史、殿中〔侍御史〕不入。五日拾遺、補闕不入。六日員外郎、郎中不入。言此八者尤爲儁捷、直登宰相、不要歷餘官也。〔封演『封氏聞見記』巻三〕[18]

・臣伏見國家公卿將相之具、選於丞郎給舍。丞郎給舍之材、選於御史遺補郎官。御史遺補郎官之器、選於祕著校正畿赤簿尉〔松原補注：祕書省著作局校書郎・正字、畿縣赤縣の主簿・尉〕。雖未盡是、十常六七焉。〔白居易「策林」三十一、『白氏長慶集』巻四六〕

封演のいう八儁は、〔進士・制策〕⇓〔校書・正字〕⇓〔畿尉・畿丞〕⇓〔監察御史・殿中侍御史〕⇓〔左右拾遺・左右補闕〕⇓〔員外郎・郎中〕と整理される。また白居易のものは基層・中層・高層の三段階に分けて、〔祕書省著作局校書郎・正字、および畿縣赤縣の主簿・尉〕⇓〔監察御史・殿中侍御史・侍御使・左右拾遺・左右補闕・員外郎・郎中〕⇓〔尙書左右丞・侍郎・給事中・中書舍人〕と整理される。白居易のものを基準とすれば、封演の八儁は、高層を含んでいないことになる。もっとも高層の官職は、實際には衆目の一致するところであろう。從って問題となるのは、そこに至るまでの基層・中層の段階である。その點も考慮すれば、兩者の共通性の高さが改めて確認される。つまりこれが、當時の官僚におけるエリートコースの通念だった。なお一點注意したいのは、封演の「畿尉・畿丞」が、白居易では「畿縣赤縣の主簿・尉」となっていることである。姚合は、畿縣〔武功縣〕主簿であり、白居易の基準の中ではエリートコースに認定されていることを、ここでは確認しておきたい。

姚合の流内官としての履歴は、最初の試校書郎・試太常寺協律郎が、實職ではなく、幕職官が帶びる京銜であることを例外とすれば、着實にこのコースを辿っている。姚合は、如何なる意味でもエリート官僚だった。この姚合を、下級官僚に沈淪していたと見ることは、假に初期の官歴〔武功縣主簿・萬年縣尉〕の範圍に限定してみても、明らかに事實誤認と言わざるを得ない。

姚合の武功體は、姚合の官歴と切り離して論ずる必要がある。少なくとも從來のように、姚合の官歴評價の誤認に基づいて、武功體と下級官僚の境遇とを短絡する論法は、いったん中止しなければならないだろう。

〔注〕

（1）姚合の生卒年、および最終官が祕書少監ではなく祕書監であることは、近年出土した「唐故朝請大夫守祕書監贈禮部尚書吳興姚府君墓銘并序」（以下「姚合墓誌」）によって明らかになった。從って、姚合の詩集が『姚少監詩集』であるのは、誤解に基づく名稱となる。なお最終官は、從來より懸案とされていた。郭文鎬「姚合仕履考略」（『浙江學刊』一九八三年第三期、四三頁）に次のように問題點が整理されている。「姚合官祕書監、有羅振玉《李公夫人吳興姚氏墓誌跋》（《貞松老人遺稿（丁戊稿）》爲證、其云：「此誌夫人從子鄉貢進士潛撰、稱夫人…祕書監贈禮部尚書我府君之女弟也。」該墓誌爲姚合子姚潛撰、共稱父「祕書監贈禮部尚書」、當不致有誤。《新傳》、《郡齋讀書志》、《唐詩紀事》等亦俱謂合「終祕書監」。徐希平同志《姚合雜考》尤不信、云：「方干有《哭祕書姚少監》詩、又有《過故祕書姚少監宅》、可知「姚監」者、「姚少監」之省稱也」。《全唐詩》卷六五〇方干《哭祕書姚少監》、《文苑英華》卷三〇四恰作《哭祕書姚監》、《全唐詩》誤、姚監固非姚少監之省稱矣」。

（2）四庫提要「姚少監詩集」條に、「（毛晉）又稱得宋治平四年王頤石刻武功縣詩三十首。其次序字句。皆有不同」と記す。一卷本が通行していた證據となる。

（3）同一等級の縣であれば主簿は尉よりも上だが、等級の異なる縣ではその限りではない。赤縣である萬年縣尉（從八品下）は、畿縣である武功縣主簿（正九品上）より上である。

（4）蘇絳「賈司倉墓誌銘」（『全唐文』卷七六三）に「會昌癸亥歲七月二十八日。終于郡官舍。春秋六十有四」と明記される。

（5）賈島詩の詩題「喜姚郎中自杭州迴」に見える「郎中」は、京官としての最高官歴（この場合は杭州刺史となる前の「戶部郎中」）を稱謂に添える慣例に從ったものと考えられる。

（6）『通典』卷三三「職官十五」州郡下「縣令」に、「大唐、縣有「赤」（三府共有六縣）・「畿」（八十二）・「望」（七十八）・

「緊」（百一十一）・「上」（四百四十六）・「中」（二百九十六）・「下」（五百五十四）七等之差（京都所治爲赤縣、京之旁邑爲畿縣。其餘則以戸口多少、資地美惡爲差）。凡一千五百七十三縣」。

（7）本章の結論に提示した封演『封氏聞見記』巻三「八儁」、及び白居易の「策林」三十一を參照。なお監察御史が氣鋭のエリートを迎える特別の官職であることは、六品以下の官職が吏部の任命（銓選）による中で、正八品上に過ぎない監察御史が皇帝自らの任命（敕授）の形式を取るところからも窺われる。賴瑞和『唐代中層文官』（聯經出版、二〇〇八年）「第一章 監察御史・殿中侍御史和侍御史」の「第三節 御史的選任」參照。また具體例として、王叔文らの永貞改革に參畫して失脚した柳宗元と劉禹錫が、當時それぞれ「監察御史裏行→禮部員外郎」「監察御史→屯田員外郎」の經歷を榮進していたこと、また傳奇「人虎傳」（中島敦「山月記」の藍本）で、袁傪が監察御史に出世して登場することも、監察御史の社會的評價を知る上で參考になる。

（8）畿縣は長安に限らず、洛陽・太原などの周圍にも配置された。このうち長安周邊の畿縣の評價が高かった。

（9）『太平寰宇記』巻二七關西道三・雍州三「武功縣」に「（長安）西北一百四十里」。

（10）『太平廣記』巻一七〇「幽閒鼓吹」「顧況」條に、「尙書白居易應擧、初至京、以詩謁著作顧況。況覩姓名、熟視白公曰「米價方貴、居亦弗易」」。

（11）賴瑞和が引照するのは、白居易が祕書省校書郎に在任中の「常樂里閒居偶題十六韻、兼寄劉十五公輿・王十一起・呂二炅・呂四熲・崔十八玄亮・元九稹・劉三十二敦質・張十五仲元、時爲校書郎」詩であり、詩中には「茅屋四五閒、一馬二僕夫。俸錢萬六千、月給亦有餘」とある。

（12）俸錢額は、賴瑞和『唐代基層文官』第六章「文官俸錢及其他」による。なお該書には觀察支使の項がないので、掌書記の俸錢を援用。『冊府元龜』巻五〇八に「觀察支使一員、其俸料春冬衣賜仍准掌書記例支遣」とあり、觀察支使の地位・待遇は掌書記とほぼ同等だったと推定される。また戴偉華『唐代使府與文學研究』（廣西師範大學出版社、一九九八年）の「支使」の説明によれば、「觀察支使の地位は、必ずしも掌書記の下にあるものではない」（四八頁）とある。なお官僚の俸給は、月ごとに支給される月俸錢と、年ごとの祿米の二つからなるが、姚合の祿米は京衙の校書郎・太常協律郎の規定に從って支給されたと推定される。礪波護『唐代政治社會史研究』（同朋社、一九九〇年）一一八頁「第Ⅰ部 唐宋の變革と使職、第三章 唐代使院の僚佐と辟召制」に、「八世紀末から九世紀前半にかけての時期における使院の僚佐たちに支給された月俸錢は、それぞれこの表に示された額であった。彼らは使院における幕職官の地位の上下によって、段階をつけて受け取っていたのである。では祿米の方は、何を基準にされたかといえば、おそらく、彼らが帯びていた檢校兼試の職事官の官品に應じて、支給されたと考えてよい」。

(13)　節度使の軍府に文化的要素がなかったわけではない。田弘正は軍人上がりであるが、節度使となって文化を尊重した。『舊唐書』巻一四一「田弘正傳」に「(田)弘正樂聞前代忠孝立功之事、於府舍起書樓、聚書萬餘卷、視事之隙、與賓佐講論古今言行可否。今河朔有『沂公史例十卷』、弘正客爲弘正所著也」。また彼が姚合に目を掛けたのも、文化尊重の現れである。しかしそれが軍府であり、しかも魏博鎭が不順藩鎭と對峙する最前面だったのは事實である。なお節度使の幕府の文化的環境については、注12に記す戴偉華『唐代使府與文學研究』第二章「使府中的文化雰圍」を參照。

(14)　「姚合墓誌」の「韓文公尹京兆、愛清才、奏爲萬年尉」によれば、この萬年縣尉拔擢には京兆尹韓愈の推挽があった。これが事實であれば、姚合傳記研究の大きな發見である。

(15)　陶敏年譜は、『冊府元龜』巻一三一「帝王部・延賞第二」の「(寶曆)二年四月、以姚元崇玄孫前京兆府富平縣尉合、爲監察御史。以宋璟曾孫前太常寺大樂署令堅、爲京兆府富平縣尉」の記載によって、富平縣尉をこの時に辭任し、萬年縣尉辭任は富平縣尉就任以前と考える。これに對して郭文鎬年譜、ならびに朱關田墓誌題記は、富平縣尉就任そのものがなかったとする。本稿は、後者の說による。

(16)　『(增訂注釋)全唐詩』(文化藝術出版、二〇〇一年)第三冊(項目執筆：陶敏・湯麗偉)の注釋に、「鎖闈：卽瑣闈、指門下省。……時姚合在門下省給事中任、故云」とある。もっとも姚合の門下省の官歴には左諫議大夫と、その後の給事中の二つがあり、給事中に限定することはできないであろう。

(17)　姚合自身は、その後、中書省の右諫議大夫(正四品下)、祕書省の祕書監(從三品)まで昇進している。結論も參照。

(18)　括弧の中は、礪波護『唐代政治社會史研究』一五九頁に據って補う。「不入」は、賴瑞和『唐代中層文官』「導言」三〇頁に據れば衍字とされる。

姚合「武功體」の系譜
――尙儉と懶惰の美學――

一　武功體の由來

姚合の「武功體」の文學を、どの樣に理解すればよいのか。武功體は、至って明瞭な輪郭を持つ文學の樣式なのだが、過去の如何なる文學の系譜に屬させるべきか、また周圍の如何なる文學との影響關係にあるのか、卻って思案が難しい對象でもある。

武功體が明瞭な輪郭を持っているのは、そもそもこの樣式が、姚合が武功縣主簿に在任中に制作した「武功縣中作三十首」という組詩によって、一義的に確定しうるからである。

文學の樣式は、一般に、類似した表現傾向を持つ複數の作品から歸納的に抽出され、概念化される。それが個人であれば、生涯に殘された作品羣がその歸納的考察の對象となるであろうし、個人を越えた集團に共有されるものの場合には、その集團の成員の作品がその對象となる。いずれにしても、そこでは歸納的な處理が必要であり、またその前提として、樣式の抽出を試みる對象作品の範圍の限定が必要になる。一方その對象作品を限定する過程で、その樣式の持つ廣がり、ないしは樣式の繼承關係もおのずと意識化され、議論されることにもなる。

ところが武功體について言えば、その樣式は、専ら「武功縣中作三十首」の中から抽出すればよい。その意味では、一義的に樣式を把握することができる。しかし武功體が「武功縣中作三十首」の樣式として確定されてしまうため、卻ってこの樣式が、姚合の文學全體の中で、さらには文學史の中で、どの樣な脈絡に位置しているのかが分かり難くなっている。近年になって、武功體を吏隱の系譜において、また閑適詩の系譜において理解しようとする試みがなされつつある。(1) これも、武功體を文學史の孤兒にしないためには、こうした系譜的視點からの考察が不可缺であるとの論者たちの認識を示すものであろう。

二　武功體は吏隱の文學か

蔣寅氏の論文「〝武功體〟與〝吏隱〟主題的發展」（注1參照）によれば、武功體は、謝朓に始まり、韋應物・白居易へと流れる吏隱詩の系譜に連なるものであり、その傳統的な吏隱の主題をさらに深化させたものとしてある。

蔣寅氏は次のように論じている。姚合は、南宋の江湖派や、清代の高密詩派に影響を及ぼしている。しかし、姚合の評價では、こうした後世に對する影響もさることながら、むしろ彼の武功體の文學そのものが、「吏隱」という主題の境界を擴大し、その表現手法を發展させたことこそ注目すべきであると（第一節二六頁）。

蔣寅氏の主張を整理すれば、武功體の成果は、①主題の擴大（「懶吏」のイメージの追加）と、②手法の擴大（吏隱生活の中の詩的小景の發見）とによって、③傳統的な吏隱の主題を深化させた、という三點に集約できる。以下、①②の二點に即して、蔣寅氏の所説を掻い摘んで紹介することにしよう。

①主題の擴大：懶吏

仕宦の不適應、上司に腰を折る屈辱感、歸隱の渇望、それにこの詩の頸聯に暗示される生計の困難や、文書處理についての無氣力な樣子(2)、これらは嚴密に言えば、吏隱主題の枠組みを逸脱している。なぜならば、吏隱の前提は、吏の經濟的餘裕と、隱の自由を幷せて享受できることだからだ。しかし官となっても相變わらず貧困で、しかも怠惰のために上役に叱責されるようでは、どちらも上手くいかない。そこで詩の主題は、辭官隱遁を述べることになる。これは、自然の成り行きである。――吏隱は、隱遁に至る過渡的段階であり、吏隱を詠ずる者は隱遁を究極の理想としている。姚合はこの過渡的段階である吏隱の意味するところを擴張し、隱遁という根底的な主題を、吏隱の世界において明示化したことになる。……吏隱という主題の表現史において、姚合は、古典的詩歌の中にかつて無かった、また儒家の正統的觀念が決して許容することのできない、懶吏の自畫像を描き出したのである。謝朓・王維・戴叔倫そして韋應物・白居易に至るまで、吏隱の主題は繼承されてきたが、大抵は、いかに公務から離れた餘暇に自ら寬ろぐかを描く程度であり、公務は決して怠るべきものではなく、ましてや職務を放棄し事務文書を放擲することなどを詠じたためしはなかったのである。(第四節二九頁)

②吏隱生活の中の詩的小景

この「武功縣中作三十首」という組詩が特別の意義を持つ理由は、それが吏隱生活の中のとりわけ豊かな詩的小景を發掘したことの中にあるだろう。

移花兼蝶至、買石得雲饒。(其四)　花を移せば蝶も兼ねて至り、石を買へば雲を得ること饒《おほ》し。

就架題書目、尋欄記藥窠。(其九)　架に就きて書目を題し、欄を尋ねて藥窠を記す。

移山入縣宅、種竹上城牆。驚蝶遺花蕊、遊蜂帶蜜香。(其二一)

山を移して縣宅に入れ、竹を種《う》ゑて城牆を上《しの》ぐ。驚蝶　花蕊を遺《のこ》し、遊蜂　蜜香を帶ぶ。

掃舎驚巣燕、尋方落壁魚。（其二三） 舎を掃けば巣燕を驚かし、方を尋ぬれば壁魚を落とす。

印朱霑墨硯、戸籍雜經書。（其二九） 印朱 墨硯を霑《うるほ》し、戸籍 經書を雜《まぢ》ふ。

こうした生活の中の小景は、唐詩の中には殆ど見られないものであり、「武功縣中作」に至って現れることが注目を惹く。……上述のような、吏隱生活の中における詩的小景の發掘は、詩そのものが、姚合の吏隱生活の有機的な一部となることと緊密な關係にある。中唐以降、詩人たちの詩歌に對する人生論的な思い入れは深まりを見せ、作詩行爲そのものが、詩歌の題材へと成熟する。この點で姚合は代表的な詩人であり、「武功縣中作」もまたこうした時代精神を典型的に體現するものなのである。（第四節三〇頁）

姚合は、①「懶吏」のイメージを追加し、②吏隱生活の中の詩的小景を書き加えることで、從來の吏隱詩をさらに深化させたと論じている。その深化が特に如何なる方面であるのかを蔣寅氏は詳しく論じていない。とは言え論文の結論部分で、

先輩詩人である孟郊には、溧陽縣尉に在任の時、作詩に耽って職務をさぼり、俸給を半減されたという傳說がある。しかし彼の詩は、公務を怠ったとまで述べてはおらず、姚合の明け透けな言い回しには及ばない。この一點からして、「武功縣中作三十首」が吏隱主題の表現史において畫期的な意義を持つことが分かる。この詩は、懶吏としての自己のイメージを描くだけではなく、自己に詩吏としてのイメージを附與した。こうして吏隱の概念を、詩と緊密な關係におき、さらに詩的なものとなし、詩人のイメージそのものを語る概念へと形成したのである。（第五節三一頁）

と述べており、武功體における吏隱主題の深化は、「懶吏」のイメージの追加を核として捉えられている。その通り

であれば、武功體は、正しく蔣寅氏が言うように「嚴密に言えば、吏隱主題の表現を逸脱」するほどの畫期性を持つものである。

しかしながら「武功體」を「吏隱詩」の範疇で理解することがそもそも適當かどうか、一考を要する問題である。姚合の文學が、賈島の文學と近い關係にあることはよく知られている。生前、兩者は互いに最も親しい詩友であったし、また南宋の永嘉四靈（趙師秀・翁卷・徐照・徐璣）がこの二人を尊重し、四靈の一人である趙師秀は特に『二妙集』を編んで顯彰している。それに續く江湖派が姚賈の文學を祖述したことも、文學史の通說となっている。生前の詩を以てする親交、また死後における併稱、そのいずれもが兩者の文學の類似性を示唆するものである。しかし考えてもみれば、その賈島の文學は、如何なる意味においても吏隱の文學となる資格がなかった。と言うのも、賈島は晚年のごく例外的な一時期を除いて、生涯の大部分を無官で過ごした在野の貧士だからである。――なるほど、姚合と賈島の文學の類似性を認めた上で、賈島と重ならない細部において吏隱の文學の特徵を見出だすことも可能であろう。しかし賈島と重なるより重要な部分を除外して、いわば姚合の文學の周邊部分を取り上げて吏隱の文學だと主張してみたところで、果たしてどれだけの意味があるのだろうか。

そもそも「武功縣中作三十首」其二六に卽しつつ、武功體の特徵を「仕宦の不適應、上司に腰を折る屈辱感、歸隱の渴望、それに頸聯に暗示される生計の困難や、文書處理についての無氣力な樣子、これらは嚴密に言えば、吏隱主題の表現を逸脱している。なぜならば、吏隱の前提は、吏の經濟的餘裕と、隱の自由を幷せて享受できることだからだ」と概括したのは蔣寅氏自身である。隱遁への思いを唯一の手掛かりに、武功體を吏隱の文學と連續させるのは、やや早急に過ぎると言うべきであろう。姚合の武功體は、「嚴密に言えば、吏隱主題の表現を逸脱している」と認めるところから考察を始めるのが本筋なのである。

三　唐代前期の吏隱詩

しかし武功體は吏隱詩の系譜にはないと見る前に、姚合の目の前にあった當時の吏隱詩が如何なるものであったのかを確認しておくことにも意味があるだろう。吏隱の主題は、蔣寅氏が言うように謝朓以來の長い傳統を持っているとしても、しかし吏隱が詩壇の中央に姿を現すのは、姚合の近い過去の韋應物・白居易においてである。姚合の武功體には、まずこれら近い過去の吏隱詩との比較が必要になる。

唐代の吏隱詩の系譜について概括的な視點を提供するのは、赤井益久「中唐における「吏隱」について」（同『中唐詩壇の研究』第V部第1章、創文社、二〇〇四年）である。これに基づいて初盛から盛唐にかけて「吏隱」の語がどのように用いられていたかを圖式的に整理すれば、以下のようになる。（なお該書においては、「吏と隱」の對立的併稱の用例を除外し、一語連用の「吏隱」の用例に限定した考察を行っている）

【初唐～盛唐】
①王侯貴族の、優雅な園林生活や山野の跋渉。（「衣冠の巣由（巣父・許由）」、「謝安の東山遊」を聯想）
②隱者の世界にも比すべき美しい山水に惠まれた赴任地での役人生活。（杜甫に特徵的な用法）
③吏の世界では存在意味が見出だせないような微官の不遇な生活。

【大曆】
これが中唐の大曆時期になると、①の用法は消滅し、②③を專ら送別詩の中で融合する手法が多くを占めるようになる。赤井著では次の詩を例示し、「武陵縣少府の友人の生き方を、「吏隱」と呼ぶ。任地が理想鄉武陵「桃花源」による謂ではあるが、役人生活がさながら隠逸と變わらぬという意味で理解でき、「吏隠」連用の例として認めてよいだろう」（同書、四五四頁）と説明を加える。

寄武陵李少府　　　　武陵の李少府に寄す　　韓翃
小縣春山口　公孫吏隠時　　小縣　春山の口　公孫　吏隠の時
楚歌催晩醉　蠻語入新詩　　楚歌　晩醉を催し　蠻語　新詩に入る
桂水遙相憶　花源暗有期　　桂水　遙かに相憶ひ　花源　暗かに期有り
郢門千里外　莫怪尺書遲　　郢門　千里の外なれば　尺書の遲きを怪しむこと莫かれ

そして赤井氏は次のように大暦期の吏隠の特徴を概括する。大暦期の吏隠は、主に送別詩に見られ、地方の微官に赴任するものを慰める文脈で、その赴任地が美しい山水に恵まれていて歸隠するに相應しいことを告げて、吏にありながら隠の生活を兼ねることができると勵ますものであると。要するにここにおける吏隠は、微官の不遇な境遇にあることを前提として、その人を慰撫するレトリックなのである。

その上で赤井氏が注目するのは、この大暦の「吏隠」において、「吏を隠と爲す」つまり、吏としての生活の中に隠を見出だすという處世觀が萌芽していることである。以下、該書から二條を引用する。

多分當初は下級官吏を自他ともに卑下する意識を和らげるための口吻であったものが、やがて士人の意識の變化から肯定的な意味合いも含まれていったのではなかろうか。つまり、當初は下級官吏の「吏」の中に老子や莊子が隠れた傳承のごとく、「吏の中に隠る」という矜恃によってその下級である意識を緩和した。そのなかから「吏」そのものを「隠」と同一視する「吏を隠と爲す」考えが混在していったのではなかろうか。……大暦期以

降の士人の「吏」に對する意識の一斑として興味深い。（同書、四五六頁）

かく考察して判明することは、大曆期の詩人たちにとっての「吏を隱と爲す」隱とは、隱者としての據り所を確保できたことがまず第一であった。それ（引用者注、縣齋・郡齋）は多分に小規模ではあるが、世俗と隔絶し、災厄を拂除する清淨な空閒と意識された。（同書、四五八）

赤井氏は、こうした「吏を隱と爲す」つまり仕官しながら隱者としての生活を摸索する處世觀と、その具體的空閒として「縣齋・郡齋」が念頭に置かれたことが、次に述べる韋應物の吏隱詩を育む土壤となったと考えるのである。

四　韋應物の吏隱詩

韋應物の「幽居」を詠じた詩は、滁州刺史となるまでの前期と、滁州・江州・蘇州と刺史を歷任した後期とに分けることができる。

前期の「幽居」は、仕官か、辭官（幽居）かという二者擇一の中で官を辭した狀態を指すものである。すなわち「仕官と辭官」の關係は、一人の士人の內部における對立的關係である。この頃の韋應物は、仕官の狀態を「人性を損なう」忌避すべきものと見なし、富貴（官俸と尊位）を失うことを引き替えにしても、辭官し「幽居」することが望ましいと考えた。※

※　「幽居」「閑居」「閑適」の語について、本稿の基本的立場と用法を整理しておく。「幽居」は、官の論理が及ばない生活を意味する。官の論理とは、權力・富貴そして官僚組織を運用するために必要な規律（束縛）のことである。つまり幽居とは、官の權力と富貴を斷念すると引き替えに、束縛のない自由を獲得する生活のことである。それは端的には、隱者の生活とし

てイメージされる。

幽居

貴賤雖異等、出門皆有營
獨無外物牽、遂此幽居情
微雨夜來過、不知春草生
青山忽已曙、鳥雀繞舍鳴
時與道人偶、或隨樵者行
自當安蹇劣、誰謂薄世榮

幽居　　韋應物

貴賤　等を異にすと雖も　門を出づれば皆な營み有り
獨り外物に牽かるる無く　此の幽居の情を遂ぐ
微雨　夜來　過ぎ　知らず春草の生ずるを
青山　忽に已に曙け　鳥雀　舍を繞りて鳴く
時に道人と偶し　或は樵者に隨ひて行く
自ら當に蹇《けん》劣に安ずべし　誰か世榮を薄《うと》んずと謂はん

〔大意〕人には身分の上下こそあれ、家を出れば皆な生業があって齷齪と働く。しかし自分には地位だ損得だという世間のしがらみが無く、幽居の情を遂げることができる。昨晩、小雨がひとしきり降ったので、春の草が芽吹いているだろう。緑の山はいつの間にか朝になり、小鳥たちが家をめぐって囀り始めた。時には僧侶と連れ立ち、また樵夫の後を付いてゆく。自分は、この貧しい生活に甘んずることにしよう。何も世間の榮達を輕く見て、お高くとまるつもりはないのだ。

詩の制作事情は不明であるが、一官を辭任して、次の任官を待ついずれかの守選の時期であろう。ここには、官に在って餘暇を樂しむ白居易張りの閑適詩の趣はなく、「世榮」（官の富貴）と「蹇劣」（無官の貧賤）を對立的に捉えて、後者を選び取ろうとする擇一の處世觀を見て取ることができる。幽居とは、このような官の富貴と束縛の入り込まない、隱者の生活を志向するものである。

なお「閑居」は、生活の實態としてはほぼ「幽居」と同じである。ただ「幽居」には、それを正の價値として受け容れるニュアンスがあるのに對して、「閑居」には、官（權力・富貴）から疎外され排除された不遇な生活という負の價値がしばしば貼り付いている。本稿ではこの意味で「閑居」を用いる。一方「閑適」は、白居易がその閑適詩で描く生活の姿であり、官の富貴を手に入れながら、餘暇を自分のために樂しむという愉悅の性格が押し出されて、「閑居」の暗色で抑制的な氣分は拂拭される方向にある。

韋應物における仕官と辭官の對立は、早年の洛陽丞在任の時期にすでに萌芽している。

任洛陽丞請告一首　　洛陽丞に任ぜらるるも請告す一首　　韋應物
方鑿不受圓　直木不爲輪　　方鑿　圓を受けず　直木　輪と爲らず
揆材各有用　反性生苦辛　　材を揆《はか》れば各おの用有り　性に反すれば苦辛を生ず
折腰非吾事　飲水非吾貧　　腰を折るは吾が事に非ず　水を飲むは吾が貧に非ず
休告臥空館　養病絕囂塵　　休告して空館に臥し　病を養ひて囂《がう》塵を絕つ（以下省略、大意は六四頁を參照）

ここでは明確に、自己の本性に反する仕官は苦痛であると宣言される（「反性生苦辛　折腰非吾事」）。こうして韋應物は、病氣を理由に洛陽丞を退き、空館に臥して幽居するのである。韋應物においては、仕官と隱（幽居）とは對立する關係にあり、それぞれの利點を一人の人間の生活の中で共存させることは不可能である。隱の自由を取ろうとすれば、官に期待する富貴を斷念するしかない。

＊　＊　＊　＊　＊

しかしこのような韋應物にも、刺史として地方に出る時期には轉機が訪れ、仕官（吏務）と幽居とを自分の生活の中で折り合いを付け、共存させる方法を摸索することになる。

三七歲の建中三年（七八二）夏、韋應物は比部員外郎から滁州刺史となり、その後、江州・蘇州の刺史を歷任することになる。滁州時期には、己れの「素餐」（職にあって職を怠ること）を慚愧する詩も見られる一方で、刺史の職に在るまま、私的時間を自分のために樂しむ詩も現れることになる。いわば前期から後期への過渡期に當たる時期である。(3)そしてこの試行錯誤の中から、韋應物の後期の文學を特徴づける「吏隱」の思想も成熟することになる。この滁州時期の「答楊奉禮」詩には「白事廷吏簡、閑居文墨親。（白事 廷吏に簡し、閑居 文墨に親しむ）」の一聯がある。「白事」は、中央への報告書を作ること、それは刺史としての職務である。その職務から解放された時間が閑居（幽居）であり、そこで韋應物は憚ることなく詩文に親しむのである。一人の人間の時間が、公私の別によって切り分けられ、結果として、無理に官を辭さなくとも、自分の本性を損なうことなく全うする方法を手に入れるのである。仕官か辭官かの二者擇一ではなく、官にあっても官の論理が入り込まない世界を確保する。こうした吏隱の考え方が、後期の韋應物の文學をあれかこれかの二者擇一の緊張から、あれもこれもの寛ろいだ包容の世界へと變えることになる。

次に讀むのは、續く江州刺史時期の作品である。

郡內閑居

棲息絕塵侶　孱鈍得自怡
腰懸竹使符　心與廬山緇
永日一酣寢　起坐兀無思
長廊獨看雨　衆藥發幽姿
今夕已云罷　明晨復如斯
何事能爲累　寵辱豈要辭

郡內閑居　　韋應物

棲息して塵侶を絕ち　孱鈍《せんどん》なるも自ら怡《よろこ》ぶを得たり
腰には懸く 竹の使符　心は與にす 廬山の緇
永日 一たび酣寢し　起坐すれば兀として思ひ無し
長廊に獨り雨を看れば　衆藥 幽姿を發《ひら》く
今夕 已に云《ここ》に罷む　明晨 復た斯《かく》の如からん
何事か能く累を爲さん　寵辱 豈に辭するを要《ま》たん（大意は六八頁を參照）

この「郡內閑居」詩になると更に一步を進めて、「腰懸竹使符、心與廬山緇」という一聯が現れる。刺史の身分であっても、心は廬山の僧侶と通い合っているのであれば、殊更の遁世は、もはや必要ない。とりわけ注目したいのは「何事能爲累、寵辱豈要辭」である。役人の世界の寵辱浮沈は、もう私の心を悩ませない。だから役人を辭める必要も無い――ここからは、韋應物が刺史の職務と幽居の生活との安定した共存關係を築いている様子を窺うことができる。

韋應物の幽居は、こうして吏隱の形を取って實現することになる。このような詩を、吏隱詩と稱することにする。吏隱詩は、「官に在って作られる、幽居の情を述べた詩」である。權力に對する執着、富貴に對する執着、また一言で言えば宦情を忘卻した所に作られる、抑制的で禁欲的な文學と言うことができるであろう。

五　白居易の吏隱詩

(1)　幽居と閑適

韋應物の吏隱詩を繼承したのが、白居易の閑適詩である。まだ青年期の白居易が、蘇州刺史の韋應物に私淑し、その後に蘇州刺史となったときに韋應物の詩を自らの詩と共に石碑に刻んでいることからも[4]、兩者の繼承關係が窺われよう。

白居易は元和一〇年に江州司馬に左遷された。その年末に書いた「與元九書」に、諷諭・閑適・感傷・律詩という自作詩の四分類が提起されている。そのうち閑適詩の定義を述べた部分が「或a退公獨處、或b移病閑居、c知足保和、d吟翫情性者、一百首。謂之閑適詩」である[5]。本稿の、韋應物から白居易への吏隱詩の展開を辿ろうとする立場で言えば、韋應物のもっぱら幽居の情を述べる抑制的な情調が、白居易の閑適詩にどの様に繼承されているかを明らかにすることが重要となる。

このような視點で讀むと、この白居易による閑適詩の定義の中には、明らかに異質な二つの「境遇」が提示されていることに氣付く。一つは、「a退公獨處」である。これは公務が終った後の、餘暇の狀態を指す。[6]それ自體としては、貶の意味を持たない境遇である。もう一つは、「b移病閑居」であり、病氣のためにやむを得ず公務を辭して家居する狀態を指す。この「閑居」が、『論語』以來の傳統的な用法を繼承するものであり、それは士人にとっての貶の境遇を意味するものである（「張籍における閒居詩の成熟」章の結語を參照）。

そしてこの二つの境遇にそれぞれ對應するのが、「c知足保和」「d吟翫情性」という二つの振る舞いである。順境の「a退公獨處」を承けるのが「d吟翫情性」、逆境の「b移病閑居」を承けるのが「c知足保和」となる。このように分析してみると、「與元九書」に述べられた「閑適詩」は、實はこの定義の當初から、二つの異なる類型を内包していたと考えることができるであろう。

白居易の閑適詩が實態として、二つの類型に分かれることは、すでに明らかにされつつある。※しかし定義そのものの中に、すでに曖昧性ないしは二義性が含まれていることは、從來あまり注意されなかったように思われる。それは、熟語としての「閑居」の原義（公から疎外されて家居する狀態）が忘れられて、もっぱら「閑＋居」の合成語と見て、公務から解放された餘暇を自由に過ごすことと理解したためだろう。また換言すれば、「或退公獨處、或移病閑居」を單なる修辭的な互文構造と見て、「退公移病、獨處閑居」として解釋したためであろう。

※　下定雅弘「「與元九書」の「獨善」―その觀念の二重性」（同『白氏文集を讀む』勉誠社一九九六年、三七二頁）は、その點を詳論する。下定氏によれば、「獨善」は、①孟子の言う「兼濟・獨善」の「獨善」の原義（窮するも義を失はず）を繼承するものと、②自己一身の快適を求めるものの兩義があり、白居易の閑適詩は、表向きは前者を標榜しつつも、内實にお

いてはこの二つの「獨善」を含み込む世界を作っていたとする。しかも江州左遷期も半ばを過ぎる頃から次第に、後者の「獨善」の理解による閑適詩が増えるとも指摘する。なお後者の「獨善」の含義は、下定氏の言うところでは、白居易の獨占物ではなく、同時代の韓愈にも共有されていた。すなわち韓愈「爭臣論」にある「愈曰、自古聖人賢士、皆非有求於聞用也。閔其時之不平、人之不乂、得其道不敢獨善其身、而必以兼濟天下也。孜孜矻矻、死而後已。故禹過家門不入、孔席不暇暖、而墨突不得黔。彼二聖一賢者、豈不知自安佚之爲樂哉。誠畏天命而悲人窮也」、また韓愈「後廿九日復上書」にある「故士之行道者、不得於朝、則山林而已矣。山林者、士之所獨善自養、而不憂天下者之所能安也。如有憂天下之心、則不能矣」の「獨善」の用法がそれに當たると述べる。

白居易自身は、「閑居」というこの古い熟語の使用に當たっては十分に愼重であり、それ以外の場面で用いる「閑」（「閑適」「身閑」「心閑」など）との相違を明確に意識していたように思われる。つまり『論語』以來の用例を持つ「閑居」の語については、その原義を踏み外すことは殆ど無かったのである。

ちなみに「閑居」という熟語の束縛を離れて現れる「閑」の意味する所は、餘暇であり、身心を自由に振る舞わせることができる餘裕である。一例として、最も肝要の語である「閑適」についてみれば、埋田重夫『閑適の詩想』（汲古書院、二〇〇六年、九頁）序論に「「閑適」は二字一概念のいわゆる「連文」（連語）ではなく、微妙に意味を異にする「閑」「適」二字を結合させて作られた言葉と判斷される。……「閑」の中心概念を「公務から解放された完全に自由な時空」、「適」の中心概念を、「心身ともに拘束感や違和感の全くない境地」とそれぞれ規定する」と説明されている。白居易は「心閑」「身閑」の語も多く用いているが、それらにも束縛から解放された、寛いだ心地よさという肯定的な意味がはっきり示されている。[7]

「閑適」の語義と比較するならば、「閑居」という古い熟語を白居易が用いる時、「心閑」「身閑」「閑適」などの

「閑」が肯定的な意味をもつのとは明らかに區別された、抑制的氣分が強い。以下の數例によって、確認したい。

江州司馬の時期の「訪陶公舊宅」詩を見れば、その序に、「余夙慕陶淵明爲人、往歲渭上閑居、嘗有效陶體詩十六首」とある、その「渭上閑居」とは母陳氏の服喪である。服喪も、「公から疎外された狀態」の一つの形であるに違いなく、白居易がその家居を否定的な意味を込めて閑居と稱しているのは、その代表的な例となる。(8)

①初到洛下閑遊

漢庭重少身宜退、洛下閑居跡可逃。（朝廷は若い者を大事にするので、自分のような老骨は身を引くに限る。洛陽で閑居すれば、朝廷の世界から足を洗うことができる）

ここでは朝廷（漢庭）と、洛陽の閑居とが對比される。そして洛陽の閑居は、中央の公からの疎外狀態であることが表明されている。

②閑臥有所思二首其二

權門要路足身災、散地閑居少禍胎。（權力や高位は、禍いの元。冷遇と閑居に身を置けば禍いから逃れられる）

③閑居貧活

冠蓋閑居少、簞瓢陋巷深。（役人の冠と立派な馬車の貴人たちは閑居することはない。粗末な食事しかできない貧者は路地裏深くに住む）

この③は、いわば「閑居」の辭書的意味を記す作例である。閑居は、富貴から見放された暮らしである。閑居は、「簞瓢陋巷深」と言い換えてもよい、衣食住の困難と一體となった不如意の暮らしであり、求めて閑居することは人情の常識としてあり得ない。それ故に孔子は、閑居の中にあっても道を求める樂しみを改めなかった顏回を「賢なる哉、回や」と稱贊したのである。(9)

(2) 閑適詩の變化

白居易は、生涯に大量の閑適詩を殘した。今は、その前期と後期の閑適詩の質的な變化に注目したい。(10) 大まかな區分けをすれば、前期（假に江州司馬以前）の閑適詩は、より多く閑居詩の色彩が強く、後期のものにはそうした閑居詩の持つ抑制的な氣分が稀薄になる。

前期の閑適詩が抑制的な氣分を持つことは、理念的にはそれが諷諭詩と對をなし、その閑適と諷諭の雙方が『孟子』の「兼濟・獨善」說を踏まえて整理されているためであろう。白居易は「與元九書」を四四歲で書く前から、やがては閑適詩に分類されることになる詩を作っていた。それらは必ずしも「兼濟・獨善」說を明確に意識したものでもなく、また必ずしも諷諭詩との對應を自覺して書かれたものでもなかったであろう。(11) しかし「與元九書」における閑適詩の定義が後付のものであったとしても、それ以前に、その定義にほぼ沿う形で閑適詩が作られていたのは事實であり、またそれゆえに閑適詩の分類も可能となったのである。

初期の閑適詩とは、どのようなものか。それは、現にそこにある心地よい閑適の世界を描くものではなく、富貴のもたらす危險を自らに言い聞かせることで、富貴に向かって增殖する欲望を抑制する、意志の文學であった。また富貴ならざる境遇にある自分を慰藉して納得させるために作られた說理の文學であった。その富貴から疎外された情況が、つまりは閑居である。

初期の閑適詩には、一般に、こうした閑居の詩の色彩が強い。とりわけ詩題に「閑居」を明示するものには、その傾向が顕著である。

閑居

空復一醆粥　飢食有餘味　南檐半床日　暖臥因成睡
綿袍擁兩膝　竹几支雙臂　從旦直至昏　身心一無事
心足卽爲富　身閑乃當貴　富貴在此中　何必居高位
君看裴相國　金紫光照地　心苦頭盡白　纔年四十四
乃知高蓋車　乘者多憂畏

〔大意〕仕方なく小さな椀に盛ったお粥を食べる。空腹を抱えているのでこれでも美味い。南の軒下の半ば日の當たった寝臺に、暖まって横になると、いつのまにか眠ってしまう。綿入れを膝までかけて、竹の脇息に兩の腕をもたせかける。朝から日暮れに至るまで、身心を煩わすものは何もない。心が滿ち足りることが富、身が閑であることが貴、富貴は此處にあるのだから、これ以上どうして高位が必要だろうか。見たまえ宰相の裴垍を、金印紫綬のまばゆい光が地面を照らしていたのに、心を勞して髪は白くなり、四四歳の若さでなくなってしまった。(12)そこで悟るのだが、高蓋の車は立派だが、それに乘る者は心配が絶えないのだ。

昭國閑居

貧閑日高起　門巷晝寂寂　時暑放朝參　天陰少人客
槐花滿田地　僅絶人行跡　獨在一床眠　清涼風雨夕
勿嫌坊曲遠　近卽多牽役　勿嫌祿俸薄　厚卽多憂責

平生尙恬曠　老大宜安適　何以養吾眞　官閑居處僻

〔大意〕　貧で閑なる自分は、日も高くなって起き出す。門のあたりは、眞晝だというのにひっそりとしている。夏の暑さで朝禮も中止となり、曇っているので來客もない。槐の花は、田畑の至る所に咲いているが、人の姿は、絶えて見えない。ひとり寝臺に横になって眠ると、夕方の雨に、涼味が生じる。住まいの坊里が役所から遠いことを、嫌がるものではない。近ければ煩いが多くなるだけだ。俸祿が少ないことを、嫌がるものではない。多ければ責任が重くなるだけだ。普段から暇が好きでもあったし、老いてみるとゆったりできることが大切だ。どうやって、我が眞を養うことができようか。それは閑職にいて、不便なところに住むことだ。

前詩は、元和六年、下邽で服喪している時期の作。後詩は、元和一〇年の初夏、除服して太子左贊善大夫の閑職に在任している時期の作である。

この二首の「閑居」を詩題に持つ閑適詩は、ほぼ同じ構成を取っている。二首とも前半八句は、無欲・質素に埋め盡くされた閑居の生活を詠じている。文字面をそのまま素直に受けとめるならば、それは陋巷の貧士が、自らの生活を詠じた詩となるであろう。とりわけ前者「空復一醆粥、飢食有餘味」では、飢えた者には粥も美味であると述べる。飢餓の空腹は、貧なる境遇の最も直截的な表現である。こうして描かれる閑居の生活は、白居易にとっての現にそこにある生活と言うよりも、理念型として描かれた反富貴の生活の姿である。

しかし二首が閑居を物語るのはここまでであり、後半は、ともに富貴への戒めとなる。

前者では、「裴相國」が富貴を謳歌しながら、わずかに歳四四にして死去した事例を引きながら、「心足卽爲富、身閑乃當貴。富貴在此中、何必居高位」（心が滿ち足りることが富、身が閑であることが貴、富貴は此處にあるのだから、これ以上どうして高位が必要だろうか）を述べる。白居易は、自己に對して欲望の際限のない膨張を禁じるのである。

後者も、役所から家が遠い、俸給が少ないという不滿を懷く自分をたしなめる。家が遠ければ、世間の煩いがない、俸給が少ないのは、責任も輕くて濟むということだ。こうして「官は閑にして居處は僻」なる生活を旨として「恬曠・安適」を求め、「吾が眞を養う」ことが大切である。「官閑居處僻」、これは富貴の反價値である。白居易は、この富貴の反價値としての「官閑居處僻」を信條とするよう自らに言い聞かせるのである。

前期の白居易の閑適詩では、このように「閑居」の語を詩題あるいは詩の本文に含むものは當然として、含まないものであっても、相似た傾向を指摘できる。第一に、韋應物以來の幽居を述べる吏隱詩の系譜の中に位置していて、無欲・質素の抑制的情調を繼承していること。また第二に、そしてこれが白居易が新たに附け加えた點であるが、自らの富貴に對する欲望を如何にして抑え込むかを語ろうとする、禁欲的な說理の文學となっていることである。

白居易の前期の閑適詩の中心を占めるのは、繰り返せば、現にそこにある心地よい閑適の世界を描くものではなく、富貴のもたらす危險を自らに言い聞かせることによって、富貴に向かって增殖する欲望を抑制する、意志の文學である。また富貴ならざる境遇にある自分を慰藉して納得させる說理の文學である。後日書かれる「與元九書」において、閑適詩は獨善の文學として定義される。諷諭詩が、士人の當爲である兼濟を述べる文學であるように、閑適詩もやはり、士人の當爲である人格陶冶を述べる意志の文學であった。前期の白居易の閑適詩は、結果として、この「與元九書」の定義に叶うように作られていたことになる。確かに、前期の閑適詩の中にも「自己の愉樂」を屈託なく詠ずるものもあるのだが、重要なことは、後期の閑適詩がおおむね「自己の愉悅」を主題的に詠ずることになるのに對して、前期の閑適詩にはそれと異なる「抑制的な閑居の氣分」を前提とする作品が明らかに多いことである。下邽服喪期の閑適詩「效陶潛體詩十六首幷序」も、こうした抑制的な氣分を基調とした代表的な作例と理解してよい。

＊　＊　＊　＊　＊　＊

これに對して後期の閑適詩では「閑居詩」が減少し、自己の愉悅を正面に据えるものが多くを占めるようになる。

次の開成四年（八三九）、六八歳の時に洛陽履道里宅で作られた詩のように、たとい「閑居」を標榜する場合であっても、もはや閑居の抑制的な情緒を詠ずることはない。

春日閑居三首其三　白居易

勞者不覺歌　歌其勞苦事　逸者不覺歌　歌其逸樂意
問我逸如何　閑居多興味　問我樂如何　閑官少憂累
又問俸厚薄　百千隨月至　又問年幾何　七十行缺二
所得皆過望　省躬良可愧　馬閑無羈絆　鶴老有祿位
設自爲化工　優饒只如是　安得不歌詠　默默受天賜

〔大意〕疲れた者は、おもわず歌を歌う。その勞苦の仕事を歌うのだ。樂しむものは、おもわず歌を歌う。その逸樂の思いを歌うのだ。私に、逸はどんなものかと問うならば、答えよう、閑居には愉《よろこ》びが盡きないと。私に、樂はどんなものかと問うならば、答えよう、閑職には憂いが少ないと。また俸祿の多少を問うならば、答えよう、十萬錢が月々に入ると。また齡は幾つかと問うならば、答えよう、七〇に二歳缺けるだけだと。手に入れたものは、すべて願いを越えているので、我が身を省みて、照れ臭いばかりだ。馬は、束縛から放たれて閑、鶴は、祿位に惠まれて老。もしも造化の功を我がために恣にしても、豊かさは、こんなものだろう。どうして愉びを歌わずに、默って天の賜物を受け取ることができようか。

「閑居多興味」閑居には愉びが盡きないというこの一句に、後期の閑適詩の傾向が集約されている。四回の自問自答を繰り返しながら、己れの無上の幸福を確かめるように詩は進行する。

その上で注目したいのは、「閑居多興味」の句が、隔句對の中で「閑官少憂累」と對置されていることである。「閑居」は、「閑官（閑＋官）」と對置されることで、「閑居（閑＋居）」へと分解される。かくして『論語』以來の熟語「閑居」の原義から離れて、束縛もなく寛いだ（閑）生活（居）へと、その意味が變貌するのである。

つまり白居易の後期の閑適詩には、閑居の禁欲的な世界を自己の前に提示して、富貴への欲望を抑制するという説理の人爲性はなくなっている。つまり諷諭詩という補完の對象を持たなくなった閑適詩は、孟子の「獨善」説に由來する禁欲的な倫理性からも解放される。こうして、初期の閑適詩にはなお濃厚に殘っていた閑居の詩の暗い面影を拭い去って、後期の閑適詩は、自己の愉悦を屈託もなく歌う詩へと變貌を遂げるのである。要するに、閑居の詩から、閑（閑靜）にして適（快適）なる境地を歌う閑適詩へと変貌するのである。

その機微を傳えるのが、太和八年（八三四）、太子賓客東都分司となった六二歳の白居易の書いた「序洛詩」である。

序洛詩。樂天自序在洛之詩也。予歴覽古今歌詩、自風騷之後、蘇李以還、次及鮑謝徒、迄於李杜輩、其閒詞人聞知者累百、詩章流傳者鉅萬。観其所自、多因讒冤譴逐、征戍行旅、凍餒病老、存歿別離、情發於中、文形於外。故憤憂怨傷之作、通計今古、什八九焉。……（予）今壽過耳順、幸無病苦、官至三品、免罹饑寒。此一樂也。太和二年詔授刑部侍郎、明年病免歸洛、旋授太子賓客分司東都、居二年就領河南尹事、又三年病免歸履道里第、再授賓客分司。自三年春至八年夏、在洛凡五周歲、作詩四百三十二首。除喪朋哭子十數篇外、其他皆寄懷於酒、或取意於琴、閑適有餘、酣樂不暇。苦詞無一字、憂歎無一聲。豈牽强所能致耶。蓋亦發中而形外耳。斯樂也、實本之於省分知足、濟之以家給身閑、文之以觴詠弦歌、飾之以山水風月。此而不適、何往而適哉。茲又以重吾樂也。予嘗云、「理世之音安以樂、閑居之詩泰以適。苟非理世、安得閑居。故集洛詩、別爲序引。不獨記東都履道里有閑居泰適之叟、亦欲知皇唐太和歳有理世安樂之音。集而序之、以俟夫採詩者。甲寅歳（太和八年、八三四）七月十日云爾。

白居易はここで、從來の詩人の詩が「讒冤・譴逐・征戍・行旅・凍餒・病老・存歿・別離」の苦痛のために、大部分が「憤憂怨傷」の作であると認める。これに對して、白居易はみずからの「樂」を語る。耳順の歳まで病苦を免れ、官は三品にいたって饑寒を免れた。これが第一の「樂」である。また、太和三年に洛陽の役人になってからの五年間に、詩を四三二首作ったが、「喪朋哭子」の十數篇を除いて、悲しみの文字はない。これは「省分・知足」（分を辨え、足るを知る）という生活信條と、「家給・身閑」（家計の心配はなく、仕事は忙しくない）という物理的條件の賜物であり、その「樂」を、詩歌と風月によって味わっている。こうした無上の「適」を手にできること、これこそが第二の「樂」である。

そして末尾にはついに「理世之音安以樂。閑居之詩泰以適」という言葉が現れる。ここに言う「閑居の詩」は、もはや「閑居」という暗色の世界を歌うものではなくなっている。「泰にして以て適なる」愉悦の明るい世界を臆することなく表現する、喜びの文學となる。白居易は、「閑居」という語の含意の、前期と後期との間に起こった變化を明確に自覺していたに違いない。

＊　＊　＊　＊　＊

以上、吏隱詩の系譜を辿る中で、韋應物の吏隱詩と白居易の閑適詩について論じてきた。

韋應物の吏隱詩は、幽居の色合いを殘すものである。そもそも韋應物の前期において、幽居を詠ずる詩は、まだ吏隱詩ではなかった。幽居は、仕官か辭官かという二者擇一の中で官を辭して手に入れる生活であり、從って幽居詩は、辭官して初めて作り得るものであった。しかし後期になると、この二者擇一の先鋭な對立は克服される。仕官を受け容れた上で、公務に就く時間と公務から開放された時間とを意識的に切り分けて、後者の時間に過ごす生活を擬似的に幽居に見立てる方法を確立するのである。これが、吏にあって隱れるという「吏隱」である。韋應物の後期の幽居詩はこうした吏隱の中で吏隱詩として成熟するのだが、そこに現れる情緖は、なお強く、隱遁者の世界と連續する幽居の色合いを帶びるものであった。

韋應物の「幽居詩」は、「吏隱詩」という新しい枠組みに向かって展開した。この點について言えば、白居易の「閑適詩」も、仕官し官俸を受け取る狀態にあったのだから、(13) 吏隱詩の範疇に收まるものである。しかし白居易の閑適（吏隱）にあっては、「仕官か辭官かという二者擇一」という深刻な問題は、すでに韋應物によって乘り越えられ、解決濟みのことであった。白居易の閑適詩を分けるのは、從來の幽居の氣分を承け繼いだ「韋應物ばりの吏隱詩」を選ぶか、それとも「自己の愉悅を歌う閑適詩」を選ぶのかという問題であった。

要するに韋應物から白居易への過程は、いかにして官の富貴を確保しながら、官の束縛を脫した閑居（隱の自由）の狀態を普段の生活の中に取り込んで手なずけるか、という試行錯誤の過程なのである。この中で吏隱という方法が考案され、官を辭し、富貴も斷念して幽居するという苦惱の決斷を回避できる道が啓かれることになった。韋應物の吏隱詩と、白居易の閑適詩は、ニュアンスの違いはあるものの、進んで「仕官を受け容れる」ことを前提とする點において、共に吏隱という方法に從う文學なのである。

四　吏隱文學の方向

韋應物から白居易にかけて成熟する「吏隱の文學」は、確かにこの二人において突出した成果を收めてはいるが、しかしそれはこの二人にだけ特有のものではなく、時代の氣分あるいは文人官僚の志向を代表し、それに明確な形を與えた文學と理解するのが適當なのであろう。

振り返れば、韋應物と白居易の「吏隱」を分ける重要な契機は、その隱の生活を實現する「場」の相違でもあった。韋應物にとってそれは、刺史の郡齋である。(14) そして幽居という隱者さながらの禁欲的な生活が目標となった。一方、白居易においてその場は、左遷の地である江州における香鑪峰下の草堂に始まり、長安の新昌坊宅、洛陽の履道里宅など、その全てが自ら造營したものである。つまり白居易の「隱」の場は、自らの所有物として、自らの趣味に從って吟味され造營されたものである。白居易においては、自分の所有する空間において「隱」を遂げようとするのであり、そこには造營の經濟力の裏付けが必要なばかりではなく、自分の審美的基準を滿足させようとする（さらに言えばその審美的成果である庭園の出來映えを友人と競い合おうとする）欲望が貼り付いている。——韋應物の「隱」の場が、寺院や郡齋といった出來合いのものの借用であり、私物を持ち込まない簡素で禁欲的な空間であるのと異なるのである。兩者の「場」の相違は、目標とする「隱」の相違と對應するものであろう。

このように韋應物と白居易の吏隱の間には相違があるが、しかしながらそこには共通する方向があることに、むしろここでは注目したい。吏隱という文化現象は、安史の亂後の貴族たちの沒落という情況において、官界に進出を果たしたいわゆる「下級士人層」が、みずからに固有の文化を形成する過程の中で、現れるべくして現れるものだった。（大風呂敷を廣げるならば、その後の科擧官僚たちの所有物となるいわゆる文人的教養、また文人趣味は、この吏隱を溫床として育まれたのである。政治の忌避、簡素質朴なものへの愛好などが、その文人的教養の內實だった）

貴族の時代から、科擧官僚の時代へ。安史の亂を挾んで、社會の中樞の擔い手が交替してゆくことは、中國中世史の通説となっている。もちろん貴族の定義がそもそも難しく、しかも亂後には貴族が科擧出身となって官界に地歩を得てゆく現象が顯著となることによって、言われるほどに單純に圖式化できるものではない。しかし一つの目安となるのは、いわゆる貴族が、官僚として得る收入（官俸などの正規收入・また役得としての不正規收入）以外に、一族の本據地に莊園などの傳世の經濟基盤を持つのに對して、科擧官僚が、主に前者だけに依據している點で、兩者の間には一線を畫することができるであろう。安史の亂以降は、この種の科擧官僚が擡頭する時代となる。

科擧官僚は、主に官僚としての所得によって生計を立てる。そのために高官（假に五品官以上）としてそれなりの收入を得るまでは、彼らは大抵は借家暮らしをしている。白居易が新昌坊宅を購入したのは、五〇歳で尙書主客郎中（從五品上）となった時（長慶元年）である。張籍が十年餘り住まった延康坊の借家から靖安坊に移居したのは、長慶元年（八二一）の早春、五六歳で國子監博士（正五品上）に就任した前後である。[15] また韓愈が靖安坊宅を購入したのは、五〇歳の刑部侍郎（正四品下）だった時（元和一三年）、もしくはその直前である。[16] ちなみに韓愈が五一歳の刑部侍郎在任時に作った「示兒」詩に「始我來京師、止攜一束書。辛勤三十年、以有此屋廬。此屋豈爲華、於我自有餘。……」と詠じて、辛勤三十年の末にようやく自宅を購入できたことを誇らしく語るのは、新進の科擧官僚にとって長安での住宅の取得がいかほどに困難であったかを物語る資料として讀める。この點で言えば、元宗簡が侍御使（從六品下）の時に昇平坊宅を購入したのは、かなり早い部類と言ってもよく、そのことを白居易が「欲與元八卜鄰先有是贈」詩（元和一〇年作）に羨望とともに詠じているのは、こうした事情を理解する一助となるだろう。

科擧官僚が、大擧して社會の中樞に進出するのは、元和時期である。そして自分自身のために自宅に工夫を凝らす餘裕ができるのは、上記の數人の場合を例として、平均すれば彼らが高官として榮達を遂げる元和一〇年代以降と考えて良いのであろう。そしてその時期が、白居易が諷諭詩の制作を停止し、韓愈・柳宗元・元稹が挑戰的な古體詩の制作から、日常の中に題材を求めた近體詩の制作に轉向してゆく、いわば元和の文學の大きな轉向點に當たってもいたことは、[17] 單なる偶然ではあるまい。彼らはこの段階になって、それまでとは異なる價値を求め始めたのである。

元和の科擧官僚たちは、彼らが高官となり自宅を購入するような時期に、それぞれの方法で公務の餘暇を豊かに過ごすことを考え始める。その中央に位置することになるのが、韋應物から吏隱の思想を引き繼いで、それを閑適の思想へと發展させ、その中で閑適詩という新しいジャンルを創り上げた白居易である。

韋應物の幽居という禁欲の世界から、白居易の閑適という愉悦の世界へ、また幽居の詩から閑適の詩へと推移する過程で、白居易の長安新昌里宅や洛陽履道里宅の經營を例に出すまでもなく、閑適の生活を實現する場としての自宅の經營が重要な契機となった。(18) そしてこの趨勢を支えていたのが、科擧官僚の政權中樞への進出と、それに伴う彼らの特權化、富裕化であったことは紛れもない事實である。中唐期における吏隱思想の成熟と、閑適の文學の成立は、こうした大きな趨勢の中で理解されなければならない。またそれ故に、その趨勢から孤立するものは、かりに「吏」と「隱」を題材に含むものであっても、吏隱の文學と稱することは必ずしも適當ではないことになる。少なくとも、唐代後期の文學史の用語としての吏隱に馴染むものではない。

＊　＊　＊　＊　＊

ひるがえって姚合の武功體の文學を見れば、そこには富貴の氣配は微塵もない。寓居した武功縣や萬年縣の縣齋は、もとより贅を凝らして審美的に磨き上げるような生活の空間ではなかった。また晩年、左諫議大夫（正五品上）に在任時の「暮春書事」詩（二五四頁參照）に、「窮巷少芳菲、蒼苔一徑微—貧家には、春なのに花も少ない。ただ苔生した小徑だけが通じている」と自宅を殊更に貧しげに描いていることも、その延長上にある。こうした富貴に對する忌避は、唐代後期に韋應物から白居易に向かって進展した吏隱詩と、明らかに方向を異にしている。

しかも吏隱とは、そもそもが「仕官を受け容れる」ことを前提に、蔣寅氏の言葉を借りれば「吏の富貴」と「隱の自由」を二つながら確保する方法であった。しかし姚合の武功體は、そのどちらに對しても不滿を訴え、官を辭して歸隱することを願う文學である。このような姚合の文學は、唐代後期の吏隱詩と異質なばかりではなく、吏隱のそもそもの原點とも齟齬するものである。姚合の武功體は、吏隱詩の系譜においてではなく、別の系譜において理解されなければならないだろう。

五　魏博節度從事以前の詩

かねてより武功體は、武功という小縣の、主簿という末端の官吏に在任中に、その不遇な境遇を背景に形成された卑賤・貧窮・老病を嘆いて倦怠の思いを抒べ退隱を願うことを主題とする文學樣式と理解されてきた。しかしその認識は、武功縣主簿という官職についての誤解に基づくものである。すなわち武功縣は長安周邊に配置された特別縣（畿縣）であり、その畿縣の主簿はエリートコースの入口に位置する惠まれた官職である。またその後の姚合の官歴も、至って順調なものだった（參照「姚合の官歴と武功體」章）。武功體という文學の成立については、如何なる意味でも、姚合の官歴から說明を付けることは難しい。それゆえに考えるべきは、姚合自身に內在する詩人的資質であり、また他の詩人からの影響關係である。

武功體に至るまでの姚合の文學の出發點を知るためには、魏博赴任にも先立つ最初期の姚合の詩を分析する必要があるだろう。もっとも、その時期の制作と確定できる手掛かりを持つ詩は、實はそれほど多くない。姚合は、元和七年の秋に上京して翌年春の科擧に應じたが、落第。こうして元和一一年春に及第するまで、長安で三年餘りの浪人生活を送ることになる。この時期の作と確定できるのは、科擧の及落を話題にする以下に掲げる數篇の詩である。

下第

枉爲鄉里擧　射鵠藝渾疏
歸路羞人問　春城賃舍居
閉門辭雜客　開篋讀生書

下第　姚合

枉げて鄉里に擧げらるるも　鵠を射んとして藝　渾て疏なり
歸路　人の問ふを羞ぢ　春城　舍を賃りて居る
門を閉ざして雜客を辭し　篋を開きて生書を讀む

以此投知己　還因勝自餘　　此れを以て知己に投ず　還《な》ほ因りて自ら餘すに勝《まさ》らん

〔大意〕　間違えて郷試には合格できたものの、學問がいい加減なので、本番の進士には及第できないのだ。故郷に歸ろうにも、人に結果を尋ねられるのが恥ずかしくて、そこで長安に借家住まいとなった。門は閉ざして、碌でもない人間とは會わず、文箱を開けて、未讀の書物に目を通す。この詩を、知己に投じることにしよう。自分一人で腐っているより、この方が餘程ましなのだ。――外聞を恥じて郷里に歸ることもできず、こうして長安で始めた浪人生活の有様を語るものである。

以下、「穩臥と閑名」「病弱」「山友」「謙虚」などの幾つかの視點に卽して、魏博節度從事に赴任する以前の最初期の姚合詩を觀察してみたい。

【穩臥と閑名】

次の詩は、科擧に落第して長安で浪人生活を送っていた時、弟からの手紙に返事として作られたものである。

得舍弟書　　舍弟の書を得たり　　姚合

親戚多離散　三年獨在城　　親戚　多く離散し　　三年　獨り城に在り
貧居深穩臥　晚學愛閑名　　貧居　穩臥を深くし　晚學　閑名を愛す
小弟有書至　異鄉無地行　　小弟　書有りて至る　異鄉　地の行く無し
悲歡相併起　何處說心情　　悲歡　相ひ併せて起る　何れの處にか心情を說かん

〔大意〕　親類の者は多くは別れ離れになって、こういう自分も足かけ三年長安に住んでいる。貧居に引き籠もってゆっくりと寝そべり、學問を始めたのも遲いので、のんびり者の名が氣に入っている。弟が手紙をくれた。異鄉にあって、出步くこともないとのこと（第六句は小弟の事情と解釋）。手紙を貰ったうれしさと、會えない悲しさと、この氣持ちを誰に傳えたらよいのだろうか。

この詩で注目したいのは、「貧居深穩臥、晩學愛閑名」の二句である。「貧居」「穩臥」(19)「閑名」などの、後年の武功體に連なる要素が見え始めている。落第を繰り返して長安で三年目の浪人生活を送る自分の境遇に、大げさに不平を鳴らすのでも、いたずらに悲嘆するでもなく、のんびりと「穩臥」を決め込んで「閑名」を愛すると述べる、この氣迫のこもらない受け流しの表情は、姚合に獨特のものである。姚合は、自己の置かれた貧の境遇を「穩」「閑」といった肯定的な意味に轉化する方法を身に付けつつあったように見受けられる。

【病弱】

姚合は、元和一一年の春に知貢擧李逢吉の下で進士に及第する。及第に關わる一連の儀禮が終わった後、姚合は吉報を携えて相州臨河縣の家郷に歸る。その時に、長安の從兄に留別した詩が殘されている。

成名後留別從兄　名を成すの後　從兄に留別す　姚合

一辭山舍廢躬耕　一たび山舍を辭して躬耕を廢してより
無事悠悠住帝城　事無くて悠悠　帝城に住む
爲客衣裳多不穩　客と爲りての衣裳　多くは穩ならず
和人詩句固難精　人に和するの詩句　固より精なり難し
幾年秋賦唯知病　幾年の秋賦　唯だ病を知り
昨日春闈偶有名　昨日の春闈　偶たま名有り

卻出關東悲復喜　卻って關東に出づるに悲しみ復た喜ぶ
歸尋弟妹別仁兄　歸りて弟妹を尋ねんとして仁兄に別る

〔大意〕　故郷を去って、晴耕雨讀の生活を止めてから、何もせずぶらぶらと長安に住んでいる。旅人の身の上、身なりもだらしなくなりがちで、人と詩を和しても良いものが作れない。何年も秋に科擧の願書を出し續けたが、體調がすぐれなかった。それが先日、春の合格發表で思いがけず自分の名前を見つけた。故郷に報告のために關東に下ることになったが、悲喜こもごもの思いが去來する。家で弟妹に會えるのは嬉しいが、仁兄とはお別れしなければならない。

この詩では「幾年秋賦唯知病」の句に留意したい。秋には、禮部に應試の者たちが集められる。その秋賦（秋貢）の頃になると、いつも姚合は體調の不良に惱まされたとある。後年の武功體の文學で、姚合が頻りに自分の病弱と老衰を詠ずることになる前兆がすでにここに見えている點で、重要な意味を持つであろう。

【山友】

この時期の姚合の詩でもう一つ注目したいのは、故郷の舊友を懷かしむ詩である。しかもその懷舊の思いには、友人を故郷に殘したまま應擧のために長安に上ったことに對する、一種の後ろめたさがこめられている。

寄舊山隱者　舊山の隱者に寄す　姚合

別君須臾間　暦日兩度新　君に別れて須臾の間　暦日 兩度 新たなり
念彼白日長　復値人事弁　彼の白日の長きを念ひ　復た人事の弁《かさ》なるに値《あ》ふ
未改當時居　心事如野雲　きみは未だ當時の居を改めず　心事は野雲の如く
朝朝恣行坐　百事都不聞　朝朝 恣に行坐して　百事 都《すべ》て聞かざらん

奈何道未盡　出山最艱辛
奔走衢路間　四枝不屬身
名在進士場　筆毫爭等倫
我性本朴直　詞理安得文
縱然自稱心　又不合衆人
以此名字低　不如風中塵
昨逢賣藥客　云是居山鄰
說君憶我心　憔悴其形神
昔是同枝鳥　今作萬里分
萬里亦未遙　喧靜終難羣

奈何《いかん》ぞ道の未だ盡さざるに　山を出でて最も艱辛するを
奔走す衢路の間　四枝 身に屬せず
名は進士の場に在りて　筆毫 等倫を爭ふ
我が性 本と朴直　詞理 安ぞ文《あや》あるを得ん
縱然《たと》ひ自ら心に稱《かな》ふとも　又た衆人に合はず
此れを以て名字 低く　風中の塵にも如《し》かず
昨《きのふ》 賣藥の客に逢ふに　云ふ是れ山鄰に居ると
君が我を憶ふの心を說く　憔悴せり 其の形神
昔は是れ同枝の鳥なるも　今は萬里の分れを作《な》す
萬里も亦た未だ遙かならず　喧靜 終に羣し難し

〔大意〕　君とはついこのあいだ別れたと思っていたのに、もう暦が二回めぐってしまった。僕は、晝間中はせわしなく過ごし、それに煩わしい人付き合いが加わる。君は、以前の住まいのままだろうし、心の思いは、野原の上を漂う雲のように長閑であろう。毎日、思うままに振舞い、煩わしいことが耳に屆くこともない。しかし僕はと言えば、まだ修行もしっかり終っていないのに、長安に上って辛い思いをしている。都大路を驅けずり回って、疲れて手足が身體から外れたような氣分だ。進士の科場に名を連ねて、筆を揮るって序列を爭う。しかし僕は、もともと性が木訥で、言葉を操っても巧みな詩文を作ることができない。たとい自分で納得できても、大方の趣味には合わないのだ。そのために評判が上がることもなく、風に舞う塵のように粗末にあしらわれるだけだ。先日、藥賣りに出会ったところ、隣村の出身らしい。君は僕のことを憶えてくれているとのことだが、僕はこんなにやつれてしまった。昔は同じ枝に宿った鳥同士が、今は萬里に別れて暮らす。しかし萬里の隔ても問題ではない。俗內と俗外と住む世界が違ってしまっては、もう一緒になることはできないのだ。

この詩は、長安で二年目の浪人生活を送っていた元和九年の作であろう。姚合の家鄕は相州臨河縣（河南省安陽の東南六〇キロ）にあるが、恐らくはそこで共に學び、今はまだ科擧受驗のために長安に上ってきていない舊友（舊山隱者）を思って作った詩である。

舊友と姚合を結ぶのは、鄕里から出てきた藥賣りである。藥賣りは、舊友の「君のことを憶えているよ」という傳言を携えてきた（「說君憶我心」）。その藥賣りに、今度は姚合がこの詩を作って故鄕の舊友に言付けるのである。――藥賣りは、山（隱遁の世界）と世俗の閒を行き來するメッセンジャーである。そもそも「入山採藥」は、時に隱遁を意味する慣用句であり、それはまた庾信の「奉和趙王遊仙」詩に「藏山還採藥、有道得從師」、張籍の七律「書懷寄顧八處士」に「未能卽便休官去、慚愧南山採藥翁」とあるように微妙に姿を變え詩文に現れるものである。

この詩は、前半では長安で過ごす浪人生活の苦勞を語り、末尾で相い思う友情を吐露するのだが、「萬里亦未遙、喧靜終難羣」の二句に注目したい。二人を隔てるものは、舊友のいる臨河縣と姚合のいる長安を隔てる萬里の道のりではなく、「喧」に投じた姚合と、「靜」を愛する舊友との人生の選擇の仕方である。姚合は「酷《はなは》だ進士の名を嗜《この》」（「寄陝府內兄郭冏端公」詩）んで、榮達を願ってこの「喧」なる世界に身を投じている。姚合は、この應擧の選擇を納得して受け入れながら、一方で、そのことで失ったものの大切さを思うのである。「舊山隱者」の生き方は、そうして自分から失われてしまった大事な部分である。――姚合はその後に及第を果たし、魏博節度從事として仕官する。その時期の「從軍樂二首」其二にも「故鄕の友人に見捨てられたのを殘念に思う（身慚山友棄）」の句があるように、姚合の故鄕に殘した舊友（舊山隱者・山友）への思いは、決してかりそめのものではなかった。※

※ この「山」（故鄕・在野）に殘してきた友人への思慕は、その後の姚合の文學の中で樣々に變容しながら繼承される。そ

れは、姚合自身の歸隱願望の屈折した投影であろう。しかしもう一つの素直な親愛の思いがあることも見逃すべきではない。

別賈島　　賈島に別る　　姚合

懶作住山人　貧家日賃身　　きみは懶にして山に住むの人と作り　貧家なれば日に身を賃《か》す
書多筆漸重　睡少枕長新　　書くこと多ければ筆 漸く重く　睡ること少なければ枕 長《つね》に新たなり
野客狂無過　詩仙痩始眞　　野客 狂なること過ぐる無く　詩仙 痩せて始めて眞なり
秋風千里去　誰與我相親　　秋風 千里に去る　誰か我と相ひ親しまん

〔大意〕君は物ぐさで山に住む人となり、貧乏なので、日ごと賃働きだ。書く分量が多いので、筆の運びも遲くなり、眠る暇がないので、枕はいつまでも眞新しい。野客は、その淸狂なること誰も越えることはできず、詩仙は、痩せ細ってようやく本物となる。その野客と詩仙は、君のことだ。さて秋風が千里を吹き渡るこの時節、いったい誰が私と付き合ってくれるのだろうか。

賈島は、書寫の仕事を請け負って口に糊していたらしいことが、この詩から窺われる。傭書は、貧乏な讀書人に最も一般的なアルバイトだった。手が疲れるまで書寫し、期日に間に合わせるために不眠の努力が求められることもあった。賈島の生き方は、世俗の名利の物差しとは無緣の淸狂そのものであり、詩仙は、その世俗性の澱とも言うべき脂をすっきり落として見事な詩を作る。——そうした賈島は、世間の役立たずという點で「懶」なのであり、そのような人間は、山中に住むしかないのである。

姚合は、科擧の網から漏れ、世俗的な榮達からはぐれてしまった賈島を、「住山人」と呼んでいる。姚合は、そのような人間に、無性に親近感を持つのである。思い遣りとか同情という、下位者に對する視線とは異なる、もっと直接的な愛おしさのようなものなのである。姚合は自分のことをこうした人々の仲間だと思いこんでいるところがある。

金州書事寄山中舊友　姚合
安康雖好郡　刺史是憨翁　買酒終朝飲　吟詩一室空
自知爲政拙　衆亦覺心公　親事星河在　憂人骨肉同
簿書嵐色裏　鼓角水聲中　井邑神州接　帆檣海路通
野亭晴帶霧　竹寺夏多風　漑稻長洲白　燒林遠岫紅
舊山期已失　芳草思何窮　林下無相笑　男兒五馬雄　（訓讀・大意は一八七頁參照）

この詩は、姚合が金州（漢中盆地の安康）の刺史に赴任していた時期に、長安の詩友たちに來遊を呼び掛けたものである。「舊山隱者」「山友」「住山人」が、ここでは「山中舊友」と名を變えて現れている。山中の人は、世俗の價値觀の外に生きて、世俗の榮達からは見放された者たちである。この詩を長安で受け取った賈島・馬戴・喩鳧・項斯・無可らは、當時いずれも無官の詩人たちであった。[20]

姚合が、賈島を始めとする彼らをあえて「山中舊友」と呼んだことは、偶然ではない。世俗の榮達、官人としての名利の外部にあるのが、「山」である。姚合は、彼らがこうした「山」の價値觀が支配する世界の住人であることに、重い意味を與えている。長安における浪人時代に始まり、金州刺史という高官に榮達を遂げた時に至るまで、「山中の友」に見せる姚合の親密な思いは、不遇者である彼らに對する同情なり憐憫の情ばかりではないことを理解しなければなるまい。

姚合が、長安で過ごした三年間の浪人生活に對して示した獨特の「受け身に受け流す」姿勢、また世間から取り殘されて「山」の世界に住する者たちに見せる獨特の親愛の情、その雙方とも後年の武功體の成熟にはなくてはならない要素なのである。

【謙虚】

この時期の詩には、もう一つ注目すべき特徴がある。それは自身の及第の驚喜の態を恥じて抑制しようとする、含羞の心理である。

感時　　　時に感ず　　　姚合

憶昔未出身　索寞無精神　　憶ふ昔 未だ出身せざりしとき　索寞として精神無きを
逢人話天命　自賤如埃塵　　人に逢へば天命を話《かた》りて　自ら賤むこと埃塵の如し
君今纔出身　颯爽鞍馬春　　君 今 纔《わず》かに出身すれば　颯爽たり鞍馬の春
逢人話天命　自重如千鈞　　人に逢へば天命を話りて　自ら重んずること千鈞の如し
信渉名利道　擧動皆喪眞　　信に名利の道に渉れば　擧動 皆な眞を喪ふ
君今自世情　何況天下人　　君 今 自《おのづか》ら世情あり　何ぞ況や天下の人をや

〔大意〕　まだ進士に及第する前は、索漠として元氣がなかった。人に會えば天命だと言って、自分を塵埃のように蔑んでいた。ところが君は最近及第してみると、颯爽と馬に乗ってこの世の春を樂しんでいる。人に會えばこれも天命だと言って、千鈞の寶のように自分のことを誇っている。名利の道に踏み込んで、やることなすこと眞を失っている。君は、今や世情になずんでしまった。世間の連中は、いまさら言うまでもないことではあるが。

この詩は、科擧及第を境に態度が急に尊大になった人物を揶揄するものである。姚合は、科擧に三度落第し、四度目にして及第を果たしている。その閒に姚合を尻目に首尾良く及第した仲間もいたに違いないのである。

しかしこの詩をよく讀むと、實は、自分自身に宛ててこの詩を作ったように思えないでもない。そもそも人が及第の後に態度を一變させるのは世の中の常と言ってもよく、怪しむべき程のことではない。むしろここでは、及第を果たした「君」に對する尋常ならぬ斷罪が、かえって外部に向けられたものではないことを窺わせている。人間の醜惡な一面、それが姚合自身に內在していて、自分も例外ではなかった。このことに氣付いた時の慚愧の思いを吐露した詩と解釋することが十分に可能である。何としても、姚合には及第の直後に有頂天の思いで作った次の詩があって、そこに「君今纔出身、颯爽鞍馬春」の思いを吐露しているのである。

及第後夜中書事

夜睡常驚起　春光屬野夫
新銜添一字　舊友遜前途
喜過還疑夢　狂來不似儒
愛花持燭看　憶酒犯街沽
天上名應定　人間盛更無
報恩丞相閤　何啻殺微軀

及第の後 夜中に事を書す　姚合

夜 睡るも 常に驚きて起く　春光 野夫に屬せり
新銜《がん》 一字を添へ　舊友 前途を遜《ゆず》る
喜び過して還《ま》た夢かと疑ひ　狂ひ來つて儒に似たらず
花を愛《め》でて燭を持して看　酒を憶ひて街を犯して沽《か》ふ
天上 名 應に定まるべく　人間 盛なること更に無し
恩に報ず 丞相の閤　何ぞ啻《ただ》に微軀を殺すのみならん

〔大意〕 夜寝ていても、何度もはっと目が覺める。春の光は、野夫たる自分のために輝いているのだ。進士の頭に新たに「前」の一文字が加わり、今までの友は、自分のために道を譲るようになった。喜びも度を過ごしてこれは夢かと思い、氣も狂って儒者のたしなみを踏み外す。散る花を惜しんで、燭を手に持って貪るように眺め、酒を思い出して夜の街に浮かれ出て買う。天子の御前に、名はすでに定まり、世間には、これ以上の榮譽なことはない。丞相（知貢擧であった李逢吉）の館に恩を報じて、不惜身命の思いでお勤めすることを誓うのだ。

姚合にも、このような及第の有頂天の喜びがあった。その喜びとは、かの怨嗟の詩人孟郊をして「登科後」詩に「昔日齷齪不足誇、今朝放蕩思無涯。春風得意馬蹄疾、一日看盡長安花」とばかり驚喜の情を迸らせるほどのものなのである。しかしその有頂天の喜びがひとたび去った後、姚合はやがて正氣に戻る。先の「感時」はその時の慚愧と自責の思いを、自分に對して綴ったものとして讀むことができる。

姚合は、人を押しのけて出世することができない含羞の人であるように見受けられる。このことは、世俗的榮達から忘れられた「山中の人」を忘れることができなかった姚合の、心のやさしさと通底するものである。

＊　＊　＊　＊　＊

姚合の詩は、長安で浪人生活を送っていたその最初期において、すでにその後の武功體の文學の萌芽を含んでいたことが確認されたことになる。それらは、まだ文學として統一された樣式を示すものではなかった。それに武功體の最たる特徴となる要素、つまり職務に對する嫌惡と倦怠の感情は、まだ仕官していない姚合には知りようもないものであった。その意味で、これら穩臥への志向、病弱の標榜、山友に向けられる親愛の情、そして謙虚な自制心などは、文學以前の、いわば姚合自身の體質を表すものと考えるべきなのであろう。しかしその體質は、やがて武功體の成熟に無くてはならないものとなるのである。

六　魏博從事時期の詩

姚合は、元和一一年の春に進士に登第した。そして元和一二年の年末以降(21)に、節度使田弘正の招きに應じて、魏博鎮の幕僚として赴任する。次の詩は、魏博節度使田弘正の幕僚として辟召された直後の作品であろう。

從軍行

濫得進士名　才用苦不長
性癖藝亦獨　十年作詩章
六義雖粗成　名字猶未揚
將軍俯招引　遣脱儒衣裳
常恐虛受恩　不慣把刀槍
又無遠籌略　坐使虜滅亡
昨來發兵師　各各赴戰場
顧我同老弱　不得隨戎行
丈夫生世閒　職分貴所當
從軍不出門　豈異病在床
誰不戀其家　其家無風霜
鷹鶻念搏擊　豈貴食滿腸

從軍行　　姚合

濫《みだ》りに進士の名を得たるも　才用 長からざるに苦しむ
性は癖に藝も亦た獨にして　十年 詩章を作る
六義 粗《ほ》ぼ成ると雖も　名字 猶ほ未だ揚らず
將軍 俯して招引し　儒の衣裳を脱せしむ
常に恐る 虛しく恩を受けて　刀槍を把るに慣れざるを
又た遠き籌略の　坐して虜をして滅亡せしむる無きを
昨來 兵師を發し　各各 戰場に赴けり
我を顧れば老弱に同じ　戎に隨ひて行くを得ず
丈夫 世閒に生まるれば　職分 當たる所を貴ぶ
從軍して門を出でずんば　豈に病みて床に在るに異ならんや
誰か其の家を戀ひざらん　其の家 風霜無し
鷹鶻 搏《はく》擊を念ふ　豈に食の腸に滿つるを貴ばんや

〔大意〕　なぜか進士には及第できたものの、前から才能の不足を悩んできた。性格は偏頗、學藝も獨り善がりで、十年も詩を作ってきた。詩の根幹はほぼ出來上がったが、いまだに評判が上がることはない。それなのに將軍（魏博鎭節度使田弘正）は、私に目を掛けて招いてくださり、儒者の服を脱ぐこととなった。常に恩返しができないことを心配する。というのも刀や槍を持ったこともないからだ。しかも居ながらに逆賊を討ち滅ぼすような、智謀の策が立てられるわけでもない。先日、軍勢を發して、それぞれに戰場に赴いたが、我が身を振り返れば老人や子供も同然で、行軍に付いて行くこともままならない。一人前の男が世に生きる限り、大事なのは、仕事ができることだ。節度使の幕僚なのに出陣できないようでは、病床にあるのと同じことだ。誰か家が戀しくない者がいようか。家にいれば、雨風の心配もない。しかし鷹は、獲物を捕らえようと狙うのだ、どうして腹一杯になることを願ったりするものか。

「從軍行」は古樂府題（『樂府詩集』巻第三二、相和歌辭）を用いた擬古樂府である。擬古樂府は通常は作者の特定の體驗を持ち込まないものなので、[22]姚合の自らの體驗を讀み込んだこの作は例外的である。

この詩で姚合は、まだ社會的な評價のない自分（「名字猶未揚」）を田弘正が辟召してくれたことを喜んでいる。進士及第者であっても使職の僚佐から官途に入ることは、中晩唐以降、韓愈が宣武軍節度使（汴州）である董晉の、また杜牧が江西觀察使（洪州）である沈傳師の幕僚として官途に入ったことなど、よくあることだった。しかも姚合の場合は、「試祕書省校書郎」という中央の官銜[23]を帶びることができたのだから、幸先の良い出發だったと言って良かろう。またそれ故に、これを踏み臺として次の武功縣主簿の榮進も可能だったのである。

しかしそのような好條件を提供されたにもかかわらず、姚合はこの節度使從事の職務に馴染めないものを感じていたようである。次の詩は、田弘正が元和一四年（八一九）の春に淄青節度留後の李師道を討伐して赫赫たる武勳を樹てることになる、その戰さの出陣（元和一三年一一月）に際して、長安で浪人生活を共にした親友の狄拾遺[24]に宛てて送ったものである。

寄狄拾遺時爲魏州從事　　狄拾遺に寄す　時に魏州從事たり　　姚合

少在兵馬間　長還繫戎職　　少《をさな》くして兵馬の間に在りて　長じて還た戎職に繫がる

雞飛不得遠　豈要生羽翼　　雞は飛ぶも遠きを得ず　豈に羽翼を生ずるを要《もと》めん

三年城中遊　與君最相識
應知我中腸　不苟念衣食
主人樹勳名　欲滅天下賊
愚雖乏智謀　願陳一夫力
人生須氣健　飢凍縛不得
睡當一席寬　覺乃千里窄
古人不懼死　所懼死無益
至交不可合　一合難離坼
君嘗相勸勉　苦語毒胸臆
百年心知同　誰限河南北

三年　城中に遊び　君と最も相ひ識れり
應に我が中腸の　苟《ただ》に衣食を念ぜざるを知るべし
主人　勳名を樹て　天下の賊を滅ぼさんと欲す
愚　智謀に乏しと雖も　願はくは一夫の力を陳べん
人生　氣の健なるを須つ　飢凍も縛るを得ず
睡れば一席の寛きに當たり　覺むれば乃ち千里も窄《せま》し
古人　死を懼れず　懼るる所は　死して益無きなり
至交も合ふ可からず　一たび合へば離坼し難し
君　嘗《つね》に相ひ勸勉す　苦語　胸臆に毒あり
百年　心に同じきを知る　誰か河の南北を限らん

〔大意〕　若い時から兵馬の間で育ち(25)、長じては節度使の従事を勤めることとなった。鶏は遠くまで飛べないし、またそのための羽が生える必要もない。どうも自分は、この魏博の地から離れることができないらしい。（科擧受験のために）三年間長安にいたが、君と一番の仲良しだった。だから私の氣持ちを分かってくれるだろう。僕が、衣食のことだけを思う人間ではないと言うことぐらい。主人の田弘正は、武勳の名を樹てようと、天下の逆賊を討伐するつもりだ。僕は、智謀に缺けるとはいえ、一夫の力を致そうと思う。人として生きるには、氣迫が大切だ。餓えも凍えも、僕を萎えさせることはない。眠るには、敷き布團一枚の廣さがあれば十分。千里の廣さも、何程のことがあろうと思えるのだ。古人は、死も恐れることなく、ただ無駄死にすることだけを恐れた。君と親交を結びながら、會えないでいる。一度あったらば、もう別れることはあり得ない。君は、常々頑張れと励ましてくれる。良薬は口に苦しだ。生涯、君と思いは同じだ。黃河の北と南の二人の友情を、誰が隔てることができるものか。

この詩において、姚合は節度使の幕僚としての自覺に燃えて、職務精勤を心に誓うことになる。この戰いが熾烈な戰いになることを覺悟してか、「衣食生活のことばかりを思う軟弱漢ではない（不苟念衣食）」、「持てる力を盡くしたい（願陳一夫力）」、「餓えや凍えも恐れない（飢凍縛不得）」、「死ぬなら、天晴れな死を選ぶ（所懼死無益）」といった決意の言葉が、みずからに言い聞かせるかのように繰り返されている。姚合は、この意味でいわゆる懦夫などではなかった。

しかしこのように自らを鞭撻するほどに、姚合はこの節度從事の仕事に違和感を覺えることになったのではあるまいか。先の「從軍行」に「昨來發兵師、各各赴戰場」と述べられた戰役は、淄靑節度留後李師道の討伐戰を指す可能性が高いであろう。ここでは「誰不戀其家、其家無風霜。鷹鶻念搏擊、豈貴食滿腸」として、勇ましく軍務に精勤しようと誓うのである。しかしながらその直前の部分「顧我同老弱、不得隨戎行。……從軍不出門、豈異病在床」にこそ注目しなければならないだろう。自分のことを「老弱」で「病床に在る」のと變わらない、軍屬としての不適格者として描いてもいるのである。

以上に讀んだ二首は、戰闘とじかに關わる軍務を背景に作られた詩である。これに對して次の「從軍樂」は、戰闘と離れた平時における文書業務を詠じたものである。

從軍樂二首其一

每日尋兵籍　經年別酒徒
眼疼長不校　肺病且還無
僮僕驚衣窄　親情覺語粗

從軍樂二首　其一　姚合

每日　兵籍を尋ね　年を經て酒徒に別る
眼の疼むは長く校《い》えず　肺の病むは且く還た無し
僮僕　衣の窄なるに驚き　親情　語の粗なるを覺ゆ

幾時得歸去　依舊作山夫　　幾時か歸り去り　舊に依りて山夫と作るを得ん（大意は二三九頁參照）

其二　　其二　　姚合

朝朝十指痛　唯署點兵符　　朝朝　十指痛み　唯だ署して兵符を點ず
貧賤依前在　顛狂一半無　　貧賤　前に依りて在り　顛狂　一半も無し
身慚山友棄　膽頼酒杯扶　　身は山友の棄つるを慚ぢ　膽《こころ》は酒杯の扶くるに頼る
誰道從軍樂　年來鑷白鬚　　誰か道ふ從軍は樂しと　年來　白鬚を鑷《ぬ》く（大意は二四〇頁參照）

姚合は、「從軍」と言い、また「儒の衣裳を脱ぐ」（「從軍行」）という表現をするが、それは節度使の幕府に勤務することの代稱であり、彼自身が武人になったという意味ではない。あくまでも文官としての職務に從事していた。その主要な職務が「毎日尋兵籍」（其一）と「唯署點兵符」（其二）、つまり兵籍の管理であったことが分かる。この詩は「從軍樂」と題しながら、「誰道從軍樂」（其二）と白狀する通り、實は、從軍苦を詠ずるものである。（詳細は「姚合の官歴と武功體」章の二三九頁參照）

姚合は、節度使田弘正から好條件を提供されたにもかかわらず、やがてこの節度使從事の職務に違和感を深めることになる。姚合の武功體が示すことになる「裝われた職務への不滿」は、この魏博節度使從事の時代の體驗を踏まえて文學として樣式化されたものである可能性が高いことを、我々は確認しておく必要があるだろう。

そうした姚合の思いを文學へと昇華させたのが、次の詩である。

假日書事呈院中司徒　　假日　事を書して院中の司徒に呈す　　姚合

十日公府靜　巾櫛起清晨　　十日　公府靜かなり　巾櫛　清晨に起く

寒蟬近衰柳　古木似高人　　寒蟬　衰柳に近づき　古木　高人に似たり
學佛寧憂老　爲儒自喜貧　　佛を學べば寧ぞ老を憂へん　儒と爲らば自ら貧を喜ぶ
海山歸未得　芝朮夢中春　　海山　歸るを未だ得ず　芝朮《しじゅつ》　夢中に春なり（大意は二三八頁參照）

詩題に田弘正を「司徒」と稱することから、淄青節度留後李師道を討伐し、その勳功を讚えて元和一四年二月に「檢校司徒・同平章事」が授けられた後の、恐らくはその年の秋の作と推定される。

　これは幕府の休暇に、節度使田弘正に贈られた詩であるが、ここで姚合は、幕僚採用の恩人である田弘正に對して職務精勵を誓うのではなく、却って「學佛寧憂老、爲儒自喜貧。海山歸未得、芝朮夢中春」と、職務を拋擲して歸隱する願望を述べている。姚合は四四歲であり「老」を稱しても良い年齢ではあるが、しかし田弘正は、姚合よりも三一歲も高齢である。また「貧」については、姚合の月俸錢は田弘正から支給されるものであり、しかも物價が安い地方都市の生活には十分すぎる三萬文（節度巡官）から五萬文（觀察支使）の高額だった。要するに「老」「貧」の嘆きは、姚合の生活の實態から乖離したものであり、加えて「歸隱」の思いを述べるに至っては、主人たる田弘正に呈する詩には不適當な內容と言わざるを得ないであろう。

　姚合は、元和一三年一一月から翌年二月の淄青節度留後李師道の討伐戰に從軍する體驗の中で、節度從事に本來的である軍屬としての職務に違和感を覺えた。しかも平時の文書業務についても、滿足を得られなかった。こうした生活の中から、「職務を厭う」こと自體を主題化した文學の可能性を切り拓くことになる。

　魏博赴任以前の長安時期の詩に見られた穩臥への志向、病弱の標榜、山友に向けられる親愛の情、そして謙虛な自制心などの一連の傾向に、さらに職務を厭い、歸隱を願う情緒が附け加えられることになる。武功體の文學を構成する殆ど全ての要素が、この段階で出揃うのである。とは言え武功體の形成までには、それらの諸要素を統合して、趣味化され、一つの審美的様式へと成熟させる過程がまだ殘されていた。

七　張籍からの影響

(1) 魏博節度從事以前

魏博節度從事の時期に、すでに武功體を構成する諸要素は出揃いつつあった。その諸要素は、いわば姚合の詩人的體質から滲み出たものと考えて良いものだろう。しかし、これだけでは武功體という文學の様式を結ぶことはできない。次の段階で武功體の文學へと昇華を遂げるためには、互いに無關係に存在し、また多くは負の意味を帶びるにすぎないそれらの諸要素が、有機的に一體化され、一つの美的境界として再構成されることが必要だった。恐らくその契機となったのは、張籍の文學との接觸であるに違いない。

姚合は武功縣主簿に赴任する前に、二度にわたって張籍の薫陶を得たものと思われる。一度は、初回投刺の時である。次に讀む詩中に「貧須君子救、病合國家醫」とあるのは、元和八年の冬以後に深刻化した張籍の眼疾を指す（「張籍における閑居詩の成熟」章を參照）。

贈張籍太祝

絕妙江南曲　淒涼怨女詩
古風無手敵　新語是人知
飛動應由格　功夫過卻奇
麟臺添集卷　樂府換歌詞

張籍太祝に贈る　姚合

絕妙なり江南の曲　淒涼なり怨女の詩
古風　手《ひと》の敵する無く　新語　是れ人は知る
飛動　應に格に由るべし　功夫　過ぎれば卻て奇なり
麟臺　集卷を添へ　樂府　歌詞を換ふ

李白應先拜　劉楨必自疑
貧須君子救　病合國家醫
野客開山借　鄰僧與米炊
甘貧辭聘幣　依選受官資
多見愁連曉　稀聞債盡時
聖朝文物盛　太祝獨低眉

李白は應に先づ拜すべし　劉楨は必ず自ら疑はん
貧は君子の救ふを須《ま》ち　病は合に國家の醫《いや》すべし
野客　山を開きて借し　鄰僧　米を與へて炊がしむ
貧に甘じて聘幣を辭し　選に依りて官資を受く
多く見る　愁の曉に連なるを　稀に聞く　債の盡くる時を
聖朝　文物　盛なるも　太祝のみ獨り眉を低《た》る

〔大意〕絶妙なる「江南曲」、悲しみの「妾薄命」(26)。先生の古風（樂府）は無敵の出來ばえで、新作はすぐに人々の知るところとなる。靈感に滿ちた文學は、その風格に由來し、鍛錬を重ねに重ねて、ついに非凡の域に達する。祕書省の書庫には、先生の詩文が大事に收藏され、樂府には、新しい歌辭が添えられる。李白も、先生には拜禮し、建安の劉楨は自分の再來かと思うだろう。しかし先生は貧乏で、お偉方の救いの手が必要であり、病氣は、國の責任で治してもらいたいものだ。野客は先生の無聊を見かねて山へと誘い出し、近所の僧侶は、先生の事缺く樣を見かねて米を惠んでゆく。貧に甘んじて、節度使の招聘は斷り、銓選によって官職に就こうと願うのだ。愁いのために、よく夜を明かすことがあるとのこと。借金を返し終ることは、滅多にないらしい。天子の御代は、社會の豊かさを謳歌しているのに、太常寺太祝の先生だけは、意氣も上がらぬ暮らし振りなのだ。

この當時、張籍は太常寺太祝という微官にあり、しかも眼疾を患ってこの時期は官を辭して閑居の狀態だったと思われる。※從ってこの時の姚合の投剌は、官界における推挽を期待すると言うよりも、詩人としての張籍の令名を敬慕しての行動であろう。張籍文學の姚合に對する影響は、この前後にすでに始まっていたと見て良い。

※「贈張籍太祝」の制作時期については、姚合が應試のために上京した元和七年秋以後である。その上で細かく見れば、姚合の進士及第（元和一一年春）の以前と以後の、二つの見方が可能となる。前者であれば、應試のための事前運動の意味を少し含むであろう。この時期、張籍は重い眼疾を患いながら、太常寺太祝の職に留まっていた。また後者であれば、(27)姚合の投刺の目的はもっぱら先輩詩人に對する表敬訪問の意味となるであろう。張籍は三年間の重い眼疾も、ようやく癒えようとする時期にあり、すでに太常寺太祝を辭して、次の任官を待つべく守選の状態にあった。

この詩には、姚合の張籍理解を窺う上で、いくつか興味深い點がある。
①張籍は「江南曲」「妾薄命」のような樂府の詩人として評價されていた。
②張籍は當時、「貧須君子救、病合國家醫。野客開山借、鄰僧與米炊。……多見愁連曉、稀聞債盡時」という病苦と貧困の生活にあった。

とりわけ注意したいのは、②である。張籍は、眼疾を患い、經濟的にも困窮して（官俸の停止）、僧侶から米を惠んでもらって食いつなぎ、借金の返濟もままならない状態だった。眠れぬ夜も、度々あった。このような消息は、張籍を訪ねてその口から直かに聞いたものもあるだろうが、同時に、この時に見せられた張籍の詩集から知ったことでもあるだろう。とりわけ「多見愁連曉」等の心理的な微妙なアヤは、張籍の詩から讀み出したものであるに違いない。(28)

張籍は、元和元年から一〇年までの異樣に長い期間、太常寺太祝という正九品上の末官に留まっていた。(29)その官途不如意の時期は、同時に張籍が病氣に苦しんだ時期でもあり、特に元和八年の冬から重篤化した眼疾は三年のあいだ張籍を苦しめることになった。張籍はこの不遇の時期に、「閑居詩」という新しいジャンルをを成熟させることになる。閑居詩は、自らの置かれた貧の環境を背景として、その中で精神の均衡を摸索するものであり、いわばその貧の境遇を審美的境界へと轉化する樣式である。(30)姚合が張籍を訪ねた時期は、恰もこうした閑居詩が成熟する時期に當たっていた。姚合は、まだ魏博に赴任して官途に入る以前であり、まだ不遇ということの意味を理解できる段階にはなかった。しかし張籍とのこの出會いは、姚合をして今までにない新しい文學の可能性を知らしめる機會になったことは確かであろう。

魏博赴任以前の初期の姚合の文學にすでにどの程度張籍の影響が及んでいたかは、判斷の難しいところである。しかし前掲「得舍弟書」詩の「貧居深穩臥、晩學愛閑名」あたりには、張籍の閑居詩の面影を認めることは十分に可能であろう。

姚合は、こうして張籍と識り合ってから一年ないしは數年の後、元和一二年冬に、魏博節度從事に赴任する。そしてこの時期に、貧賤の嗟嘆と、職務の倦怠と、身體の不調と、歸隱の願望とを綴る、いわば武功體の前奏曲ともなる獨自の詩風を形成し始めることになる。しかしそこに詠じられる内容が、魏博節度從事の比較的恵まれた待遇（高額の俸給と節度使田弘正の愛顧）と著しく乖離することによって、この詩風が何に由來するのか疑問であった。しかし今は、それが貧賤と病苦の中で作られた張籍の閑居詩の影響であった可能性を考えなければならないだろう。

(2)　魏博節度從事以後

姚合の張籍との交遊は、魏博節度從事を辭して長安に歸ってきた元和一五年の秋に再開する。姚合が武功縣主簿に赴任するまでの約半年の張籍との交遊は、以下の點で重要な意味を持つであろう。

すなわち武功縣主簿に赴任して、姚合は「武功縣中作三十首」を核心とする武功體の文學を確立する。これに先立つ節度從事の時期にもすでに「老・病・貧・賤・束縛」の苦痛を訴える詩を作っていたのであるから、問題は、この魏博と武功との間に何が新たに附け加えられたかを明らかにすることである。それは圖式的に言えば、「老・病・貧・

賤・束縛」の苦痛を訴えて辭官と歸隱を願う「不滿の文學」であったものを、「審美的な文學」へと昇華させたことにあるのだろう。そこに附け加えられたものは、はなはだ微妙なものと言わざるを得ない。しかしそのことによって、「老・病・貧・賤・束縛」という負の境界を、そのままに「美の境界」へと轉倒する、いわば武功體の美學が成立したのである。

貧賤や老病を「美」へと昇華する、その重大な轉機となったのは、元和一五年秋に張籍が姚合を伴って左司郎中元宗簡の宅を訪問した折に、元宗簡の詩に唱和して張籍が「和左司元郎中秋居十首」を作り、姚合が「和元八郎中秋居」詩を作ったという、小さな事件である。詩の詳しい分析は、「張籍の「和左司元郎中秋居十首」」章に讓るとして、要點のみを記せば、次のようになる。

まずこの元和一五年秋の持つ意味である。姚合は、元和一一年春に進士に及第し、翌年冬に節度使田弘正の魏博鎮に節度從事として赴任する。その後、節度從事を辭して、元和一五年の初秋には長安に歸っている。そして同年冬、もしくは翌長慶元年の春に、武功縣主簿に赴任している。この唱和詩を作ったのは、魏博から歸京した後、次に武功縣に赴く前のこの秋である。この時は、魏博時期に萌芽した貧賤と老病を詠ずる詩が、武功時期にいわゆる武功體へと成熟する、ちょうど轉換點に當たっている。姚合の文學に、何かが附け加わるとすれば、この時期をおいて他にはなかった。恰も張籍に從って元宗簡邸を訪ね、張籍が彼の尙儉の美學の集大成とも言うべき「和左司元郎中秋居十首」を制作する場に立ち會ったという事實は、その後の武功體の形成を考える上で、限りなく重要な意味を持つものである。

張籍の「和左司元郎中秋居十首」は、元宗簡の閑居の姿を描く組詩である。ここに描かれる元宗簡の世界は、簡素な生活の追求、官職への無關心、遁世への願望、藥餌による養生、身邊の些事への注視などの一定の志向性に收斂しており、總じて、尙儉と懶惰の價値觀とも言うべきものによって貫かれている。

もっとも注意したいのは、こうした尙儉と懶惰の價値觀が、主に張籍に屬するものであって、必ずしも元宗簡のものではないことである。以下、家敷の立地とその構え、また元宗簡の官職について、客觀的な情況を見ておきたい。

張籍の詩では、元宗簡の屋敷は、長安城中の寂れた坊里にあるとされる。また屋敷に出入りする者は、野客と山童として描かれている。こうして元宗簡の屋敷は、長安城內にあるとは言え、さながらに田舍・郊居の侘び住まいであるかのように描き取られることになる。其一を掲げよう。

和左司元郎中秋居十首其一　　左司元郎中の秋居に和す十首 其の一　　張籍

選得閑坊住　秋來草樹肥　　閑坊を選び得て住まい　秋來 草樹 肥えたり
風前卷筒簟　雨裏脱荷衣　　風前 筒簟を卷き　雨裏 荷衣を脱す
野客留方去　山童取藥歸　　野客 方を留めて去り　山童 藥を取りて歸る
非因入朝省　過此出門稀　　入りて朝省するに因るに非ざれば　此を過ぎて門を出づること稀なり

（大意は八八頁參照）


昇平坊は、長安城內の最高地點である樂遊原を占める。高燥で眺望に恵まれたこの昇平坊は、すでに初唐の時期から王侯顯貴の邸宅が櫛比する、長安有數の高級邸宅街となっていた。その昇平坊が、張籍の詩では「選得閑坊住、秋來草樹肥」ひと氣がない坊里は、夏を過ぎると草木が生い茂るような閑坊・幽里へと姿を變えている。

そして閑坊の家敷に出入りするのは、官僚の世界と無關係の野客と山童である。野客は、藥の處方箋を書き殘し、山童は、その指示に從って山に藥草を採りに行く。元宗簡は、餘事はともかくとして自分の養生には怠りがない。彼の關心は、こうしてもっぱら私的な世界に向けられている。

そして主人の官職。元宗簡は、朝會に參加するのでもなければ、屋敷に引き籠もったまま門を出ることもない、職務を厭い、趣味に生きることを願う退嬰的な人物として描かれる。しかし事實は、左司郎中という從五品上の尚書省の高官として、激務をこなしている。五品以上は、朝參官として朝會に參列できる、日本で言うところの殿上人に當たる高級官僚である。

ではその邸宅の造りはどんなものだったのか。張籍は、邸内の細部を語るだけである。さながらに全體の布置を語ることが憚られるかのように。

其二

有地唯栽竹　無池亦養鵝
學書求墨跡　釀酒愛朝和
古鏡銘文淺　神方謎語多
居貧閑自樂　豪客莫相過

其の二　張籍

地有れば唯だ竹を栽ゑ　池無くも亦た鵝を養ふ
書を學ぶも墨跡を求めず　酒を釀して朝和（乾和）を愛す
古鏡　銘文淺く　神方　謎語多し
貧に居るも閑にして自ら樂しむ　豪客　相ひ過《よ》ぎること莫かれ（大意は八八頁參照）

空いた土地があれば、竹を植える。池が無くとも、鵝鳥を飼う。この二句は、邸内が手狹であることを暗示する。もし十分な廣さがあれば、竹だけを植えるとは言わないだろう。また主人には池を掘る資力も無いので、鵝鳥は水に潛ることもできないでいる。（それでも竹を植え、鵝鳥を飼うのは、この邸の主人が竹を愛した王徽子と、鵝鳥を愛した王羲之の風流を慕うからである）

ここに描かれるのは、簡素な住いの中で、精一杯おのれの風流に生きようとする趣味人である。その姿は、第七句「居貧閑自樂」に端的に述べられる。元宗簡は、「貧に居る」そして「閑なる生活を自ら樂しんでいる」。元宗簡の邸は、「貧」なのである。

しかし昇平坊の元宗簡宅が、張籍の言うように「貧」なるものであったとは思えない。昇平坊は、高級邸宅街であり、元宗簡の家敷も、周圍に見劣りのしない造りであったと考えるのが自然である。また元宗簡の年來の友人であった白居易は、その新邸が贅を凝らした造りであったことを、半ば羨望を込めて證言しているのである。(31)張籍は、元宗簡の家敷の立地と構えについてはあえて簡素に、またその人の職務については、あえて無氣力なものとして描き出そうとしている。

もう一首を追加したい。ここには、主人元宗簡がどの様な價値觀の下にこの閑居を營んでいるのかが、直截的に表明されている。

其六

醉倚斑藤杖　閑眠瘿木床
案頭行氣訣　爐裏降眞香
尚儉經營少　居閑意思長
秋茶莫夜飮　新自作松漿

其六　張籍

醉ひては倚る斑藤の杖　閑には眠る瘿木の床
案頭　氣を行ふの訣あり　爐裏　眞を降すの香あり
儉を尚びて經營少く　閑に居れば意思長し
秋茶　夜に飮む莫く　新たに自ら松漿を作る（大意は九〇頁參照）

注目の語は、「尚儉經營少」である。簡素を旨として、贅を凝らさない。元宗簡は、このような美意識で生活を營んでいる。だがしかし、それは吝嗇でも無頓着という意味にもならない。元宗簡はこだわりの人であり、杖にも床（寢臺）にも、己れの好みを讓らない。そしてお茶。秋摘みのお茶は、苦いので夜は飮まない。その代わりに自分で、松の實の飮み物を拵える。己れの生活に納得するためには、勞を惜しまない。

元宗簡が贅を凝らさないのは、貧乏だからではない。餘分な贅を切り落として生活を簡素にし、その代わりに、生活の細部の一つ一つに愛着を込める、このような生き方が美であると、生活の全體をもって主張しているのである。

このような美學を、尙儉の美學と稱することができるだろう。――しかし、この尙儉の美學は、元宗簡その人のものであるよりも、彼をそのように描いた張籍のものなのである。張籍が自らの閑居の生活の中から創り出した美學、實はそれこそが、この尙儉の美學だったのである。

＊　＊　＊　＊　＊

「和左司元郎中秋居十首」は、張籍の文學において、如何なる位置を占める作品なのであろうか。

張籍は、元和一一年一二月に、それまで十年在任した太常寺太祝（正九品上）から國子助教（從六品上）に轉じている。格別の昇進であり、恐らくは韓愈の推挽があった。その後、廣文館博士・祕書郎・國子博士・水部員外郎・水部郎中・主客郎中と累遷して、國子司業（從四品下）に至っている。張籍が姚合を伴って元宗簡邸を訪ねたのは元和一五年の秋であり、祕書省祕書郎（從六品上）に在任の時期である。

張籍の閑居詩は、太常寺太祝という末官に沈淪する官途の不遇と病苦という、二重の逆境の中で作られたものである。こうした逆境と一體のものとしてあった張籍の閑居詩は、その後の環境の好轉（昇進・健康回復）によってどのように變貌したか興味深い問題である。この點について結論的に言えば、太常寺太祝時期の閑居詩において形成された美學は、それまでの「閑居という不遇」に堪える文學から、閑居そのものを美的境界として描き出す文學へと洗練を遂げることになる。

次に讀む詩は、「和左司元郎中秋居十首」の直前に作られたと推測されるものである。(32)

雨中寄元宗簡

秋堂羸病起　盥漱風雨朝

竹影冷疏澀　楡葉暗飄蕭

雨中　元宗簡に寄す　　張籍

秋堂　羸《るい》病より起ち　　盥漱《くわん》す　風雨の朝

竹影　冷かにして疏澀　　楡葉　暗くして飄蕭

街徑多墜果　牆隅有蛻蜩　　街徑　墜果多く　牆隅　蛻蜩有り
延瞻游歩阻　獨坐閑思饒　　延《とほ》く瞻《み》て游歩阻まれ　獨り坐して閑思饒し
君居應如此　恨言相去遙　　君が居も應に此の如かるべし　恨むらくは言《ここ》に相ひ去ること遙かなるを
（大意は五六頁參照）

この詩は國子助教に在任時の作であり、かつての太常寺太祝在任時の閑居詩のように逆境の中で作られたものではない。しかしながら、白居易が「家給身閑―家は給かに身は閑なり」（「序洛詩」）とみずから誇る境遇の中で作られた、「泰以適―泰にして以て適」なる愉悦に満ちた閑適詩とは、明らかに方向を異にしている。

自らをあえて豊富さから遮斷することで見えてくるもの、それは暗色の世界である。しかし陰翳に満ちた、奥行きのある世界である。「竹影冷疏澀」の肌に冷やかな感觸はどうか。「楡葉暗飄蕭」の深い翳りの色はどうか。そして誰もが目を留めることもなく通り過ぎる、道端に落ちて朽ちてゆく果實、また土塀に貼り付いたままの蟬の抜け殻が語り掛ける、時間の確かな移ろい。張籍は、このような身邊の些事のなかに、他に置き換えることのできないただ一つのものを見出だしてゆく。それは、贅をこらして經營した邸宅や池臺のなかの閑適の愉悦とは異なる、もう一つの審美的な愉悦の世界である。

張籍は、このような閑居の美學、尚儉の美學を、みずからの閑居詩の中に熟成させていた。そしてその美學的視角によって、元宗簡の「秋居」を克明に描き出そうとした。「和左司元郎中秋居十首」はその成果であり、また閑居と尚儉の美學の可能性を極めようとする實驗的作品ともなった。

次に、姚合自身の唱和詩を見てみよう。

和元八郎中秋居　　　　元八郎中の秋居に和す　　姚合

聖代無爲化　郎中似散仙　　　聖代　無爲にして化し　　郎中　散仙に似たり
晚眠隨客醉　夜坐學僧禪　　　晚眠　客に隨ひて醉い　　夜坐　僧に學びて禪す
酒用林花釀　茶將野水煎　　　酒は林花を用ひて釀し　　茶は野水を將《もちひ》て煎る
人生知此味　獨恨少因緣　　　人生　此の味を知る　　獨り因緣の少なきを恨む（大意は一〇九頁參照）

姚合の詩は張籍の「和左司元郎中秋居十首」と同じ傾向にある。張籍詩が、世間の約束に拘われずに己れの趣味に生きる元宗簡を仙人に譬えたように（其五「還應似得仙」、其八「盡得仙家法、多隨道客齋」）、姚合もその人を「郎中似散仙」と述べる。

その散仙（無官の仙人）にも似た元宗簡の風貌は、續く「晚眠隨客醉、夜坐學僧禪。酒用林花釀、茶將野水煎」において具體的に描き出される。夜に眠る時は、醉客と一緒。夜の坐禪は、僧侶について學ぶ。酒は、林に咲く花を加えて釀し、茶は、野面の水を汲んで煎る。――姚合の和詩に描かれる元宗簡の姿は、張籍詩のものを忠實に引き寫している。引き寫すことによって、この先輩詩人の手法を丹念に學び取ろうとするかのようである。

張籍の「和左司元郎中秋居十首」は、全體を通して、尙儉の美學を提示する。その尙儉の美學は、張籍が十年餘に及ぶ官途不遇と病苦に淪む「閑居」の中から創り上げたものである。張籍に伴われて元宗簡邸を訪ねた姚合が、この美學の意味をその場で率爾に了解できたと考える必要はない。また姚合の唱和詩は、張籍詩の忠實な模倣の域を出るものでもない。しかし姚合は、張籍の「和左司元郎中秋居十首」の美學を消化して、やがて武功縣主簿に赴任してから、それを自らの「武功縣中作三十首」の中に實現することになる。

結語

蔣寅氏は、姚合の武功體について、二つの特徵を指摘している。一つは、「懶吏」のイメージの追加であり、もう一つは、生活の中の詩的小景の發見である。兩者を併せた上で、武功體を吏隱文學の新たな展開と位置づけている。本稿を締めくくるに當たって、蔣寅氏の見解も參考にしながら、姚合の武功體を文學史の中に位置づけてみたい。

唐代における吏隱の文學は、韋應物、白居易を中心軸として、一定の方向に展開したものと理解される。かりにその中に「吏」と「隱」の要素が併存していたとしても、その方向から逸脱するものは、少なくとも唐代後半期において、吏隱の文學と認めることは適當ではない。なぜなら當時の詩人の意識において、それは「吏隱の文學」として作られたものではなかったからである。

その一定の方向とは、「隱」という「官の價値觀から自由になる空間」を、官の富貴を手放すことなく獲得しようとする願望の方向である。

唐代の社會には、陶淵明のように「歸去來の辭」を高らかに歌って遁世する者を受け容れる餘地は、もはや殆ど殘されていなかった。社會は有機的な一體性を强めていて、隱遁者という非「社會的」な異物が存在することを許さなくなっていた。科擧制度が作りだした人材收攬の網の目から、知識人は容易に逃れることはできなかったし、その中に隱れ住めるような、完結的で自給自足的な地域共同體は、とうに廣域に及ぶ商業經濟網の中に飲み込まれ、解體しつつあった。また反面、こうした趨勢の中で、知識人たちは、かつては高門世族でなければ手に入れることができなかった富貴が、努力次第で手が届く距離まで近づいていることも了解していた。そのため彼らは自發的に科擧という世網の中に飛び込んでいったのである。このような時代に身を置く士人たちには、「辭官・隱遁」は、人情の自然に反する、受け容れがたい決斷としか映らなくなっていた。陶淵明の評價が唐代前半期に一向に高まらなかったのは、このためである。(33)

しかし韋應物は、官の富貴と、官からの自由（幽居）を二つながらに手に入れる吏隱という思想を考案した。そして韋應物の吏隱の詩が、かれが滁州・江州・蘇州の刺史という大官となった時に實現したことは、この吏隱の內實を考える上で大いに示唆的な意味を持つ。吏隱は、もはや官途不遇者のものではなく、官として榮達し富貴を手に入れた者が、それを失うことなく「隱」という精神の自由を得るための思想的な方法となった。(34) 韋應物の吏隱詩を繼承して閑適詩を作った白居易の場合にさらにその傾向を強めていることも、そのことを再確認させるものである。

この結果として「隱」の世界は、辭官遁世という劇藥を用いずとも手に入れることができる身近なものとなる。吏隱を樂しむのは、實態として、いわば持てる者の特權となった。彼らは、長安や洛陽の城內の自邸に趣味を凝らした池苑を營んでいる。その邸宅は、彼らが「隱」を樂しむ世界であり、その造作を互いに誇り合うのが、彼らの文雅の遊びともなっていた。(35) 韋應物の後期の吏隱詩、またその發展の最終的な形態である白居易の閑適詩は、このような文化を代表するものなのである。

＊　＊　＊　＊　＊

このような中唐時期の吏隱詩の展開を考えるならば、姚合の武功體が「吏」と「隱」の要素を含むことを理由に、それを吏隱の文學と見なすことは適當ではないことが分かる。むしろ吏隱とは異なる枠組みを與えることで、武功體の文學史に占める位置が正確に了解されるであろう。すなわちそれは、張籍の閑居詩の系譜に位置し、その特殊化であり發展型なのである。

しかしその一方、蔣寅氏が武功體の特徵として、①「懶吏」のイメージの追加、②生活の中の詩的小景の發見の二つを指摘するのは、傾聽に値する。

張籍は「和左司元郎中秋居十首」で、富貴の原理からは見過ごされてしまうような身邊の些事にあえて目を留めることで、元宗簡の閑居の生活を浮かび上がらせた。それは酔っては杖つく「斑藤の杖」だったり、また暇なときに寝そべる「楠木の瘤で作った寝臺」（其六「醉倚斑藤杖、閑眠癭木床」）として、作品の世界を満たしてゆく。張籍は、こうした細部に視線を届けることで、今まで見えなかった閑居の世界の意味を明らかにする方法を確立するのである。姚合が武功體の文學に生活の中の小景を描く手法は、張籍の閑居詩の中からくみ取ったものであるに相違なかった。

一方「懶吏」のイメージは、張籍の閑居詩にはそのままの姿では見えないものであり、より多く姚合の獨創に係るものと言えそうである。とは言え、ここでも張籍の影響を無視することはできない。

張籍は、太常寺太祝に在任中の閑居詩で、しばしば心身の不調のために吏務を擔當できない嘆きを詠じている。張籍にすればそれは已むを得ない結果であり、自己の懶惰を、好きこのんで標榜するものではなかった。しかし姚合の「懶吏」のモデルは、必ずやこの張籍の閑居詩の中にあったと見て良いだろう。

次に例示する四首は、太常寺太祝に在任中のもの①②と、眼疾のためにその官を辭して閑居していた時期のもの③④である。（詳細は「張籍における閒居詩の成熟」章參照）

①早春病中　　早春の病中　　張籍

羸病及年初　心情不自如　　羸《るい》病　年初に及び　　心情　自如ならず
多申請假牒　祇送賀官書　　多く申す假を請ふの牒　　祇《た》だ送る官を賀するの書
幽徑獨行步　白頭長懶梳　　幽徑　獨り步を行《や》り　　白頭　長《つね》に梳《くしけ》づるに懶《ものう》し
更憐晴日色　漸漸暖貧居　　更に憐れむ晴日の色　　漸漸として貧居を暖む（大意は五一頁參照）

②早春閑遊

年長身多病　獨宜作冷官
從來閑坐慣　漸覺出門難
樹影新猶薄　池光晩尚寒
遙聞有花發　騎馬暫行看

早春の閑遊　張籍

年長《た》けて身に病多く　獨り宜しく冷官と作るべし
從來　閑坐慣れ　漸く覺ゆ 門を出づるの難きを
樹影　新たなるも猶ほ薄く　池光　晩くして尚ほ寒し
遙かに聞く花有りて發《ひら》くと　馬に騎りて暫く行きて看ん（大意は五二頁參照）

③夏日閑居

多病逢迎少　閑居又一年
藥看辰日合　茶過卯時煎
草長晴來地　蟲飛晩後天
此時幽夢遠　不覺到山邊

夏日の閑居　張籍

多病　逢迎少なく　閑居　又た一年
藥は辰日を看て合わせ　茶は卯時を過ぎて煎る
草は長ず　晴來の地　蟲は飛ぶ　晩後の天
此の時　幽夢遠く　覺えず山邊に到る（大意は五四頁參照）

④酬韓庶子

西街幽僻處　正與懶相宜
尋寺獨行遠　借書常送遲
家貧無易事　身病足閑時
寂寞誰相問　祗應君自知

韓庶子に酬ゆ　張籍

西街　幽僻なる處　正に懶と相ひ宜し
寺を尋ねて獨り行くこと遠く　書を借りるも常に送ること遲し
家貧しければ易事無きも　身病めば閑時足る
寂寞　誰か相ひ問ふ　祗だ應に君のみ自《おのづか》ら知るべし（大意は四三頁參照）

これらの閑居詩から浮かび上がる張籍は、職務に堪えられずに家居するしかない病人である。――病氣療養の申請書を出し、人も通わぬ小道を歩くだけだと悲嘆する①。長患いを苦にして、いっそこのまま「冷官」に埋もれてもよいと諦觀する②。病氣療養で一年餘り家居して、誰にも相手にされない、かくなる上はいっそ遠くの山の向こうに行ってしまいたいと夢想する③。西街の路地裏のひっそりとした一角、そこは無氣力な人間にうってつけだと自嘲する④。詩に描かれる人物は、その限りでは公務を擔當する意欲も能力もない「懶吏」である。しかもその「懶」を最も自覺しているのは、詩の作者である。最小限の身繕いである結髪もできずに呆けている姿を①「白頭長懶梳」と描き、無氣力に路地裏に籠っている姿を④「正與懶相宜」と描いてその「懶」を強調しているのは、他ならぬ張籍自身である。

張籍がその閑居詩の中で自らを「懶」なる者として描いているのを、姚合は知っていた。姚合は、張籍が「移病閑居」（白居易「與元九書」中の語）して、家でやむなく懶惰になるしかなかった事情を了解しなかったわけではないが、その一方で、この懶惰な風景の中に、今までの文學にはなかった新鮮な人物像を發見したものと思われる。

「武功縣中作三十首」の其二・其七を例示する。

武功縣中作三十首其二

方拙天然性　爲官是事疏
惟尋向山路　不寄入城書
因病多收藥　緣餐學釣魚
養身成好事　此外更空虛

其七

客至皆相笑　詩書滿臥床
愛閑求病假　因醉棄官方

武功縣中作三十首　其二　　姚合

方拙は天然の性　官と爲るも是の事に疏なり
惟だ山に向かふの路を尋ね　城に入るの書を寄せず
病に因りて多く藥を收め　餐に緣りて魚を釣るを學ぶ
身を養ふを好事と成す　此の外　更に空虛なり

其七　　姚合

客至るも皆な相ひ笑ふ　詩書　臥床に滿てり
閑を愛して病假を求め　醉に因りて官方を棄つ

鬢髪寒唯短　衣衫痩漸長
自嫌多檢束　不似舊來狂

鬢髪 寒くして唯だ短く　　衣衫 痩せて漸く長し
自ら嫌《いと》ふ 檢束の多くして　　舊來の狂なるに似ざることを

其二は、自分の性格が役所勤めに向かないことを言う。山（隱遁の世界）へと續く道を尋ねてみたり、體を大事にするために藥草を採ってみたり、食事の足しにしようと魚釣りを始めてみたりと、要するに吏務に辟易して身が入らない有様を描いている。張籍は、病氣のために吏務から離れざるを得なかったのだが、姚合の場合は、吏務が自分の性分に合わないから勤勉になれないと開き直るのである。

其七では、姚合の態度はさらに徹底している。病氣が理由ではなく、「閑」でいたいばかりに缺勤願いを出す（「愛閑求病假」）。ここまで來れば故意の職務放棄であり、怠業である。其二が受動的な怠業とすれば、其七は、能動的な怠業にまで踏み込んでいる。懶吏のイメージが、ここに明確に提示されている。

＊　＊　＊　＊　＊

姚合が何故に、自らを「懶吏」として描こうとしたのか。この問いは、當時の人は何故に、このような懶吏を描く姚合の詩を受け容れることができたのかという問いと、恐らく同じ意味を持つ。

姚合が武功縣主簿に赴任したのは長慶元年（八二一）、「武功縣中作三十首」はその在任中の作品である。この年が、元和が改まった翌年であることは、偶然に過ぎないのだが、文學史には象徴的な意味を持つことになった。

元和は、科擧官僚が社會の上層へと進出を果たした時代である。彼ら、この新しい社會の主人公たちには、政治と文化のすべての課題が、自らが關與すべく、また解決すべきものとして理解されていた。古文運動も、諷諭文學の擡頭も、要は、文學に士人の倫理性を求める中から興った同根の現象である。また政治の世界における不順藩鎮の討伐も、士人の政治に對する責任感が後押しした結果である。彼らには、自負心と使命感が漲っていた(36)。そして憲宗は、彼らの熱氣を巧みに吸收することで、元和の中興と稱される政治改革を遂行した。

元和が長慶に改まろうとするころ、科擧官僚たちを包んでいた自負心と使命感の熱氣がはっきりと冷めつつあった。實は、元和一〇年を過ぎる頃には、すでにその傾向が兆してもいたのである（注17參照）。姚合は魏博節度從事の時期（元和一二年～元和一五年）に、すでに「老・病・貧・賤・束縛」の苦痛を訴えて、辭官と歸隱を願う、いわば武功體の萌芽とも言うべき文學に手を染めていた。そして長慶元年に武功縣主簿に赴任すると共に、「懶吏」の氣分を前面に押し出す武功體の文學を完成する。元和の文學の放つ熱氣と、この武功體の文學がかもす倦怠とは餘りにも鮮明な對照を成しているのだが、兩者の交替は偶然などではなかった。當時の士人は、自負心と使命感を支え續けることができなくなっていて、いわば彼らの精神は、內側から崩れ落ちつつあったのである。

どうして姚合の「懶吏」を歌う反倫理的な文學が、批判されずにすんだのか。それは士人たちが、この時にはもはや持てる自負心と使命感を使い果たし、崇高な倫理性をも磨り減らしてしまったからである。武功體の文學は、そうした士人たちの空虛な思いに滲み込むことになる。

＊　＊　＊　＊　＊

科擧制度の充實は、それまで社會の上層と關わりの無かった中下層の士人たちに、社會進出の機會を提供することになる。元和の士人たちを包む異樣な熱氣は、この社會の流動化という巨大な地殼變動の反映であろう。しかしそれが一定の飽和狀態に至ったとき、かえって科擧制度は、科擧に及第できず、また及第しても末官に沈淪するしかない不遇な士人たちを制度的に生產し續けることになる。その初期の犧牲者の代表格が、張籍となるであろう。張籍が官の富貴から疎外された不遇の中で創り出した一羣の閑居詩は、閑居と向儉の美學を提示することで、期せずして不遇な士人たちの意識を代辨することになった。

姚合は、その張籍の閑居詩の中から、生活の細部への熟視と、職務への懶惰の思いを汲み上げることによって、武功體の文學を創り上げた。張籍から姚合へと引き繼がれるこの尙儉と懶惰の美學を標榜する文學の流れこそ、元和の文學を突き放し、晩唐詩の地平を拓くものとなったのである。

〔注〕

（1）吏隱詩との關連に注目するのは、蔣寅氏「〝武功體〟與〝吏隱〟主題的發展」（『揚州大學學報（人文社會科學版）』二〇〇〇年五月第四卷第三期）である。また白居易の閑適詩との關連に注目するのは、中木愛「姚合の詩における閑適の要素―白居易との關連をめぐって―」（『中國中世文學硏究』第54號）である。

（2）「武功縣中作三十首」其二六の頸聯「道友憐蔬食、吏人嫌草書」を指す。

（3）山田和大「韋應物の蘇州刺史期について―詩の系年と吏隱意識」（日本中國學會『日本中國學會報』第六二集、二〇一〇年）に「滁州期には吏隱の調和を求めつつも官を厭う態度を示していたが、晩年の蘇州期には不滿を漏らすこともないほどに吏隱の調和を取れる心境になっていた」と述べて、滁州期以降に吏隱の思想の變化があったことを指摘する。

（4）白居易「吳郡詩石記」に「貞元初、韋應物爲蘇州牧、房孺復爲杭州牧、皆豪人也。韋嗜詩、房嗜酒、每與賓友一醉一詠。其風流雅韻、多播於吳中、或目韋房爲詩酒仙。時予始年十四五、旅二郡。以幼賤不得與游宴、尤覺其才調高而郡守尊。以當時心、言異日蘇杭苟獲一郡足矣。及今自中書舍人閒領二州。去年脫杭印、今年佩蘇印。……韋在此州。歌詩甚多。有「郡宴詩」云「兵衞森畫戟。燕寢凝淸香」、最爲警策。今刻此篇於石、傳貽將來。……寶曆元年七月二十日。蘇州刺史白居易題」。文中の「郡宴詩」とは韋應物の「郡齋雨中與諸文士燕集」のことで、閑居の滋味と文雅の遊びの高揚した氣分とを併せて詠じた佳作として知られる。

（5）白居易はまた續けて「古人云、窮則獨善其身、達則兼濟天下。僕雖不肖、常師此語」と述べる。その「古人云々」は、『孟子』に「古之人、得志澤加於民、不得志脩身見於世。窮則獨善其身、達則兼善天下」（滕文公下）とある、いわゆる「兼濟・獨善」の說を指すが、白居易はこの說を用いて閑適詩の理論的根據とした。

（6）「退公」は、『舊唐書』卷一六〇「韓愈傳」に「後雖通貴、每退公之隙、則相與談讌、論文賦詩、如平昔焉」とあるように、廣く勤務時間外のことを指し、公務追放と言った負の狀態を意味しない。

（7）「秋池二首其一」に「身閑無所爲、心閑無所思。況當故園夜、復此新秋池」（部分）、「詠興五首・出府歸吾廬」に「身閑自爲貴、何必居榮秩。心足卽非貧、豈唯金滿室」（部分）

（8）白居易がこの服喪のための下邽家居を、母親を失ったためばかりではなく、自分のこれまでの晴れがましい官途の挫折と捉えて憂鬱な氣分に浸っていたことは、當時の作品から窺いうる。その抑鬱の中の生活が、閑居である。

（9）『論語』雍也篇に「子曰、賢哉回也、一簞食一瓢飮、在陋巷、人不堪其憂、回也不改其樂、賢哉回也」。

（10）四分類法に從って閑適の部立があるのは長慶四年に編まれた『長慶集』五〇巻までであり、太和二年（八二八）に編まれた『後集』五巻からは、格詩（古體詩）と律詩（近體詩）の二分類法になる。しかし『後集』以降も、實質的に閑適詩は作られ、むしろ作品のすべてを覆うほどに多作される。

（11）下定雅弘『白氏文集を讀む』（勉誠社、一九九六年）では、諷諭詩・閑適詩の概念化が達成されるのは、「與元九書」が書かれた江州司馬左遷時期とする。「早年からの閑適に對する強い愛好があったからこそ、京官時代・下邽時代・復官時代と、閑適を求める詩は次第に成長していったのである。だから、閑適への愛好と境遇の然らしめた所による大量の詩作の羣れが「閑適詩」の分類の前提となっていることはたしかである。だが、しかし、これらの詩の存在することが存在の意義を教えるわけではない。愛好することは、意義づけることとは別のことである。これらの詩の特質と存在意義を自覺させたのは、江州の窮境である。「僕、志は兼濟に在り、行いは獨善に在り」というのは、江州の今を主として念頭においていわれている。兼濟の場を奪われた白居易は、やむなく獨善に生きるしかない狀況となった。その自己の生き方と詩作を肯定し、根據づけるために考えられたのが、「兼濟」「獨善」に對應する「諷諭詩」「閑適詩」の理論である。」（同書一四三頁）

（12）裴垍は、元和三年中書侍郎・同平章事（宰相）となったが、元和六年に卒す。『舊唐書』巻一四八「裴垍傳」に「元和初、召入翰林爲學士、轉考功郎中、知制誥、尋遷中書舍人。…元和五年、中風病。憲宗甚嗟惜、中使旁午致問、至於藥膳進退、皆令疏陳。疾益痼、罷爲兵部尙書、仍進階銀靑。明年、改太子賓客。卒、廢朝、賻禮有加、贈太子少傅」。

（13）七一歳で刑部尙書の肩書きで致仕した後も、半俸（半分の官俸）を受領。

（14）前期の「辭官＝歸隱」の選擇の結果としてある隱の生活は「吏隱」の範疇に入らないが、その隱の場は主に寺院だった。なお後期に至り、地方の大官である刺史となってからも、滁州刺史退任後に永定寺に閑居して「寓居永定精舍」を作ったように、寺院に居住することがあった（注3の山田論文參照）。韋應物には一貫して、寺院は、「隱」（閑居）にふさわしい場と理解されていたようである。

(15) 張籍「移居靜安坊荅元八郎中」詩に「長安寺裏多時住、雖守卑官不苦貧。作活每常嫌費力、移居祗是貴容身。初開井淺偏宜樹、漸覺街閑省踏塵。更喜往還相去近、門前減却送書人」。この靖安坊宅は、「移居祗是貴容身」とその手狭さをあえて謙遜するところから、恐らく購入物件である。元宗簡が、詩題に見える「郎中」（左司郎中または倉部郎中）から京兆少尹に昇進したのは長慶元年晩春であり、詩はそれ以前の制作である。

(16) 刑部侍郎に就任の前、從五品上の考功郎中さらに正五品上の中書舍人を歴任している。

(17) 下定雅弘「柳宗元における詩體の問題―元和一〇年を境とする古體から近體への變化について―」（『日本中國學會報』三六集、一九八四年）、同「韓愈の詩作―その古體の優勢から近體の優勢への變化について―」『日本中國學會報』（四〇集、一九八八年）に詳論される。前者には「白居易は、武元衡暗殺事件での早すぎる上書を咎められて、元和一〇年の秋、江州司馬に左遷された。彼の詩は、この時を境として、律絕の制作量が激增し、古體の制作量は波を描きつつも次第に減っていく。元稹は、元和九年以後、恆常的に律絕の制作量が古體を上回り、元和一四年以後は律絕に專念している。韓愈も元和一〇年以後律絕の制作が古體を上回るようになっている」（一一五頁）。後者には「韓愈の詩作に見える變化と類似の現象は、柳宗元にも見える。まる九年の永州での流謫生活を終えて、元和十年正月に長安に歸るときから、柳宗元の詩作も近體詩が優勢となった。白居易もまた……。それぞれの詩體の變化にはそれぞれの理由がある。しかし、朝臣としてのIdentityを獲得しようとする激しい熱情の時代が過ぎ去るとともに近體の時代が訪れているのは、みな同じである」（九一頁）。これに追加すれば、孟郊は元和九年に、李賀は一一年に相次いで死し、詩壇そのものを去っている。

(18) 寓居（郡齋また寺院）か自邸の經營かという對立は、韋應物の中にすでに意識化されている。次の韋應物の蘇州刺史時期の「新理西齋」詩に、郡齋の庭を掃除した後の感慨を述べて「始見庭宇曠、頓令煩抱舒。茲焉卽可愛、何必是吾廬」とある。ここで韋應物は、「吾廬」（自邸）を持ちたいと思う自然の願望を、意識的に抑止している。左遷先の江州で廬山草堂を經營した白居易は、韋應物が思い定めた一線をあっさりと踏み越えている。

(19) 全唐詩に見える「穩臥」は、姚合のこの詩以外では、白居易が太和三年（八二九）に作った「勸酒十四首　不如來飮酒七首」の其七に「不如來飮酒、穩臥醉陶陶」とある一例のみ。元和一〇年の作である姚合のこの詩が先行する。なお姚合は、杜甫の「王十七侍御掄許攜酒至草堂、奉寄此詩、便請邀高三十五使君同到」に「老夫臥穏朝慵起、白屋寒多暖始開」とあるのを踏まえたのであろう。

(20) 馬戴には、姚合のこの詩に唱和した「寄金州姚使君員外」詩がある。賈島と無可は、姚合の招きに應じて金州を訪ねており、無可には「陪姚合遊金州南池」「金州別姚合」「金州冬月陪太守遊池」「過杏溪寺寄姚員外」の四首の詩がある。喩鳧には賈島の金州行きを送る「送賈島往金州謁姚員外」詩があり、項斯には「贈金州姚合使君」詩がある。これらの詩人は、皆な姚合を中心とする詩集團の成員である。參照：「友を招く姚合」章

(21) 郭文鎬「姚合佐魏博幕及賈島東遊魏博考」（『江海學刊（文史哲版）』一九八七年第四期）に、裴度が元和一二年一一月二八日に淮西討伐から歸朝した時に作られた姚合の「送蕭正字往蔡州賀裴相淮西平」詩が、魏博で作られたものでないことを根據に、その時點で姚合は魏博にまだ赴任していないとする。

(22) 參照：松浦友久「樂府・新樂府・歌行論」（同『中國詩學原論』大修館書店、一九八六年所收）

(23) 新出土の姚合墓志「唐故朝請大夫祕書監禮部尚書吳興姚府君墓銘」に「田令公鎭魏、辟爲節巡官、始命試祕省校書」。

(24) 狄拾遺が狄兼謨であること、郭文鎬論文（注21參照）に考證がある。姚合「送狄兼謨下第歸故山」に「慈恩塔上名、昨日敗垂成。賃舍應無直、居山豈釣聲。半年猶小隱、數日得閑行。映竹窺猿劇、尋雲探鶴情。愛花高酒戸、煮藥汙茶鐺。莫便多時住、煙霄路在城」。狄兼謨の左拾遺就任は、『資治通鑑』卷二四一、憲宗元和一四年一二月に「（令狐楚）乃薦山南東道節度推官狄兼謨才行、癸亥（一九日）擢兼謨左拾遺・内供奉。兼謨、仁傑之族曽孫也」。

(25) 姚合は父姚閈が縣令となった相州臨河縣で成人したと推定されるが、その地は魏博節度使の管轄内にあった。

(26) 『增訂注釋全唐詩』第三冊、九八五頁に「怨女詩」は「妾薄命」などの詩と注す。（當該項目執筆：陶敏・湯麗偉）

(27) 姚合「贈張籍太祝」詩に「甘貧辭聘幣」。この句が念頭に置くのは張籍の「節婦吟」だが、全唐詩には、詩題を「節婦吟寄東平李司空師道」に作る。これが淄青節度使李師道による張籍招聘を指すとすれば、元和一一年一一月五日以後の作となる。『資治通鑑』卷二三九「（元和一一年）冬一一月……丙寅（五日）……李師道聞拔陵雲柵而懼詐請輸款、上以力未能討、加師道檢校司空」。なお張籍の國子助教就任は、元和一一年一二月初と推定されるので（「張籍における閑居詩の成熟」章の四九頁參照）、姚合の張籍投刺は、一一月五日より一二月初めまでの、一箇月に限定される。一方、「李師道」は、李師道の異母兄の李師古（?～八〇六）の誤記とする說もある。その最大の根據は、李師道が檢校司空を授けられた時點で、

張籍はすでに國子助教に就任しているためとするが、張籍の國子助教就任はその後のことである。なお李師古も檢校司空を授けられている（『舊唐書』巻一四「順宗本紀」に「〔永貞元年、八〇五〕三月…戊寅、以韋皋兼檢校太尉、李師古・劉濟兼檢校司空、張茂昭司徒」）。李師古であるとすれば、該詩の制作は、永貞元年（八〇五）三月から李師古が卒した元和元年（八〇六）閏六月までの期間となる。張籍が初任官となる太常寺太祝に就任するのは、元和元年の秋以降と推定されるので、この期間はまだ無官である。

(28) 例えば張籍「夜懷」詩に詠ぜられた夜の孤獨。「窮居積遠念、轉轉迷所歸。幽蕙零落色、暗螢參差飛。病生秋風簟、淚墮月明衣。無愁坐寂寞、重使奏清徽」。

(29) 白居易「重到城七絶句、張十八」詩に「獨有詠詩張太祝、十年不改舊官銜」。

(30) 「張籍における閒居詩の成熟」章（七一頁）から引用すれば、「張籍にあったのは、陋巷に住まって、簞瓢もて過ごすような貧窮の生活である。そして掛け値無しに、病氣のために昇進だけではなく最後には仕官さえも斷念せざるを得ない境遇に置かれていた。張籍の閑居詩が作られたのは、そのような情況の中である。敢えて言うならば、人閒の貧の境遇の中で作られるべき閑居詩が、張籍によってその理念的原形へと純化されたのである」。

(31) 「和元八侍御升平新居四絶句」にはそれぞれ副題があり、其一「看花屋」、其二「累土山」、其三「高亭」、其四「松樹」。花木を見るための離れの閒、築山、高樓それに松樹が、邸内に美しく配置されていたことが描かれている。九五頁參照

(32) この詩には二つ注目點がある。第一に、自らの「秋堂」の生活を述べた作品であること。そのまま元宗簡の「秋居」の生活を描いた「和左司元郎中秋居十首」と繋がる。第二に、自らの「秋堂」における生活が、元宗簡の「秋居」の生活と似ているはずだ（「君居應如此」）と期待すること。この詩の直後に、姚合を伴って元宗簡の秋居を訪れた可能性が高い。

(33) 杜甫「遣興五首」其三に「陶潛避俗翁、未必能達道。觀其著詩集、頗亦恨枯槁」。赤井「閑適詩考―「閑居」から見た閑適の理念」（同『中唐詩壇の研究』創文社、二〇〇四年、一六三頁）に「さきに一瞥したごとく初盛唐期の陶淵明への言及は……むしろその依怙地なそして頑なさを嘲笑するようなものが多い」。

(34) 赤井益久「中唐における「吏隱」について」（同『中唐詩壇の研究』第V部第1章、創文社、二〇〇四年）で大曆期の吏隱について言うことを要約すれば、大曆期の吏隱は、主に送別詩に見られ、地方の微官に赴任する不遇者を慰める文脈で、その赴任地が美しい山水に惠まれていて歸隱するに相應しいことを告げて、吏にありながら隱の生活を兼ねることができ

ると勵ますものである（本章第二六八頁參照）。つまり大曆時期の吏隱がいわば官途不遇者を念頭に置くのと、韋應物が高官となって吏隱を實現することの間には、吏隱の概念の大きな變更がある。韋應物・白居易らの吏隱が、「吏隱―吏のままに隱となる」という普遍的な語義に還元しえない特殊な時代性を持つことを、正確に理解することが必要だろう。

（35）　白居易「和元八侍御升平新居四絕句」は、元宗簡の新邸の造作を讃え、またそれと釣り合う邸宅を自分も持ちたいという願望を述べる詩。また白居易「閑居自題戲招宿客」詩に、「渠口添新石、籬根寫亂泉。欲招同宿客、誰解愛潺湲」。洛陽履道里邸で池苑に引き込む疏水に石を置いてせせらぎの音を奏でさせたから、泊まりがてら聞きに來て欲しいと友人を自慢げに誘う。また憲宗朝の權臣だった裴度（七六五～八三九）が、長安の興化里に豪勢な池亭を營なみ、そこに白居易・劉禹錫・張籍らを招いてともに「西池落泉聯句」を作り、また晚年（大和八年）に洛陽の集賢里に城南荘という豪壯な邸宅を營み白居易・劉禹錫らの文人を集めて酣飲したこと。白居易には裴度邸を描いた「奉酬侍中夏中雨後遊城南荘見示八韻」などの詩がある。

（36）　下定雅弘『白氏文集を讀む』（勉誠社、一九九六年）一六二頁に、白居易を念頭に次のように述べる。「白居易は、全身全靈をかたむけて、諫官としての責務をまっとうしようとしていた。その官僚としての Identitiy は、きわめて强固なもので、終生深められ成熟していった。また新進官僚時代の兼濟の志、自負と使命感も、はげしく熱情的なものであり、王朝と民の安定と平和を願う眞劍な姿勢は、杭州敕使《ママ》に赴任するころまで、變わっていない。こうした、强い自負心と使命感が、どうして、中唐のこの時期、特に元和期に可能だったのか、それが問題だと思う。……總じて言って、なぜこれほど、自分というものをおし出し大切にして生きることが可能だったのか?中唐というこの時期の、社會的・經濟的基礎が、また別の角度から考えられ《ママ》ればならないと思う」。

Ⅲ

賈島の樂遊原東の住居
——移居の背景をめぐって——

緒言

賈島は、憲宗の元和から穆宗の長慶へと元號が改まる頃に、樂遊原の東に位置する昇道坊に住居を構えた。その住居を、賈島は「原東居」と稱した。その樂遊原の東の住居は、開成二年（八三七）に賈島が蜀の遂州長江縣主簿として赴任するまで、十五年以上に亙って賈島の生活の場となった。この間、賈島は科擧に落第を續けて、短期間の旅行を例外とすれば、行住坐臥この住居を殆ど離れることは無かった(1)。賈島の文學は、この原東居の生活の中から世にもたらされたのである。

賈島にとってこの住居のもつ意味は、他の詩人の住居の場合よりも重要である。

賈島の文學の特徴の一つは、社會や政治に對する關心の希薄さ——それと引き替えに手に入れた文學表現そのものに對する純粋な沒入——にある。何も賈島の周圍に、社會へと視野を廣げた文學が存在しないでもなかった。賈島は中年以降、張籍や王建とも親交を深めているのだが、しかし彼等二人の早年の文學が「張王樂府」と稱される社會的な關心を多分に含んだものであったことも、賈島の文學に影響を與えることはなかった。賈島の文學は、原東居という唯一の生活世界の中に局限されて、外部にある社會や政治の事件も、また友人の官途の浮沈に對する關心すらも、その文學に反映されることは殆どなかった。賈島は原東居に逼塞した生活の中において、原東居の中で目睹しうる世界とひたすら對峙しつつ文學を作り續けたのである。

そのような賈島においては、彼の起き伏しの場となった住居は、――白居易のように、その住宅が彼の趣味の理想的體現として「經營」されたという意味ではなく、賈島自身の好惡も快不快も含み込んだありのままの全體であったという意味で――正しく彼の文學と一體だった。原東居について理解を深めることは、賈島の文學全般についての展望を得るために、重要な意味を持つのである。

他方、原東居の持つ重要な意味を、賈島を取り卷く時代的環境から考えることもできる。原東居に賈島が居を移したのは、かりに賈島の傳記的研究の古典的な成果である李嘉言「賈島年譜」（一九四五年序）に據れば、穆宗の長慶三年（八二三）である。この時點を基準とするならば、この時すでに孟郊（七五一～八一四）・李賀（七九〇～八一六）・柳宗元（七七三～八一九）は世を去っていた。また韓愈も、この翌年には亡くなっている。元稹と白居易はまだしばらく存命ではあったが、彼らの長安における文學活動は、この時點でほぼ終息していた。つまり原東居に住まった頃の賈島の周りには、かつて彼を刺激したような大きな個性は見當たらなくなっていた(2)。これに代わって賈島の周圍に集まってきたのは、同輩の友人である姚合であり、あるいは後輩の無可・馬戴・周賀・顧非熊・朱慶餘・劉德仁などである。彼らはいわば賈島の詩風に共鳴し、あるいは賈島を慕う者たちである。こうした賈島を取り卷く詩人社會の變化（それは中唐から晩唐への推移の縮圖である）は、恰も賈島が原東居に住まいを移した時期と重なっている。言うまでもなくこの二つの間には、何の因果關係もない。しかし賈島が原東居という閉ざされた世界の中に沈潛しようとする時期に、その周圍にもっぱら賈島の同調者・祖述者が集まってきたことは、彼の文學の特徵を一方的に純化させる要因ともなったであろう。原東居の考察は、こうした展望を含むものでなければならない。

もっとも本稿は、原東居と賈島の文學の關係、あるいは原東居の環境が賈島の文學に如何に影響し、また如何に規定することになったのかという問題に直接は踏み込まない。賈島が原東居に移居した時期について、また賈島には如何なる背景があってその時期に原東居に移居したのかという、前段となる問題を考えるものである。

一　原東居への移居はいつか？

李嘉言の「賈島年譜」に據れば、賈島が昇道坊の自ら原東居と稱する住居に引っ越したのは、穆宗の長慶三年（八二三）となる。しかし最近の傳記研究の成果に據れば、事實はそれよりも數年前のことらしい。齊文榜『賈島研究』（人民文學出版社二〇〇七年、二〇頁）が決定的な證據として取り上げるのは、賈島の「寄錢庶子」詩である。

寄錢庶子
曲江春水滿　北岸掩柴關
只有僧鄰舍　全無物映山
樹陰終日掃　藥債隔年還
猶記聽琴夜　寒燈竹屋間

錢庶子に寄す　　賈島
曲江　春水滿ち　　北岸　柴關を掩ふ
只だ僧の舍に鄰りする有るも　　全て物の山を映《おほ》ふ無し
樹陰　終日　掃き　　藥債　隔年に還す
猶ほ記す琴を聽くの夜　　寒燈　竹屋の間

〔大意〕曲江池は春になって水も漲る。その北岸の昇道坊に庵を結んだ。ここは僧侶が近所に住んでいるだけで、これ以外に終南山の眺望を覆い隱すものは何もない。木陰の露地をひねもす掃きつづけ、藥の代金は、年を隔てて返濟する。今でも覺えているのは、あなたと一緒に聞いたあの夜の琴の調べ。それは竹林の中の、燈が寒たく照らす部屋だった。

賈島の原東居居住を確實に示すこの詩の制作時期は、①錢徽が太子右庶子に在任する、②春、③元和一二年の秋冬よりも後、という三つの條件を同時に滿たす必要がある。

すなわち首聯の「曲江春水滿、北岸掩柴關」は、昇道坊の原東居が曲江池の北に位置するのと符合し、しかも「柴關を掩ふ」と言うからには、賈島はすでにここに居住している。そして「春水滿つ」から、時節は春である。また「猶記聽琴夜、寒燈竹屋閒」とは、錢徽と賈島が居合わせた元和一二年の秋冬の「琴客の會」を指す。また錢徽は、元和一三年には太子右庶子だが、翌年には虢州刺史となっている。以上要するに、この詩の制作時期は元和一三年の春であり、この時點で賈島はすでに原東居に居住している、と言うのが齊文榜の主張である。

以下、やや長文にわたるが齊文榜の考證を引用する。

賈島が樂遊原の東に遷居した時期は、李嘉言の「賈島年譜」では長慶三年（八二三）に「本年島已居於原上」となっている。しかし賈島が樂遊原の東に遷居した時期は、事實は、この長慶三年よりも五年早い。考證は以下のようである。

賈島の「寄錢庶子」に「曲江春水滿、北岸掩柴關。只有僧鄰舍、全無物映山。樹陰終日掃、藥債隔年還。猶記聽琴夜、寒燈竹屋閒」とある。錢庶子は、李嘉言「賈島年譜」に錢徽としており、閒違いはない。德宗の貞元元年に進士及第、同年さらに賢良方正能直言極諫科に合格し（徐松『登科記考』卷一二）、元和九年（八一四）に官は翰林學士・中書舍人に至り、一一年（八一六）、淮西出兵の中止を上疏して、憲宗の機嫌を損ない、翰林學士の職を罷められて本官（中書舍人）を守ることになった（『舊唐書』本傳）。『新唐書』本傳に據れば、「職を罷められ、太子右庶子に徙り、虢州刺史に出ださる」とある。しかし錢徽が翰林學士を罷められた後に太子右庶子に徙った年月は記されていない。『舊唐書』本傳を參照すると、錢徽の翰林學士の職を罷められて太子右庶子に徙ったのは、元和一一年と推定される。虢州刺史に出だされた年月は、兩『唐書』とも記載がない。このため錢徽が太子右庶子であった下限は、はっきりしない。嚴耕望『僕尚丞郎表』では、錢徽は元和一五年に虢州刺史より歸朝して禮部侍郎となったとするが、『舊唐書』本傳では、錢徽が歸朝して禮部侍郎となったのは長慶元年（八二一）とされており、『舊唐書』が正しいと見るべきである。しかしながら『舊唐書』本傳も、『僕尚丞郎表』も錢徽が虢州刺史に何年在任したかを記していない。唐代の任官がおおむね三年を期間とすることから、長慶元年より三年遡ると、元和一三年（八一八）となり、この年に錢徽は虢州刺史となったと見られる。すなわち錢徽が太子右庶子だったのは、おおよそ元和一一年から一三年の閒となる。

賈島には「秋夜仰懷錢孟二公琴客會」詩があり、首聯に「月色四時好、秋光君子知」とある。「錢」は錢徽、「孟」は孟簡を指す（本書附錄の「賈島年譜新編」參照）。孟簡は、元和一二年（八一七）八月に、浙東觀察使から入りて戶部侍郎となり、一三年五月に、檢校工部尙書を以て出でて襄州刺史・山南東道節度使となった（『舊唐書』憲宗紀および本傳）。この詩題中の「錢孟二公琴客會」は、「寄錢庶子」詩の「猶記聽琴夜、寒燈竹屋閒」の琴を聽くことを指すだろう。「猶記」の二字は、賈島もこの琴の集まりに參加したことを言う。琴を聽いた夜を「寒燈」と言うので、秋冬の時節であるに違いない。孟簡は、一二年八月に入京して、一三年五月には襄州刺史となっており、錢・孟の二人が秋冬の時節に共に長安で琴を聽くことができたのは、元和一二年の秋冬のみである。「琴客の會」は、一二年の秋冬に催されたことが分かる。また「寄錢庶子」詩に「春水」と言い、「猶記」と言っている以上、一二年秋冬の「琴客會」の後、翌年の春になっての回想の言葉であろう。かくして「寄錢庶子」詩が一三年春（八一八）の作であることが知られる。一方、一四年春では、錢徽はすでに出でて虢州刺史となっており、太子右庶子の任にはなかった。「寄錢庶子」詩が元和一三年春の作であることは、明白である。

齊文榜の論據を、左に整理する。

【錢徽】

元和一一年（八一六）：翰林學士・中書舍人から太子右庶子となる。

元和一三年（八一八）：太子右庶子から虢州刺史となる。

長慶元年（八二一）：虢州刺史から禮部侍郎となる。

【孟簡】

元和一二年（八一七）八月：浙東觀察使から戶部侍郎となる。この秋冬の「琴客の會」に錢徽・孟簡・賈島が居合わせる。(3)

元和一三年（八一八）五月：戶部侍郎から襄州刺史・山南東道節度使となる。

この齊文榜の着實な推論の中で最も確實性に乏しいのは、「唐代の任官がおおむね三年を期間とすることから、長慶元年（禮部侍郎就任）より三年遡ると、元和一三年（八一八）となり、この年に錢徽は虢州刺史となったと見られる。すなわち錢徽が太子右庶子だったのは、おおよそ元和一一年から一三年の間となる」という部分である。この部分には、再檢討の餘地があるだろう。

任官三年は、一應の原則である。しかし高級官僚になるに從って昇官のために、地方の高官（州刺史）を挾んで、頻繁に官を變えることはめずらしくない。また任官の次數の多いこと自體が、官僚の自慢の種ともなった。白居易の例を取れば、晩年に自撰した「醉吟先生墓誌銘」に自分の官歷を回顧して「樂天幼好學、長工文。累進士拔萃制策三科。始自校書郞、終以少傅致仕、前後歷官二十任、食祿四十年」とある。起家官である祕書省校書郞から始まって、太子少傅分司東都をもって致仕するまで、合わせて二十の官を歷任し、在官四〇年の長期間にわたることを誇示している。頼瑞和『唐代中層文官』（聯經出版、二〇〇八年、一八頁）に「歴官二十任左右是唐代士人任官的理想、可視爲他們仕途是否騰達的一個「標準」」と述べ、白居易のように二〇の官を歴任した例をもって、エリート官僚の一つの標準としている。さらに頼瑞和は、榮達の例として張說の「二十五任」、李德裕の「二十四任」などを擧げている。

多くの官を歴任するためには、一官に長く留まるわけにはいかないのが道理である。例えば賈島の親友でもあった姚合の場合、太和六年（八三二）に戸部員外郎（從六品上）から金州刺史に轉出し、在任は正味一年で、翌年には刑部郎中（從五品上）として歸京。さらに戸部郎中（從五品上）をへて、太和八年（八三四）には杭州刺史として正味二年在任し、開成元年（八三六）には諫議大夫（正五品上）として歸京する。この四年間に、戸部員外郎→金州刺史→刑部郎中→戸部郎中→杭州刺史→諫議大夫と六官を歴任し、着實に昇官を果たしている。しかもこれは、姚合だけの例外ではなかった。こう考えるならば、齊文榜が錢徽の虢州刺史在任期間を三年と推定したことには、十分な確實性がない。とりわけ刺史の外任は、多くの場合、中央官僚としてさらに昇官するためのいわば短期間のステップなのである。

この點を加味して錢徽の官歴を推定しなおすと、次のようになる。但し錢徽の太子右庶子就任は元和一一年正月であり、ここを起點に在任期間を三年未滿に限定する。(4)

元和一一年（八一六）正月：翰林學士・中書舍人から太子右庶子となる。

元和一三年（八一八）ないし一四年（八一九）：太子右庶子から虢州刺史となる。

長慶元年（八二一）：虢州刺史から禮部侍郎となる。

虢州刺史の外任は、恐らくは太子右庶子の在任期間よりも短いものとして、虢州刺史の在任は、元和一四年（八一八）から長慶元年（八二一）であり、これよりも長くなることは考えにくい。――この結果、賈島の原東居への移居を示す「寄錢庶子」の制作は、元和一三年春から元和一四年春までとなる。

一方、傳記研究の成果に據れば、賈島は元和一三年春から秋までの半年間、姚合が節度從事を務める魏博鎮を訪問したことが判明している。(5) 齊文榜の主張する元和一三年春では、賈島が原東居に移居した直後に、長期の外遊に出ることの不自然さを説明できないであろう。もし移居が元和一四年であれば、こうした問題を回避できる。「寄錢庶子」詩の制作時期は、元和一四年春である可能性が高い。

＊　＊　＊　＊　＊

原東居への移居の時期をさらに正確に限定するために、もう一首の詩を讀んでおきたい。

寄李輈侍郎

終過盟津書　分明夢不虛
人從清渭別　地隔太行餘
賓幕誰嫌靜　公門但晏如
櫑鞞乾霹靂　斜漢濕蟾蜍
追琢垂今後　敦龐得古初
井臺鄰操築　漳岸想丕疏
亦冀鏗珉佩　終當直石渠
此身多抱疾　幽里近營居
憶漱蘇門澗　經浮楚澤瀦
松栽侵古影　葷斷尚芹菹
語嘿曾延接　心源離滓淤

李輈侍郎に寄す　賈島

終に盟津を過ぐるの書　分明にして夢虛しからず
人は清渭に從ひて別かれ　地は太行を隔てて餘《はる》かなり
賓幕　誰か靜を嫌へる　公門　但だ晏如たり
櫑鞞《らいひ》　霹靂を乾かし　斜漢　蟾蜍を濕ほす
追琢　今後に垂れ　敦龐　古初を得たり
井臺（氷井臺）操が築くに鄰りし　漳岸　丕が疏《みちび》くを想ふ
亦た冀くは珉佩《びんばい》を鏗《なら》さんことを　終に當に石渠に直すべし
此身　多く疾を抱き　幽里　近ごろ居を營めり
憶ふ　蘇門の澗に漱ぎ　經《かつ》て楚澤の瀦《なぎさ》に浮びしを
松栽　古影に侵され　葷斷《くんだん》　芹菹《きんそ》を尚ぶ
語嘿《ごもく》　曾て延接し　心源　滓淤を離る

誰言姓琴氏　獨跨角生魚　　誰か言はん 琴を姓とする氏の　　獨り角の生じたる魚に跨ると

〔大意〕 必ずやこの手紙（寄詩）は、盟津の渡し（洛陽の北の渡河口）を過ぎてあなたの手元に届くだろう。この夢は、きっと眞實のものとなる。あなたは渭水に沿って旅立たれ、赴任の地（魏博鎭）は太行山脈の遙か彼方にある。幕僚たちは閑靜を好み、役所は無事平穩であろう。太鼓は、雷が乾いたように鳴り響き、銀河は、月をしっとりと潤す。』あなたの彫琢を凝らした詩文は、不滅の作品であり、敦厚な人柄は、古朴の風格を備える。曹操が築いた冰井臺（銅雀臺の傍）を懷かしみ、曹丕が引いた漳水の疏水を懷かしむ。私は期待する、あなたが珉の佩びものを鳴らして參内し、石渠閣に宿直する身分になることを。』しかし私は病氣をかこち、人里離れた所に、近頃住居を營んだ。蘇門山の谷川で漱ぎ、楚澤の渚に舟を浮かべたことを、今はなつかしく憶い出す。松の苗木は、鬱蒼とした木立の影に掩われ、生臭を斷って、芹の漬け物で精進する。あなたと語り、あるいは默して交際した時は、心が俗塵から洗われたような清々しさを覺えたものだ。あなたには戰國魏の琴高なる者のように、いつか龍に跨って天に舞う日が來るだろうが、その時は、きっと一人ではなく、私と連れ立ってくれるに違いない。

齊文榜『賈島集校注』（人民文學出版社、二〇〇一年）では、陶敏『全唐詩人名考證』（陝西人民出版、一九九六年）の「李輈」條の成果、また郭文鎬「姚合佐魏博幕及賈島東遊魏博考」（『江海學刊』一九八七年第四期）の成果を參考としながら、この詩の制作時期について考證を行っている。今その結論を摘要しよう。

この詩は、魏博節度使田弘正の幕僚だった李輈に寄せられたものである（陶敏に據れば詩題の「侍郎」は「侍御」の誤字）。なお當時、姚合も同じく魏博節度田弘正の幕僚だった。①田弘正は、元和一五年一一月に魏博節度使から成德節度使に移ったが、その翌年の成德の軍亂の中で殺害されている。②しかし李輈は殺害を免れており、田弘正が成德に移る前に魏博を離れたものと推定される。③他方、この詩には「憶漱蘇門澗」の一句がある。賈島は、魏博の姚合を訪ねた後、元和一三年の晩秋に長安に歸る途中で、從叔の賈謨を訪ねて共に魏博附近の蘇門澗（別稱百門泉）に遊んでいる。ここで「魏博の百門泉に遊んだのを追憶する」（憶漱蘇門澗）とあるのは、この詩の制作が、賈島が魏博から百門泉を經て長安に歸った以後であることの證據となる。これらの諸點を勘案すると、この詩の制作は、元和一三年の晩秋に歸京した後、また李輈が魏博節度使田弘正のもとを離れる元和一五年一一月以前、の期間に限定される。(6)

＊　＊　＊　＊　＊

この詩が、原東居移居との關わりで注目されるのは、「此身多抱疾、幽里近營居」の二句のためである。「幽里」は、人家の閑散とした昇道坊の立地を指し、近頃住み始めたというその「居」は、ほかならぬ原東居を指している。

李輈とは、賈島が魏博鎮に逗留した元和一三年の春から秋の半年の閒に識り合った人物である。もしその時點で賈島がすでに原東居の住人であったならば、賈島が長安に歸ってから李輈に送ったこの詩に、あえて改めて「幽里近營居」と説明する必要はない。ここから導かれる結論は一つ、賈島は魏博鎮から歸京した後、恐らくは翌元和一四年の春以降に、原東居に移居したということである。

このように推論するならば、前述の「寄錢庶子」の制作時期は、齊文榜が主張する元和一三年春ではなく、元和一四年の春としなければならない。賈島は、この時期に原東居に移居したのである。

二　慈恩寺病臥

ところでこの「寄李輈侍郎」詩の制作時期がこのように確認されるとき、詩中の「此身多抱疾」と、李嘉言「賈島年譜」に言う元和一五年秋冬の慈恩寺病臥との關係が注目されることになる。その慈恩寺病臥は、この「寄李輈侍郎」詩の制作時期の下限とされる元和一五年一一月の前後に、正しく對應するからである。

賈島は、元和一五年の秋冬に、確かに病臥していたようである。それを示すのが次の「黄子陂上韓吏部」という、潮州に左遷された韓愈が元和一五年の冬に歸京したのを迎えた詩である。黄子陂は、韓愈が長安南郊に持っていた別業の城南莊を指している。

涕流聞度瘴　病起賀還秦
涕流して瘴を度るを聞き　病より起ちて秦に還るを賀す

曾是令勤道　非惟卹在迍
曾て是れ道に勤めしむ　惟《ただ》に迍《ちゅん》に在るを卹《めぐ》むのみに非ず

〔大意〕去年、先生が瘴癘の潮州に貶されたのを聞いて涙を流しておりましたが、今、先生が長安にお歸りになったのをお祝いするために、病を押してやって參りました。むかし先生は、自分に道に勤めよと勵まされました。自分の困窮を助けてくれただけではなかったのです。

韓愈は、元和一四年の正月に「論佛骨表」を上って憲宗の逆鱗に觸れ、ただちに潮州刺史に左遷される。その後、袁州刺史に量移され、一五年九月には國子祭酒に任命されて、一一月に長安に歸還する。賈島はこの時、病に伏せっていたが、韓愈の歸京を知って城南莊にお祝いに赴いたのである。

次に讀む詩は、慈恩寺の文郁上人のもとに、これから病臥の世話になりにゆこうとする時の作と推定される。

酬慈恩寺文郁上人　　慈恩寺の文郁上人に酬ゆ　　賈島

袈裟影入禁池清　袈裟の影は入りて　禁池　清し

猶憶鄉山近赤城　猶ほ憶ふ　鄉山の赤城に近きを

籬落罅閒寒蟹過　籬落の罅《こ》閒　寒蟹　過ぎ

莓苔石上晚蛩行　莓《ばい》苔の石上　晚蛩《きょう》　行く

期登野閣閒應甚　野閣に登らんと期す 閒 應に甚しかるべし
阻宿幽房疾未平　幽房に宿するを阻まる 疾 未だ平かならざればなり
聞說又尋南嶽去　聞說《きくなら》く又た南嶽を尋ねて去ると
無端詩思忽然生　端無くも詩思 忽然として生ず

〔大意〕 上人は、宮中に佛法のご進講に行かれた。袈裟の姿が、禁中の澄んだ池に映ったことだろう。そのような栄誉にあずかる今になっても、故鄕なる赤城山のことを懐かしむ。自分は、慈恩寺の境内を思い浮かべる。籬落の隙間を、蟹が這い、苔むした石の上を、蟲が歩くさまを。高閣に登れば、きっと閒なる氣分になれるだろう。上人の坊に泊まりたいと思っても、病氣が良くならないので諦めるしかない。聞くところでは、これから南嶽衡山を訪ねるとのこと、自分の心の中にも、思わず詩心が込み上げてくる。

「阻宿幽房疾未平」坊に泊まりに行きたいが、病氣なので無理だという事の眞意は、病氣になったので是非とも面倒になりたいという希望の表明であるに違いない。

次の詩では、賈島はすでに上人の坊に來て病身を養っている。

宿慈恩寺郁公房　　慈恩寺の郁公の房に宿す　　賈島

病身來寄宿　自掃一床閒　病身 來たりて寄宿す　自ら掃く一床の閒
反照鄰江磬　新秋過雨山　反照 江に鄰りするの磬　新秋 雨を過ぐるの山
竹陰移冷月　荷氣帶禪關　竹陰 冷月移り　荷氣 禪關に帶ぶ
獨往天台意　方從內請還　獨り天台に往くの意あるも　方《まさ》に內請より還るなり

〔大意〕　病氣になったので、上人の坊に居候の身となった。自分で、床を取った部屋を掃除する。夕日の光が、曲江に傳わる磬の響に和し、早秋の氣配が、雨の上がった山を包む。竹林の影に、爽やかな月光が差し込み、荷の香りが、禪院に廣がる。上人は、故鄕の天台に行きたいと願うのだが、今し方、宮中のお召しより歸ってきたばかり。なかなか長安を去ることは出來ないだろう。

賈島が慈恩寺で病臥し始めたのは、「荷氣」荷花の香りが漂う「新秋」の七月である。韓愈が歸京したのが一一月であるので、賈島の病臥は、半年の長きに及んだと推定される。しかも七月に慈恩寺に移る前に、賈島はすでに「疾未平」と述べているので、元和一五年の夏前から體調を崩していたと見ることができるのではないだろうか。

＊　＊　＊　＊　＊

さて「寄李輈侍郎」の制作時期について、もう一度考えてみたい。

詩中には「此身多抱疾、幽里近營居」の句がある。原東居への移居が、賈島が魏博から歸京した翌年の元和一四年の春であることは動かない。またすでに論じたように、この「寄李輈侍郎」詩の制作は、その元和一四年の春から、李輈が魏博節度使田弘正のもとを離れる元和一五年一一月以前に限定される。また詩中の「斜漢濕蟾蜍」は、初秋の景を思わせる。となると、この詩の制作時期は、元和一四年の初秋、もしくは翌一五年の初秋である可能性が高い。後者であれば、慈恩寺病臥の直前となるであろう。

以上確認されたことを、整理する。

元和一三年晩秋：賈島、姚合が勤務する魏博鎭より歸京。
元和一四年春：この頃、原東居に移居。「寄錢庶子」制作。
元和一五年初秋：病氣のため慈恩寺に病臥。「寄李輈侍郎」はこの時期、もしくは前年一四年初秋の制作。

「寄李輸侍郎」詩に「幽里近鶯居」の句があるように、賈島が住み始めた昇道坊の原東居は、長安城内にはあっても、幽里とも言われる人煙まばらな一角にあった。その住いは、さながら郊居にも似て、あたりには古墓も散在し、一面に田地が廣がっていたらしい(7)。

念のために附言すれば、この「幽里」を、賈島が昇道坊原東居に移居する以前に住んでいた延壽坊と見ることはできない。第一に、「幽里近鶯居」とあり、移居は、詩の制作時期の直前でなければならない。延壽坊の入居は元和七年であり、これを遡ること七、八年の時間は、直前とは言えない。第二に、延壽坊は繁華な西市に隣接する、長安城内でも有数の邸宅地であり(8)、「幽里」の面影はないからである。

三　張籍の原東居訪問

ある晩秋の日に、水部員外郎の張籍は、賈島の原東居を訪問した。

贈賈島　　　賈島に贈る　　張籍

籬落荒涼僮僕飢　　籬落荒涼として僮僕は飢う
樂遊原上住多時　　樂遊原上　住むこと多時
蹇驢放飽騎將出　　蹇驢　放たれて飽けば騎し將《も》て出でんも
秋卷裝成寄與誰　　秋卷　裝ひ成りて　誰にか寄與せん
拄杖傍田尋野菜　　杖を拄《ひ》き田に傍ひて野菜を尋ね
封書乞米趁時炊　　書を封じ米を乞ひて時を趁《を》ひて炊ぐ

姓名未上登科記　　姓名　未だ上らず登科の記
身屈惟應內史知　　身の屈するは惟だ應に內史のみ知るべし

〔大意〕　宅の籬はうらぶれて、僮僕はひもじげだ。君はこの樂遊原にもう長らく住んでいる。やせた驢馬は放し飼いで草をたらふく食べると、君はこれに跨って外出するが、秋卷(9)は出來上がっても、いったい誰に呈上するつもりなのか。杖を曳きながら畑に沿って山菜を求めて歩き、友人に手紙を書いては米の無心をして、しかるべき時に炊ぐ。科擧の合格名簿に、まだ君の名前が載っていない。君の不遇は、ただ內史だけがご存じなのだ。

この張籍の作に唱和したと推定される詩が、王建の七律「寄賈島」である。詩題に「寄」とあるように、この時、王建は原東居を訪れてはおらず、恐らく上の詩を後日張籍から示されて、張籍詩に追和し、さらに賈島にも送り届けたのである。

寄賈島(10)　　賈島に寄す　　王建
盡日吟詩坐忍飢　　盡日　詩を吟じ坐して飢ゑを忍ぶ
萬人中覓似君稀　　萬人中に覓《もと》むるも君に似たるは稀なり
僮眠冷榻朝猶臥　　僮は冷榻に眠りて朝に猶ほ臥し
驢放秋田夜不歸　　驢は秋田に放たれて夜も歸らず
傍暖旋收紅落葉　　暖に傍りて旋《たちま》ち收むれば落葉紅なり
覺寒猶著舊生衣　　寒を覺えて猶ほ著《き》れば生衣舊《ふ》りたり
曲江池傍時時到　　曲江の池傍　時時に到るは

爲愛鸕鷀雨後飛　　鸕鷀《ろじ》の雨後に飛ぶを愛するが爲なり

〔大意〕　ひねもす詩を吟じ續けて、空腹を抱えている。人が萬人いたとしても、君ほど困っている人はいないだろう。僮僕は冷たい長椅子で眠ったまま、朝なのにまだ起きてこない。驢馬は秋の畑に放たれたまま、夜になっても納屋に戻ってこない。日なたで落ち葉の赤く色づいているのをかき集め、寒さを感じる時節になってもなお夏着を着續ける。君は度々曲江池のほとりに出掛けるようだが、それは鵜が雨上がりに飛ぶのを見るのが好きだからなのだ。

張籍と王建は、文學史に「張王樂府」と稱される中唐時期の重要な樂府作家であるが、個人の關係でも、同年齡で、しかも青年期には數年に亙って邢州の鵲山で共に學問を切磋し合った親友である。(11) その張籍と王建が、兩者の共通の詩友である賈島を巡って唱和したのが、これら二篇の七言律詩となる。

また賈島にも、この二人の詩に唱和したと推定される七律「酬張籍王建」がある。

酬張籍王建　　張籍　王建に酬ゆ　　賈島

疏林荒宅古坡前　　疏林　荒宅　古坡の前
久住還因太守憐　　久しく住するは還《ま》た太守の憐むに因る
漸老更思深處隱　　漸く老いて更に深處に隱れんと思ふ
多閒數得上方眠　　多く閒なれば數しば上方（佛寺）に眠るを得たり
鼠拋貧屋收田日　　鼠は貧屋を拋つ　田《でん》を收むるの日(12)
雁度寒江擬雪天　　雁は寒江を度らん　雪ふらんと擬《ほっ》するの天
身事龍鍾應是分　　身事の龍鍾　應に是れ分なるべし

水曹芸閣枉來篇　　水曹 芸《うん》閣 枉げて篇を來たす

〔大意〕　古い丘のそばにある、まばらな林の中の陋宅。ここに長らく住んでいられるのは、太守の心遣いのお蔭だ。寄る年波か、静かな所に引き籠もりたくなったのだ。何もすることがないので、寺に行っては晝寝をする。畑で穫り入れが始まると、鼠たちはわがあばら屋を見限って去り、雪が降りそうな頃になると、雁は江を南へと渡ってゆく。世過ぎの不遇は、きっと定めなのだ。それなのに水部員外郎（張籍）と祕書丞（王建）のお二人は、わざわざ詩を私の所に届けてくれる。

この賈島の詩が、上記の張王の二篇に對する應酬の作であることは、詩題の「酬張籍王建」から推定されるが、個別の表現においても唱和關係にあることが確認できる。

張籍詩「樂遊原上住多時」を、賈島詩の「疏林荒宅古坡前、久住還因太守憐」は承けているだろう。原東居のある昇平坊は、古墓が點在し田畑が廣がる、荒涼とした一角を作っていた（後述）。同様に、張籍詩の「拄杖傍田尋野菜」を賈島詩の「鼠抛貧屋收田日」が承けること、また張籍詩の「姓名未上登科記、身屈惟應內史知」および王建詩の「盡日吟詩坐忍飢、萬人中覓似君稀」を、賈島詩の「身事龍鍾應是分」が承けている。しかも賈島は五言律詩を愛用し、七言律詩の制作數が少ない中にあって、この詩が七言律詩であることは、張王の七言律詩に對する唱和であることを傍證している（但し唐代の唱和詩の平均値として和韻ではない）。

張籍と王建の詩は、制作時期についての具體的な手掛かりを含んでいない。しかしこの賈島詩では、張籍を水曹（水部）、王建を芸閣（祕書省）と呼ぶことから、兩者の官歴を手掛かりに制作時期をある程度まで限定できる。

王建は、長慶元年の秋に太府丞（從六品上）より祕書郎（從六品上）に轉じ、[13]翌長慶二年の春には、祕書丞（從五品上）に累進している。また長慶四年（八二四）八月の時點で、まだ祕書丞に在任していることが確認されている。[14]祕書丞離任の時期は不明だが、大和元年（八二七）秋には太常寺丞（從五品上）に在任しているので、これ以前であることは確實である。

一方、張籍が國子博士から水部員外郎（從六品上）に轉任したのは、長慶二年の二、三月であり（『唐五代文學編年史』中唐卷八三三頁）。張籍が水部員外郎を退任するのは長慶四年の夏。それから二箇月の守選の後に主客郎中に昇任するが、その守選期間は、前任の水部員外郎を稱したであろう。[15]※

※　通説では、張籍は長慶四年（八二四）秋から太和二年（八二八）まで、主客郎中に在任したとされる。しかし最近の研究では、水部郎中・主客郎中の雙方に在任したと考えられるようになった。この點を精確に考證をするのが李一飛「張籍行迹仕履考證拾零」（『中國韻文學刊』一九九五年第二期）である。その末尾の、張籍晩年の官歴についての結論を掲げれば、

①長慶四年秋より、大和二年（八二八）三月まで、水部郎中・主客郎中の二つの部署に在任した。

②長慶四年秋に水部員外郎から主客（或水部）郎中に昇進したが、その閒、寶歴元年（八二五）閏七月より一一月までは李仍叔が水部郎中であり、從ってこの閒には張籍は閒違いなく主客郎中に在任してる（水部郎中は定員一名）。

③寶曆二年正月の前後には水部郎中に在任した。上限は寶歴元年の一一月の、李仍叔が水部郎中を退任した後であり、下限は恐らく寶曆二年の冬である。

④大和二年三月以前には主客郎中に就任しているが、その上限は、寶曆二年冬に白行簡がこの職に在任した以前には遡らない。寶曆二年冬以降、遲くとも大和二年三月以前に主客郎中となる。

⑤要するに、張籍晩年の官歴は「水部員外郎→主客（或水部）郎中→水部郎中→主客郎中→國子司業」となる。

李一飛は、長慶四年秋から寶歴元年（八二五）閏七月までの期閒、張籍に主客郎中在任の確證がないために、主客郎中（あるいは水部郎中）という愼重な書き方をしているが、本稿では、長慶元年秋に張籍は水部員外郎から主客郎中

に昇進したと考えたい。

こうして兩者の官歴條件（張籍が尚書省水部の官僚、王建が祕書省の官僚）が同時に滿たされるのは、長慶二年春から長慶四年の秋までとなる。しかも詩の季節は秋である。假に中間の長慶三年とすれば、張籍と王建は五十八歲、賈島は四十五歲だった。

四　「太守」とは誰か？

賈島が原東居に落ち着いたのは、元和一四年の春である。そして長慶三年（前後）の秋、水部員外郎の張籍が原東居を訪れて「贈賈島」詩を賦し、後日それに王建と賈島が唱和した。

これらの詩は、原東居の光景を生き生きと描き出して、そこで營まれる賈島の生活を彷彿とさせる佳作である。またその一方で、賈島がなぜ原東居に移居したのか、その經緯を示唆する興味深い資料ともなっている。

いったい賈島は、放浪癖のある詩人ではない。長安に出てきて始めて住んだ延壽坊の寓居にも七、八年。この昇道坊の原東居に至っては住むこと約一五年の久しきに及び、しかも遂州長江縣主簿への赴任よってやむなく中斷されたものである。

またそもそも住居を定め、それを維持することには、經濟的な裏付けが必要である。これと言った生業や家產もない賈島の生活は窮乏のうちにあった(16)。その賈島が、原東居という住まいを維持し、長安という高物價環境の中で生活を續けるには、知己友人からの物心兩面の援助が不可缺だったと考えるべきだろう。

賈島の詩には、友人の援助に感謝の思いを述べたものがあり、それが單なる推測ではないことが判明する。

韓愈は、衣料（身上衣）と食料（甌中物）を賈島に送り屆けることがあった（賈島「臥疾走筆酬韓愈書問」の頷聯に「身上衣蒙與、甌中物亦分」）。また親友の姚合は俸給の一部を賈島に分かち與えた（賈島「重酬姚少府」に「俸利沐均分、價稱煩噓噏」）。賈島は、このような知己友人の支援を頼りに日々を過ごしていた。

さらには原東居への引っ越しには、日常の生活維持とは異なる出費が必要となる。この時の賈島には、特別な支援があったと考える必要があるだろう。そこで思い出すべきは、賈島の「酬張籍王建」の一聯「疏林荒宅古坡前、久住還因太守憐」である。前漢の樂遊廟からの長い歴史を刻む高臺の、林に圍まれた陋宅、そこにずっと住んでいられるのは、私のことを太守が心配してくれるからだ。ここに言う「太守」とは、賈島が原東居を選んで住むに當たって援助を與えた人物である可能性が高い。賈島の原東居の生活は、その「太守」の支援によって實現され、また維持されていたのである。長慶三年前後の時期に、賈島が「太守」と呼んだ人物は、一體誰であろうか。しかもその人物は、張籍と王建にとっても、説明抜きに了解できる、共通の知人でなければならない。

(1) 韓愈

賈島に具體的な支援を提供した人物として、三人の名前を擧げることができる。韓愈・令狐楚・元稹である。

先ず思い浮かべるべきは韓愈であろう。賈島は、通説に拠れば元和七年の春に、洛陽で韓愈と出會った。有名な推敲の故事は、この出會いを物語る説話とされている。韓愈は佛僧であった賈島に還俗を勸め、賈島はその忠告に從って「儒家」となり[17]、長安に留まって科擧を目指すことになる。韓愈はこの賈島のことを物心兩面で援助したらしく、賈島が病臥していた時期に、慰問の書状とともに「身上衣」「甌中物」を届けたことがあった。その厚意に對して、賈島が返禮した詩も殘されている。

臥疾走筆酬韓愈書問　　賈島

疾に臥し筆を走らせて韓愈の書問に酬ゆ

一臥三四旬　數書惟獨君　　一臥　三四旬　數書　惟だ獨り君のみ
願爲出海月　不作歸山雲　　願はくは海より出づるの月と爲らんも　山に歸る雲とは作《な》らじ
身上衣蒙與　甌中物亦分　　身上の衣は與へらるるを蒙り　甌中の物も亦た分かたる
欲知强健否　病鶴未離羣　　强健か否かを知らんと欲せば　病鶴　未だ羣を離れず

〔大意〕病氣になって一箇月餘り、何度も手紙を下さるのは、先生だけだ。自分は、海から昇る月になりたい、決して山に歸る雲のように、負け犬となって世間から引き籠もりたくないのだ。身につける衣服、器の中の食物のことを心配して、送り届けていただいた。元氣かどうかお尋ねになるが、こうお答えするしかない。病氣の鶴は、羣れからはぐれないように必死にこらえておりますと。

兩者の親密な關係は、その後も韓愈の死に至るまで、維持される。長慶四年の秋には、張籍と共に黃子陂にある城南莊で病を養っていた韓愈を訪ねて、共に南溪で船遊びをした。韓愈が亡くなるのはその年の一二月である。しかしこの詩がいう「太守」については、韓愈の可能性は低くなる。この長慶三年の前後、韓愈は太守の職にはなかった。(18) また最高官歴で呼ぶ慣例に従うならば、潮州左遷前の刑部侍郎であり、太守ではなかった。

(2)　令狐楚

賈島には、令狐楚に寄贈した詩が全部で五首傳えられている。賈島が、開成二年（八三七）に遂州長江縣主簿に赴任したときには、令狐楚は任地での生活を心配して九着の衣服を賈島に送り届けている（賈島「謝令狐相公賜衣九事」）。賈島は令狐楚を賴り、令狐楚は賈島のことを心配していた。(19)

賈島がその令狐楚に干謁したのは、令狐楚が汴州刺史・宣武軍節度使として汴州に在任していた時期である。太和二年（八二八）の作である「寄令狐相公」詩によれば、賈島はこの詩を作る數年前、令狐楚が汴州刺史・宣武軍節度使を勤める汴州を訪ねたことが記される。中段の八句を引用する。

揠苗方滅裂　成器待陶鈞　　苗を揠《ぬ》けば方に滅裂たり　器を成すは陶鈞を待つ
困阪思迴顧　迷邦輒問津　　阪に困しみては思《うれ》ひて迴顧し　邦に迷ひては輒ち津を問ふ
數行望外札　絶句握中珍　　數行　望外の札　絶句　握中の珍
是日榮遊汴　當時怯往陳　　是の日　汴に遊ぶを榮とし　當時　陳に往くを怯《おそ》る

〔大意〕だが苗を伸ばそうと焦って引っ張れば、ちぎれるだけ。器を作るには、しかるべき轆轤（知己）が要るのだ。坂を登るのが辛くなって、後ろを振り返り、旅先で行方を失って、おろおろと渡し場のありかを尋ねる。そんなときに頂戴したのが先生からの數行のお手紙、そこに書かれていた絶句は、私の寶物となった。あの日、先生のいる汴州を訪ねるのが嬉しかった。しかし内心、（先生にも見捨てられて、汴州の地で）孔子が陳で絶糧して途方に暮れたような状態になるのではないかと不安でもあった。[20]

附言すれば、令狐楚から唐突に、無位無官の賈島に汴州招待の手紙（「數行望外札」）が届くとは思えない。事前に賈島は、令狐楚に詩文を獻じて干謁を求めたのに對して、令狐楚の返信が届いたと考えるのが自然である。令狐楚が汴州刺史・宣武軍節度使として汴州に在任したのは、長慶四年（八二四）九月から、太和二年（八二八）一〇月までの前後四年間であり、賈島が令狐楚を訪ねて投刺したのも、この時期である。韓愈は長慶四年に沒しており、恰もその知己の空白を埋めるように、賈島の前に令狐楚が現れたことになる。

＊　＊　＊　＊　＊　＊

賈島の原東居移居が令狐楚と關係するかどうかと言う視點に限定して、賈島と令狐楚の結識の經緯を確認しておきたい。

①長慶四年の九月は、令狐楚が汴州刺史に着任した時點ではなく、辭令交付である。從って着任は恐らくは冬の一〇月以降であろう。賈島が汴州に令狐楚を訪ねたのは、これ以後のこととなる。②しかも賈島が長慶四年の晩秋までに原東居において張・王と詩を唱和するためには、汴州で令狐楚に干謁した後に、一千二百八十里の道程（『元和郡縣志・汴州』八）を踏破して長安に歸らなければならない。從って、この汴州訪問で令狐楚と初めて結識したことが前提としてある限り、賈島の詩に見える「太守」が汴州刺史令狐楚を指す可能性はまったく無いのである。

(3)　元稹

詩中の「太守」は、韓愈でも令狐楚でもない。さらに検討すべき人物は、元稹である。

賈島は元和一四年（八一九）、元稹に進士及第を願いつつ干謁を行っている。このことは、その翌年に元稹に呈上された次の詩から裏付けが取れる。

投元郎中　　　　　　　元郎中に投ず　　賈島

心在瀟湘歸未期　　心は瀟湘に在るも歸るを未だ期せず
卷中多是得名詩　　卷中　多くは是れ名を得たるの詩
高臺聊望淸秋色　　高臺　聊か望む淸秋の色
片水難留白鷺鷥　　片水　留め難し白鷺鷥

省宿有時聞急雨　　省に宿せば時有りて急雨を聞かん
朝迴盡日伴禪師　　朝より迴れば日を盡して禪師を伴はん
舊文去歲曾將獻　　舊文　去歲　曾て將獻せり
蒙與人來說始知　　人の來たりて說くを蒙與《かうむ》りて始めて知る

〔大意〕 心は、美しい瀟湘の景色に惹かれていても、忙しいあなたには、そこに歸る豫定は立たないのです。詩卷を滿たすのは、どれも評判の作ばかり。あなたは高臺に登って、清々しい秋の景色を眺めている。しかし目に見える小さな水溜まりは、白鷺を引き留めておくことはできません。（あなたを長安に引き留めるのは難しいのです）。尚書省に宿直すれば、時折、激しい雨音を聞くこともあるでしょう。朝廷から退出すれば、ひねもす禪師を引き連れて俗塵の世界を離れるのです。舊作を、去年あなたに獻上致しました。あなたがその私の詩を吹聽して下さっていることを、人づてに聞き知って、感激の至りです。

この詩の制作は、詩題に元稹が郎中（＝祠部郎中）と記されることと、[21] 詩中の「清秋」から、元和一五年の秋であることが確定できる。またその詩中には「舊文去歲曾將獻」と記されており、これを根據に、すでに前年の段階で自分の舊作の詩卷を元稹に投じていたことが判明する。

賈島の元稹への接近はこの二回のみではなく、その後も繼續されている。長慶元年の春には、「贈翰林」詩が作られる。翰林とは、翰林學士の元稹（在任は長慶元年二月から同年一一月）を指す。

贈翰林　　　　翰林に贈る　　賈島

清重無過知內制　　清重なるは知內制（翰林學士）を過ぐる無し

從前禮絕外庭人　　從前より禮絕たり 外庭の人
看花在處多隨駕　　花を看るは在處に隨駕多く
召宴無時不及身　　宴に召さるるは時として身に及ばざるは無し
馬自賜來騎覺穩　　馬は賜わり來りしより 騎は穩なるを覺え
詩緣見徹語長新　　詩は見の徹《とほ》るに緣りて 語は長《つね》に新たなり
應憐獨向名場苦　　應に憐れむべし 獨り名場に向《おい》て苦しみ
曾十餘年浪過春　　曾て十餘年 浪りに春を過せしを

〔大意〕 清要という點で、翰林學士の右に出る官職はございません。從來の評價でも、朝臣の中で拔羣とされております。園林で花を見る時には、多くのお付きの者を從え、陛下が宴席を賜る時には、お聲が掛からないことはないのです。御馬に騎乘するのを許されてみると、乘り心地も良く、詩は、見識が卓越しているために、措辭はいつも斬新です。それなのに私はと言えば、科擧の試驗で苦勞を重ねて、十年間、無駄に春を過ごしてしまったのです。

この詩は、末句の「過春」によって晚春の作と分かる。先の「投元郎中」は、前年の秋、すなわち考試を間近に控えた時期の作であり、この詩は、落第直後の作である。「應憐獨向名場苦、曾十餘年浪過春」と述べるのは、落第に終わった無念の思いを、賴りとした元稹その人に訴えたものに他ならない。賈島は、元和七年の秋に長安に生活の據點を移してから本格的な受驗生活にはいる。この詩が作られた長慶元年は、恰も十年目に當たっている。

元稹は、皇帝穆宗の寵愛を得て當時の政界にときめいた實力者である。その元稹に對して、賈島は確認されるだけでも元和一四年、一五年秋、そして長慶元年春と立て續けに三たびの陳情に及んだ。いわば千載一遇の好機と信じていたに違いないだけに、それを結果に結びつけられなかった賈島の落膽は大きかったと思われる。

ところで問題となるのは、この元稹が、長慶三年前後の賈島の詩に言うところの「太守」たりうるかどうかである。元稹の當時の官歴を、簡單に整理しておこう。

元和一四年（八一九）：冬、通州司馬から膳部員外郎として召還される。
元和一五年：五月、祠部郎中・知制誥に遷る。
長慶元年（八二一）：二月、翰林承旨學士・中書舍人に遷る。
　一〇月、裴度の彈劾によって工部侍郎となる。
長慶二年：二月、工部侍郎のまま同中書門下平章事（宰相）となる。六月、同州刺史に轉出。
長慶三年：八月、越州刺史、兼御史大夫・浙東觀察使となる。一〇月、着任。

賈島が干謁した時期（元和一四年から長慶元年）の元稹は、十年に及ぶ長い地方官時代を終えて京官（膳部員外郎）に復歸し、さらに宰相（同平章事）へと出世を重ねる上昇過程にあった。ところが次第に宰相裴度との確執が激化して、長慶二年の夏にはついに兩者の痛み分けとなり、裴度も宰相を罷め、元稹は同州刺史（馮翊・今の陝西大茘縣）として外任する。その後、元稹は越州刺史・浙東觀察使となって會稽（浙江省紹興）に赴任し、途中で杭州刺史の白居易と再會する。元稹はその後、京官に復歸することはなかった。

賈島が張籍・王建と唱和してこの七言律詩を作ったのは、長慶三年前後の晩秋であった。長慶二年の秋であれば、元稹は同州刺史の職にある。また長慶三年の秋以降であれば、越州刺史となっていた。つまり當時の元稹は、現職の刺史であり、詩中に言う「太守」の條件に叶っている。

＊　＊　＊　＊　＊

さらにその「太守」と稱された人物が元稹であることを推測させる材料を、一つ追加したい。注目すべきは、張籍

「贈賈島」詩の尾聯「姓名未上登科記、身屈惟應内史知」の部分である。「内史」は、則天武后聽政の時期に中書令を改稱したものであり、宰相を稱する語である。

武德三年（六二〇）、改内書省曰中書省、内書令曰中書令。龍朔元年（六六一）、改中書省曰西臺、中書令曰右相。光宅元年（六八四）、改中書省曰鳳閣、中書令曰内史。開元元年（七一三）、改中書省曰紫微省、中書令曰紫微令。天寶元年（七四二）曰右相、至大曆五年（七七〇）、紫微侍郎乃復爲中書侍郎。（『新唐書』卷四七、百官二「中書省」）

元稹は長慶二年二月、同中書門下平章事（宰相）となっている（同年六月に同州刺史に轉出）。從って元稹を、彼の最高官歷をもって「内史」と稱することができるのである。

しかも「内史＝元稹」と解釋することによって、この張籍詩の第四句「秋卷裝成寄與誰」も、その意味するところも明らかになる。「秋卷」とは、科擧の落第者が、落第以後（春～夏）に制作した詩文をまとめて、秋に有力者に呈上するいわゆる投卷のことである。しかし再び元稹にそれを投じようと思っても、すでに元稹は地方官（長慶二年秋：同州刺史。長慶三年秋以後：越州刺史）に出ており、その術がないことを言うことになる。

張籍「贈賈島」の「内史」が元稹を指す可能性があることから、賈島の唱和詩「酬張籍王建」との關係も了解される。すなわち二首の閒には、張籍が「内史」と稱して投げかけたものを、賈島は「太守」として受け止めるという呼應の關係である。――賈島が科擧に落第して不遇の中にあることを政權の中樞にいて誰よりも知っている「内史」、その人は今は「太守」となり、賈島の原東居における生活を支援していると解釋できるのである。

(4)　再び韓愈

張籍の「贈賈島」詩に「姓名未上登科記、身屈惟應内史知」とあり、賈島の「酬張籍王建」に「疏林荒宅古坡前、久住還因太守憐」とある「内史」と「太守」は、同じ人物を指すだろう。そして一人がその兩方を兼ね、しかも賈島が直かに關わりを持った人物として、元稹を捜し當てることができた。

しかしここでもう一度、韓愈の可能性を考える必要がある。すでに確認したように、韓愈を「太守」と呼ぶ必然性はなかった。確かに元和一四年に潮州刺史、同年に量移されて袁州刺史となっているが、長慶三年前後には、韓愈はすでに刺史の官を離れている。また最高官歴で呼ぶ習慣に従うとすれば、潮州刺史左遷の前の刑部侍郎であり、太守ではなかった。

しかし再度、張籍と賈島の關連の詩句を見なおしたい。

張籍の「姓名未上登科記、身屈惟應内史知」は、元稹の場合でも當てはまる。何となれば、賈島は確認されるだけでも元和一四年、一五年秋、そして長慶元年春と立て續けに三たび、應試に便宜を願うために元稹に陳情に及んでいるのである。ところが賈島の「疏林荒宅古坡前、久住還因太守憐」については、やや事情が異なる。「古坡（樂遊原）の前の疏林のなかの荒宅」である原東居に「久住」こうしてずっと住んでこられたのは、太守のお陰である。――太守の援助は、原東居移居の時點から始まることが示唆されている。賈島が原東居に引っ越したのは、元和一四年の春頃であり、その頃、元稹はまだ通州司馬の任にあった。彼が通州司馬から膳部員外郎として長安に召還されるのは、その年の冬である。元稹説に立つ場合、この問題が容易に解決されないのである。

＊　＊　＊　＊　＊

「内史」「太守」をもう一度考えてみたい。元稹の場合は、「中書門下平章事（宰相）＝内史」「同州刺史・越州刺史＝太守」と二官に分けて配當した。同一人物であるから、これでも問題はない。

しかしながら官名としての「内史」には、隋代に「中書令（宰相）」を指すようになる[22]以前の、それよりも古い用法がある。

內史、周官。秦因之、掌治京師。景帝二年（前一五五）、分置左內史右內史。武帝太初元年（前一〇四）、更名京兆尹。（『漢書』巻一九上「百官公卿表」）

京兆河南太原等府。三府牧各一員。尹各一員。（從三品。京城守、秦日內史、漢日尹、後代因之）（『舊唐書』四四「職官三」）

內史とは本來、京師の行政を擔當する官であり、前漢の武帝の時に京兆尹と改稱されたものである。またその認識は唐代にも引き繼がれており、『舊唐書』においても、京城の長官を秦は「內史」と稱し、漢は「尹」と稱し、後世はこれに從うと說明されることになる。

張籍らの唱和詩が作られた長慶三年（前後）の韓愈に注目するならば、吏部侍郎であった韓愈は、その長慶三年の六月六日に京兆尹兼御史大夫となり、一〇月二〇日に吏部侍郎に復歸している。長慶三年の秋には、韓愈は正しく京兆尹に在任している。張籍詩の「內史」については、これで問題ない。

では張籍詩に見える「太守」について、韓愈は適格であろうか。確かに「太守＝刺史」を唐代の標準的な用法に從って考える限り、韓愈の可能性は排除しなければならない。しかし「京兆尹」が「內史」と稱されるような歷史的用法に立つならば、「內史」も「太守」と置き換えて良いのである。

郡皆置太守。河南郡京師所在、則曰尹。諸王國、以內史掌太守之任。（『晉書』巻二四「職官」）

郡には太守をおく。河南郡は京師の所在地であるので「尹」と言う。諸王の國では、「內史」がいて太守の職務に當たる。——ここでは太守・尹・內史の使い分けが説明されている。郡は太守、京師の置かれた特別な郡は尹、諸王の國（王の領國）は內史となる。しかし太守と內史の混亂がしばしば起こっていたようである。

案「職官志」、諸王國以內史掌太守之任。然則王國內史得稱太守、以其本太守職也。郡太守不得稱內史、以其非王國、不得改太守本稱也。本書內史太守往往歧出、其郡守誤稱內史者、宜一律改正。（吳士鑑・劉承幹注『晉書斠注』巻四「惠帝紀」注記）

『晉書』の職官志には、「諸王の國では內史が太守の職務に當たる」とある。つまり王の國の場合は「內史」を「太守」と稱してもよい。なぜならもともと太守の職務だからである。しかし郡の太守は「內史」と稱してはいけない。なぜなら王の國ではないので、太守の本來の名稱を變えてはいけないからである。しかし『晉書』では、「內史」と「太守」がしばしば混亂している。郡太守を「內史」と稱するものについては、一律に修正すべきである。

この『晉書斠注』の注記するところは興味深い。嚴密には使い分けられるべき太守と內史が、實態としては、しばしば混用されていたと言うのである。また錢大昕『十駕齋養新錄』卷六には、次のように記す。

漢制、諸侯王國以相治民事、若郡有太守也。晉則以內史行太守事。國除爲郡則稱太守。然二名往往混淆、史家亦互稱之。

漢の制度では、諸侯の王國では「相」が民事を治める。それは郡に太守が置かれるのと同様である。晉（の王國）では「內史」が「太守」の職務を行う。郡の場合は、「太守」と稱する。しかし「內史」「太守」の名稱はしばしば混亂しており、歷史家も混用している。

つまりこういうことになる。張籍が「身屈惟應內史知」と言った「內史」を、賈島は「久住還因太守憐」と「太守」

の語で承けることが十分に可能だった。兩者は、かつてしばしば混用されていたからである。

＊　＊　＊　＊　＊　＊

「內史」「太守」が共に韓愈を指すとした場合、(23) どのような解釋上の優越性があるだろうか。第一に、二つの官名が、實は同じく韓愈の「京兆尹」を指すことになる。元稹の場合の、「內史」は宰相（中書門下平章事）、「太守」は州刺史（同州刺史・越州刺史）という時を異にして就任した二官を指すよりも、より整理されている。第二に、韓愈とした場合、原東居に移居する時點からの援助を、說明しやすい。元稹の場合には、彼への干謁に先だって、賈島はすでに原東居に移居していること、すでに前述したとおりである。

念のために、二點を附言したい。賈島が原東居に引っ越したのは、元和一四年の春頃であろう。しかしこの年初、韓愈は「論佛骨表」の事件のために潮州刺史に左遷されていた。しかし原東居の選定、そして移居の支度には時間が掛かることを考えるならば、韓愈が左遷される正月までに、移居の主要な手續きは完了していたと考えるべきである。第二に、韓愈が潮州左遷の後、長安に歸ってきた時に、これを祝って賈島が韓愈に贈った詩の言葉である（前揭）。

涕流聞度瘴　病起賀還奏　　涕流して瘴を度るを聞き　病より起ちて秦に還るを賀す
曾是令勤道　非惟卹在迍　　曾て是れ道に勤めしむ　惟に迍《ちゅん》に在るを卹《めぐ》むのみに非ず

この時賈島は、韓愈の無事を祝うこの詩の中で、なぜか唐突にも、韓愈の恩義に感謝を示す。「むかし先生は、自分に道に勤めよと勵まされた。自分の困窮を助けてくれただけではなかったのだ」。賈島が韓愈から受けた恩義は、樣々であったに違いない。しかしその中に原東居移居の援助が含まれていたとすれば、この詩は一層、豊かなイメージを結ぶことになる。なぜなら、賈島が原東居に引っ越したその時、韓愈は、その樣子を見ることもなく、潮州への道を急いでいたからである。

張籍が「内史」と言い、賈島が「太守」と言った人物は、韓愈と元稹に絞られるであろう。そして可能性は、恐らくは韓愈の方が高い。これを、本稿の見方としておきたい。

五　原東居の生活

賈島は、恐らくは韓愈の助けを借りて、元和一四年の春頃に原東居に移り住んだものと思われる。

張籍詩に「姓名未上登科記、身屈惟應内史知」（君の名前は科擧の合格者名簿には載っていない。その無念の思いを、京兆尹韓愈殿だけはご存じだ）とあるように、また賈島本人の詩に「身事龍鍾應是分」（我が身の不遇は運命に違いない）とあるように、賈島は不遇の境界から脱することもできず、苦況の中にあった。この時期に作られたと見られるのが、友人姚合の詩に和した詩である。（姚合の「寄賈島浪仙」詩は、二一二頁參照）

重酬姚少府

隙月斜枕旁　諷詠夏貽什
如今何時節　蟲虺亦已蟄
答遲禮渉傲　抱疾思加澀
僕本胡爲者　銜肩貢客集
茫然九州内　譬如一錐立
欺暗少此懷　自明曾瀝泣
量無趫勇士　誠欲戈矛戢

重ねて姚少府に酬ゆ　賈島

隙月　枕旁に斜めなり　諷詠す　夏貽の什
如今　何の時節ぞ　蟲虺《き》も亦た已に蟄《かく》る
答ふるの遲き　禮として傲に渉るは　疾を抱きて思ひ澀を加はふればなり
僕は本と胡爲《なんす》る者ぞ　肩を銜《ふく》みて貢客集《つど》ふ
茫然たり九州の内　譬へば一錐の立つるが如し
暗きに欺《あざむ》くは此の懷ひ少し　自ら明《さと》りて曾て泣《なみだ》を瀝《そそ》ぐ
量は趫勇の士ほど無く　誠に戈矛を戢《をさ》めんと欲す

原閣期躋攀　潭舫偶俱入
深齋竹木合　畢夕風雨急
俸利沐均分　價稱煩噓噏
百篇見刪罷　一命嗟未及
滄浪愚將還　知音激所習

原閣 躋攀《せいはん》を期し　潭舫 偶たま俱《とも》に入る
深齋 竹木合し　畢夕 風雨急《はげ》し
俸は利して 沐《めぐ》みて均分し　價は稱して 噓噏《きよきふ》を煩はす
百篇 刪し罷《をは》るも　一命 未だ及ばざるを嗟《なげ》く
滄浪 愚《われ》 將に還《かへ》らんとすれば　知音 習ふ所を激ます

〔大意〕　窓から差し込む月の光が枕元を照らす中で、君にこの夏に贈られた詩什を讀んでいる。今は、どんな季節なのだ。いつのまにか蟲も蛇も穴にこもった。お禮が遲れたのは、失禮の極みだが、それも病に罹って、氣が鬱いでいたからなのだ。』僕は、いったい何者なのだ。受驗生と肩觸れ合って、ひしめき合う。はてしもないこの世界の中に、ようやく一本の錐を立てるような身の置き所もない侘しさだ。暗がりで惡さを働く樣な器用な眞似はできないが、かといって自分の器の程は知れているので、かねがね涙をこぼしている。自分の力量は、大男ほどは無いのだ。もう戰の矛は、仕舞うことにしたい。』樂遊原の東の樓閣に、氣儘に登ってみたい。曲江の舟に、君と一緒に乘ってみたい。人里離れた我が庵には、竹や木が茂り、そこに夜通し風雨が募る。』君は私のために、俸祿の半分を惠んでくれるし、私の評判を作るために、努めて吹聽してくださる。君は、私の百篇の詩を卷物に仕立ててくれたが（投卷）、科擧には落第して、任官の夢は絶たれてしまった。滄浪の水の邊に隱遁したい。それなのに君は、私の詩業を褒めて、諦めずに頑張れと勵してくれるのだ。

この詩が原東居で作られたことは、「原閣期躋攀、潭舫偶俱入」から明らかである。また「僕本胡爲者、銜肩貢客集」「百篇見刪罷、一命嗟未及」を見れば、科擧の落第を承けて綴られたものと分かる。

賈島がこの詩を作った情況を、もう少し詳しく見てみよう。詩題の「姚少府」とは、萬年縣尉であった姚合を指す。姚合は、長慶三年の秋に萬年縣尉となり、寶歷元年（八二五）秋までには退任している。詩の季節は晩秋なので、制作時期の上限は長慶三年（八二三）秋、下限は翌年の秋となるだろう。ちなみに韓愈は、長慶四年の夏に體調を崩し、年末に逝去している。

姚合は、その不遇な詩友のためにみずから彼の詩卷の編集を引き受け、また科擧及第を斷念して歸山しようとする賈島を勵ましている。賈島の原東居の生活は、科擧の落第を重ねる中で、このような焦燥と絕望に苛まされていたのであり、そのような彼を支えていたのは、姚合を中心とする詩人たちの賈島とその文學に對する理解であった。

賈島は、このようにして續く十數年の原東居の生活の中から、自己の文學制作と對峙することになる。賈島の文學を理解する上で、この原東居という特別な世界を探ることは、避けては通れない作業となるであろう。

〔注〕

（1）賈島の「寄劉侍御」に「自夏雖無病、經秋不過原」。また張籍に贈った「張郎中過原東居」に「年長惟添懶、經旬止掩關」。

（2）例外として張籍と王建がいたが、二人はこの時期には近體五律を中心とする日常詠に重心を移していた。後期の張籍が、賈島や姚合ら「晩唐詩の先驅け」となる詩人に影響を與えたことについては、本書に所收の張籍關係の論文を參照。

（3）賈島「秋夜仰懷錢（徽）・孟（簡）二公琴客會」詩に「月色四時好、秋光君子知。南山昨夜雨、爲我寫清規。獨鶴聳寒骨、高杉韻細颸。仙家縹緲弄、彷彿此中期」。

（4）『資治通鑑』卷二三九の元和一一年正月條に「庚辰、翰林學士・中書舍人錢徽、駕部郎中・知制誥蕭俛、各解職、守本官。時羣臣請罷兵者眾、上患之、故黜徽・俛以警其餘。徽、吳人也」。

（5）郭文鎬「姚合佐魏博幕及賈島東遊魏博考」『江海學刊（文史哲版）』一九八七年、第四期。

（6）賈島には、この時に作った「百門陂留辭從叔謨」詩あり。

（7）植木久行「唐都長安樂遊原詩考——樂遊原の位置とそのイメージ」（『中國詩文論叢』第六集、一九八九年）

（8）延壽坊は、貴顯が邸宅を構える、自然環境に惠まれた坊里と見做された。北宋・宋敏求『長安志』卷十に、「（延壽坊）東南隅駙馬都尉裴巽宅」。その注に「其地本隋齊州刺史盧貴宅。高宗末、禮部尙書裴行儉居之。武太后時、河内王武懿宗居之。土地平敞、水木淸茂、爲京城之最」。
（9）「秋卷」は、唐代の擧子が落第後に長安に寄寓し、夏に制作した詩文を秋に顯貴に投獻するもの。この時期の賈島は、まだ科擧の受驗を續けていたことが分かる。
（10）この王建詩は、張籍詩「送項斯」として重出する。李嘉言「賈島年譜」では「一作張籍贈項斯、非」として、張籍ではなく、王建が張籍詩に和した作と斷定する（但し李嘉言の依據したテキストは『全唐詩』に張籍詩として載せられるもので若干の文字の異同がある）。その根據として、「忘忍飢」は張籍詩の「封書乞米趁時炊」を、また「驢放秋原」は張籍詩の「蹇驢放飽」を意識する、等が指摘されている。――該詩が王建詩であるべき根據を、私見をもって追加すれば、張籍詩の「僮僕」と該詩の「僮眠」、張籍詩の「秋卷」と該詩の「秋田」、張籍詩の「樂遊原上」と該詩の「曲江池傍」（樂遊原と曲江は隣接）がそれぞれ照應し、しかも兩詩とも七律の詩型で、韻目も同じである。これらの照應關係を綜合すれば、該詩は、張籍の作に係る「送項斯」ではなく、王建が、張籍詩「贈賈島」に和して作った「寄賈島」と斷定できる。
（11）張籍「逢王建有贈」に「年狀皆齊初有髭、鵲山漳水每追隨」。
（12）「原上秋居」に「倚杖聊閒望、田家未翦禾」。昇道坊には禾田が廣がっていた。
（13）白居易「授王建祕書郎制」（外集卷下）に「敕太府丞王建。太府丞與祕書郎、品秩同而祿廩一。今所轉移者欲職得宜而才適用也」。また「寄王祕書」（『白居易集』卷十九）は長慶元年秋の作であり、祕書郎任命はこの年の秋もしくはやや前。
（14）長慶四年八月一六日、張籍が王建を伴って韓愈を訪ねた。その時の韓愈の作「玩月喜張十八員外以王六祕書至（自注：王六、王建也）」に、王建が祕書省（また張籍が水部員外郎）に在任していることが明記される。
（15）張籍の韓愈の死の翌年に作られた「祭退之」詩に「…去夏公請告、養疾城南莊。籍時官休罷、兩月同游翔。…籍受新官詔（→主客郎中）、拜恩當入城。公因同歸還、居處隔一坊」とあり、水部員外郎（從六品上）辭任と主客郎中（從五品上）拜命との閒に二箇月の休養のあったことが分かる。
（16）賈島「朝飢」に「市中有樵山、此舍朝無煙。井底有甘泉、釜中仍空然。我要見白日、雪來塞靑天。坐聞西床琴、凍折兩三弦。飢莫詣他門、古人有拙言」。
（17）賈島「雨中懷友人」に「對雨思君子、嘗茶近竹幽。儒家（賈島自身）鄰古寺、不到又逢秋」。
（18）韓愈が太守（刺史）であったのは、元和一四年の正月の「論佛骨表」の事件で左遷された潮州刺史、また同年一〇月に量移された袁州刺史の二回である。翌元和一五年の九月には國子祭酒として召還されている（一一月長安到着）。歸京後は、兵部侍郎（長慶元年）・吏部侍郎（長慶二年）という高官を歴任している。

(19) 賈島の遂州長江縣主簿任命は、令狐楚の推挽による可能性が高い。齊文榜もそのことを指摘する。『賈島集校注』「寄令狐相公」注（二四八頁）に「令狐楚は、韓愈の後繼として賈島の面倒を見た理解者である。令狐楚が汴州の節度使だったとき、賈島は投刺し、詩文を獻じた。令狐楚は詩書を送り、賈島を汴州に招いた。この詩は再度の獻上であり、令狐楚の多方面の配慮を引き出すことになった。賈島が長江主簿に任ぜられたのも、恐らく令狐楚の推挽のお蔭である。賈島が赴任途中で送った「寄令狐相公」に「良樂知騏驥、張雷驗鏌邪。謙光賢將相、別紙聖龍蛇」、また別の「寄令狐相公」にも「一主長江印、三封東省書」とあり、賈島が續けざまに上書していることからも、推挽のことを知ることができる」。

(20) 『論語』巻八「衞靈公第十五」に「衞靈公問陳（朱注：陳謂軍師行伍之列）於孔子。孔子對曰「俎豆之事則嘗聞之矣。軍旅之事未之學也」。明日遂行。在陳絕糧、從者病莫能興。子路慍見曰「君子亦有窮乎」。子曰「君子固窮、小人窮斯濫矣」」。

(21) 元稹の祠部郎中在任は元和十五年五月から翌年三月。なお元宗簡も同じ時期（元和の末〜長慶元年）に倉部郎中となっているが、「知内制」（翰林學士）の經歴はないので、ここでは元稹を指す。

(22) 『南史』巻六九「沈炯傳」の注に「隋文帝父名忠、故中書省稱内史省、中書舍人稱内史舍人」とある。

(23) 「内史」「太守」ともに韓愈を指す可能性があることは、郭文鎬「姚合仕履考畧」（『浙江學刊』一九八八年第三期四四頁）にすでに指摘がある。「内史、秦官名、掌治理京師。漢置左右内史、後改右内史爲京兆尹。此處指韓愈、愈官京兆尹爲長慶三年六月至十月、詩作於本年。……本年（賈）島又有〝酬張籍王建〞「疏林荒宅古坡前、久住還因太守憐」。太守亦指京兆尹韓愈」。本稿初出時（「賈島の樂遊原東の住居」早稻田大學中國文學會『中國文學研究』第三二期、二〇〇六年）では「内史」の韓愈の可能性を認めつつも、「太守」が韓愈を指しうる確認が取れなかったために、韓愈説を退けて元稹説を採用した。ここに郭文鎬説を顯彰しつつ、前稿の主張を訂正する。

詩的世界の現場
――賈島の原東居――

賈島（七七九～八四三）は元和一四年（八一九）の春頃、長安上京以來の數年を過ごした延壽坊（西市東隣）を引き拂って、昇道坊の「原東居」と稱する住居に轉居した。賈島はここに、開成二年（八三七）九月、五九歳にして長江縣主簿に赴任するまで、二〇年近く住まうことになる。いわば賈島の長安における文學活動の據點であった。(1)

昇道坊は、樂遊原のある昇平坊の東に隣接する坊であり、坊内には龍華尼寺があり、北隣の新昌坊には青龍寺があるなど、この樂遊原一帶の高臺は、佛寺が多く集まる地域であった。それまで住まった延壽坊を取り卷く市井の喧騒を嫌った賈島は、いわば長安城内の高臺を占める閑靜な一角に逃れ來て、ここに原東居を營んだのである。

一　昇平坊

賈島が住まった昇道坊は、一體どのような地域だったか。また當時の人々の認識の中でどのように位置づけられる地域であったのか。これを知るために、回り道のようではあるが、隣接する西の昇平坊、また北の新昌坊との比較から始めたい。(2)

昇平坊から取り上げよう。昇平坊は、樂遊原の中心に位置している。坊内の東北隅には前漢の宣帝が築いた樂遊廟があり、唐代にはその遺構がまだ残っていたらしい。その海拔四八〇メートルの高臺は、城内の最高地點として、長安の街を一望することができた。

登樂遊園望　　　　樂遊園に登りて望む　　白居易

獨上樂遊園　四望天日曛　　獨り樂遊園に上り　四もに望めば　天日　曛《く》る
東北何靄靄　宮闕入煙雲　　東北　何ぞ靄靄たる　　宮闕　煙雲に入る
愛此高處立　忽如遺垢氛　　此の高處に立つを愛す　　忽として垢氛を遺《わす》るるが如し
耳目暫清曠　懷抱鬱不伸　　耳目　暫らく清曠たるも　　懷抱　鬱として伸びず
下視十二街　綠樹閒紅塵　　下　十二街を視れば　　綠樹　紅塵を閒《まぢ》ふ
車馬徒滿眼　不見心所親　　車馬　徒らに眼に滿つるも　　心の親しむ所を見ず（以下省略）

〔大意〕　一人で樂遊原に上り、四方を見渡すと、日も暮れかかろうとする。東北の方角は、ぼんやりとして、宮殿は夕靄に沈んでいる。この高臺に立つのが好きだ。たちまち憂鬱を忘れた心地がする。氣分はとても清々しくなるのだが、それなのに胸の内のわだかまりが晴れずにいる。眼下に都大路を眺めると、緑の竝木の閒に、車馬が巻き上げる紅塵が見える。車馬は引きも切らずに往來しているのだが、しかし自分には心を通わせる友人がいないのだ。（以下省略）

樂遊原からは晴れていれば東北の大明宮が望まれ、また碁盤の目のように交錯する街路を見下ろすことが出來た。このすぐれた眺望を誇る樂遊原は、「正月晦日・三月三日・九月九日毎《ごと》に、京城の士女は咸《み》な此に就きて登賞し祓禊す」（『唐兩京城坊考』「昇平坊」）とあるように、節句には城内の人々が行樂に訪れる名所ともなった。

もっとも樂遊原の高地を占める昇道坊は、單に長安の人々が眺望を樂しむ行樂地だったのではなく、王侯顯貴たち

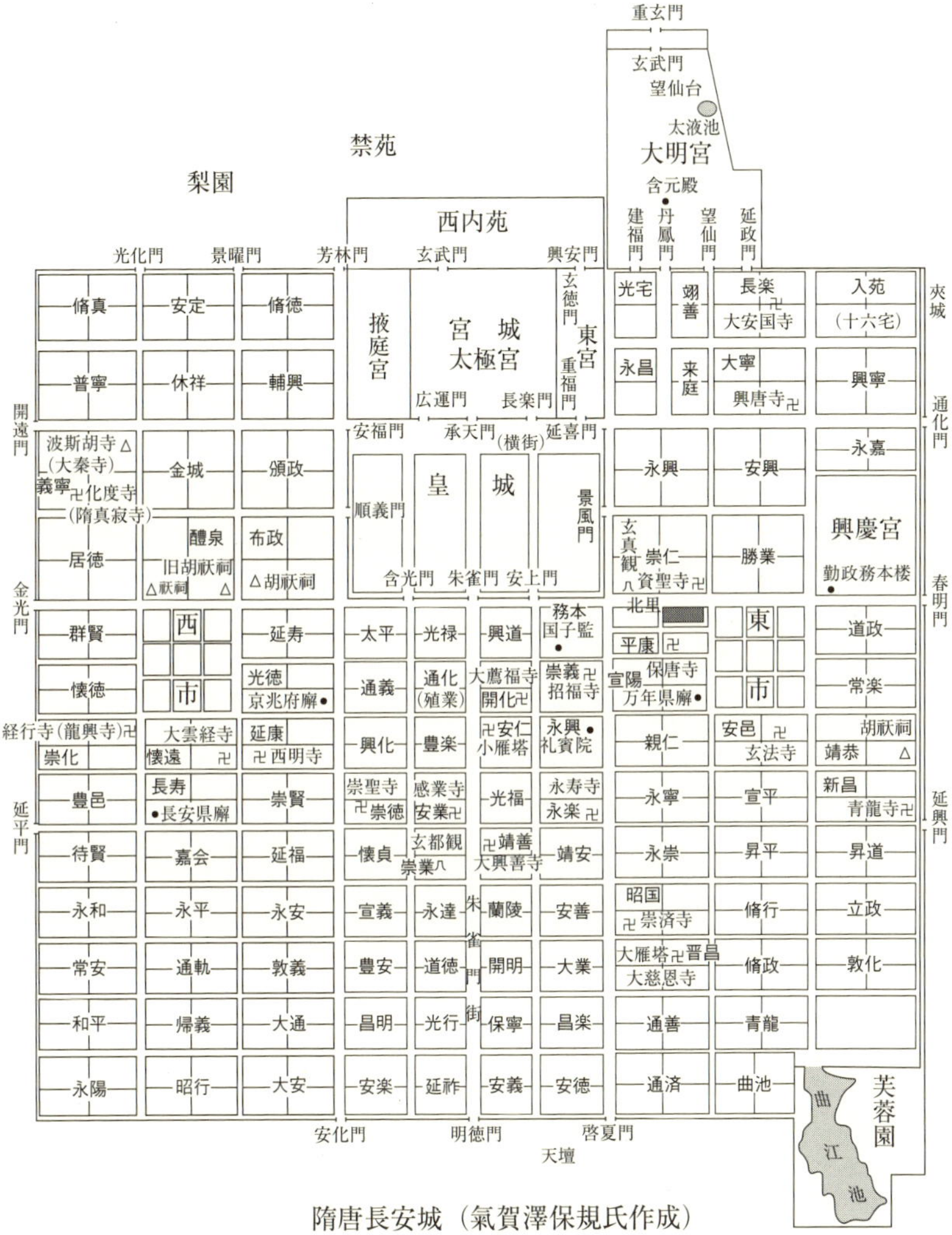

隋唐長安城（氣賀澤保規氏作成）

の邸宅街でもあった。清・徐松の『唐兩京城坊考』巻三「昇平坊」によれば、武則天の長安年間（七〇一〜七〇四）には、太平公主がここに邸宅を營み、その後は寧王・申王・岐王・薛王にその地を賜ったと言うから、すでに初唐の後期には王侯の別邸が軒を連ねていたことになる。

『唐兩京城坊考』には、ここに宅を構えたことが判明する人物が無作爲に書き連ねられている。いまその名を擧げて、いかなる人物がここに住していたかを瞥見してみよう。曰く、①尚書右僕射（從二品）裴遵慶、②洪州刺史（從三品）趙國公魏少遊、③左散騎常侍（從三品）潘孟陽、④兵部尚書（正三品）柳公綽、⑤檢校司空同中書門下平章事（正三品・宰相）崔寧、⑥京兆府少尹（從四品下）元崇《ママ》簡、⑦太子太傅（從一品）致仕劉沔、⑧左羽林軍大將軍（正三品相當）史用誠、⑨萬年縣丞（從七品上）柳元方、⑩同州司兵參軍（從七品上？）上柱國杜行方、⑪進士張裔、⑫前進士李嶢である。

「前進士李嶢」について紹介しよう。『唐兩京城坊考』は王定保『唐摭言』巻三を節略して引用するが、いま後者によって當該條の全文を引用する。

李嶢及第、在偏侍下。俯逼起居宴、霖雨不止。遺賃油幕以張之。嶢先人舊廬昇平里、凡用錢七百緡、自所居連亘通衢、殆及一里餘。參御輩不啻千餘人、韝馬車輿闐咽門巷、來往無有霑濕者。而金碧照耀、頗有嘉致。嶢時爲丞相韋都尉所委、干預政事、號爲李八郎。其妻又南海韋宙女、宙常資之金帛、不可勝紀。（李嶢が及第して片親に孝養していた頃、宴席の用意に迫られたが、あいにくと雨が降り止まなかった。そこで油幕を借りて來て張った。李嶢の父親はかつて昇平坊に屋敷を構えていたが、錢七百緡を拂って自宅から坊門外の街路まで五百メートルばかりの道に油幕を張ったので、供回りは千人を下らず、車馬は坊内の道にごった返す有様であったが、誰も濡れずに濟んだ。その盛大な様は、誠に見物であった。李嶢はこの時、丞相韋都尉の信任も厚く、政事にも深く關わって、人々からは李八郎と稱され

ていた。またその妻も南海韋宙の娘であり、韋宙は娘婿への經濟的援助を惜しまなかった）

左散騎常侍の潘孟陽（七六四?〜八一五）も、ここの住人であった。彼は貪官であり、賄賂を納めたことで有名だった。(3)豪華な屋敷を構え、家妓や用度に贅澤を恣にした。憲宗がお忍びで樂遊原に來た時に、その立派な屋敷を見て誰のものかと供回りに尋ねた。そのことを傳え聞いた潘孟陽は、奢侈を咎められるのが恐しくなって、それ以上は贅澤はしなくなったと言う。（「孟陽盛葺第舍、妓媵用度過侈。憲宗微行至樂遊原、望見之以問左右、孟陽懼不敢治」『唐兩京城坊考』巻三「昇平坊」）

李嶢と潘孟陽の二つの例があれば、十分であろう。樂遊原の景勝を占める昇道坊は、顯貴が爭って邸宅を構える坊里だったのである。

二　新昌坊

では賈島の住む昇道坊の北に接する新昌坊は、どうであったか。

新昌坊を象徴するのは、靑龍寺である。隋の文帝は、漢以來の長安城から、大興城（唐の長安城）に都城を遷徙する時、城内の多くの墳墓を郊外に移した。その時、鎭魂のために造營したのが靑龍寺の前身となる靈感寺である。一時、廢寺となったが、唐になって復興され、景雲二年（七一一）に靑龍寺と名を改められた。ここには代宗・德宗・順宗の歸依を承けた眞言密敎の高僧惠果がおり、空海はこの惠果に師事するために靑龍寺に留學している。その後も、『入唐求法巡禮行記』の著者として知られる慈覺大師圓仁が、この寺を訪ねている。寺は、樂遊原から東北に延びる高臺の緩やかな北斜面に位置して北に雄大な眺望が開け、慈恩寺（大雁塔）と共に、長安の人々が登眺游覽を樂しむ名所であった。『唐兩京城坊考』巻三「新昌坊」に次のようにある。

〔南門之東青龍寺〕　本隋靈感寺。開皇二年立。文帝移都、徙掘城中陵墓、葬之郊野、因置此寺、故以靈感爲名。至武德四年（六二一）廢。龍朔二年（六六二）、城陽公主復奏立爲觀音寺。初公主疾甚、有蘇州僧法朗、誦觀音經乞願得愈、因名焉。景雲二年（七一一）改爲青龍寺。北枕高原、南望爽塏、爲登眺之美。

新昌坊も、やはり朝廷の高官たちが競って私邸を營む地域であった。『唐兩京城坊考』に列記する人名を書き出してみよう。

①禮部尚書蘇頲、②魯郡任城縣尉裴回、③御史中丞判刑部侍郎同平章事舒元輿、④中書舍人路羣、⑤檢校左僕射兼吏部尚書崔羣、⑥禮部尚書李益（蔣防「霍小玉傳」李益至長安舍于新昌里）、⑦考功郎中錢起、⑧侍郎侯釗、⑨京兆府咸陽縣丞權達、⑩尚書左僕射致仕楊於陵、⑪儋州流人路巖、⑫檢校司空鳳翔尹鳳翔節度使竇易直、⑬太子少師牛僧孺、⑭祕書監張仲方、⑮刑部尚書白居易、⑯守右僕射門下侍郎李紳、⑰太子右庶子王定、⑱朝散大夫祕書省著作郎致仕韋端、⑲國子司業嚴公、⑳禮部尚書溫造、㉑祕書少監姚合、㉒太子少傅致仕盧宏宣、㉓進士盧燕、㉔處士丁重

この坊の住人には、玄宗朝前期の宰相で、張說と共に「燕許の大手筆」と稱された文人の蘇頲（六七〇～七二七）がいた。また牛僧孺（七七九～八四七）は、穆宗・敬宗の時期に宰相となり、盟友の李宗閔とともに朋黨を造って、李德裕の一派と「牛李の黨爭」と呼ばれる政爭を引き起こした張本人。その彼は、詩人でもあり、また傳奇小說「周秦行紀」「幽怪錄」の撰者に擬せられる文人でもある。

この蘇頲や牛僧孺も含めて、新昌坊の住人には文人として名を成した人物が多い。錢起（七一〇?～七八二?）は、若い時分は王維と親交を結び、やがては大曆十才子の筆頭となる詩人。李紳（七七二～八四六）は、新樂府運動の端

緒を元稹と共に作った詩人。姚合（七七七～八四二）は、文學史に姚賈と竝稱され、その詩友の賈島と共に晩唐詩の様式を開拓した詩人。白居易（七七二～八四六）が、唐を代表する詩人の一人であることは、言うまでもない。白居易と姚合について、新昌坊との關係に限って若干の説明をしておこう。

白居易が新昌坊の住宅を購入したのは、五〇歳の時（長慶元年）。白居易は元和一〇年、四四歳で江州司馬に左遷された。その後に忠州刺史に轉任し、長安に歸ってきたのは六年振りだった。エリートコースに復歸した白居易は、刑部司門員外郎（從六品上）・禮部主客郎中（從五品上）兼知制誥・中書舍人（正五品上）と順調に累進して行く。禮部主客郎中に在任の頃、それまでの賃貨暮らしを切り上げて、滿を持して長安に購入したのが、この新昌坊の住宅だった。新昌坊は、安史の亂以後に開發が進んだ、高級官僚の住宅地であり、白居易は正しくその趨勢の中に位置していたと言って良い。(4)「新昌新居書事四十韻因寄元郎中・張博士」詩の中段を引用する。詩は、友人の元宗簡と張籍を招こうとして作られたものである。

丹鳳樓當後　青龍寺在前
市街塵不到　宮樹影相連
省史嫌坊遠　豪家笑地偏
敢勞賓客訪　或望子孫傳

丹鳳樓は後に當たり　青龍寺は前に在り
市街　塵は到らず　宮樹　影は相ひ連なる
省史　坊の遠きを嫌ひ　豪家　地の偏なるを笑はん
敢て賓客の訪ぬるを勞せんや　或ひは子孫に傳ふるを望む

〔大意〕　丹鳳樓（大明宮）は北に見え、青龍寺は南に見える。町場の塵雜はやって來ないが、宮廷の樹木の影はここまで延びてくる。役所は、この坊から遠いのが玉に瑕で、金持ちからは、不便な所だとからかわれる。こんな所なので、客人に尋ねて來て欲しいと無理を言うつもりはないが、せめてここを子孫に遺產として殘すことができれば幸いだ。

この詩から、白居易宅が、青龍寺の北隣に位置して、大明宮を北に望むこともできたことが分かる。なお大明宮の南面の、西内と東市に圍まれた城内東北の一角は、高官や宦官の邸宅街として開發が早くから進んだ一等地であり、中唐以降に擡頭する白居易ら、いわゆる科擧官僚が住宅を求める餘地はなかった。大明宮から比較的遠い新昌坊の新興住宅街に住宅を取得した白居易が、自得とも卑下とも付かぬ思いで述べたのが、「省史嫌坊遠、豪家笑地偏」の二句である。

姚合は、以前は常樂坊に住んでおり、新昌坊に引っ越してきた。常樂坊は、新昌坊の二つ北側にある坊である。しかし高臺の新昌坊と、平地の常樂坊では、井戸水の味が違った。姚合「新昌里」詩には「舊客常樂坊、井泉濁而鹹。新屋新昌里、井泉清而甘。…」とあるように、常樂坊のは「濁っていて鹹《しおから》い」、新昌坊のは「清んでいて甘い」のである。恐らく、平地の井戸水には、鹽害の影響があったのであろう[5]。ところで新昌坊は、昇道坊の北隣に當たる。姚合はここに居を定めることによって、無二の詩友である賈島と隣人となることが出來たことになる。

三　昇道坊

上述の昇平坊・新昌坊が高級住宅街としての評價を確立しているのに對して、隣接の昇道坊は、むしろ對照的な土地柄である。煎じ詰めれば、昇道坊のイメージは、長安の場末ということにあった。

まずは順序に從って、『長安志』と『唐兩京城坊考』の記述に從って、昇道坊を概觀してみよう。なおこの昇道坊に關しては、『長安志』の記述が特に南の曲江の説明との間で混亂していて、『唐兩京城坊考』との間に異同が多いが、兩者を斟酌すれば、昇道坊に存した住宅や寺院は、ほぼ次のように整理できる。

①西北隅龍華尼寺、②寺東侍中李日知（?〜七一五）宅、③太子太保鄭畋（八二四〜八八二）宅、④太原府司錄事參軍李雍宅、⑤進士張庾宅、⑥進士謝翺宅

兩書に擧げられた人物は、僅かに五人のみ。前述の昇平坊・新昌坊と比較すると、この昇道坊は如何にも「人物の過疎地」である。しかも內實を點檢すると、さらにその傾向がはっきりとする。太子太保鄭畋は晩唐後期の人物であるから、賈島の時代を考える上ではひとまず割愛してよい。問題は、進士張庾と進士謝翺である。この二人は、「進士」の稱號から明らかなように應試のために長安に上ってきた鄉貢進士であり、この坊の定住者ではなく、一時的な逗留地として昇道坊を選んだに過ぎない。しかも二人とも傳奇小說中の登場人物であり、實在を確認する資料はない。つまり烏有の人物であろう。このように消去してゆくと、結局、昇道坊の住人として兩書に名を留めた人は殆どいないことになる。(6)昇道坊は、人煙もまばらな、長安城內の僻地だったということになろう。

加えて、進士張庾と進士謝翺については、二人が登場する傳奇の內容が重要な意味を持つ。結論的に言えば、當時の人々には、ここ昇道坊は人けもなく墳墓ばかりが廣がる、言わば魑魅魍魎の世界としてイメージされているのである。

張庾擧進士。元和一三年、居長安昇道里南街。十一月八日夜、僕夫他宿、獨庾在月下。忽聞異香滿院、方驚之。俄聞履聲漸近、庾屣履聽之。數靑衣年十八九、艷美無敵。推門而入、曰、「步月逐勝、不必樂游原、只此院小臺藤架可矣。」遂引少女七八人、容色皆艷絕、服飾華麗、宛若豪貴家人。…庾度此坊南街盡是墟墓、絕無人住。謂從坊中出、則坊門已閉。若非妖狐、乃是鬼物。…（張庾は、鄉貢進士となった。元和一三年、長安の昇道坊の南街に宿を取った。一一月八日の夜、下僕が他所に泊まることになったので、張庾は一人で月を眺めていた。するとふと馨しい香りが中庭に立ちこめたので、訝しく思っていると、間もなく足音が近づいてきた。張庾は靴を履いたまま聞き耳を立てていると、

数人の青衣を着た年の頃十八九の侍女たちであったが、その美しさは類い希なほどである。門を押し開いて入って來ると、「月を愛でるには、何も樂遊原とは限るまい。この中庭の藤棚のあたりも、良いではないか」と言って、少女たち七八人を招き入れたが、その容色は、至って美しく、衣裝も華やかである。貴族の一行のようであった。……張庾は考えた、この昇道坊の南街は墓ばかりで、人が住むところではない。坊の出入りは、坊門が閉まっているこの時刻では無理だ。とすれば、妖狐か幽靈に違いない）（「張庾」『太平廣記』巻三四五）

陳郡謝翶者、嘗擧進士、好爲七字詩。其先寓居長安昇道里、所居庭中多牡丹。一日晩霽、出其居、南行百歩眺終南峰、佇立久之。見一騎自西馳來、繡繢彷彿。近雙雙鬟、高髻靚妝、色甚姝麗。至翶所、因駐謂翶、「郎非見待耶」。翶曰、「歩此、徒望山耳」。又髻笑、降拜曰、「願郎歸所居」。翶不測、卽回望其居、見一青衣三四人偕立其門外。翶益駭異。……美人遂顧左右、撤帳帟、命燭登車。翶送至門、揮涙而別。未數十歩、車與人馬倶亡見矣。……（陳郡の謝翶は、郷貢進士となった。七言詩が得意であった。かつて長安の昇道坊に寓居していた時のこと、庭に牡丹がたくさん植わっていた。ある日の晴れた夕方、住居を出て南に一五〇メートルばかり歩いたところで、佇んで終南山を眺めていた。すると絹の立派な服を着た女性の乗った馬が西から馳せて來た。髪を二つに結い上げた美人である。謝翶の側まで來ると、「どなたかお待ちですか」と問う。「いやここで山を見ているだけです」。女性は馬から下りて、「どうかお住まいにお戻りください」と言う。何を言うのかと思って、住居を振り返ると、一人の青衣と、三四人が門の外に立っている。謝翶はますます驚いた。…（こうして謝翶たち一同は宴を開き、やがてお開きになる時）美人はお供の者に命じて、幔幕を片付け、松明を命じて車に乘った。謝翶は門まで見送ると、涙を拭って別れを告げた。百メートルも行かないうちに、車も人馬もふと見えなくなった）（「謝翶」『太平廣記』巻三六四）

「張庾」「謝翺」どちらも、晩から夜の昇道里において美しい女性の姿をした幽鬼（妖狐・鬼物）に出會っている。前者は、その幽鬼であることに恐れをなして撃退し、後者は訝しく思いながらも、別れ際に女性と詩を唱和するほどに甘美な一時を過ごす。(7)

とりわけ注目したいのは、前者である。そこには「元和一三年一一月八日の夜」、場所は「昇道里南街」と、時期と場所が明示されている。元和一三年は、賈島が昇道坊に引っ越した時期（元和一四年春）とほぼ一致している。そして昇道坊の南街（南の地區）を特に指定した上で、そこが「盡是墟墓、絕無人住」という、墓ばかりが廣がる無人の地として明記されていることである。ちなみに後者の傳奇においても、謝翺は「南行百步」南に一五〇メートルばかり行った、と記述されることに注意したい。このことをもってその場所が南街に達したと斷言は出來ないが、焦點を南街に引き寄せる意圖がありそうである。昇道坊の南部が過疎地であったことを、暗默の前提としているのであろう。無論この記述は傳奇小説の一節に過ぎない。しかしこれが虛構の小説であることは、卻って元和一三年前後の人々の昇道坊に對する平均的なイメージを集約していると考えるべき點で、重要な意味を持つのである。

坊は、一般に東西南北にそれぞれ坊門があり、坊門を結ぶ十字街によって坊内は四つの區畫に仕切られている（昇道坊はこのスタイルか）。南街とは、嚴密には南北に通じる坊街の南部分を言うが、ここでは廣義に坊の南半分の區域を言う。

昇道坊でとりわけ南街が無人の地であったことは、説明がしやすい。昇道坊の北を通る街路は、西は延平門、東は延興門に通ずる大街で、幅員は五五メートル（四七歩）。外郭城の城門に通ずる重要な街路を特に大街と稱し、南北三本（その中央が朱雀大街）、東西三本の大街を合わせて六街と總稱するが、その大街の一つである。昇道坊の北門を出て、大街を東に五百メートルほど行けば延興門に達する。また大街を北に横切れば、正面に新昌坊の南門があり、その南門をくぐれば、すぐ右手（東）が青龍寺である。——つまり坊の「格」さえ考えなければ、昇道坊の北街は、高級住宅街である新昌坊と大街を隔てて隣接し、また長安城の東門である延興門に近接する交通至便の地を占めていた。昇道坊の北街（西北隅）に龍華尼寺があったとされるのは、そこが坊内では一等地だったからであろう。この様に考えるならば、條件が良い北街との比較において、南半分の南街が閑散とした區域となっていたのは自然なことでもあろう。

四　南山の見える住居 ―原東居―

以上は、徐松『唐兩京城坊考』を中心に、宋敏求『長安志』や若干の唐詩や唐代傳奇を追加して、昇平坊・新昌坊そして賈島の住まった昇道坊について基本的な情報を整理した結果である。隣接する昇平坊・新昌坊が高級官僚たちの第宅が櫛比する邸宅街であったのと比較すれば、昇道坊のうらぶれた様子が際立つことになる。そこは、人家の疎らな、特に南部は「盡是墟墓、絕無人住」、つまり墟墓が廣がる長安城内の荒地として認識されていた。

その昇道坊は、東西一一二五メートル、南北五八八メートルの長方形をなし、その面積は六六ヘクタールを超える。また東西南北にそれぞれ一箇所の坊門を持ち、十字街で四つのブロックに仕切られていたと推定される。賈島の住居となった原東居がこの昇道坊のどの一角にあったかが、まず問題となる。しかしそれを考えるための確實な資料は殘されていないので、賈島自身の關連の作品から推し量るしかない。

昇道坊は、長安城内の最高地點である樂遊原（昇平坊）の東に隣接し、その東北東に延びる稜線の南側に位置していたため、北への眺望はなかったが、南には秦嶺の山々を眺めることができた。また眼下には、曲江の景勝を収めることもできた。

次に賈島は、原東居からの眺望を次のように說明する。

望山　　　　　　山を望む　　賈島

南山三十里　不見踰一旬　　南山　三十里　見えざること一旬を踰《こ》ゆ
冒雨時立望　望之如朋親　　雨を冒《をか》して時に立ちて望む　之を望めば朋親の如し
蚪龍一掬波　洗蕩千萬春　　蚪龍　一たび波を掬《すく》へば　洗蕩す千萬の春
日日雨不斷　愁殺望山人　　日日　雨　斷へず　愁殺す　山を望むの人を
天事不可長　勁風來如奔　　天事　長かる可からず　勁風　來たること奔るが如し
陰霪一以掃　浩翠寫國門　　陰霪　一たび以て掃はれ　浩翠　國門に寫《そそ》ぐ
長安百萬家　家家張屛新　　長安　百萬家　家家　屛を張ること新たなり
誰家最好山　我願爲其鄰　　誰《たれ》家か　最も山を好める　我　願はくは其の鄰と爲らん

〔大意〕　南山は、ここから三〇里のところにあるのに、雨で一〇日も見ることができない。雨に濡れながら、外に立って眺めると、さながらに友人や身内の者と向かい合っているような氣にもなる。龍がひとたび波を掬って浴びせ掛けたので、一面の春景色を洗い流すことになった。毎日毎日、雨は降り止まず、山を眺める人を滅入らせるのだ。しかし天が支配する現象はいつまでも續くことはなく、やがて強い風が吹き拔けた。垂れ込めた雲は吹き拂われ、南山の溢れるような綠が、長安の城門めがけて注ぎ込む。長安の百萬の家では、家ごとに屛風を取り替えたようなものだ。誰が一番、山が好きなのか、自分はその山を愛する人の隣りに引っ越すことにしたい。

この詩は、原東居を明示していない。しかし移居（「我願爲其鄰」）を話題とする中で南山の眺望を述べるこの詩は、原東居を卜居するに當たって作ったものであろう。賈島は、長安の南三〇里に聳える秦嶺を、綠の屛風に見立てた。賈島が、南山を見渡せる立地に執着したことは、この「望山」詩から知ることができる。

さて、原東居は、「望山」詩にも述べるように確かに南に雄大な眺望を持っていたらしい。賈島が執着した南山の姿を、もう少し追いかけてみよう。次の二詩は昇道坊（青門里）あるいは原東居の名が明記されているので、資料としてはさらに確實である。

過賈島野居　　賈島の野居を過る　　張籍

青門坊外住　行坐見南山　　青門坊外に住し　行坐 南山を見る
此地去人遠　知君終日閒　　此地 人を去ること遠く　知る 君の終日 閒なるを
蛙聲籬落下　草色戶庭閒　　蛙聲 籬落の下　草色 戶庭の閒
好是經過處　唯愁暮獨還　　好し是れ經過する處　唯だ暮に獨り還《かへ》るを愁ふ

〔大意〕 青門坊(8)の向こうに住んでいると、歩いても坐っても、いつも南山が見える。この邊りは、人里から離れているので、君が日がな一日のんびりしているのもよく分かる。蛙の聲が、籬の下から聞こえ、野原の色が庭先に廣がっている。出掛けて來るには良い所だが、ただ日が暮れてから歸るのが辛いのだ。

君の原東居は、「行坐見南山」行《ある》いても坐っても、いつもどこでも南山が見えると描寫している。また「此地去人遠」は、この昇道坊が長安城内にありながらも過疎の地であり、「蛙聲籬落下、草色戶庭閒」は、さながらに田地と山野に圍まれた郊外の住居を描くものである。それは正しく詩題にも見える「野居」であった。

原東居喜唐溫琪頻至　　原東居にて唐溫琪の頻りに至るを喜ぶ　　賈島

曲江春草生　紫閣雪分明　　曲江 春草生じ　紫閣 雪 分明
汲井嘗泉味　聽鐘問寺名　　井に汲みて泉味を嘗《な》め　鐘を聽きて寺名を問ふ

墨研秋日雨　茶試老僧鐺　　墨は研《と》ぐ 秋日の雨　茶は試む 老僧の鐺《かま》
地近勞頻訪　烏紗出送迎　　地の近ければ頻りに訪ぬるを勞す　烏紗 出でて送迎す

〔大意〕 曲江池に春の草が芽吹き、紫閣峰には殘雪がくっきりと見える。井戸から汲み上げて泉水を飲むとき、君は鐘を聞いてはどこの寺かと名を尋ねる。墨は、秋の雨にすり、茶は、老僧が置いていった釜で煮る。君は近所なので、何度も訪ねてくれる。そのたびに烏紗帽をかぶって門口まで送迎するのだ。

紫閣峰は、原東居からは西南に望む圭峰の側の一峰。その麓には、詩僧でもある從弟無可が住する、鳩摩羅什の墓もある名刹草堂寺があった。

次の詩は、賈島の原東居ではなく、賈島と同じく昇道坊に住む盧秀才の住居を訪ねた時の作である。參考までに讀んでおきたい。

盧秀才南臺　　盧秀才の南臺　賈島

居在靑門里　臺當千萬岑　　居は靑門里に在りて　臺は千萬の岑《みね》に當たる
下因岡助勢　上有樹交陰　　下は岡の勢を助くるに因り　上は樹の陰を交ふる有り
陵遠根纔辨　空長畔可尋　　陵 遠きも根は纔《わづ》かに辨じ　空 長《とほ》きも畔《はて》は尋ぬ可し
新晴登嘯月　驚起宿枝禽　　新たに晴れて登りて月に嘯ぶけば　驚き起つ 枝に宿るの禽《とり》

〔大意〕 君は、靑門里（昇道坊）に家があり、その南臺からは、千萬もの秦嶺の山々が見渡せる。足元は、樂遊原の小高い岡に支えられ、頭上には、木立がこんもりと茂っている。陵墓（漢の灞陵や杜陵?）は遠いが、基臺も何とか見分けられる。虛空はどこまでも廣がるが、その緣までも目が届く。夕靄も晴れたので、南臺に上って月に嘯けば、枝に宿る鳥が、驚いて舞い立った。

賈島の現存する詩の中で、同じ靑門里の住人が登場するのは、この一例だけである。南臺は、盧秀才の住居の、南向きの二階部分を指すものと思われる。陵墓とは、東郊の灞陵、南郊の杜陵を指すものであろうか。ともかく賈島の原東居にしても盧秀才の南臺にしても、昇道坊からは南山を視野に収めることが出來たことが分かる。

またこの昇道坊の原東居は、眼下に曲江を臨むことができた。前掲の「原東居喜唐溫琪頻至」詩にも「曲江春草生、紫閣雪分明」とある通りで、これは枚擧に暇がないほどである。次の詩は、おそらく張籍が賈島の原東居を訪ねた折りに、連れ立って曲江に向かって散策した時の作であろう。

與賈島閒遊　　　　　　　　賈島と與に閒遊す　　　　張籍

水北原南草色新　　　　　水北　原南　草色新たなり

雪消風暖不生塵　　　　　雪は消え風は暖くして塵を生ぜず

城中車馬應無數　　　　　城中の車馬　應に無數なるべくも

能解閒行有幾人　　　　　能く閒行を解するは幾人か有らん

〔大意〕曲江の北、樂遊原の南には一面に春の草が萌え、雪は消え、暖かい風が吹いて、土埃が舞うこともない。長安城内を行き交う車馬は、數え切れないが、こんなそぞろ歩きの味が分かる人は、いったい何人いることだろうか。

昇道坊の南には、立政坊・敦化坊があり、そして曲江、芙蓉苑と續くが、その一帶を「水北・原南」と言ったものである。※

※　曲江は、賈島の詩から見ると、その一部は昇道坊まで入り込んでいたもののように推測される。もしも敦化坊の南に局限されていたとすれば、昇道坊と曲江との距離は立政・敦化の二つの坊を挾んで一キロ以上は離れることになる。しかし「曲江春水滿、北岸掩柴關」（「寄錢庶子」）、「出入土門偏、秋深石色泉。徑通原上草、地接水中蓮。采菌依餘枿、拾薪逢刈田」（「原居卽事言懷贈孫員外」）等を見ると、原東居は曲江と一體のものとして描かれている。特に後者は、昇道坊の中の生活を描いたものであり、「地接水中蓮」も坊内の光景として解釋される。

賈島は、長安に上京して七年目の元和一四年の春に、南山が一望できる原東居に引っ越してきた。賈島の「南山の見える住居」への渇望は、それまで住まっていた延壽里の寓居の生活の中に芽生えたものであるから、その寓居を詠じた詩を讀み直すことは、原東居移居がどのような意味を持つのかを理解する一助となるだろう。

延壽里精舍寓居

旅託避華館　荒棲遂愚慵
短庭無繁植　珍果春亦濃
側廬廢扃樞　纖魄時臥逢
耳目乃鄽井　肺肝卽巖峰
汲泉飲酌餘　見我閒靜容
霜蹊猶舒英　寒蝶斷來蹤
雙履與誰逐　一尋清瘦笻

延壽里精舍の寓居　賈島

旅託　華館を避け　荒棲　愚慵を遂ぐ
短庭　繁植無きも　珍果　春に亦た濃かならん
側廬　扃樞廢れ　纖魄　時に臥して逢ふ
耳目は乃ち鄽井《てんせい》　肺肝は卽ち巖峰
泉を汲みて酌を飲むの餘り　我が閒靜なる容を見る
霜蹊　猶ほ英を舒《ひら》き　寒蝶　來蹤を斷つ
雙履　誰に與《むか》ひてか逐はん　一たび尋ねん　清瘦の笻《つゑ》

〔大意〕旅の宿は、立派なところを止めにして、あばら屋に泊まって物ぐさな思いを遂げるのだ。狹い庭にはこれと言った植木もないが、果樹も、春になれば實を付けるだろう。脇部屋は扉も壊れて、か細い月を臥所から眺める。耳目に届くのは、市井の喧騒、胸中の思いは、あの氣高い山嶽。井戸水を汲んで柄杓で飲んだ殘りの水に、自分の安らいだ顔が映って見える。晩秋の小路には、まだ菊花が咲いているが、蝶はさすがに姿を見せない。兩の草鞋をはいて、さて誰のところに出掛けようか。ともかく筇《きょう》竹の杖ついて（張籍を？）訪ねてみることにしよう。

この詩は、元和七年の晩秋、應試のために上京した直後に延壽坊で旅装を解いた時の作ではないかと思われる。賈島が、短期間の投宿ではなく、ここに當面身を落ち着けるつもりだったことは、延康坊に住む張籍を慕ってわざわざ近所の延壽里に住んだと「延康吟」の中に述懐していることからも明らかである。

この詩には、正負兩面にわたる「賈島のこだわり」が記されている。第一に、市井の喧騒に對する嫌惡。第二に、南山の眺望への渇望。第三に、井戸水（泉水）への執着である。「耳目乃鄽井、肺肝卽巖峰」は難解な詩句であるが、耳目に聞こえ見えてくるのは、鄽井の旺盛な商業活動、肺肝（衷心の思い）は、遠くに見える秦嶺の山竝み、と解釋したい。延壽坊は、西市と街路を隔てた東隣である。西市がシルクロードに向かって開かれた、近くにはソグド商人の波斯邸も竝ぶ繁華な商業區であることを、賈島は日ごと目撃することとなる。それは、范陽の田舎育ちの賈島にすれば、都會という異世界の喧騒そのものであったに違いない。そこでは、わずかに遠く望める秦嶺の山竝みだけが、自分を安らぎの世界に引き戻してくれると言うのである。山に寄せる賈島の特異な執着が、上京の直後から胸中に兆していたことを示す貴重な資料である。

なお延壽里は平地にあり、しかも長安城の北部に位置する。ここから見える秦嶺は、原東居からの眺望とは異なって、小さく控えめのものであったに違いない。この詩から窺われるように、賈島が原東居に住まいを移した大きな理由は、南山という、その「肺肝」を慰謝する山竝みを一望できる立地條件であったと思われる。加えてその地は、賈島自身が「幽里」と稱する、鄽井の喧騷から隔てられた清謐の空間であった（賈島「寄李輈侍郎」詩に「幽里近營居」近頃幽里に住居を營んだ）。——なお賈島の井戸水に對する特異な執着については、「賈島における「泉」の意味」章に述べる。

五　原東居の位置

賈島の原東居が、昇道坊の北街（坊内北部）・南街（坊内南部）のいずれにあったのかは、資料不足で決め手がない。しかし昇道坊が南斜面に位置し、また原東居が南への眺望に恵まれていたことを賈島自身が强調している。このことに鑑みれば、地勢の高い北街に位置していた可能性が高い。なお北街も、東に行くほど地勢は低くなり、しかも南の立政坊は東部が小高い丘になっているので、南（南山や曲江池）への眺望が利かなくなる。このことも考慮すれば、賈島の原東居は、昇道坊の西北部にあったのだろう。

この推測を補强するのが、昇道坊の西北隅にあったとされる龍華尼寺と原東居との位置關係である。そもそも昇道坊に佛寺があったことは、賈島の次の詩から明らかである。

昇道精舍南臺對月寄姚合

月向南臺見　秋霖洗滌餘
出逢危葉落　靜益衆峰疏
冷露尋時有　禪窗此夜虛
相思聊悵望　潤氣遍衣初

昇道精舍の南臺に月に對して姚合に寄す　賈島

月は南臺に向《お》いて見る　秋霖　洗滌の餘り
出でては危葉の落つるに逢ひ　靜かなれば衆峰の疏なるを益《ま》す
冷露　尋ぬる時に有り　禪窗　此の夜に虛し
相ひ思ひて聊か悵望す　潤氣　衣に遍きことの初め

〔大意〕　月は、寺の南臺に登って眺める。秋の長雨が月を鮮やかに洗い清めた後だ。家を出ると、高い木立から落ち葉が舞い、風もないので、南山の峰々もいよいよくっきりと見える。冷たい露が、寺を訪ねる頃になると結び、禪房の窓は、今宵、ひっそりと靜まりかえる。姚合よ、君のことを懐かしく思って佇んでいるうちに、いつしか夜露が、衣を潤し始める。

この昇道精舍は、昇道坊にある佛寺という意味で、固有名詞ではあるまい。『長安志』昇道坊には「西北隅龍華尼寺」と記されている、その寺であろうか。(9) この詩以外にも、原東居の附近に佛寺があったことは、「夏夜」詩・「雨中懷友人」詩・「寄錢庶子」詩からも明らかであり、(10) この結果、原東居の立地が昇道坊の西北部であった蓋然性は、十分に高いとしなければなるまい。

なお佛寺は、先の詩でも賈島が佛寺の樓臺に月を眺めに出掛けているように、單に原東居の近所にあっただけではなく、賈島の生活の場の一部ともなっていた。

酬張籍王建　　　　張籍　王建に酬ゆ　　　賈島

疏林荒宅古坡前　　疏林　荒宅　古坡の前
久住還因太守憐　　久しく住するは還た太守の憐むに因る
漸老更思深處隱　　漸く老いて更に深處に隱れんと思ふ
多閒數得上方眠　　多く閒なれば數しば上方（佛寺）に眠るを得たり
鼠拋貧屋收田日　　鼠は貧屋を拋つ　田を收むるの日
雁度寒江擬雪天　　雁は寒江を度らん　雪ふらんと擬《ほっ》するの天
身事龍鍾應是分　　身事の龍鍾　應に是れ分なるべし
水曹芸閣枉來篇　　水曹　芸《うん》閣　枉げて篇を來たす（大意は三四九頁參照）

この詩は、賈島が原東居に引っ越してからまる四年が經った長慶三年（八二三）、張籍が水部員外郎（水曹）、王建が祕書丞（芸閣）であった頃に、兩者が賈島に詩を送ったのに對して返詩として作られたものである。色々な消息が盛り込まれた詩であるが、ここでは「漸老更思深處隱、多閒數得上方眠」（寄る年波から、靜かな所に引き籠もりたくなった。何もすることがないので、寺に行っては晝寝をする）に注目しておく。賈島は「老」を稱してもよい四十代になる頃（元和一四年、四一歳）に、「深處（人里離れたところ）に隱れようと思っ」て原東居に移居した。そして閑なる時間には、「上方（佛寺）」に出掛けては晝寝をする、と述べるのである。

六　田地の廣がる昇道坊

原東居の眺望と、ここから推定される立地については以上述べた通りだが、次に、その昇道坊に廣がる實際の光景と、そこで營まれる賈島の生活が如何なるものであったのかについて、賈島の詩に卽して見てゆくことにしたい。

昇道坊には、田地が廣がっていた。いったい延興門（賈島のいう靑門）と西の延平門を結ぶ横街の南側の地域、つまり長安の南三分の一は、樂遊原を擁する昇平坊のような一部の例外を除けば、人口も少なく、田地も廣がる閑散とした地域であったと言われている。その點では、昇道坊に多くの田地があったことは、異とするまでのことではない。ただし西隣の昇平坊と北隣の新昌坊が、中唐以降に高級官僚の邸宅街へと確實に變貌してゆくのに對し、この昇道坊が住宅開發から取り殘されるのが目立った。また昇道坊は、田地が多く殘るばかりではなく、古墓が集まる地域でもあり、そのことが、昇道坊の荒涼としたイメージを助長することになった。

まず、昇道坊に多くの田地があったことを、賈島自身の、また賈島の原東居を訪れた友人たちの詩によって、確認しておきたい。

寄賀蘭朋吉（中段部分）　　賀蘭朋吉に寄す　　賈島

野菜連寒水　枯株簇古墳　　野菜 寒水に連なり　枯株 古墳に簇《あつ》まる
泛舟同遠客　尋寺入幽雲　　舟を泛べて遠客と同《とも》にし　寺を尋ねて幽雲に入る
斜日扉多掩　荒田徑細分　　斜日 扉は多く掩ひ　荒田 徑は細く分かる

〔大意〕 野邊の蔬菜は、冷たい小川の緣に生え、枯木の株は、古い墓のそばに集まる。遠來の友人と一緒に船に乗り、寺を訪ねて雲のかかる山に分け入ることもある。夕方になると、大抵は門扉を閉ざすのだが、その時ふと見渡せば、ひと氣の絶えた畑には、あぜ道が細く枝分かれしている。

原東居の門口からは、畦道に區切られた田地の廣がる光景が見えていた。つまり原東居は、見渡す一面の田地に接していたことになる。なお「野菜」は、野原に自生する山菜、それは賈島が坊内を歩いて採集する貴重な食材でもあった。

原上秋居　　原上の秋居　　賈島

關西又落木　心事復如何　　關西 又た落木　心事 復た如何
歳月辭山久　秋霖入夜多　　歳月 山を辭して久しく　秋霖 夜に入りて多し
鳥從井口出　人自嶽陽過　　鳥は井口從《よ》り出で　人は岳陽より過ぐ
倚杖聊閒望　田家未翦禾　　杖に倚りて聊か閒望すれば　田家 未だ禾を翦《き》らず

〔大意〕 長安の地に、また落ち葉の季節が巡ってきた。我が胸にふさがる愁いを、どうすればよいのか。故郷を出てから、はや歳月も久しく、秋雨は、夜になって降りしきる。鳥は、井戸端から飛び立ち、人は岳陽からやって來る。杖に凭れてのんびりとあたりを眺めると、農家は、まだ稲の刈り入れをしていない。

原居卽事言懷贈孫員外　原居　事に卽して懷ひを言ひ孫員外に贈る　賈島

出入土門偏　秋深石色泉　出入　土門偏よれり　秋は深し石色の泉
徑通原上草　地接水中蓮　徑は通ず　原上の草　地は接す　水中の蓮
采菌依餘枿　拾薪逢刈田　菌を采るは餘枿《げつ》に依り　薪を拾へば田を刈るに逢ふ
避路來華省　抄詩上彩牋　路を避けて華省より來たり　詩を抄して彩牋に上《のぼ》す
高齋久不到　猶喜未經年　高齋　久しく到らず　猶ほ喜ぶ未だ年を經ざるを

〔大意〕　土塀に開けた門は、路地の奥にあって人目に付かず、秋も深まって、岩間から染み出す泉水は澄みまさる。小道は、樂遊原の草に連なり、土地は、曲江の蓮の花まで續いている。キノコを採ろうと、樹の古株に近寄り、薪を拾おうとして、農家の刈り入れと出くわすのだ。あなたは表通りを避けて、お役所からここまでお出でになった。しかも立派な牋紙に清書した詩を攜えて。あなたのお宅には、久しく訪ねていなかったが、こうして一年も閒をあけずにお會いできて、嬉しいことだ。

刑部員外郎の孫革は、賈島の詩友なのであろう。彼は役所が引けた後、自作の詩を攜えてはるばると原東居を訪ねてきた。「出入土門偏」とは、通り（坊街）から見えにくい奥まったところに原東居の門口が位置していることを言うか。孫革も、尋ね當てるのに苦勞したかも知れない。その奥まった門口から出てきて、樹の古株でキノコを採り、畑の脇で薪を拾う。これが賈島の生活である。

酬張籍王建　張籍　王建に酬ゆ　賈島（第五節に全文掲出）

鼠抛貧屋收田日　　鼠は貧屋を抛つ　　田を收むるの日
雁度寒江擬雪天　　雁は寒江を度らん　　雪ふらんと擬するの天

張籍が原東居を訪ねたときの詩も、讀んでおきたい。前掲の「酬張籍王建」詩は、この詩に對する唱和の作である（大意は三四七頁参照）。

贈賈島　　賈島に贈る　　張籍

籬落荒涼僮僕飢　　籬落荒涼として僮僕は飢う
樂遊原上住多時　　樂遊原上　住むこと多時
蹇驢放飽騎將出　　蹇驢　放たれて飽けば騎し將《も》て出でんも
秋卷裝成寄與誰　　秋卷　裝ひ成りて　誰にか寄與せん
拄杖傍田尋野菜　　杖を拄《ひ》き田に傍ひて野菜を尋ね
封書乞米趁時炊　　書を封じ米を乞ひて時を趁《を》ひて炊ぐ
姓名未上登科記　　姓名　未だ上らず登科の記
身屈惟應内史知　　身の屈するは惟だ應に内史のみ知るべし

これらの詩を讀むと、賈島の生活の一面が浮かび上がってくる。賈島は靑門里の中を歩いては、薪を拾い、畑や小川の周圍に自生する「野菜」を採り、また朽ち木の株に生えたキノコを採って食に充てていた。ある意味では、賈島は、採集生活者であった。

その靑門里（昇道坊）には田地が廣がり、農村のような光景であったと思しい。「寄賀蘭朋吉」詩には「荒田徑細分―がらんとした畑には、あぜ道が細く枝分かれしている」、「原上秋居」詩には「田家未翦禾―農家はまだ稲の刈り入れをしていない」、「原居卽事言懷贈孫員外」詩には「拾薪逢刈田―薪を拾おうとして農家の刈り入れと出くわすのだ」、「酬張籍王建」詩には「鼠拋貧屋收田日―刈り入れのときネズミは貧しい我が家を去って畑へと去る」、張籍「贈賈島」詩には「拄杖傍田尋野菜―杖を曳いて畑の側を山菜を求めて歩く」と、繰り返し田地に言及している。「翦禾」「刈田」とあるのを見れば、坊内に廣がるのは、蔬菜ではなく、主に穀類を生産する禾田であった。――田地が廣がる農村さながらの豊かな自然環境が、賈島の採集生活を支えていたのであろう。

＊　＊　＊　＊　＊

一方、原東居の宅地では藥草を栽培していた。賈島は、身體頑健ではなかったらしく、「藥債隔年還―藥代は一年遲れで支拂う」（「寄錢庶子」詩）とあるように、藥を手放すことが出來なかった。藥草の栽培は、彼には大事な仕事だったのである。また宅地の一部には、菜園があった。

・已見飽時雨、應豐蔬與藥（「齋中」詩）
・柴門掩寒雨、蟲響出秋蔬（「酬姚少府」詩）
・舊山期已久、門掩數畦蔬（「寄宋州田中丞」詩※）
・松姿度臘見、籬藥知春還（「酬棲上人」詩）

※　宅地内の菜園の規模は、「門掩數畦蔬―門を閉ざした中には數畦の蔬菜の畑がある」（「寄宋州田中丞」詩）を讀むと、かなりの規模であった可能性がある。かりに「畦」が面積の單位とすれば、畦＝五十畝（畝≒五アール）、つまり數畦がかりに四畦としても一〇ヘクタールとなる。昇道坊全體が六六ヘクタール程度なので、それでは規模が大きすぎて現實的ではない。ここの畦は、あぜ道で仕切られた畑の區畫と考えるしかない。それにしても相當の面積となる可能性がある。そうなれ

ば自給のための栽培ではなく、餘剰は、商品作物として出荷していたのかも知れない。長安城内は、蔬菜を中心とした近郊農業が營まれていたが、もし賈島もその一人であったとすれば、賈島は、菜園の經營を請け負った「管理人」であった可能性も考えなければならない。ちょうど夔州期の杜甫が、夔州都督の柏茂琳より東屯の稻田管理を請け負っていたように。その場合には賈島のイメージについて、若干の再檢討が必要になるだろう。――なお賈島の「贈賈島」詩（前掲）に「蹇驢放飽騎將出」、王建の七律「寄賈島」詩に「僮眠冷榻朝猶臥、驢放秋田夜不歸」とあり、どうも賈島は、飼っていた驢馬を取り入れが終った後の「秋田」に放牧している。この部分は難解であるが、かりに賈島の宅の土墻で圍まれた畑がそれなりの規模だとすれば、驢馬の放牧も腑に落ちる表現となる。

しかもその昇道坊には、「寄賀蘭朋吉」詩に「枯株簇古墳」とあるように、確かに墓地も存在していた。その「枯株」は、墓地に植えられた松柏や白楊の成れの果てであろう。もっとも昇道坊の古墓に言及するのは、賈島の詩ではこの一例に止まる。從ってこの點については、傳奇「張庾」（『太平廣記』卷三四五）に「張庾舉進士。元和一三年、居長安昇道里南街。……此坊南街盡是墟墓、絕無人住」とある記述をもって補充すべきである。賈島には、自分の住まう昇道坊を墟墓の密集する陰氣な世界として描くことに抵抗感があったに違いない。賈島は、昇道坊を漢代の城門の名を借りて「靑門里」（春がやって來る門の里）と稱し、その住居を原東居（樂遊原の東なる住居）と稱して、詩人の住む空間として聖化しようとする。その自分の世界のイメージを損なう記述は、賈島の望む所ではなかったということになる。

七　孤獨者の生活

以上、昇道坊（靑門里）の原東居の環境について、賈島自身の詩を中心に、關連の資料から復元を試みてきた。その結果を摘要すれば、賈島の原東居は、南山への良好な眺望を持ち、また眼下には曲江池を俯瞰する位置を占めていた。また佛寺と隣り合っていた。この二點から、原東居は、昇道坊の西北部に位置していた可能性が高いと判斷される。また昇道坊は、田地が廣がる農村であり、特に南部（南街）は人家も少なく、墟墓が散在する閑散とした地域であった。賈島は、坊内をめぐっては「野菜」「菌類」「薪」を拾い集める、いわば採集生活者でもあった。また宅地には菜園と藥欄があり、そこからの收穫に賈島は期待するところもあった。

次に、この原東居における賈島の詩人としての生活について、述べてみたい。

賈島は、元和一四年（八一九）から開成二年（八三七）まで昇道坊の原東居に住まった。賈島は、張籍や王建のような先輩の詩人を原東居に招き、姚合や無可を始めとする友人たちとも詩會を開いて交游し、また彼の詩名を慕う來訪者（例えば刑部員外郎の孫革）も少なくなかった。決して索居孤獨の中に追い詰められていたわけではない。しかしだからといって、彼が社交的で、常に市中にも姿を現して酒樓で友人と酣飲高歌するような人物であったわけでもない。事實としては、彼は多くの時間を孤獨の中に過ごし、ときには十日餘りも門扉を閉ざして、外部との交渉なしに原東居に逼塞していたのである。

A送李餘及第歸蜀　　　　李餘の及第して蜀に歸るを送る　　賈島

知音伸久屈　觀省去光輝　　知音　久しく屈せるを伸す　　觀省《きんせい》　去りて光輝あり
津渡逢清夜　途程盡翠微　　津渡　清夜に逢ひ　　途程　翠微を盡くさん
雲當綿竹疊　鳥離錦江飛　　雲は綿竹に當たりて疊《かさな》り　　鳥は錦江を離れて飛ばん
肯寄書來否　原居出甚稀　　肯て書を寄せ來るや否や　　原居　出づること甚だ稀なり

〔大意〕　君は、長い苦節の末に及第を勝ち取り、故郷に錦を飾ることとなった。清夜に渡し場に泊まり、途中、緑の山を越えるのだろう。雲は、背丈の高い綿竹の向こうに湧き上がり、鳥は、錦江の水邊から舞い上がる。私に手紙をくれますか。この原東居から、外に出ることはめったに無いのです。

あまり人と會うこともないので君からの手紙を欲しいと願う、この素直さの背後には、堪えかねるような孤獨の寂しさがあったことを思うべきだろう。

B張郎中過原東居　　張郎中　原東居を過《よぎ》らる　　賈島

年長惟添懶　經旬止掩關　　年長《た》けて惟だ懶を添え　旬を經るも止だ關を掩ふ

高人餐藥後　下馬此林閒　　高人　藥を餐せし後　馬より下る　此の林閒

對坐天將暮　同來客亦閒　　對坐　天　將に暮れんとし　同に來たりて　客も亦た閒なり

幾時能重至　水味似深山　　幾時か　能く重ねて至らん　水味　深山に似たり

〔大意〕　年を取ると物ぐさになり、十日以上も門を閉ざしたままです。先生は、藥を飲んでから、この林の中で馬を下りられた。向かい合って坐っている内に、日も傾き始めましたが、一緒においでの方も、のんびりとしたものです。何時になったらば、もう一度來て頂けるものでしょうか。拙宅には何もありませんが、深山の湧き水にも似た、旨い水だけはあります。

張籍は、賈島が先輩として敬意を表する詩人である。賈島が應試のために長安に出てきた時、張籍を慕ってその近所に住んでいる。いわゆる韓門の詩人の中で、時間的にも、往復の詩數においても、もっとも深密な關係を結んだのがこの張籍である。賈島の十日餘りの孤獨な生活は、この先輩詩人の來訪によってようやく打ち切られた。それが嬉しいからこそ、「幾時能重至」次はいつ來てくれますかという句が置かれることになる。

C寄劉侍御　　　劉侍御に寄す　　　賈島

衣多苔蘚痕　猶擬更趨門　　衣に苔蘚の痕多し　猶ほ更に門に趨《はし》らんと擬《ほっ》す
自夏雖無病　經秋不過原　　夏より病無しと雖も　秋を經るも原《げん》を過ぎず
積泉留代雁　疊岫隔巴猿　　積泉　代雁を留め　疊岫　巴猿を隔つ
琴月西齋集　如今豈復言　　琴月　西齋の集《つどひ》　如今　豈に復た言はんや

〔大意〕家の中に逼塞しているので、衣服には、黴が生えてしまった。それでもあなたのお宅を訪ねたいと思います。夏から別に病氣ではないのですが、秋になるまで原東居を出ていません。たっぷり水を蓄えた井戸には、代北の地から飛來した雁が翼を休め、折り重なる南山の向こうには、巴國の猿が啼いています。あなたのお宅の西齋で、月を玩でながら聞いた琴の曲。今、それを思い出すと、懷かしさに胸が詰まって言葉にならないのです。

垢染み、黴の生えた衣服を着ていられるほどに、賈島は人目に觸れることのない一人の生活を續けている。しかしその中で頻りに思い出すのは、かつて劉侍御の宅で、月の夜に開かれた琴曲の集いである。もう一度、是非とも宅をお訪ねしたいと、賈島は願ってこの詩を作るのである。

A詩では、これから蜀の故郷に歸る李餘に、「私に手紙をくれますか、原東居から外出することはめったに無いのです」と言う。B詩では、「歳を取って物ぐさになり、十日以上も門を閉ざしたままです」と述べる。またC詩では、「夏から別に病氣ではないのですが、秋になるまで原東居を出ていません」と述べる。賈島は、友人と直かに會っている短い時間を除けば、外出が必要となる用事はなかった。長期間の原東居逼塞は、しばしば起こり得る事態であったのだろう。

賈島は、市井の喧騒と猥雜を嫌っていた。長安上京直後に西市に隣接した延壽里で作った詩にもすでに萌芽しているし、昇道坊に引っ越した理由もやはりその點にあった。賈島が自ら進んで市井の盛り場に氣晴らしに出掛けることは、少なかったであろう。酒樓や妓館に出入りしたことを窺わせる詩に至っては、賈島の詩集中に一篇も求めることは出來ない。賈島が、十數日、また數十日にわたって原東居を出ることがなかったことは、彼が詩に告白するままに、事實と受け止めてよいであろう。

結語

賈島は、友人と詩を語らう濃密だが短い時間を除けば、原東居の孤獨な生活の中にあった。その生活がどのようなものかを、賈島の詩から探ってみよう。

賈島が妻帯したことは蘇絳「唐故司倉參軍賈公墓銘」に「夫人劉氏」とあることから明らかだが、しかしいつ妻帯したかは不明である。墓銘に據れば、子（男子）は無かった。原東居における賈島の生活に家族生活を探る手がかりは無く、彼の妻帯は晩年に遂州長江縣主簿に任官して以後と推測したくなるほどである（もっとも任官以後の詩にも家族が側にいた氣配はない）。窮してはいても士人の端くれである賈島には、身の回りの世話をする下僕はいたに違いない。しかし下僕の姿が詩に見えることもない(11)。要するに彼の日常を描いた詩に見えるのは、いつも彼ひとりである。その原東居の生活を詠じた詩を、二篇讀んでおきたい。

齋中　　　齋中　　　賈島

耽靜非謬爲　本性實疏索　　　靜に耽るは謬爲に非ず　本性　實に疏索なり

齋中一就枕　不覺白日落
低扉礙軒轡　寡德謝接諾
叢菊在牆陰　秋窮未開萼
所餐類病馬　動影似移嶽
欲駐迫逃衰　豈殊亂綆縛
已見飽時雨　應豐蔬與藥

齋中　一たび枕に就けば　覺えず白日落つ
低扉　軒轡《けんぴ》を礙げ　寡德　接諾を謝す
叢菊　牆陰に在るも　秋窮るも未だ萼《はな》を開かず
餐《くら》ふ所　病馬に類し　影を動かすこと嶽を移《うご》かすに似たり
迫逃する衰を駐《とど》めんと欲するは　豈に綆縛を辭《さ》るに殊ならんや
已に時雨に飽くを見る　應に蔬と藥と豐なるべし

〔大意〕　靜に耽溺するのは、惡いことではない。自分の本性は、孤獨なのだ。書齋の中で枕に就き、ふと目覺めると、いつの閒にか日も暮れかかる。門構えが低いので、立派な車馬は入ることができない。性格が偏頗なので、付き合いも斷りがちだ。菊は、垣根の陰に植わっているが、秋も終わろうとするのにまだ花を咲かせない。食べ物は、病馬にやる餌ほどに粗末を極め、いざ體を動かすとなると、重たい山を動かすように辛くで難儀だ。迫り來る衰老を何とか引き留めたいと思うのだが、それは緊縛の繩を解くのと同じで、できる相談ではない。そう、時節の雨はもうたっぷり降った。きっと蔬菜と藥草は、豊かに育っていることだろう。

この詩を讀むと、賈島が十分に孤獨であったことが傳わってくる。假眠の末にふと目覺めると、いつの閒にか日が暮れかかる（「齋中一就枕、不覺白日落」）、それは外部の世界で多忙な時閒を過ごす人には、つかの閒の至福の體驗である。しかし賈島にあるのは、原東居におけるこの様な單調な時閒だけである。籬の陰に植わった菊、それが晩秋になっても何時までも花を開かない（「叢菊在牆陰、秋窮未開萼」）とは、老年になっても出口の見えない不遇の暮らしを續けている己れの譬喩と讀んで良い。賈島は、この様に無爲に繰り替えされる時閒の中で、人生が消費されてしまうことに、怯え續けていたのである（「欲駐迫逃衰、豈殊亂綆縛」）。

賈島が孤獨の中で我に返る時、そこにあったのは、單調な時閒の繰り返しと、その中で爲すことなく衰老してゆく人生に對する焦燥であった。その中に見つける小さな喜び、それは蔬菜と藥草が秋雨の中で收穫を迎えようとするという、人生の大問題とはあまりにも次元を異にする、日常の些事に過ぎなかった。

和劉涵

京官始云滿　野人依舊閒
閉扉一畝居　中有古風還
市井日已午　幽窗夢南山
喬木覆北齋　有鳥鳴其閒
前日遠嶽僧　來時與開關
新題驚我瘦　窺鏡見醜顏
陶情惜清澹　此意復誰攀

劉涵に和す　　賈島

京官　始めて云《ここ》に滿つるも　　野人　舊に依りて閒なり
扉を閉ざす一畝の居　　中に古風の還《めぐ》る有り
市井　日　已に午なるとき　　幽窗　南山を夢む
喬木　北齋を覆ひ　　鳥有りて其の閒に鳴く
前日　遠嶽の僧　　來時　與《ため》に關を開く
新たに題すれば我が瘦せたるに驚く　　鏡を窺へば醜顏を見る
情を陶《たの》しませて清澹を惜まん　　此の意　復た誰か攀《よ》ぢん

〔大意〕　君は、京官の任期を終えられた。誠にご苦勞樣。それなのに無官の自分は、相變わらず長閑なままだ。一畝の狹い陋宅で、門扉をひっそり閉ざしているが、その中には「古風」が吹き通っている。世閒は眞晝時の忙しい盛りなのに、自分は、靜かな窓邊で南山の夢を見る。高い木立が北側の書齋を掩い、鳥が飛んで來て木陰に囀る。數日前、遠くの坊さんが訪ねてくれ、久しぶりに門を開いた。それはちょうど私が詩を作り上げたばかりの時、坊さんは、私が瘦せたのに愕然とした樣だった。鏡を見てみると、成程そこにはやつれた老醜の顏があった。心をくつろがせて、名利の情を離れた清澹な世界を大切にしたい。しかしこの思いは、一體誰が分かってくれるだろうか。

この詩は、「和劉涵」つまり原詩に唱和した詩である。しかしそれにも拘わらず、劉涵との對話的要素はなく、殆どが獨白に費やされている。

この詩の語る消息は、二つである。一つは、賈島は世俗を嫌惡し、それに背を向けて、自己の淳乎たる世界に籠るのである。「閉扉一畝居、中有古風還」。その世界は、たった一畝の小さな世界に過ぎないようだが、中には古風（無上の醇朴）がすがすがしく環流している。「市井日已午、幽窗夢南山。喬木覆北齋、有鳥鳴其閒」。市井の人々がいよいよ物欲を逞しくして生業に勵もうとするとき、賈島は靜かな窓邊で、南山の夢を見る。高い木立は、北の書齋を掩うように茂り、鳥がその木立に止まって囀っている。――南山は、賈島の原東居の窓からいつでも眺めることができる尋常の風景である。しかしここでは、夢の中にあってさえも、魂が、その南山に向かってあくがれ行くと言うのである。南山に對する賈島の尋常ならざる執着を示す句として、讀むことができるであろう。「市井日已午」は、當時、東市や西市の商賣は正午から日沒までと規定されていた、その商賣の始まろうとする時間のことを指す。賈島の世俗に對する嫌惡は、名利を追う官僚だけではなく、市井の商業活動にも向けられていた。長安に上京直後の作である「延壽里精舍寓居」に、すでに「耳目乃鄽井―耳目に届くのは西市の喧騷」の一句があるのも、賈島の商業活動に對する生理的嫌惡を示すものである。

消息の二つ目は、作詩行爲への沒頭と、そのことがもたらす至福の喜びを述べることである。「新題驚我瘦、窺鏡見醜顏。陶情惜清澹、此意復誰攀」。なるほど、賈島は作詩に盡瘁し、憔悴している。しかし詩の創造によって、賈島は「清澹―淨化された魂の平安」に達することができるのである。この作詩の喜びを、いったい誰が分かってくれるものか。ここに言う「清澹」とは、言い換えれば、詩の前半に言う「原東居の内部を環流する古風」を自分のものとして感得することである。しかし賈島がこのように作詩の愉悦を述べたとしても、その原東居の世界は、外部に對して餘りにも禁欲的で閉塞的で、息詰まるような孤獨の危機との際どい均衡の上にあるもののように思われてならない。

確かに賈島には作詩の愉悅があった。しかしもしも原東居の生活そのものが「まるで閉塞した世界」にあると感得されていたならば、おそらくは作詩に向かう精氣を、賈島は補充することも出來なかったであろう。魂の牢屋の中では、いかなる詩人も、詩を作ることは無理なのである。從って賈島は、この小さな原東居の中に、大きな世界と風を吹き通わせる窓を持っていたと考えなければならない。賈島という詩人は、その吹き通う風を呼吸していたに違いないのである。その問題については、次章で改めて考えることにしたい。

〔注〕

（1）原東居移居の時期については、本書「賈島の樂遊原東の住居―移居の背景をめぐって―」章を參照。情況證據を積み上げると、元和一四年（八一九）春と見るのが、最も穩當である。なお原東居移居に當たっては韓愈の助力があった可能性があること、同章參照。

（2）植木久行「唐都長安樂遊原詩考――樂遊原の位置とそのイメージ」『中國詩文論叢』第六集、一九八九年）は、樂遊原のある昇平坊に限らず、隣接の昇道坊にも詳細に言及する。

（3）元稹「敍奏」に「潘孟陽代（嚴）礪爲（東川）節度使、貪墨過礪」『元氏長慶集』巻三二。

（4）妹尾達彦『長安の都市計畫』（講談社選書メチエ、二〇〇一年、二〇五頁）に、以下のように新昌坊を含む一帶について說明する。「街東中部の邸宅開發は、安史の亂後に本格化したので、大明宮前の一等地に次ぐ住環境の良さを誇る土地であるにもかかわらず、九世紀前半でも、なお廣壯な邸宅建築の餘地が殘されていた。自然環境のうえでは、街東中部の、樂遊原北麓の諸坊は、小高い高臺の北斜面に當たるので、北方に大明宮を仰ぐ眺望を有し、排水もよく、唐後期に頻發する城内の水害を逃れることができた。さらに幾筋もの丘陵が連なる明るい街東中部は、『易經』や風水にもとづく土地鑑定からいっても、邸宅建設に適していると觀念されていた。交通地理の點からいえば、この地區は、長安の消費文化を代表する、東市及びその周邊諸坊の高級商店街・娛樂施設に近いと同時に、東側城壁の諸門（春明門・延興門）を通じて城東の街道につながり、城南の別荘との往來や勝蹟巡りにも便利である。官僚の集住の結果、友人・知人宅が徒歩圏内に居住しており、訪問や來客に便利という、社會生活上の重要な利點も有している」。

（5）妹尾達彦『長安の都市計畫』一〇八頁に、舊長安城が廢棄された理由の一つに鹽化作用があったと指摘する。「舊長安城の土地が、長年の使用の結果、鹽化してしまい、生活用水が鹽分をふくみ、使用困難になっていた。……（唐代長安城でも）宮城は低濕となり、鹽化の害が生じやすく飲料水の惡い場所となった。これが七世紀後半になって、宮城の東北の高臺に、新たな宮殿である大明宮がつくられた原因の一つとなった」。

（6）ここに賈島の名前が無い。單なる遺漏であろうが、賈島が言う青門里が、昇道坊の異稱であることが理解されなかった可能性もある。

（7）謝翺と女性が傳奇中で作った詩が『全唐詩』巻八六六に「與謝翺贈答詩・金車美人」として所收される。

（8）賈島は延興門のことを、漢代長安城の三つある東門のもっとも南に位置する青門に擬えて「青門」と稱し、またその「青門」に接する昇道坊を「青門里」と稱した。張籍のこの詩は、賈島の用語に倣ったものである。

（9）昇道坊には、龍華尼寺以外の寺の名前は傳えられていないので假に龍華尼寺としておく。しかし賈島はこの「昇道精舍南臺對月寄姚合」詩では寺の樓臺に月を見に出掛け、また「酬張籍王建」詩（後掲）では晝寢にも出掛けている。尼寺に男性の出入りは許可されないであろうから、この點に疑問が殘る。李芳民『唐五代佛寺考』（商務印書館、二〇〇六年）では、韋同翊「唐故龍花寺内外臨壇大德韋和尚墓誌銘幷敍」（『唐文拾遺』巻二五）にある龍花寺は、この昇道坊の龍華尼寺と同じであろうという推測を示す。かりに龍花寺は、龍華尼寺と併設の可能性があるとすれば、本稿の立場からは好都合である。

（10）「夏夜」詩に「原寺偏鄰近、開門物景澄。磬通多葉罅、月離片雲稜」。「雨中懷友人」詩に「儒家鄰古寺、不到又逢秋」。また「寄錢庶子」詩に「只有僧鄰舍、全無物映山」。最後の詩は「僧侶の隣家があるだけで、これ以外に南山への視界を遮るものは全くない」と述べて、原東居（また昇道坊）が寂れた地域であることを強調する。

（11）王建の「寄賈島」詩に「僮眠冷榻朝猶臥」。賈島には確かに下僕はいたが、しかしそれが見えるのは賈島以外の詩人の詩である。賈島詩の生活感の缺如は、ここにも窺われる。

賈島における「泉」の意味
――根源的存在との交わり――

緒言

前章の「詩的世界の現場―賈島の原東居―」において、賈島の原東居の生活の細部を探ってみた。本稿は、その續編でもあり、また觀點を限定した上での發展である。孤獨な原東居の生活の中で、賈島は如何にしてその孤獨に堪えて、精神の均衡を保つことが出來たのかを考えることが、本稿の課題である。そこにもし何かの祕密があるならば、きっとそれは、賈島の文學を根柢から支えているものであり、またその文學を賈島の文學ならしめているものであるに違いない。

賈島の原東居における生活は、多くは孤獨の中に過ごされていた。數日、あるいは數十日の閒、賈島は昇道坊の一隅にある自ら原東居と稱した住居の中に、外部との交渉を斷って逼塞していた。しかもその孤獨は、必ずしも賈島の望むものではなかった（前章の第七節と結語を參照）。

進士に及第して蜀の故郷に錦を飾ることになった詩友の李餘を送別する「送李餘及第歸蜀」詩には、次の様に、自らの孤獨をかこつ言葉が見える。

肯寄書來否　原居出甚稀　　肯て書を寄せ來るや否や　　原居 出づること甚だ稀なり

〔大意〕私に手紙をくれますか。この原東居から、外に出ることはめったに無いのです。

また先輩詩人である張籍が原東居を訪ねてきた時に作った「張郎中過原東居」詩。

年長惟添懶　經旬止掩關　……　幾時能重至　水味似深山

年長《た》けて惟だ懶を添へ、旬を經るも止だ關を掩ふ。……幾時か 能く重ねて至らん、水味 深山に似たり。

〔大意〕年を取ると物ぐさになり、十日以上も門を閉ざしたままです。……何時になったらば、もう一度來て頂けるものでしょうか。拙宅には何もありませんが、深山の湧き水にも似た、旨い水だけはあります。

また劉侍御の宅を訪ねる希望を述べた「寄劉侍御」詩。

衣多苔蘚痕　猶擬更趨門　　衣に苔蘚の痕多し　　猶ほ更に門に趨《はし》らんと擬《ほっ》す

自夏雖無病　經秋不過原　　夏より病無しと雖も　　秋を經るも原《げん》を過ぎず（後畧）

〔大意〕家の中に逼塞しているので、衣服には、黴が生えてしまいました。それでもあなたのお宅を訪ねたいと思います。夏からは別に病氣でもないのですが、秋になっても原東居を出ていません。

これらの詩において、賈島は人戀しい思いを、餘りにも素直に訴えている。

賈島の原東居の孤獨な生活の中にも、確かに詩作という愉悦はあった。彼自身が「古風」と呼ぶ純乎たる空氣に滿たされた原東居は（「和劉涵」詩に「閉扉一畝居、中有古風還」）、賈島の豊かな文學創作の場となっていた。しかしながら、原東居がまるで出口のない閉塞した世界であったならば、賈島は、ここで過ごす長い孤獨な時間に堪えることはできなかっただろう。しかし賈島はその生活に二十年近く堪えた。このことは、原東居の生活の中に、孤獨を癒やす力を賈島に與えるものが有ったことを意味する。賈島の生命力をはげますもの、いわば賈島を世界の根源の氣へと繋ぎ止めるものが、そこにはなければならなかった。その一つは、賈島がそれを愛して原東居に住まいを定める理由になった南山の眺望であった。そしてもう一つが「泉」であった、というのが賈島の詩を讀んでいる筆者の假説なのである。

　前者については、理解しやすい。「南山三十里」（「望山」詩）とある、原東居から十五キロばかりの距離にある南山は、「目視の世界の縁」に屛風のように聳えている。その南山の姿は、常に賈島の視線を遠くへと導くことになった。また山によって視線が遮られるために、卻ってその向こう側の世界（巴蜀）にまで關心を導くことになった。賈島は、南山の背後にこだまする巴國の猿の鳴き聲を、思い浮かべた。「疊岫 巴猿を隔つ」（「寄劉侍御」詩）。また關中平野の眞ん中に屹立する山塊は、それ自體が造化のエネルギーの噴出に他ならない。これを見る賈島は、その中から無盡藏の元氣を吸收していたに相違ないのである。

　しかも南山の紫閣峰・白閣峰の麓には佛寺が集まり、とくに草堂寺（鳩摩羅什の墓の所在地）には從弟でもある詩僧の無可が住していた。賈島はこの草堂寺に投宿したこともあった[1]。賈島が南山のたたずまいを詩に讀む時に、しばしば紫閣峰（西峰）の名をあげるのは、知友を懷かしむことに止まらず、南山の莊嚴な空氣に抱擁された世界へのあくがれが込められていたと見るべきだろう。

　賈島における山の眺望への執着は、長安寄寓の初期の「延壽里精舍寓居」詩の「肺肝卽巖峰」（胸中の思いは、あの氣高い山嶽）に始まり、「望山」詩に結晶するに至るまで、賈島の胸底を伏流していた。南山を眺望する原東居の卜居が、「誰家最好山、我願爲其鄰—誰が一番山が好きなのか、自分はその山を愛する人の隣りに引っ越したい」(「望山」詩、三八一頁參照）という願望の實現であったことは、重い意味を持つとしなければなるまい。

賈島が眺めた南山を、一つの景觀として理解するだけでは不十分である。景觀は、およそそれを見る者たちによって共有可能なものとしてある。しかし賈島の南山は、そのような意味での景觀ではなかった。南山を見ることが、そのまま自己を見ることと重なり合う關係、對象と主觀が主客未分の一體感に結ばれるような、直覺的で全一的な體驗の中に南山は置かれていたと言っても良い。對象がそのように內化された時、自己を支える力となる。

ところで賈島の原東居の生活の中で、南山以上に重要な意味を持つのは、泉ではあるまいか。ここに言う「泉」は、日本語の用法のように自然に湧出するものだけを指すのではない。井戸から汲み上げるものも、「泉」である。つまり「泉」また「泉水」は、地下水のことである。賈島はこの「泉」に強く執着した。井戸から汲み上げる泉水は、それ自體として日常の卑近にあり、あるいは日常生活そのものの中にある。この變哲もない泉水に、賈島が特別の思いを繰り返し表明している事實の中に、賈島の文學を探る一つの重要な手掛かりがあるように思われる。

※ 本稿において「泉」「泉水」は、日本語の一般的な用法（地下水が地上に自然にわき出る所）ではなく、地下水のこととし、そこに日本語に言う「井戸水」も「泉の水」も含める。また中國古典詩の用法に鑑みて、地表を流れる淨水（山中の溪流など）も含めることにする。

一　白居易の詩における泉

賈島の詩に見られる泉の特徴を論ずる前に、當時の詩に詠まれる平均的な泉水が如何なるものであるかを理解しておきたい。

泉は、盛唐期以前の詩歌の一般的な用法としては、①地名の一部として用いられるもの（「酒泉」「通泉驛」「玉泉寺」など）、②死者の世界の比喩（「黄泉」など）、③落涙の比喩（李白「白頭吟」に「涙如雙泉水」、杜甫の「杜鵑」に「涙下如迸泉」など）、を除けば、山中の清流（溪流）を指すことが多かった。それが岩肌を流れていれば「石泉」となり、急斜面を流れ下れば「奔泉」「瀑泉」「飛泉」などと呼ばれた。

また清流と認識される限りにおいて、平地を流れる川も「泉」と呼ばれることがあった。杜甫が夔州の東屯で作った「六月青稲多、千畦碧泉亂」（「行官張望補稲畦水」）は、小川の澄んだ水（碧泉）を稲田に漑ぐ様子を描いたものである。

さらには、泉が山中の清流を指すことから轉じて「林泉」などの熟語となると、山中の世界を指し、さらに轉じて隱遁世界の代名詞として用いられることもあった。杜甫が蜀中を轉々と放浪していた時期に、成都の浣花草堂を懷かしんで作った「寄題江外草堂」に「嗜酒愛風竹、卜居必林泉」とある。また岑參の「送永壽王贊府逕歸縣、得蟬字」に「當官接閒暇、暫得歸林泉」とあるのが、これに當たる。

以上の用法は、盛唐以前にすでにあり、また中唐以降においても繼承される、いわば「泉」の基本用法である。[2] 從ってここで確認すべきことは、盛唐期以前の詩材としての泉には、井戸から汲み上げる水を指す用法は極めて少なく、また人工的な庭園の一要素としての泉やその水を蓄えた池水を指す用法も、殆ど見られないという事實である。前者については、一般論として、井戸水が餘りにも日常生活の卑近にあって、詩的認識の對象となりにくかったためであり、後者については、文人による造園が盛唐以前にはまだ流行していなかったことと對應するものである。

＊　＊　＊　＊　＊　＊

泉は、中唐期になると文人たちの間における造園熱の高揚の中で、注目の詩材へと成長する。ここでは白居易を中心に、泉がどのように詩に詠み込まれるかを見てみることにしたい。白居易は、江州の廬山草堂でも、また餘生を養った洛陽の履道里宅においても造園に強い關心を示し、その繋がりの中で多くの泉を詠み込む詩を作っている。その白居易の中に、當時の文人の泉に對する關心を典型的に窺いうるだろう。

白居易の「泉」の字を詩題もしくは詩中に詠み込んだ詩は全部で一六五首（他に白居易が參加した聯句二首「西池落泉聯句」「秋霖卽事聯句三十韻」ともに『全唐詩』巻七九〇所收）あり、その數は唐代詩人の中でも最も多い[3]。しかもそこには庭園以外の泉についての作例も含まれている。その點でも、白居易に卽して泉の用法を調べることは、當時の文人が泉について思い描く心象を知るために有效であろう。

造園の始まりは、先秦時代にまで遡る。魏晉以降になれば、大小の庭園（園林・山莊）について枚擧に暇無いほどの數になるだろう。石崇の金谷園、王羲之の蘭亭、王維の輞川莊などは、そこに關わる文學作品が存在することによってとりわけ著名なものとなった。

ところで造園は、安史の亂以降、一つの轉機にさしかかる。これ以前のいわゆる王侯貴族の、自己の富や權勢を誇示するためのものではなく、主に科擧出身の文人官僚たちが、文人としての高雅な趣味の證として造園に參加し始めたからである。白居易は、その中の代表格と言っても良いだろう。彼は、いわゆる權臣ではなかった[4]。彼が晩年に退去した洛陽の履道里宅について言えば、自分の趣味に叶う庭園を實現するために馬二頭を賣却して費用を捻出したことは（左記「洛下卜居」詩の自注に「買履道宅、價不足、因以兩馬償之」）、文人の造園に對する情熱を示す興味深い事例となるだろう。

白居易は、長慶四年、杭州刺史を退任して洛陽に歸って來た。この時、履道里にある故散騎常侍楊憑の舊宅を購入して、そこを自らの第宅とした。そして杭州刺史の時にその地で手に入れた華亭鶴と天竺石を、わざわざ洛陽まで運んで、池の畔に、その二物を布置している。

洛下卜居

三年典郡歸　所得非金帛　天竺石兩片　華亭鶴一隻
飲啄供稻粱　包裹用茵席　誠知是勞費　其奈心愛惜　…（中畧）…
東南得幽境　樹老寒泉碧　池畔多竹陰　門前少人跡
未請中庶祿　且脫雙驂易　豈獨爲身謀　安吾鶴與石

〔大意〕三年間、杭州の刺史を勤め上げたが、手に入れたものは、金品などではない。それは二箇の天竺石と、一羽の華亭鶴。鶴には贅澤な稻粱の餌をやり、石はムシロで丁寧に包んで運んで來た。手間は隨分掛かったが、こうせずには居れなかったのだ。……屋敷の東南の奥まったところ、そこに老木と澄んだ池がある。池の周りは竹が茂り、門は訪ねてくる人も稀だ。まだ太子左庶子の俸祿も頂戴しないので、二頭の馬を賣り拂った。決して自分のためではない、鶴と石を大事にしたかったのだ。

ところで白居易が泉水を滿たした池とは、いかなる池であろうか。

引泉　白居易

一爲止足限　二爲衰疾牽　邴罷不因事　陶歸非待年
歸來嵩洛下　閉戶何翛然　靜掃林下地　閑疏池畔泉
伊流狹似帶　洛石大如拳　誰敎明月下　爲我聲濺濺
竟夕舟中坐　有時橋上眠　何用施屛障　水竹繞床前

〔大意〕 一つには足が不自由なため、二つには衰疾のため。邴曼容が高祿を辭退したのは、不祥事のためではなく、陶淵明が園田に歸ったのは定年になったからでもないのだ。嵩洛（洛陽）の地に歸ってきて、ゆったりと自宅に籠る。木々の下を掃除し、池の畔へと泉を引く。伊川は、帶のように細く流れ、洛川の川原の石は拳ほどに大きい。誰でもよいが私のために、明月の夜に、せせらぎの音を屆けてくれないものか。一晩中、池に浮かべた舟に乘って、時おり橋の上で眠る。屛風を立てる必要はない。池邊の竹が、屛風の替わりに寢臺を取り圍んでいるからだ。

白居易が池に引いて來る泉とは、洛陽の南を流れる伊川から取り込んだ疏水の水であり、自然に湧出した泉の水でも、井戸から汲み上げた水でもない。伊川の水は、華北の川が一般に黃濁しているのとは異なって澄んではいるが、しかし山中を流れる清流ではない。その水をあえて泉と稱するのは、自己の池を配した庭園を、山居の風情に重ね合わせたかったからであろう。このことからも分かるように、文人たちが描くところの庭園の泉やそれを滿たした池は、多くの場合、近くを流れる川の水を引き込んだものである。

(1) 「石」

白居易の造園について注目したいのは、「石」に對する執着である。白居易が「天竺石」をわざわざ杭州から運んで來たことは、當時の庭園の構成で石が重要な役割を果たしていたことを物語る。白居易をして語らしむれば、石は山の譬喩であり、同時にまた、泉が潺湲と水音を奏でて流れる場なのである。

「石」については、次の詩が參考になる。詩題に「李盧二中丞各創山居、倶誇勝絕。然去城稍遠、來往頗勞。弊居新泉、實在宇下。偶題十五韻、聊戲二君」（中丞である李仍叔と盧貞の兩君は、それぞれに山居を構えて、景色の良さを自慢しているが、しかし街中からやや遠く、行き来に不便だ。拙宅の新しい泉は、軒下にある）と述べるように、白居易は履道里宅の庭の泉の立地の良さを誇る。その詩の部分を引用する。

……未如吾舍下、石與泉甚邇。鑿鑿復濺濺、晝夜流不已。……（兩君の庭園は、わが家のように「石」と「泉」が身近にあるのには及ばない。さらさらと水音を立てて、晝も夜も流れ續ける）

ここに言う「石」は、李仍叔と盧貞がそこに山居を構える「山」と對應している。そして石の上でせせらぎの音を奏でる疏水の水は、山から湧き出し流れ落ちる泉水と對應する。石を山に見立てるのも、疏水の水を泉水に見立てるのも、限られた庭園の中に、奥深い山水の趣を取り込もうとする當時の造園哲學の反映である。

次の「閒居自題戲招宿客」詩は、履道里宅に友人を招いて泊まらせた時の作である。詩の末尾に自注「西亭牆下、泉石有聲（西亭の土牆の下は、泉石が水音を響かせる）」が添えられている。白居易は、潺湲たる水聲を作るために、疏水の引き込み口に意圖して石を据えたのである。詩の末尾四句を讀みたい。

……渠口添新石、籬根寫亂泉。欲招同宿客、誰解愛潺湲。……（水路の引き込み口に新たに石を据えたので、籬の下に、泉の水が瀉ぎ落ちることになった。拙宅に泊まってもらいたいのだが、さて誰が、この潺湲たる水音を氣に入ってくれるだろうか）

「石」は、日本語が小さな石だけを指すのと語感を異にし、大小に關わりなく用いる。つまり石は、巨岩ともなる。だからこそ雲が湧き出る岩山を雲根と言うが、その雲根は同時に「石」とも言われるのである。白居易は、その石に執着している。石は、溪流が流れる深山の象徴でもあり、また池亭に引き込んだ疎水に水音を奏でさせる具體的な小道具でもあった。

「西街渠中種蓮疊石、頗有幽致、偶題小樓」詩には、「買石造潺湲（石を買ってせせらぎの音を作る）」の句がある。また左に掲げる「南侍御以石相贈、助成水聲、因以絕句謝之」詩は、侍御の南卓が庭にせせらぎを作るために石を贈ってくれたのに答えたものである。

泉石磷磷聲似琴　閒眠靜聽洗塵心　莫輕兩片靑苔石　一夜潺湲直萬金

〔大意〕泉石はサラサラと琴に似た音を奏でる。臥して聞いていると、汚れた心を洗い清めるようだ。二個の苔生した石を輕んじてはなるまい。夜もすがら潺湲と水聲を響かせること、あたかも萬金の値打ちがあるのだ。

以上の數篇の作例から、泉石が庭園に不可欠の設えであることが理解されよう。白居易（また文人たち）は、庭に引き込む疏水を「泉」に見立て、「石」を、泉が流れ落ちる山に見立てて、溪流のせせらぎを庭園の中に再現しようとしたのである。

(2)「竹」

また造園において、泉（池水）・石とともに重要な役割を果たしたのが、「竹」である。これについては、ごく簡單に見ておきたい。

白居易は、自らの履道里宅の有様を「池上篇」（大和三年、五八歳の作）の中で「地方十七畝、屋室三之一、水五之一、竹九之一、而島樹橋道閒之」と描いて、水（池水）と共に、「竹」が大きな面積を占めていることが特筆されている。

白居易は、洛陽の履道里宅の他に、長安の新昌里にも住宅を所有していた。その二箇所の宅を詠じた「吾廬」詩に、……新昌小院松當戸、履道幽居竹遶池。莫道兩都空有宅、林泉風月是家資。（新昌里の小さな庭は、松が玄關の前に植わっており、履道里の幽居は、竹が池を遶っている。二つの都に無駄に宅があるとは言わないで欲しい。林泉と風月が作る山中の趣こそが、わが家の寶なのだ）

また前掲の「引泉」詩には「竟夕舟中坐、有時橋上眠。何用施屏障、水竹繞床前」とあり、また同じく前掲の「洛下卜居」詩に「池畔多竹陰、門前少人跡」とあるように、履道里宅の池邊の竹を、白居易は繰り返し詩に詠じている。次の「將歸一絕」詩は、大和七年（八三三）、六二歳にして河南尹（河南府の長官）を退任したときの作である。この時の河南尹の退任が、實質的な意味での白居易の退休であった。こうして終の住處である履道里宅へ歸る喜びを率直に綴る詩の中に、やはり「泉」と共に「竹」が現れる。

欲去公門返野扉　預思泉竹已依依　更憐家醞迎春熟　一甕醍醐待我歸

〔大意〕役所を去って、わが家に歸る。庭の泉と竹を思うだけで、懷かしさが込み上げてくる。自家製の酒が、春を迎えて熟している。甕を滿たすこの醍醐味が、自分の歸りを待ちかねているのだ。

白居易は、家に歸り着く前から、泉水を蓄えた池と、池邊を圍む竹の林に心を惹かれている。履道里宅の竹林は、庭園に不可缺の布置だったのである。

(3)　對偶の中の「泉」

文人たちの庭園は、しばしば池苑・池亭と稱される。また白居易が自らの履道里宅を描いた文章が「池上篇」であるように、池が庭園の中心である。その人工の池には、水を貯えるために水（白居易の言う「泉水」）を引かなければならなかった。またその池に山中の趣を添える不可缺の道具が、「石」と「竹」であった。池は、それだけでは單なる貯水池に過ぎない。池を中心に、そこに向かって「泉水」と石と竹を配して造り上げられた人工の「山中」が、文人たちの求める庭園である。

このような白居易の庭園を、改めて泉水を中心に捉え直すとどうなるであろうか。庭園は、泉水だけで構成されるものではない。そこには、泉水を蓄える池があり、石があり、竹がある。泉水は、庭園の不可缺の要素ではあっても、しかし部分でしかない。かくして白居易の關心が泉水そのものに集中しなかったことは、具體的な詩篇の修辭的特徴からも指摘することができる。泉は、殆ど必ず、對偶關係の中に現れるのである。對偶關係は、まず二字から成る對語のレベルで實現される。「泉石」「石泉」また「泉竹」「竹泉」となった時、「泉」はもっとも基礎的なレベルで對偶關係の中に取り込まれることになる。（それが竝列關係か修飾關係かは、今は不問とする）

對偶關係は、このような二字の熟語となるに止まらず、詩においては、句中のレベル（句中對）、句同士のレベル（對句）、聯同士のレベル（隔句對）において現れることになる。

對偶の特性は、それと同じ重さを持った他者と對置して相對化することであり、この結果、それ自身の突出を抑制する手法である。つまり「泉」を對偶構造の中に置くとは、泉それだけに關心を集中させないことでもある。白居易の詩に現れる泉は、大部分が對偶構造の中に置かれている。このことは、白居易が詠ずる泉水は、その大半が庭園（もしくは庭園が模倣するところの小さく切り取られた山水）を描く中に現れるものであり、庭園を構成する「石」「竹」などの複數要素の一部であるのに止まることを意味している。

以下、「泉」が、「石」もしくは「竹」と對偶關係に置かれたものに限って、用例の一部を書き出してみよう。

【句中の對偶】

・石擁百泉合　雲破千峰開　（「祇役駱口因與王質夫同遊秋山偶題三韻」）

・未如吾舍下　石與泉甚邇　（「李盧二中丞各創山居、俱誇勝絕、然去城稍遠、來往頗勞。弊居新泉、實在宇下。偶題十五韻、聊戲二君」）

・殷勤傍石遶泉行　不說何人知我情　漸恐耳聾兼眼闇　聽泉看石不分明　（「題石泉」）

・老愛東都好寄身　足泉多竹少埃塵　（「贈侯三郎中」）

・欲知住處東城下　遶竹泉聲是白家　（「招山僧」）

・風清泉冷竹修修　三伏炎天涼似秋　（「池畔逐涼」）

【對句】

・吟詩石上坐　引酒泉邊酌　（「寄王質夫」）

・淨石堪敷坐　寒泉可濯巾　（「題報恩寺」）

・古石蒼錯落　新泉碧縈紆　（「閒居偶吟招鄭庶子皇甫郎中」）

・引泉來後澗　移竹下前岡　（「渭村退居寄禮部崔侍郎翰林錢舍人詩一百韻」）

・灑砌飛泉纔有點　拂窗斜竹不成行　（「香爐峰下新卜山居草堂初成偶題東壁五首」其一）

【隔句對】

・泉來從絕壑　亭敞在中流　竹密無空岸　松長可絆舟　（「宿池上」）

以上の例からもその一斑が窺われるように、白居易の「泉水」は、句中・對句・隔句對の様々なレベルにわたって、多くは對偶構造の中の片側に現れている。白居易においては、泉水はそれ自體が主要な關心事なのではなく、石・竹などのいくつかの要素の組み合わせの中で意味を持つものであった。泉水そのものに對する、白居易の格別の思い入れを見出だすことは難しいのである。

(4) 寓意としての「泉」

白居易には、「泉」それ自體を主題に取り上げた詩がないわけではない。

途中題山泉　　白居易

決決涌巖穴　濺濺出洞門　向東應入海　從此不歸源
似葉飄辭樹　如雲斷別根　吾身亦如此　何日返鄉園

〔大意〕巖穴からコンコンと湧き出し、洞窟からサラサラと流れ出す。東に流れて海に入り、源に歸ることはない。葉が、木からはらりと落ちるように、雲が雲根（岩山）から離れるように。我が身もこれと同じようなもので、いつになれば故鄉に歸ることが出來ようものか。

この詩（長慶四年に杭州から洛陽に歸る途中の作）は、泉の水に「一去不返」の觀念を寓している。しかもその寓意は、枝を離れた落ち葉、山を離れた雲のイメージによって強められた上で、故鄉を離れた遊子の嘆きを導き出すのである。しかしこの結果として、泉の水は、「一去不返」の寓意を讀み出してしまえば、いわば用濟みのものとなる。泉の水は、それ自體が白居易の關心の對象となっているわけではない。

次に掲げる詩は、元稹の「分水嶺」詩に唱和したものである。泉を主題的に取り上げ、泉の中から豊かな連想を引き出しているのだが、しかしここでも泉の水は、寓意の材料として利用されるに止まっている。すなわち、一去不返の泉は、ひとたび異なる方向に流れ出せば再び巡り會うことはない。兄弟骨肉の別れの寓意となる。またその上で、江陵に貶謫されている親友の元稹との別れを悲しむ寓意ともなるのである。

和答詩十首　和分水嶺　白居易

高嶺峻稜稜　細泉流亹亹　勢分合不得　東西隨所委
悠悠草蔓底　濺濺石罅裏　分流來幾年　晝夜兩如此
朝宗遠不及　去海三千里　浸潤小無功　山苗長旱死
縈紆用無所　奔迫流不已　唯作嗚咽聲　夜入行人耳
有源殊不竭　無坎終難止　同出而異流　君看何所似
有似骨肉親　派別從茲始　又似勢利交　波瀾相背起
所以贈君詩　將君何所比　不比山上泉　比君井中水

白居易は、唐代詩人の中で最も多くの泉を詠んだ詩人であるが、その傾向の大畧は以上より了解されるであろう。白居易にすれば、「泉」は第一には、文人としての趣味を實現する庭園に不可缺の要素であった。また庭園は、山水という隱遁世界のミニチュアであるから、そこには隱遁への連想が當然のように附帶することになる。しかしそこに置かれた泉は、泉そのものに對する關心ではなく、それを含み込んだ庭園、ないしは審美化され矮小化された隱遁世界への關心の一部であるに止まっていた。

さらに寓意詩である「途中題山泉」「和答詩十首（和分水嶺）」が、泉そのものへの關心を主題とするものではないことは、繰り返すまでも無いであろう。

白居易詩に見られる「泉」が、庭園を扱った詩に集中していることは、この時期に文人の閒で造園熱が盛んとなり、泉水がその庭園に不可缺の要素となったことの反映である。しかし泉水は庭園を構成する一要素であるに止まり、その結果として、泉水そのものが特別の意味を持ち、詩の主題に取り上げられることもなかったのである。

＊　＊　＊　＊　＊　＊

またこの點と弁せて、さらに二つの特徵を指摘する必要がある。第一に、「泉」と稱しながら、泉（地下水、また山中の清澄な溪流）の實質を失って、單に住居の周邊を流れる川（疎水）の水を指すだけになっていること。庭園が、山中ではなく、長安や洛陽の街區に造營されるようになったことの必然的な結果である。(5) なおこの點について言えば、盛唐詩からの大きな變化と言っても良い。盛唐詩に現れる「泉」は、泉の基本義に近い溪流の用法から逸脱するものは、殆ど無かったのである。

第二に、泉をもって井戸水を指す用例が、全く見られないことである。要するに、白居易の泉に對する關心からは、井戸水は完全に拔け落ちている。(6) そしてこの點こそ、白居易から賈島を決定的に分かつものとなるのである。

二　白居易以外の詩人――姚合の泉

こうした白居易の泉の庭園詩への傾斜は、當時の詩人が詠ずる泉の傾向を代表し、その典型を示すものである。ところが姚合の場合になると、ややニュアンスを異にするのが興味深い。賈島の詩友でもあり、武功體の詩人として知られる姚合の世界からは、文人趣味に發する「贅澤品としての庭園」は基本的に敬遠される。(7) 替わって出現するのは、ありのままの自然を取り込んだ簡素な庭園であり、あるいは住居の外部に存在するありのままの自然である。

次に部分を掲げる三篇の詩は、それぞれ華州（西嶽華山の麓）に赴任する友人を送別し、また陸渾（洛陽南郊）や華山に住まう友人に寄せたものであり、それぞれの土地が俗世から隔たる清淨境であることを描寫する文脈で泉が現れている。①は、庭園の、②③は、附近の環境の描寫であろうが、①の場合にしても庭園を人爲的に造作したものではなく、むしろありのままの自然をそのまま取り入れたことを主張するものである。

①送裴中丞赴華州　姚合

……徑草多生藥、庭花半落泉。人閒有此郡、況在鳳城邊。……（道端には藥草が生え、庭の花には泉の水が滴り落ちる。人の世にこんな素晴らしい郡があって、それが長安に近いとは恐れ入った）

②寄陸渾縣尉李景先　姚合

……地偏無驛路、藥賤管仙山。月色生松裏、泉聲在石閒。……（地は邊鄙で街道は通ぜず、藥草は有り餘るほどあるので値も安く、君はその陸渾の仙山を管理する。月は松の枝に上り、泉の音は岩の閒から聞こえてくる）

③寄馬戴　姚合

……隔屋聞泉細、和雲見鶴微。新詩此處得、清峭比應稀。……（壁を隔ててかぼそく泉の音が聞こえ、雲の閒に鶴の姿がかすかに見える。こんな所で詩が出來たなら、清峭なる風格は、きっと誰も寄せ付けまい）

しかしながら、泉を景觀の中の審美的對象として捉える點で、それが人造の庭園であるか、自然の一部であるかというニュアンスの相違があるとはいえ、白居易と姚合との閒に本質的な視點の相違があるわけではない。この意味で、姚合は白居易と同じ時代の空氣を呼吸する詩人であった。

＊　＊　＊　＊　＊　＊

むしろ姚合で注目すべきは、飲み水としての泉、つまり井戸水を描くものが以下のように複數存在することであろう。

街西居三首其一　姚合

……淺淺一井泉、數家同汲之。獨我惡水濁、鑿井庭之陲。……（常樂坊では底の淺い井戸の水を、數軒で汲んでいた。自分だけはその井戸水が濁っているのが嫌で、庭の隅に新たに井戸を掘った）

新昌里　姚合

舊客常樂坊、井泉濁而鹹。新屋新昌里、井泉淸而甘。……（以前、常樂坊に寓居していた頃、井戸水は濁って鹽辛かった。新昌坊に新居を構えてみると、井戸水は澄んで美味かった）

また次に掲げる詩は、深山から湧き水を竹筒で引いてくることを述べる。藥草を洗うには、川の水では汚いし、花に水を注ぐには、雨水だけでは頼りない、と述べる。造園のために引き込む疎水の水を、無造作に泉と稱するのとは異なり、その水質の淸淨さを問題とする點に、姚合の特色があるだろう。

題僧院引泉　　　　僧院の泉を引くに題す　姚合

泉眼高千尺　山僧取得歸　　泉眼　高きこと千尺　山僧　取りて歸るを得たり
架空橫竹引　鑿石透渠飛　　空に架し竹を橫たえて引き　石を鑿ち渠を透して飛ぶ
洗藥溪流濁　澆花雨力微　　藥を洗ふに溪流は濁り　花に澆ぐに雨力は微かなり
朝昏長遶看　護惜似持衣　　朝昏　長《つね》に遶りて看る　護り惜むこと衣を持するに似たり

〔大意〕　泉は、高さ千尺の山の中にあり、寺僧がそこから水を引くことができた。空中に竹筒を渡して水を引き、石を穿ち溝を通して急流を導く。今までは、藥草を洗うには、小川の水では濁りすぎるし、花に水をやるには、雨水だけでは足りなかった。朝な夕な、いつも泉水の具合を見て歩く。それを大切にする樣子は、あたかも大事な僧衣を持するかのようだ。

三　賈島の泉

賈島の泉について言えば、白居易に代表される文人の詩に現れた泉とは異なって、庭園に引き込まれた疎水の水や、その水を貯える池の水を詠じたものも、またそれらを「泉」と稱したことも殆どないことが特徴となる。

賈島の泉を詠んだ詩は、全部で五三例（詩題に「贈弘泉上人」とある詩を除く）。この中で、庭園の池水として讀み込まれる「泉」は、皆無と言って良い。今しいてそれに近いものを擧げれば、以下の三例となるであろう。

①靈準上人院
掩扉當太白　臘數等松椿
禁漏來遙夜　山泉落近鄰
經聲終卷曉　草色幾芽春
海内知名士　交遊準上人

靈準上人の院　賈島
扉を掩ひて太白に當たる　臘數　松椿に等し
禁漏　遙夜に來たり　山泉　近鄰に落つ
經聲　卷を終はりて曉《あ》け　草色　幾たびか芽ぶいて春なり
海内　知名の士　交遊するは準上人

〔大意〕庵を、太白山の眞向かいに結んでいる。僧歴は、庭前の松や椿の木の古さと同じだ。禁中の時計の音は、深夜に傳わり、山の泉は、近所に滴り落ちる。讀經の聲が經卷が盡きるとともに消える頃に夜も明けて、草は何度も芽吹いて春がめぐってくる。海内の知名の人士が交際するのは、この準上人なのだ。

②和韓吏部泛南溪
溪裏晩從池岸出

韓吏部の南溪に泛かぶに和す　賈島
溪裏　晩に池岸より出づれば

石泉秋急夜深聞　　石泉　秋に急にして夜深に聞こゆ
木蘭船共山人上　　木蘭　船は山人を共にして上り
月映渡頭零落雲　　月は渡頭　零落の雲を映《てら》す

〔大意〕　南溪に、日も暮れ方に城南莊の園池から舟に乗ってこぎ出すと、石ばしる清流(泉)は秋に流れを増して、深夜に水聲を響かせる。木蘭の舟は、野人(賈島)を乗せて溪流を遡り、月は渡し場に落ちかかる雲を照らしている。

③楊祕書新居　　楊祕書の新居　　賈島

城角新居鄰靜寺　　城角の新居　靜寺に鄰りし
時從新閣上經樓　　時に新閣より經樓に上る
南山泉入宮中去　　南山　泉は宮中に入りて去るに
先向詩人門外流　　先づ詩人の門外に向ひて流る

〔大意〕　長安の街の片隅の新居は、靜かな寺と隣り合う。時折、佛閣を過ぎて經樓まで上ってゆく。南山から流れ出る清流(泉)は宮中に流れ込む前に、まず詩人(楊祕書)の家の前を流れてゆく。

①は「靈準上人の院（中庭）」と題された詩である。しかしそこに現れる「山泉」は、院中のものではなく、あくまでもその外部（近隣）に滴り落ちるものである。また②は韓愈の長安南郊の城南莊を流れる南溪に舟遊びした時の作であり、同時の作に韓愈に「南溪始泛三首」、張籍に「同韓侍御南溪夜賞」がある。しかしこの南溪は、韓愈詩の其一に「榜舟南山下、上上不得返」、遠くまで舟に棹さしたとあるように、個人の別莊の中のものではなく、城南莊の外部を流れるものである。賈島は、その南溪の急流を「石泉秋急」と描いたのである。最後に③の詩では、「南山

の泉（南山から流れ出た溪流）」は、詩人（楊祕書）の新居の門外を流れるのであるから、これも新居の外部にあることは確實である。つまり庭園が言及された詩においても、賈島の詩に現れた「泉」は、いずれも庭園の中に人工的に引き込まれた疎水でもなければ、その水を蓄えた池でもない。あくまでも庭園の外部に、自然の一部としてある「泉」（湧泉・清流）である。賈島の「泉」が、文人趣味の具體化である庭園を拒絶していることを、見過ごしてはなるまい。

賈島の詩に「泉」の字が用いられるのは、五三例。そのうち、二一例がほぼ確實に「井戸の水」を指す用例である。しかもその中の九首が、口に入れる（飲む・漱ぐ）行爲と一連のものとして讀み込まれている。このことからも直ちに了解されるように、賈島が「泉」を想起する時、それは地表に存在する水（川や池の水）ではない、飲用に堪える清淨な地下水であることが前提となっている。

確かに賈島の「泉」には、地下から取り出された泉水（井戸や湧泉の水）以外のものを指す用例もないではない。しかしその場合であっても、地下から流れ出して間もない、清淨な水であることが強調されている。先に掲げた「和韓吏部泛南溪」詩では、その南山から流れ出る溪流の水は「石泉秋急」であり、石走るせせらぎの流れとして形象化されているのである。

また幷せて注目したいのは、「泉」が「落ちる」ものとして描かれることである。

・翠微泉夜落（「訪李甘原居」）
・泉落白雲間（「寄山中長孫棲嶠」）
・山泉落近鄰（「靈準上人院」）

これらは、岩壁を流れ落ちる垂水であり、瀑布である。それは地上に湧き出て間もない泉水の姿である。

また「山泉入城池、自然生渾波」（「寓興」詩）とあるように、山から流れ出た泉は、城池（街の堀池）に流れ込むとたちまち汚されて濁った波を立てるものとして描かれている。これも、泉は清浄な水でなければならないという賈島の認識の表明であろう。このような賈島であれば、伊川から別れた疎水を引き込んだ白居易の履道里宅の謂う所の「泉」は、如何にその流れの中に「石」を置いて潺湲たるせせらぎの水音を奏でさせたところで、所詮は「泉」とはなりえないものなのである。

(1)　原東居の「泉」

賈島の「泉」を考える上でまず取り上げるべきは、井戸から汲み上げる泉(泉水)である。それこそが、賈島が泉を言う時の核心である。

長安における飲料水の主要な供給源は、井戸である。賈島が長安に出て來て初めに住んだ延壽坊にも、次に住んだ昇道坊の原東居にも、當然のように井戸があった。延壽坊のものは、確實に「汲み上げる井戸」であるが、原東居についても「朝飢」詩に「市中有樵山、此舍朝無煙。井底有甘泉、釜中仍空然」の句があるので、井戸と考えて良いであろう。

とはいえ、原東居に「瀑布」があったことを言う「寄魏少府」詩があるので、一應、確認が必要である。

來時乖面別　終日使人慚
易記卷中句　難忘燈下談
濕苔黏樹癭　瀑布濺房庵
音信如相惠　移居古井南(8)

來時　面別に乖《そむ》き　終日　人をして慚ならしむ
記し易し卷中の句　忘れ難し燈下の談
濕苔　樹癭に黏し　瀑布　房庵に濺ぐ
音信　如し相ひ惠まれば　居を移せり古井の南に

〔大意〕　ここに引っ越す時に、お別れの挨拶をしそびれたことが、ずっと氣になっておりました。ご惠與の詩卷の見事な詩句は、すぐに憶えてしまいます。またかつて燈火の下で夜遅くまで語り合ったことを、いつまでも忘れません。拙宅では、苔が木の瘤に生し、垂水が庵のあたりに濺ぎかかる。もしお便りを頂けるなら、古井戸の南の住所にお願いします。

この詩は、賈島が、七年住まった延壽坊の寓居を引き拂って、元和一四年の春頃に昇道坊の原東居に移居した直後の作と考えられる。魏少府は、延壽坊に別れの挨拶に行ったが、その時、賈島はあいにく不在だった。それから間もなく、賈島は原東居に住居を移した。そこで今後、手紙をくれる時には昇道坊の新住所にすることを忘れないようにと、この詩にしたためた。そのときの原東居のスケッチが「濕苔黏樹癭、瀑布濺房庵―苔は木の瘤に生し、垂水は茅屋に落ちかかる」である。

賈島の舊居は繁華な西市に隣接する、延壽坊にあった。この詩句は、それと對比的に、原東居がいわば山居であることを印象づけようと狙ったものである。苔生す老木と山肌を流れ落ちる垂水は、その山居の風情を演出するためのものである。樂遊原の丘陵一帶には斷崖もあり、斷崖を傳って流れ落ちる湧泉も附近にはあったであろう。しかし原東居については、「瀑布」を言うのは賈島の詩でもこの一例に限られており、修辭的な虚構表現と見るべきものである。原東居の泉水は、普通に井戸から汲み上げるものと考えて良い。

前述したように、賈島が井戸水を話題にする時、關心は「その水を口に入れる」ことにあった。そして賈島は、原東居の井戸の水質を氣に入っていた。次の「張郎中過原東居」詩は、先輩詩人である水部郎中の張籍が、賈島の原東居を訪れた時の作である。

幾時能重至　水味似深山　　幾時か　能く重ねて至らん　　水味　深山に似たり

詩の末聯で張籍の再度の來訪を期待する部分に、「原東居には何もお持て成しできるものはありませんが、ただ深山の湧き水にも似た旨い泉水があります」とあることに、注目しておきたい。

また次の「原東居喜唐温琪頻至」詩では、原東居の泉水が、茶を煮るにふさわしい良質の水であることを述べる。

曲江春草生　紫閣雪分明
汲井嘗泉味　聽鐘問寺名
墨研秋日雨　茶試老僧鐺
地近勞頻訪　烏紗出送迎

曲江　春草生じ　紫閣　雪　分明
井に汲みて泉味を嘗めしめ　鐘を聽きて寺名を問はる
墨は研《と》ぐ　秋日の雨　茶は試む　老僧の鐺《かま》
地近ければ頻りに訪ぬるを勞す　烏紗　出でて送迎す

〔大意〕曲江に、春の草が萌え、南山の紫閣峰に、殘雪がくっきりと見える。私は井戸から汲んで、君に泉の味を味わってもらう。君は鐘の音を聞いて、どこの寺かと名を尋ねる。墨を、秋の雨にすり、茶を、老僧の釜で煮る。君は近所なので、何度も訪ねてくれる。自分はそのたびに、烏紗帽をかぶって門まで送迎するのだ。

賈島は、唐温琪を迎えると、まず井戸水を供して味わってもらう。そしてお茶は、老僧が置いていった茶釜で煮る。喫茶の習慣の浸透と共に、水質それ自體についてのこだわりが人々の心を捉え始める。この詩で「泉味」をまず問題にするのも、その文脈で理解する必要がある。

※　泉水への關心は、喫茶の普及と共に高まった可能性がある。陸羽（七三三～?）の『茶經』（巻下）に、以下のように述べる。

山水上、江水中、井水下。其山水、揀乳泉・石池慢流者上。其瀑湧湍漱、勿食之、久食令人有頸疾。又多別流於山谷者、澄浸不洩、自火天至霜郊以前、或潛龍蓄毒於其閒、飲者可決之、以流其惡、使新泉涓涓然酌之。其江水、取去人遠者。

井水取汲多者。

また張又新（生沒年未詳、元和九年の進士）の『煎茶水記』（不分卷）には、陸羽の言を筆記する形で述べる。

陸（羽）曰「楚水第一。晉水最下。李（湖州刺史の李季卿）因命筆口授而次第之：廬山康王谷水廉水第一。無錫縣惠山寺石泉水第二。蘄州蘭溪石下水第三。峽州扇子山下有石突然洩水獨清冷狀如龜形、俗云蝦蟇口水第四。蘇州虎丘寺石泉水第五。廬山招賢寺下方橋潭水第六。揚子江南零水第七。洪州西山西東瀑布水第八。唐州栢巖縣淮水源第九（淮水亦佳）。廬州龍池山顧水第十。丹陽縣觀音寺水第十一。揚州大明寺水第十二。漢江金州上游中零水第十三（水苦）。歸州玉虛洞下香溪水第十四。商州武關西洛水第十五（未嘗泥）。吳松江水第十六。天臺山西南峰千丈瀑布水第十七。郴州圓泉水第十八。桐廬嚴陵灘水第十九。雪水第二十（用雪不可太冷）。此二十水余嘗試之」。

このような泉味・水質に對する關心は、喫茶の流行によってもたらされたものであり、賈島もその中にいたのである。

原東居の井戸の水質についての賛美は、次のような自己の困窮を述べる「朝飢」詩においても表明される。

市中有樵山　此舍朝無煙
井底有甘泉　釜中仍空然
我要見白日　雪來塞青天
坐聞西床琴　凍折兩三弦
飢莫詣他門　古人有拙言

市中には樵山有るも　此の舍には朝に煙無し
井底は甘泉有るも　釜中は仍ほ空然たり
我 白日を見んと要《もと》むるも　雪來たりて青天を塞《ふさ》げり
坐しては聞く西床の琴　凍えては折る兩三弦
飢うるも他門に詣《いた》る莫かれ　古人に拙言有ればなり

〔大意〕　長安の町中にも薪を取る山はあるというのに、この家には朝も炊事の煙が立たない。井戸の底には旨い水があるというのに、釜の中は空っぽのままだ。太陽を見たいと思っても、雪が青空を塞いでしまう。坐って西の机上の琴を聞こうとしても、冷たさにこわばって、二三本の弦が切れてしまう。たとい飢えても、助けを求めて他人の門に行ってはいけない。彼の陶淵明も、そのとき言葉に詰まって辛い思いをしたではないか。

食べ物は底を突いて、ただ水しかないという發想は、それだけを見れば常套的でもある。それでも「甘泉」と稱して、泉水に對する愛着を示していることに、賈島の獨特のこだわりを見ることができるだろう。

(2) 泉水の寓意

しかし賈島の泉水に對する執着は、その泉味に對する趣味や審美眼によって説明が付くようなものではない。賈島は多くの場合、泉の中に特別の「思い」を込めて詠じている。

次に讀むのは、寓意の詩である。寓意は、とかく明け透けの機知に終りがちであるが、賈島のこの「寓興」詩の場合には、機知とは質の異なる眞情が込められている。

眞集道方至　貌殊妒還多　　眞集まれば 道 方《まさ》に至る　貌殊なれば 妒みも還た多し
山泉入城池　自然生渾波　　山泉 城池に入れば　自然 渾波を生ぜり
今時出古言　在衆翻爲訛　　今時 古言を出だせば　衆に在りては翻つて訛と爲る
有琴含正韻　知音者如何　　琴有り正韻を含むも　音を知る者 如何
一生足感激　世顏忽嵯峨　　一生 感激するに足るも　世顏 忽ち嵯峨たり
不得市井味　思嚮吾巖阿　　市井の味を得ざれば　吾が巖阿に嚮《むか》はんことを思ふ
浮華豈我事　日月徒蹉跎　　浮華 豈に我が事ならんや　日月 徒らに蹉跎たるのみ
曠哉潁陽風　千載無其他　　曠なる哉 潁《えい》陽の風　千載 其の他無し

〔大意〕　眞が集まると、そこに道が實現する。しかし普通と違うだけで、人からは嫉妬されるのだ。山の湧き水が、街の堀割に流れ込むと、そのまま濁った波となってしまう。今、「古言」を口にすると、衆人の中ではかえって「妄言」と見なされるのが落ちだ。琴が正しい調べを奏でたところで、分かる人が果たしているものか。その調べが、一生忘れえぬ感激を與えたとしても、世間の人は、その價値も分からず冷たくせせら笑うだけだ。自分は世間の味に同調できない以上、思いはあの氣高い山嶽へとあくがれてゆく。俗受けする美は、自分の仕事ではない、それは歳月を無駄に費やすだけだ。すがすがしいのは、堯から天下を讓る話を聞いて潁水の陽《きた》で耳を洗い清めたという、あの偏屈者の許由の美談。そんな話は、他に永遠に聞くことはできない。

ここでは、「山泉↕城池」「古↕今」「正↕訛」「市井↕巖阿」等々という具合に、相對する價値が對置されている。賈島の價値觀が集約された趣がある。

「山泉入城池、自然生渾波」の一聯に注目したい。清澄な山の湧き水も、街の堀割に流れ込めば濁った波を立てるのだ。世俗と究極のところで決して相容れることがない、その泉水の清澄さへの思いが述べられている。しかし賈島における泉水への思いは、單に世間（市井）の俗惡に向けられる、觀念の產物としての反對項ではない。この詩の泉が、そのような皮相の寓意を超えている所以は、泉の一面の特性だけを恣意的に取り出すのではなく、以下に述べるように、泉の全體を、賈島は正面から受け止めているからである。

(3)　泉の屬性——永續性

賈島は泉水に根源性を見ていたらしい。それは時間に對する超越性、つまり時間の始まりと共に存在して、その終わりまで貫徹する永續性として感得されていたフシがある。「題山寺井」詩を讀んでみよう。

沈沈百尺餘　功就豈斯須
汲早僧出定　鑿新蟲自無
藏源重嶂底　澄翳大空隅
此地如經劫　涼潭會共枯

沈沈たり百尺餘　功の就《な》るは豈に斯須ならん
汲むこと早くして僧は定を出で　鑿つこと新たにして蟲は自《おのづか》ら無し
源を藏す　重嶂の底　翳を澄ます大空の隅
此の地　如し劫を經れば　涼潭　會《かなら》ず共に枯れん

〔大意〕深々とした井戸は、百尺餘り。掘るのには、随分と時間がかかっただろう。僧侶はもう禪定を終えて、朝早くから水を汲む。蟲が浮いていないのは、井戸を掘って間もないからだ。地下水の源を、深い山の中に潜め、井戸の底を満たす水面は清く澄んで、大空の一片をきらきらと映している。この清澄な泉は、決して枯れることはない。もし枯れるとすれば、それは世界の終わりに出會った時なのだ。

泉の中に、こうした永遠性を見出だすことは、必ずしも一般的なことではない。とりわけその永遠性を、泉の滾々と流出する姿においてではなく、大地の底に潜む姿において描くことは、賈島に獨特のものである。賈島は見えるところにではなく、見えないところにおいて泉の本質を見ようとしている。

＊　＊　＊　＊　＊

賈島は、大切な過去を回想する時に、その場面にしばしば泉水を引き合いに出す。いわば泉水を介して、過去の時間へと記憶を遡上させるのである。

青門里作

燕存鴻已過　海内幾人愁
欲問南宗理　將歸北嶽修

青門里に作る　　賈島

燕は存するも鴻は已に過ぎたり　海内　幾人か愁へる
南宗の理を問はんと欲し　將に北嶽に歸りて修せんとす

若無攀桂分　祇是臥雲休　　若し桂を攀づるの分 無くんば　祇だ是れ雲に臥して休せん
泉樹一爲別　依稀三十秋　　泉樹 一たび別れを爲して　依稀たり三十秋

〔大意〕燕は舞っているが、鴻雁はもう北に帰った。この世でいったい何人が、北の故郷に帰れないでいるこの自分の悲しみを分かってくれようか。南宗禪の道理を尋ねて、北嶽に帰って修道しようと思う。もし科擧に及第する運が自分にないならば、もはや遁世するしか道はない。故郷の井戸端の樹に別れてから、殆ど三十年の時間が過ぎ去ってしまった。

「靑門里」は、賈島が昇道坊に名付けた別稱である。(9)「三十秋」は、三十年の歳月。それは元和七年の秋に應試のための長安に出て來た時點ではなく、十代の後半に出家して故郷の家を去った時點からの時間と解釋される。それはともかく、賈島が故郷を思う時、それが樹に蔭われた井戸であったことは興味深い。

もう一首、故郷の泉水を詠ずる詩を讀んでおきたい。姚合の萬年縣（縣衙は長安宣陽坊）の縣齋で催された詩會における作と推定されるこの詩の中で、賈島は、長安の雨を聞きながら、故郷にいた夜に垂水（瀑泉）の音を聞いたことを思い出すのである。

雨夜同厲玄懷皇甫荀　　雨夜に厲玄の皇甫荀を懷ふに同ず　　賈島
桐竹遶庭匝　雨多風更吹　　桐竹 庭を遶りて匝《めぐ》り　雨多くして風も更に吹く
還如舊山夜　臥聽瀑泉時　　還た舊山の夜に　臥して瀑泉を聽く時の如し
磧雁來期近　秋鐘到夢遲　　磧雁 來期近く　秋鐘 夢に到ること遲し
溝西吟苦客　中夕話兼思　　溝西 吟苦の客を　中夕 話《かた》りて兼ねて思ふ

〔大意〕桐と竹は、庭の周りを取り囲み、雨が降りしきる中、風さえも吹きつのる。故郷の夜、臥して垂水の水音を聞いたかつての時を思い出す。漠北の雁は、そろそろやって來るだろう。秋の鐘の音は、夢の中に遠くから響く。疎水の西に住む苦吟の詩人(皇甫荀)よ、君のことを、われらは夜の更けるまで語り合い、そして懐かしんでいる。

この「瀑泉」は、先の詩に見えた「泉樹」の井戸とは異なるものであろう。しかしここでも賈島は、故郷を、瀑泉(流れ落ちる泉水)の記憶と共に憶い出している。泉水は、賈島を時間の根源、つまり今の自分を支えるある本質的な原點へと連れて戻す大事な契機となっている。

次の「寄孟協律」詩は、故郷ではなく、孟郊との初めての出會いを追憶する作である。そこにもやはり泉水が顔を出しているのは、偶然ではあるまい。通説によれば、元和六年(八一一)の春、洛陽で韓愈・孟郊と結識し、その冬に故郷の范陽にいったん歸る。その時に范陽で孟郊を思って作った作品となる。

我有弔古泣　不泣向路岐
揮涙灑暮天　滴著桂樹枝
別後冬節至　離心北風吹
坐孤雪扉夕　泉落石橋時
不驚猛虎嘯　難辱君子詞
欲酬空覺老　無以堪遠持
岧嶢倚角窗　王屋懸淸思

我に古を弔ひて泣くこと有るも　路岐に向かひては泣かず
涙を揮ひて暮天に灑げば　滴は桂樹の枝に著く
別後　冬節至り　離心　北風吹く
坐して孤なり雪扉の夕　泉は落つ石橋の時
猛虎の嘯きにも驚かざるも　君子の詞を辱けなくすること難し
酬いんと欲するも空しく老を覺ゆ　以て遠くに持するに堪ふる無し
岧嶢　角窗に倚る　王屋　淸思懸かる

〔大意〕自分は、古えを慕って涙を流すことはあっても、楊朱のように、人生の岐路で立ち往生して泣いたりはしません。涙を拭って暮天に振り撒けば、涙は桂樹の枝にきらきらと掛かって、香しく匂い立ちます。別後、冬がやってきて、別れの思いに、北風が吹きすさぶ時。一人、雪に降り込められた家にいて、かつて洛陽の石橋で泉が滴るのを先生と眺めたことを思い出します。自分は、猛虎の咆哮にもたじろぎませんが、先生の詩を頂戴するのは畏れ多いことです。好詩を返そうと努力しても、詩心の衰えを嘆く始末で、遠くの先生にお届けするものが出來ません。窓の片隅に、聳え立つ山が見えます。先生のいる方角の王屋山の巓に、自分の敬慕の思いがぶら下がって風に飄っています。

泉水が、過去の時間へ回歸する契機となるのは、一つは、井戸が日常の生活と一體化し、故郷の生活と分かちがたい記憶を作っているからでもあるだろう。しかし「還如舊山夜、臥聽瀑泉時」に現れる瀑泉は、生活の中ではない、故郷のある場所で耳を傾けた瀑布の音である。また孟郊との出會いを語る詩の「泉落石橋時」も、洛陽の石橋で孟郊と共に眺めた瀑布の姿である。生活との密着だけを理由に、泉水と過去の時間への回歸を結びつけるわけにはいかない。やはりここは、人間の時間を超越して、不斷に常住する根源的な存在としての泉水が想起されていると見るのが適當であろう。

＊　＊　＊　＊　＊

泉水に讀み込まれた時間の永續性は、過去の始原の時間を想起する文脈に現れるだけではなく、死者を悼む詩の中にも獨特の形で現れることになる。まずは詩友の孟郊の死を悼んだ「哭孟郊」詩。

身死聲名在　多應萬古傳
寡妻無子息　破宅帶林泉
冢近登山道　詩隨過海船
故人相弔後　斜日下寒天

身は死するも聲名 在り　多くは應に萬古に傳はるべし
寡妻 子息無く　破宅 林泉を帶ぶ
冢《はか》は山に登るの道に近く　詩は海を過ぐるの船に隨ふ
故人 相ひ弔ふの後　斜日 寒天に下る

〔大意〕　身は死しても名聲は存し、必ずや萬古に傳わるに違いない。殘された妻には、後を繼ぐ子が無く、陋屋には、林に湧く泉が流れている。墓は、邙山に上る道から近く、詩は、海を渡る船に積まれている。亡き人を弔うとき、見れば夕日が寒々とした空に沈んでいく。

ここに詠み込まれている泉、無論それは、死者の世界を流れる黃泉の譬喩などではない。そもそも黃泉であれば、生前の家宅ではなく、邙山の孟郊を埋葬した墳墓との繫がりで述べられなくてはなるまい。この詩句に敢えて解釋を試みるならば、主人を俄かに失って崩壞した家庭に、永遠と根源を象徵する泉を點ずることで、孟郊という知己を失った賈島自身の悲しみと、主人を失った家族の悲しみに慰謝を與えるためなのであろう。しかし恐らく賈島にはそのような觀念の操作はなく、殆ど無意識のうちに「泉」を取り出して詩景に點じた。死者を悼む文脈の中に、殆ど脈絡もなく現れる泉。そうであるだけに、賈島の泉に對する特異な執着を見ることができるのである。※

※　王維の死者を悼む詩に見える以下の詩句は、賈島との異同を考える上で參考になる。

山川秋樹苦、窗戶夜泉哀。（王維「哭褚司馬」）

この「夜泉」が死者の世界の黃泉を意味するものでないことは、賈島の詩と同樣である。しかしながら、「秋樹」は霜に當たって摧殘し、「夜泉」は人に替わって嗚咽するのである。つまり夜泉は、秋樹と共に褚司馬の生命の消耗を哀しむ擬人法の用法となっている。

野花愁對客、泉水咽迎人。（王維「過沈居士山居哭之」）

この詩でも、「野花」は悲しげに咲き、「泉水」も咽び泣いて弔問者を迎えるのであり、先の詩と同じ擬人法によるものである。この王維との對比で、賈島の詩の泉が根源の生命力を暗示する用法の獨自性は一層際立つことになる。

次に讀むのは、華嚴宗の五祖・宗密（會昌元年八四一に示寂）を悼む「哭宗密禪師」詩である。

鳥道雪岑巓　師亡誰去禪
几塵增滅後　樹色改生前
層塔當松吹　殘蹤傍野泉
唯嗟聽經虎　時到壞菴邊

鳥道　雪岑の巓《いただき》　師亡すれば誰か去《ゆ》きて禪せん
几塵　滅後に增し　樹色　生前に改まる
層塔　松吹に當たり　殘蹤　野泉に傍ふ
唯だ嗟《なげ》く　經を聽きし虎の　時に壞菴の邊《ほとり》に到れるを

〔大意〕鳥がようやく越えるほどに高くそびえ立つ、雪を戴いた山の峰。禪師が亡くなった今、いったいその峰に誰が禪を修めに訪れようか。机の埃は、禪師の滅後に敷き積もり、樹の色も（禪師の死を悲しんで）生前と様子を變える。高い墓塔は、松風のそよぎの中にあり、禪師の足跡は、野邊の井戸の側に殘る。ただ悲しいのは、讀經に耳を澄ませたという虎が、時折、荒れた庵のあたりに禪師を偲んでやって來ることだ。

宗密禪師は、生前に井戸を尋ねては泉水を汲み上げていた。禪師の足跡は、他の場所ではなく、その井戸の周圍に深く印されている。この文脈の中で、あえて井戸を選び取ったことに、やはり詩人賈島の特異性を認めることができるだろう。この二篇の死者を悼む詩に現れる泉。それは、死者の世界に屬する黃泉を暗示する見え透いたアレゴリーなどではない。賈島にすれば、泉が現にそこに存在することが、必要とされたのである。非在となったものに對して、不斷に込み上げる根源の力を描き添えることで、慰謝としたのである。賈島の泉水に對する執着は、理性的了解が追いつかない世界に發しているように思われる。

(4) 泉についての省察

故郷で過ごした時間や、友人とのかけがえのない出會いの場面を思い出す時に現れる泉、また死者の追慕の中に現れる泉は、始原の時を指し示し、永遠の時間を象徴する。しかしそれらはあくまでも間接的に示されるものに止まっていた。これに對して次の詩の場合、その始原性・永遠性が、泉の本質として正面から語られることになる。

雨後宿劉司馬池上　　　雨後に劉司馬の池上に宿す　賈島

藍溪秋漱玉　此地漲清澄　　藍溪　秋に玉もて漱ぐ　此の地　清澄　漲ぎる
蘆葦聲兼雨　芰荷香遶燈　　蘆葦　聲は雨を兼ね　芰荷　香は燈を遶る
岸頭秦古道　亭面漢荒陵　　岸頭は秦の古道　亭面は漢の荒陵
靜想泉根本　幽崖落幾層　　靜かに泉の根本を想ふ　幽崖　落つること幾層

〔大意〕　藍溪に來て、秋に美玉で口を漱ぐ。この地には、清澄な水が漲っている。蘆葦は、雨に打たれて鳴り、芰荷は、燈の側まで香を漂わせる。岸邊は、秦の時代の古い街道。亭は、漢の時代の荒れた陵墓と向かい合う。靜かに、泉の根源に思いを致すのだ。岩壁を傳って山の高みから滴り落ちる、その泉の根源を。

藍溪は、玉山から滲み出て流れ落ちた溪流を集める川である。その玉山は、美玉の產地として知られる山である。こうして玉山から流れ出る藍溪は、玉のように澄んでなめらかな泉水の純粹性が保證されることになる。——その一方で、藍溪の道は、古くより長安から商山を越えて漢水に通ずる、長江中流地域に向かう交通の要路であり、また藍溪を下れば灞水に合流して、そこは灞陵をはじめとして前漢の陵墓を集める地域である。要するにここは、歴史の時間を深く刻み込んだ土地なのである。

この詩は、賈島の泉水に對する觀照を綴ったものであるが、とりわけ興味深いのは「靜想泉根本」の一句である。賈島は、泉水を單なる卽物的な知覺の對象として捉えているのではなく、その知覺の範圍の外にある根本に思索をめぐらしていたことが、端無くもここに表明される。泉水の屬性は、清澄性である。また歴史に對する超越性である。すなわち藍溪を滿たす泉水は、秦漢の遺跡と時閒を共にしてきた。そして大地の奧處から湧き出してくる根源性である。これらのことが、印象風に斷片的に、要するに非思索的に羅列されている樣に見えるのだが、しかし賈島の自ら語る「靜想泉根本」の句によって、これらの泉水の屬性が、賈島の中で一つの全體として凝縮され、把握されていることが判明する。賈島のこの詩に示されるような泉水に對する形而上學的思索は、唐代の他の詩人たちの詩には絕えて見られないものである。

(5)　泉の根源性

次の「口號」詩になると、泉水に對する愛着は、先程の觀照を超えて、宗教的ともいえる情熱を帶びる。それは最早、卽物的な水などではなく、根源の存在を象徵するものなのである。

中夜忽自起　汲此百尺泉　　中夜　忽自として起き　此の百尺の泉を汲む
林木含白露　星斗在靑天　　林木　白露を含み　星斗　靑天に在り

〔大意〕　眞夜中にふと起き出して、この百尺の深さの井戸から水を汲む。林には、白露が結び、北斗星は羣靑の空に掛かっている。

眞夜中の時閒、それは賈島においては、地上の總てのものが活動を休止して、ただ根源の存在だけが息づき、エネルギーを蓄積する時間と感得される。賈島は、その「地上の總てのものが活動を休止」した眞夜中に、何の豫感もなく、この時ふと目を醒ましたのである。それはいわば禁斷の世界に、迷い込んだにも等しい。そこで賈島を待ちかまえていたもの、それはきらきらと光る白露をいっぱいに葉先に含んでたたずむ林の木々であり、深い羣青色の天空を背にふるようにまたたく星々と北斗の姿である。人間の營みをよそに、自らを莊嚴に現在させているその「根源」の活動に、賈島は五體をもって觸れるのである。――井戸が現れるのは、その文脈である。井戸は、百尺の深さとして提示される。泉水が、深く、大地の奧處を滿たしていることを直覺的に表現しようとするものである。賈島は、この時その大地の奧處に向かって長い釣瓶《つるべ》の綆《なわ》をおろして、泉水を汲み上げる。それは天空の星々や、木々の葉末に輝く白露とともに、根源の存在に屬するものであり、賈島はその汲み上げた泉水のしずくを口に含もうとする。天地の根源のエネルギーを體內に吸收する、それはいうなれば、宗教的な祕儀にも似た行爲である。

地上の總てのものが活動を休止する中で、ただ根源の存在だけが息づいてエネルギーを蓄積するという感覺は、賈島に獨特のものである。泉水に關わる、同樣に興味深い用例を二つ掲げる。

田將軍書院　　　田將軍の書院　　賈島

滿庭花木半新栽　　庭に滿つるの花木　半ば新たに栽う
石自平湖遠岸來　　石は平湖の遠岸より來たれり
筍迸鄰家還長竹　　筍は鄰家に迸る　還《な》ほ長ずるの竹
地經山雨幾層苔　　地は山雨を經たり　幾層の苔
井當深夜泉微上　　井は深夜に當たりて泉　微《わず》かに上り

閣入高秋戸盡開　　閣は高秋に入りて戸　盡く開けり
行背曲江誰到此　　行《あゆみ》は曲江に背けば誰か此に到らん
琴書鎖著未朝迴　　琴書　鎖著して未だ朝より迴らず

〔大意〕庭いっぱいの花木は、半分は近頃植えたもの。庭石は、湖の遠い岸から運んできた。筍は、はみ出して隣の家で立派な竹となり、地面は、山に降る雨を經て苔が厚く蔽っている。井戸は深夜になると水位もじわじわと上がり、高殿は爽やかな秋になると窓をいっぱいに開け放つ。曲江とは違った向きに歩くので、誰もここまではやって來ない。琴書は仕舞われたままで、將軍はまだ朝廷からお歸りにはならないのだ。

賈島は、このとき主人不在の田將軍の家敷を訪ねている。將軍が朝廷に出勤した後に、賈島は屋敷に留まって、將軍の歸りを待っているのであろう。ここでは「井當深夜泉微上」が注目の句である。泉水は、深夜に當たって人知れず漲り、水位を高める。これは賈島が眞夜中に井戸を覗き込んで確認したようなものではなく、彼の日頃の思念を延長する中で得られた句である。これと對句を組む「閣入高秋戸盡開――閣は高秋に入りて戸盡く開く」は、秀句ではあるが、秋を描いた一般的な表現の枠の中に收まっている。しかし眞夜中に人知れず水位を上げる井戸を思い描いて詠ずる詩人は、賈島以外にはいない。

　處州李使君改任遂州因寄贈　　處州の李使君　改めて遂州に任ぜられ因りて寄贈す　　賈島

庭樹幾株陰入戸　　庭樹　幾株か　陰は戸に入る
主人何在客聞蟬　　主人　何《いづ》くに在りや　客　蟬を聞く
鑰開原上高樓鎖　　鑰《かぎ》もて開く　原上　高樓の鎖

瓶汲池東古井泉
趁靜野禽曾後到
休吟鄰叟始安眠
仙都山水誰能憶
西去風濤書滿船

瓶もて汲む　池東　古井の泉
靜を趁《お》ふの野禽　曾《すなは》ち後れて到り
吟ずるを休むるの鄰叟　始めて安眠す
仙都の山水　誰か能く憶はん
西去すれば風濤　書　船に滿つ

〔大意〕　何本かの庭の木は、深い影を入口の扉まで落としている。主人は今どこにいるのだろうか、自分はここを尋ねて蟬の聲に聞き入っている。鍵で、原上の高殿の錠前を開け、瓶で、池の東の古井戸の水をくみ上げる。野鳥は靜けさを求めて、ようやくここに飛んでくる。隣の年寄りはぶつぶつ言うのを止めて、寢付いたようだ（費解）。仙都山（處州の縉雲山）の美しい景色を、誰がいつまでも振り返るものか。あなたは新しい任地に期待しながら、舟いっぱいに本を積んで、長江の風濤の中を西の遂州に向かって旅しているのだ。

處州（浙江省麗水縣）刺史の李繁が、遂州刺史に轉任した。その留守宅を訪ねた時の作。この詩が描くのは、夜ではなく、白晝である。興味深いのは、その留守宅で、賈島は井戸の水を汲んで飲もうとしていることである。主人不在の時間にあっても、井戸は忘れることなく新鮮な泉水を漲らせている。これは、人間が不在となった深夜の世界にあって靜かに泉水を蓄える井戸の延長に位置している。

＊　　＊　　＊　　＊

泉水は、人間不在の時間の中にあっても大地の奥處で靜かに己れを蓄えて、水位を漲らせる。賈島はその中に、根源のエネルギーを直覺している。次に讀む詩は、そのような賈島の思いが純粋に表出されたものである。

戲贈友人　　　　　　戯れに友人に贈る　　　　賈島

一日不作詩　心源如廢井　　一日　詩を作らずんば　心源　廢井の如し

筆硯爲轆轤　吟詠作縻綆　　筆硯は轆轤と爲し　吟詠は縻綆《びこう》と作す

朝來重汲引　依舊得清冷　　朝來　重ねて汲引すれば　舊に依りて清冷たるを得たり

書贈同懷人　詞中多苦辛　　書して懷を同じくする人に贈らん　詞中には苦辛多し

〔大意〕一日詩を作るのを止めると、心の源が、枯れ井戸のようになってしまう。筆硯は、井戸水を汲み上げる轆轤だ。吟詠は、その釣瓶《つるべ》に結んだ繩だ。朝はやくに汲み上げてみると、昨日と何も變わらぬ清冽な水だ。その心の源から汲み上げたばかりの詩を紙に書いて、同志の君に贈る。詩中には、人知れぬ苦心が籠められているのだ。

賈島は、創作力、つまり自らを作詩に驅り立てるエネルギーを、井戸の底に湧き出す泉水に譬えている。筆と硯は、釣瓶を巻き上げる轆轤であり、いざ詩を吟ずることになるのは、釣瓶の縻綆を井戸に下ろすことだと、賈島は言う。――賈島は、井戸の泉水に、不斷に湧き上がる根源のエネルギーを感得していて、それを己れに備えられた創作力の高貴な譬喩としたのである。もっともこれを譬喩と解釋するようでは、そこに觀念の操作が入り込んでいて、正確ではない。賈島は、この二つが全く同じ源に由來していると、理窟拔きに直覺しているのである。

結語

原東居の生活は、いわば賈島の後半生の全てである。賈島の文學活動の大部分は、ここにおいて營まれた。しかし原東居の生活は、孤獨の中にあった。賈島は、無官であり、またそこには家族が集う樣子もなかった。(10)賈島は二十年餘り、故郷を失って、長安に寓居し續けたことになる。賈島が孤獨の中で、いったい何を支えに原東居の生活を續けることができたのか、それは不明とするしかない。しかしただ一つ確かなことは、賈島には、喜びもあったに違いないことである。人が生きる時には、悲しみの總量に見合うだけの喜びが必要なのである。

確かに賈島には、詩作の喜びがあった。そのことは、賈島自身が述べるところである。しかし詩作は、それだけを糧にして續けることはできない。賈島には、孤獨に堪える力と、自らを詩作に驅り立てる力が必要であり、それを根柢から支えるさらなる何かが必要だったのである。

本稿は、その何かを、賈島における泉の體驗の中に求めてみた。賈島の泉の認識は、比喩の方法をとらなかった。すでに他に存在するものを、泉の一面の特性に擬え重ねるような寓意の方法を、取らなかった。あるいは全く反對に、泉の本質を、すでに他に存在するものに擬え重ねることによって理解しようとする認識の方法を、取らなかった。賈島は、いわば泉の中に直かに參入することによって、そこに根源の存在を感得していた。賈島は、その根柢の體驗の中で、原東居における孤獨な生活に堪え、また自己を詩作に驅り立てる力を得たのである。

賈島は、見えないもの、正確に言えば形の背後にひそんで見えないものを、見ることのできる稀有の詩人だった。無論すぐれた詩人が、皆なそのようであったわけではない。しかし見えないものを見ることのできる者は、すぐれた詩人となる資質を持ち合わせている。賈島は、そのような詩人だった。

言葉に達者な詩人、言葉を豊かに紡ぎ出せる詩人が一方にいる中で、賈島の言葉は貧弱であり、訥辨ですらあった。しかしその訥辨の賈島が、詩人として卓れた個性を現すに至ったのは、一に掛かってその稀有な資質によるものであろう。それは、苦吟と呼ばれたりもする人爲的な言葉の鍛錬の成果ばかりではなかった。苦吟の詩人はいくらでもいたが、賈島は一人しかいなかった。賈島の文學を他から分かつものを考えるときに、この一點を外すわけにはいかないのである。

〔注〕

（1）「就可公（無可）宿」詩に「十里尋幽寺、寒流數派分。僧同雪夜坐、雁向草堂（草堂寺）聞」。

（2）なお落涙の用法は、盛唐期以降漸減する。涙を迸泉のように迸らすと言うのは、盛唐的な誇張表現なのであろう。

（3）「泉」の字を詩題・詩中に詠み込んだ詩は、王維三四首、李白六五首、杜甫六〇首、岑參二五首、劉長卿二一首、韋應物四〇首、皎然三七首、張籍二六首、王建二九首、元稹三〇首、劉禹錫二四首、韓愈一九首、柳宗元九首、姚合三七首。

（4）權臣裴度（七六五―八三九）が、長安の興化里に豪勢な池亭を營んだこと、また晩年（大和八年）に洛陽の鼎門外の午橋に贅を凝らした別墅綠野堂を築き、白居易・劉禹錫らの文人を集めて酣飲したのは、前時代の王侯貴族の趣味を承け繼ぐものと言えなくもない。『舊唐書』卷一七〇「裴度傳」に「度以年及懸輿（七十歲）、王綱版蕩、不復以出處爲意。東都立第於集賢里、築山穿池、竹木叢萃、有風亭水榭、梯橋架閣、島嶼迴環、極都城之勝概。又於午橋創別墅、花木萬株、中起涼臺暑館、名曰綠野堂。引甘水貫其中、釃引脈分、映帶左右。度視事之隙、與詩人白居易、劉禹錫酣宴終日、高歌放言、以詩酒琴書自樂、當時名士、皆從之遊」。

（5）裴度は長安興化里に豪壯な池亭を構え、そこに白居易・劉禹錫・張籍らを招いて「西池落泉聯句」を作っている。なお裴度については、（注4）參照。

（6）嚴密に言えば、白居易は泉水と井水の雙方を意識する時、兩者を相對立する性格のものとして理解していたようである。特に後者の例は分かり易い。「不比山上泉、比君井中水」（「和答詩十首、和分水嶺」）、「井鮒思反泉、籠鶯悔出谷」（「孟夏思渭村舊居寄舍弟」）。「籠」は閉塞、「谷」は自由の象徵。同樣に、「井」は閉塞、「泉」は自由の象徵である。閉塞した井戸の中の水と、自由に流動する泉（河川）の水との對比が、白居易にはあったのだろう。

（7）但し例外もある。姚合は後年は高官に昇進し、自宅に庭園を營む餘裕も出來た。「題家園新池」詩に「數日自穿池、引泉來近陂。尋渠通咽處、遶岸待清時。深好求魚養、閒堪與鶴期。幽聲聽難盡、入夜睡常遲」。この邊になると、白居易の造園の詩と大同小異である。また白居易に寄せた「寄東都分司白賓客」詩の後半「賓客分司眞是隱、山泉遶宅豈辭貧。竹齋晩起多無事、唯到龍門寺裏頻」は、姚合が白居易の造園趣味に違和感を覺えなかったことを示す。ただ「豈辭貧」と一言付け加える點が、武功體の詩人の面目である。

（8）「古井」は、常樂坊にある景公寺の八角泉を言うか。原東居のある昇道坊は、常樂坊の三つ南の坊里である。

（9）昇道坊の東北の角に位置する延興門を、賈島は好んで前漢の長安城の東門の一つである青門に擬えた。また青門に接するみずからの昇道坊を青門里と稱した。

（10）賈島が妻帯したことは蘇絳「唐故司倉參軍賈公墓銘」に「夫人劉氏」とあることから知られるが、結婚の時期も含めて事情は一切不明。なお賈島は、末端に位置するとはいえ士人であり、身の回りの世話をする從僕はいた。王建の「寄賈島」詩に「僮眠冷榻朝猶臥」とある。

IV

聞一多の「賈島」

――賈島研究の今日的課題――

「賈島」と題された文章は、聞一多が生前に書きためた唐詩關係のエッセイをまとめた『唐詩雜論』（古籍出版社、一九五六年）に收められて廣く讀まれることになった。(1) その初出は、昆明で出された『中央日報』「文藝」副刊第十八期（一九四一年）である。この時、聞一多は北京の淸華大學を離れて、西南聯合大學の教授となっていた。

この西南聯合大學時期の足掛け八年間、聞一多の古典研究は豐穰な成果を上げており、古代神話學・詩經學・楚辭學の成果以外にも、唐詩關係では「宮體詩的自贖」（四一年）・「四傑」「孟浩然」（以上四三年）などのその後の研究に大きな影響を與えたエッセイを書き上げている。この時期の唐詩關係のエッセイは、一般讀者向けに書かれたものであっても、十分な學問的熟慮を基礎とし、唐詩の理解に重要な視點を提供するものである。この「賈島」の文章が、唐詩研究において今もなお重要性を持つのは、所以のないことではない。

一　「賈島」の提案したこと

「賈島」は、四千字ばかりの短い文章ではあるが、そこには賈島についての多くの斬新な知見が盛り込まれている。その中の一部は、その後の賈島研究の中で肯定的に繼承されており、また一部分は、今後の檢證を待つべき命題として殘されている。今、その中から特に重要性が高いと思われる論點を四つ取り出してみよう。

①元和長慶年閒の詩壇の情況を、韓愈派、白居易派、および賈島・姚合派（以下便宜的に賈島派）の鼎立として理解すること。

②晩唐五代の詩壇の情況を、賈島の影響が瀰漫する「賈島の時代」として理解すること。

③賈島派における五言律詩の制作の盛行を、科擧應試のための受驗勉强と理解すること。

④賈島の文學への回歸現象は、晩唐五代に限らず、宋末の江湖派、明末の竟陵派、清末の江西派において繰り返されると理解すること。

「賈島」というエッセイが提出した命題は大小多岐に亘ってこれだけに止まるものではないが、現在の賈島研究において上記の四點はいずれも重要な位置を占めるものである。以下、節を改めて、これらの四點について研究史的意義と、今後の研究への發展性について、簡單に私見を述べることにしたい。

二　韓愈派・白居易派・賈島派の鼎立

「これが元和長慶年閒の詩壇における三つの有力な新傾向であった。すなわち、こちらでは年老いた孟郊が、あの苦味のきいた刺々しい五言古體詩を唸って、世道人心に向かって惡罵の言葉を浴びせかけ、その罵聲の中で、盧仝と劉叉がおどけた仕草で人を笑わせ、韓愈は朗々と響く大音聲で佛老を攻擊していた。あちらでは元稹と張籍と王建が、白居易の社會改良の旗印の下で、リズミカルな樂府の調子に乘せ、樣々な階層の中に潛む病んだ小さな悲劇を取り上げて、社會にむかって哀訴していた。そして同じ時に、遠く離れた古びた禪房や小さな縣の役場において、賈島や姚合が一羣の若者を引き連れて詩を作っていた。各人の出世のために、また嗜好を滿足させるために、暗い色調の五言律詩を作ったのである。〔暗いのは嗜好のせいで、五言律詩は出世のために〕」（以下、聞一多「賈島」の引用は松原譯による）

元和（八〇六〜八二〇）・長慶（八二一〜八二四）年間のいわゆる中唐後期の詩壇の情況について、通行する主な文學史は、韓愈と白居易をそれぞれ中心とする詩人集團の二極對立の中で説明している。しかし聞一多は、實はそこに重要な第三極があるとして、賈島と姚合を中心とする詩人集團が存在していたと指摘するのである。この聞一多の指摘は、七十年後の今日においても、なお十分に新しい文學史的主張となっている。

ところで聞一多のこの指摘には、注意深く讀まなければいけない點がないでもない。特に注意すべきは韓愈派・白居易派・賈島派の文學活動を、同時平行的に捉えたことである。以下、この點について、聞一多の説明を續けて聞いてみよう。

「老年や中年の人が人心を勵ましつつ、社會の改良のために心を碎いているときに、青年が却って孤獨の中で、ひっそりとした片隅に籠って詩を作っている、この有樣は新奇なように見えて、實は古い中國の傳統社會の制度の下では當たり前の狀態であった。前の二者が、すでに名を成し、あるいは榮達し、社會的地位を踏まえて發言し行動する機會と責任が備わっていたのと異なって、これらの無名で官職もない青年は、地位の點でも職業の點でも言ってみれば「未成年」であり、種々の國家や社會に對する崇高な責任が彼らの肩の上にのしかかることもなかった。しゃしゃり出たまねは御法度という御時世だったので、誰もそんな大それたまねをしようとは思わなかった。とはいえ抱負があっても、また無くとも、一人の讀書人としてその時代を生きている限り、詩だけは作らなければならなかった。詩を作ればこそ、出世の階梯を一段上る希望も持てた。詩を、ある規格に合わせて作るまでになれば、またもしも幸運に惠まれさえすれば、科擧に及第することができたし、その時こそ、理窟の上では社會の中で「成人」と目され、發言し行動する資格が備わるのである。さもなければ、かりに詩が上手く作れず、もしくは規格を踏み破ってしまったならば、また詩に問題が無くても運に惠まれなければ、その人は一生かけて詩を作り續けるしか術はなく、責任を果たすために詩を作ることを自らに課し、あるいは思いに驅られて詩を作り憂さを晴らすしかなかった。賈島は、この古色蒼然たる制度の犠牲者であり、またその完璧なる體現者であった。この情況の中で、彼が孟郊の徹底性に學ばなかったことを、また白居易の集團に加わらなかったことを咎めようとするならば、それこそ現實を知らないというものである。賈島と彼の仲間が、何故、他の人が時勢を救おうと努めていたときに、詩を作ることだけに沒頭していたのかは、これで理解できるであろう。」

ここでは、詩壇の情況が世代閒の對立によって説明されている。しかしながら、老年の孟郊が頽廢した世道を呪詛し、中年の白居易が社會改良のために心を砕いている丁度その時に、靑年の賈島や姚合らが社會に背を向けて詩作に耽っていたという聞一多の記述は、必ずしも正確とは言えない。韓愈も白居易も、元和長慶の全期閒を通して旺盛な文學活動を續けていたことは事實である。しかしながらこの二〇年の時閒は、前後の異質な時閒として二分して考えるべきであろう。(2) 賈島らが詩人の隊列に加わる元和一〇年(八一五)前後を見れば、孟郊は死去し(元和九年)、白居易は江州左遷という政治的挫折(元和一〇年)を經て、もはや社會改良を文學の主要な關心とすることはなくなっていた。附け加えれば、元和一一年には李賀も死去している。つまり元和長慶の閒には、確かに韓愈派・白居易派・賈島派の三つのグループの文學活動が存在していたが、三者は時期を違えていて、同時に鼎立することはなかった。韓愈と白居易は元和一〇年以降も生きて活動を續けていたが、聞一多が言う意味での積極的な文壇的役割からはすでに離れていた。そして賈島派の活動は、この二者と入れ替わるようにこの時期から本格化するのである。聞一多はもとよりこの事實を承知している。それ故にこそ、聞一多がなぜこのような鼎立の記述に執着したのか、その理由が問われなければならない。

恐らくその理由は、二つあるだろう。第一に、賈島が文學史に果たした役割を特筆する必要があったためである。從來の文學史の記述によれば賈島は孟郊と共に韓門の詩人に分類されるために、韓愈派と白居易派を對立的に描くその傳統的圖式の中では、第三極の位置づけを賈島に與えることはできなかった。このため、どうしても賈島を韓門（特に孟郊）から切斷して、可能な限り對立的な構圖の中に置く必要があった。またそのことを印象づけるためには、時間差を設けずに、同時性を前面に押し出すのが效果的であった。

また第二に、「無力な青年（社會的未成年者）」の存在を、すでに科擧に及第して官僚として地位を築いている中年・老年との對比で强調したかったためである。「科擧＝官僚制度」が支配する傳統中國では、どの時代を輪切りにしても、そこには科擧に落第して「發言力のない青年」と、科擧に及第して任官している「發言力を持つ中年・老年」との矛盾が存在し、またそれこそが傳統中國の病弊であることを、聞一多は指摘しようとした。そのためには、發言力のない青年の賈島らと、孟郊・白居易を、同時代的に共存させる方が效果的だった。

しかしこの二點とも、聞一多が自らが思い描く構圖を文學史に逆照射したものであり、事實關係において必ずしも正確ではない。今後の賈島研究において、この部分を丹念に明らかにする必要がある。

三　賈島の時代

「初唐の華美、盛唐の壯麗、それに直前の大曆十才子の洗練、そのどれにも食傷し、幻滅を覺えつつあった。彼らは淸涼劑を欲し、ないしは酸いた苦味で口直しをしたかったのだ。長年にわたる熱情と感傷の中で、彼らの感情は疲勞していた。その時、彼らは休息を取りたかったのだ。彼らがよく知る禪宗、それに老莊思想が、彼らを誘うことになった。孟郊や白居易は、彼らにもっと前に進めと鼓舞した。しかし前に進むことは無理だった、彼らはとうに聲も嗄れ、力も盡き果てていた。加えて理窟を言えば、佛教や道家の立場では「退嬰」を感ずることこそが正しい生き方だった。こうして苦悶しているときに、賈島がやって來て、彼らは救われ、そこに新しい世界があることに驚喜したのである。」

「こうして休息し、休息するのだ。そう、休息だけが疲勞を除き、氣力を回復させて、次の緊張に備えることができるのだ。休息というこの政治思想の中の古い手法が、文藝においては、初めて賈島によって發見されたと言ってもよかろう。この發見の重要性は、當時もしくは後世の趨勢の中に見て取ることができる。晩唐から五代にかけて、賈島に學んだ詩人は數え切れないほどであり、極めて少數の明らかな例外が、語句の意境や修辭についての關心に赴いたのを除けば、その他の一般の詩人の羣れ、つまり羣れた詩人たちは、全てが賈島に屬していたのである。この觀點では、晩唐五代を賈島の時代と稱して良かろう。」

晩唐五代と稱される時期は、かりに甘露の變（八三五年）以降、北宋による統一（九六〇年）以前とすれば、前後一二〇年餘りの時間となる。その時期全體を、賈島の影響下にあるものと見て「賈島の時代」と稱するのは、聞一多の創見である。

この聞一多の「賈島」が發表される以前の中國の有力な文學史において、この時期の文學がどのように說明されていたかを確認しておく必要があるだろう。手元にある鄭振鐸の『插圖本中國文學史』（一九三二年序刊、香港商務印書館、一九六一年刊行）の晩唐部分（第三十章「李商隱與溫庭筠」三九二頁）は、次のように始まっている。(3)

韓白の時代以降は、溫李の時代となる。溫李の時代は、唐の文宗の開成元年（八三六年）に始まり、唐の滅亡（九〇七年）に終るが、それは筆者の言う晩唐の時期に相當している。この時代の詩人たちはその數も多く、文學の盛んなることは開元・天寶時代にも似ている。しかしながら、その詩風はまるで異なっていた。この時代の代表的な詩人は、紛れもなく李商隱と溫庭筠の二人である。その他の詩人は、杜牧らの若干を除けば、殆どすべてが彼ら二人の左右に控える者である。溫李の詩風は互いに類似したものであり、これ以前の詩人たちの世界の外に、見事な別乾坤を建立している。五七言詩は溫李に至って、ほぼ擴げるべき世界を盡くすことになった。その結果、それ以後は模倣に終始して、斬新な詩風が起ることは殆ど途絶えることになる。溫李は、最後に新しい詩風を起こした者たちであり、その影響と地位は、格別に重要なのである。

また賈島については、中唐に遡って同書第二十七章「韓愈與白居易」の第三節に次のように述べている。

韓愈の仲閒には、盧仝・孟郊・賈島・劉叉・劉言史らがいた。彼らは皆な苦心して新しい表現を求め、險怪なもの、寒瘦なものから出發しようとした。……賈島、字は浪仙。……賈島は孟郊と名を等しくし、時に彼らの詩を「郊寒島瘦」と稱した。…（推敲の逸事の紹介）…賈島こそ、世を遺れて、思念の世界に游ぶ詩人であった。

鄭振鐸の賈島評價は、賈島をまず孟郊・盧仝らの韓門の詩人の中に位置づけ、彼らを「刻意求工、要從險削、從寒瘦處立定足根的」という共通した大傾向で括り、その上で各人の個性に言い及ぶなかで述べられている。蘇軾の評語「郊寒島瘦」を引いて賈島を説明するのも、賈島を韓門と一體化するという文學史的理解を表明するものである。こうした記述は、今日の通行する多くの文學史の記述と基本的に同じであり、鄭振鐸の見解が堅實なものであることを示している。

一方、聞一多が敢えて賈島を韓門から切り離して、韓愈派・白居易派と鼎立する賈島派を文學史に設定したことは、こうした賈島理解が今なお一般的な中で、今だに十分に斬新な提案なのである。

＊　＊　＊　＊　＊

杜牧・李商隱・溫庭筠をもって晩唐の三大詩人とする通行文學史の理解と、「晩唐五代は賈島の時代」とする聞一多の理解とは、どのように折り合いを付ければ良いのだろうか。

聞一多は言う。「晩唐から五代にかけて、賈島に學んだ詩人は數え切れないほどであり、極めて少數の明らかな例外が、語句の意境や修辭についての關心に赴いた」。ここの部分の表現は、多分に詩的で直感的であるが、この「極めて少數の明らかな例外」が杜牧・李商隱・溫庭筠らを指していることを疑う必要は無かろう。聞一多が彼ら三人の晩唐詩の大家を知らなかったわけもなく、それにもかかわらず敢えて彼らの名前を出さないことが興味深い。「晩唐五代は賈島の時代」という聞一多の主張は、今日の文學史においてもまだ定論となってはいない。なぜならば、文學史はその時代を代表する有力な詩人を繫ぐ形で書かれるのが定石であり、また讀み手にとっても分かり易いからである。しかるにこの「賈島の時代」は、晩唐の三大詩人のような少數の例外を除いて、強い個性を持った詩人を生まなかった。そのためもあって、文學史の執筆者が晩唐を「賈島の時代」と稱することに躊躇するのは、やむを得ないことでもある。とはいえ聞一多の主張には注意深く耳を傾けなければいけない。大きな個性を持たない「その他の一般の詩人の羣れ」が、賈島に學んだのである。そこに有名な詩人は少ないし、有名な作品も少なかった。しかしながらこの時代の文學の生地は、やはり「ここ」にあったのである。

極めて便宜的な數字ではあるが、かりに晩唐の詩を『全唐詩』で卷五〇三（周賀）より卷七八四までに收める詩とすると、總計一六一六六首。その數は、作者の名と共に傳えられた唐詩約四一〇〇〇首の[4]、實に五分の二を占める。この中には、杜牧・李商隱・溫庭筠、あるいはやや小粒にはなるが許渾・皮日休・陸龜蒙・羅隱・韓偓・韋莊らの個性を主張する詩人たちが含まれることになる。しかしながらこの膨大な量の晩唐五代詩において、上記數名の詩人たちの作品は小さな部分に過ぎず、殘りの大部分は、聞一多の謂う所の「その他の一般の詩人の羣れ」の作品なのである。賈島に學んだのは、こうした多くの文學史に名も著れない詩人たちであったが、しかし彼らが作り續けた大量の文學こそ、晩唐文學の生地を作るものだったのである。

四　「姚賈」という括り

「そして同じ時に、遠く離れた古びた禪房や小さな縣の役場において、賈島や姚合が一羣の若者を引き連れて詩を作っていた。」

ところで賈島について、韓愈との關連ではなく、右の引用のように同輩の親友姚合との關連から捉える視點は、かつて全く無いでもなかった。その點では、聞一多はその古い視點を復活させたようにも見える。しかしながら、それは單純な意味での復活とは區別されるべきものである。

賈島・姚合の併擧は、南宋の永嘉四靈・江湖詩派あたりで成立している。しかし賈島と姚合を一括りに見ようとするこうした視點は、南宋の江湖詩派とその直接の影響が及んだ元代の一時期を除けば、文學史的認識として深められることはなかった。そればかりか四靈・江湖詩派の衰退と共に、賈島について言えば、影響力のある蘇軾の「郊寒島瘦」の評語、あるいは推敲の故事の浸透によって、卻って韓門詩人としての位置づけが强化され定着することになる。

「賈島・姚合の併擧」が唱えられた南宋の中後期は、まだ唐代文學についての文學史的認識が未成熟な段階にあったと見るべきだろう。唐三百年を初唐・盛唐・中唐・晩唐に分ける「四唐說」が提出されるのは、明初の高棅の『唐詩品彙』においてである。それに先立つ宋末元初の嚴羽においてようやく初唐・盛唐・晩唐の概念は萌芽しつつあったが、中唐に當たる時期については、「大曆體」「元和體」と稱して、それを一括して中唐と稱する認識はまだ成立していなかった。また元の楊士弘『唐音』には盛唐・中唐・晩唐の呼稱が登場するが、初唐を缺き、またそれぞれの分期も後世のものと必ずしも一致するものではなかった。(5) こうして見ると、唐一代を對象化し通觀することが可能となるのは、早くとも南宋末期ないしは明初を待つ必要があった。つまり南宋の江湖詩派の詩人たちが賈島・姚合を祖述した段階では、唐三百年の詩風をいくつかの對立的な時期に細分して、その中から賈島と姚合を選び取るという認識は熟しておらず、最も重要な對立軸は宋（江西詩派）⇕唐（賈島・姚合）であり、その對立の中から唐を選び取ることが、彼らの主張の眼目だったのである。※ この結果、四靈・江湖詩派たちの唐代文學に對する認識は、唐三百年をさらに分期して、詩人や詩體の前後關係や繼承關係に向かって深められることは無かった。

※　四靈・江湖派に對する當時の論評において、賈島・姚合を代表とする文學を、「晩唐」（中唐ではない！）と稱する例があるのは良いとしても、單に「唐」（また「唐宗」）と稱する例があることは、「宋⇕唐」の對立圖式こそ彼らの意識の中心にあったことを物語る。左に三例を掲げる。

○慶曆嘉祐以來、天下以杜甫爲師、始黜唐人之學、而江西宗派章焉。然而格有高下、技有工拙、趣有淺深、材有大小。以夫汗漫廣莫、徒枵然從之而不足充其所求、曾不如脰鳴吻決、出豪芒之奇、可以運轉而無極也。故近歲學者已復稍趨於唐而有獲焉。（葉適『水心集』卷一二「徐斯遠文集序」）

○往歲徐道暉諸人擺落近世詩律（「近世詩律」は江西詩派を指す）、斂情約性、因狹出奇、合於唐人、夸所未有、皆自號四靈云。（葉適『水心集』卷二九「題劉潛夫南嶽詩稾」）

○至東坡・山谷始自出已意以爲詩、唐人之風變矣。山谷用工尤爲深刻、其後法席盛行、海內稱爲江西宗派。近世趙紫芝・翁靈舒輩、獨喜賈島・姚合之詩、稍稍復就淸苦之風、江湖詩人多效其體、一時自謂之唐宗。（嚴羽『滄浪詩話』）

その後、唐詩に對する認識は、『滄浪詩話』の嚴羽に始まり、『唐音』の楊士弘を經て『唐詩品彙』の高棅によって四唐說という一つのモデルに收斂する形で、文學史的認識へと深められた。四靈・江湖詩派の唐詩認識と、その後に提唱される四唐說の間には、唐詩を祖述の對象とする認識の漸進的な深まりがあり、これに伴って、兩者が想定する「對立軸」に變化が生じていることには注意が必要である。すなわち前者においては、南宋中期の江西詩派が流行する情況を所與の前提として、「宋（江西詩派）⇕唐（賈島・姚合）」が主要な對立軸となっていた。すなわち四靈・江湖詩派は、唐詩（賈島・姚合）を標榜する形で、江西詩派に對抗したのである。しかし後者の立場は、唐詩を祖述の對象とするのを前提とした上で、唐詩の中に「初唐⇕盛唐⇕中唐⇕晚唐」という對立軸を設定し、その中から「最も唐詩らしい唐詩」として盛唐詩を取り出して評價しようとするものである。この四唐說は、當初は實作の規範を求める中で提出された實用主義的文學觀の成果であるが、今日の客觀的な文學史の枠組みとしても一定の有效性を持つものであり、この結果、多くの文學史に踏襲されている。

ところでこの四唐說は、賈島・姚合の文學史的位置づけを複雑なものにした。四唐說によれば、中唐と晚唐の境を甘露の變が起こった太和九年（八三五）前後に置く。この結果、賈島と姚合は中唐の詩人に分類され、彼らの文學が實際に影響力を及ぼすことになる晚唐期が、彼ら二人から切り離されることになった[6]。さらにその結果、正眞正銘の中唐詩人となった賈島は、姚合からも切り離されて、專ら韓門の有力詩人として位置づけられることになるのである。

經緯をこのように復習するならば、聞一多の主張の新しさが理解できるであろう。聞一多は、ひとまずは四唐說という傳統的な唐詩理解の枠組みを受け入れた上で、元和長慶という中唐の枠組みの中で、賈島・姚合の詩壇的な活動を捉えた。その上で、賈島・姚合の詩風が、續く晚唐期を風靡するという圖式を描いたのである。つまり中唐の賈島を、晩唐文學の先驅的詩人として位置づけるという二段構えの手法を採用したのである。

五　五言律詩

「しかし何故、五言律詩だけを作ったのだろうか。これについては、さらに説明が必要となろう。孟郊たちが、議論を構えるために五言古體詩を作り、白居易たちが、物語を語るために樂府を作ったのは、どちらも各自に固有の目的のためであり、當時の習慣を離れて、意匠を凝らすために特殊な道具を用いたと言うことになる。しかし賈島の一派は、そのような必要はなかった。彼らにすれば、當時の最も通行する詩型、五言律詩で十分だった。第一に、五言律詩は、五言八韻の試帖詩に最も近く、五言律詩を作ることは、受驗勉强をするにも等しかったから。第二に、ちょっとした景物を捉えて情緒を際立たせるには、五言律詩がうってつけの詩型だったからである。」

試帖詩が五言律詩を詩型とすることもあったのは、事實である。しかし試帖詩の中心的な詩型は五言排律、しかも六韻十二句がその基本的な詩型だったことを確認する必要がある（參照：『文苑英華』「省試」巻一八〇〜一八九）。從って、賈島・姚合を祖述する集團が、不遇な情況の中で專ら科擧の受驗のために五言律詩の制作に明け暮れていたとする聞一多の説明は、必ずしも説得力を持つものではない。彼らの五言律詩の愛用については、別の角度からの説明が必要となるだろう。

そもそも五言排律は、五言律詩の中間二聯の對偶部分を擴大した詩型であり、それ故に長律とも呼ばれる。その限りにおいて、發生的に兩者の關係は密接だった。六朝後期の情況を見れば、近體の韻律が整備される趨勢の中で、八句から、長くともせいぜい十六句という五言詩の短篇化が進んでいた。その一つの情況の中から、その後の五言律詩や五言排律が形成される。つまり五言律詩は「短い五言排律」、五言排律は「長い五言律詩」であるに過ぎず、兩者は「伸縮自在な對偶部分を核心に構成される五言近體詩」として當初は一體のものだったのである。そうした情況は、五言律詩と共に、併せて五言排律も精力的に制作する杜甫の生きた時期までは繼續していた。

五言律詩と五言排律の分化は、五言排律を殆ど作らずに、專ら五言律詩を作った「大暦十才子」において決定的になる。しかも彼らは、五言排律を作らなかっただけではなく、他の詩型（五・七言の古體詩、近體では五七言の絕句、七言律詩）も餘り作らなかった。この點を重く見れば、彼らは正しく「五言律詩」の詩人だったのである。

なぜ大暦十才子が五言律詩を愛用したのか？　それは彼らが駙馬郭曖や宰相王縉ら、代宗朝の顯貴たちの催す文宴を活動の場とした擬似的な宮廷詩人であったことと關係している。彼らは、そうした文宴の唱和において頭角を露した。唱和において重要な條件は、當座での制作が可能な分量であること、修辭的能力を競い合わせる共通の土俵が用意されていること等である。具體的には、①即成できる「長すぎない詩型」であり、②對偶の妙を發揮する客觀的な仕組みがあり、またそれが客觀的評價を可能にすること、となるだろう。その結果、最大公約數として選ばれたのが五言律詩型となる。

このことを詩型形成の歴史的大局から見るならば、齊梁以降に進んだ近體詩形成の趨勢が(7)、ここで一應の決着を見たことになる。またこの見方によるならば、盛唐期に李白や杜甫が近體詩を作る傍らで、七言古體詩を驅って樂府や歌行の名作を作り、また五言古體詩によって李白が「古風五十九首」を、杜甫が長篇の「自京赴奉先縣詠懷五百字」「北征」を作ったことは、その近體詩化という趨勢の中で取り殘された非近體詩（古體詩）の最後の光芒と見ることも可能であろう――その後にやって來るのが、大暦期の五言律詩による席捲である。それが五言律詩であったのは、漢魏以來、五言詩が詩の中心であり、しかも五言の短篇詩を舞臺に齊梁以來の近體詩化が進行していたためである(8)。

＊　　＊　　＊　　＊　　＊　　＊

近體詩による詩壇獨占の情況に轉機が訪れるのは、大暦から貞元にかけて活躍した韋應物あたりからである。韋應物は、活動の初期には當時の風に倣って五言律詩を大量に作っているが、注目すべきは、その一方で魏晉に範を求めた五言古體詩を作り始めていたことである。その後、中央から離れて地方の刺史を歴任する時期から、五言律詩が有意に減少して、その空白を埋めるように長短様々の規模の五言古體詩が作られるようになる。また孟郊が專ら五言古體詩の詩人となったことにも、この韋應物の直接的な影響が想定される。(9)——この韋應物から孟郊にかけての趨勢は、元和期を代表する韓愈や白居易が古體詩を驅使して新しい詩的世界を開拓することへと、そのまま連續することになる。

韋應物に始まって韓白で實現した古體詩の流行は、表面だけを見れば、李杜が近體・古體の雙方を操って詩を作った情況の復活と見えるであろう。しかし歴史は、そう單純には繰り返さない。韋應物から韓白にかけて起こったことは、近體を對立軸として見据えた上での、古體の原理の確認であり、確立と見るべきであろう。これと見比べるならば、李杜の頃の古體詩は、李白の「古風」の高らかな宣言にもかかわらず、それらはいわば「非近體詩」あるいは「未近體詩」と稱すべきものであった。近體詩の完全な成熟を待って、それと對立する古體の原理が摸索される。この意味では近體詩がなお成熟への途上にあった陳子昂・李白の段階での古體復權の主張は、時期尚早であり、中途半端なものとならざるを得なかったのである。

＊　＊　＊　＊　＊

このように考えるならば、韓白の後にやって來た賈島が、專ら五言律詩の作者となったことについては、大暦十才子の場合とは異なる意味づけをしなくてはならない。賈島は、近體と古體の兩方の成熟の中で、敢えて近體を選び取る詩人となったのである。彼が早年、まだ孟郊の強い影響下にあった時に、孟郊ばりの五言古體詩の制作に心血を注いでいたことは、彼が十分に古體の洗禮を受け、またその原理を體得していたことを證している。その賈島が、その後に自らの詩風を確立させる過程で、古體詩の制作を止めて、精力を專ら近體の五言律詩に集中していったことは、古體と近體とを見据えた上の自覺的な「選擇」があったと理解しなければなるまい。大暦十才子らが五言律詩に行き着いたのは、全てを覆い盡くして進行した近體詩化の趨勢の、いわば自然の結果である。これに對して、賈島が近體詩を選擇し、しかも數ある近體詩の中から五言律詩を取り出して選擇したのは、明らかに意圖した選擇の結果であった。※

果たして賈島の前に、五言律詩がどのような詩型として存在していたのか。それについては、聞一多が言うような「彼らにすれば、當時の最も通行する詩型、五言律詩で十分だった。第一に、五言律詩は、五言八韻の試帖詩に最も近く、五言律詩を作ることは、受験勉强をするにも等しかったから。第二に、ちょっとした景物を捉えて情緒を際立たせるには、五言律詩がうってつけの詩型だったからである」という説明だけでは、不十分である。賈島は自然と五言律詩に行き着いたのではなく、五言律詩を敢えて選び取った。その意圖的で自覺的な選擇の經緯を解明することが、賈島研究の課題でなければならない。この問題をめぐって、今後の賈島研究は深められる必要がある。

※　元和一〇年頃を境として、韓愈・白居易らの有力な詩人たちが古體詩中心から近體詩中心へと轉向しつつあったことはすでに下定氏の論文に指摘がある（注2參照）。しかしその場合の近體詩は、五言律詩をその一部に含んだ近體詩の總體であり、賈島が專ら五言律詩を選び取って注力したのとは事情が異なる。なお賈島や姚合が五言律詩を愛用したことと、大暦十才子の五言律詩愛用との閒には、ある種の繼承關係があったと見る意見もある。その立場からの一つの根據として、姚合による唐詩の詞華集『極玄集』の編集が擧げられる。その『極玄集』は、主に大暦十才子の五言律詩を収めるものであり、そこに姚合の大暦十才子からの繼承關係を見ようとするのである。しかしながら、大暦十才子と賈島・姚合の閒には古體詩が盛行した韓白の元和時期が挾まっており、從って兩者の關係はすでに論じたように、表面に見えるほどに單純ではない。

六　賈島のこだま

「晩唐五代の賈島崇拜は、その時代の偏見と衝動の産物だと決めつけたいかも知れない。しかしそれならば何故、殆どどの王朝の末期を取ってみても賈島に回歸する傾向が認められるのだろうか。宋末の四靈、明末の鍾惺・譚元春、さらには清末の同光派に至るまで、どれも同じであった。しかのみならず。宋代の江西詩派が中國詩史において示す畫期性も、實はその多くの部分を、賈島の遺產の中から手に入れたものではなかったのか。動亂の中で滅びようとする前夜は、休息を求め、全面的に賈島を受け入れようとした。また平時においても、部分的に賈島を受け入れて、一種の調整劑としていた。賈島は畢竟、晩唐五代の賈島に終るものではなく、唐以後のいずれの時代もが共有する賈島なのである。」

宋末の四靈（また江湖詩派）が、賈島（また姚賈）に回歸したことは、すでに文學史に公認の事實である。また明末の竟陵派、清末の同光體にも賈島の影響が及んでいることは、今後の研究によって檢證が進むことが豫想される。[10] もっとも聞一多の主張は、賈島の影響が南宋の江湖詩派・明の竟陵派、清の同光派などの文學流派に見られるという個別現象の指摘に終るものではなく、むしろ王朝の末期にその影響が必ず繰り返し顯在化するという、傳統中國における普遍現象の指摘にこそ重點がある。科擧制度は、唐に實質的に機能し始め、微修正を繰り返しながら清末まで維持される。傳統中國において、その「科擧＝官僚體制」が支配のシステムであり續ける限り、そこには科擧の落第を繰り返して、古典的な詩を作るしか能のない貧士が大量に生產され續けることになる。またとりわけそのシステムが變調を來して、矛盾が深刻化する王朝の末期においては、世間の片隅に引き籠もって詩作に耽溺する「賈島」樣の文人が目立つことになる。聞一多が言いたいのは、そのような傳統中國のシステムの問題であり、また病弊だったのである。

「一人の讀書人としてその時代を生きている限り、詩だけは作らなければならなかった。詩を作ればこそ、出世の階梯を一段上る希望も持てた。詩を、ある規格に合わせて作るまでになれば、またもしも幸運に恵まれさえすれば、科擧に及第することができたし、その時こそ、理窟の上では社會の中で「成人」と目され、發言し行動する資格が備わるのである。さもなければ、かりに詩が上手く作れず、もしくは規格の制約を踏み破ってしまったならば、また詩に問題が無くても運に恵まれなければ、その人は一生かけて詩を作り續けるしか術はなく、責任を果たすために詩を作ることを自らに課し、あるいは思いに驅られて詩を作り憂さを晴らすしかなかった。賈島は、この古色蒼然たる制度の犧牲者であり、またその完璧なる體現者であった。」

この文明論的命題は、小さな文學史的關心の枠をはみ出すものであるが、しかし傳統中國における古典文學を研究する者が避けて通ることのできない大きな問題である。

聞一多の「賈島」は、問題のエッセイである。その後の賈島研究は、多くはこの文章が提起する命題にそって行われて來たと言っても良い。また今後の賈島研究も、その命題に納得のゆく答えを用意するために、なお暫く時間を費やさなければならないだろう。その過程を通して、賈島の文學の眞相も明らかになるであろうし、中晩唐の文學史の書き換えも必要になるだろう。本稿は、ここに賈島についての新たな知見を提出するつもりのものではない。聞一多の「賈島」を手掛かりに、賈島研究の抱える課題を再確認したものである。

〔注〕

（1）『唐詩雜論』所收エッセイの初出は以下のようである。①「類書與詩」（天津『大廣報』「圖書論評」副刊）一九三四年、②「宮體詩的自贖」（『當代評論』第一卷第十期）一九四一年、③「四傑」（『世界學生』第二卷第七期）一九四三年、④「孟浩然」（『大國民』周刊第三期）一九四三年、⑤「賈島」（昆明『中央日報』「文藝」副刊第十八期）一九四一年、⑥「少陵先生年譜會箋」（武漢大學『文哲季刊』第一卷第一期～第四期）一九三〇年、⑦「岑嘉州繫年考證」（『清華學報』第七卷第二期）一九三三年、⑧「杜甫（未完）」（『新月』第一卷第六期、一七年八月一〇日）一九二八年、⑨「英譯李太白詩」（『北平晨報』副刊、一五年六月三日）一九二六年。

（2）本書の「序論」第二節、「姚合「武功體」の系譜」第四節などを參照。また下定雅弘「柳宗元における詩體の問題―元和一〇年を境とする古體から近體への變化について―」（『日本中國學會報』三六集、一九八四年）、同「韓愈の詩作―その古體の優勢から近體の優勢への變化について―」（『日本中國學會報』四〇集、一九八八年）。

（3）中國で著された初期の中國文學史が、多く日本人の手に成る中國文學史の影響下にあることは、川合康三編『中國の文學史觀』（創文社、二〇〇二年）の第一章「今、なぜ文學史か」（川合康三執筆）を參照。なおこの點から言えば、鄭振鐸の文學史は、中國人の手に成る、近代的研究手法に基づく初めての本格的な中國文學史と位置づけられる。

（4）卷一〇～卷二九の樂府二〇一五首、および卷七八五以降の無名氏の詩歌を除く。

（5）『唐音』の楊士弘自序に「及觀諸家選本載盛唐詩者、獨河嶽英靈集。然詳於五言、畧於七言、至於律絕僅存一二。極玄、姚合所選、止五言律百篇、除王維祖詠、亦皆中唐人詩。至如中興閒氣・又玄・才調等集、雖皆唐人所選、然亦多主於晚唐矣」。しかしその中心を占める「正音」（卷二～卷七）にはそれぞれの詩型ごとに初唐から晚唐までの詩人が一應は活動時期に從って配列されるが、その閒に明確な仕切りが提示されてはいない。しかも赤井益久『中唐詩壇の研究』（創文社、二〇〇四年）一九頁の「唐詩の區分」に「楊士弘が言う「中唐」とは嚴羽のいわゆる「大曆體」を意味し、「元和體」を含むものではなかった」と指摘される點に注意したい。

（6）永嘉四靈や江湖詩派においては、祖述の對象となった賈島・姚合は漠然と「晚唐」の詩人と意識され、この結果、彼らに續く時期（今日の文學史に言う晚唐）と分斷されることなく一體のものと意識されていた。

（7）沈約の「四聲八病說」に發端する近體詩の形成は、基本的に、宮廷詩壇における應酬唱和を土壤として進行する。文宴の唱和の場で活躍した大曆十才子が、近體五言律詩に行き着いたことは、この觀點でも自然である。

（8）七言律詩の完成者は杜甫である。その完成は、杜甫が蜀に赴いた五〇歳以降のことであり、大曆五年の杜甫の死去の時點で七言律詩はなお新來の詩型に過ぎず、十分な歷史が備わっていなかった。

（9）參照、松原『中國離別詩の成立』「大曆樣式の超克―韋應物離別詩考」（研文出版、二〇〇三年）。

（10）陳廣弘『竟陵派研究』（復旦大學出版社、二〇〇六年）等。

聞一多「賈島」（日譯著者）

これが元和長慶年間の詩壇における三つの有力な新傾向であった。すなわち、こちらでは年老いた孟郊が、あの苦味のきいた刺々しい五言古體詩を唸って、世道人心に向かって惡罵の言葉を浴びせかけ、その罵聲の中で、盧仝と劉叉がおどけた仕草で人を笑わせ、韓愈は朗々と響く大音聲で佛老を攻擊していた。あちらでは元稹と張籍と王建が、白居易の社會改良の旗印の下で、リズミカルな樂府の調子に乘せ、様々な階層の中に潛む病的な小さい悲劇を取り上げて、社會にむかって哀訴していた。そして同じ時に、遠く離れた古びた禪房や小さな縣の役場において、賈島や姚合が一羣の若者を引き連れて詩を作っていた。各人の出世のために、また嗜好を滿足させるために、暗い色調の五言律詩を作ったのである。〔暗いのは嗜好のせいで、五言律詩は出世のために〕

老年や中年の者が人の心を勵ましながら、社會の改良のために心を碎いているときに、靑年が卻って孤獨の中で、ひっそりとした片隅に籠って詩を作っている、この有樣は意外なように見えて、實は古い中國の傳統社會の制度の下では當たり前の狀態であった。前の二者が、すでに名を成しまた榮達し、社會的地位を踏まえて發言し行動する機會と責任が備わっていたのと異なって、これらの無名で無官の靑年たちは、地位の點でも職業の點でも言わば「未成年」なのであり、種々の國家や社會に對する崇高な責任が彼らの肩の上にのしかかることもなかった。しゃしゃり出たまねは御法度という御時世だったので、誰もそんな大それたことをしようとは思わなかった。とはいえ抱負があっても無くても、一人の讀書人としてその時代を生きている限り、詩だけは作らなければならなかった。詩を作ればこそ、出世の階梯を一段上る希望も持てた。詩を、ある規格に合わせて作るまでになれば、またもしも幸運に恵まれさえすれば、科擧に及第することができたし、その時こそ、理窟の上では社會の中で「成人」と目され、發言し行動する資格が備わるのである。さもなければ、かりに詩が上手く作れず、もしくは規格を踏み破ってしまったならば、また詩に問題が無くても運に恵まれなければ、その人は一生かけて詩を作り續けるしか術はなく、責任を果たすために詩を作ることを自らに課し、あるいは思いに驅られて詩を作り憂さを晴らすしかなかった。賈島は、この古色蒼然たる制度の犧牲者であり、またその完璧なる體現者であった。この情況の中で、彼が孟郊の徹底性に學ばなかったことを、また白居易の集團に加わらなかったことを咎めようとするならば、それこそ現實を知らないというものである。

賈島と彼の仲間が、何故、他の人が時勢を救おうと努めていたときに、詩を作ることだけに沒頭していたのかは、これで理解できるであろう。しかし何故、五言律詩だけを作ったのだろうか。これについては、さらに説明が必要となろう。孟郊たちが、議論を構えるために五言古體詩を作り、白居易たちが、物語を語るために樂府を作ったのは、どちらも各自に固有の目的のためであり、當時の習慣を離れて、意匠を凝らすために特殊な道具を用いたと言うことになる。しかし賈島の一派は、そのような必要はなかった。彼らにすれば、當時の最も通行する詩型、五言律詩で十分だった。第一に、五言律詩は、五言八韻の試帖詩に最も近く、五言律詩を作ることは、受驗勉強をするにも等しかったから。第二に、ちょっとした景物を捉えて情緒を際立たせるには、五言律詩がうってつけの詩型だったからである。それにしても、詩はどうしていつも、暗く、冷たく、尖った情緒に滿たされているのであろうか。すでにその理由を、嗜好のためだと説明したが、しかしその嗜好は如何にして形成されたのであろうか。この點こそがとりわけ重要であるように思われる。もしこの點をもっと明らかにできるならば、賈島の全ても明らかになるだろう。

憶い出すべきは、賈島がかつて僧無本であったということである。一人の人間が、前半生に僧侶の生活を送っていたとして、いったん還俗したぐらいでそう簡單に後半生が別物になるはずがない、という道理をもしも納得できるならば、今の賈島が、姿形こそ儒生になったとしても、骨髄には恐らく佛が宿っているに違いないことになる。その一切が、人生の後ろ向きの、消極的な、普通の人情と裏腹な趣味を示すことの所以は、若い時分に禪房の中の薫陶を受けたことにまで遡り得るだろう。

早年の記憶の中にある、

坐學白塔骨（坐しては學ぶ白塔骨。賈島「贈智朗禪師」）

あるいは、

三更兩鬢幾枝雪、一念雙峰四祖心（三更 兩鬢 幾枝の雪、一念 雙峰 四祖の心。賈島「夜坐」）

に示された禪味は、ただ單に、

獨行潭底影、數息樹邊身（獨り行く潭底の影、數しば息ふ樹邊の身。賈島「送無可上人」）

月落看心次、雲生閉目中（月落ちて心を看るの次《とき》、雲生じて目を閉ずるの中。賈島「寄華山僧」）

の雛型になったばかりではなく、

瀑布五千仞、草堂瀑布邊（瀑布 五千仞、草堂 瀑布の邊。賈島「送田卓入華山」）

孤鴻來半夜、積雪在諸峰（孤鴻 半夜に來たり、積雪 諸峰に在り。賈島「寄董武」）

さらには、

怪禽啼曠野、落日恐行人（怪禽 曠野に啼き、落日 行人を恐れしむ。賈島「暮過山村」）

の淵源にもなっている。

彼が生きた時代――どん詰まりに來た、荒涼とした、寂寞たる、空虚で一切が鉛色の色調に蔽われた時代は、ある意味において、彼の早年の記憶の中にある情緒としっくり來るというよりも、見事に一致していた。この時代の一般的な情緒というのは、彼の早年の經験と同根であるだけでなく、アプリオリに、親しみのある氣心の知れたものであり、だから彼はその時代に對して、孟郊のように憤激することもなく、白居易のように悲嘆することもなく、一種餘裕のある位置に立つことができたのであり、これによって彼自身の記憶を懐かしみ、確かめ、慈しむことができた。恰も無くしてしまった大切なものをもう一度取り戻したように。早年の經驗があることによって、その獰猛ともいえる程に荒涼たる「時代相」の只中にあっても、彼は慌てず、悲しまず、ただ親密で、打ち解けた氣分を覚えるだけであった。ここにおいて彼は、靜を愛し、痩を愛し、冷を愛し、またこれらの情緒の象徴である、鶴や石や氷雪を愛した。黄昏と秋は、傳統的な詩人の時間と季節であったが、しかし彼は、黄昏よりも深夜を、秋よりも冬を愛した。はなはだしくは、貧・病・醜それに恐怖を愛した。彼には、

　　鸚鵡驚寒夜喚人（鸚鵡　寒きに驚きて　夜　人を喚ぶ。鮑溶「漢宮詞二首」其二）

の句の方が、

　　山雨滴棲鴟（山雨　棲鴟に滴る。賈島「宿成湘林下」）

よりも人々に好まれることが、よく呑み込めなかったし、また、

　　牛羊識僮僕、既夕應傳呼（牛羊　僮僕を識り、既に夕にして應に傳呼すべし。杜甫「返照」）

の方が、

　　歸吏封宵鑰、行蛇入古桐（歸吏　宵鑰を封じ、行蛇　古桐に入る。賈島「題長江」）

よりも自然であるとは思わなかった。

實は、彼がこれらのものを愛したとは言えないであろう。もし愛したとすれば、それは執着に過ぎて、むしろ病氣に近かった。（早年の禪院の教育によって、執着を去ることの道理は、とうに骨身にしみて分かっていたはずなのだ）。彼は、それらのものと馴れ合っただけなのである。奇抜なものを好んだという、そんな大層なものではなかった。彼にすれば實際、それらのものは別に奇抜ではなく、至って馴染みのあるものなので、それらが「心地よい」と思ったのであり、

それらをいつも眺めていることが好きだったのである。もし同じプリズムで、何の思い入れもなく日光の中の様々な色調を受け入れて分析したところで、「世紀末」の翳りが彼にとっては晴れ上がることは斷じて無かった。このため、彼が最も夢中になった色調も、たかだか、

杏園啼百舌、誰醉在花傍（杏園 百舌啼くも、誰か醉ひて花傍に在らん。賈島「下第」）

身事豈能遂、蘭花又已開（身事 豈に能く遂げんや、蘭花 又 已に開く。賈島「病起」）

であるとか、また、

柳轉斜陽過水來（柳に斜陽轉じて 水を過ぎて來たる。賈島「題虢州三堂贈吳郎中」）

の類に過ぎなかった。

またいつも、優しさと淋しさが綯い交ぜになっており、

蘆葦聲兼雨、芰荷香遶燈（蘆葦 聲 雨を兼ね、芰荷 香 燈を遶る。賈島「雨後宿劉司馬池上」）

春の氣配は、嚴冬の縁におずおずと止まっていた。

舊房山雪在、春草嶽陽生（舊房に山雪在るとき、春草は嶽陽に生ず。賈島「送僧」）

彼が見る「月光」は、なぜか花の上を照らすことなく「蒲の根もと」を照らし、「棲鳥」は、綠の柳ではなく「棕櫚の花の上」に止まっている。侘びしげな風情は、彼の視線から逃げおおすことはできなかった。それがたとい、

濕苔黏樹癭（濕苔 樹癭に黏く。賈島「寄魏少府」）

のような些細なものであったとしても。

このような趣味は、確かに以前の詩人もたまさか描くことはあっても、これほどに大量に、徹底的に發掘されたためしはなく、繪柄も濃淡も、これほどに豊かではなかった。彼が當時の人々に與えたものが、いかに深刻な刺激であったかを、到底、想像することはできない。否、刺激ではなく、それは一種の心を蕩けさせるような滿足感であった。

初唐の華美、盛唐の壯麗、それに直前の大暦十才子の洗練、そのどれにも食傷し、幻滅を覺えつつあった。彼らは清涼劑を欲し、酸いた苦味で口直しをしたかったのだ。長年にわたる熱情と感傷の中で、彼らの感情は疲勞していた。その時、彼らは休息を取りたかったのだ。彼らがよく知る禪宗、それに老莊思想が、彼らを誘うことになった。孟郊や白居易は、彼らにもっと前に進めと鼓舞した。しかし前に進むことは無理だった、彼らはとうに聲も嗄れ、力も盡き果てていた。加えて理窟を言えば、佛教や道家の立場では「退嬰」を感ずることこそが正しい生き方だった。こうして苦悶しているときに、賈島がやって來て、彼らは救われ、そこに新しい世界があることに驚喜したのである。本當に、この人生全體の半分は、一日の中に夜があるように、四季の中に秋冬があるように——それをどうして引き止めて覗き見ないようにしなければならないのか。ここは確かに理想的な休息場所であり、感情と思考を眠らせ、但だ感覺器官をして、眼を見開くように清涼なる色調の彼方に向かって渉獵させるのだ。

　叩齒坐明月、搘頤望白雲（齒を叩きて明月に坐し、頤を搘《ささ》へて白雲を望む。賈島「過楊道士居」）

　こうして休息し、休息するのだ。そう、休息だけが疲勞を除き、氣力を回復させて、次の緊張に備えることができるのだ。休息というこの政治思想の中の古い手法が、文藝においては、初めて賈島によって發見されたと言ってもよかろう。この發見の重要性は、當時もしくは後世の趨勢の中に見て取ることができる。晩唐から五代にかけて、賈島に學んだ詩人は數え切れないほどであり、極めて少數の明らかな例外が、語句の意境や修辭についての關心に赴いたのを除けば、その他の一般の詩人の羣れ、つまり羣れた詩人たちは、全てが賈島に屬していたのである。この觀點では、晩唐五代を賈島の時代と稱して良かろう。彼は何と、以下のように崇拜されることになった。

　李洞は、……賈島を敬慕し、賈島の銅像を造っては頭巾の中に仕舞い、いつも數珠を手に賈島佛を念じていた。賈島の詩を好む人に會うと、李洞は、賈島の詩を手ずから書寫して贈り、繰り返し言うのであった。「これはお

經と同じだ。歸ったらば、香を焚いて拜むように」と。(『唐才子傳』卷九)

南唐の孫晟は、……かつて賈島の肖像を描き、これを壁に掛けて、朝に晩に禮拜した。(『郡齋讀書志』卷十八)

以上の故事から、その時代の人々がノイローゼの症狀を呈していると解釋したくなるだろうが、しかし賈島にすれば、確かに中國の詩人がかつて浴したことも無い榮譽なのであり、杜甫ですらもそのように生眞面目に偶像化されたことはなかった。晚唐五代の賈島崇拜は、その時代の偏見と衝動の產物だと決めつけたいかも知れない。しかしそれならば何故、殆どの王朝の末期を取ってみても賈島に囘歸する傾向が認められるのだろうか。宋末の四靈、明末の鍾惺・譚元春、さらには淸末の同光派に至るまで、どれも同じであった。しかのみならず、宋代の江西詩派が中國詩史において示す畫期性も、實はその多くの部分を、賈島の遺產の中から手に入れたものではなかったのか。動亂の中で滅びようとする前夜は、休息を求め、全面的に賈島を受け入れようとした。また平時においても、部分的に賈島を受け入れて、一種の調整劑としていた。賈島は畢竟、晚唐五代の賈島に終るものではなく、唐以後のいずれの時代もが共有する賈島なのである。

あとがき

ここ數年、張籍と姚合と賈島について書きためてきた論文を一冊にまとめることになった。「晩唐詩の搖籃」と題したのは、この三人の中にやがて來たる晩唐詩が準備されたと考えるためである。

もっとも本書はこのような構想の下に書き始められたわけではなかった。當初は、賈島を考えてみよう、賈島にはきっと杜甫と黄庭堅を繋ぐ大事な何かがあるだろうからと思ってみたのである。しかし誤算があった。賈島に取り組もうとしても、簡單には手掛かりが見つからなかった。今さら苦吟だ、意境の狭さだと論じたところで、新しい論點が見つかるとも思えなかった。詩材論も、結局は意境の狭さを繰り返し論じて、堂々巡りに陥るだけだろう。そこで思い至ったのが、賈島の長安における生活の據點となった「原東居」の問題である。これを手掛かりに、賈島の生活の一部を復元して、賈島の文學の祕密の世界をこじ開けることができないものか。

また賈島の生活を復元しようとする時、友人姚合との密接な交遊を考えずに濟ますことができないことも次第に分かってきた。そこで姚合にも手を出すことになった。始めは、姚合を中心とする詩集團の形成を考え、その中に賈島を位置づけることを目標とした。しかし姚合を考える上で、彼の「武功體」という文學様式を論ずる必要が出てきた。なぜならば姚合を取り巻く詩集團は、「武功體」を核に引き寄せられた詩人たちの集團だったからである。

そこで「武功體」を姚合の經歴と重ね合わせて讀み始めてみたが、すると大きな謎に逢着する。通說では、武功體とは、姚合が武功縣主簿という僻縣の末官に在任していた時期に、その境遇を反映して創り上げた文學と言うことになっている。姚合も、そのように自らを語っている。しかし武功縣主簿は、實は、エリートコースの入口にある官職らしい。だからこそ姚合は、その後、萬年縣尉・監察御史と衆人垂涎の官職を歴任することになる。姚合の「武功體」には、自己を不遇者に装おうとする虛構が働いているとしか思えない。

姚合は、自らの體驗の中で、獨力で「武功體」の樣式を築いたのではないのだろう。そこには範型があったに違いない。そう考えた時に重要な意味を持つのが張籍である。張籍は、太常寺太祝（正九品上）という末官に十年の長きにわたって沈淪した。官の論理である權力と富貴から疎外されたその不遇の生活の中で、「尙儉と懶惰」を美學とする「閒居詩」という新しい文學樣式を創り上げた。姚合は、その閒居詩の美學を直に張籍から學び取ることによって、自らの「武功體」を形成したのである。

このように賈島から始まった摸索は、かたわら姚合に及び、さらに張籍へと遡上することになった。この展開は當初の目論見には全く無かったものなのであるが、期せずして、晩唐詩搖籃の世界を尋ねるものとなった。

＊　＊　＊　＊　＊

研究では、偶然が意味を持つこともある。かつて礪波護氏の「唐代の縣尉」（同『唐代政治社會史研究』所收、同朋社、一九八六年）を讀んだことがある。姚合の武功縣主簿を考えていた時に、何故かふとこの論文のことを思い出した。これに據れば「首都近邊の縣、とくに畿縣の尉は、羨望の念で見られる官職であった」（一五九頁）のであり、姚合が武功縣主簿の次に就任した萬年縣（赤縣）の縣尉は、さらにその上位にある。また引用された史料「同州韓城縣西尉廳壁記」の中には「緊よりして上は、簿と尉みな再命・三命已往にして授けらる。資歴これをきわめてきわまるなり。—自緊而上、簿尉皆再命三命已往而授。資歴至之而至也」（同書一四二頁）という一文もあった。武功縣（畿縣）は、緊縣の上位にある。とすれば武功縣主簿は、「資歴至之而至也」と評價される惠まれた官職でなければならない。つまり武功縣主簿から萬年縣尉へと、姚合は實にエリートコースを辿っていたのである。

武功體は、有りの儘を描く文學ではなく、自己を不遇者に裝おうとする文學の樣式である。このことを知らなければ、武功體の理解もなく、張籍に關心が向くこともなく、また本書がこのような形を取ることも決してなかったであろう。

私事に渉るが、數年前に箱根の靜雲莊で開かれた唐代史研究會の合宿に參加した折のこと。礪波先生に「唐代の縣尉」から大いに啓發されたことを申し上げたとき、先生が、あの論文は得意の作ですと微笑みながら仰っていたことを思い出す。

＊　＊　＊　＊　＊

入稿から本書の成るに至るまで、專修大學出版局の笹岡五郎氏には大變ご苦勞をお掛けした。また琉球大學准教授の紺野達也氏、早稻田大學大學院博士課程（中國文學）の石碩氏には、校正・校閲の兩面において一方ならぬ助力を頂戴した。また正字體を使った面倒な版組では、モリモト印刷のお手を煩わすことになった。なお刊行に際しては、專修大學圖書刊行助成（平成二三年度）を受けることができた。

ささやかな本書が成るに當たって、お世話になった多くの方々に謹んで御禮申し上げる。

二〇一二年一月四日

松原　朗

初出一覧

序　論　（書き下ろし）

Ⅰ

張籍における閒居詩の成熟—太常寺太祝在任時を中心に—　（專修大學學會『專修人文論集』第八七號、二〇一〇年）

張籍の「和左司元郎中秋居十首」—晩唐詩の搖籃—　（中唐文學會『中唐文學會報』第一七號、二〇一〇年）

張籍の「無記名」詩—徒詩と樂府をつなぐもの—　（中國詩文研究會『中國詩文論叢』第二九集、二〇一〇年）

Ⅱ

友を招く姚合—姚合詩集團の形成—　（中國詩文研究會『中國詩文論叢』第二七集、二〇〇八年）

姚合の官歷と武功體　（中國詩文研究會『中國詩文論叢』第二八集、二〇〇九年。なお本論は「第九屆唐代文化學術研討會」（二〇〇九年九月、於臺灣大學）で行った口頭發表「姚合的文學和他的仕履」の發表原稿を元に加筆修訂）

姚合の武功體—尙儉と懶惰の美學—　（書き下ろし）

Ⅲ

賈島の樂遊原東の住居—移居の背景をめぐって—　（早稻田大學中國文學會『中國文學研究』第三二期、二〇〇六年。本論は初出稿の內容を大幅に修改）

詩的世界の現場—賈島の原東居—　（專修大學學會『專修人文論集』第八五號、二〇〇九年。なお初出時の題目は「賈島の原東居—詩的世界の現場—」）

賈島における「泉」の意味—根源的存在との交わり—　（專修大學學會『專修人文論集』第八六號、二〇一〇年）

Ⅳ

聞一多の「賈島」—賈島硏究の今日的課題—　（日本聞一多學會『神話と詩』第八號、二〇〇九年。なお本論は日本聞一多學會（二〇〇八年七月、於東洋大學）で行なった口頭發表「賈島硏究の課題—聞一多が提起したもの—」の發表原稿を元に加筆修訂）

聞一多「賈島」（今回翻譯）

松原　朗（まつばら　あきら）
1955年　東京都生まれ　早稲田大学大学院文学研究科博士課程満期退学
博士（文学）　専修大学文学部教授
著書：『中国離別詩の成立』（単著、研文出版）、『唐詩の旅—長江編』（単著、社会思想社）、『教養のための中国古典文学史』（共著、研文出版）、『漢詩の事典』『校注 唐詩解釈辞典』『続・校注 唐詩解釈辞典』（共著、大修館書店）等
訳書：李浩著『唐代〈文学士族〉の研究—関中・山東・江南の三地域に即して—』（共訳、研文出版）

晩唐詩の揺籃　張籍・姚合・賈島論

2012年2月28日　第1版第1刷

著　者　松原　朗
発行者　渡辺政春
発行所　専修大学出版局
〒101-0051　東京都千代田区神田神保町 3-8
㈱専大センチュリー内
電話　03-3263-4230㈹
印　刷
製　本　モリモト印刷株式会社

ISBN 978-4-88125-266-6